Marianne E. Meyer

Familiencode

Doris Days Neckarverwandten

Der Tod ist keinesfalls das Ende

Autorin und Verlag übernehmen keinerlei Haftung für Schäden irgendeiner Art, die direkt oder indirekt aus der Anwendung oder Verwendung der Angaben in diesem Werk entstehen.

© 2016 by Marianne E. Meyer, Tavira, Portugal
Alle Rechte bei der Autorin

drmarianneemeyer @ gmail.com
www.marianne-e-meyer.com

Umschlaggestaltung,
Satz & Layout: M. Meyer

Bildnachweis:
Cover: I. Kring, L. Holschuh, Gemälde: M. Meyer, R. Taylor S.2, I. Kring S. 31,207 M. Meyer 44,46, 49, 97, 107, 187, 207, CP Meyer 50,59,97,128, 143, 147, 204, 205,207, 208, G. Groh S.70, M. Rohde 97,207, A. Umbreit S. 121, 125, 126, 208, C. Troßmann,124, B. Dodge 177, E.F. Braun 183,185,204, L. Holschuh 208

Herstellung und Verlag:
BoD - Books on Demand, Norderstedt
ISBN 978-3-7386-4351-0

Einige weitere Bücher von M. E. Meyer:

Spirulina für Kinder

Zugvögel auf Rädern II - 2015
Fit und froh in Marokko

Spirulina, Überlebensnahrung für ein neues Zeitalter

So verbindet Wasser unsere Welten

Psyllium - So bekommen Sie Ihr Fett weg

Wunderwesen Wasser: Clusterwasser stoppt Allergie, Alzheimer, Krebs...

Meyer, Apartado 320
P-8801 Tavira

M. Meyer richtete seit ihrer Jugend den Fokus auf Lebenshilfe und Heilen. Einst Arzthelferin, studierte sie später Diplompädagogik in Frankfurt. Sie besuchte ehrenamtlich krebskranke und spastisch gelähmte Kinder bei wöchentlichen Supervisionen. In Kalifornien arbeitete sie einige Jahre lang in der von Louise Hay gegründeten AIDS-Hilfegruppe in West Hollywood und studierte Ernährungswissenschaft. Ihre Doktorarbeit über Immunabwehr und Spirulina veröffentlichte M. Meyer in ihrem Bestseller *Spirulina, das blaugrüne Wunder*. Sie lebte 10 Jahre lang in USA, dann wieder in Südhessen.

Gegenwärtig schreibt und arbeitet die Autorin zeitweise mit schwer erziehbaren Jugendlichen in Portugal und kümmert sich um wilde Katzen und Hunde. Pioniergeist und eine große Hingabe an das Wohl der Menschen und Tiere beflügeln sie.

INHALT

Einleitung	5
Nach 15 Jahren wieder mal in Kalifornien	6
Wechselkurs-Wirkung: Ticket nach L. A.	11
Vermehrte metaphysische Erscheinungen	14
Familiärer Wiederholungszwang, ein Code aus der Vergangenheit?	27
Wahlverwandte im *Haus Tania*	33
San Franciscos Nackedeis und Obdachlose	35
Entfernte Verwandte auf Doris Days Spur	40
Von *Haus Tania* nach Indien	43
Weihnachtsbäume und Phosphorbomben	53
Die philanthropischen Parsen	56
Alte Zöpfe abschneiden	59
Endlich in Goa	72
Handeln, Heilen, Spielen, Träumen	73
Odenwälder Familienleben der 50er Jahre	81
Sind wir die Schöpfer von Katastrophen?	92
Noch mehr Flüge und Lisas finaler Abflug	94
Lydias Abgang und Mariannes Ankunft	102
Entwicklung psychischer Fähigkeiten	108
Perfekte Prophezeiung: Hilde begegnet John	114
Sermone und Fahrten zum Neckar	118
Jocelyn Brandos Schreibblockaden-Workshop	126
Der *Pfad der Tränen* - Geschichte wie gehabt	128
Sharon Chatten's Schauspielklasse	131
Party-George und Immobiliensuche	132
Dr. Fett und unsere neuen Freunde	135
Reiki in Venice und Metaphysik in Mexiko	137
Wien in Beverly Hills, Hay in W. Hollywood	141
Dan Barton, Kommandeur der Hochzeit	146
Knisternder Frühling folgt Kriegswinter 1991	150
Feuerlauf mit Michael Big Bear	156
Neue Karriere am Horizont	159
Gertrud und die chancenlose Chemo	162
Easy Eye und Malibu Inferno	163
Georges UFO, Anzas ET & eine Prophezeiung	165
Attaché fährt Zug ohne zu wissen warum	168
Hildes Karma auf der Spur	169
Buddhismus & Reiki - Verbindung von Vergangenheit und Gegenwart	172
Hasya und Hollywoods Osho-Gemeinschaft	175
Wasser-Code geknackt?	180
Endlich wieder zu Hause in Berlin	186
Was steht auf der Wunschliste?	188
Am Ende doch die kleine Farm	200
Danksagungen	205

Für meine
Angehörigen vom
Odenwald/Neckartal,
für Doris Day

&

für meine anderen
kalifornischen
Verwandten

Einleitung

Vor Kurzem rief ich die jüngste Schwester meiner Mutter an. Sie fragte zum x-ten Mal, wann ich denn zu dem Buch komme, das ich für unsere berühmte Verwandte Doris Day zum 90. Geburtstag geschrieben hatte. Natürlich in Englisch. Das ist einer der Gründe meines Zögerns. Übersetzungsarbeit ist langweilig, eben kein kreatives Schaffen. Doch der Hauptgrund ist, dass sich meine Neckarverwandten vermutlich etwas anderes von dem Buch erhoffen und ich ihre Erwartungen kaum erfüllen werde. Da aber Anneliese ihre Befürchtung äußerte, es nicht mehr erleben zu können, versprach ich ihr, bis Ende des Jahres fertig zu sein. Prompt spürte ich am nächsten Morgen die Präsenz meiner Mutter. Ich wusste sofort, dass sie mich an mein Versprechen erinnern will. Denn das war schon beim ersten Mal so, am 6.6.11, fünf Monate nach dem Verlassen ihrer körperlichen Hülle.

Auch 4 Jahre danach war sie mir so nah wie im fleischlichen Leben. Es war, als ob sich die ganze Familie in meinem Schlafzimmer versammelt hätte. Dieses überwältigende Gefühl kann keiner, der es nicht selbst erlebt hat, erfassen. Ich kann verstehen, wenn der eine oder die andere gönnerhaft schmunzelt, wie früher mein Vater, wenn sich meine mütterlichen Verwandten mit mir über übersinnlich Erlebtes austauschten. Ich sagte dann immer, du wirst das auch noch checken, gib mir dann aber bitte ein Zeichen. Das hat er am 1. Oktober 1998 bzw. am Morgen nach seinem Wechsel in die geistige Welt dann ja auch besonders gut hinbekommen. Aber davon später. Jetzt will ich erst mal über den geplanten Annäherungsversuch an die *Filmdiva* berichten. Gut, dass Doris das nicht lesen wird. Sie mag diesen Ausdruck genauso wenig wie *Star*. Ich kann es ihr auch kaum verdenken, dass sie vom Hollywoodrummel Abstand nahm und sich mit ihren vielen Vierbeinern in das nordkalifornische Carmel Valley zurückzog. Da können ihre Babys auf dem wunderschönen 4½-Hektar-Gelände toben. Doris war übrigens auch in Hollywood eine ganz gewöhnliche Nachbarin. Genau wie meine Mutter und ihre beiden Schwestern hatte auch sie immer einen Selbstversorgergarten und oft fuhr sie mit dem Fahrrad ihre selbst gezüchteten Tomaten zu ihren Freunden und Nachbarn.

Apropos gewöhnlich: Vor ein paar Tagen saßen wir wie jeden Samstag mit unseren Einkäufen und denselben Leuten in einem Café vor der Markthalle in Tavira. Wir unterhielten uns mit Sigrid über Renates Tochter, die im Monterey Golf-Hotel arbeitet. Witzig, Sigrids Tochter lebt in Monterey. Renate sagte, Sigrid hat Doris Day mal gegenübergestanden. Fragend auf Sigrid schauend, sagte ich: und? Sie sah ganz gewöhnlich aus, wie eine Putzfrau. Vielleicht hat sie gerade im Safeway für ihre Vierbeiner eingekauft. Nein, das war bei der Post und mit der Mine, ein Verbrechen aufzudecken, sie hatte ein Kopftuch auf! Und? Die langen Haare schauten unten heraus! Renate sagte wohlwollend: Sie ist doch schon sehr alt. Sigrid sagte, das war vor 12 Jahren. Ich sagte, Doris war wohl wieder mit dem Fahrrad unterwegs, der Wind kann dort kräftig blasen. Doris besuchte Freunde oft mit dem Fahrrad. Sie beglückt sie mit ihrem selbst angebauten Gemüse. Ach! Sie hat sich immer viel bewegt. An ihrem 70. Geburtstag hat sie noch einen freien Handstand vorgeführt. Wirklich? Ja. Das ist übrigens ein Grund, weshalb ich nie berühmt werden wollte. Du kannst dich nirgends lässig sehen lassen, ohne dass gleich irgendjemand sich wegen irgendeiner Banalität echauffiert. Wenn du Filmstar bist, das hab ich in Doris' Biografie gelernt, bist du nicht frei.

Aber nun zum Besuch meiner US-Ersatz-Töchter in Kalifornien. Mandira kenne ich seit ihrem 8. Lebensjahr. Wir wohnten in Frankfurt im selben Haus. Ines wanderte 1994 im Alter von 19 mit ihrem Wolfgang und nur $1.500 Startkapital nach L. A. aus. Die Kinder wohnten ganz in unserer Nähe. Sie machten ihren *American Dream* wahr und sind heute Multimillionäre.

Nach 15 Jahren wieder mal in Kalifornien

Das Zurückfallen in die vertraute Sprache, frei von der Sorge nach der Treffsicherheit des Geschlechts oder der Einhaltung von Anstandsregeln, war einfach. „Du" oder „nicht du" ist hier keine Frage. Die Fahrt vom Flughafen LAX nach Pasadena in Ines' brandneuem BMW fühlte sich dagegen weniger vertraut an. Wir hatten immerhin zehn Jahre im ruhigen Odenwald gelebt. Älterwerden kann ein weiterer Faktor dafür sein, die *fast lane* nicht mehr zu beanspruchen. In den zehn Jahren in L. A. hatten Peter und ich alles, was unsere Ersatzkinder nun besitzen: ein Haus mit Pool, schicke Autos, ein gutes Geschäft. Mit der Firma 2000Charge konnten Ines und Wolfgang ganz groß rauskommen, wenngleich Letzterem öfter mal die Angst im Nacken sitzt, dass sie scheitern könnten.

Besonders in den USA ist Vorsicht geboten. Hinter jeder Ecke lauert ein Kläger. Deshalb helfe ich mit, das EU Freihandelsabkommen mit den USA (TTIP) zu verhindern und spende trotz meines marginalen Einkommens für Plakate gegen TTIP. Da reiben sich die gierigen US-Anwälte heute schon die Hände im Vertrauen darauf, EU-Staaten um Milliarden an Schadensersatzklagen prellen zu können. Sie müssen ja irgendwie ihren Pleitestaat wieder sanieren. Es ist traurig, dass viel zu oft diejenigen Recht bekommen, die den besseren Anwalt haben. Das konnte ich vor kurzem auch in Deutschland erleben. Ein ehemaliger Freund, dem Peter Geld für den Handel mit Autos gab, hatte mein Ebay-Account missbraucht, um ein Auto zu verkaufen. Zum Zeitpunkt der Transaktion waren wir in Portugal und hatten somit weder einen Vertrag mit irgendeinem Käufer abgeschlossen noch irgendwelches Geld kassiert. Trotzdem musste ich ein Auto *zurücknehmen*, das ich noch nie im Leben berührt hatte. Der erste Richter hatte zu meinen Gunsten entschieden, aber die trickreiche Gegenpartei siegte beim Oberlandesgericht. Der Rechtsanwalt erkannte, dass der Schuldige schon sämtliche Eide geleistet hat und da absolut nichts zu holen ist. Ich verstehe heute die Juristentochter unserer Freunde. Tina sagte, als sie noch studierte, ich könnte nie Rechtsanwältin werden, allenfalls Staatsanwältin. Und recht hat sie, ich könnte auch nicht eine Person ins Unglück stürzen, von der ich genau wüsste, dass sie unschuldig ist. Mein Trost bei allen weltlichen Ungerechtigkeiten ist die Existenz des höchsten Gerichts: das kosmische Gesetz. Da wir nicht um dieses *Auge um Auge...* herumkommen, war ich wohl der Übeltäter in einem früheren Leben und arbeite in diesem mein schlechtes Karma ab.

Die Fahrt von Pasadena nach Carmel wird auch für dich eine schöne Abwechslung sein. Sicher. Für deinen neuen Sportwagen auch. Der lechzt doch mit seinen 3.000 Kurzstreckenmeilen geradezu nach einem längeren Ausritt. Ich beneide dich keinesfalls dafür, dass du die Route Pasadena - LAX wie im Schlaf schaffst. Ich hab selber oft Gäste vom Flughafen abgeholt. Es ist erstaunlich, wie viele Leute uns damals gekannt haben. Einmal war ich den ersten Tag alleine nach einer ganzen Reihe von Wochen mit Gästen. Peter war in Portugal. Gegen meinen Rat hatte er ein Julio Iglesias Konzert finanziert. Echt? Wie ist er denn darauf gekommen? Der damalige Präsident des Fußballklubs Olhanense hat ihm 270.000 Dollar dafür abgeschwatzt und sich dafür verbürgt. Ich hab sogar noch 100.000 von unserm Konto bei der *Bank of America* nach Kanada überwiesen. Jedenfalls war ich dabei, die poröse Dämmmasse auf die abgenutzten Platten am Pool zu streichen, als ein Paar, das ich ein einziges Mal in Deutschland gesehen hatte, den letzten Urlaubstag bei uns verbringen wollte! Ich sagte, dass ich das Alleinsein genieße, weil wir wochenlang ein volles Haus hatten, keine saubere Bettwäsche mehr da sei und ich gerade Renovierungsarbeiten mache. Das hat sie nicht abgehalten, mich noch stundenlang, auf unseren Sonnenliegen ruhend, zu bearbeiten. Krass. Ja, fand ich auch. Ich bin dir wirklich sehr dankbar Ines, dass du mich begleiten willst. Mit einem verschmitzten Zwinkern sagte sie: Ist mir ein Vergnügen.

Ja, lass uns Spaß haben. Mal weg von allem. Ich bewundere wirklich deine Energie. Das große Haus ohne Putzhilfe, zwei Töchter, eine Firma, als was arbeitest du da? Instrukteur. Ich trainiere die Mitarbeiter. Oh hier, lass uns mal die besten Hamburger haben. Ich dachte, TGIF hätte die besten. Muss neu sein. Typisch weiß mit rot: Steht für sauber und schnell. Drei Stunden später brauste der BMW M3 durch eines der fruchtbarsten Gebiete von Amerika. Steinbecks Heimat. Mmh, kräftiger Zwiebelgeruch!

Am frühen Abend erreichten wir das mediterrane hundefreundliche Frühstückshotel, das Doris gemeinsam mit Denny LeVett gekauft hatte. Sie könnte ein ähnliches Motiv wie meine Mutter gehabt haben, denn Familien haben ihr eigenes Wertesystem. Letztere half meinem Bruder, eine Pension zu errichten, um seinen Lebensunterhalt zu sichern.

Ines hatte zwei der 44 Zimmer im *Cypress Inn* gebucht. Von meinem aus blickte ich über eine lauschige abgeschiedene Terrasse, die irgendwie vertraut wirkte. Ich schnappte mir einen Apfel vom Fruchtkorb und öffnete einen der Beutel mit Erdnüssen. Vom anderen Willkommensgruß in einer exquisiten Kristallflasche nahm ich Abstand: ein edler Sherry, wie ich später im Gästebuch lesen konnte. Später streiften wir in der für Carmel typischen Junibrise um die Häuser. Sie fühlte sich wie ein sanfter deutscher Januarwind an. Ich sagte, hätte ich doch bloß einen Schluck genommen, um mich aufzuwärmen. Doch der Rotwein in dem nahe gelegenen überfüllten Restaurant half genauso gut. Wir hatten genug Zeit, um alle Ehrenbezeugungen studieren zu können. Der Italiener musste exzellent sein oder gute Beziehungen haben. Mein Lachs war jedenfalls ausgezeichnet.

Am nächsten Morgen ging ich hinunter, kommunizierte mit einem freundlichen Golden Retriever und bediente mich am Frühstücksbuffet. Der große Bildschirm darüber zeigte eine Szene aus *Meisterschaft im Seitensprung*:

Doris sitzt am Küchentisch David Niven gegenüber. Ihre Mimik und ihre Bewegungen überwältigen mich. In dieser Szene erinnert sie mich so sehr an meine Mutter, dass sich meine Augen mit Tränen füllen. Wie ein stiller Schrei der Erinnerung sehe ich die Augen meiner Mutter durch mich hindurch blinken. Langsam rinnen die Tränen über meine Wangen. Im letzten halben Jahr der Trauer hatte ich nie so wahrhaftig geweint. Ich vermisse die liebevollen Augen meiner Mutter, die Berührung ihrer Hand, ihren glockenhellen Sopran, den sie sich noch mit über 80 bewahrt hatte.

Ich setzte mich ans Fenster unter ein Foto, auf dem Doris als das ungestüme, Pistolen schwingende Prairie-Girl *Calamity Jane* posiert. Ich las in ihrer Biografie, dass dies einer ihrer Lieblingsfilme war. Von ihm ist auch die wunderschöne Ballade *Secret Love,* die noch lange nach dem Verschwinden des Films in den Kinos die Hitparaden dominierte. Aber der Film verursachte ihren Nervenzusammenbruch, anscheinend durch ihre physische Ausgelassenheit beim Springen auf Pferde, über Gatter, Bartresen und Wagen sowie mit kampflustigen Männern beim Sturz in schlammige Bäche. Ihre darauffolgenden Probleme beim Atmen mit leidigem Herzklopfen und Angst vor schwerer Krankheit verursachte ihre tiefe Depression. Dass Doris damals nicht bei den *Academy-Awards* erschien, um den mit dem Oscar preisgekrönten Song zu singen, hat ihr den jährlichen *Sour Apple-Award* des *Hollywood Woman's Press Club* eingebracht. Hier können meine Leser den Film in englischer Sprache sehen:

http://www.dailymotion.com/video/x1zagd1_calamity-jane-1953-full-movie_shortfilms

Ines gesellte sich zu mir, um mich aufzuheitern. Nachdem wir ein paar Fotos von den Innenräumen geschossen hatten, blätterte ich durch das Cypress Inn Servicebuch und fand eine Hundesitterliste. Wenn ich in der Gegend leben würde, könnte ich mich auf diese Liste setzen lassen. Warum? Ist es nicht das Schönste überhaupt, wenn wir für etwas bezahlt werden, das wir liebend gern machen? Lass uns einen Laden finden, der große Ausdrucke der Fotos für Doris machen kann. Wir haben auf der Fähre in Neckarhäuserhof für unsere Verwandte winkend posiert.

Da ich im Internet gelesen hatte, dass Doris täglich im Restaurant des *Quail Golf Klubs* zu speisen pflegt, war das unser nächstes Ziel. Gegenüber der Bar bei *Edgar's* sitzend, blickte ich auf den Quail Lodge Golfplatz und genoss meinen leckeren Caesar Salat. Das Essen war jedoch Nebensache. Ich wollte unbedingt Do-Do treffen. Wir genossen Rudy Gazudy's positive Energie. Den Namenszusatz bekam Herr Quidileg von Doris. Doch die Nachricht des Barkeepers war negativ: Seit einem Jahr war meine Verwandte nicht mehr da gewesen. Er sagte: Sie war gekommen, weil ich mich immer besonders um ihre Privatsphäre gekümmert hatte. Ich wette, es ist ihr warmes Lächeln und ihre Art, dass Menschen sich hier wohlfühlen. Ich denke, wir können nicht mehr machen als versuchen, ihr Haus zu finden. Sie können es von der Terrasse aus sehen. Zehn Minuten später dachten wir die Residenz der Hundeliebhaberin gefunden zu haben, da die Leuchten und Mauern ausgeschnittene Knochen und andere deutliche Hundeornamente zeigten. Wir hinterließen im Briefkasten eine Notiz, dass wir in 2 Tagen wiederkommen würden und verließen die reizende Gegend in Richtung Palo Alto, wo uns meine andere Ersatztochter erwartete. Im Haus der Mattas wurden wir mit einem exzellenten Dinner verwöhnt. Am nächsten Morgen, nachdem wir die Leckereien fürs Brunch aus der Küche zum Gartentisch gebracht hatten, sagte ich, wow, genau wie im Prospekt: ein Füllhorn an Vitaminen. Mandira fragte mit einem lustigen Gesichtsausdruck: Mehr als du zu servieren pflegst? Ich zuckte mit den Schultern. Wo ist Madhu? Noch Kaffee kochen. Ich weiß, er schmeckt besser in dieser tollen Kaffeemaschine. Aber denkst du nicht, die altmodische Art ist weniger Stress? Das ist wahr.

Du hast Glück. Madhu ist so ein Schatz. Gestern hat er sich ja mächtig angestrengt mit dem fantastischen Abendessen.

Ja, er ist spitze in der Küche.

Schmunzelnd kam der Hausherr mit zwei dampfenden Wachmachern zu uns in die Sonne. Ich lud mir Papayastücke, eine Scheibe Lachs und etwas Rührei auf den Teller. Die anderen aßen noch, als ich zu häkeln anfing. Ich hatte Shiv versprochen, die Mütze fertigzustellen.

Madhu fragte, was machen wir heute?

Unser Herz in San Francisco verlieren? Schlug ich vor. Aus allen Ecken kamen Kommentare der Akzeptanz.

Wie weit ist es von hier aus? Etwa 30 Meilen. Gleich hinter der Tür, haha. Ich befestigte das mit Luftmaschen gehäkelte „S" auf der Mütze, winkte dem 12-Jährigen in der Hollywood-Schaukel damit: Ta-ta, das war's!

Madhu sagte, du bist erstaunlich.

Was auch immer das bedeutet. Bei einem Besuch bei Bebóos Vater Sime auf der kroatischen Insel Solta nannte er mich Zirkus Zirkus. Warum? Keine Ahnung; hab ihn nie gefragt. Vielleicht weil ich damals ausgefallene Gürtel mit viel Geklimper getragen hab. Ich ging zu dem Jungen und setzte ihm die Mütze auf den Kopf. Er lächelte und ließ sie auf. Warte, ich mach schnell ein Foto. Man weiß ja nie. Vielleicht steige ich ins Kappengeschäft ein. Wo ich doch den reizenden Brief von Doris bekam, in dem sie mir für ihre Lieblingskappe dankte. Wirklich? Ja, sie hat geschrieben, dass sie so schön passt; sie habe sie den ganzen Winter getragen. Badische Studenten sind mit ihrem *Hatnut* Onlineshop doch auch erfolgreich. Am badischen Neckar geboren, könnte das Business bei mir ja auch klappen.

Apropos Geschäft, Ines zog sich ins Gästezimmer zurück, um ihre E-Mails zu überprüfen.

Während die Kinder das Geschirr in die Küche

trugen, sagte Madhu, seine Samtstimme um eine Nuance tiefer: Marianne, ich weiß nicht, wie nahe du Ines bist ... verstehst du dich mit ihren Töchtern? Mit der indischen Art, den Kopf zu schaukeln, sagte ich: Ich bin okay, danke. Ich will nur, dass du weißt, dass du zu uns kommen kannst, die Flüge sind billig. Das ist sehr nett von dir. Wenn ich auf dem Weg zurück Doris nicht antreffe, mach ich das vielleicht. Mandira fragte: Was willst du durch die Begegnung mit ihr erreichen?

Ich will die Verwandten meines Vaters finden. Wie? Gute Frage. Als Ingrid mich zur Ex-Frau des Pate-Produzenten Al Ruddy schickte, dachte ich, ich hätte schon eine in den Hollywood Hills gefunden. Huh? Hasyas Größe, ihr Körperbau, die Haarfarbe und ihre Augen erinnerten mich an meine Großmutter. Und während der Gruppenaktion hat sie mich öfter so merkwürdig durchdringend angeschaut. Es war auch ganz seltsam, als sie mich beim Abschied an sich drückte. Das war die längste Umarmung meines Leben. Wenn ich Kalifornien nicht kurz danach verlassen hätte …, wie auch immer, ich hab Hasya nie wieder kontaktiert. Vielleicht kennt Doris eine Menge Leute in der Gegend. Sie lebt in Carmel seit den frühen Achtzigern. Ihr Freund war da mal Bürgermeister. Clint Eastwood. Yep. Was ich in Hermosa Beach erlebt hab... es ist zu wichtig, um es zu begraben. Das Kuriosum, dass beide meine Eltern Verwandte in Carmel haben, könnte der Zuckerguss meiner Story sein. Wie das? Ich glaub kaum, dass die Geister, die mich in L. A. aufgesucht haben, sich nur über mich lustig gemacht haben. Was sie mir gesagt haben, ist im Interesse für uns alle. Inwiefern? Der Tenor der Botschaft war, dass die Menschen nur überleben können, wenn wir die lebensfeindliche und lieblose Weise, in der wir mit der Erde und uns selbst umgehen, beenden. Das ist nichts Neues.

Weiß ich. Kennst du den Witz? Zwei Planeten treffen sich. Der erste sagt: Wie geht es dir? Gar nicht gut! Wie das? Ich leide ernsthaft an *Homo sapiens*. Ach, antwortet der andere erleichtert,

das kenne ich, das vergeht wieder.

Ja, wir sind ein Betriebsunfall der Natur. Statt uns verantwortlich in Liebe und Güte zu verhalten, sammeln wir immer mehr gescheiterte Experimente mit der Natur. Dabei verderben wir unsere Seele und vernichten das Leben auf der Erde. Zu viele Leute denken, nach mir die Sintflut zu. Stimmt, aber was kann man tun?

Wenn uns nur allen klar wäre, dass die Seele den Körper überlebt, und dass wir zurückkommen in das Chaos, das wir schaffen. Wenn wir zerstören, werden wir zerstört. Wenn wir betrügen, werden wir betrogen. Auge um Auge ... ja, aber die Menschen juckt das nicht. Richtig, aber wenn ich meine väterlichen Verwandten finde, würde das mein Geisterlebnis beweisen und könnte den Menschen bewusst machen, dass der Tod keinesfalls das Ende ist. Hmm. Glaubst du nicht, wenn die Leute wüssten, dass sie von Geistern umgeben sind, dass sie ein besseres Leben zu führen würden?

Madhu sagte: Kann sein. Ich glaub nicht an Zufälle. Vielleicht ist unser Leben in Kalifornien von der Geisterwelt orchestriert worden. Na, ich weiß nicht. Die Versuche mit den Wasserkristallfotos haben mir klar gemacht, dass Seelen mit uns durch Wasser kommunizieren. Das verstehe ich nicht. Die geistige Welt versucht ständig, uns zu unterstützen und mit uns zu interagieren, wenn wir darauf achten. Wir ... meine mütterlichen Verwandten ... wir nehmen mehr wahr als die meisten Menschen. Ich weiß, das Zweite Gesicht, aber was nützt es?

Oh, es kann sehr nützlich sein. Wie das?

Einmal war mein Bruder mit seinen Handballerfreunden in Paris. Sie verließen ihr Hotel, fuhren herum, tranken hier was, sahen sich dort was an, aßen eine Kleinigkeit und stellten plötzlich fest, dass sie sich verirrt hatten. Auf einmal hatte mein Bruder eine 3-dimensionale Karte von Paris vor seinem geistigen Auge. Er leitete den verblüfften Fahrer auf einer anderen Route zurück zum Hotel. Ja, und über *meine* übersinnlichen Erfahrungen hab ich Informationen über das unfassbare Element Wasser erhalten.

Was für Informationen? Da wäre jetzt das Hintergrundwissen aus meinem Wasserbuch gut, um das Konzept in Wasser kristallisierter Seelenenergie und subtiler Schwingungen der Gedanken und Gefühle zu begreifen. Erst vor Kurzem ist mir eingefallen, dass meine Jugendliebe der Designer meiner Wasserkristallfotos war.

Huh? Ich war mit Edmond von Dembinski eineinhalb Jahre zusammen. Er war Kellner, aber ich glaubte an sein künstlerisches Talent und stellte ihn einem Professor vor, der ihn als Student akzeptierte. Ich führte ihn quasi der Kunst zu. Er hatte Vernisagen in allen großen europäischen Städten. Edi kann viele der *Seelen-sterne* geschaffen haben. Wie? Er ist 1951 geboren und 2002 mit 51 gestorben. Seltsam, seine Kunstwerke sind voller Zeichen. Sie symbolisieren Schönheit und sind Warnsignale, die Umwelt zu schützen. Genau wie die Botschaft meines Urgroßvaters.

Aber wie willst du deine Leute finden? 1902 wanderte der Großvater meines Vaters von der Gegend um Hanau nach Amerika aus. Ich sehe ihn noch ganz deutlich vor meinem inneren Auge. Wie? Na ja, so wie er mir als Geist erschien. Ich denke, dass ich ihn in Fotoalben von Victorfamilien mit deutschen Wurzeln erkennen würde. Vielleicht sieht ja auch eine Verwandte aus wie meine Oma.

Aber was willst du von deinen Verwandten? Was soll ich von ihnen wollen? Kichernd sagte ich, bestimmt keine rückwirkenden Alimente für meine Oma. Aber wenn du so etwas erlebst ... wenn meine Vorfahren mich nur in unserer ersten Wohnung in Kalifornien hätten begrüßen wollen, hätten sie mir dann den Vortrag meines

Lebens gehalten? Das Thema wechselnd, sagte Mandira: Ich erinnere mich gar nicht mehr, warum seid ihr überhaupt nach Kalifornien gegangen? Aus geschäftlichen Gründen, aber wer weiß! Meine Gedanken drifteten ein Vierteljahrhundert zurück.

Wechselkurswirkung: Ticket nach L. A.

Die meisten Menschen wandern aus ökonomischen Gründen aus. Wir waren keine Ausnahme. Als wir im Haus in Frankfurt-Bergen gelebt hatten ... Ja, ich erinnere mich an das parkähnliche Gelände mit dem kleinen Pool. Genau, da verkauften wir neue Luxusautos an Amerikaner. Als der Dollar fiel, war es vorbei mit dem *Big Business*. Also mussten wir etwas anderes finden, um über die Runden zu kommen. Wir waren in den frühen 80ern drei Monate in Kalifornien und hatten dort eine Menge rostfreier Blechkisten auf Rädern gesehen. Peter flog nach L. A. und suchte nach geeigneten Oldtimern. Irgendwann war er das ständige Fliegen leid. Deshalb sind wir 1986/87 in die USA ausgewandert. Wir haben das Land und das Geschäftsmodell gewechselt. Wir sind vom Import zum Export umgestiegen.

Einfach so? Nein, wir hatten eine Probezeit. Ich hätte aber die Miete für das Haus in Bergen gern gespart. Als Schütze bin ich flexibel und passe mich Veränderungen schnell an. Aber für meine Eltern war es einfacher, sich die Vorstellung zu eigen zu machen, uns bald nicht mehr in der Nähe zu haben. Meine Mutter fuhr zweimal im Monat nach Frankfurt, um nach dem Haus zu sehen. Manchmal hat mein Vater sie begleitet, und sie genossen einen Kurzurlaub. In diesen Monaten haben sie sich langsam an den Gedanken gewöhnen können, uns gehen zu lassen.

Wo habt ihr gewohnt?

In Motels und etwa fünf Wochen lang in Jerrys Haus. Welcher Jerry? Der Veteran, der sein Bein in Deutschland verloren hat. Ah, ja, ich weiß, der Mann mit den strahlend blauen Augen. Ja. Er wollte nicht mal etwas von uns, nur die Geschenke, die wir ihm von den deutschen Apotheken mitbrachten. Die geriatrischen Pillen von der berühmten rumänischen Dr. Aslan scheinen ihm wirklich zu helfen.

Wie habt ihr Jerry kennengelernt? Ich hab ihn in den frühen achtziger Jahren quasi adoptiert. Er hatte Interesse an unserem Mercedes Cabrio. Das hab ich auf dem Automarkt in Frankfurt angeboten. Wir hatten unsere Autoplätze aufgegeben, aber wir kauften noch Luxusautos und verkauften sie an Händler, durch Anzeigen oder auf Automärkten. Der Autohändler Jim Keller war mit Jerry gereist. Er hat ihm das Verschiffen deutscher Autos nach Kalifornien eingesungen und ihm versprochen, sein Geld zu verdoppeln. Aha! Ja, und ich hab die Chance gewittert, endlich die ersehnte Erkundungsreise in die Staaten antreten zu können. Peter fliegt nämlich nicht einfach mal so in ein fremdes Land, um es nur zum Spaß zu erkunden.

Nein? Warum nicht? Frag ihn mal. Wir hätten nie Indien besucht, wenn ihr nicht dort gewesen wärt. Ich hab die Kalifornier zu uns nach Hause gelockt. Die Worte, wir haben noch zwei schöne Autos, ich mache euch ein *Package deal* öffneten die Büchse der Pandora. Die Männer folgten mir zu *Haus Tanja*. Peter verkaufte ihnen noch eine Limousine und lud sie zu unserem Lieblingsitaliener zum Abendessen ein. Am nächsten Tag kochte ich Fisch und Sauerkraut für Jerry. Was ist das denn für eine Kombination? Jedenfalls hat er es im Altänchen nicht bekommen. Warum nicht? Gute Frage. Sie hatten nämlich neben ihrem fetten Schweinefleisch und den Würsten auch Hering. Deshalb bestellte er Fisch und Sauerkraut, das Fett bitte in einem extra Schälchen. Die Kellnerin hat den Witz nicht geschnallt. Sie war beleidigt. Jerry sagte: Mann war die sauer. Wie können sie ihr Zeugs verkaufen, wenn sie ihre Gäste wie *Shit* behandeln? Deutsche sind es gewohnt, unsanft behandelt zu werden. Den Grund findest du in Geschichtsbüchern. Ihr müsst unbedingt in die

USA kommen! Dort werdet ihr wie Könige behandelt. Ich würde gerne kommen. Klar kommt, ihr könnt bei uns wohnen. Ist doch nett.

Ja, mein Kochen brachte mir den Trip in den Wilden Westen ein, aber am Ende entpuppte sich dieser als extrem teuer. Ja, ich weiß.

Wir hatten ein paar schöne Tage. Am Flohmarkt am Mainufer kaufte Jim einige antike Uhren, und ich hab gesehen, dass Jerry ein Faible für Trödel hat. Während dieser Woche setzte Jim Peter den Floh ins Ohr, mit dem Export schicker Autos sein Geld verdoppeln oder verdreifachen zu können. Wenig später überquerten wir den großen Teich. Peter wollte schnelles Geld durch den Export von europäischen Qualitätsautos in die USA machen. Ich schlug vor, das Verfahren der Umrüstung auf amerikanische Standards mit nur zwei Autos zu testen. Peter hat mir nur einen höhnischen Blick zugeworfen und gesagt: Das lohnt sich nicht. Da können wir es gleich lassen, das ist die Mühe nicht wert. Also investierte mein waghalsiger Glücksritter all unser Geld in meist besternte Cabrios und schickte sie über den großen Teich. Wir folgten später, um ein wachsames Auge auf den Umbau zu werfen. Ohne Zweifel hatten wir eine wundervolle Zeit mit der netten Familie des Werkstattinhabers. Wir hatten auch die Möglichkeit, in der Eigentumswohnung von Leonard Bernsteins Bruder in Escondido ein Wochenende zu verbringen. Ich hab Jonathan, der sich um die Anlage gekümmert hat, gefragt, ob Herr Bernstein sein Kondominium mit unserem Panther J 72 tauschen will. Leider fiel der Deal ins Wasser. Peter war ohnehin nie an Immobilien interessiert. Sein Slogan ist: *Immobilien machen immobil.* Ein paar Monate später entsprachen die Veränderungen immer noch nicht den EPA und DOT Normen. So kehrten wir unverrichteter Dinge nach Europa zurück.

Bevor wir gingen, ernannte Peter Max Högele zu unserem Autoverkäufer. Er hatte ein kleines Haus mit einem eingezäunten Grundstück in Venice nahe dem Lincoln Blvd. Doch unser Landsmann kiffte lieber. Nach jedem tiefen Zug traten ihm die Augen hervor, wie bei einem Frosch, dann hustete er sich ins Nirwana. Als wir das Wochenende mit ihm und seiner Rochelle in Bernsteins Kondo verbrachten, probierte ich das Kiffen auch mal. Anders als angeblich Bill Clinton hab ich inhaliert und mit Paranoia und Kotzen reagiert. Und was war mit den Autos? Max verkaufte nur ein Mercedes Cabrio in Champagner metallic an einen Filmregisseur von *Twentieth Century Fox*. Linda kümmerte sich um die Transaktion. Für Max war der Verkauf dieses Wagens wohl zu arbeitsaufwendig. Also wählte er den etwas einfacheren Weg und setzte sich mit einem anderen Mercedes SL ab. Wir haben ihn nie wieder gesehen. Den Rest der Autos mussten wir zurück verschiffen. Ja, daran erinnere ich mich.

Tja, dann ging die Achterbahnfahrt wieder von unten los. Als der Dollar enorm stieg, hatten wir wieder genug Geld, um einen neuen Mercedes zu kaufen, und wir bekamen einen Bankkredit für einen weiteren. Sie gingen wie warme Semmeln zu Überpreisen an die Amerikaner. Als der Dollar wieder fiel, importierten wir Oldtimer von USA. Dann dachten wir, es würde mehr Spaß machen, nach L. A. zu emigrieren, und wir wechselten wie gesagt vom Import zum Export. Was habt ihr mit euren Sachen gemacht? Einige unserer Möbel konnten wir verkaufen. Der Rest landete im riesigen Schlafzimmer und angrenzenden Speicher meiner Mutter. Beide Kater mussten in Michelstadt bleiben, bis wir ein Haus hatten. Zurück in Kalifornien fanden wir eine schöne Wohnung in Fußnähe zum Strand. Wir hatten viel Bargeld, aber, wie die meisten Deutschen, keine Kreditkarte. Daher hatten wir keine Kreditlinie und die Managerin sagte, sie brauchen einen Bürgen. Peter sagte, ich kann einige Monate im Voraus bezahlen. Sandi sagte, so funktioniert das hier nicht. Zuletzt bürgte Jerry für uns.

Peters Partner Bernd Bonello, der Begründer des Magazins *Oldtimer Markt*, lebte in einem gemieteten Wohncontainer in dem exquisiten Trailerpark in Newport Beach, direkt am Hafen. Peter wollte mit seiner Größe von damals noch 187 cm nicht in solch engen Verhältnissen leben. Jetzt denken wir anders darüber, da wir die meiste Zeit sowieso draußen leben. Wir waren aber damals mit unserer Wohnung in Hermosa Beach happy. Ich würde auch heute wieder dort leben. Meiner Mutter hat es auch gefallen. Ach ja? Ja, da ist alles zu Fuß erreichbar, Supermarkt, Post, Bibliothek, Buchhandlung, Tennisplätze. Apropos, ich hab Steffi, nur 20 Fußminuten von uns, in Manhattan Beach, gesehen, wie sie Martina geschlagen hat und zum ersten Mal die Nummer 1 wurde. Okay! Mir ist auch ein Schnappschuss der ratlosen Martina in ihrer typischen Brillenreinigungshaltung gelungen. Gut! Aber das Leben in Strandnähe hat einen Nachteil. Welchen? Das Mai-Grau und Junidunkel durch marine Grenzschichtwolken. Oft verliert die Sonne im Kampf gegen die Finsternis. Und nur eine Meile landeinwärts lacht sie und umschlingt alles mit ihren warmen Armen. Na, da kommt die Schriftstellerin wider durch.

Wie war die Wohnung? Der Blick auf den Pool von unserem großen Wohnzimmer war recht unterhaltsam. Peters Bauch, der in den Wochen ohne Sport gewachsen war, schmolz dahin. Alle Möbel, mit Ausnahme von unserem Bett, waren gebraucht. Unser Freund Hans-Jürgen hatte seine Kanzlei in Beverly Hills aufgegeben und uns seine schicke Ledercouch, einen antiken Esstisch, 2 Lampen und zwei moderne Sessel geliehen. Wie praktisch. Ja, und die Haushaltswaren haben wir von Jerrys Garage. Ich hab mich dafür revanchieren wollen, dass er uns bei sich wohnen ließ, und sie entrümpelt. Ich hab Platz gemacht für seinen Mercedes. Den ganzen Tag hab ich Jerrys Flohmarkt-Schnäppchen geordnet und gestapelt. Alles was wir brauchen konnten, durfte ich mir nehmen. Es war ein tolles Gefühl der Freiheit nach über 30 Tagen, obwohl es meist nur Nächte waren wegen der langen Fahrt von und zur Arbeit. Wo war das denn? In Orange. Ja, es war eine schöne Zeit. Wir hatten sogar einen deutschsprachigen Polizisten als zweiten Manager. Walter hat in Torrance gedient. Er ist der netteste Polizist, den ich je getroffen hab. Seine Mutter lebte in Bayern. Unserer ersten Managerin, eine zierliche Endfünfzigerin, wehte stets eine leichte Wodkabrise wie eine flatternde Fahne hinterher. Wenn ich den Schlüssel fürs Fitnessstudio wollte, musste ich zu Sandi gehen. Mir war das immer unangenehm, dass sie sich im Akt des Becherns ertappt fühlen könnte. Da war dann nur noch ein älterer Mieter, alle anderen waren jünger als wir. Und weißt du, in diesen Tagen hab ich ein Vorurteil entlarvt. Wir hielten die Amis für verschwenderisch. Aber es ist nur das System bzw. die Art, die Dinge so zu handhaben, dass sie zu Energieverschwendung führt. Wir dachten zuerst, boah, wie teuer: $850 Dollar für eine 2-Zimmer-Wohnung! Unsere Frankfurter Wohnung war etwas größer und kostete nur 560 DM, aber Strom, Heizung und Wasser kamen dazu. Klar, wenn alles inklusive ist, wird weniger gespart. Da war ich kaum anders als ein US-Bürger. Ich gönnte mir fast an jedem Wintertag Schaumbad. Vielleicht war das einer der Gründe, dass ich mehr denn je prophetisch träumte und Träume vergangener Leben hatte. Schon Goethe verwöhnte sich mit Spatherapie, weil er erkannte, dass die himmlischen Botschaften dadurch besser flossen. Was habt ihr denn so gemacht?

Morgens sind wir zum Strand gelaufen und haben im *Good Stuff* gefrühstückt. Danach fuhr Peter mit seinem roten Mustang Cabrio zum Büro. Wo war das? In der Halle gegenüber dem Hilton am Flughafen. Ich hab meist erst einige der Hausarbeiten und Einkäufe erledigt. Apropos Einkäufe. Eines Morgens an der Kasse vom *Von's* Supermarkt sprangen mich Stapel des gleichen Buchs an. Auf der Titelseite überraschte Shirley MacLaine. Ich wusste gar nicht, dass sie auch schreibt. Impulsiv hab ich ein Exemplar von *Out on a Limb* gekauft und ein Gänsehautgefühl hat mir gesagt, dass es für mich

13

wichtig ist. Nachdem ich an die Reiki-Energie angeschlossen war, haben sich solche Gefühle noch verstärkt. Wie das? Na ja, nach der Einweihung in das kosmische Heilsystem hab ich wochenlang ein starkes Gefühl gehabt, als ob ein Geist mich begleitet. Wie war das? Zum Beispiel, wenn ich mit meinem Toyota Cabrio zur Arbeit flitzte, hatte ich ein unbeschreibliches Hochgefühl. Ähnlich wie in der Kindheit, als ich in dem roten Sport-Treter-Cabrio meines Cousins fahren durfte. Als ich durch den Tunnel am Flughafen Los Angeles raste, hob sich mein Herz in höhere Sphären. Ich war wieder mal zu Hause angekommen. Ich hatte keinerlei Zweifel, dass wir das Richtige gemacht haben, nach Kalifornien zu kommen. Ich hab nur meine Mutter vermisst. Aber unsere Briefe überquerten drei Mal pro Woche den Atlantik und sie besuchte uns jeden Winter. In Gedanken war ich wieder in der Halle am Airport angekommen:

Vermehrte metaphysische Erscheinungen

Im Büro blätterte ich in meinem neuen Buch. Wow! Die Frau hat Mut. Wieso? Fragte Bernd. Sie schreibt über ihre Erfahrungen mit Geistern und Außerirdischen. Das könnte ihrer Karriere schaden. Deshalb bin ich so gern in Kalifornien. Hier hat fast jeder was über metaphysische Erfahrungen zu erzählen. Meine Ex war wie du. Wie? Spirituell veranlagt. Sind wir das nicht alle? Ich nicht. Jetzt, wo ich auf Kaffee, Alkohol und Fleisch verzichte, erlebe ich viel mehr Übersinnliches. Brauch ich nicht. Aber Kaffee.

Mandira sagte, aber warst du nicht auch depressiv in dieser Zeit? Tja, im Bibliothekscomputer hab ich über hundert Studien darüber gelesen, wie schlecht Kaffee ist. Leider keine darüber, wie man das schwarze Gift aufsteckt, ohne Entzugserscheinungen zu bekommen. Aha!

Meine Hauptlebensmittel waren Salate und Gemüse. Ich bekam Pickel, die ich in meiner Jugend nie hatte. Dass sie Symptome der Entgiftung waren, erkannte ich erst später. Damals beschuldigte ich den L. A. Smog. Ich hatte öfter prophetische Visionen als je zuvor. Die meisten meiner Wahrträume realisierten sich in den folgenden Tagen. Auch begannen sogenannte Zufälle mit spirituellem Speed durch mein Leben zu sausen. Ich dachte an jemand und schwuppdiwupp erschien der oder die Betreffende oder rief an. Eines Morgens wachte ich auf und fragte Peter, kennst du einen Oliver?

Nö. Ich hab von einem jungen Mann namens Oliver geträumt. Oh, da muss ich wohl jetzt besser aufpassen. Kein Witz, der blonde Typ zeigte mir eine Seite im *Stern*, wo er für ein Stereo-Sound-System Werbung machte. Er war als Vogelhändler verkleidet. Ein paar Tage später sagte Bernd im Büro, ich hol jetzt Oliver vom Airport ab. Er will für uns arbeiten. Eine Stunde später kam der große blonde Mann und zeigte uns genau das Foto, das ich schon im Traum gesehen hatte. Apropos, blonder Mann, unser Sohn wäre jetzt auch über 20. Wie?

Am Freitag, den 13. Mai 1987 sind wir zurück nach Frankfurt geflogen, um unseren Haushalt aufzulösen. In dieser Nacht wurde ich schwanger. Ich hab es sofort gewusst. In der Nacht zum darauffolgenden Muttertag hab ich von unserem blonden Jungen geträumt. Er war schon 6 Jahre alt. Ich hab ihn meinem Prof. in den Räumen der *Erziehungsberatungsstelle der jüdischen Gemeinde* vorgestellt. Günter Feldmann hat gefragt, ist das dein Junge? Ja, hab ich geantwortet, er hat mir keine Schmerzen verursacht. Drei Monate nach dem Traum haben wir Freunde an einem Teich in der Nähe von Limburg besucht. Ich hab, meinen Bauch haltend gesagt: Ich erwarte einen Sohn, aber Peter sagt, er will nur ein Mädchen, den Jungen will er in den Müll werfen. Wieso? Er meint das nicht so. Peter sagt oft seltsame Sachen. Er dachte wohl an seine Söhne, um die er sich kümmern musste, obwohl er selbst noch ein Jugendlicher war. Vielleicht ist das aber auch wieder so ein Wassermannding. Ich hab Wassermänner fast immer als provozierend erlebt und schon ein paar Mal zu meiner Mutter gesagt, ich weiß nicht, ob ich das ewig aushalte. Und?

Sie hat mich beruhigt, ich solle ihn einfach quatschen lassen und nicht hinhören, er sei ja sonst ein guter Kerl. Und, was war dann?

Karl-Dieter hat gesagt, mach dir keine Sorgen, wenn Peter den Buben nicht will, kümmer ich mich um ihn. Eine Stunde später hat sich unser Sohn verabschiedet. Seither frag ich mich, ob ich die Fehlgeburt unbewusst ausgelöst hab. Wie das denn? Ich hab auf dem Ende eines Holzbretts gestanden. Einige Kinder sind auf der anderen Seite draufgesprungen und ich bin abrupt auf- und abgehüpft. Ich hab ein Ziehen im Unterleib gespürt und unser Sohn, den ich Jan Jasper genannt hatte, ging nach Hause und wartet jetzt auf unsere Heimkehr. Anfangs hab ich mich gefragt, ob ich mir das alles nur eingebildet hab. Aber jedes Mal, wenn jemand versucht, aus meiner Hand zu lesen, sagt er oder sie: Du hast zwei Kinder, die Einkerbungen an der Wurzel des kleinen Fingers zeigen es. Unser indischer Freund Vivek hat gesagt, da ist noch eine kleine Kerbe, es könnten drei sein. Ich erinnere mich an zwei andere Male, wo meine Menses für drei Monate aussetzten. Während meiner Ausbildung beim Notarzt war ich einer Menge Röntgenstrahlen ausgesetzt. Damals gab es noch keine Strahlenmessgeräte.

Und wie war das, alles aufzugeben? Na ja, du machst alles bewusster. Bei meinem letzten Lesezirkeltreffen war ich offener als je zuvor. Ach, da ist mir übrigens Carlos Fehlverhalten klargeworden. Huh? Es war dunkel und Zeit zum Aufbrechen, als er mit einem Samtpfotenstakkato gegen die Glastür der Küche ein sofortiges Öffnen gefordert hat. Vom beleuchteten Wohnzimmer kommend hab ich es energiebewusst unterlassen, das Licht in der Küche einzuschalten. Ich hab gesagt, warum gehst du nicht nach oben? Durch einen Spalt der Schlafzimmer-Glastür konnten die Kater jeder Zeit das Haus verlassen. Klar war es einfacher, mich in die Küche zu zitieren, als die ganzen Stufen hochzujapsen und dann den Baum runterzuklettern. Ich hab also die Glastür aufgemacht, ein paar Sekunden gewartet und sie wieder geschlossen. Als ich am Küchentisch vorbeikam, war es mir ganz warm ums Herz. Feucht leider auch. Dann hab ich den attackierenden Pisser auf dem Tisch schemenhaft wahrgenommen. Tzzz! Diese Unart des Katers hat Margot Weber provoziert. Wie denn? Unsere Vermieterin hat in ihrer Einliegerwohnung einen Meerestiersalat für eine Party angemacht. Carlo ging dem Garnelengeruch nach und miaute sich die Seele aus dem Leib. Frau Weber hat ihm eine Schale mit Milch gefüllt. Das hat er als schweren Affront aufgefasst. Er hat sich ihrer brandneuen Couch genähert und mit angehobenem Schwanz einen kräftigen Strahl direkt auf das Blumenmuster abgesetzt. Aber statt mit Carlo zu schimpfen, hat sich Frau Weber in entzücktem Gehabe gefreut, dass sie den Grund für seine Attacke realisiert hat. Und dann belohnte sie seine Schweinerei noch mit ein paar Shrimps. Solch hanebüchenes Verhalten kann nur in die Hose gehen. Klar, dass Carlo sich das merkte und ab da immer versuchte, sich pissend durchzusetzen. So verkorksen viele Menschen auch ihre Kinder.

Und was war im Lesekreis? Ich hab die deutsche Ausgabe von Shirleys Buch *Zwischenleben* mitgenommen und war neugierig auf die Reaktion meiner Ex-Kommilitonen und unserer Gastgeber. Günter und Gisela waren für einige von uns wie eine Elternvertretung. Wie meinst du das? Na ja, manche Eltern haben ja Probleme, ihre Kinder loszulassen und ihnen die Freiheit zu gewähren, auf eigenen Füßen zu stehen. Ich kann mich ja täuschen, aber ich hatte das Gefühl, dass Günter Feldmann auch Ablösungsprobleme hatte. Und wer ist das? Günter gehörte dem Lehrkörper der Frankfurter Uni an, Institut für Sozialpädagogik und Erwachsenenbildung. Er hat den Lesezirkel mit seiner Lebensgefährtin Gisela Wolf gegründet. So konnte er seine beliebten Studenten noch zweimal im Monat sehen. Mich hat er während eines Kolloquiums eingeladen. Vielleicht hab ich ja auch aufgrund von Ablösungsproblemen zugesagt.

Ich war froh, als ich mit dem Studium fertig war. Ich ja auch. Aber ich war auch traurig und vermisste schon irgendwie die Gewissheit des fehlenden Bezugsrahmens. Huh? Das Gefühl der Leere, nicht mehr dazuzugehören. Solange ich die bekannten Gesichter noch sehen konnte, war ich noch mit den Hochschulaktivitäten und dem Solidaritätsgeist verbunden. Ich hab die anregenden Diskussionen noch genießen können und das Gefühl, jung und frei zu sein.

Und, was haben deine Lesefreunde zu Shirley gesagt? Als ich nach dem üblichen S*mall Talk* sagte, ich würde gern ein paar Seiten von Shirley MacLaines Buch *Zwischenleben* lesen, sagte Gisela, ich wusste gar nicht, dass sie auch schreibt. Ich mag ihre Schauspielerei. Da kann sie auch eine gute Schriftstellerin sein. Wovon handelt denn das Buch? Shirley ist eine erwachende Sensitive, die ständig über ihr Leben nachdenkt. Sie begegnete spirituellen Helfern und Freunden, die ihr halfen, ihr Bewusstsein zu erwecken. Okay? Ich hab dann den Teil vorgelesen, wo das Medium Kevin Ryerson in Trance ging und zwei verschiedene ätherische Entitäten durchkamen. In ganz unterschiedlichem Sprechverhalten beantworteten sie Shirleys Fragen und erklärten in wunderbarer Weise den Sinn des Lebens. Und, wie ist es angekommen? Zuerst mal erntete ich gefühlte 3 Minuten Schweigen. Einige der Teilnehmer untersuchten konzentriert ihre Kuchenplatten, andere hielten ihre Augen grüblerisch geschlossen. Wir hätten eine Nadel fallen hören können. Auch beim Lesen hat es keinerlei Zeichen der Ungeduld gegeben: weder Stuhlrücken noch Räuspern. Also war zumindest das Unterbewusstsein beteiligt. Niemand schien sich gelangweilt zu haben. Dennoch hat die unausgesprochene Frage im Raum gewabert und sich auf die konsternierten Gesichter der Lesefreunde geheftet: Warum hat sie uns *damit* konfrontiert? Was hat das mit unserer Realität zu tun? War es ein Fehler, diese andere Welt auf sie loszulassen? Hatte ich wirklich erwartet, dass sie meine Begeisterung über die Macht des Universums und unserer eigenen teilen? Hast du? Schon. Aber das war wohl naiv. Denn den Professor Nietzsche aus Basel hat auch kaum einer verstanden, als er mit seinem Zarathustra sein Zweites Gesicht auf seine erschrockenen Zeitgenossen losgelassen hat.

Meine Freunde waren teils Atheisten oder Agnostiker, Skeptiker und Individualisten. Wenn sie überhaupt jemals Religionsanhänger bzw. in Konzepten und Liturgien gefangen waren, hatten sie es ausgewachsen. Versteh mich nicht falsch, ich hab nichts gegen Religionen, wenn sie den Menschen helfen, Liebe und Güte auszustrahlen. Doch die Sinne vieler Sterblichen scheinen erloschen zu sein. Als ob sie das Vertrauen in ihre innere Weisheit verloren hätten, hören sie kaum noch auf ihre innere Stimme.

Der einzige Jurist in der Gruppe fragte. Warum hast du diesen Lesestoff gewählt? Das Übersinnliche ist auch meine Realität. Wir gehen nach Kalifornien, und ich werde euch wohl nie wieder sehen. Da dachte ich, euch mal eine andere Seite von mir zu zeigen. Das Spirituelle ist ein Teil des Lebens, nicht nur die Dinge, die wir sehen und berühren können. Oder wie erklärst du das: Ich träume etwas, und ein paar Tage, Wochen oder Monate später erlebe ich genau das, was ich vorhergesehen hab.

Ach! Das ist Zufall, sagte Wolfgang.

Was ist das für ein Zufall: Meine Mutter hatte als 12-Jährige geträumt, dass ihre alte Nachbarin gestorben war. Sie erzählte den Traum ihrer Mutter beim Frühstück. Als sie von der Schule heimkam, erfuhr sie, dass die Greisin tatsächlich gestorben war. Sie durfte mit zum Kondolenzbesuch und fand alles vor wie im Traum, auch die Kinnbinde, die sie so erstaunt hatte.

Okay. Aber was nützt es?

Oh, es kann sehr nützlich sein, wenn wir auf unsere innere Stimme hören. Letztes Mal, als wir zurück nach Deutschland geflogen sind, ging Peter mit dem Koffer auf den Wagen zu und wollte gerade den Kofferraum öffnen. Ich rief, leg ihn auf die hintere Sitzbank. Wieso?

Ich weiß nicht, irgendwas passiert. Peter hat nicht auf mich gehört und den Schlüssel im Schloss abgebrochen. Das ist auch nur Zufall! Das glaubst du alles nur. Glaube? Wenn du nichts über die Metamorphose einer Raupe in einen Schmetterling wüsstest, würdest du mir dann glauben, wenn ich dir eine Larve zeigte, dass aus ihr ein wunderschöner Schmetterling wird? Diese Argumentation führte immerhin zu einigen zustimmenden Äußerungen und leuchtenden Augen. Warum sollte es uns nicht möglich sein, in verschiedenen Körpern zu reinkarnieren? Ja, aber was für einen Unterschied macht es, ob ich das weiß, oder nicht? Der Unterschied ist, wenn du weißt, dass wir wieder kommen müssen, werden wir aufhören zu leben wie *nach mir die Sintflut*. Wenn Betrüger oder Mörder wüssten, sie müssten wiederkommen und das gleiche Elend erleben, das sie ihren Mitmenschen verursacht haben ...

Alles nur Aberglaube, es gibt keinen Beweis, und ... doch es gibt dokumentierte Rückführungen in frühere Leben. Papier ist geduldig. Ja, aber wäre die Welt kein besserer Ort, wenn wir wüssten, dass Gutes und Schlechtes zu uns zurückkommen? Würden Folterer nicht zweimal überlegen, Leute zu quälen, wenn sie wüssten, sie wären beim nächsten Mal Opfer? Das ist der Sinn des Auge um Auge ..., als Jurist, solltest du wissen, dass die irdische Gerechtigkeit oft irrt.

Das ist etwas anderes.

Für mich ist es ein Trost, dass es zumindest ein universales Gesetz gibt, das einwandfrei funktioniert und alles, was wir denken, sagen und tun in einer Art Bibliothek sammelt ...

Unsinn.

Ich wette, in ein paar Jahren, wirst du deine Meinung ändern.

Das glaub ich nicht. Ich hab vorher auch so gedacht. Ich versteh ja, dass ihr vielleicht gerade eure verinnerlichten christlichen oder semitischen Prinzipien losgeworden seid und ich nun mit so was komm. Aber wir alle akzeptieren doch die Werke von Fowler, Piaget und Erikson? Ja und? Sie zeigen, dass nur diejenigen, die höchste Stufe des bewussten Lebens erreichen, die sich aktiv bemühen, nach der Wahrheit zu suchen. In Kalifornien kannst du mit jedem über metaphysische Themen sprechen. Die meisten haben eigene übersinnliche Erfahrungen. Ich hab ne Frau getroffen, deren verstorbener Onkel der Witwe als Geist erschien und ihr zeigte, wo sie wichtige Dokumente finden konnte. Ich traf auch eine Frau, die von einem ESP Chirurg operiert wurde. Keiner sagte etwas. Ich fühlte mich abgelehnt. Zumindest hätte ich nach all den Jahren Respekt erwartet, als ernsthafte Person wahrgenommen zu werden. Tja, so isses.

Ja, aber ich hab dann doch Schützenhilfe von Daniela bekommen. Die Schweizer Psychologin sagte: Eigentlich wollte ich nie mehr außerhalb der Familie darüber reden. Ich hab auch prophetische Träume, meist Unfälle und anderes Negative. Aber ich hab nie was verhindert, wenn ich Freunden gewarnt hab. Deshalb sag ich jetzt nichts mehr. Herbert weiß alles darüber. Mit seinem Nicken pflichtete der ehemalige Pfarrer seiner Frau bei. Klar, er kann ihre metaphysischen Erfahrungen genauso bezeugen, wie Peter die meinen. Daniela, sagte, ich erlebe noch etwas anderes: Wenn jemand aus meiner Familie stirbt, zerbricht ein Kristallglas in meiner Vitrine, ohne dass wir es berühren.

Eifrig sagte ich, eine ähnliche Erfahrung hat Renée, die Tochter meiner Freundin gemacht. Sie war 12, als eine Schachtel mit Vogelfutter in hohem Bogen aus dem Regal flog und rasselnd zu Boden fiel. Renée schrie. Uschi eilte in ihr Zimmer. Was ist los? Etwas Schreckliches muss passiert sein ... ein Geist muss die Box geworfen haben. Eine Stunde später klingelte das Telefon und Uschi erfuhr, dass ihr Stiefbruder gestorben war. Übrigens, als Uschi etwa im Alter ihrer Tochter war, fühlte sie tausend Meilen entfernte Erdbeben. Einmal, als ich bei ihr im Hochbett übernachtet hatte, packte sie morgens plötzlich die Bettleiste, sah mich ganz seltsam an und fragte, hast du das auch gemerkt? Ein paar Stunden später berichtete der Nachrichtensprecher von einem Erdbeben in Mexiko.

Aber all diese Erfahrungen schienen keinen Eindruck auf unsere Lesefreunde zu machen. Da sie kein solches Wissen durch eigene Erfahrung generieren konnten, wirkten sie verwirrt. Vielleicht hatten sie sich noch nicht von der archetypischen Angst vorm Hexenterror erholt. Doch überall auf der Welt haben Psychiater und Parapsychologen gezeigt, dass Prophezeiungen wahr wurden und Medienübertragungen aus dem Äther geholfen hatten, bestimmte Situationen zu meistern und Krankheiten zu heilen. Z. B. erforschte der US-Psychiater Ian Stevenson Kinder, die spontan über vergangene Leben berichteten. Sie zeigten dabei psychische und physische Eigenschaften, die im Zusammenhang damit zu stehen schienen.

Unsere Gruppe von zehn Personen kann kaum repräsentativ sein. Aber wenn zwei von zehn Personen mediale Fähigkeiten haben, vermeiden vermutlich Millionen Deutsche, dass andere über ihre normalen Begabungen lachen können.

Warum haben US-Bürger mehr Selbstsicherheit als wir? Das liegt sicherlich in der unterschiedlichen Sozialisation begründet. Armut und Hunger waren bei den vielen sich selbst versorgenden Farmern fast unbekannt. Dagegen mussten in unserer „guten alten Zeit" selbst gebildete Leute auf entwürdigende Weise katzbuckeln, um irgendeine schlecht bezahlte Stellung zu bekommen. Deutsche waren an Zucht und Ordnung gewöhnt. Sie lernten zu gehorchen und das zu tun, was ihnen befohlen wurde! Die zwei verlorenen Weltkriege, verbunden mit Deklassierung, Hyperinflationen, Hungersnot und immenser Reparationslast, waren auch nicht gerade dazu angetan, dem germanischen Selbstwertgefühl Flügel zu verleihen. Ich weiß genau, wann die letzte Reparationszahlung aus dem 1. Weltkrieg war: Am 1.10.10, auf den Tag genau 12 Jahre, nachdem mein Vater seine leibliche Hülle verlassen hatte. Was haben die US-Amerikaner bisher an Vietnam an Wiedergutmachung bezahlt? Was haben sie an die Tausende durch das Entlaubungsmittel Agent Orange körperlich und geistig verkrüppelten Vietnamesen bezahlt? NADA! Sie kauen immer wieder die Schande des Holocaust in Filmen und Berichten durch, ohne den Genozid an den Ureinwohnern aufzuarbeiten. Indianer werden immer noch als Menschen zweiter Klasse behandelt.

Deutsche arbeiten ihre dunkle Geschichte auf statt sie zu verdrängen. Den USA würde ein Jahres-Scham-Tag auch gut tun. Eine Entschädigung an die etwa halbe Million Vietnamesen, die wie der Mann auf dem Foto an den Folgen von *Agent Orange* leiden, wäre längst überfällig. Da das Gift noch im Nahrungskreislauf ist, sind schätzungsweise sogar zwei bis vier Millionen Menschen von den Spätfolgen betroffen.

Die allmächtige USA bzw. US-Konzerne zu verklagen hat keinen Sinn. Das werden die Europäer, sollten sie so dumm sein, dem Freihandelsabkommen mit den USA (TTIP) ohne wenn und aber zuzustimmen, auch noch lernen. Das Verklagen ist eine US-Domäne; wie das geht, weiß dort jedes Kind. Wer von den jungen Amerikanern noch nicht weiß, was er oder sie werden will, studiert erst mal Jura. Dagegen ist das Klagen kaum im Sinne der traditionell unterwürfigen Südvietnamesen und ihrer wirtschaftlichen Abhängigkeit von USA. Gerechtigkeit müsste von einer globalen Gemeinschaft eingefordert werden. Doch die USA hat selbst die 2,4 Milliarden US-Dollar für militärische und paramilitärische Aktionen in und gegen Nicaragua nicht bezahlt, obwohl sie vom Internationalen Gerichtshof in Den Haag zur Zahlung verurteilt wurde und obwohl sie selbst Richter an den Gerichtshof entsendet haben.

Und warum sind nun Deutsche anders?

Die deutsche Unterwürfigkeit gegenüber Behörden und Institutionen basiert auch auf historischer Ungerechtigkeit. Selbst jetzt können sich nur wenige Menschen leisten, Land zu besitzen. Der deutsche Steuerzahler zahlt ja immer noch viele Millionen an Restaurations- und laufenden Kosten für Schlösser, wenn es sich ihre gräflichen Bewohner nicht leisten können. Deutsche lassen sich zu viel gefallen. Die von den Vorfahren verinnerlichte Disziplin und Ordnung steckt heute noch in vielen jungen Leuten. Es wäre besser, das immer zu gehorchen zu verlernen. Das lädt nur korrupte Verführer ein.

Der Jahrhunderte alte ideologische Drill hat die Angst geschürt und die innere Stimme betäubt. Wenn wir aber angstfrei, gesund und froh leben wollen, vertrauen wir statt Priestern, Politikern, Ärzten, Wissenschaftlern und anderen Autoritäten besser unseren Gefühlen. Suchende Menschen sind in einer ausweglosen Situation, weil die Kirche einiges verheimlicht und die Wissenschaft vermeidet, die Seele zu beweisen. Wie kann man die Seele beweisen?

Die Psychiater Ian Stevenson und Elisabeth Kübler-Ross sowie Raymond A. Moody und einige wenige andere Wissenschaftler haben das bereits getan. Es wäre für uns besser, wenn die Wissenschaft generell in allen Forschungsgebieten das Spirituelle mit einschlössen. Ich hoffen nur, dass wir, um aufzuwachen, kein neues Sodom und Gomorra brauchen. Wie haben die Psychiater denn die Seele bewiesen?

Ende der achtziger Jahre sind die Forschungsergebnisse Dr. Kübler-Ross in der Los Angeles Times veröffentlicht worden. Damals dachte ich, endlich wird die Welt erkennen, dass der Tod keinesfalls das Ende ist. Für mich war der Beweis, dass wir nur unsere Realität verändern, geführt. Wie? Frau Kübler-Ross hatte an Sterbebetten gesessen; meist bei Kindern, die durch Unfälle einen Teil ihrer Familienmitglieder bereits verloren hatten. Wenn sie kurz vor ihrem Übergang waren, fragte die Forscherin nach ihren augenblicklichen Erfahrungen. Zum Beispiel sagten die Kinder: Mama und Peter warten auf mich. Die Sterbenden hatten immer nur Familienmitglieder genannt, die schon auf der anderen Seite waren und nie jene, die den Unfall überlebt hatten. Viele dieser Erfahrungen am Sterbebett waren von Hunderten von Studenten in der Aula miterlebt worden. Die Wissenschaftlerin hatte auch am Sterbebett einer Frau gesessen, die viele ihrer letzten Jahre blind war. Als ihre Zeit gekommen war, konnte sie wieder sehen und die Fragen von Frau Kübler-Ross bezüglich der Farbe ihrer Bluse und die Anzahl ihrer Knöpfe beantworten. Sie hat damit doch zweifelsfrei bewiesen, dass die Seele bzw. unser Bewusstsein bleibt. Ich kann nur jedem ihre Bücher ans Herz legen; vielleicht als Einstieg ihre Autobiografie *Das Rad des Lebens*. Selbst wenn ihre Forschungsergebnisse nicht weit verbreitet sind, haben aber viele von uns eigene Erfahrungen über dieses Naturereignis. Meine Mutter erzählte mir, dass ich als Kleinkind über seltsame Dinge gesprochen hätte. Ich erinnere mich an ein Ereignis, das ich bestimmt versucht hab, ihr zu erzählen. Ich hatte einen glänzenden bunten Ball zu meinem zweiten Geburtstag geschenkt bekommen und hüpfte mit ihm aus dem Haus. An der abschüssigen Seitenstraße hab ich ein Mädchen mit blonden Zöpfen auf der Kreuzung Hieronymus/Heinrich-Arzt-Str. gesehen. Sie hat mir angedeutet, dass ich den Ball werfen soll. Ich hab gedacht, sie wollte mit mir spielen, und warf ich ihr meinen bunten Schatz zu. Sie hob ihre Schürze, fing mein Geburtstagsgeschenk auf und verschwand damit in Richtung Norden. Ich war geschockt, außer mir, im wahrsten Sinne des Wortes. Plötzlich hab ich über meiner rechten Schulter geschwebt und emotionslos auf das kleine Mädchen geschaut.

Ich dachte, da gibt's jetzt nichts mehr zu tun als nach Hause zu gehen. Viele kleine Kinder sehen auch Geister. Ich selbst erinnere mich an keine Geistererlebnisse. Aber meine Großneffen hatten Kontakte mit verstorbenen Verwandten: Moritz mit Oma Marias Halbbruder Christian, der im Russland-Feldzug gefallen war. Jonas traf sich etwa zwei Jahre lang mit Simon. Als ich ihn zum ersten Mal fragte, wer denn dieser Simon ist, sagte er, das ist mein großer Bruder, der vor 5 Jahren gestorben ist. Ein Jahr später fragte ich ihn, ob er sich noch mit Simon träfe, was Jonas bejahte. Obwohl ich es wusste, fragte ich noch mal, wer das ist. Er sagte, Simon ist mein großer Bruder, der vor 6 Jahren gestorben ist. Mit dieser Botschaft machte mir Jonas eine große Freude. Denn, wie die Mutter meiner Großneffen, habe ich wenigstens einen als Fötus verlorenen Sohn in der geistigen Welt. Also hoffe ich, ihn eines Tages und vielleicht noch zwei weitere Kinder zu sehen. Jan Jasper wäre fast 30 Jahre alt. Ein Leben voller Verluste. Tja!

In einer Donahue Show, in den achtziger Jahren, hab ich zum ersten Mal von diesem Prozess erfahren, dass Babys sich im Äther weiter entwickeln. Wie? Ein Chirurg hatte ein kleines Mädchen auf dem Operationstisch verloren. Sie kam zurück und sagte, ich war in einem schönen Park mit meinem Hund und meinem älteren Bruder. Der Arzt, dem gesagt wurde, dass seine Patientin ein Einzelkind war, fragte die Mutter des Mädchens. Überrascht sagte sie, ich hatte meinen Sohn als Baby verloren, es meiner Tochter gegenüber aber nie erwähnt.

In dieser Zeit stöberte ich in der Bibliotheksabteilung gespendeter Bücher herum. Als ich nach einem über automatisches Schreiben griff, fiel mir eine Broschüre von Lynne Palmer in die Hand. Der Titel *Your Lucky Days & Numbers* hatte meine Neugier geweckt. Die Astrologin schreibt, in einem Haus mit der Nummer bzw. Quersumme 11 sind die Chancen, Okkultes zu erleben groß. Menschen, die dort leben, entwickeln ein Interesse an Utopie-Forschung. Nicht nur unsere Hausnummer 1820, auch die Apartmentnummer war eine 11! Kein Wunder, dachte ich auf dem Weg zurück zum Toyota. Zum ersten Mal betrachtete ich bewusst das Nummernschild: 1 ESP 660! Wow! Warum hatte ich das nicht früher bemerkt? Die drei Buchstaben waren: ESP! *Extra Sensory Perception*, das passt zu mir. Und die Quersumme der Zahlen ist die 4, Peters Schicksalszahl. Die Quersumme von Tag, Monat und Jahr der Geburt.

Beim Betreten der Wohnung empfing mich ein intensiver Freesienduft! Durch alle Räume eilend, spürte ich den Blumen nach, fand aber keine. Irgendwo las ich mal, dass sich die geistige Welt durch den Duft der Phantomblumen bemerkbar machen will. Doch den ganzen Abend passierte absolut nichts. Wir schliefen schon lange, als ich jäh von einem Klopfen aufwachte. Im Dösen murrend merkte ich, dass der neue Tag noch in den Geburtswehen lag und das Morgengrauen gerade erst begann, seine Schatten zu werfen. Ich glaubte, mich verhört zu haben. Wer könnte denn zu dieser unpassenden Stunde etwas von uns wollen?

Während mir noch die Kafkaesken durch die grauen Zellen hetzen, enden die unergründlich bedrohlichen Gefühle ganz unvermittelt, als ein ungleiches Paar im Türrahmen unseres Schlafzimmers steht. Die ca. 160 cm große Frau in weißer Hose und weißer Bluse ist Mitte bis Ende 30 dreißig. Kurze dunkelblonde Locken umrahmen ihr rundes Gesicht. Der ältere Mann an ihrer Seite ist fast einen Kopf größer, hager, bleich mit dunklen buschigen Augenbrauen und grau durchwirktem dunkelbraunem Haar. Er trägt ein hellblaues Hemd mit hochgekrempelten Ärmeln und anthrazitfarbenen Hosen. Ohne Umschweife sagt die Frau, auf ihren Begleiter blickend, das ist er. Er hat den Namen Dieter Victor angenommen und in der Gegend von Carmel gelebt. Augenblicklich weiß ich, dass das mein Urgroßvater ist! Unversehens beginne ich ein lebhaftes Gespräch, ohne ein Wort auszusprechen. Kaum bildet sich eine Frage in meinem Kopf, antworten die Geistbesucher in Sekundenbruchteilen. Ihre bildhafte Darstellung tangiert nicht nur den Sinn unseres Lebens, sondern auch das Leben auf den verschiedenen Planeten und die Projekte, die dort laufen. Die geistige Welt arbeitet mit vielen Medien zusammen, durch die sie den Menschen Auskunft über die Gesetze des Universums geben. Der Grund, weshalb in letzter Zeit diese Projekte verstärkt durchgeführt werden, ist die lebensfeindliche und lieblose Weise, in der die Menschen mit der Erde und sich selbst umgehen. Sie sind sich dabei kaum bewusst, dass mit jeder ausgestorbenen Spezies sie ihrem eigenen Aussterben näher rücken. Mit dem fortwährenden Gebrauch fossiler Brennstoffe und chemischer Dünger und Herbizide entzieht sich die Menschheit ihre Lebensgrundlage und richtet den Planeten zugrunde. Dies beunruhigt die Bewohner anderer Planeten, denn der Makrokosmos ist so aufgebaut, wie der Mikrokosmos unseres Körpers. Wenn ein Organ versagt oder nur eine einzige Chemikalie in der Körperflüssigkeit fehlt, ist die Schwingungsharmonie bzw. die Balance unserer kleinen Welt gestört. Vergleichsweise gerät auch bei der Zerstörung eines Planeten das Universum aus dem Gleichgewicht.

Die spirituellen Wesen berichten auch über spezielle Projekte, an denen sie selbst arbeiten. Ergriffen von der überwältigenden Fülle der in kometenhafter Geschwindigkeit veranschaulichten Informationen von der unerschöpflichen Weisheit und der Einfachheit aller Dinge des Seins, denke ich daran, das erworbene Wissen schriftlich zu fixieren. In dem Moment sagt die ätherische Frau, wir müssen jetzt gehen.

Durch den Spalt der nachlässig zugezogenen Schlafzimmergardine schimmerte fahles Licht. Urplötzlich blähte ein kalter Wind das Tuch wie ein Segel auf hoher See. Die beiden verschwanden genauso unvermittelt, wie sie erschienen waren. Verwirrt schaute ich mich um. Wieso war es plötzlich taghell?

Peter beugte sich über mich und rief aufgeregt, was ist mit dir los? Wieso? Du hast wie tot ausgesehen und hast nicht mehr geatmet. Ich weiß nicht ... hast du die Zwei nicht gesehen? Er sah mich fragend an. Wie sollte ich diese Erfahrung werten? Das Klopfen hatte ich deutlich gehört und mich über die frühe Störung geärgert. Dann standen die beiden im Türrahmen. Aber dann hätte doch auch Peter... ? Irgendwo las ich mal, wohl bei Steiner, dass alles, was *unten*, also auf der materiellen Ebene existiert, auch *oben* vorzufinden ist. Hatte ich wieder mal meinen Körper verlassen und auf der immateriellen Ebene kommuniziert? Dunkel erinnerte ich mich wieder an die langen Märsche zum Bahnwärterhaus. Meine Oma, die Schrankenwärterin, erzählte mir dabei einmal, dass sie einen anderen Vater hatte als ihre Geschwister. Ich war damals noch ein kleines Mädchen und konnte mich jetzt an keine Einzelheiten erinnern. Ich fischte meinen roten Kalender, aus der Schreibtischschublade, in dem ich alles Wichtige notierte. Kaum hatte ich die leere Seite vor Augen, wusste ich auch schon, dass kaum etwas von der Fülle an Informationen in meinem Gedächtnis haften geblieben war. Es war auf einmal alles wie ein Traum und übrig von der Lektion meines Lebens blieben nur einzelne Erinnerungsfetzen. Auch war ich mir gar nicht mehr so sicher, ob ich mich an den Namen meines Vorfahren richtig erinnerte. Allerdings machte es mir bewusst, dass der Tod keinesfalls das Ende ist und wir immer weiterleben, auch ohne den Ballast des Körpers.

Kurz darauf rief meine Mutter an: Wenn du mich haben willst, könnte ich Anfang Februar zu euch kommen. Oh, gut, da freue ich mich. Ich auch, aber ich muss zur Konfirmation von Andreas wieder zurück sein. Wann ist das? Am 13. März. Oh, ich hab doch immer noch ein offenes Flugticket. Ich denke, ich werde mit dir fliegen. Oh! Gut. Wie lange? Höchstens zwei Wochen. Peter braucht mich. Besser als nichts.

Wir ließen uns eine Couch anfertigen, die zu

einem sehr bequemen Doppelbett mit extra dicker Matratze umgewandelt werden kann. Doch es war nicht meine Mutter, die als Erste dort schlief, sondern ein Kunde aus Tokio. Der junge Zahnarzt hatte in Frankfurt von uns ein Mercedes Cabrio gekauft und wollte uns dort besuchen. Als er uns in dem Haus am Hügel nicht mehr antraf, sagte ihm Frau Weber, dass wir in Kalifornien leben. Er sagte, kein Problem, dann werde ich sie dort besuchen. Ich will sowieso Jet Skis kaufen. Apropos Japaner, ein anderes zufriedenes Kundenpaar, Marita und Willi kauften uns einen Mercedes ab, den wir von der japanischen Botschaft erworben hatten. Rund 300.000 km später kauften zwei japanische Autoingenieure den Wagen für mehr als er wert war, weil er eine so hohe Laufleistung hatte. Sie wollten den Motor studieren. Das Ergebnis meiner Numerologiestudie: Willis Schicksalsnummer ist eine 6. 6-er Personen sollen am meisten Glück haben. Willi ist de facto ein Glückspilz.

Ma kam kurz vor Peters Geburtstag. Lange vor der Morgendämmerung hörte ich sie in der Küche rumoren. Ich tastete nach meiner Brille, setzte sie auf und tippelte schlaftrunken zu ihr. Sie hielt ihre Unterarme unter den Wasserhahn und ließ kaltes Wasser darüber laufen. Auf der Gasflamme stand ein Topf mit Wasser. Ist es der Jetlag? Ich sah auf die Uhr: Es ist erst 5!

Jesus, das war jetzt knapp. Die dramatische Stimme meiner Mutter versetzte mich in Alarmstimmung. Was ist mit dir? Ich hab meine Herztabletten zweimal vergessen. Warum? Beim Fliegen nach Westen wird's ja nie dunkel, da hab ich halt nicht dran gedacht, sagte sie mit einem verzeihenden Lächeln! Ach du Schreck! Und wie war das? Ich konnte meinen Puls nicht mehr fühlen. Weißt du, wie ich gemerkt hab, dass es ernst ist? Huh? Ich hab geträumt, ich war in Schönbrunn im Haus von einer Jugendfreundin. Im Traum hab ich so schöne ovale Bilderrahmen gesehen. Darin haben Menschen getanzt und gelacht. Sie haben mich gelockt zu kommen. Ma machte das typische Zeichen mit dem Zeigefinger. Plötzlich hab ich gemerkt, dass sie alle tote Verwandte und Bekannte waren. Aber komisch, meine Freundin lebt doch noch (2 Monate später erfuhren wir, dass diese tatsächlich gestorben war). Ich hab gesagt, nein, nicht jetzt, nicht hier bei Marianne. Ich hab mich aufgerafft ... oh, Jesus, das war um ein Haar. Mann, was für ein Start in Amerika. Brauchst du irgendwas? Nö, es ist jetzt gut. Ich könnte dir die Arme massieren, sagte ich, und eine Welle der Liebe überschwemmte mein Herz. Nein, nein, es ist jetzt okay, ich hab schon eine Tablette genommen, es geht mir gut. Schlaf weiter. Okay, Du auch. Nur noch eine kurze Runde. Später gehen wir an den Strand, und ich zeig dir unsere kleine Stadt.

Zwei Stunden später genossen wir ein herzhaftes Frühstück mit weich gekochtem Ei, Räucherlachs, Frischkäse, Joghurt, Bagels und Krautsalat. Was ist das? Es schmeckt gut! Es ist geschredderter Kohl, Karotten und Mayo. Man kann es überall kaufen. Lecker. Das sollten wir auch zu Hause kaufen können. Das funktioniert wie ein Besen. Ja, das perfekte *Jetlag*-Essen. Wasser und Bewegung helfen auch. Lass uns frische Luft schnappen. Die Treppen zum Poolbereich hinuntergehend, sagte ich, hier siehst Du unseren frisch gereinigten beheizten Pool und den Whirlpool. Auf dem mit Baumrinde bedeckten Weg gingen wir Richtung Zentrum Hermosa Beach. Ein paar Nachbarn führten ihre Hunde aus. Eine junge Frau streckte ihre langen Beine an einer Bank, eine andere joggte vorbei. Ma sagte, ach, das gefällt mir. Hier würde ich jeden Morgen laufen. Ich wollte, wir hätten auch so einen Hundepfad. Ja, wäre schön. Früher ist hier eine Eisenbahn gefahren. Ich zeigte auf die Tennisplätze an der Pier Avenue. Das sind unsere Gemeindeplätze. Hier kann jeder kostenlos spielen. Wirklich? Yep. Ist das nicht toll? Wir zahlen weniger Steuern und bekommen mehr fürs Geld. Ja, aber wie sieht es mit den Sozialleistungen und der Krankenversicherung für alle aus? Weiß ich nicht. Ich bin momentan auch nicht krankenversichert. Michelle, die 20-jährige Tochter von unserem Umrüster hat monatlich $200 für ihre beiden Kinder bekommen. Aber sie hat im Haus ihrer Eltern gelebt. Ich denke, mit einer eigenen Wohnung hätte sie mehr Geld bekommen. Mann, das war schräg, sie hat den Vater ihrer Tochter kontaktiert und ihn um Unterhaltszahlungen gebeten. Sie war ohne Geld aber mit ihrer zweiten Tochter Sarah im Bauch zurückgekommen. Hm!

Guck mal da, unsere Bibliothek: auch kostenfrei. Wir zahlen nur ein paar Cent, wenn wir das Buch länger als angegeben ausleihen. Ich bestaunte den perfekten Aufschlag eines Spielers. So ist das fast immer, nur zwei Plätze sind belegt. Wir müssen nie warten. Wollen wir heute Nachmittag mal spielen? Denkst du, ich kann das? Klar! Du spielst doch auch Federball. Einige Minuten später erreichten wir den Pier.

Jetzt werde ich dir mal die Gedenkstätte eines Challengeropfers zeigen. Die Lehrerin?

Nö, nicht die Frau, aber ich kenne Frau Jarvis. Ich deutete auf ein halbrundes Gemäuer. Das ist es. Wir können uns da hinsetzen.

Wie hast du denn die Frau kennengelernt?

Wir sind im selben Yogakurs an der Volkshochschule. Und dieser Gregory hat hier in Hermosa Beach gewohnt? Ja, wie eine Menge interessanter Leute. Wir könnten gleich mal zwei besuchen. Herta aus Wiesbaden. Sie ist mit Wayne Haedrick verheiratet. Nettes Paar. Bestimmt ist sie in ihrem Atelier. Sie macht Reproduktionen von Originalbildern. Wie hast du Herta denn kennengelernt?

Oh, gut, dass du fragst. Das war wieder so ein *Zufall*. Als wir letzten Oktober in Deutschland unseren Freund Mila besucht haben, sagten wir ihm, dass wir jetzt in Hermosa Beach leben. Er sagte, ach, dann könnt ihr mal Christines Freundin besuchen, die wohnt da auch. Übrigens, am Samstag geben Herta und Wayne eine Party. Wir sind auch eingeladen. Ich glaube, Herta hat ihre Schwester oder Schwägerin zu Besuch. Da wirst Du sie kennenlernen.

In der vorletzten Woche des Aufenthalts meiner Mutter sagte Peter, du hast ja deiner Mutter kaum etwas gezeigt. Mit verächtlich geschürzten Lippen fügte er hinzu: Universal Studios und Disneyland. Ich sagte, und eine Fahrt mit Martins Budweiser Buggy durch die Wüste in Yuma. Und Griffith Park mit den alten Eisenbahnen und dem Western Museum, fügte meine Mutter an. Und was ist mit den Picknickkonzerten in der Hollywood Bowl? Und mit all den Besichtigungen während der Suche nach Autos? Peter machte eine wegwerfende Geste: das war Business. Mit einem motivierenden Blick auf seine Schwiegermutter sagte er: Wie wäre es mit einer Fahrt auf dem Pacific Coast Highway und wir zeigen dir San Francisco?

Das ist nicht nötig, nur für mich. Ich bin vor allem hier, um meine Tochter zu sehen, sagte Ma mit einem zärtlichen Blick in meine Richtung. Nein, das ist okay, wir brauchen auch mal einen Urlaub.

Da wir nur die beiden Cabrios hatten, wählten wir meinen zuverlässigen Toyota. Ich kletterte auf den kleinen Rücksitz. Bei unserem ersten Stopp an der Küste entlang, Hearst Castle, umhüllte uns der süße Bergduft. Peter und ich hatten das schlossartige Anwesen des Zeitungsmoguls bereits in den frühen achtziger Jahren besucht. Als Ma in das Gebäude trat, stieß sie einen Kubikmeter Luft aus. Was für ein Pomp. Ein bisschen zu viel für meinen Geschmack. Ja, aber die Leute waren damals geradezu erpicht, von Herrn Hearst eingeladen zu werden. Sie bekamen teure Geschenke: Sportoutfits, Tennisschläger, Golfausrüstung usw. Na ja.

Schau dir mal die Holzdecke an. Ich denke, es ist von einem Kloster. Ma staunte über das glänzende Kristall und das exklusive Porzellan.

Das ist ja ein riesiger Esstisch!

Schau mal die Senf- und Ketchup-Plastikflaschen zwischen all der Eleganz! Ja, komisch.

Das war, um seine Gäste zu schocken, warf Peter ein. Ihre Reaktion sagte viel über sie aus. Auf diese Weise hat er die Tischordnung gewählt. Fesselnde Gäste saßen näher beim Gastgeber, Farblose am Ende der Tafel. So deutete Hearst an, dass die Person nun besser abreist. Apropos Ketchup, Herta ist Patin eines der Heinz Kinder. Wieso? Keine Ahnung. Sie war Stewardess, da lernst du viele Leute kennen. Ma sagte: Ich weiß nicht, ob ich Gast sein wollte, obwohl die Gästehäuser ja gemütlicher sind.

Zurück auf dem Highway 1 waren wir fast die Einzigen nach Norden Fahrenden. In Pismo Beach, sagte Ma: Das ist ein komischer Name, erinnert mich daran, dass ich bald mal den, wie sagt man hier, *powder room* aufsuchen müsste? Nein, so heißt das nur in Privathäusern, in Restaurants fragt man nach dem *restroom*. Ist das nicht *beating the bush*? Um den heißen Brei reden, heißt *beating around the bush*. Aber wie ich sehe, hast du schon eine Menge gelernt.

Ja, im Gegensatz zu Ludi lerne ich Sprachen sehr schnell. Als ich 5 Wochen in der Türkei war, konnte ich mich ziemlich schnell mit der Dorfbevölkerung unterhalten. Natürlich hat mir Mike geholfen, aber mehr als zweimal hab ich ihn nie fragen müssen.

Nach einem kurzen *pee break* ging die Fahrt entlang des Pazifiks weiter. Nach mehr als hundert Meilen entlang der bezaubernden, mit Kiefern, Fichten und Zedern dekorierten Granitküste erreichten wir den 17-Mile Drive.

Possierlich und keck zeigten sich die alles fressenden Grauhörnchen. Unzählige Seehunde und Seelöwen tummelten sich auf dem Seal Rock. Peter sagte, sieht aus, als ob sie winken! Am Carmel Gate verließen wir den 17-Miles-Drive und parkten mitten in dem hübschen Städtchen. Ich rekelte meine verkrampften Extremitäten, drehte den Kopf von Seite zu Seite, streckte meine Beine und beugte den Rücken. Ma sagte, du Arme, ich hätte doch auch mal hinten sitzen können. Vergiss es, du bist meine Mutter, 25 Jahre älter und 5 cm größer. Nicht mehr, ich bin 2 -3 cm geschrumpft. Du kannst mit Yoga die Größe halten. Das hält die Bandscheiben beweglich und biegt und streckt die Wirbelsäule. Lass uns zu dem wunderschönen Strand gehn. Hier fühle ich mich wie daheim. Wir kommen jedes Jahr zu den Oldtimer-Veranstaltungen, den Autoauktionen und -rennen.

Die Sonne malte ein filigranes Bild mit Wasser und Wolken. Hast du jemals solche Nadelbäume gesehen? Sie sehen irgendwie mystisch aus. Diese frei fließenden Äste. Ich wüsste gar nicht, wie sie geschnitten werden. Huh? Ich hab mit Ludi einen Baumschneidekurs belegt. Aha! Sie sehen aus wie Fuchsschwänze. Die dunkle Schwere der Zypressen steht in krassem Gegensatz zum weichen, weißen Sand. Yin und Yang. Ich zog die Schuhe aus. Feine Kristalle rannen zwischen den Zehen durch. Verschwörerisch entsprach Ma dem Ritual des geheimen Plans. Ich fühlte mich wie in einem Film. Von dem feierlichen Ambiente des Sonnenuntergangs und der überwältigenden Schönheit des Panoramas schossen mir Glückshormone durchs Blut. Auf dem Weg zurück zum Auto kamen wir an einem blaugrauen Haus mit einem breiten Gatter aus hohen braunen Brettern vorbei. Ich sagte: Das sieht ja seltsam aus! Wie ein Pferdegatter. Abrupt hielt meine Mutter an und sagte: Sag mal, Marianne, hat jemand von uns dir mal gesagt, dass dein Urgroßvater nach Amerika ausgewandert ist und die Mineoma mit einem 2 Monate alten Problem hat sitzen lassen? Mmh! Oma hat's mir mal gesagt. Die damit verbundene Geisterfahrung zwei Monate zuvor war mir ganz entfallen. Zu viel Ablenkung in meinem Leben auf der Überholspur. Ich hatte so viel zu tun, herumfahren, auf der Suche nach Autos, viele Gäste, Geschäftstreffen, Partys und andere seltsame metaphysische Erfahrungen. Meine Mutter sagte, es wurde geheim gehalten. Mina hat sofort geheiratet und Marie kam als *7-Monatskind* zur Welt. Kennst du seinen Namen?

Nein, wir wissen nur, dass er in der Nähe von Hanau gelebt hat. Könnte er mit Lina Eisele von Steinheim verwandt gewesen sein? Ich weiß nicht, aber Lina war mit der Familie Meckes verwandt. Inzest? Na! Hat sie nicht immer ihre Zunge gerollt und wie ein Kuckuck geschrien? Nein, das war Stanzi. Huh?

Weißt du nicht, Stanzi und Franzi? Hmm!

Mein Vater müsste hier auch irgendwo eine Cousine haben. In Kalifornien? Ich erinnere mich nicht. Wir bekamen Pakete aus Amerika. Ich erinnere mich nur an die Kleidung. Ich bekam einen dunkelblauen Wollrock und ein schönes weiß-gelbes Kleid, sehr beeindruckend, ein exquisiter dünner Stoff mit Blüten, Rosen, glaub ich. Auf meiner einzigen Klassenfahrt nach Karlsruhe hab ich es angehabt, aber ich hab's nicht lang genießen können. Wieso nicht? Im Bus kotzte ein Mädchen drauf. Igitt! Wieso hast du nur einmal teilgenommen?

Es war zu teuer. Wir waren drei Mädchen, es war nie genug Geld da. Wir mussten bei den Bauern und im Haus arbeiten, da Mamme im Wald gearbeitet hat. Das tut mir leid. Ich durfte immer überall mitfahren und hab das für selbstverständlich gehalten. Klassenfahrten waren meine liebsten Schulveranstaltungen. Mit drei erwachsenen Verdienern konnten wir uns viel leisten. Ich dachte an Oma Maria, die Schrankenwärterin. Als Bücherwurm hatte sie im Bahnwärterhaus viel Zeit zum Lesen. Während sie auf die Züge wartete, konnte sie auch ihre Gedichte und Briefe an ihre Freunde schreiben. Schlaue Art, Geld zu verdienen: die meiste Zeit herumsitzen und eine fette Pension kassieren.

Apropos, nur eine Stunde Fahrt entfernt von Heidelberg, erledigte Doris Days Urgroßvater den gleichen Job. Der wäre auch etwas für mich gewesen.

Oh, guck mal, Stierlin Straße. Das ist unser Prof. von Heidelberg. Helm ist einer der Pioniere der Multi-Generationsperspektive. Huh? Er sagt, Familien besitzen seit Generationen ihr eigenes Wertesystem, einen Code, der in eigenen Regeln, Sprüchen und Kommunikationsstilen zum Ausdruck kommt. Der Familiencode gründet in der Vergangenheit der Familie.

Wir erreichten San Francisco bei Dunkelheit. Am nächsten Morgen gingen wir zur Fisherman's Wharf, beobachteten Seehunde und aßen Muschelsuppe in einer Brotkruste und Salat zum Mittagessen. Auf ein seltsames Artefakt deutend, fragte ich: Hast Du dieses Metallding hier schon mal gesehen? Das ist ein U-Boot. Wollt ihr es mal von innen sehen? Ja, klar.

Wir betraten das enge U-Boot und stiegen durch die Löcher von einer Abteilung in die nächste. Boah, ist das eng! Es sieht in den Filmen größer aus. Wir könnten Alwine mal Tiburon und Belvedere zeigen? Oh ja, und das Sugar Loaf Haus, das ich kaufen wollte. Nur in deinen kühnsten Träumen! Es ist ein so nettes kleines Holzhaus mit Blick über die San Francisco Bay. Und die Aussicht auf St. Quentin, fügte Peter abschätzig hinzu. Vergiss es!

Die Bucht war mit Booten übersät. Die meisten von ihnen hatten breite hochgezogene Segel. Im Belvedere Künstlerviertel genossen wir Kaffee und Apfelkuchen auf einem Hausboot. Ich sagte, wenn es nach mir gegangen wäre, würden wir hier ein Haus am Berg besitzen. Mir gefällt es hier besser als in L. A. Peter stöhnte, wettermäßig und geschäftlich sind wir in der South Bay besser bedient. Ja, aber statt unser ganzes Geld in die Schiffsreisen unserer Autos zu stecken, hätten wir ein bezahltes Haus und keine Miete zu zahlen. Quatsch keinen Stuss, schnappte Peter, ein Haus kostet mehr Unterhalt als eine Mietwohnung. Vielleicht, aber ich möchte lieber ein Haus besitzen und weniger Autos haben. Und wovon sollen wir leben? Die Amerikaner sagen immer, tue, was du gern machst, und das Geld wird folgen. Du und deine amerikanischen Seifenblasen. Ich mag nur Rennfahren. Glaubst du, dass irgendjemand mich sponsern wird?

Du könntest doch Testfahrer sein!

Ja, Peter schürzte seine Unterlippe, die warten alle auf mich. Du brauchst es nur jeden Tag zu visualisieren! In der Zwischenzeit kannst du ein paar Autos verkaufen. Ein Blitz feindselig glühender Augen traf mich. Ma sagte lachend:

Es tut mir gut, euch zuzuhören, genau so, wie

ich mit Ludi fuhrwerke. Da fühle ich mich weniger schlecht.

Deine Tochter war nicht so, als ich sie kennenlernte. Da war sie so ein süßes Mädchen. Ich denke, ich werde sie dir zurückgeben.

Warum? Wenn sie sich in deiner Gesellschaft verändert hat, dann musst du was falsch gemacht haben. Huh? Peter zögerte, dann lachte er lauthals. Da hast du wohl recht. So hab ich das noch gar nicht betrachtet.

Auf unserem Weg zurück, auf dem einsamen 100 km Küstenstreifen Big Sur, tanzte die Sonne überm Ozean und vergoldete die Hügel. Während wir die kurvenreichen Zickzackstraßen hochfuhren, verdickten sich die Bäume. Hier bist du begraben, sagte Peter. Ich hätte nichts dagegen, für eine Weile hier zu leben. Früher hab ich mit Günther auch so einsam gewohnt. Hey! Ich hab ne gebrauchte Frau geheiratet. Ha ha. Ma bestaunte die Ansammlung bunter Briefkästen. Diese Mailboxen direkt an der Straße würde unser Leben erheblich erleichtern. Ich stimmte zu und dachte über die unüblichen Arbeitsgewohnheiten meiner Familie nach. Als sie das Café-Restaurant nach 4 Jahren harter Arbeit aufgegeben haben, begannen sie im Zeitungsunternehmen, das mein Bruder heute 70-jährig immer noch betreibt. Mein Vater wurde von der Odenwälder Heimatzeitung bzw. vom Darmstädter Echo eingestellt. Er war für die Umsatzsteigerung sowie für die Anstellung und Koordination der Zusteller zuständig. Heini hatte seinen Job als Maschinenschlosser aufgegeben. Seitdem befördert er in den frühen Morgenstunden Zeitungspakete von den Druckhäusern in Darmstadt und Mainz zu den Zustellern. Wurde einer von ihnen krank, sprangen Ma, Pa oder Heini ein, die Zeitungen zu den Lesern zu bringen. Heinis Nachtarbeit erlaubte es ihm, zusammen mit Ma, die Pension Rosengarten innerhalb von 4½ Jahren zu bauen. Bei der nächsten Gruppierung bunter Mailboxen seufzte Ma: Ach wäre das schön, wenn wir solche zu Hause hätten. Ich fügte hinzu: Ich finde es gut, dass der Briefträger unsere Briefe und kleinere Päckchen mitnimmt, wenn wir den roten Zeiger nach oben stellen. Das erspart uns die Fahrt zum Postamt. Es ist auch energiebewusst.

Wir speisten im *Ventana* und genossen den fantastischen Blick auf den Pazifik. Die herrlichen Rotholzbäume und die Ruhe genießend, atmete ich tief ein. Ist das nicht ein einzigartiger Duft? Ja, sauber, feucht und süß. Ich hab gerade Henry Millers Buch *Big Sur und die Orangen des Hieronymus Bosch* gelesen; über sein Leben hier. Dabei hab ich oft an Heini gedacht. Wieso? Henry ging mit seinen Kindern so um, wie Heini mit Andreas. Auch sein Lebensstil, der radikale Individualismus ... am Ende des Buchs hab ich entdeckt ... schau mal, ist das ein Bussard oder ist ein Falke? Als hätte der Vogel es gehört, breitete er seine Flügel aus und flog über uns hinweg. Boah, ein Adler!

Also, was hast du herausgefunden? Na ja, beide haben die gleichen Namen Henry und Heinrich, und Miller wurde am 26. Dezember geboren, wie Heini. Beide malen und dichten. Da ist schon was dran an Astrologie und Numerologie. Peter warf ein: Das stimmt, Bolko und ich sind im selben Kreißsaal ½ Stunde auseinander geboren, und wir haben beide im Alter von 19 geheiratet und hatten zwei Söhne. Ich fügte hinzu, beide geschieden und lebten 7 Jahre im Konkubinat, bevor beide ein zweites Mal heirateten.

Ma fragte, was ist Numerologie? Du zählst deinen Tag, den Monat und das Jahr deiner Geburt und nimmst die Quersumme dieser Zahlen. Deine Schicksalszahl ist die 1, also $6+6+1+9+2+4 = 28 = 2+8 = 10 = 1$. Die Geburtszahl ist die 6. Was nützt es, meine Nummer zu wissen?

In Numerologiebüchern findest du heraus, was du in diesem Leben zu lernen hast, welche Talente du am besten entwickelst und so weiter. Ich zeig dir ein Buch, wenn wir zurück sind. Namen haben auch Bedeutungen.

Wie lange hat Miller hier gelebt? Solange die Kinder klein waren. Die Schule in Big Sur war nur für die ersten sechs Klassen.

Wie in Schönbrunn, da waren wir alle Altersklassen im selben Raum. Peter sagte, wir auch, auf Gut Moorbeck. Wir kamen von der Stadt und hatten immer Probleme mit den Bauernkindern. Ma sagte, ich darf gar nicht dran denken. Kohler hat mich immer dran genommen. Die andern hatten auch Probleme mit Mathematik. Aber immer musste er mich lächerlich machen, dieser Sadist. Nur wenn er mich brauchte, wenn ich auf Festen singen sollte, war ich gut genug.

Warum denkst du, dass er dich gequält hat?

Ich weiß nicht. Dieser widerliche Gnom war nur böse. Seine Frau hat sich das Leben genommen. Aha! Seine Tochter, auch. Ja, und du hattest alles: hübsch und groß. Keine Ahnung. Er war einfach nur unheimlich und korrupt. Seine Zensuren basierten nicht auf Leistungen. Sondern? Mit jedem Dutzend frischer Eier, jedem Stück Butter und jeder Scheibe Speck wurden die Noten besser. Weil wir von Fett nur träumen konnten, waren unsere Zensuren weniger toll.

Muss schlimm sein, diese ständigen Demütigungen zu ertragen. Als wir den jungen Lehrer Willi Kern bekamen, hat er sich gewundert über unsere schlechten Noten.

Oh, das Henry-Miller-Museum. Es wird Zeit, weiterzufahren, sagte mein Banausenmann. Na, dann beim nächsten Mal. Übrigens, Millers Vater war Schneider aus Bayern und die Mutter ist in Hessen aufgewachsen. Weißt du, was Heinrich bedeutet? Gemäß dem Wortstamm Haus, Domäne, Herrscher. Ist Heini nicht auch der Herr eines großen Hauses? Ma sagte, ohne mich hätte er es nicht. Warum, weil du ihm beim Bauen geholfen hast? Nicht nur das. Ich wollte es mehr als er. Natürlich war es für ihn, damit er durch die Pension ein Auskommen hat. Ich sagte: Ob er das auch würdigt? Na ja. Weißt du, was Alwine bedeutet? Ich denke, ein edler Freund? Skeptisch lächelnd sagte Ma: Woher weißt du das alles? Ich hab es irgendwo gelesen. Na ja, Papier ist geduldig.

Maria bedeutet: idealistisch, klug, fürsorglich, geliebt. War Oma, das? Bin ich es? Ha! Ha!

Familiärer Wiederholungszwang, ein Code aus der Vergangenheit?

Nach einer weiteren halben Stunde des munteren Plauderns sagte ich: Könnten wir jetzt mal in Gang kommen? Madhu setzte sein breitestes Grinsen auf: jawohl!

Mandira sagte, du kannst von mir etwas anziehen. Wir bereiten uns besser auf den San Francisco-Wind vor. Ich folgte ihr in die Privaträume. Shiv rief: Marianne kann meine rote Windjacke tragen. Ei! Das ist schon lange her, dass mir ein hübscher junger Mann seinen Parka anbot. Da war ich 15 oder 16 und saß in einem Bus. Wir waren auf unserer Klassenfahrt nach Frankreich. O lala! Schießen dir auch mitunter Visionen möglicher alternativer Leben durch den Kopf? Ist das nicht normal? Damals hab ich überhaupt nicht realisiert, warum mein holder Klassenkamerad oft einen Umweg nach Hause in Kauf nahm, um mit mir ein bisschen länger zu quatschen. Erst auf der Klassenfahrt wurde mir klar, dass er wohl in mich verknallt war. Jürgen ist klein, und da ich selbst klein bin, flog ich immer auf große Männer. Obwohl, Angela Merkel ist auch nicht größer als ich. Ich bin auch kleiner. Ja, aber in meiner Klasse war nur Heidi kleiner als ich. Wir suchen in der Regel das, was wir selbst nicht haben. Ich stimme einigen von Freuds Theorien zu, aber ich hatte keinen Ödipuskomplex. Im Alter von 4 fragte ich meine Mutter, warum hast du so einen kleinen Mann geheiratet? Allerdings hab ich nach zig Jahren mit Peter gelernt, dass ich doch eine Vater-Bruder-Mischung geheiratet hab. Die gleichen schlechten Angewohnheiten, wie mein Bruder, wie das gelegentliche Saufen und damit verbundene Possen oder nichts wegzuräumen und seine Werkzeuge da zu hinterlassen, wo er gearbeitet hat. Von meinem Vater hat er die Angewohnheit, reinzukommen und ohne zu fragen, den TV-Kanal zu wechseln, auch sein Gähnen, das von einem Western zum anderen Schlafen und die Vorliebe für Colombo, den wir immer mit unseren Gästen besucht haben. Ich weiß. Einmal kam er in seinem senfbeigefarbenen Range Rover an und schnickte eine Kippe aus dem Fenster, bevor er durch das Gate fuhr. Ich weiß, das Haus neben James Steward. Nee, da ist noch eins dazwischen. Oder so.

Während Mandira ihre Garderobe durchsuchte, sagte sie, weich, besorgt klingend:

So, wie geht es Peter? Er ... ich senkte meine Stimme: Ich weiß nicht. Die Dinge haben sich für euch verändert, nicht? Für Peter mehr. Das Gute an der Sache mit dem verlorenen Geld ist, dass er das Rauchen vor 5 Jahren aufgesteckt hat. Gut für ihn!

Für mich ist fast alles gleich. Ich brauche keine Millionen, um glücklich zu sein. Peter liebt den Rennsport und schicke Autos.

Ja, diese Hobbys sind kostspielig.

Ich wandle auf Spinozas Spur. Wie meinst du das? Status und Konsum sind mir nicht mehr wichtig. War's denn überhaupt mal? Nicht wirklich. Ich sammle lieber Wissen als Statussymbole. Ich brauch nicht viel. Eine kleine Farm wäre nett. Haustiere, Bücher und Musik. Allerdings dein schönes Bad in den violetten Tönen mit dem Flachbildfernseher über der Badewanne würde ich auch nicht verachten.

Aber Peter hat selten Geld für schöne Dinge im Haus ausgegeben. Übrigens, genauso war der Ehemann von Doris. Sie gab sogar mal des häuslichen Friedens wegen ein Landschaftsbild von $400 zurück. Genau so, wie Doris die Winterlandschaft beschrieben hat, hat mir Ma eins für DM 400,- mal zu Weihnachten geschenkt. Wo ist denn euer Geld geblieben? Faule Investitionen. Auf Jobs von Apple ist Peter besonders sauer, weil er die Firma, in die er $30.000 investiert hat, fallen ließ. Wieso? Die hat was für Apple entwickelt, was Jobs dann nicht genommen hat. Jobs hat 10 Millionen verlangt, wenn Apple es einbaut. Seitdem verteufelt Peter alle Appleprodukte. Aber er ist selbst schuld, weil er immer nur mehr Geld will, statt sich für das sauer Verdiente etwas zu gönnen und schöne Dinge zu genießen. Einen dicken Batzen hat er noch von Michelstadt aus zu den Söhnen unserer Nachbarin geschickt. Die große Blonde? Nö, Anda, die kleine Rote. Ich weiß nicht, ob ich sie dir vorgestellt hab. Sie sieht aus wie Kevin Costners Partnerin in *Der mit dem Wolf tanzt*, nur älter. Ich glaub nicht, dass ich sie getroffen hab. Ihr habt doch mit klassischen Autos gehandelt. Ja, da haben wir Geld gemacht, aber alle Start-up-Unternehmen, bis auf *Wonderware*, waren Fehlinvestitionen. Armer Peter, seufzte Mandira. Ich hab ihm gesagt, wenn du dein Vermögen nicht genießt, wird die geistige Welt das Interesse verlieren, dir zu helfen, aber er hört nie auf mich. Na ja, ich hab noch das Vertrauen, dass wir unsere Kohle wieder bekommen. Doris hat ja ihre auch wieder bekommen und da denke ich, dass es auch damit zu einer Familienwiederholung kommt. Wie meinst du das?

Der Mann von Doris hat das ganze Geld von ihr in faule Investitionen versenkt, die ihm der Anwalt Rosenthal eingesungen hat. Terry hat dann eine Klage eingereicht. Der Richter hat Doris über $23 Millionen zugesprochen.

Wer ist das denn? Terry, ihr Sohn, war ein Musikproduzent. Er hat auch Songs für die Beach Boys und die Byrds geschrieben. Du hast doch sicher mitbekommen, dass die Manson Family Sharon Tate ermordet hat? Polanskis schwangere Frau. Ja. Charles Manson hat die Tötung veranlasst, weil Terry die Musik der Manson Family nicht aufnehmen wollte. Wieso? Sie waren nicht gut genug. Er und Candice Bergen hatten ein halbes Jahr zuvor noch in dem Haus am Cielo Drive gewohnt. Terry musste zwei Jahre lang einen Leibwächter einstellen. Und Doris' Haus wurde auch rund um die Uhr bewacht. Wieso das?

Manson hat noch vom Gefängnis aus seine Anhänger zum Töten angestiftet. Krank! Ja.

Und wer ist der Rosen ...? Jeremy Rosenthal war der Anwalt, der sich um alle finanziellen Angelegenheiten der Familie kümmerte. Als ich den Namen der Firma, **ARWIN**, las, dachte ich, wow, wie dreist! Ich wette, dass dieser Name von Rosenthal stammt: **A**nwalt **R**osenthal ge**win**nt. Er hat eine ganze Menge Prominenter ruiniert, manche haben sich sogar umgebracht.

Wie denkst du, dass ihr euer Geld zurück bekommt? Ich hab kein Geld für kostspielige Rechtsstreitigkeiten wie Doris. Ich würde in eine Reise mit dem Wohnmobil investieren und *Good Old George* auf die Nerven gehen. Vielleicht lässt er sich ja davon überzeugen, dass er seinen Angelinvestoren bevor er vor seinen Schöpfer tritt, das versprochene Geld gibt. Wer ist denn dieser George? George Boyd von Brix. Ich glaub, Madhu hat ihn auch mal kennengelernt. Brix war unser zweites Start-up-Unternehmen, in das wir vor ¼ Jahrhundert investierten. Zu der Zeit, als mein Vater meine Ibiza Wohnung verkauft hatte, verdiente Brix bereits Geld. Sie verkauften die Software, die Ralphs verwendet. Dann brauchte George mehr Geld. Denn er plante eine komprimierte Version seiner Software, um sie vielen Kunden zu verkaufen. Er klang so vertrauenswürdig, als er nach dem Erfolg von Dennis Morin mit Wonderware zu Peter und Jerry sagte: Ich bin froh, dass ich auch bald in der Lage bin, meinen Angelinvestoren mindestens das Zehnfache ihres investierten Geldes zu geben. Niemand dachte, er würde lügen. Wie hat er denn gelogen? Er wäre doch längst in der Lage gewesen. Er hat uns reingelegt. Es ist auch moralisch falsch. Warum? Peter erzählte mir später, er hätte unterschreiben müssen, dass das Geld verloren wäre, wenn die Firma nicht an die Börse geht oder übernommen wird. Ich hätte das nie unterzeichnet. Es war *mein* Geld. Ich hätte mir diesen George selbst ansehen sollen. Mir können Leute nichts vormachen, ich weiß meist, wen ich vor mir hab. Tja, hinterher ist man immer schlauer. Sagt Peter auch immer.

Manchmal reicht mir schon die Stimme. Einmal wollte einer so einen Amischlitten kaufen. Er hatte mal angerufen und ich hab zu Peter gesagt, verkauf dem nichts. Ich trau ihm nicht. Peter hat wie gewöhnlich nicht auf mich gehört.

Der Kerl hat ihn betrogen; er war mit dem Auto verschwunden. Erst Jahre später hat sich ein Polizist aus Paris gemeldet und gesagt, Peter könne sein Auto abholen. Tzzzz!

Wer weiß, ob George überhaupt je vorhatte, an die Börse zu gehen. Das Geld von der Ibizawohnung sollte also diese komprimierte Version finanzieren. Doch das einzig Komprimierte an der Sache war unser Konto. Und *Good Old George* hat sich eine Multimillionen-$-Villa im Santa-Ana-Gebirge gebaut. Jerry meint, in Südfrankreich hätte er auch ein Riesenanwesen. Peter weiß von Jerry, dass George sogar eine 10-Millionen-Schadensersatzforderung von Ralphs erhalten hat. Du liebe Güte! Ja, die Gier.

Jerry sagt, er kann ihn nicht erreichen, aber für ihn ist es weniger schlimm, er hat noch genug Kohle. Welcher Jerry nun wieder? Na, der mit den hellblauen Augen. Er hat uns mit den Firmen bekannt gemacht. Ein ehemaliger Börsenmakler; er hat auch mal Jura studiert. Es ist einfach wieder eine Familienwiederholung. Auch wenn Jerry kein Betrüger ist, wie dieser Rosenthal, hat er doch den gleichen Vornamen und Beruf. Also hoffe ich, dass wir auch etwas von dem investierten Geld zurück bekommen. Denn mit meiner erwarteten Rente von €250 für 33½ Jahre Arbeit und Studium kann ich gerade so in Portugal überleben. Peter hat ja auch nur €280. Er würde aber lieber wieder nach Kalifornien gehen. Ist es nicht bescheuert, Renten um den gleichen Prozentsatz zu erhöhen? Wieso?

Was macht einer mit €10,000 Pension mit 5% also €500 mehr? Er lässt es auf Bank. Genau! Für Peter und mich würde ein Sockelbetrag von €50 einen Riesenunterschied machen! Zweimal im Monat essen gehen oder ein Konzertbesuch. Man könnte die Rente auch staffeln, bis zu 500 €10%, bis €1000 7,5%, bis zu €2000 5% und so weiter. Das wäre besser für die Wirtschaft und würde vor allem den Binnenmarkt stärken.

Warum bekommt ihr so wenig? Weil kriminelle Politiker das von den Arbeitern eingezahlte Geld klauen und damit bankrotte Banken retten und ihre Wahlversprechen finanzieren. Wenn sie an unserer Stelle wären, würden sie es auch als kriminell betrachten, wenn immer wieder in die Rentenkasse gegriffen wird, um gesellschaftliche Aufgaben zu finanzieren und dadurch permanent das Rentenniveau sinkt und die Altersarmut steigt.

Wie wollt ihr euer Geld zurückbekommen?

Ich schreib ein Buch und warne meine Leser, in Joint-Venture-Firmen zu investieren, sofern sie kein Geld wie Sand am Meer haben.

Das bringt dir die Kohle doch nicht zurück.

Nach dem kosmischen Gesetz von Ursache und Wirkung bekommst du, wenn du was für andere tust, es zurück, auf die eine oder andere Weise. Mandiras fragender Blick ließ mich fortfahren: Wenn du ein Tagebuch führst, wirst du das erkennen. Ich hab mal zwei Vorträge über Spirulina gehalten ohne etwas zu verlangen. Kurz darauf hab ich eine 4-Tages-Reise nach Berlin erhalten, die mindestens drei Mal so viel wert war. Mandira sagte, dann viel Glück.

Ich schlüpfte in meine Jeans. Meine Freundin kam näher. In den großen Spiegel schauend, sagte sie: Wo sind deine Falten? Was? Die sind doch noch da. Lass mal deine Augen überprüfen. Wirklich, du siehst zehn Jahre jünger aus als beim letzten Mal. Vielleicht die eine Woche ohne Peter? Ha ha. Letztes Mal hast du ziemlich angegriffen ausgesehen. Ich seufzte, da hatte ich auch jede Menge Probleme: eine depressive Mutter, einen invaliden Ehemann und ein überflutetes Bad. Wie fühlst du dich wegen des Verlusts deiner Mutter? Ich hab es noch nicht realisiert. Einerseits bin ich erleichtert, andererseits denke ich, einiges falsch angepackt zu haben. Aber momentan fühle ich mich ihr näher als je zuvor. Wie das? In der vergangenen Woche, am 6.6. wäre sie 87 geworden. Da hat sie mich sogar an was erinnert. Wie? Am 5. Juni hab ich zu meiner Schwägerin gesagt, morgen nach der Wurzelbehandlung, übrigens ohne Betäubung ... wieso? Ich beiß mir immer auf die Lippe und wollte nicht mit dicken Lippen fliegen. Ich sagte zu Edith, auf dem Weg zurück vom Zahnarzt werde ich Ännchen besuchen; sie ist die Freundin meiner Mutter. Am nächsten Morgen wachte ich auf und hörte Mamas melodische Stimme: *Dass mer des net vergesse!* Ich spürte sie über meiner Schulter, an der Wange...

Äh, gut! Ja, ich war so happy, als ob ich Geburtstag hätte. Ännchen hat sich auch riesig gefreut, dass ihre Freundin noch mitmischt.

Wie war ihr geistiger Zustand als du sie hattest? Ganz anders als früher, unsicher, mürrisch, verletzend, verletzlich, verwundbar. Ich war zwischen ihr und Peter aufgeteilt. Wer hat mich mehr gebraucht? Die tägliche Hetze zu meiner Mutter, sehen, ob sie aufgestanden ist. Mittags ihr Essen kochen, hinbringen, mit ihr Spazierengehen. Abends für Peter und mich kochen... Hm! Ich zeig dir ein Foto von der Zeit (s. S. 79).

Geistig wälzte ich mein inneres Diarium. Ich sah mich im Auto sitzen, mit Mühe mein verschwommenes Sehen wegblinzeln, meine Kurzatmigkeit und die Angst bekämpfen, dass diese stressbedingten Symptome wieder so schlimm werden könnten, wie damals als mein erster Freund mir ein halbes Jahr nach dem Schlussmachen noch nachstellte. Unser Unheil in dieser Zeit zerriss alle Leichtigkeit und alles Vertrauen. Mandiras Frage schloss mein inneres Sammelsurium. Was war denn mit eurem Bad?

Oh, schrecklich! Jedes Mal, wenn es geregnet hat, war unser Bad voller Wasser, und du weißt ja, wie oft es in Deutschland regnet. Ich musste immer wieder Bademattten waschen und alle paar Wochen die Fugenmasse zwischen den Fliesen erneuern und die gelblichen Wände neu weißen. Wir hätten besser die Miete gemindert. Wir waren so dumm! Wieso? Als wir ausgezogen sind, hat sie auch noch gemeckert, weil an besagter Wandseite ein kleiner Schimmelfleck war. Unsere Kaution haben wir nicht zurück bekommen. Warum nicht? Trau niemals Anwälten. Wir sind schon öfters von Juristen übers Ohr gehauen worden. Was hat sie denn gemacht? Sie hat versprochen, die Heizkosten abzuziehen

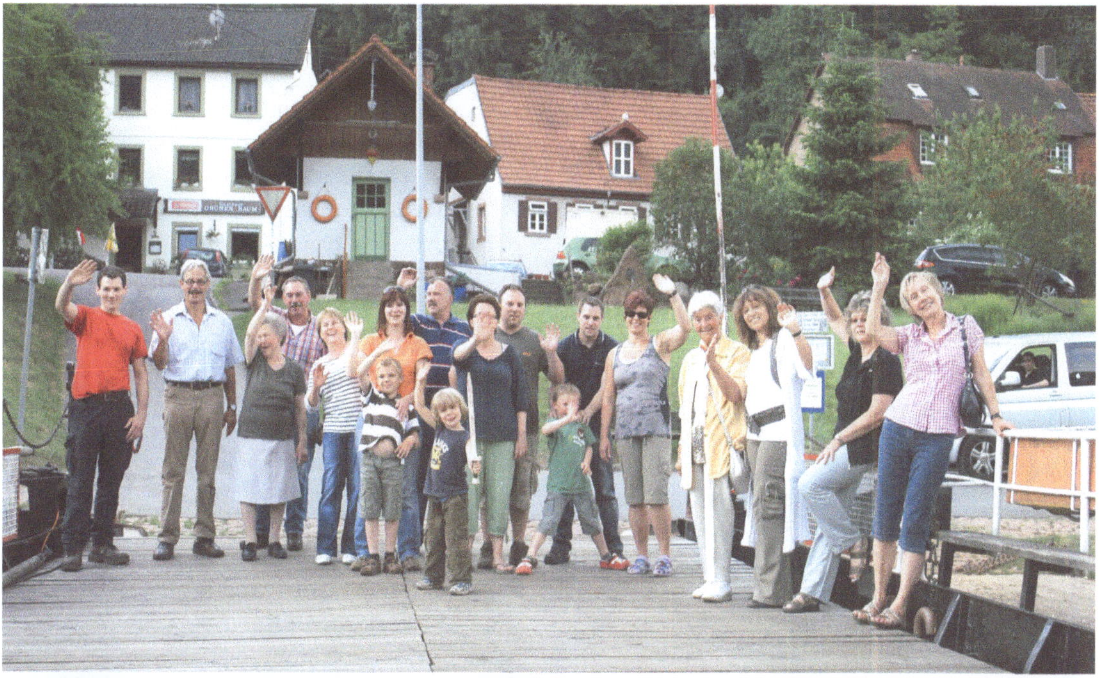

CYPRESS INN
OVERNIGHT
GUESTS
VACANCY

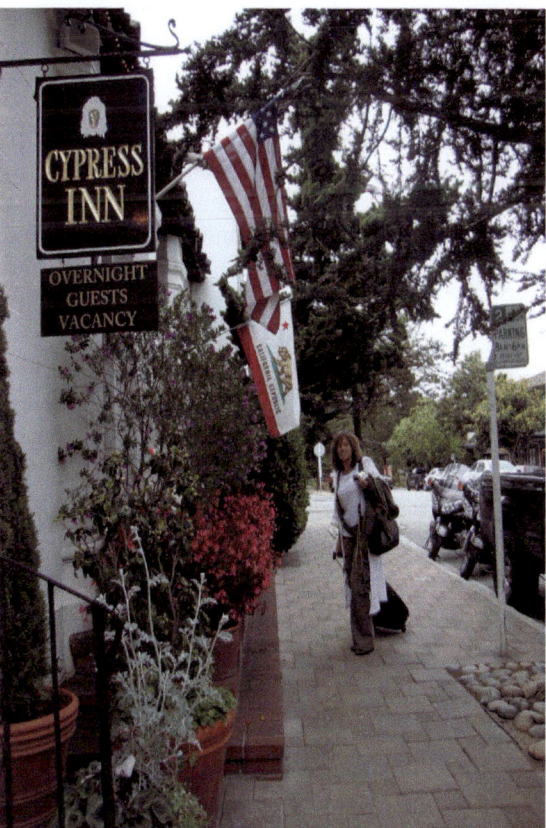

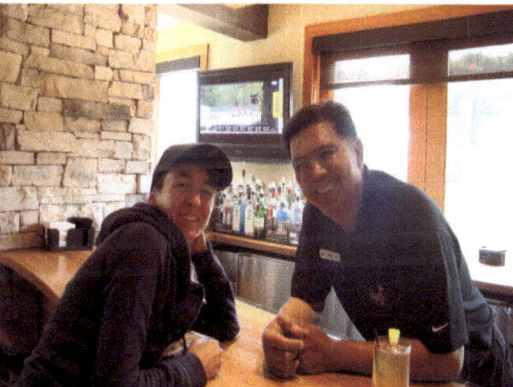

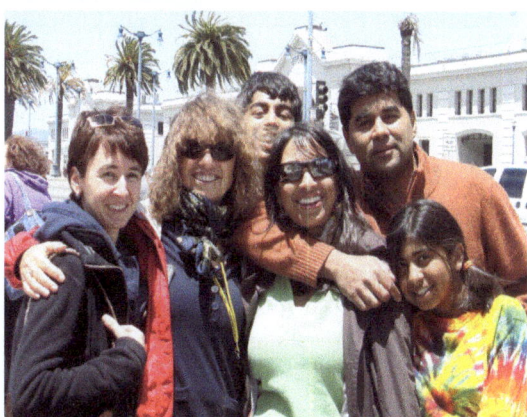

und uns den Rest zu schicken. Als ich vergangene Woche zu ihr kam, sagte sie, die Heizkörper seien gestohlen worden und sie hätte nicht ablesen können, was wir verbraucht haben. Und? Wir waren den ganzen Winter bis April in Portugal, hatten wenig verbraucht und mindestens €500 zurückerwartet. Ärgerlich. Ja, ich war froh, wegzukommen. In unserem 8 Meter langen Haus auf Rädern haben wir weniger Stress.

Und was war dann in Portugal?

Natürlich war das versprochene Haus noch nicht fertig. Joáo hatte wieder mal gelogen. Das Haus hatte sowieso nicht den Blick, den Mila in seinem Traum visualisiert hatte. Huh? Mila hat mich vor 1 oder 2 Jahren angerufen und gesagt, er hätte mich in einem großen weißen Haus besucht. Von der Küche aus hätte man eine Brücke gesehen, an der gerade gebaut wurde. Die Europabrücke über den Guadiana, die Spanien mit Portugal verbindet, kann man tatsächlich vom Gelände des *Quinta do Vale* Projekts sehen, in das Peter investiert hat. Mila hat zwei Städte gesehen, obwohl man zu der Zeit nur Ayamonte sehen konnte. Jetzt gibt es auch viele Gebäude überm Fluss. Na, dann viel Glück.

Ja, eine bewährte Wahrsagerin hat gesagt, dass sie den Verlust der Investition zwar nicht sieht, sich die Sache aber sehr lange hinzieht. Deshalb bin ich noch zuversichtlich. Wo sind eure Möbel? Noch im Lkw beim ersten Bauern nach der Brücke. Er ist ein Verwandter von Joáo. Wir stehen jetzt direkt am Fluss Guadiana.

Fühlt ihr euch da nicht etwas eingeengt? Manchmal ist Peter schon etwas laut. Entweder er quatscht oder er guckt fern. Ich halt dann beim Lesen die Ohren zu. Zum Glück haben wir einen ähnlichen Musikgeschmack, denn ständig spielt er Bob Marley oder den Glatzkopf, mit dem er sich öfters in Malibu betrunken hat, na, wie heißt die Band? Guter Sound, spielte auf Clintons Farewellparty. Na, egal, ich hätte nie gedacht, dass ich es so lange im Camper aushalten würde, aber es hat auch seine Vorteile. Ich bin oft in der Bibliothek, schreibe meine Bücher und blogge auf meiner Website. Was für eine Website? Marianne-e-meyer.com

Aber hättest du nicht lieber ein Haus?

Klar, ich würde eures sofort nehmen. Aber im Moment genieße ich die Ruhe des Wassers und der Freiheit. Und dass ich weniger sauber machen muss. Nimmst du immer noch Spirulina? Logo, ohne wäre ich nachtblind.

Hilft das? Ja, es hat viel Betacarotin. Okay. Vor einigen Jahren, als Peter auf dem Nürburgring raste, waren seine jungen Kopiloten nachts langsamer. Da hat er ihre Nachtstunden zum Teil mitgefahren, insgesamt fünf. Gut für ihn.

Ja! Das war, als Stuck sagte, es sei sein härtestes 24-Stunden-Rennen gewesen. Wieso seid ihr überhaupt nach Portugal gegangen?

Wegen Joáo. Peter hatte auch keine Einkünfte mehr. Unser Erspartes wäre in Deutschland allein mit Wohnung, Heizung etc. schnell weg gewesen. Und was war mit deiner Mutter?

Sie war im Heim der Arbeiterwohlfahrt in Brensbach, weil in Michelstadt angeblich nichts frei war. Sie hatte übrigens früher dem Vorstand der AWO angehört. Ich wollte sie solange, bis etwas in Michelstadt frei wurde, mit nach Portugal nehmen. Ich hatte gehofft, dass es ihr genauso gut gefällt wie damals in Kalifornien und sie wieder aufblüht und ganz bleibt. Aber der Chef ist ausgeflippt, ein echt cholerischer Typ! Als meine Mutter und die anderen Senioren gerade ihr Mittagessen aßen, kam er zum Tisch und sagte: Ihre Mutter kann nicht nach Michelstadt gehen. Ich sagte, haben sie vergessen, dass sie vor lauter Heimweh weinend, sie darum gebeten hat? Wenn sie nicht wollen, dass meine Mutter zu ihnen nach Michelstadt kommt, kann ich nach einer anderen Einrichtung dort suchen. Meine Mutter kann wählen, sie ist doch nicht im Gefängnis. Da hättest du mal sehen sollen, wie der abgegangen ist. Seine Augäpfel sind fast aus ihren Höhlen gefallen. Er ist herumgewirbelt wie Rumpelstilzchen und hat geschrien, nicht mit mir, ich ruf jetzt den Richter an. Echt? Ja, du kannst dir denken, dass es meiner Mutter den Appetit verschlagen hat. Nicht sehr professionell. Ja, da hat er die Maske fallen lassen.

Und was ist dann passiert?

Ich hab dem Richter gesagt, die pumpen meine Mutter nur mit Drogen voll. Jedes Mal wenn ich hinkomme, hängt ihr vollgedröhnter Kopf fast im Schoß. Wenn sie mit mir nach Portugal käme, wäre sie bald wieder in Ordnung. Vor zwei Wochen ist sie noch so geschmeidig wie ein Reh gelaufen. Aber seitdem sie sie bis zur Halskrause mit Haldol abfüllen, läuft sie wie erstarrt mit kurzen Schritten, als ob sie Parkinson im Endstadium hätte. Der Richter und ein Psychiater sagten, ich könne meine Mutter jetzt nicht mit nach Portugal nehmen, aber ich könnte eine zweite Meinung einholen. Also rief ich an der Uniklinik in Frankfurt an. Ich hatte nämlich gelesen, dass Prof. Pantel Depressionen mit einem Minimum an Medikamenten behandelt. Sie halten die Patienten aktiv. Meine Mutter war ja wirklich aktiv: zwanzig Jahre lang Jugendschöffin, in der Erwachsenenbildung involviert, zwei Tanzgruppen, Gymnastik, Chor, viele Amerika- und Ibizareisen, Handarbeitskurs für Kinder, Seniorenberatung und andere ehrenamtliche Arbeiten. Vor ein paar Jahren hatte sie bei der Einweihung eines renovierten Tempels sogar noch solo gesungen. Gut.

Jedenfalls hab ich einen Termin bei einer Frau Dr. Israel erhalten. Aber an dem Tag als geplant war, dass ich sie zusammen mit meinem Bruder nach Frankfurt bringe, war er allein ins Heim gefahren und sagte, sie wolle da bleiben. Ich glaub fest daran, dass sie mit der richtigen Behandlung noch lange und happy gelebt hätte.

Mandira sagte: Ja, es ist wirklich traurig, was sie mit den älteren Menschen machen.

Weißt du, was seltsam ist? Huh?

Als mein Bruder anrief und sagte, dass meine Mutter gestorben ist, das war am 1.1.11, da fing gerade *Das Traumschiff* im Fernsehen an. Sie waren auf Tahiti. Ich sagte, guck, Mama, da waren wir. Es war unser schönster Urlaub.

Noch seltsamer war, dass einer der Gäste an Sarkoidose litt, eine seltene Krankheit, die auch meine Mutter heimgesucht hatte. Das ist wirklich komisch. Ich klatschte die Hand auf meine Stirn, Mac ... Fleetwood Mac! Huh? Die Musik, die Peter so oft spielt. Ja, guter Sound. Nochmals sagte Mandira mit fragender Mine, und du fühlst dich wirklich wohl in dem Wohnmobil? Ja, wirklich, ich bin okay, unser Leben spielt sowieso meist draußen. Wir bewegen unseren Körper mehr denn je. Wir fahren mit unseren Fahrrädern fast jeden Tag an den nahe gelegenen Strand oder in die Bibliothek.

Hört sich nach Spaß an. Ja, nur einer unserer Nachbarn kann enorm enervierend sein. Lucien ist Franzose, sieht aber aus und spricht wie eine Frau. Er hat auf einem Atom-U-Boot gearbeitet. Oh! Das hat sich offenbar nicht nur auf die Gonaden ausgewirkt. Ui! Aber, sagte ich mit einem Augenzwinkern, wir halten ja immer engen Kontakt zu allen Arten von Nachbarn.

Ja, das kann ich bestätigen, sagte Mandira, und wir beide dachten an die siebziger Jahre, als die 8-Jährige uns als Zweiteltern adoptierte.

Wahlverwandte im *Haus Tanja*

Das Röhren von Peters weißem Baby kündete jedem in *Haus Tanja* unsere Heimkehr an. Peter bog scharf links ab und parkte den Porsche Carrera ohne Schnörkel aber mit einem letzten Baritonbrüllen. Der Gang von unserem privaten Parkplatz zu dem imposanten Eingang des hellgrauen Marmorgebäudes war wie oft von einem Urlaubsgefühl begleitet. Unter dem orangeroten Baldachin gehend, war es, als ob wir in einem exklusiven Hotel eincheckten. Als wir die weißen Marmorstufen erreichten, begrüßte uns ein Mädchen mit langen schwarzen Zöpfen und einem gewinnenden Lächeln. Während sie eine Stufe hoch und runter hopste, sagte die nette dunkelhäutige Kleine ohne Scheu:

Hallo, wie geht`s?

Alles paletti, antwortete Peter.

Ihr seht wie interessante Menschen aus. Wieso kommt ihr nicht zu unserer nächsten Party? Wir feiern fast jedes Wochenende. Wir wohnen im Penthouse. Wir wohnen hier in der dritten Etage, sagte ich, auf den dritten Balkon über dem Baldachin deutend. Wie ist dein Name, Süße? Mandira, aber meine Freunde nennen mich Situ. Und wie alt bist du? Fast neun. Und ihr? Ihre erfrischende Art der Frage entlockte mir ein lautes Lachen: Ich bin die fast 26-jährige Marianne und Peter ist 33.

Gut, meine Eltern sind nur ein paar Jahre älter. Kontaktfreudig, wie wir waren, vereinbarten wir, am Samstag zu kommen. Wir mögen es, andere Kulturen zu erkunden. Als Kind wollte ich eine farbige Schwester. Damals gab es die braunen aufblasbaren Winky-Winkie-Negerpuppen. Zusammen mit einem Stück Zucker für den Klapperstorch setzte ich meine auf die Fensterbank. Ich brauche wohl kaum zu erwähnen, dass meine Mutter die dazu notwendige Aktion durchzuführen nicht bereit war. Doch schien mein Wunsch, wenn auch verspätet, nun doch noch in Erfüllung gegangen zu sein.

Wir hatten Situs attraktive Eltern bereits vor der Eingangshalle oder im Aufzug gesehen, meist in eleganter westlicher Kleidung.

Aber, als sich nach unserem Klingeln die Tür öffnete, erschien unser Gastgeber in einem Kaftan und hielt graziös eine Zigarette mit silberner Spitze in der Hand. Fröhlich sagte er:

Sie müssen Marianne und Peter aus dem dritten Stock sein. Ich bin Satish und das ist Maya. Wir waren in einer anderen Welt angekommen, als uns die Dame des Hauses in einem roten Sari mit goldener Stickerei begrüßte. Der große Raum war in modernem westlichen Stil eingerichtet. Doch der Duft indischer Gewürze war mir neu. Ich sagte: Maya ist ein schöner Name. Peter fügte hinzu, passend zur schönen Frau.

Maya sagte, ich bin nur eine Illusion, schwer zu realisieren. Ich sah sie verständnislos an. Sie erklärte: Das ist die Bedeutung des Wortes, Maya, die Unerklärliche. Lächelnd sagte ich, ich hoffe, wir stören nicht. Peter fügte hinzu, ihr kommunikatives Töchterchen hat uns eingeladen. Ja, sagte Satish kichernd, wie beschämt und stolz zugleich, sie liebt es, Freunde zu machen. Wir alle lieben es, sagte Maya fröhlich mit einem einladenden Lächeln. Ich ging zum Panoramafenster und staunte über die tolle Aussicht.

Maya lachte, als ich ihr die Anmache ihrer Tochter im Detail erklärte. Sie sagte, lasst uns hinsetzen. Wir sanken alle auf die lindgrüne Sitzlandschaft. Ist Whisky okay? Klar sagte ich. Zwar ist es nicht das Gift meiner Wahl. Das Gute ist, dass ich bei einem Glas bleibe. Maya sagte, hinter der Einladung steckt wohl Bunny. Bunny? Das ist der Spitzname meines Sohns Vivek. Er ist neugierig wegen ihrer vielen Autos. Wir haben uns alle gefragt, was diese schillernden Leute machen. Wie schillernd? Gutes Aussehen, schicke Autos, erwiderte Maya in einem neckischen Unterton. Satish fragte: Was machen sie denn beruflich? Ich hab als EDV-Organisator in der Metallgesellschaft gearbeitet. Aber weil ich noch ein Einkommen aus Vermietung und Verpachtung habe, meinte mein Steuerberater, es wäre besser, selbstständig zu sein. Meine einzigen Interessen sind Autos und Rennsport. Also entschied ich mich für den Autohandel. Aha! Und wo ist ihr Unternehmen? Ich hab zwei Autoplätze in Frankfurt, einen in Sachsenhausen und einen nur ein paar Blocks von hier. Kein Wunder, dass sie all diese Luxusautos fahren. Leiten sie beide Plätze selbst?

Nein, den in Sachsenhausen leitet Harald, ein vielversprechender junger Mann. Ja, sagte ich, er ist sehr umtriebig. Neben dem Verkauf von Autos führt Harald eine Disco und organisiert Konzerte für Bands wie *The Searchers* und *Dave Dee, Dozy, Beaky, Mick & Tich*.

Maya sagte: Ist nicht *Love Potion No. 9* von den Searchers? Ja, sagte Peter. Und *Needles and Pins* warf ich ein. Wir haben die Mitglieder beider Bands nach ihren Konzerten in Frankfurt kennengelernt. Satish fragte:

Wie ist das Pkw-Geschäft in diesen Tagen?

Wir sind so beschäftigt, dass ich die ganze Woche keine Zeit hatte, meine Haare zu waschen, jammerte ich. Es passen nur 12 Autos auf den kleinen Platz in der Friedberger Landstraße und wir haben sie in diesem Monat schon zweimal gedreht. Ich weiß nicht, wo mir der Kopf steht. Das ist sehr gut, sagte Maya, es bezahlt die Rechnungen. Peter sagte: Warum kommen sie morgen nicht mal vorbei? Da können sie die Autos sehen und Mariannes berühmten Kaffee trinken. Er fügte hinzu, während seine leuchtenden Rehaugen das Nirvana scannen: Bald werden wir einen zweiten Verkäufer haben. Es ist gut, den Wettbewerb zwischen beiden Plätzen zu haben. Stimmt. Ich werde meinen Freund Volker fragen. Er wollte sowieso seinen Job aufgeben. Dann werden wir mehr Zeit zum Reisen haben.

San Franciscos Nackedeis und Obdachlose

Im BMW meiner deutsch-italienischen Wahl-Verwandten folgten wir Madhus Mercedes von Palo Alto nach San Francisco. Ich dachte daran, wie ich Ines fast eine Generation nach Situ quasi als Ersatztochter adoptierte. Ines und Wolfgang kamen gerade noch rechtzeitig für das Northridge-Erdbeben. Sie sahen noch wie Kinder aus, ihre Gesichter kaum verunstaltet von den Blessuren der Zeit. Ich hätte nicht gedacht, dass der blasse blonde Junge, der mir ein paar Monate zuvor einen roten VW-Porsche abkaufte, seinen Worten Taten folgen lassen würde. Er hatte mir gesagt, ich komme mit meiner Freundin wieder und werde für immer hier bleiben. Sie kamen mit $1.500 in der Tasche und mieteten ein Apartment, eine halbe Meile von unserem Haus entfernt. Es wurde vom selben Beben zerstört, das wie ein Eilzug durch unser Schlafzimmer ratterte und mich unterm Schreibtisch hechten ließ wie Bernie Shaw in Bagdad. Unser *Desert Storm* warf TV, Gemälde und Geschirr auf den Boden. Das Epizentrum lag zwar 10 Meilen tief, aber nur 4 Meilen von uns entfernt. Die Bewegung war nicht nur auf den Boden beschränkt: Ich wurde auch über die Bedeutung des Ausdrucks *It scared the shit out of me* aufgeklärt: Der Adrenalinstoß drängte meinem 5 m langen Pupsrohr zwei Schockausscheidungen von frischem Apfelmus Lookalike auf.

Die Kinder hatten die darauffolgende Nacht im Gras neben unserem Pool geschlafen. Da unsere beiden halbjährigen Kätzchen unauffindbar waren, schlief ich auch draußen. In der Nacht zeigten sich beide kurz und verschwanden wieder. Erst zwei Tage später, als die sperrigsten Trümmer weggeräumt waren und die Nachbeben geringer wurden, kehrten Lisa und Mickey zurück.

Wir hatten das Bedürfnis, Ines und Wolfgang unter unsere Fittiche zu nehmen. Doch mit ihrer kreativen Kraft, ihrem Willen, es zu schaffen und ihrem Glück hätten sie uns nicht gebraucht. Sie gehörten zu den seltenen Ausnahmen von Freunden, die von uns geliehenes Geld sogar mit Zinsen zurückzahlten. Ines gewann die Greencard-Lotterie in Italien. Sie hatte mehrere Bewerbungen von ihrer Großmutter in Italien und von Deutschland aus geschickt. Wolfgang hatte kein großes Interesse, als Automechaniker zu arbeiten, genauso wenig wollte Ines in ihrem Beruf als Friseurin arbeiten. Sie informierte mich über das Friseurgewerbe in den USA. Die gleiche Schinderei hatten wir bis vor Kurzem in Deutschland, ein Gehalt, das nicht genug war, um ein menschenwürdiges Leben zu führen. *Thanksgiving* bzw. Weihnachten feierten wir nun meist mit unseren Ersatz-Kindern. Auch Situ, die in Stanford studierte, besuchte uns ein paar Mal mit Madhu.

Mein erster Besuch in Kalifornien nach 15 Jahren zeigte mir, warum Peter L.A. bevorzugte. Es war Juni und wir trugen Pullis und Anoraks. Doch nach den ersten 100 Schritten entlang des sonnigen Hafens tauchte plötzlich ein Rudel nackter Radfahrer auf! Ich hob die Kamera. Oh mein Gott, Peter wird es sonst nicht glauben. Die Zeiten haben sich geändert. Wir haben noch nie in den fast 11 Jahren, in denen wir in USA verbrachten, nackte Männer gesehen. Wenn wir zum Strand von Malibu gingen, war Peter beim Umziehen besonders vorsichtig, dass sich keine ältere Dame von einem Schamhaar eingeschüchtert fühlt. Mir macht es nichts aus, wenn Menschen sich nackt zeigen, aber persönlich mag ich nicht nackt herumlaufen. Als Kleinkind scheute ich beim Pinkeln im Freien sogar die Blicke von Kühen. Andererseits fühlte ich mich einmal durch das Tragen eines Bikini-Tops als Außenseiterin. In den siebziger Jahren, am Strand von St. Tropez, waren alle Frauen barbrüstig. Eine Frau zeigte sogar ihre Brust, die aussah, als ob ihr ein Knopf eingenäht war. Ich dachte sofort an einen Tumor bzw. eine Brustoperation. Das war der Moment, als der Peersdruck mich dazu brachte, mein Top ebenfalls abzulegen. Wäre ich im Dritten Reich mitgelaufen oder wegen Aufmüpfigkeit erschossen worden? Ich würde wohl das Land verlassen haben. Den Juden hätte das allerdings nur dann geholfen, wenn alle weggegangen wären.

Wir passierten eine Reihe von Obdachlosen. Sie saßen auf breiten Stufen neben ihren in Einkaufswägen gestapelten Habseligkeiten. Im stillen verwünschte ich die Kongress-Kasper, die kontinuierlich Milliarden verschwenden anstatt den Obdachlosen zu Unterkünften, Entzugs-und Ausbildungsprogrammen zu verhelfen, um wieder in die Spur zu kommen.

Es ist eine Schande für hoch entwickelte Gesellschaften, keine Unterkunft für alle zu haben. Vielleicht wollen sie ja so leben.

Ach komm, ein paar vielleicht. Meinst du es macht Spaß, ständig von Polizisten herumgestoßen zu werden? Ich denke, dass die meisten krank wurden oder durch Pech oder Fehler ihre Arbeit verloren haben. Und wer keine Adresse, Konto, Telefon hat, kriegt keine Arbeit mehr.

Bekommen sie denn keine Sozialhilfe?

Das denken die meisten Leute. Aber ich weiß von einem Armenanwalt, dass die Obdachlosen eine Menge Probleme mit den Bürokraten bekommen. Wenn sie keine Adresse haben, können sie keine Formulare zugeschickt bekommen und nicht zurückgerufen werden. Sie fangen an zu trinken oder Drogen zu nehmen, meist das billige Crack. Um es zu bekommen, verkaufen sie es. Diese Droge macht hochgradig süchtig und kostet die Gesellschaft viel mehr als alle Hilfsprogramme für Obdachlose. Denk nur an all die Crackbabys, die immer auf Kosten der Gesellschaft leben werden.

Es gibt viele wohltätige Organisationen.

Ich weiß, einige Superreiche nutzen sämtliche Schlupflöcher, um keine Steuern zu zahlen. Gates & Co. spenden für allen möglichen Pipifax, gentechnisch veränderte Lebensmittel, tödliche AIDS-Medikamente und anderes hirnrissiges Zeug. Aber was unseren Planeten zu einem besseren Ort machen könnte, ist ihnen schnurzpiepe. Was meinst du damit? Freiheit! Sicherheit! Würde! Ein globales Grundeinkommen für die dringendsten Bedürfnisse. Keine anderen Sozialleistungen wären nötig, keine Kosten für Kontrollbehörden. Die Gebäude könnten verkauft und Schulden abgebaut werden. Na ja!

Die Leute strampeln sich ab, weil Konzerne, wie Apple, Amazon, Starbucks, Ikea, DB, VW, BMW … ihr Geld vorm Fiskus verstecken, aber z. T. vom Steuerzahler subventioniert werden, damit sie ihren Topmanagern unverschämt hohe Gehälter zahlen können. Aber zahlen die nicht auch Steuern? Ja, aber rechtfertigt das den immensen Gehaltsunterschied? Die Familien sind in den letzten 10 Jahren ärmer geworden, während teils unfähige Manager vielfach mehr verdienen als vor 10 Jahren. Das Durchschnittseinkommen hat sich kaum verändert, aber die Lebenshaltungskosten sind gestiegen. Hm!

Für viele schwierig, über die Runden zu kommen. Es ist Leuten, die am Existenzminimum vegetieren und mehrere Jobs haben nur schwer zu vermitteln, wozu Topmanager und Promis mehrere Millionen im Jahr brauchen.

Ja, aber das ist unsere Erfolgsgesellschaft.

Ach, ich finde, Menschen, die ihre Arbeit lieben, die ganzen Bosse, Schauspieler, Fußballer, und Rennfahrer sollten sich schämen, ihre Millionen in Steueroasen zu verstecken. Ohne die sozialen Einrichtungen, Schulen, Universitäten und ohne ihre Fans, die Ideen und das Mühen ihrer Mitmenschen könnten sie ihre Kohle doch gar nicht scheffeln. Hmm! Das erinnert mich an das Lied von Doris *Life Is Just a Bowl of Cherries"*: *You work, you save, you worry so, but you can't take your dough when you go, go, go*. Mit mehr Mitgefühl wären eine gerechte Verteilung und gezahlte Steuern gang und gäbe.

Ist das nicht idealistisch? Kann sein. Aber ich würde gern in einer Welt leben, in der die Grundbedürfnisse aller Menschen befriedigt werden, sodass sie rein und frei von der weltlichen Sauerei bleiben können.

Hören wir auf mit der Politik. Okay, ich verabscheue nur die Gier einzelner Personen, die unseren *Himmel auf Erden* behindern.

Was meinst du damit?

J. P. Morgan ist so ein Beispiel. Wir würden nicht in Angst vor Atomkatastrophen leben, wenn der Bankier weniger egoistisch gewesen wäre. Wie das? Er hatte immer Nicola Tesla Geld für seine Erfindungen geliehen, aber nicht für seinen Freie-Energie-Generator, den er entwickelt und in seinem *Pierce Arrow* verwendet hatte. Das Auto machte 90 Meilen pro Stunde, und das Gerät lieferte noch genug Strom, um sein ganzes Haus zu beleuchten. Kannst Du dir denken, wieso Morgan die Massenproduktion fürchtete? Interessenkonflikt?

Genau. Er hatte zwei Kupferminen erworben. Elektrische Drähte bestehen aus Kupfer.

Was hat das mit den Obdachlosen zu tun?

Mit freier Energie wären wir viel weiter, jedem Erdenbürger ein der Lage des Landes angepasstes Grundeinkommen für Essen, Kleidung und Unterkunft zu zahlen. Wer soll das bezahlen? Der Steuerzahler wie immer. Die Konzerne produzieren auf Teufel komm raus, und wenn sie finanzielle Probleme schaffen, bitten sie den Staat, also die Steuerzahler, um Hilfe. Daher wäre es fair, wenn diese Betriebe Steuern für Laufbänder und Montageroboter zahlen. Wie gesagt, Konzerne zahlen in der Regel keine Steuern und oft nicht mal für Energie. Das ist unfair. Auch, wenn Politiker Steuergelder weniger für korrupte Banker, sinnlose Bauwerke und Subventionen verschwenden würden, gäbe es genug für alle. Aber würden die Leute nicht aufhören zu arbeiten? Einige vielleicht. Würdest du mit 800 oder 1000 Dollar pro Monat mehr in der Tasche aufhören? Nein. Ich auch nicht. Die meisten Menschen arbeiten gern in ihrem Interessengebiet. Es ist gut für ihr Selbstvertrauen und ihr Engagement. Tief im Inneren wollen wir doch alle etwas für die Gesellschaft tun, um akzeptiert bzw. geliebt zu werden.

Oh, guck mal, was hat denn Gandhi auf dem Markt zu suchen? Soll das den Verzehr vegetarischer Lebensmittel fördern? Das erinnert mich an die infamen Börsengeschäfte mit Nahrung, die dazu führen, dass mehr Menschen verhungern. Mit 800 oder $1000 pro Monat könnten alle Leute mit Lust und Liebe arbeiten und dennoch ihre Häuser abbezahlen und Babys haben. Diese Art der Sicherheit würde die Wirtschaft besser ankurbeln als jedes halbherzige Konjunkturprogramm. Das bedingungslose Grundeinkommen würde für Güter ausgegeben werden, das bedeutet mehr Arbeitsplätze, mehr Produktivität. Mehr Geld würde für bessere Bildung ausgegeben werden. Das hilft der Wirtschaft. Mit einer besseren Ausbildung verdienen die Leute mehr Geld, zahlen mehr Steuern und haben mehr Rente im Alter. Klingt gut, ich wüsste auch was mit $1000 mehr in der Tasche anzufangen. Hey, du bist der erste wohlhabende Mann, den ich traf, der das so sieht. Ich ignorierte Madhus abwehrende Gestik. Die Reichen, die sich gegen das Bürgergeld stellen, denken gar nicht an ihre Vorteile, wie weniger Arbeitszeit und mehr Sicherheit, um nur zwei zu nennen. Warum Sicherheit? Ohne Not klauen doch die wenigsten.

Politiker wollen das vielleicht nicht, weil sie um ihre Pensionen fürchten. Brauchen sie nicht. Wie schon gesagt, mehr Geld, bessere Bildung, mehr Produktivität, mehr Steuern. Politiker werden von den Steuerzahlern bezahlt. Sie sollten daher ein Interesse an hohen Gehältern und dem Grundeinkommen haben.

Du hättest in die Politik gehen sollen. Ja, ich bin schon gefragt worden. Aber erstens hab ich Schiss vor Massen zu reden, zweitens bleib ich lieber meine 1-Frau-Partei. Ich will frei sagen können, was ich will und mir selbst gehören.

Nachdem ich noch mal die Skulptur der großen Seele aus einer weiteren Entfernung aufgenommen hatte, passierte ein enormes Exemplar Mensch, nackt wie vom Schöpfer geschaffen: ein 2-Meter-Mann auf Inlinern.

Oh mein Gott, hast du das gesehen?

Was, den Obdachlosen? Nö, den Kleiderlosen. Keinen einzigen Faden am Leib. Als Kind war das einer meiner Albträume, nackt durch die Stadt zu laufen. Und der Typ macht es freiwillig und ohne Scham. Nähern wir uns wieder Eden? Wo glaubst du, hat er seine Schlüssel? Wahrscheinlich im Stiefel.

Zurück in Palo Alto eilte Ines in ihr Zimmer, um einige Telefonanrufe zu tätigen. Was für ein Wandel von den frühen neunziger Jahren, als sie und Wolfgang nach Kalifornien mit leeren Händen kamen. Mitte der neunziger Jahre wohnten sie bereits mit ihren Hunden und Katzen in einem gemieteten Haus, in einer billigen Gegend in Pasadena. Jetzt führt die Geschäftsfrau, gemeinsam mit ihrem Mann, einen 16-Seelen-Betrieb. Die Krings geben mehr als das Doppelte der Summe, mit der sie in den USA angekommen waren, nur fürs monatliche Schulgeld ihrer beiden Töchter aus.

Ich ging durch des Mattas neue Küche. Durchschnittliche Familien bauen Häuser für die Kosten ihres Umbaus. Ich freue mich für meine wohlhabenden Ersatzkinder. Ich hatte gerade *Die wilde Geschichte vom Wassertrinker* von John Irving gelesen und Fred Trumper mit Mandira Matta verglichen: beide Akademiker aus Akademikerfamilien. Freds Vater, ein Urologe, weniger behilflich. Freds Hauptsorge, außer seinem erektilen Organ, seine Rechnungen begleichen zu können. Situs Großvater war Gesundheitsminister von Indien und ihre Eltern ungemein fördernd. Sie hatte nur die Haare im ersten Jahr ihres Studiums verloren. Zum Glück hat die Mobbinggewohnheit von Erstsemester-Medizinstudenten nachgelassen. Oder war der Grund Situs Hautfarbe? Nun ist sie die geachtete Chefin einer Kinderklinik. Ich frage mich, was sie wohl in ihrem nächsten Leben sein wird? Oder erspart ihr das Nirwana ein Wiederkommen? Obwohl ich als Christin getauft wurde, finde ich meine metaphysischen Erfahrungen im Buddhismus und Hinduismus besser interpretiert. Das Schicksal hatte Ines und Wolfgang trotz ihres bescheideneren Bildungshintergrunds finanzielle Besserstellung gewährt. Zumindest drückt dies die Kring Flotte von Fahrzeugen aus: den neueste AMG Mercedes, Porsche Cayenne, BMW, Mini Cooper, Harley. Dieses Paar lebt den amerikanischen Traum. Haben sie sich ihr Vermögen in dieser Inkarnation verdient, weil sie ein früheres Leben in Opferbereitschaft und Güte geführt haben? Die Letzten werden die Ersten sein! Und die Ersten, die Letzten, wenn sie ihr Geld horten wie Dagobert Duck, anstatt ihren Mitmenschen zu helfen. Geld anhäufen kann kaum Sinn des Lebens sein, sondern die Liebe und Wertschätzung aller Lebewesen der Schöpfung.

Shiv und Rija befreiten mich von meinem spekulativen Denkprozess, indem sie mich fragten, ob ich mit ihnen in den Park gehen will, um Fußball zu spielen. Ist das euer Ernst? Ja, warum? Okay, wenn ihr nichts dagegen habt, mit einer Oma zu spielen. Auf unserem Weg zum Stadion mit Skateboard und Ball sagte ich, es ist etwas kühl. Die 10-Jährige, die ihre Jacke um die Hüften trug, nahm sie ab und reichte sie mir. Die Kinder staunten, wie gut mir das graue Teil mit den anthrazitfarbenen Tieren passte.

Der Singsang unserer ehemaligen Vermieterin schwirrte mir durch die grauen Zellen: *Frau Meyer kann alles tragen. Sie würde auch in einem Kartoffelsack gut aussehen.*

Ich sagte, ihr seid ja enorm gewachsen, seit wir uns vor zwei Jahren gesehen haben. Damals hatten wir den Kindern unsere alte Gegend in Frankfurt gezeigt. Das war so lustig mit Rija, als ich mit Situ in Deutsch sprach und sie nichts außer immer wieder den Namen Doris Day verstanden hatte. Ich informierte Situ über meine frappierenden Gemeinsamkeiten mit Doris Day. Z. B. rührt ihre Angst vor der Öffentlichkeit zu sprechen, wie bei meiner Mutter und mir, von einer Blamage in der Kindheit. Doris Day hatte als kleines Mädchen bei einem Vortrag auf der Bühne ihre Hose nass gemacht, weil ihre Mutter das rote Satinkostüm mit Nadeln festgesteckt hatte und sie die Hose nicht runter bekam. Doris und meine Mutter waren auch beide in einer christlichen Sekte und sagten sich wieder davon los. Irgendwann stemmte das niedliche Mädchen mit den schwarzen Zöpfen ihre Fäuste in die Hüfte und sagte: Who the heck is Doris Day? Rija sah so lustig dabei aus, dass wir alle in schallendes Gelächter ausbrachen.

Als wir am Sportplatz ankamen, reichte Shiv mir das Skateboard und lief mit dem Ball zu einer frei stehenden Wand. Ich hatte noch nie versucht, das Brett auf Rädern zu bewältigen und legte mich erst mal bäuchlings darauf. Shiv rief: Achtung! Huh? Das ist gefährlich. Spielt er nun die Vaterrolle? Später erzählte mir Rija, Shiv hatte einen Unfall genau in dieser Position.

Nachdem wir 15 Minuten den Ball gegen die Wand gedonnert hatten, war ich kurzatmig, aber happy. Es ist seltsam, in einem alten Körper zu verweilen, wenn die Seele sich nie ändert. Ich fühle mich im 60-jährigen Körper kaum anders als im kindlichen. Ohne Spiegel oder reflektierende Peers hätten wir wohl nie das Gefühl, alt zu sein; zumindest solange die Gelenke flexibel und die Blase stark bleiben.

Etwas später im Haus sank Rija auf den Klaviervierhocker und ich lauschte den wunderschönen weichen Klängen, die ihre Hände ganz mühelos dem Flügel entlockten. Wow! Ich bewundere dein Bestreben in allem, was du machst. Du schwimmst täglich einige Stunden, um eine Weltklasseschwimmerin zu werden. Und so wie du schon spielst, übst du doch sicher viele Stunden in der Woche. Shiv spielt auch. Ja, ich hab ihn gehört. Lang nicht so gewandt, dachte ich und sagte: Eure Eltern müssen sehr stolz sein. Mit 11 Jahren hatte ich auch Unterricht, aber die 12 Mark pro Stunde hätte sich meine Oma sparen können. Warum? Ich entwickelte Katarakt an beiden Augen und konnte keine Noten lesen. Immer, wenn mein Lehrer etwas spielte und mich anhielt, es zu wiederholen, spielte ich aus der Erinnerung. Schade. Ach, es hat mir sowieso keinen Spaß gemacht. Na dann.

So Rija, morgen hast du dein Zimmer wieder für dich. Es war nett von dir, mich in deinem bequemen Bett schlafen zu lassen. Sobald wir im Haus sind, werde ich auch so eins kaufen. Situ, die gerade gekommen war, fragte: Wann bekommt ihr denn das Haus? Ich weiß es wirklich nicht. João hat es uns schon im letzten Jahr versprochen. Momentan ist mit der Baubranche in Portugal nicht viel los. Bin mal gespannt, wie unsere Möbel aussehen, wenn wir den Laster leeren. Er steht schon 1½ Jahre beim Bauern.

Meine Gedanken drifteten zwei Jahre zurück, als die Dinge anfingen, sich mal wieder für uns zu ändern. Wir mussten erneut ans Umziehen denken. Es war die Zeit nach einer weiteren Petereskapade, die unsere Wirtin so kommentierte: Jetzt versteh ich, warum ihr keine Kinder habt. Du hast genug mit deinem großen. Eine Zeile meines astrologischen Charts erschien vor meinem inneren Auge, *die Notwendigkeit von Veränderungen ist sehr wichtig.*

Ich wollte schon immer Fiktionales schreiben, zweifelte aber an meiner Phantasie für gute Handlungsstrukturen. Peter ist mir anscheinend behilflich mit Material für künftige Romane.

Entfernte Verwandte auf Doris Days Spur

Wie wollen wir unseren Umzug machen? rief Peter aus der Küche. Was? Wie kriegen wir unsere Möbel nach Portugal? Wir könnten einen Lkw kaufen und alles selbst machen. Dann sind wir flexibler und teurer ist das auch nicht. Wir können den Lkw später verkaufen. Hm. Mist! Diese Kaffeemaschine macht mich verrückt.

Wir könnten ihn auch zu einem Wohnmobil umbauen. Quatsch, das ist viel zu teuer. Da bezahlen wir am Ende mehr, als wenn wir einen fertig kaufen. Obwohl ich es bezweifelte, lenkte ich ein: Okay, wie du willst. Im schlimmsten Fall kannst du damit deinen geliebten Schrottplatz starten und die Teile verkaufen. Wer weiß, wie lange das mit dem Haus dauert, du kennst doch João. Wann hat er gesagt, dass es fertig ist? Der hat schon so viel gesagt.

Vielleicht kriegen wir gar nix.

Ich hab noch Hoffnung. Die Hellseherin hat sich bisher nie geirrt. Marilyn sagte: Ich sehe keinen Verlust, aber es wird eine sehr lange Zeit in Anspruch nehmen. Und denk dran, Mila war im Traum bei uns in einem Haus mit Blick auf einen Fluss mit Brücke. Verdammt, Peter gab dem Filter einen Schlag, der Tropfstoppmechanismus geht nicht mehr.

Ich füllte die Googlesuchleiste mit der Pflanze, mit der ich mich gerade beschäftigte. Wieso zum Kuckuck heißt Psyllium Flohsamen? Ich hätte vielleicht schon früher darüber geschrieben. Mist, die Hälfte vom Kaffee ist weg, meckerte Peter. Ganz und gar kein Interesse an meiner Arbeit, der Mann! Er hat noch nie eins meiner Bücher gelesen, nur Nachrichten, Autorennen und Börsendaten. Doch als unverbesserlicher Optimist finde ich sein mangelndes Interesse positiv: Ich kann über alles schreiben, und er würde mich nie auffordern, eine Zeile zu schwärzen. Ich öffnete das Internetportal von meiner Lieblingsuni und füllte die leere Suchleiste mit *Plantago ovata*. Das Telefon klingelte. Normalerweise überlasse ich Peter das Telefon. Da ich ihn noch in der Küche rumoren hörte, schnappte ich mir den Hörer. Tante Annelieses helle Stimme sprudelte in mein Ohr:

Was machst du gerade? Ich arbeite an einem Buch über die beste Substanz, Gewicht zu verlieren und zu entgiften. Na, das kannst du mir ein andermal sagen. Ich hab was Wichtiges. Ja?

Am Sonntag war ich mit Lisbeth und Hilde Wiswesser auf dem Fährfest in unserem Geburtsort. Sie feiern jetzt jedes Jahr um den 20. Juni herum, um etwas Geld für die Fähre zu bekommen, damit der Fährmann im Geschäft bleibt. Okay? Auf Hype umschaltend sagte sie, das nächste Mal solltet ihr auch kommen.

Auf jeden Fall! Also, wie war es?

Sie hatten Tische und Bänke vorm *Grüner Baum* in Neckarhäuserhof eingerichtet. Ein Musiker war auch da. Es war sehr schön.

Hmm! Wir hatten köstliche selbst geräucherte Forellen und rate mal, was ich herausgefunden hab. Huh? Wir sind mit Doris Day verwandt! Was? Das ist seltsam. Was? Vor kurzem hab ich ein Bild von ihr in der Boulevardpresse gesehen. Ich hatte ein merkwürdig vertrautes Gefühl, und dann hab ich gelesen, dass ihre Großmutter aus Mückenloch stammte. Und?

Ich hab nur die Seite herausgerissen. So!

Ach, das ist aber schade, dass wir das nicht früher gewusst haben, als ihr mich alle in Kalifornien besucht habt. Tja! Immer, wenn ich in einem Film Doris' ruckartigen Hüftschwung gesehen oder ihren mürrischen Kehllaut gehört hab, dachte ich, genau wie Mama. Oma sagte auch immer, wie deine Mama. Wie geht es der Alwine? Sie zieht sich immer noch zurück, aber geistig ist sie glasklar. Ich bringe ihr das Mittagessen, sie will einfach nicht zu den anderen gehen. Sie fühlt sich minderwertig. Warum?

Sie ist eine der am besten aussehenden und am besten angezogenen Frauen. Ihre Schränke platzen fast, aber sie sagt, sie hat nichts zu anziehen und kein Geld. Sie hat doch viel gespart. Ja, ich weiß, aber wenn ich ihr das sage, sagt sie, ich kann nicht mehr singen oder ich kann nicht mehr schreiben. Das alles sind Anzeichen einer schweren Depression, aber ihr Kurzzeitgedächtnis ist besser als meins. Wieso?

Neulich in der Apotheke musste ein Teil ihrer Medikamente bestellt werden. Ich fragte, ob sie sie in ihre Wohnung liefern können. Später hatten wir ein ungeplantes Treffen in der Nähe der Apotheke. Ma sagte, oh, dann können wir doch die Medikamente selbst abholen. Sie hat dran gedacht, ich nicht. Also warum haben sie ihr Alzheimer Pillen anstelle von Antidepressiva gegeben? Der Psychiater hat sie doch nach dem Datum gefragt und nach dem Namen des Präsidenten. Sie hat beides richtig beantwortet. Die wollen wohl nur die Anstalten und Altersheime belegt halten. Da sterben sie schneller und sozial verträglicher. Reg dich wieder ab. Ach ist doch wahr. Lass mich jetzt noch sagen, wie es am Sonntag war. Okay. Du weißt ja, wie ich bin, ich rede ja mit jedem. Wie ich. Ähm, ja. Frau Wiswesser hat auf dem Balkon in ihrem Rollstuhl gesessen. Sie ist schon 90 Jahre alt, eine Ex-Dozentin. Ich drehte mich zu ihr und sagte: Hallo, ich bin eine Tochter von der Lydia Augspurger. Sie war freudig überrascht. Sie hat gesagt, oh, von der Lydia, die mochte ich immer. Kommt doch mal hoch zu mir. Sie hat uns mit Käsekuchen und Kaffee verwöhnt.

Und wie sollen wir mit Doris Day verwandt sein? Hilde Wiswesser sagte, durch unsere Oma Wie hieß die? Eleonore Nollert. Wieso weiß Hilde das? Sie sagt, es ist offiziell. Das könnte man in der Stadtverwaltung erfahren. Das wollte ich dir nur gesagt haben. Ich leg jetzt auf. Okay, danke für deinen Anruf.

Ich war erfreut, bewegt, geehrt, eine bunte Gefühlsmischung. Verwandt mit einer Frau, deren Song *Que sera sera* fast jeder kennt. Willst du auch einen Kaffee? Es ist schon zwei. Obwohl, schlafen werde ich heute sowieso nicht so früh. Ich füllte die Google Suchleiste mit dem Namen der Sängerin und Schauspielerin. Hast du mein Gespräch mit Anneliese mitgekriegt? Du bist wohl mit einer entfernten Cousine von einer ... wow... der immer noch erfolgreichsten Schauspielerin aller Zeiten verheiratet! Aus der *Quigley's 'All Time Number One Stars'* Liste steht Tom Cruise als No 1 und Doris Day als No 6, direkt hinter ihrem Freund dem Bürgermeister. Dreh nicht gleich durch.

Auf sein spöttisches Grinsen sagte ich, wie würdest du dich denn verhalten, wenn du mit John Wayne verwandt wärst? Deine Beziehung zu dieser Frau bringt uns keinen Pfifferling. Geld, Geld! Ja, wir konzentrieren uns besser aufs Geschäft.

Ah! Hier gibt es einen Stammbaum. Da ist tatsächlich ihre Großmutter Anna Christina oder es ist ihre Urgroßmutter ... eine geborene Nollert wie meine Urgroßmutter. Sie sind 9 Jahre auseinander, wahrscheinlich Schwestern. Endorphine schossen durch meine Venen. Peter entnervt: Na und? Ich aufgeregt: Meine Mutter ist wohl ihre Cousine zweiten Grades.

Und, bringt uns das weiter?

Neckarhäuserhof hat nicht viel mehr als ein Dutzend Häuser, das muss so sein.

Hast du nichts besseres zu tun?

Ma ist nur zwei Monate jünger als Doris. Von allen entfernten Cousinen ist sie ihr am ähnlichsten, zumindest was Aussehen und Singen betreffen. Anneliese und Hilde sind mehr die Komiker. Du machst mich krank. Wenn du nicht aufhörst, geh ich. Wir haben den Stress mit dem Ubbe Bastard und du vergeudest deine Zeit mit so einem Unsinn. Hey, wart mal, schoss ich zurück, *du* bist derjenige, der den Betrügern immer das Geld gibt. Den Stress haben wir durch deinen Schlendrian. Wer hat denn von Anfang an gesagt, gib Ubbe kein Geld? Peter schob seinen Unterkiefer nach vorne und sah mit den nach außen gewölbten Lippen wie ein Kind aus. Ich hab dir auch geraten, ihn nicht als Testfahrer einzustellen. Du könntest immer noch deinen Job bei AMG haben, aber du hast ja noch nie meiner Menschenkenntnis vertraut.

Ja, am Ende weißt du immer alles.

Nicht am Ende, es war auch bekannt, dass er

zweimal gelogen hatte. Einmal, als ihr die Bremsen in Italien getestet habt, als ihm der Spiegel abgerissen wurde und als er den Unfall hatte. Du hast ja auch von Bolko gehört, dass er Rosi um ihre Apotheke gebracht hat. Du bist also nicht nur von mir gewarnt worden. Das ist alles History, ich hab darüber nachzudenken, wie ich einige meiner Gelder zurückbekommen kann. Warum muss sich denn die Geschichte immer wiederholen? Huh? Dein Problem ist, dass du nie aus der Geschichte lernst: Britta, Strott, Rötschke, Zimmerlein, João, George Boyd, Clemens Martin, die Rosen Brüder, Rost, jetzt Tyarks, hab einen vergessen? Wer ist Britta? Ich hab ihren Nachnamen vergessen, ihr und ihrem Mann hast du 6000 Mark für ein Reinigungsgeschäft gegeben, bevor wir uns kannten.

Herrgott, die Schnitzlers! Schrie Peter, ärgerlich schnaufend, das ist doch ewig her! Denk nur an das, was Hans immer sagt: *Die Kühe werden nur fett unter den Augen ihres Herrn.* Ja, ja, ich weiß, aber ich kann nicht ohne Partner arbeiten. Mein Vater hatte auch immer Partnern. Von seinen Augen sprühten braune Hassstrahlen mit goldenen Pünktchen in meine Richtung. Versöhnlich sagte ich, ach ja, warum bringst du mich immer dazu, dir den Katalog meiner Enttäuschungen vor die Füße zu werfen? Peter legte seine Hand auf meine Schulter. Ich streichle sie mit meiner Wange. Leise sagte ich, schau mal, ich hab dir immer geholfen. Ich hatte nie irgendeine Hilfe bei meinen Schreibarbeiten, aber ich hab trotzdem einige Tausend mehr Kopien meiner ersten 3 Bücher in den ersten 6½ Jahren verkauft als Dan Brown. Hmm!

Und Dan hat eine ihn unterstützende Ehefrau! Warum kann ich keine Chance in meinem Beruf haben? Ich bitte dich gar nicht um Hilfe. Aber ich kann es nicht leiden, wenn mir jemand sagt, was ich zu tun oder zu lassen habe. Ich frag mich, warum ich dich nicht längst verlassen hab. Weil ich dich immer noch zum Lachen bringe? Herzig lächelnd legte Peter den Kopf zur Seite und kitzelte mich unter den Armen.

Wir hätten besser Ubbes Rat befolgt und in eine gute Filmkamera investiert statt ihm das Geld für den Autohandel zu geben. Er hat ja gemeint, eine Sitcom von unseren täglichen Interaktionen wäre lustiger als vieles, was derzeit im Fernsehen läuft.

Na, ja! Während Peter sich noch einen Kaffee holte, dachte ich an Betty von Glendale und einen weiteren Grund bei Peter zu bleiben. Die betagte Kunstmalerin, für die meine Freundin Ingrid arbeitete, erzählte mir von ihrem Leben und riet mir zu einer reiflichen Überlegung. Sie hatte ihren Ehemann wegen ihrer kontinuierlichen Konflikte hinausgeworfen. Dann hatte er rasch eine andere Frau kennengelernt, und sie habe es so sehr bereut, dass sie sogar die Streitigkeiten in den langen Jahren, in denen sie allein lebte, vermisste. Ingrid sagte immer: Was immer geschieht, geschieht aus einem Grund. Und in der Tat sagt mir mein astrologischer Chart Verluste vorher. Da ich zum Sparen erzogen wurde, gab es immer Leute in meinem Leben, die mir zu Verlusterfahrungen verhalfen. Edi crashte mein Cabrio. Günther kaufte einen Pudel. Die 10 Monate alte Tony wurde von einem Lastwagen in unserer Dorfenklave mit nur 9 Häusern überfahren. Günther überzeugte mich auch, für Edis Schwester Claudia zu bürgen. Ein Jahr später wurde die Hälfte meiner Gehaltsabrechnung gepfändet. Ma fragte mich, warum ich immer so knapp bei Kasse war. Wegen ihres schwachen Herzens verschonten wir sie mit heiklen Nachrichten. Zwar hatte Peter mir geholfen, das Geld von Claudia zurückzubekommen, aber durch ihn hab ich erst die ganz großen Verluste erfahren dürfen. Der Kommentar des Richters war, man kann ja mit seinem Geld alles Mögliche machen, man kann sich etwas leisten oder man kann es sparen. Man kann sein Geld aber auch zum Fenster hinauswerfen oder bürgen, was das gleiche ist.

Bei Amazon fand ich nichts über Doris in Deutsch. Ich bestellte die Biografie, die Doris mit A. E. Hotchner geschrieben hatte.

Das Telefon erwachte wieder zum Leben.

Peter nahm ab. Es ist Maya. Sag Hallo, kichernd fügte ich hinzu, teile ihr die Neuigkeiten mit. Ich fand die Website der *Doris Day Animal Foundation* (DDAF). Oh! Sie ist ja sogar am Bloggen! Ein Promi hat seinen Hund schlecht behandelt. Da wettert sie dagegen.

Peter sagte mit belegter Stimme, ich kann nicht kommen, ich werde weder Indien noch die Staaten je wieder sehen. Ich brummte:

Du machst mich krank mit deinem Mantra, wenn du ständig wiederholst, was du nicht mehr kannst, zementierst du es.

Na toll, da freuen wir uns, sie zu sehen. Nein, ich denke, sie können alle bei Csöpi schlafen. Ihr habt ja ihr großes Haus gesehen. Sie wird sie gern aufnehmen. Sie war ja von Vivek auch begeistert. Grüß Satish. Ciao.

Wie gerufen, erschien unsere Freundin in der Terrassentür. Als typischer Schütze hat Csöpi auch einen Draht nach oben. Sie zweifelt zwar immer noch an ihrer Hellsichtigkeit, aber sie hatte einen prophetischen Traum von Peters Motorrollerunfall.

Mandira und Madhu kommen mit den Kindern im August. Ist das Viveks Schwester? Ja, sie ist die Kindcrärztin von Nordkalifornien, die sich auf die Behandlung von übergewichtigen Kindern spezialisiert hat. Du wirst auch Madhu mögen. Er ist kuschelig wie ein Teddybär, ein äußerst angenehmer Zeitgenosse.

Wie aufregend!

Ich fragte in die dünne Luft: Wie alt kann Situ jetzt sein? Ähm ... Shiv ist 10, ihr Medizinstudium war ziemlich lang, sie müsste fast 40 sein. Wow, wie die Zeit rennt. Denk nur, wie sie zu uns kam. Wir waren irgendwie ihre zweite Familie. Meine Gedanken drifteten zurück in die Mitte der siebziger Jahre.

Von *Haus Tanja* nach Indien

Meine niedliche Ersatztochter kam oft nur zum Chatten, aber auch, wenn sie ein spezielles Mathecoaching brauchte. Sie sagte, wenn du es erklärst, verstehe ich es sofort. Meine Lehrerin verkompliziert alles. Als Situ zum ersten Mal kam, fragte ich sie: Was willst du denn mal werden? Schnell wie der Blitz, antwortete sie, Kinderärztin. Bei ihrem nächsten Besuch brachte sie ihr Poesiealbum mit. Ich schrieb ein aufmunterndes Gedicht und malte eine Arzt-Patienten-Szene. Wir unternahmen auch einiges zusammen. An einem Wintertag ging ich mit Situ in den Zoo. Wir waren fast allein. Ein großer Mann in einem dunkelblauen Wollmantel kam uns von weitem entgegen. Als er sich näherte, flüsterte ich, weißt du, wer das ist? Nein, antwortete das Kind mit einer Gegenfrage: wer? Guten Morgen, begrüßte ich den Herrn, der in einer natürlich autoritativen Art mit einem leichten Nicken *Guten Morgen* sagte. Ich fühlte mich trefflich, aber nur für den Bruchteil einer Sekunde. An mir herunterblickend, stieg mir die Schamröte ins Gesicht. Ich bin hier zwischen all diesen Tieren und trage einen Trenchcoat und Stiefel aus Leder. Mandira drehte sich zu mir mit ihrem gehobenen Bein, meine sind auch aus Leder. Grimassierend sagte sie, du hast die Tiere doch nicht getötet. Ja, aber es ist doch so, dass wir ohne nachzudenken Dinge kaufen, nur weil sie in Mode sind. Situ sagte mit einer Spur von Ungeduld: Wer war denn jetzt dieser Mann?

Professor Grzimek. Er ist immer im Fernsehen zu sehen. Mit seinem Sohn Michael hat er die Tiere in der Serengeti gefilmt. Ihr Film hat sogar einen Oscar erhalten. Michael war dort bei einem Flugzeugabsturz ums Leben gekommen. Welche Art von Professor ist er? Ein Tierarzt schätze ich. Hast du nie die Bernhard-Grzimek-Show im Fernsehen gesehen? Nope. Das kann ich kaum glauben. Er sitzt immer an einem Schreibtisch im Gespräch über die Serengeti und hat meist kleine Löwen oder Affenbabys herumhüpfen. Situs Gesicht hellte sich auf. Ja, ja, das hab ich ein paar Mal gesehen.

Oft fuhren wir zum Großhandel, um Lebensmittel und Getränke für Partys einzukaufen oder zum Kleidershopping in die Bekleidungs-Großhandelsstadt Obernburg. Einmal, auf dem

Weg zurück, waren Bunny und Situ in der Mitte von nirgendwo hungrig, nur Maisfelder in Sicht. Ich sagte: Wenn ihr Mais mögt und nur zwei nehmt, ist es Mundraub. Es fühlte sich dennoch wie stehlen an, aber zumindest war der Hunger der armen kleinen Inder gestoppt.

Einmal, als wir schon ziemlich vertraut waren, klingelte Situ an der Tür. Peter eröffnete.

Situ fragte, ist Marianne da?

Ja, sagte er, aber sie nimmt gerade ein Bad.

Lass sie ruhig rein, rief ich aus dem Bad. Ich ließ die Tür immer einen Spalt offen, da unser Kater Carlo die Toilette auch benutzte.

Peter fragte, ins Wohnzimmer?

Nein, sie kann zu mir kommen. Ich war gerade erst in die Badewanne gestiegen und wollte mich nicht hetzen lassen. Mit einem breiten Lächeln fragte Situ, und was machst du so? Wie sieht es aus, sagte ich lachend und spritzte das Wasser mit meinen Unterarmen: Ich verwöhne mich mit einem Schaumbad.

Nein, sagte die Kleine, ich meine danach.

Ich sagte, quatschen mit Situ? Also was ist los? Nichts, ich wollte dich nur sehen. Was ist los hier? Nicht viel, ich hab nur letzte Nacht seltsam geträumt. Ich hab einen ovalen Rubin aus einem Ring mit Brillanten verloren. Kannst du dir das vorstellen? Ich spreizte meine Finger, wo ich doch keine Ringe trage. Rat mal, wo ich ihn verloren hab? Wo? Ich denke, im Grand Canyon. Ich hab es in einem Casino beim Waschen meiner Hände gemerkt. Übrigens weißt du, wie der Gran Canyon entstanden ist? Nicht genau.

Ein Schotte hat nen Nickel verloren und nach ihm gesucht. Ha, ha! Carlos Pfote stieß die Tür auf. Der Kater sprang auf die Klobrille. Freiweg begab er sich in die Raketenstellung, seine typische Pullerposition: alle vier Pfoten auf der Brille und der Popo im Topf. Situ wieherte vor Lachen: Hast Du das gesehen? Ja, das macht er immer so. Carlo starrte geistesabwesend ins Gelobte Land. Abrupt stand er auf und kratzte gründlich den Sitz. Situ, sagte: Das ist absolut super! Yep! Du solltest das fotografieren. Hab ich. Ich meine, die Bilder veröffentlichen.

Ich hab Fotos zum *Stern* geschickt. Sie haben diese Seite, wo sie niedliche Tierbilder zeigen. Eins zeigt Carlo, wie er mit hoch gebogenem Rücken auf der Brille sitzt, man sieht sogar zwei fallende Kupferbolzen. Das andere war so, wie du es jetzt gesehen hast: Carlo ins Nirwana starrend. Danach drückte er den Gardinenring an der Schnur runter, um die Spülung in Gang zu setzen. Wow! Carlo, klasse!

Situ rief freudig: unglaublich. Stolz mit aufrechtem Schwanz verließ uns der Kater. Er spült nicht jedes Mal, weil er es nicht von Anfang an gelernt hat. Ich hab mal mit einer Kommilitonin über Carlo gesprochen. Da erklärte sie mir, wie ihre Katze sogar spült. Situ jauchzte. Ich fragte, wo waren wir stehen geblieben?

Im Kasino. Wow, ich bin für mein gutes Gedächtnis bekannt, aber deins kann durchaus konkurrieren. Okay, der Traum, der Ring, beim Händewaschen fühlte ich die scharfen Kanten der Fassung. Seltsamer Traum, ich hab keinen Rubinring. Aber, was nicht ist kann noch werden. Vor ein paar Wochen hatte ich auch einen prophetischen Traum. Weißt du noch, wie der kleine Junge vor den weißen Käfer seiner Mutter gelaufen ist?

Ja! Situ verzog das Gesicht, schrecklich! Sie streckte die Hand aus, um die Seife zu packen und spielte mit ihr. Als es passiert ist, hab ich gerade mit meiner Mutter telefoniert. Ich hab gesehen, wie der Junge durch die Luft geflogen ist. Die arme Frau hat wie verrückt geschrien. Sie konnte gar nichts dafür. Ja, warf Situ ein, es war das Auto von seiner Mutter. Ihre Freundin hat es sich ausgeliehen. Ja. Ich hab auf dem Küchentisch gekniet und die Straße beobachtet. Meine Mutter wollte mich mit *Neuigkeiten* überraschen. Ich machte ein Apostroph-Zeichen mit Zeige- und Mittelfingern in die Luft. Sie sagte, der Vater deiner Klassenkameradin aus Steinbach hat sich aufgehängt. Ich sagte, ich weiß. Das war vor zwei oder drei Monaten. Nein, erwiderte meine Mutter, es war vorgestern. Huh? Aber ich weiß es schon länger. Ich muss es wohl geträumt haben. Es hatte etwas mit seinem Sohn zu tun. Er hatte einen Unfall mit seinem Motorrad. Meine Mutter sagte, fängst du jetzt auch mit Prophezeiungen an?

Und hast du? Fragte Situ.

Ja, das hat wohl mit Tikales Lymphreinigung und seinem Lupfen zu tun. Ich bin empfänglicher als früher. Situ fragte: Ist das, wenn du heimkommst und dein Haar so seltsam riecht? Ja, so als ob ich 5 Tage gefastet hätte. Ähm!

Gib mir bitte mal das Badetuch. Okay!

Meine Mutter hatte ihr ganzes Leben Dinge vorhergesehen. Hast du je was geträumt, das später in Erfüllung gegangen ist?

Ich kann mich nicht erinnern.

Hast du je in einer fremden Gegend das Gefühl gehabt, schon mal dort gewesen zu sein? Situ blickte geistesabwesend. Ich war mal irgendwo in Bayern, glaub ich ... plötzlich war ich ganz seltsam vertraut mit der Gegend. Ich wusste vorher, was als Nächstes passiert.

Ja, das kenn ich auch. Meine Mutter hatte ihren ersten prophetischen Traum, als sie so alt war wie du. Eines Morgens hat sie ihrer Mutter ihren Traum erzählt. Darin war eine alte Nachbarin gestorben. Sie konnte alle Details des Zimmers, in dem die Frau in einem Bett hinter einer Tür gelegen hat, beschreiben. Als sie aus der Schule kam, hat ihre Mutter gesagt, dass die alte Frau wirklich gestorben ist. Beide sind dann in das Haus gegangen. Sie waren vorher noch nie da gewesen. Alles war wie im Traum.

Um diese Zeit fuhr ich einen roten Porsche 356, wechselte aber bald zu einem kleinen neongrünen italienischen Auto. Das löste meine Parkprobleme an der Uni. Mit dem Porsche überfiel mich manchmal während eines Seminars die Angst, ein eiliger oder neidischer Student könnte einen Kratzer oder eine Delle in das makellose Auto machen. Mit dem Autobianchi war ich happy. Die Bedienung war viel einfacher. Es fühlte sich an wie das Fahren in einem Gokart, wie mit der Straße verbunden. Sogar meine Professorin Anitra Karsten fuhr gern mit mir. Günther Feldmann war da ängstlicher in dem schnellen kleinen Auto mit so wenig Blech drum herum. Nachdem Satish eine Probefahrt mit ihm machte, fragte er, Peter, kannst du so einen Autobianchi für Maya finden? Sie hat gerade ihren Führerschein gemacht. Peter fand einen in Senfgelb.

Er schien eine schwache Batterie oder ein Problem mit der Zündung zu haben. Im folgenden Winter klingelte es öfters am frühen Morgen an der Tür. Satish bat Peter um Hilfe. Schlaftrunken griff er nach dem Autoschlüssel und dem Starterkabel, fuhr mit seinem Auto von unserem Parkplatz zu dem der Carolis, verband das schwarze Kabel mit dem Minuspol, das rote mit dem Pluspol. Nachdem der Motor schnurrte, ging alles in umgekehrter Reihenfolge, bis Peter wieder unterm Federbett verschwand. So ging es, bis sie das Auto in einer Werkstatt einstellen ließen.

Unsere gemeinsamen Touren in deutsche Tourismusregionen machten mehr Spaß. Doch nichts toppte meine entspannten Nachmittage mit Maya und den Kindern auf dem riesigen Kuschelsofa im Fernsehzimmer. Wir lachten viel und schauten Videos: *Grease,* Tina Turner oder Queens Konzerte und andere Musikveranstaltungen. In dem gemütlichen Penthouse, meinen Hintern auf einem dicken Kissen platziert, lernte ich, englischen Tee zu genießen. Kasin, der spindeldürre Diener der Familie kochte und servierte ihn in einer silbernen Teekanne auf einem silbernen Teller. Maya schenkte uns ein und gab Zucker und heiße Milch dazu. Zuvor mochte ich nie Tee mit Zucker und Milch. Aber so wie die Inder den Tee kochen, nicht nur brühen, ist er mit Milch und Zucker sehr lecker. Als die Familie mal verreist war, gab Satish Peter die Schlüssel und bat ihn, zu überprüfen, ob alles in Ordnung ist. Einmal betrat Peter das geräumige Wohnzimmer. Kasin ruhte in Satishs Sessel, mit den Füßen hoch. Mit einem Whisky in Reichweite und einer Zigarre im Mund spielte er Boss. Wie Carlo. Immer wenn wir die Tür öffneten, sprang er vom Tisch oder der Arbeitsplatte.

Peter sagte: Soll ich Kasins Betragen erwähnen? Wozu? Denkst du dass Satish seinen Alkoholvorrat überprüft und dich verdächtigt.

Peter sagte es ihm, vielleicht gerade, weil ich das gesagt habe. Satish kicherte, das ist in Ordnung, Kasin ist mit mir wie ein Bruder aufgewachsen. Aber glaub es oder nicht, obwohl er gern komfortabel sitzt, hat er noch nie in einem Bett geschlafen. Er hat sein eigenes Apartment im Haus, aber er schläft immer auf dem Teppich vorm Bett. Wie viele seiner Landsleute ist er es nicht gewohnt, im Bett zu schlafen.

Als Situ 12 war, verließ die Familie Frankfurt, um wieder in Neu-Delhi zu leben. Ein sehr emotionaler Abschied. Ihre Freunde kamen aus Hannover und Saarlouis. Wir lachten alle, als Peter am Flughafen mit Chico an der Leine kam. Ich schwatzte den Pekinesen mittleren Alters Leuten ab, die ihn aus irgendwelchen Gründen nicht mehr haben wollten, einer war Mundgeruch. Das lebhafte kleine Bündel war in Indien

mit unseren fürsorglichen Freunden besser aufgehoben. Wir hatten immer noch Telefon- und Briefkontakt. Und Maya kam einmal zu Besuch. Peter fuhr sie in Alois' blauem Rolls-Royce mit goldener Emily durch Deutschland.

Als wir sie informierten, dass wir zu Besuch kommen, sagte Satish, ich hoffe, ihr wart schon mal in Marokko. Nein! Warum? Es wäre gut, dort erst mal hinzugehen, dann habt ihr schon mal eine Vorstellung davon, was euch erwartet. Ich sagte, enervierender als die Zigeuner, die stundenlang versuchen, uns ihre Teppiche und andere Inzahlungnahmen einzusingen, können die Inder auch nicht sein. Peter sagte: Die meisten sind doch sehr nett. Einigen wir uns auf nett und nervig. Jedenfalls brauchen wir keinen Marokko-Test.

Am 31. Dezember bestiegen wir den Jumbo der *Air India* mit einem Koffer voller animalischer Produkte, Geschenke für die Familie: Salami, Speck, Schinken in Dosen, Lachs in Gläsern und verschiedene Arten von Käse für die Familie. In jenen Tagen gab es keine Wurst in Indien zu kaufen und nur zwei Sorten fade schmeckenden Käse.

Den Whisky für Satish wollten wir zollfrei an Bord kaufen. Kurz vor Nürnberg, servierte die Stewardess unsere Flasche Champagner, die sie eine Stunde zuvor in den Kühlschrank, gestellt hatte. Auf die gelben, roten und grünen Lichter hinunter blickend feierten wir das neue Jahr. Da wir am 4. November 1980 geheiratet hatten, am

Tag als Reagan kam, waren das praktisch unsere Flitterwochen. Fast acht Stunden später landeten wir in einer Wunderwelt. Ein Sikh mit einem blauen Turban fuhr uns in einem archaischen *Ambassador* mit knirschenden Gelenken zu einem wohlhabenden Vorort von Delhi. Der Mann bewegte sich mit seltsamen Verrenkungen fortlaufend auf und ab, verursacht durch eine ausgeschlagene Lenkung. Als wir das Haus unserer Freunde erreichten und die Koffer mit den Mitbringsel lehrten, wurde Satishs Gesicht immer länger. Wo ist der Whisky? Ich sagte, wir wollten ihn an Bord kaufen. Aber die Crew kam gar nicht mit dem Duty-free-Zeug, da haben wir es vergessen. Satish jammerte: Wisst ihr, was eine Flasche Scotch auf dem Schwarzmarkt kostet? 270 DM! Peter sagte: Das tut mir leid, wir hätten fragen sollen. Ich warf ein, vielleicht hat die Crew ein lukratives Nebengeschäft mit Alkohol in Delhi laufen. Peter kaufte später den Scotch für Satish in einer 2-stündigen Zeremonie in einem Palast. Wir genossen Mayas vegetarische Küche. Kasin half ihr beim Schneiden des Gemüses, aber das Kochen und Würzen war ihre Domäne.

Am nächsten Morgen aßen wir den indischen faden Frischkäse mit Brot. Wir wollten nicht die Lebensmittel, die wir als Geschenke mitgebracht hatten, essen. So wandelten wir ein bisschen hungrig durch die ersten zwei Tage, bis wir uns an die vegetarische Kost gewöhnt hatten. Am Vorabend begleiteten wir unsere Freunde zu einer Party, wo typische würzige indische Gerichte, Kebab und Huhn serviert wurden. Draußen auf beiden Seiten der zum Haus führenden Straße saßen, wie ein Empfangskomitee, alte Männer auf dem Boden. Ihre Teller mit Essen hielten sie im Schoß. In den weißen Gewändern und Turbanen wirkten sie wie eine lebende Beleuchtung.

Am nächsten Morgen nach dem Frühstück fuhr Peter mit Satish ins Büro. Die typischen Geräusche der Straßenhändler erinnerten mich an meine Kindheit. Da gab es auch Scherenschleifer und Leute, die Altmetall, Papier und Stoff sammelten oder Obst und Gemüse von ihren Karren und Kleinlastern verkauften.

Situ kam in mein Zimmer und sagte, es ist so schön, Ferien zu haben. Du kannst dir kaum vorstellen, wie anders die Schule in Indien ist. Frankfurt war *Peanuts*. Wie lang ist dein Schultag? Einen Kubikmeter Luft ausstoßend, sagte Situ: bis 4 nachmittags. Aber das ist nicht alles, wir haben noch eine Menge Hausaufgaben. Du Arme! Seufzend verdrehte Situ die Augen: Das meiste werden wir nie brauchen. Ich sagte: Das ist wohl der Grund, warum mehr Deutsche Nobelpreise erhalten als Inder. Wir füllen weniger den Kopf, das lässt mehr Raum für Kreativität.

Situ sagte, komm mit mir ins Wohnzimmer. Mein Musiklehrer kommt. Du musst ihn sehen. Er sieht lustig aus. Spielst du ein Instrument?

Nein, aber er bringt eins mit, das du noch nie gesehen hast. Ich bekomme Stimmbildung. Ein Mann mittleren Alters mit starken grauen Locken stellte ein hölzernes kastenartiges Instrument auf den Boden, das mich an einen Zither-Quetschkommoden-Mix erinnerte. In Kaftan unter grauer Weste ließ er sich auch auf dem Boden nieder. Situ setzte sich neben ihn. Die dem Kasten entlockten Töne waren gewöhnungsbedürftig. Es klang, wie auf einen Katzenschwanz treten. Situs Gesang passte irgendwie dazu. Ich dachte, reine Geldverschwendung. Ob Situ meine Gedanken gelesen hatte? Denn sie machte ein komisches Gesicht. Später ging ich mit ihr und Bunny ins nahe gelegene Dorf. Während wir über ein Fußballfeld gingen, sagte Situ: Du kannst dir nicht vorstellen, wie aufgeregt Mama war, als du sagtest, ihr würdet kommen. 3 Tage hat es gedauert, das Haus zu reinigen. Der arme Kasin hat 5 Stunden lang den Ambassador geputzt. Nach dem Durchschreiten einer Palastruine landeten wir urplötzlich im Mittelalter: Hühner, Ferkel, Schafe, Frauen in bunten Saris, einige mit Lasten auf dem Kopf, alle lächelten.

Hey, es gefällt mir hier! Mir auch sagte Situ.

Einige Frauen standen Schlange vor einem

Geschäft. Situ sagte, mit ihren Marken bekommen sie Reis, Zucker und Mehl. Ca. zehn Männer aller Altersgruppen saßen in einem Kreis auf dem Boden und spielten Karten. Ich sagte: Sie sind arm, aber sie sehen glücklich aus. Und es ist wie überall auf der Welt: Die armen Frauen arbeiten und die armen Männer spielen und träumen von besseren Zeiten. Der Ort hatte etwas Surrealistisches. Ich fühlte mich wohler als auf der gestrigen Party. Dennoch, denken wir an all die Nachrichten von brutalen Vergewaltigungen, darf man mich wohl idealistisch nennen. Oder war damals alles anders?

Als Satish und Peter zurückkamen, entschlossen wir uns, die Familie zum Dinner einzuladen. Im Hotel, einem ehemaligen Palast, stiegen wir eine prunkvolle geschwungene weiße Marmortreppe hinauf. Im Restaurant sagte Satish, Peter du kannst Bier, Wein und Whisky bestellen. Aber für Maya und mich bestelle ich Tee. Was ist denn mit dir los? Bist du krank? Inder bekommen keinen Alkohol. Der Kellner kam und nahm die Bestellung auf. Nachdem er den Tee, die alkoholfreien Getränke für die Kinder und Bier und Wein für Peter und mich serviert hatte, wartete Satish, bis der Kellner gegangen war. Verschwörerisch und wachsam blickte er nach hinten und füllte rasch seinen Becher mit Bier und Mayas mit Wein. Satish trank heute mehr denn je. Das bestätigt die wohlbekannte Tatsache: Verbotene Früchte schmecken am besten.

Beschwipst gingen wir zum gelben Mercedes der Familie. Wegen des hohen Importzolls war das Auto quasi ein Haus auf Rädern. Satish fummelte in seiner Hosentasche nach dem Autoschlüssel. Schließlich fischte er ihn heraus und streckte ihn Peter entgegen. Seine Augenlider auf Halbmast sagte er, ich bin total besoffen, fahr du. Peter sagte: Ich hatte so viel Bier wie du. Satish antwortete, wie mir schien, mit einer vorgetäuschten schweren Zunge: Ich hatte mehr Scotch. Peter gab nach. Denkst du, ich kann den Verkehr managen? Klar, Mann! Du fährst doch mehr als ich. Ja, aber doch nicht zwischen Kühen und Ziegen auf der falschen Straßenseite.

Eifrig gestikulierend und kichernd sagte Satish, aber schön aufpassen. Du trägst jetzt große Verantwortung, wertvolle Fracht.

Ich reiß mich nicht drum. Situ sah mich bang fragend an: Bist du sicher?

Mit dem Wein im Blut war ich weniger von Angst belastet und sagte, mach dir keine Sorgen, Peter war ein Rennfahrer. Außerdem hat er eine Menge gegessen und in drei Stunden sind 3 Bier und 2 Whisky auch schon zum Teil abgebaut. Peter sagte: Okay, Satish, aber du musst mir sagen, wohin es geht. Klar Kumpel, erwiderte der Hindu-Dandy. Er tätschelte Peters Arm und rutschte auf den Beifahrersitz. Maya, Bunny und ich saßen im Fond, Situ auf meinem Schoß. Peter startete den Diesel. Beim Verlassen des Gebäudes bemerkte ich ein paar Regentropfen auf der Windschutzscheibe.

Monsun ist im Sommer, oder nicht?

Lachend und scherzend erreichten wir die Hauptstraße. Satish rief lachend: Nein, nein, Peter, auf die andere Seite, wir sind nicht in Deutschland. Peter umfuhr einen Stier, der einen extrem ruhigen Eindruck machte. Ein Gefühl der Befreiung und tiefen Entspannung überkam mich. Impulsiv fing ich zu singen an: *I'm singing in the rain*... Situ und Maya stimmten gleich mit ein und mehr oder weniger sangen auch die Männer mit. Nachdem Gene Kelley mit seinem schwingenden Regenschirm den mentalen Bildschirm verlassen hatte, bestand das Medley aus Perry Comos *Regentropfen*, Doris Days *Sentimental Journey*, Tom Jones *Delilah*, der Beetles *Yesterday*, *Blue Bayou*, *Hello Dolly*, *Mr. Sandman*, *Strangers in the Night* und *New York, New York*.

In meiner Euphorie sagte ich, singen macht mich einfach glücklich. Ich könnte immer nur singen. Warum machst du es dann nicht? Fragte Maya? Du meinst, professionell?

Warum nicht, du bist doch fertig mit dem

Studium. Ach, komm, ich hab genug mit Peter und den Autos zu tun und keine Verbindung zur Musikbranche. Außerdem hab ich mit einer Doktorarbeit in Gerontologie angefangen. Welches Thema? *Altersselbstbild erwerbstätiger und nicht erwerbstätiger Frauen.* Interessant. Ja.

Aber du könntest es doch mal abchecken. Sonst noch was? Kochen, Putzen, Pkw-Preise studieren, Uni. Apropos, ich hab was Seltsames erlebt. Meine Professorin, übrigens, sie ist aus Finnland und liebt den Regen. Anitra Karsten, sagte ich in ihrer rauen Art das "R", zu rollen, sie hat die *Universität des 3. Lebensalters* initiiert. Wir hatten ein Treffen im Uniturm. Zusammen mit einigen anderen Professoren, Dozenten und ausgewählten Studenten. Wir wollten eine Petition zur Gründung ausarbeiten und sie Sozialminister Armin Klaus vorlegen. Das Merkwürdige war, dass ich ganz gegen meine Gewohnheit am aktivsten an der Diskussion teilgenommen hab. Und? Ich konnte gar nicht fassen, wo all die brillanten Ideen herkamen. Mindestens die Hälfte der Petition basierte auf meinen Anregungen. Maya sagte: Da hattest du also einen deiner besseren Tagen. Nö, so etwas hab ich noch nie erlebt. Bizarr war, am Ende fragte meine Kommilitonin, was ich mit dem oder dem meinte. Ich hatte keine Ahnung. Die Worte sind mir einfach so über die Lippen gesprudelt, ich hab meine Stimme gehört, als ob es von außen kam. Situ sagte, klingt unheimlich.

Ja. Ich hab dann zum Schluss noch angeboten, eine Kopie der Bittschrift mit nach Hause zu nehmen. Ihr wisst ja, dass Wolfgang Mischnicks Sohn im Parterre wohnt. Ich dachte, es wäre gut, wenn die Petition auch vonseiten der FDP an den Bildungsminister eingereicht würde.

Obwohl Satish sich lebhaft mit Peter unterhielt, warf er ein, ist er nicht immer in einem gelben BMW mit sieben Bodyguards gekommen? Nein, sagte Peter, Mischnick saß mit 3 im Mercedes, die anderen 4 waren in dem 500er Beamer. Früher haben wir Witze über die überfüllte Wohnung gemacht oder wenn wir sie alle zu Fuß sahen. Es muss sehr unangenehm sein, jede Minute Menschen um sich zu haben.

Satish schrie: Mach langsam, die nächste rechts. Gott sei Dank! Wir haben es geschafft. Ich sagte: Wir gehen besser gleich ins Bett. Warum gehen wir immer abends aus, wenn wir so früh aufstehen müssen?

Vier Stunden später begann die Morgendämmerung, die Tinte samt Sterne vom Himmel zu saugen. Satish setzte uns direkt vorm Bus nach Agra ab. Neu-Delhi war bereits springlebendig. Vor den kleinen Hütten auf den Bordsteinen kochten die Menschen ihren Tee auf aufgehäuften Steinen. Die Einraumhütten ohne Fenster sahen aus wie große Kartons. Die meisten Vorhänge waren zur Hälfte aufs Blechdach hochgeschlagen, so konnten wir hineinschauen. Es gab nichts anderes zu sehen als ein paar Bambus- oder Holzpritschen. Wo gehen die armen Menschen zum Pinkeln hin? Um die Ecke oder hintern Baum wie Hunde. Da gibt's doch keine Privatsphäre! Ich würde in der Hütte in einen Plastikbecher pinkeln und in einen Plastikbeutel kacken und ihn in eine Mülltonne werfen.

In der aufgehenden Sonne bewunderten wir das berühmte muslimische Mausoleum. Den Taj Mahal, so erinnerte ich mich an Situs Vortrag ließ Shah Jahan für die Beerdigung seiner über

alles geliebten dritten Frau errichten. Dem grandiosen weißen Marmorbauwerk näher kommend, berührte ich die roten, grünen und gelben

Halbedelsteineinlegearbeiten. Im Inneren ging ich zu den Sarkophagen. Ihr Marmor war feiner und die Inlays filigran geformt. Ich hab versucht, den Großmogul und seine Frau darin einbalsamiert liegend zu visualisieren. Ob er geahnt hat, dass so viele Menschen von überall auf der Welt den Taj Mahal besuchen würden? Heute dürfen Touristen nicht mehr frei umhergehen und Steine betasten. Doch sie können ihn als Elfenbeineinlagen auf holzgeschnitzten Tellern in nahe gelegenen Touristenfallen kaufen.

Am nächsten Morgen nahm Maya uns in ihrem schwarzen Ambassador, genannt *König der indischen Straßen,* zum vitalen und bunten Herzen von Delhi. Das Auto britischer Herkunft wird auf dem Chassis des Morris Oxford III seit 1958 in Indien produziert. Auf dem Weg zum Zentrum sprachen wir über die wenigen Menschen der damals 700 Millionen Einwohner, die es sich leisten konnten, in den USA zu studieren. Ich fragte: Wie viele Menschen leben in Armut? Wir haben eine Oberklasse von 5 %, eine Mittelschicht von 15 % und eine Unterschicht von 80 %. Und was könnte getan werden, um den Mittelstand zu stärken? Unser Kastensystem ist das Haupthindernis, sagte Vivek. Wie können wir den Mittelstand stärken, wenn die meisten Inder glauben, dass sie ihre Kaste nicht verlassen können? Wenn du ein Diener bist und glaubst, nichts anderes anstreben zu dürfen, werden deine Kinder und Kindeskinder immer Diener bleiben. So einfach ist das.

Heute, rund 35 Jahre später, hat Indien fast 1,3 Milliarden Menschen und die Mittelschicht hat sich in einem Umfang erhöht, dass jetzt mehr reiche indische Cousins Amerika besuchen als umgekehrt. Da hat wohl auch in Indien der Glaube nachgelassen. Ich kaufte einen weißen Stoff aus mercerisierter Baumwolle mit seidigen Stickereien als Geschenk für Ma. Jahre später schenkte sie mir den Stoff zurück. Meine Freundin Marianne Müller schneiderte mir eine Bluse mit Hose. Von einem hellblauen bedruckten Stoff ließ ich mir für ein paar Rupien eine Hose, einen Kaftan und einen Schal machen.

Auf dem Markt sagte Peter: Die Preise von Hühnern sind gewaltig, da müsste so ein Lokal wie der Wiener Wald gut gehen. Ja, das würde uns alle ernähren, sagte Maya. Wir sollten eine Hühnerfarm zusammen machen. In Hubbys Augen las ich: Schuster, bleib bei deinen Leisten. Er sagte, wir müssen darüber nachdenken.

Die Sightseeingtour mit Maya und Situ war eine lustige Sache. Wir flachsten fast über alles, was uns zu Gesicht kam. Auf dem Gelände eines mit einer kilometerlangen roten Steinmauer umgebenen Palastes deutete Peter auf eine Bildhauer-Beischlafarbeit. Maya, sagte: Das ist gar nichts, wart mal bis morgen in Kajurao. Da kannst du noch was Neues lernen. Maya und Situ brachen in ein herzhaftes Gelächter aus. Peter sagte: Satish hat mir schon ein paar Fotos von den berühmten Tempeln gezeigt als er unsere Reise zusammenstellte.

Satish war von Mayas Businessplan wenig begeistert. Er sagte: Viel besser als Hühner sind Kinos. Das stimmt, sagte Situ. Habt ihr die langen Schlangen gesehen? Bunny stimmte zu. Wir brauchen wirklich mehr Kinos. Satish sagte: Wir könnten mit einem Kino beginnen. Vom Gewinn könnten wir ein Zweites bauen.

All diese Geschäftsmöglichkeiten wären wohl besser gewesen, als Autos in die USA zu schippern. Doch wenn es unser Schicksal ist, Verluste zu erleiden, hätten wir das Geld so oder so verloren. Das Beste ist, sich weniger auf Materielles zu konzentrieren, sondern sein Glück in der Arbeit eines geliebten Gebiets zu finden. Mach das Hobby zum Beruf und du bist happy.

Wir saßen auf der sattgrünen Wiese vor den

berühmten Tempel in Kajurao, die alle Arten von Liebeskunst zeigten. Alles in Stein gemeißelt. Ein Junge in Jeans und kariertem Hemd setzte sich in unsere Nähe. Er fragte:

Können sie mich als ihren Diener mitnehmen? Wir haben nur eine Zweizimmerwohnung. Das macht nichts, gnädige Frau, sagte der sympathische Junge. Ich kann unterm Tisch oder in der Garage schlafen. Es tut mir leid, wir haben nur eine Tiefgarage und einen Keller. Ich glaub kaum, dass unser Vermieter damit einverstanden wäre, wenn du dort schlafen würdest.

Unsere nächste Station war Jaipur. Wir waren zum ersten Mal allein in der Mitte des Tohuwabohus. Wir hatten Mühe, die vielen Menschen, die mit Bauchläden oder auf Decken am Boden ihre Waren anbieten, anzurempeln. Das menschliche Potpourri von Männern mit Turbanen, in windelartigen Dhotis oder Kurtas (Kaftan), Damen in Saris oder Salwar Kameezes (lang Bluse, Hose und Schal) sowie Geräusche, Farben und Gestank hatten mich umgehauen. Normalerweise hab ich keine Berührungsängste im Umgang mit allen Arten von Menschen und Kreaturen. Auch haben mir große Menschenmengen nie etwas ausgemacht, solange ich keine Vorträge halten musste.

In der Mitte jener befremdlichen Gerüche und dem wüsten Durcheinander drängt ein seltsames Gefühl meine Kehle hoch. Ein hagerer Mann im Dhoti schiebt eine verrottete Schubkarre und berührt mich im Vorbeigehen. Das etwa 180 auf 80 cm große Gestell auf zwei mittigen Rädern ist aus rohen Brettern gezimmert. Plötzlich wird mir klar, was die ungewöhnliche Fracht unter dem schmutzig-weißen Tuch ist!

Ein älterer Mann vor der Karre hat eine Hand an einem der morschen Bretter. Er passt auf, dass die Leiche nicht abrutscht. Die abgedeckten sterblichen Überreste geben mir den Rest. Mein Organismus revoltiert. Hyperventilierend bin ich nahe daran zu speien. Ich mache Peter ein Zeichen, mir weg von den Menschenmassen zu folgen. Ich eile in Richtung des Palasts der Winde, da dort kaum eine Menschenseele zu sehen ist. Ich renne die Stufen des rosa Bauwerks nach oben, so weit ich komme. Die Bewegung ist gut für meine Gemütsregung. Erleichtert schaue ich aus einem der rund 900 Fenster auf die Szene unter mir und lache den Rest meines inneren Aufruhrs weg.

Während der nächsten Wochen besuchten wir den *Jagmandir Inselpalast* in Udaipur und andere bezaubernde Orte. Peter kaufte mir einen Rubinring in Bangalore als verspätetes Hochzeitsgeschenk. Wir wohnten in den ehemaligen Gästehäusern und Jagdhütten von Maharajas. Morgens wurden wir vom Trompeten der Elefanten geweckt. Auch ritten wir auf den Rüsseltieren. In Mysore war Peter auf einer Kneipentour mit Einheimischen. Er kam um 2:00 Uhr zurück und sprach über die netten Jungs, denen er begegnet war: Wir waren fünf Mann in einer Autorikscha, das war lustig. Den Hügel hinauf mussten wir aussteigen und schieben. Ich stellte mir die angeheiterten Jungs hinter der schwarz-gelben Blechdose auf Rädern vor. Du kannst mir alles morgen erzählen. Wir haben einen Termin mit unserem Fahrer um 8:00. In den Ferien Touristen zu fahren ist eine Nebentätigkeit des Lehrers. Da er nach vier Mädchen immer noch versucht, einen Jungen zu zeugen, war er immer auf der Suche nach Nebenjobs. Er sagte: Nur ein Junge wird sich später um die Familie kümmern. Das können sie gar nicht wissen, erwiderte ich. Eines ihrer Mädchen könnte ein Filmstar werden und Millionen verdienen.

Am Morgen hatte ich Mühe, Peter zu wecken. Obwohl wir auf Hochzeitsreise waren, hatte ich keine andere Möglichkeit, als ihn wach zu rütteln. Da wir sieben Jahre lang in Kohabitation gelebt hatten, wirkten die subtileren Methoden, einen Mann aufzuwecken, kaum noch. In den siebziger Jahren war das Zusammenleben ohne den Segen einer höheren Autorität weniger verbreitet als heute. Doch selbst meine Mutter mit ihrer strengen, asketischen Erziehung sagte, das habt ihr richtig gemacht. Alle Paare sollten für eine Weile zusammenleben. Wie sonst könnten sie sich gegenseitig kennenlernen? Übrigens, Doris sagte dasselbe in ihrer Biografie, die so spannend ist, dass ich schon daran gedacht habe, aus all den Informationen einen Roman zu schreiben. Vielleicht wird sich ja mal ein Verlag zu ihrem 100sten Geburtstag durchringen, das Werk ins Deutsche zu übersetzen.

Endlich öffnet Hubby ein rot unterlaufenes Auge: Wen hast du denn da reingelassen? Ich rufe: Steh jetzt auf! Peters sarkastische Stimme mäht messerscharf durch die Luft: Dreh dich um und schau, wen du da eingeladen hast. Mich umdrehend, stoße ich einen schrillen Schrei aus. In einer Reihe wie die sprichwörtliche Orgelpfeife steht eine sandfarbene Affenfamilie im Raum. Auf mein Gekreische poppen alle Augäpfel der fünf sich an den Händen haltenden Tiere heraus. Der größte Affe, wohl der Vater, steht noch an der Balkontür, der kleinste in der Nähe des Bettes. Sie tun mir ein bisschen leid, wie sie nun langsam seitlich Schritt für Schritt wieder aus der Glastür entschwinden, ohne mich aus den Augen zu lassen. Peter knurrt, das kommt, weil du immer alles offen lässt. Die haben wohl auch deine weiße Bluse geklaut. Mit einem Blick auf den Nachttisch sagt er, zum Glück ist meine Rolex noch da.

Wir freundeten uns auch mit anderen Reisenden an, z. B. mit einer allein reisenden Chinesin und einem Parsenehepaar aus Bombay, seit 1995 Mumbai genannt. Die meisten Parsen leben an der schönen Bucht. Dort, in den *Hängenden Gärten* hatten wir schon die *Türme des Schweigens* besucht. Oben im Freien legen die Parsen ihre toten Angehörigen als Futter für die Raben aus. Eine saubere, praktische und sichere Sache, vor allem wenn man Angst davor hat, scheintot begraben oder verbrannt zu werden. Ob uns die Vögel das Fleisch von den Knochen reißen oder die Würmer es abknabbern, wo ist der Unterschied? Wir gingen mit einem Führer in den Turm. Er sagte, auf Schmuckstücke in einer Glasvitrine an der Wand zeigend: menschliche Knochen. Wollen sie uns veräppeln? Nein, es ist wahr. Oh je, wie würde ich mich wohl mit Omas Knochen um den Hals fühlen? Peter antwortete amüsiert: Ich würde sagen, Oma steht dir heute wieder mal ausgezeichnet.

Nachdenklich vor mich hin starrend, sagte ich, meine Oma Maria hat mich vergöttert. Es wäre ein sehr persönliches Erinnerungsstück an meine Lieblingsoma. Ich hab kaum was von ihr, nicht mal ihren Ehering, von dem sie sagte, es wäre das Einzige, was ich von ihr erben könnte. Zwar hatte sie ihr Altersgeld und das ihres Mannes, aber sie hatte selbst wenig Materielles. Sie verwendete ihr ganzes Geld für uns, ihre Familie, und später für den Kauf des Bahnwärterhauses in Schönnen. Auch beglückte sie ihre armen Freunde in Glückstadt mit Geld und Kleidung. Ich hatte oft nach bestimmten Stücken gesucht, die Ma mir geschneidert hatte. Aber sie begückten bereits neue Besitzerinnen, meist Silke oder Annegret. Dies war eine weitere Gelegenheit zu lernen, mit Verlusten umzugehen. Doch lernte ich erst später, dass Loslassen meine Lektion in diesem Leben ist. Offenbar hatte ich in früheren Inkarnationen Eigentumsdelikte begangen.

Für uns Kinder war es ein Segen, dass Oma zu uns gezogen war. Für Ma war es schwer, die Schwiegermutter um sich zu haben, da beide erstgeborene starke Frauen waren. Ma sehnte sich sicher zurück zur Zeit, als sie und Ludi uns zu Oma ins Bahnwärterhaus brachten und sie als Handelsreisende über Land fuhren. Sie verkauften Tisch- und Bettwäsche für die Schwarzwälder Firma Kert in Freudenstadt.

Aber nach dem brutalen Tod von Ludwig Holschuh sen. in der Folge eines Unfalls am Bahnhof Michelstadt war Maria ganz allein und so verließ sie das Bahnwärterhaus, um mit uns in Michelstadt zu leben. Natürlich hatte sie viel mehr zu tun, da sie immer noch als Schrankenwärterin für die Deutsche Bundesbahn arbeitete. Sie ging die sieben Kilometer zum Posten 19 in Schönnen meist zu Fuß. Ich begleitete sie oft.

Weihnachtsbäume und Phosphorbomben

Neben dem Hoch- und Herunterkurbeln der Eisenbahnschranke verwöhnte Oma mich wie Aphrodite. Sie strich mir die Haare, bis sie geschmeidig wie Algen waren und wie geölt glänzten. Sie pflegte zu sagen, eine Prinzessin bekommt hundert Bürstenstriche. Oma kochte, wonach immer sich meine Geschmacksnerven sehnten: meist Kartoffelpuffer, Hähnchen, Kirschenmichel und Kohlrouladen. Sie strickte mir auch einen weiten Rock aus lauter bunten Wollresten. Wie der flog, wenn ich meine Pirouetten drehte! Oma strickte auch hübsche Kleidung für meine Puppen. Als ich zwei Jahre alt war, hatte sie zwei Pflegekinder aufgenommen.

Hänsi und Karl-Heinz schoben mich in einem Korbstuhl herum. Einmal bockte das Ding, und ich knallte auf den Boden. Die Schuldgefühle der Jungs spürte ich mehr als meinen Schmerz. Sie taten mir leid, obwohl ich es genoss, getröstet zu werden. Wir gingen oft in den Wald und pflückten Heidelbeeren. Beide Buben füllten mein Kännchen und ich wurde von Oma für meinen Fleiß gelobt. Einmal wachte ich auf und sah ganz verwundert meine Puppe in Richtung

Bett laufen. Ich war begeistert, aber nur für den Bruchteil einer Sekunde. Durch die Art des Lachens meiner Familie fühlte ich mich irgendwie reingelegt. Hänsi und Karl-Heinz hatten die Extremitäten der Puppe mit Bindfäden in Bewegung gesetzt. Wenn Heini aus der Schule kam, streiften wir durch Wälder und Felder. Einmal fuhr ein US-Militär-Jeep auf der B45. Die GIs riefen uns etwas zu und wollten uns, wie wir annahmen, Gift geben, da das Wort Geschenk im englischen *Gift* genannt wird. Wir rannten, was wir konnten. Die Soldaten lachten, weil wir Mühe hatten, nicht in den Graben zu fallen. Sie warfen Metallbehälter aus dem Fenster. Unsere Neugier siegte über die Angst und wir näherten uns vorsichtig dem *Gift*. Es gab eine flache Silberdose, die wie eine Tretmine aussah. Da ein Junge aus dem Nachbardorf ein Auge durch eine solche verloren hatte, hob Heini seinen Arm, damit wir nicht näherkamen. Er beugte sich vorsichtig zu dem Objekt und der Schrift darauf: Es ist falsch geschrieben, aber ich glaub, es ist Schokolade. Wir nehmen jetzt jeder etwas mit heim und zeigen es der Oma.

Heini nahm die *Mine* und reichte mir eine hohe Dose. Nahe am Platzen vor Neugierde beobachteten wir mit bangen Augen, als Oma die Dose durch Drehen des Deckels öffnete. Ich sagte, sieht wie Schuhcreme aus. Glaub ich nicht. Oma entfernte den Deckel und legte weißes Raschelpapier frei. Darunter erschien pechschwarze Schokolade, die nur Oma schmeckte. Meine Dose enthielt Bohnen in würziger Tomatensoße. Lecker! Weil niemand meine Begeisterung darüber teilte, aß ich fast alle allein auf.

Als die Jungen wieder zu ihrer Mutter zogen, war gerade die Dachgeschosswohnung neben uns freigeworden, in die Oma dann einzog. Wir vermissten den Wald und das freie Leben in dem abgelegenen Haus, in dem Heini am 2. Weihnachtsfeiertag 1945 geboren wurde.

Oma rührte Zucker und Kakao in eine Schüssel Haferflocken, gab eine Handvoll Rosinen rein und goss Milch aus einem Krug dazu. Die Türglocke läutete. Seppel schrie von seinem Vogelkäfig auf der Nähmaschine. Oma stellte die Schüssel vor mich auf den großen Küchentisch und ging zur Tür. Ein keuchender Hausierer kramte in seiner Ware und sagte: Gott sind diese Treppen kraftraubend. Wie können sie das jeden Tag ertragen? Maria machte eine wegwerfende Geste; ob wegen seines Tricks, bei ihr Schuldgefühle zu erzeugen oder weil ihr Treppensteigen nichts ausmachte, war mir unklar. Oma sagte: Warum, sie sind doch jünger als ich. Aber, guter Mann, fügte sie schnell hinzu, sodass ihm keine Zeit für Komplimente blieb, ich hab jetzt wenig Zeit. Was haben Sie denn zu bieten? Ich hab Steingut, beste Qualität. Er kramte drei Stücke aus seinem Rucksack und stellte sie auf den Boden. Ach, geben sie mir das kleine Milchkännchen. Es kamen immer irgendwelche Verkäufer zur Tür. Oma kaufte nur praktische Dinge, Bürsten, Seife, Textilien oder Lebensmittel. Mir kaufte sie mal eine umwerfende dicke blaue Wolljacke mit Rock und applizierten Fliegenpilzen für die damalige Unsumme von knapp 70 Mark. Hatte ein Hausierer nichts Nützliches, bot sie ihm einen Teller Suppe an. Früher aßen wir immer Suppen vor den Mahlzeiten und hatten meist Reste. Während ich mein zuckersüßes Frühstück genoss, machte Oma Rühreibrote zum Mitnehmen: mit dick Butter drunter und Schnittlauch drüber. Das geschmolzene Fett roch so verlockend, dass ich am liebsten gleich reingebissen hätte. Aber da konnte Oma auch mal Nein sagen.

Während sie das Brot in Pergamentpapier und danach in ein Geschirrtuch wickelte, sagte sie: Wir müssen uns beeilen, wir gehen heute zu Fuß. Oh, Oma, warum fahren wir nicht mit dem Zug? Weil, ich zu Tante Liesel muss. Warum? Ich will sie fragen, ob dein Papa sie nächsten Sonntag zum Gottesdienst abholen soll. Warum? Sie hat Schmerzen beim Gehen. Vielleicht haben wir noch Zeit, Onkel Otto und Tante Anna zu besuchen. Oh ja, Oma! Das war ihre Trumpfkarte. Sie kannte meine Vorliebe für ihren Halbbruder und seine Frau. Sie strahlten wie Oma Gelassenheit aus. Onkel Otto hatte eine Modelleisenbahn so groß wie ein Doppelbett. Er war auch ein Vogelzüchter. An Weihnachten bekam ich von ihm den Seppel. Seitdem flatterte der grüne Wellensittich meist frei in unserer Wohnung umher. Er liebte es, auf unseren Schultern oder Köpfen zu sitzen und an unseren Lippen oder Heinis Schulheften zu knabbern. Wenn meine Mutter in einer Nachbarwohnung war und es bei uns klingelte, wurde sie durch den laut schreienden Seppel alarmiert. Er konnte aber auch extrem leise sein. An einem Wintermorgen ging Mama in die Stadt. Eine Frau sagte, sie haben ja einen Vogel auf der Schulter sitzen. Sie drehte sich auf der Stelle um und ging, ohne Seppel zu berühren, schnell wieder nach Hause.

Auf halbem Weg zu Tante Liesel kamen zwei verhärmte Frauen und ein kleines Mädchen auf uns zu. Ich flüsterte, wieso sehen die denn so komisch aus? Warum haben sie diese Kopftücher auf? Das sind Flüchtlinge. Hä? Sie mussten ihre Heimat verlassen. Warum? Weil wir den Krieg verloren haben. Ist das, warum wir singen *Maikäfer flieg, der Vater ist im Krieg; die Mutter ist in Pommerland, Pommerland ist abgebrannt, Maikäfer flieg.* Ja, aber das war ein anderer Krieg. Es waren schon so viele.

Vielleicht hat mein Vater es doch richtig gemacht, dass er nach Amerika ausgewandert ist. Hä? Mein richtiger Vater ist nach Amerika gegangen. Warum hat er dich nicht mitgenommen? Da war ich noch im Bauch von der Mineoma. Ich war nur so groß. Sie verbog dabei ihren Zeigefinger. Warum ist die Mineoma nicht mitgegangen? Ich weiß es nicht. Vielleicht wollte sie ihre Familie nicht verlassen. Hat dich dein Papa nicht gewollt? Vielleicht hat er gar nichts von mir gewusst. Erzähl mir doch noch mal von den brennenden Christbäumen und den geschrumpften Körpern! Oma seufzte: schon wieder! Wieso willst du immer alles von diesen schrecklichen Dingen wissen? Ich wusste es selbst nicht. Die Horrorgeschichten der Gebrüder Grimm waren mir genauso lieb, aber das war unsere Bettliteratur. Oma bitte, wie war das mit den Brotlaiben und den Weihnachtsbäumen. Können die Menschen sich nicht verstecken oder ausweichen, wenn die Christbäumchen fallen? Nein, die waren nicht das Problem, das waren nur Markierungen für die Bomberpiloten. Hä? Nur die Phosphorbomben haben alles in Brand gesetzt. Sie haben gemacht, dass Menschen, Tiere und Bäume schrumpfen.

Kinder auch? Ja, sie waren nicht größer als ein Laib Brot. Hast du sie gesehen? Nein. Wieso weißt du es dann? Als ich Tante Hedi in Glückstadt besucht hab, war da eine Frau aus Hamburg. Sie hat es selbst gesehen, sie hat die Operation Gomorrha durchlebt. Wie Sodom und Gomorrha? Ja, die Bomben machten alles starr. Das Viertel, in dem die Frau gewohnt hat, lag in Schutt und Asche. Sie hat gesehen, wie ganze Familien in einem Kreis zusammengeschrumpft gesessen haben. Auf der Straße stand ein Pferd in einer aufrechten Position ganz erstarrt. Ach du lieber Gott! Die Leute sind in den Straßen gelaufen und haben ganz plötzlich Feuer gefangen. Konnten sie das Feuer nicht ausblasen? Nein, sie haben versucht, bis zur Elbe zu kommen. Da sind Tausende reingesprungen oder haben sich in den Boden eingegraben. Hm!

Sie mussten aber dort bleiben, denn wenn sie den Arm hoben, hat er sofort angefangen, wie eine Fackel zu brennen. Warum? Phosphor brennt nur, wenn es in Kontakt mit Sauerstoff kommt. Wenn Phosphor auf dich gegossen wird, ätzt es die Haut wie klebrige Lepra. Hä? Das sieht wie verbranntes Rührei aus. Die Verwandten der Opfer sind Tag und Nacht gekommen und haben Essen gebracht. Waren auch Kinder dabei? Ja, viele. Sie waren am tapfersten. Sie haben nicht geweint und sogar ihre Angehörigen bedauert. Warum? Weil sie so verzweifelt waren und ihnen nicht helfen konnten.

Wer hat denn die Bomben geworfen? Die Alliierten erwiderte Oma prompt. Hä? Die Engländer und die Amerikaner. Warum? Weil Hitler die ganze Welt erobern wollte. Die deutschen Soldaten sind überall einmarschiert. Hitler wollte, dass alle Länder dem Deutschen Reich angehören. All diese sinnlosen Morde, das wird uns noch zu schaffen machen. Hoffentlich musst du so was nie durchmachen. Es war ein Verbrechen, was sie mit den Juden und der Jugend gemacht haben. Hä? Sie haben sie wie Marionetten benutzt ... das verstehst du noch nicht. Was haben die Menschen in Hamburg falsch gemacht? Oma seufzte. Nicht nur in Hamburg, viele andere Städte wurden auch in Schutt und Asche gelegt. Michelstadt auch?

Nein, meist nur große Städte, aber in der Dunkelheit konnten wir die an kleinen Fallschirmen befestigten Leuchtfeuer wie Christbäume über Darmstadt sehen. 80 % der Innenstadt wurde zerstört. Warum? Warum was? Warum haben sie die Leute verbrannt? Haben die was falsch gemacht? Ähm ..., die meisten sind getäuscht und hintergangen worden und später hatten sie keine Wahl mehr. Warum? Wir hatten ein faschistisches Regime. Die Nazis haben die Macht ergriffen und jeden verfolgt, der anderer Meinung war. Warum? Es war nicht wie heute. Wir konnten nicht sagen, was wir wollten. Wir haben nie gewusst, was die Nachbarn denken. Wir mussten sogar vorsichtig vor den Kindern sein, weil die Lehrer aufgefordert wurden, sie auszuspionieren. Sie haben die Kinder angewiesen, ihre Eltern auszuhorchen und zu melden, wenn sie gegen Hitler wettern oder ausländische Radiosender hören.

Ich hätte euch nicht verraten. Das glaub ich dir, zumindest nicht mit Absicht. Es war so eine trostlose Zeit, voller Angst und Schrecken. Was ist mit den Kindern im Wasser passiert?

Das war so traurig! Die Beamten haben nach einer Lösung gesucht. Nach einer Woche schossen Soldaten den Armen in ihre Köpfe. Empört rief ich mit hochgerissenen Armen: warum? Sie haben doch gar nichts falsch gemacht! Es war das beste, ihre Schmerzen zu beenden. Die Armen! Oma wiederholte ihr Mantra: Schreckliche Dinge passieren, wenn Länder im Krieg sind. Hoffentlich musst du so was nie durchmachen. Ich hab zwei Kriege mitgemacht. Mein geliebter Bruder Christian ist im Russland-

Feldzug gefallen. Warum war er denn dort? Er hatte keine Wahl. Warum nicht? Männer, die sich weigerten, wurden nach Kriegsrecht erschossen. Wieso ist er nicht davongelaufen? Manche haben das gemacht, aber das war auch lebensgefährlich. Sie konnten sich nicht ewig verstecken. Und wer einem Soldaten geholfen hat und es rauskam, ist auch erschossen worden. Das ist oft passiert, denn die Hitlerjugend ist von offizieller Seite angehalten worden, ihre Eltern zu verraten. Sie wollten es nicht, aber sie sagten irgendwas, was den Nazis verdächtig vorkam. Im Dritten Reich hatten wir auch Sippenhaft. Was? Wenn z. B. dein Papa eine Bank überfallen hätte, wären alle Mitglieder der Familie inhaftiert worden oder in ein Arbeitslager gekommen. Die Kinder, auch? Die kamen meist zu entfernten Verwandten oder in ein Heim.

Tante Liesels Haus kam in Sicht. Oma sagte: Hoffentlich bietet sie uns nicht ihren Blümchenkaffee an. Ich wusste, dass sie damit so dünnen Kaffee meint, dass das Blumenmuster durchscheint. Doch wir haben das alte Haus schneller verlassen als gedacht. Sie war gerade am Aufbrechen, um meine liebste Hörr-Familie zu besuchen. So verschoben wir unseren Besuch auf den Abend.

Vorbei am schönen alten Landratsamtsgebäude fragte ich: Sind die Eltern von Hänsi und Karl-Heinz auch im Gefängnis? Nein Warum? Weil sie was Falsches gesagt haben. Nein, ihre Mama musste arbeiten gehen, weil ihr Papa im Krieg gefallen war.

Vielleicht ist deiner deshalb nach Amerika. Warum? Nein. 1902 hat es keinen Krieg gegeben. Es war nur eine elende Zeit und es gab kaum Chancen für eine bessere Zukunft. Vielleicht wollte er nur die weite Welt sehen. Ich auch Oma, ich auch! Ich glaub, das wirst du auch. Warum? Es heißt: Menschen mit Lücken zwischen den Zähnen reisen viel. Können wir nach Amerika gehen und deinen Papa besuchen? Oma Maria seufzte. Ich weiß nicht, wo er ist und wer er ist. Ich weiß nur, dass er von der Hanauer Gegend kommt. Ist das, wo Tante Lina wohnt? Ja, sie wohnt in Steinheim. Komisch, dass du deinen Papa nicht kennst. Tja, er ist wohl schon im Frühjahr 1902 auf dem Schiff nach New York gewesen, ich bin im Oktober erst auf die Welt gekommen. Mein Stiefvater hat die Mineoma sofort geheiratet. Deshalb hat niemand außer uns gewusst, dass ich unehelich war. Hä? Mit einem geheimnisvollen Lächeln sagte Oma: Ich hab dir jetzt ein Familiengeheimnis verraten. Was? Warum? Früher war das eine Riesenschande, wenn man Kinder bekam, ohne verheiratet zu sein. Auch heute noch. Deshalb hältst du dich besser bis zur Hochzeit zurück. Hä!?! Du wartest, bis ein Mann dir einen Ring an den Finger steckt. Guck! Sie streckte ihre Hand aus und zeigte mir ihren Ehering. Den kannst du mal erben.

Die philanthropischen Parsen

Dies wäre wirklich ein sehr persönliches Erinnerungsstück, sagte Peter mit einem Blick auf die Ketten aus menschlichen Knochen.

Ja, wo ich ihren Ehering schon nicht hab. Wi- Ich stellte mir meine Großmutter im offenen Sarg vor der alten Kapelle liegend vor, der Ehering an ihrem Finger. Ma hat es nicht fertiggebracht, ihr ihn abzustreifen. Es hat mir damals nichts ausgemacht. Nun hätte ich ihn gern, falls ich mal an einer Séance teilnehmen würde. Zumindest hab ich einige ihrer Gedichte und Stickereien. Oma Maria widmete ihr späteres Leben uns, ihren Enkelkindern. Und du warst der Sonnenschein ihres Lebens. Genau. Als ich flügge wurde und abends nach der Arbeit ausging, sperrte sie mich mal ein, um mich am Ausgehen zu hindern. Wirklich? Ja, aber ich konnte sie überreden, mich nach ein paar Minuten freizulassen. Es zeigte aber, dass sie Probleme mit dem Loslassen hatte. Als ich 22 Jahre alt war, nahm mich Günther mit nach Frankfurt. Oma fand nichts, um ihre Leere zu füllen, und so flüchtete sie vor der Realität. Sie ging viele

Stunden lang über die Wiese neben dem Haus oder saß im Auto und blickte auf die Stadt hinunter. Was sie da wohl gedacht hat? Weiß ich auch nicht. Aber ich denke jetzt, dass nicht loslassen und sich auf Veränderungen einstellen zu können die Hauptursachen für Altersdemenz sind. Sie war wie ein Kleinkind. Pa hat gewaschen und gewickelt. Ma konnte es nicht. Aber weißt du, was ganz merkwürdig war? Hm?

Als mich meine Eltern mal übers Wochenende als *Granny Sitter* beschäftigt haben, war Omas Senilität wie weggeblasen. Sie war wie früher. Wir haben uns normal unterhalten. Und als ich Hunger bekam, hab ich, wie früher, wenn ich nach meiner anstrengenden Arbeit beim Durchgangsarzt die Beine hochlegte und mich von ihr bedienen ließ, gesagt: Kannst du mir mal ein Brot schmieren? Wie ein geölter Blitz ist sie in die Küche gestürmt und sofort in ihre alte Rolle geschlüpft. Ich frag mich, was gewesen wäre, wenn ich sie mit nach Frankfurt genommen hätte? Ich glaub, unser Leben wäre leichter, wenn wir ein Schulfach hätten, wo wir etwas über konstruktive Beziehungen lernen könnten. Wir könnten eine Menge Probleme vermeiden, wenn wir auf alle Phasen des Lebens vorbereitet wären. Übrigens, das war auch, als meine Eltern mit leuchtenden Augen heimkamen und mit dem Büchlein wedelten, das als Cover mich mit der von einem Halo umgebenen Marsha-Hunt-Gedächtnisfrisur zeigte. Wo hatten sie das her? Sie hatten eine Schweizer Wallfahrtskirche besucht. Ihre Freundin Elfriede Wenzel sagte, du Alwine, guck mal, ist das nicht eure Marianne? Und wer hat das Foto gemacht? Weißt du doch. Lothar Nahler hat doch eine Menge Fotos von mir gemacht. Meine Kommilitonen haben mir auch mal ein Foto in der Rundschau gezeigt, wo ich in einem Feld von Margeriten liege. Aber das Heft war schon krass. Wieso? Wegen der Titelgeschichte *Wer bin ich?* Das war schon immer mein Thema!

Unser Führer schien ein stärkeres Interesse zu spüren und hoffte wohl auf ein höheres Trinkgeld. Er fragte: Wollen sie ganz nach oben, wo die Leichen ausgelegt werden? Ohne eine Antwort abzuwarten, spurtete er die Wendeltreppe hoch, wir hinterher. Er öffnete die Tür und sagte: Es tut mir leid, weiter können wir nicht. Ich sah nur eine dunkle muffige Wand. Später veröffentlichte der Stern ein Foto von einem Hubschrauber aus. Es zeigte die kreisförmig angeordneten Reihen. Die größeren äußeren waren für Männer, die mittleren für Frauen, und die kleinen inneren Kreise für Kinder.

Parsen sind für ihre Großzügigkeit nicht nur gegenüber Vögeln bekannt. Von unserer Unterkunft im Oberoi in Bombay riefen wir das Paar an, das wir bei einer früheren Tour kennengelernt hatten. Lidia holte uns in einem Taxi ab und lud uns zum Abendessen bei ihnen zu Hause ein. Da beide Juristen waren, hatten wir erwartet, dass sie in einer schönen Wohnung leben. Als wir an einem Kasernenhof mit mehreren Reihen kleiner Häusern ankamen, sagte Lidia, mein Schwiegervater war beim Militär. Er hat Parkinson und wir leben mit ihm. Wir waren erstaunt, wie nahe sie beieinander lebten.

Der alte Mann sah aus wie Gandhi, also war er bei mir schon mal gut angeschrieben. Ich begann ein Gespräch mit dem lustigen Plauderer, dessen Hände leicht zitterten. Das Abendessen bestand aus Reispilaf, Champignons, Erbsen, Karotten und anderem fetttriefenden Gemüse auf ovalen Platten angehäuft. Dann zeigte uns das Paar stolz das Haus, da wir bisher nur das große Speisezimmer kannten. Im Schlafzimmer verwirrten mich die zwei an gegenüberliegenden Wänden angrenzenden Doppelbetten. Mein mit der raschen Zunge verbundenes Schützennaturell kam wieder mal durch: Schlafen sie alle hier? Ja, sagte Lidia. Warum verwenden sie nicht das Speisezimmer als zweites Schlafzimmer und stellen den Esstisch ins Wohnzimmer? Es ist groß genug. Beide lächelten nur auf meinen praktischen Vorschlag. Ich fragte mich, wieso sie es nicht längst getan hatten. War das ihre Art der Geburtenkontrolle?

Am nächsten Abend aßen wir im Taj Mahal Tower mit fantastischem Blick auf das Tor zur Welt und das dahinterliegende Arabische Meer. Ich fühlte mich unwohl mit all den Kellnern um unseren Tisch. Einer kam mit Wasser, einer mit Servietten und zwei Schalen mit Zitronen in Wasser, einer mit Wein, ein weiterer mit dem Menü, der Fünfte leierte die Spezialitäten herunter. Es gab zwei weitere Kellner, ebenso in leuchtend roten Uniformen mit gelbgrünen Krägen, die in der Nähe standen, falls noch Wünsche offen waren. Ich wette, der Nächste fragt mich, ob er meine Füße waschen darf. Ich mag nicht, wenn dauernd jemand um mich herumschwänzelt, es stört meine Privatsphäre. Wieso?

Das ist ihr Job. Du willst Privatsphäre im Schlafzimmer. Ich will sie auch beim Essen.

Am nächsten Morgen nach dem Frühstück verlassen wir den Privatstrand des Hotels durch eine Tür im Zaun. Wir wandern fast zwei Stunden. In der Ferne biegt sich die Bom Bahia in einer lang gestreckten Kurve. Peter sagt: Wenn wir Bombay jetzt auf einer Karte sehen, können wir sagen, wir sind hier am Strand gelaufen. Kurz vor der Biegung schaue ich auf meine Füße. Achtung! Was ist das? Peter weicht zurück und sagt: Sieht aus wie ein Wattwurm, ein sehr großer allerdings. Je näher wir zur Krümmung kommen, desto mehr braune Würmer krümmen sich im Schlamm. Das sieht eher wie Hundekacke aus, sage ich und mäandere um sie herum. Hundert Meter von uns entfernt, fast an die Wellen des Arabischen Meers heranreichend, sitzen zwei Männer in weißen Kaftans, einen halben Meter auseinander.

Was machen die? Fragt Peter. Sie unterhalten sich. Plötzlich wird mir klar, was die Wattwürmer wirklich sind: menschliche Exkremente. Igitt! Ich bin an Hundekacke gewöhnt, aber das ist ja widerlich! Die Leute tun mir wirklich leid, schlimm, wenn man keine Toiletten hat, aber jetzt wird mir doch schlecht. Wir drehen auf der Stelle um und sind erleichtert, als wir den sicheren Hafen unserer Hotelanlage erreichen.

Den ganzen Nachmittag, blieben wir in unserem Hotelzimmer. Es war das erste Mal auf der Reise, dass wir unser Essen über den Zimmerservice bestellten. Unten auf dem Weg zum Strand saß ein Bettler mit seinem Hut auf dem Boden. Ich beobachtete ihn etwa eine Stunde lang, während Peter die Karte studierte. Ein paarmal rief ich aus: schon wieder ein Schein! Als der Mann seinen Platz verließ, sagte ich, wenn wir jemals arm werden, wissen wir, wohin wir gehen. Peter fragte, wohin? Du kriegst nie was mit! Ich kann drei Dinge auf einmal machen und du nicht mal eineinhalb. *Annie Get Your Gun*! Blabla! Kaum zu glauben, wie viele Leute dem Bettler den Hut füllten. Scheint ein gutes Geschäft zu sein. Wozu also die Kasten wechseln. Morgen sollten wir ihm mal folgen, vielleicht steht sein Mercedes um die Ecke.

Von Bombay flogen wir nach Süden bis Goa. Von allem, was wir in Indien sahen, waren wir am meisten von dieser ehemaligen portugiesischen Enklave beeindruckt. Ich hab versucht, Peter zum Kauf einer Hütte am Strand anzuregen. Der Preis war nur 20.000 Rupien. Heute gibt es nichts unter einer Million. Aber wie immer, wenn ich mit einem Hauskaufvorschlag komme, sagte er: Immobilien machen immobil.

Nichts besitzen, nur benutzen. Das Beste ist, wenn der ganze Besitz in einen Koffer passt und man im Hotel lebt. Ich brüllte: Jesus! Dann, versöhnlich mit einem Augenzwinkern sagte ich, der hatte nicht mal einen Koffer.

Goa war anders als der Rest von Indien, nicht nur wegen portugiesischer Gebäude und Leute. Die Art der Fischerei hab ich nirgendwo anders gesehen: ein 30 bis 40 Meter hoher Rahmen aus und Bambus, dreieckig oder trapezförmig, innen ein Netz haltend. Die Fischer lösten die Seile auf jeder Seite und senkten das Gerüst langsam ins Wasser. Nach einer Weile zogen sie es wieder hoch und kontrollierten den Fang. Einige Bewohner des westlichsten Bundesstaats Europas blieben in dieser Region, nachdem die portugiesische Kolonialherrschaft 1961 endete. Wer könnte es ihnen verdenken?

Ich sagte: Hier könnte ich ein paar Jahre leben, nur muss ich aus meiner Jeans kommen. Lass uns ein paar leichte einheimische Sachen kaufen. Wir näherten uns einem Stand und kauften Hosen, Kaftane und Blusen aus Windelstoff. Dann entdeckte ich etwas, das Peter am Abend tragen konnte. Guck mal, da ein Zaubereroutfit. Peter strich über die blaurote Samtweste und berührte mit einem Pfiff die goldenen Ornamente. In gedämpfter Stimmlage sagte er, zeig kein Interesse an dem Tand, sonst wird es nur teurer. Ich würde es zu Hause nicht tragen, aber Ecki wird es gefallen. Er kann es tragen, wenn er seinen Quatsch im *Quadlibet* veranstaltet. Ja, wir bringen es Ecki mit.

In Gedanken schwirrte ich sieben Jahre zurück, als ich Peters Mitbewohner Eckard Drexler kennenlernte. Wir checkten vierteljährlich, ob er noch das Leben in den Pubs feiert oder schon seinen Paps im Himmel besucht. Er war 32, als der Arzt ihm sagte, er habe Morbus Hodgkin, und wenn er keinen Alkohol mehr trinke und aufhöre zu rauchen, könne er noch ein halbes Jahr leben. Der Tag im Januar 1974, als mich mein in Wilhelmshaven geborener Lover HP puschte, bei meinem ebenfalls in Wilhelmshaven geborenen zukünftigen Ehemann CP in der Sigmund Freud-Straße ein Auto zu kaufen, veränderte mein Leben grundlegend.

Alte Zöpfe abschneiden

Am Freitag fuhr ich direkt nach Seminarende mit der U-Bahn von der Nordweststadt nach Niederursel, um das Wochenende mit HP zu verbringen. Er hatte mich noch nicht mit meinem neuen Henna gefärbten Afrolook gesehen. Wieso hast du denn die Haare abschneiden lassen? Gefällt es dir nicht? Nein! Doch, es ist prima! Wie viel hat der Figaro dir für das Kunstwerk abgenommen? Lächelnd berührte ich meine Locken: echt hausgemacht. Du machst Witze. Wirklich! Wie hast du es gemacht?

Ich leierte herunter: Hab meine Haare gewaschen, nahm eine Strähne, schnitt sie ab, drehte sie auf einen kleinen Wickler, nahm die nächste Strähne, schnitt sie ab und rollte sie auf usw. usw., bis ich alle Haare geschnitten und aufgewickelt hatte. Dann hab ich die stinkende Dauerwellenflüssigkeit auf alle Wickler getropft, nach dem Abspülen die Fixierung, danach Henna und hier bin ich. HPs skeptische Mimik entspannte sich während meiner Erklärung.

Am nächsten Morgen begrüßte uns ein sonniger Wintertag. HP verwöhnte mich mit einem pikanten Frühstück. Ein Blick auf meine Afropracht, sagte er: Also, warum hast du dein Aussehen verändert? Die Art, wie er das sagte, ließ mich an Eifersucht denken. Könnte das sein? Er sprach doch offen über seine Freundinnen! Eine kannte ich, weil er mit ihr meinen Verlobten bzw. seinen Klassenkameraden besuchte, um sich ein Grasbahnrennen in Michelstadt anzuschauen. Damals lebten wir in einem Bauernhaus im Odenwald. Zum ersten Mal war HP da, als Günther ein Klassentreffen organisiert und seinen Lehrer und die Klassenkameraden aus

Frankfurt eingeladen hatte.

Na sag schon. Was? Warum? HP deutete auf meinen Wuschelkopf. Vor einiger Zeit war ich mit Günther im Musical *Hair* in der Stadthalle in Offenbach. Marsha Hunt hat mich ziemlich beeindruckt. (Weniger beeindruckt war ich etwa 20 Jahre später, als ich mit meiner ehemaligen Heldin von einem Fest im *Every Woman's Village* zum Parkplatz ging. Marsha und der Wetter Fritz vom Kanal 4 hatten eine Rede gehalten. Marsha gefiel die Zeichnung einer praktizierenden Yogi, die ich einer jungen Malerin abgekauft hatte. Allerdings gefielen mir Marshas extrem konservatives graues Wollkleid und ihre helmartigen grauen Haare mit der akkuraten Außenwelle weniger. Aber damals waren viele junge Leute von ihrem Afrolook so begeistert, dass die Darstellerin der Dionne zur Ikone wurde). Okay sagte HP, ich glaub dir. Na, vielen Dank! Ich bewunderte, wie ordentlich er die Salami in Pergamentpapier einwickelte und mit einem Gummiband fixierte. Er sagte, wolltest du nicht ein Auto kaufen? Du hast doch jetzt eine billige Bude. Das hatte ich HP gesagt, kurz nachdem ich ihn *zufällig* auf meiner ersten Demo als Studentin getroffen hatte.

Meine Gedanken drifteten zurück:

Meine unbedarfte Art, für höheres BAföG zu demonstrieren, hatte mich wahrscheinlich eine Karriere als Diplompädagogin gekostet. Ich hatte gerade meinen Job bei der Deutschen Bank gekündigt und fühlte mich etwas fehl am Platz in meinem zwei Welten angehörenden Outfit: die Locken der Afghanenjacke touchierten zottelig die elegante Hüfthose mit Schlag. Unter der John-Lennon-Kappe flossen braune glatte Langhaare hervor. Als ich gerade dachte, wieder heimzugehen, spürte ich plötzlich einen Drang, zurückzublicken. Hinter einem roten Banner marschierte HP, der Klassenkamerad meines frischen Ex-Verlobten. Mit seinem lockigen Haar und den strahlend blauen Augen wirkte er wie ein Riesenengel. Etwas derangiert blickend reihte ich mich neben ihm ein. Stutzig starrte er mich an und fragte: Was machst du denn hier? Bist du nicht Arzthelferin im Odenwald? War ich. Wir sind vor einem Jahr nach Frankfurt gezogen und seit einem Monat getrennt. Unvermittelt packte mich HP in der Taille, trug mich ein paar Meter weiter und setzte mich auf dem Bürgersteig ab. Hast du den Kerl vom Verfassungsschutz nicht gesehen? Was?

Die machen Fotos von kommunistischen Studenten, die kriegen dann keine Jobs. Unpolitisch, wie ich war, leuchtete mir kaum ein, wie ein paar Kommunisten der Demokratie schaden könnten. Wenn sie später Geld verdienen, werden sie eh meist vom Kommerz konsumiert.

War ich dem familiären Wiederholungszwang verfallen? Vor mehr als einem halben Jahrhundert war mein Vater auch mal für einen Kommunisten gehalten worden. Als er seine GVP-Parteifreunde, Helene Wessel und zwei künftige Bundespräsidenten zu Wahlversammlungen gefahren hatte, riet Gustav Heinemann ihm und seinen Passagieren, in die SPD einzutreten. Denn es war absehbar, dass die GVP die 5-%-Hürde nicht schaffen würde. Als 41 Jahre später, während einer Wahlkampfveranstaltung, Johannes Rau meinem Vater zu seiner 40-jährigen SPD-Mitgliedschaft gratulierte, fragte er: Wie kommt es, dass du erst jetzt geehrt wirst? Mit einem verschmitzten Grinsen schaute mein Vater zu seinem berühmten Parteifreund auf. Ich saß unweit bei seinen Leibwächtern am Tisch und hörte meinen alten Herrn sagen: Die Genossen wollten mich nicht. Sie dachten, ich wäre ein Kommunist, weil ich für einen bei Gericht ausgesagt hatte! Ach! Ja, ich war der einzige Zeuge, da war es meine Pflicht, die Wahrheit zu sagen. Das ist Pech.

Und diese Unbill schien sich an diesem sonnigen Herbsttag für die Tochter von Ludwig Holschuh zu wiederholen. HP sagte, ich hab jetzt keine Zeit, aber gib mir doch deine Telefonnummer. Ich hab nichts zu schreiben dabei. Kein Problem. HP reichte mir einen Kuli und seine Handfläche. Auf den weichen Handballen kritzelnd, kam ich mir in meiner plötzlichen Euphorie wie ich ein Teenager vor. Hatte Amor wieder mal seinen Pfeil abgeschossen? Noch ein 190 plus Mann, armer Pa!

Also, wie ist so das Leben in einer Großstadt? Toll! Ich fühle mich richtig frei! Keiner kennt mich. Vermisst du gar nichts? Nur ein Auto. Ich hatte früher immer ein Auto. Ich kann mir keins leisten wegen meiner teuren Wohnung.

Mittlerweile hatte ich ein billiges Zimmer. Daher reichte mir HP schmunzelnd die Frankfurter Rundschau. Du kannst dir im Anzeigenteil ein Auto suchen. Er schob noch seinen Autoschlüssel in meine Richtung und sagte: Du kannst meinen Käfer nehmen. Ich brauch ihn heut nicht mehr. Ich legte den Anzeigenteil auf den Boden des freien Zimmers. Es war das schönste, mit einem graublauen Bett und passendem Bücherschrank eingerichtet. Ich hätte es sofort genommen, aber Karls Freundin sicher auch. Doch die Jungs suchten den perfekten dritten Mann. Seit vielen Wochen hatten HP und sein Studienkollege nach einem passenden Mieter für die Wohngemeinschaft gesucht. Aber die bisherigen Kandidaten waren entweder zu radikal oder zu fundamentalistisch. Für mich schien keiner ein Bomben werfender Anarchist oder ein archaischer Denker zu sein. Ich hätte nicht mal sagen können, welcher Parteilinie einer angehörte. Die Anhörungen waren recht unterhaltsam, auch wenn ich nicht viel verstand.

Ich fand drei VW-Käfer und rief den günstigsten an: ein 3 Jahre alter Sparkäfer für DM 3.300. Eine sonore Stimme sagte Hallo. Ich rufe wegen ihres Käfers an. Ja? Ist er noch zu haben? Noch ist er da, aber es kommen gleich Interessenten.

Was hat er denn für eine Farbe? Hellblau.

Na, ja, nicht gerade meine Farbe für ein Auto, wo kann ich es sehen? Sigmund-Freud-Str. 76, *Haus Tanja*. Wie? Das sind zwei 7-8-stöckige Marmorhäuser, die sind beschildert mit *Haus Tanja* und *Haus Oliver*. Sie fahren auf der Eschersheimer und biegen in die Hügel ... Ich weiß, wo das ist. Die Familie meines Ex-Verlobten wohnt in der Nähe. Wie ist ihr Name?

Meyer. Ich komm sofort. Happy und hippelig eilte ich in die Küche, ich hab einen gefunden, ich muss rennen, es sind noch andere Leute auf dem Weg. Nach einer Das-schaffst-du-schon-Umarmung sagte HP, nimm dir Zeit, ich brauch das Auto heut nicht mehr. 12 Minuten später parkte ich HP's elfenbeinfarbenen Käfer ein paar Meter entfernt von einer kleinen Gruppe, die an dem blauen VW stand: eine junge Frau, ein Mann mittleren Alters, dessen Bierbauch etwas über den Gürtel der drei viertel Lederhose hing, ein großer, schlanker Schönling in eleganten grünen Hosen und der Aura eines Lords. Sein geföhntes Salz-und-Pfeffer-Haar mit der 5-markstückgroßen kahlen Stelle am Hinterkopf ließ ihn älter erscheinen als sein faltenfreies Gesicht zeigte. Dazu passten mein Afrolook, der Afghane und die Jeans mit der Bordüre am Saum wie die Faust aufs Gretchen.

Anscheinend war ich zu spät. Dennoch erkundigte ich mich mit forscher Stimme nach Herrn Meyer und steuerte den Mann mit der Außentaille an. *Ich* bin Herr Meyer, meldete sich der warme Bariton des Dandys. Er schüttelte den beiden zum Abschied die Hand, ging auf mich zu und drückte auch meine Hand. Wie wäre es mit einer Probefahrt? Warum nicht? Der Schönling zog seinen braunen Blazer aus und legte ihn auf den Rücksitz. Ein Hauch seines betörenden Aftershaves emittierte aus seinem gelben Pullover. Nicht schlecht! Wen will er bezirzen?

Natürlich hatte ich keine Sorgen, dass mein Afghane knittert, und ließ ihn an. Ich gab Vollgas. Er ist langsamer als der Käfer meines Freundes. Ja, das ist die Sparversion, er hat weniger PS. Okay! Ich dachte, es ist nicht so wichtig, Hauptsache das Auto läuft und ist in Ordnung. Das Radio andrehend, sagte Herr Meyer, das Plus ist, dass er weniger Benzin braucht. Das Radio arbeitet perfekt. Es schien nichts falsch mit dem Auto. Als ich es parkte, sagte der Besitzer nonchalant, wollen sie den Kfz-Brief sehen? Okay! Er ist oben in der Wohnung, im 3. Stock. Warum haben sie ihn denn nicht dabei? Es ist zu gefährlich, die Fahrzeugpapiere mit im Auto zu haben. Wieso? Wenn jemand den Brief nimmt, ins Auto steigt und wegfährt, hab ich keinen Eigentumsnachweis mehr.

Unter einem roten Baldachin wandelnd erreichten wir den Glaseingang. Das Öffnen dauerte eine Ewigkeit. Wohnt der hier oder ist er zu Besuch? Licht strahlte aus großen funkelnden Kristallkugeln in die Eingangshalle. Was für eine Verschwendung! Es ist doch taghell! Tja! Im Aufzug nuschelte Herr Meyer ein paar Worte. Wie? Er musste seinen amerikanischen Slang noch zweimal bemühen, bis ich begriff, dass er das *Know-how* als wichtig erachtete. Wegen der Gesichtsbräune des Verkäufers fragte ich: Kommen sie gerade von Mallorca? Du meine Güte, nein! Es ist absolut out, dort hinzufliegen. Das ist doch die Putzfraueninsel. Ich war noch nirgends hingeflogen und hätte nichts dagegen gehabt, mich unter den Reinigungstrupp zu mischen. Nein, meine Bräune ist noch vom Sommer. Die Aufzugtüren öffneten sich.

Die Eleganz der weißen Marmorwände und des Glases der Halle war dahin. Die orangefarbene Wand und der grüne Teppichboden erinnerten mich an meine alte Wohnung nahe dem Zoo. Ich hätte einen blauen Teppich mit einer hellgrauen Wand bevorzugt. Doch die Großräumigkeit des Flurs regte meinen inneren Innenraumgestalter zu Kreationen von Sitzgelegenheiten an, die ich für meine Beratungsstelle verwenden würde, sofern ich jemals in der Lage wäre, hier eine Wohnung zu mieten. Wir wandten uns nach links, und diesmal öffnete Herr Meyer die Mahagonitür augenblicklich. Er nahm die Afghanenjacke von meiner Schulter und hängte sie an die Kleiderwand neben seinen braunen Blazer. Für meinen Geschmack, eine Farbe zu viel. Ich hatte nur zwei Farben: grau und braun, mit Ausnahme der bunten Borten auf den Jeans und der Tunika.

Ich hatte eine fantastische Einrichtung der gut geschnittenen Wohnung mit allem, was ein Parvenüherz begehrt, erwartet. Mir gefiel zwar das Parkett und die mit dem Wohnbereich verbundene Küche mit der Glasfront über beide Räume hinweg und der Blick auf den Balkon. Doch das weiße Berber Sofa und die Stühle erinnerten mich an meine ähnlichen Möbelstücke. Ich hatte meine mit etwas Katzen-Kratz-Grafik gestaltete Couchgarnitur an eine Dame in meiner Nachbarschaft verkauft, um mich auf einem niedrigeren Niveau zu bequemen. Fast alle meine Kommilitonen hausten am Boden auf Matratzen. Herr Meyer sagte, nehmen sie doch Platz und reichte mir den Kfz-Brief mit den Worten: hier der Stammbaum. Ich setzte mich an den blauen Tisch auf den ebenfalls blau lackierten Stuhl. Seine Hinterbeine standen auf dem Parkett, und so war ich auch in der Lage, das Wohnzimmer zu überblicken. Das graue Dokument betrachtend, sagte ich, das sieht für mich eher aus wie ein Vorstrafenregister.

3 Besitzer in 3 Jahren! Stimmt was nicht mit dem Auto? Meine Sehorgane tauchten in die mir merkwürdig vertrauten rehbraunen Augen des attraktiven Autobesitzers. Nein, wieso? Drei Besitzer! Das ist doch verdächtig. Ich wusste nicht, was ich machen sollte. Diese Samtaugen! Das Telefon klingelte. Hallo! Ja, vielleicht. Ich bin im Moment in Verhandlungen. Könnten sie in einer Stunde wieder anrufen? Ja, ich danke ihnen. Gute Manieren dachte ich und sagte: Ich frage mich, warum ihr Name

gar nicht im Brief steht. Herr Meyer sagte: Schauen sie mal auf das Bild an der Wand. Das ist mein Ford Escort, mit dem ich Rennen gefahren habe. Sehen sie, ein Rad ist in der Luft!

Mhm! Den Käfer hab ich gekauft, weil ich den Escort verkauft hatte. Der Käufer hatte 200 Mark angezahlt, ist aber nie mit dem Rest übergekommen. Nun hab ich zwei Autos, und sie sind beide zu haben. Warum hatten alle Besitzer das Auto nur ein Jahr? Unter ratlos blickenden Rehaugen und Schnauzbart bewegen sich volle Lippen: Ich würde lieber mein altes Auto fahren als dieses, da es schneller ist. Dieser Käfer ist echt nicht schnell, wie sie bemerkt haben. Ich warf einen Blick auf den plumpen Sekretär an der Wand zu meiner Linken. Obenauf thronte ein Schachbrett mit einem in Gang befindlichen Spiel. Ich stand auf und verfolgte den Kampf. Die weiße Dame war in Gefahr. Die geschmolzene Karamellstimme sagte: Spielen sie auch Schach? Ja, seit ich 5 oder 6 war. Mein Vater spielt gern und lockte mich mit Preisgeld. Er gab mir sogar seine Dame. Wollen sie mal eine Partie spielen? Da ich nicht wusste, ob ich das Auto kaufen soll, wollte ich wenigstens Zeit kaufen und sagte: warum nicht? Prima!

Aber das andere Spiel ist doch noch nicht fertig. Das geht in Ordnung. Mein Freund Ecki kann später ein neues Spiel mit mir starten.

Er nahm das Schachbrett und stellte es auf den Küchentisch. Möchten sie was trinken? Ich mache Tee. Ja, gute Idee. Ich friere sowieso immer, wenn ich aufgeregt bin. Sie haben doch nichts dagegen, wenn ich meinen Pullover ausziehe? Nein, sie sind doch hier zu Hause. Er hängte sein Kaschmir-Teil mit den winzigen grauen Punkten ordentlich über die Stuhllehne. Setzen sie schon mal die Figuren. Ich sah ihm beim Hantieren mit dem Wasserkessel und dem Tee-Ei zu. Er würde besser sein graues Hemd nach außen tragen. In der Hose steckend betont es seine hohen Hüften. Ich fühlte mich gut aufgehoben in Gesellschaft dieses Mannes und sah keine Notwendigkeit, ihm etwas vorzumachen.

Was soll ich jetzt machen? Ich war noch nie allein beim Autokauf. Beim Erwerb meiner vorigen drei Autos hatte ich meine *Spezialisten* dabei. Ich machte mit Zeige- und Mittelfingern Anführungsstriche in die Luft. Ihr angeblich ererbtes technisches *Know-how* hatte nie geholfen. Die Autos stellten sich als echte Fehlkäufe heraus und endeten alle als Totalverluste. Der Letzte war der Schlimmste. Wie das? Ich kaufte mir einen grünen Käfer beim VW-Autohaus in Michelstadt, und wir durften nicht einmal selber fahren. Warum nicht? Ich äffte den Mitarbeiter nach: Das ist unsere Betriebsregel. Es war bestimmt etwas faul. Ja, das Lenkrad verhielt sich seltsam. Ah! Ich hatte einen schweren Unfall und lag 9 Tage mit einer Gehirnerschütterung im Krankenhaus. Am ersten Tag kamen die Bullen. Ich hatte immer noch keine Erinnerung, und sie brummten mir eine Geldstrafe von 340 Mark für rücksichtsloses Fahren auf. Am nächsten Tag erinnerte ich mich, dass ein Lkw mit einem Anhänger die Kurve schnitt und ich nur zwei Alternativen hatte, entweder den Anhänger oder die Böschung. Da sind sie von allen Seiten beschissen worden. So ist es. Es ist immer riskant, bei einem Händler zu kaufen. Wieso? Beim Verkauf von Neuwagen müssen sie jeden Schrotthaufen in Zahlung nehmen und irgendwie wieder loswerden. Nach dieser Erfahrung würde ich natürlich nie wieder ein Auto kaufen, ohne es selbst gefahren zu haben. Sie sollten besser auf ihre Dame aufpassen. Hoppla, sie haben recht, ich würde besser meinen Springer mit ihrem Läufer tauschen. Tja, ich weiß nicht mit dem Auto. Ich kann etwas vom Preis nachlassen, jeder will ja handeln. Aber der Italiener gestern ... er war unverschämt. Er wollte nur 2.800 geben. Oh, das ist nett von dem Mann, mir diesen Hinweis zu geben. Ich hatte gar nicht an Handeln gedacht und sagte, könnte ich das Auto für 3000 haben? Herr Meyers "Hmmm!" wollte sich nicht hetzen lassen. Für ein paar Sekunden tauchten seine sanften, braunen Augen tief in meine blauen ein. Ich denke, ich kann damit leben. Abgemacht? Okay!? Was studieren sie denn? Sozialpädagogik, nächstes Jahr werde ich Psychologie an der Uni studieren. Was haben sie vorher gemacht? Ich hab Arzthelferin gelernt, dann in einem Krankenhaus gearbeitet, bin dann in der Ausbildungsabteilung der Deutschen Bank gelandet und zufällig wieder auf der Schulbank. Was heißt zufällig? Ich hab meine Klassenkameradin Ingrid getroffen. Sie hat neben mir gesessen, ein sehr hilfreiches Mädchen. Sie ist übrigens die Cousine unserer Lottofee Karin Ludwig-Tietze, auch blond. Auf welche Weise hilfreich? Hey! Guter Zuhörer! Ich bekam den grauen Star und hatte eine schlimme Zeit in der Schule. Ich brauchte zum Lesen und Schreiben einen Fadenzähler. Ich hatte ungefähr 2 x 2 cm visuelle Wahrnehmung. Ingrid hatte mir zum Beispiel geholfen, Städte auf Landkarten zu finden oder mir im Handarbeitsunterricht den Faden eingefädelt. Da hatten sie es sehr schwer. Tja, und Ingrid sagte mir, sie würde gern wie ihr Bruder Sozialarbeit studieren. Ich dachte: perfekter Beruf für sie. Da ich einige der Psychologie- und Pädagogikbücher in der Bank gelesen hatte, war auch in mir das Interesse wach geworden. So kam ich also zum Sozialpädagogikstudium. Mein Chef, Dr. Beine, war weniger erfreut. Er sagte, endlich hab ich eine Sekretärin mit Köpfchen, und jetzt muss ich sie schon wieder gehen lassen. So jetzt lass ich sie mal, was machen sie so? Ich bin ein Betriebswirt ohne Ehrgeiz. Was heißt das denn?

Das ist eine lange Geschichte. Wollen sie die ganze Vorgeschichte hören? Warum nicht? Ich studierte, weil mein Vater es wollte. Warum? Er wollte, dass ich in seinem Unternehmen arbeite. Schach! Oh, meine Dame ist wieder in Gefahr. Was für eine Firma? Wein, Spirituosen, Tabak. Aha! Zuerst sträubte ich mich und begann eine Lehre bei einem Opelhändler. Natürlich fand er es nicht so prickelnd, dass sein Sohn bis hier im Öl steckt. Mein Gegenüber zeigte zum Oberarm. Mit 19 musste ich heiraten. Wie das? Erika, meine Ex-Frau war schwanger. Sie war erst 17. Das ist ja witzig, ich heiße mit dem zweiten Namen Erika. Wirklich? Nickend sagte ich, Junge, das war früh, eine schwere Last. Ja, das war schwer. Der Junge übrigens auch. Jens-Peter wog 10 Pfund. Mann! Dann wechselte ich zu Mercedes und verkaufte Lkws. Das war alles zu viel Stress, und mit 20 bekam ich ein Magengeschwür. Ich hab dann das Angebot meines Vaters, mein Studium und meine Familie zu finanzieren, angenommen. Aber, kurz, nachdem ich fertig war, starb mein Vater. Oh, das tut mir leid. Ja, danke. Das war nicht einfach. Mein jüngerer Bruder Joachim hatte dort für eine Weile gearbeitet. Er war nicht glücklich. Der Partner meines Vaters, Herr Klett, wollte mich nicht in der Firma haben. Warum nicht? Er schätzte eher Menschen, die er zu seinem Vorteil bearbeiten konnte. Ich war dann Geschäftsführerassistent bei Karstadt in Wilhelmshaven, danach in Münster. Aber, da die meisten Rennen im Rhein-Main-Gebiet sind, bin ich mit meiner Familie nach Sulzbach gezogen und hab als EDV-Organisator in der Metallgesellschaft gearbeitet. Mit einem verschwörerischen Lächeln sagte er, manchmal schlich ich mich raus und arbeitete an meinem Rennwagen.

Während das Spiel der Könige in vollem Gange war, schlurfte ein struppiges, betrübt dreinschauendes Mannsbild in einem grauen Bademantel herein und grüßte mürrisch: Moin! Ich sah meinen Schachpartner, der mit der breiten Nase und der gebräunten Haut wie ein Mulatte aussah, fragend an. Die GIs hatten ja viele braune Babys hinterlassen. Nur in meiner kleinen Heimatstadt kenne ich zwei persönlich. Darf ich vorstellen, mein Mitbewohner Ecki Drexler, und dies ist die neue Eigentümerin des Käfers, Fräulein? Holschuh. Hey! Warum duzen wir uns nicht einfach? Ist mir recht, wir duzen unsere Professoren und Dozenten auch.

Mein Name ist Marianne. Ich bin Claus-Peter, auch CP oder Peter, seltener Claus. Und das ist Ecki. Der beugte seinen kurzen Körper in Richtung Bierkiste auf dem Boden des löblichen selbst gezimmerten Kieferregals, das mein handwerkliches Interesse weckte. Er nahm eine Flasche, öffnete den Kronkorken mit den Zähnen, leerte die Flasche in einem Zug und wiederholte den Vorgang mit einer anderen Flasche. Hast du keine Angst um deine Zähne? Ha, ha, sein Vater war Zahnarzt. Ecki setzte sich und blinzelte ins blendende Sonnenlicht. Ich schaute auf eine Schmierspur am Fenster. Die Strahlenbrechung zauberte ein funkelndes Farbmuster auf Eckis stoppeliges Kinn und die geschwollenen Augen.

Eckard ist Spezialist im Heringeinlegen. Willst du einen probieren? Nein, danke, ich hab gerade gegessen. Ich war so aufgeregt, meine Kehle hätte ohnehin nichts Festes durchgelassen.

Es klingelte an der Tür. Ich stellte den Springer neben meine Dame und sagte: schachmatt! Brummend schlurfte Ecki zur Tür und drückte den Türöffner. CP seufzte: Na, da hast du mich aber ganz schön abgezogen! Du weißt, wie man Schach spielt. Seine Zustimmung schien ehrlich. Das war aber keine Garantie dafür, dass er sich nach einer Weile nicht wie Günther verhalten würde. Mein Ex-Verlobter hatte zu Anfang auch keine Figuren durch den Raum geschmissen. Wir hatten fast jede Nacht Schachkämpfe. Er konnte ausschlafen, aber ich musste früh zur Arbeit gehen. Ich war dumm genug zu gewinnen und sein Bedürfnis nach Rache herauszufordern. Ich verliere auch nicht gern.

Während des Wartens auf den, wie ich dachte, weiteren Kunden, ließen meine Zweifel über das Auto langsam nach. Wenn so viele Leute interessiert waren, musste es ein Schnäppchen sein. Ich warf einen Blick auf die großen modernen Rauchglaskugeln über dem Glastisch. Der alte Persertteppich darunter sah kostbar aus.

Ein Mann mit Besserwisseraura trat ein. Weder klein noch groß, weder dick noch dünn, bewegte er sich als wäre er der Hausherr. Er stellte sich vor: Liebe wie Amore. Knapp sagte ich Holschuh und ignorierte den lüsternen Blick.

Ist das eine Wohngemeinschaft? Nein, sagte CP, wir kennen nur eine Menge Leute in unserer Gegend. Ecki lebt mit mir, da meine Freundin mich vor einem halben Jahr verlassen hat. Junge, das war ein Schock, als ich heimkam. Sie hat die Wohnung bis zur letzten Glühbirne geleert. Ich saß im Dunkeln. Herr Liebe sagte: Na, hast du die Metallschleuder noch?

Ich verstand die Frage nicht. Peter sagte, zum Schreibtisch gehend, diese junge Dame ist für den VW gekommen. Er nahm ein Vertragsformular aus der Schublade. Amor schoss seinen Pfeil. Ich ignorierte den vagen Blick. CP legte mir das Formular hin und sagte: Ich kann ihn auch für dich registrieren. Hast du deinen Reisepass oder Personalausweis bei dir? Nein. Also gut, warum kommst du nicht am Montag mit dem Geld und dem Ausweis her und wartest, bis die Registrierung abgeschlossen ist. Okay sagte ich, immer noch mit leisem Zweifel. Als CP den Vertrag unterschrieb, verließ Herr Liebe die Wohnung. Peter reichte mir den Stift und sagte, wie viel kannst du mir als Anzahlung geben? Oh je! Ich hab nicht erwartet, heut ein Auto zu kaufen. Ich tastete nach der Geldbörse in meiner Hirtentasche und zählte die Scheine. Ich hab etwa 80 Mark. Es klingelte wieder, gefolgt vom Klopfen an der Tür. Ah, das ist Bebóo, unser Dalmatiner. Er wohnt auf der gleichen Etage. Ecki öffnete. Der klopfende Hund entpuppte sich als kroatischer Maschinenbaustudent. Er war in meinem Alter, erreichte fast Peters Höhe, aber mit weniger hohem Wasserfall. Hallo Leute! Was ist los heute? Was machen wir mit angebrochene Nachmittag? Bebóos bellendes Organ und sein raues Gehabe erinnerte mich am Ende doch an einen Hund. Ich fing an, das lebendige Haus zu mögen. Es veränderte definitiv meine Sichtweise hinsichtlich Hochhäuser. Wer würde erwarten, dass ein 8-stöckiges Gebäude eine riesige Wohngemeinschaft sein könnte? CP sagte: Darf ich dir Marianne vorstellen, die neue Besitzerin des Autos. Eigentlich erst am Montag. Wirst du um neun kommen? Klar sagte ich. Bebóo streckte seine Jeansbeine unterm Glastisch aus und starrte auf die nicht eingeschaltete weiße TV-Kugel, die wie aus einem Science-Fiction-Film wirkte. Ecki hatte indessen den Bademantel mit Jeans und Pulli getauscht und sah ganz manierlich aus. Noch immer meinen Geldbeutel haltend, sagte Peter, gib mir 50 Mark, du wirst noch etwas Bargeld fürs Wochenende brauchen. Den Rest werde ich dir am Montag abhaken, sagte er mit einem verschmitzten Augenzwinkern.

Ich warf einen Blick durch die vom Boden zur Decke reichende Glasfront in Richtung Taunus. Die untergehende Sonne warf einen violetten Schatten und verwandelte das orangerote Himmelsgewölbe in einen pittoresken Bluterguss.

Als HP die Wohnungstür öffnete, war die x-te Anhörung mit höchst intellektuellen Diskussionen, guten Schwingungen und Gelächter in vollem Gange. Der interviewte Student schien den Erwartungen der beiden Wohnungsinhaber zumindest sehr nahe zu kommen.

HP fragte, hast du ein Auto gekauft? Ja, den günstigsten Käfer in der Rundschau, und ich hab ihn sogar noch auf 3.000 runtergehandelt.

Gut, und wie ist das Auto? In der Art, wie er das sagte, schien es mir, als ob es ihm zu schnell gegangen war oder er von mir erwartet hatte, ihn zuerst um Rat anzurufen. Du wirst es ja am Montag sehen. HP mit seiner formidablen Frustrationstoleranz war direkt wieder in seiner abgeklärt heiteren Teddybärlaune.

Während des Wochenendes dachte ich öfters an die lockere Bande. Wie alt mochte CP sein? Gewiss über 30. Den seichten 68er-Slogan *Trau keinem über 30* ignorierend, fand ich CP vertrauenswürdig, so als ob ich ihn ewig kannte.

Am Montag nahm ich die Straßenbahn. Als ich an meinem Wagen vorbeiging, hatte ich noch kein besonderes Hochgefühl, da ich mich noch nicht an die Schlüpferfarbe gewöhnt hatte. Als ich die Wohnungstür erreichte, sagte Peter, hast du es gesehen? Was? Jemand hat die Atenne abgebrochen. Nö, wieso? Das passiert hier oft. Ich kaufe eine Neue. Wenn du am Mittwoch noch mal kommst, baue ich sie ein. Hey, könnte es sein, dass er es selbst war, damit ich wieder komme? Dieser Gedanke gefiel mir.

Beim Eintreten in den Wohnraum fiel mir der dunkle Sekretär auf dem hellen Holzboden wieder unangenehm auf. Es wäre das Erste, was ich entsorgen würde. Eckis raues Organ riss mich aus meinem Dekorationstraum. Hast du Barbiturate? Wieso? CP sagte, Ecki hat die Hodgkin-Krankheit, das ist Krebs der Lymphknoten. Ich weiß, was Lymphogranulomatose ist. Hast du Schmerzen? Sein Murren war nicht schlüssig. Der Chirurg sagte, wenn seine Milz rauskommt und Ecki das Saufen, lässt, könnte er noch ein halbes Jahr leben. Ecki lachte sarkastisch. Mit fettem Grinsen und Blick auf die Bierflasche in seiner Hand sagte ich: Natürlich hast du diesen Rat sofort befolgt. Peter gab mir den Kfz.-Brief und den Fahrzeugschein. Alles in deinem Namen. Ich gab CP das Geld. So, jetzt bist du wieder mobil. Ja, danke, aber jetzt bin ich in Eile. Ich werde zu spät für ein Seminar sein.

Nach dem Seminar fuhr ich zu HP und zeigte ihm meinen Käfer. Gebückt ging er um ihn herum und fuhr um den Block. Zurückkommend sagte er, der zieht die Wurst nicht vom Teller. Aber sonst kann ich nichts entdecken. Ich würde zum VW-Händler gehen und ihn überprüfen lassen. Am Dienstag fuhr ich den Käfer zum Händler. Am späten Mittwochnachmittag präsentierte ich Peter die Fehlerliste. Herr Sigrist hatte mir angeboten, alles für DM 270,- zu beheben. Während er den Mängelbefund studierte, wechselte sein grimmiges Grinsen in ein breites Lächeln. Das ist gar nichts. Die sind nur stinkig, dass du kein Auto von ihnen gekauft hast. Ich hab bei denen gar keine gebrauchten Autos gesehen. CP stützte sich auf dem Schreibtisch ab und sagte achselzuckend: Sie wollen einfach nur Geld verdienen. Ich machte keine Anstalten, etwas zu sagen oder zu tun und muss etwas derangiert gewirkt haben. Warme, feucht-glänzende Augen schauten tief in meine. CP ließ ein Äonenlanges "Hmmm!" vom Stapel. Ich fühlte mich belämmert. Peter drehte sich um, öffnete seine Aktentasche, nahm ein Bündel Hunderterbanknoten heraus und zählte drei ab. Er reichte sie mir und sagte: Bist du jetzt happy? Ich schaute ihm verunsichert in die Augen. Warum? Ja? Okay? Ich sah Zärtlichkeit in seinem Blick. Hatte er Interesse an mir? Also, was willst du jetzt machen? Was meinst du? Wir wollen jetzt in der City etwas Billard spielen und später Bebóos Freundin Annie von der Bar abholen und vielleicht noch in die Disco gehen. Willst du mitkommen? Drei Männer und ein Mädchen, wie der Titel einer alten Filmschnulze. Es fühlte sich auch an, wie in den alten Tagen, als ich mit meinem älteren Bruder und Freunden um die Häuser zog. Ich hatte an diesem Tag nichts geplant, und am nächsten Morgen gab es nichts Wichtiges an der Fachhochschule. Na, warum eigentlich nicht? Zumal mein Interesse an dem sympathischen Mann mit den vertrauten Rehaugen von Mal zu Mal wuchs.

Lautes Lachen im Auto, nachdem Bebóo in seinem dalmatinischen Deutsch sagte: Macht euch ruhig bequem. Keine ernst gemeinte Aufforderung, da die Überrollbügel des Rallye-Autos im Weg waren. Meine sportlichen Erfahrungen beim Handball, Darts werfen und schießen auf dem Rummel halfen mir am Billardtisch wenig. Ich hatte eine Cola mit Rum. Um 22:00 Uhr waren wir auf dem Weg zum Rotlichtviertel. Ich war noch nie in einer Bar gewesen und gespannt wie der berühmte Flitzbogen. Dennoch war mir nur ein Augenblick im halbseidenen Milieu vergönnt. Wir waren gerade reingekommen und rannten noch in derselben Minute wieder hinaus, als ob das Haus in Flammen gestanden hätte. Im Auto fragte ich: Was machst du denn da drin? Da gibt's nicht viel zu machen, ich spreche mit den Leuten, damit sie viel trinken und mir Getränke spendieren. Kannst du so viel trinken? Na! Wir bestellen Cognac und Gil gibt uns Tee aus einer Cognacflasche. Hab ich mir schon gedacht. Aber wollen die Männer nicht mehr? Einige wollen mit mir ins Bett. Annie schürzte die Lippen. Ich sag dann, ich muss noch zwei Stunden arbeiten und lass es offen. Wenn Bebóo mich abholt, flitze ich durch die Hintertür. Ist das nicht gefährlich? Schulterzuckend sagte die 19-Jährige, es ist gerade passiert. Müssen die Mädchen nicht bis in die frühen Morgen in Bars arbeiten?

Nicht die unter 21 warf Bebóo, den Kopf zu uns drehend, ein. Pass auf, wo du fährst, schrie Annie. Mir zugewandt, sagte sie cool, ich hab die Frühschicht von 2 bis 10.

Wir parkten nahe der Alte Oper. In der Disco mischten wir uns unter die ausgelassen tanzende Menge. Der Cuba Libre war stärker als der beim Poolspielen. Ich war beschwipst. Als der erste langsame Tanz begann, schmolz ich dahin in Peters Armen. Bei den letzten Klängen des romantischen Songs nahm Peter mein Gesicht in seine Hände, sein zärtlicher Blick verfing sich fragend in meinen Augen. Vorsichtig legte er seine Lippen auf meine. Nur kurz, dann ließ sein Druck nach. Doch seine liebevollen Augen leuchteten hoffnungsfroh. Ich griff ihn mir, und wir küssten uns mit bebenden Zungen. Nach dem zweiten Cocktail gab ich den Gedanken auf, mit meinem neuen Auto zur Bockenheimer Studentenbude zu fahren. Später im Haus Tanja hatte ich keine Chance, die Couch zu nehmen. Als ich aus dem Badezimmer kam, schnarchte Ecki bereits im Wohnzimmer auf der Couch.

Ich betrat das weiß gestrichene Zimmer mit einer schwarzen Wand hinter dem geschmackvollen weißen, bis zur Decke reichenden Designerkleiderschrank, gegenüber dem Französischen Bett. Ich starrte auf den weißen Beistelltisch und die angrenzende Matratze. Was ist das für ein gelber Fleck? Ähm, ja, das Leben mit Ecki ist gefährlich. Er wacht mitten in der Nacht auf, steckt sich eine Zigarette an, raucht ein paar Züge und schläft wieder ein. Ich hab immer einen Eimer Wasser neben mir stehen.

Hat Ecki immer so viel getrunken, oder erst seit seiner Diagnose? Er hat schon in der Schule gesoffen, war aber trotzdem ein 1-A-Schüler, beste Noten in Mathe, sogar in Latein.

Und nach der Schule? Da studierte er. Was denn? Wirtschaftswissenschaften. Wirtschaftsminister Schiller war sein Professor. Aber er hat nichts damit angefangen. Lass uns aufhören, über Ecki zu reden. Was ist mit dir? Was hast du als Arzthelferin gemacht? Beim Durchgangsarzt wird viel geröntgt und Berichte über Arbeitsunfälle geschrieben, Gips- und andere Verbände angelegt. Im Sommer hatten wir einen türkischen Arzt als Urlaubsvertretung. Der hat uns eine Menge machen lassen, wie Beine eingipsen und Fetttumore entfernen. Oh, gut zu wissen. Ja, ich hab sogar mal das Ohr meiner Mutter genäht. Sie hatte ihr selbst gestochenes Ohrloch aufgerissen, war mit dem Ohrring irgendwo hängen geblieben. Ich hab alles, was ich brauchte, von der Praxis ausgeliehen: ein steriles Skalpell, eine gebogene Nadel, Zwirn, Novocain ... Da bist du handwerklich geschickt. Na ja! Und dann? Dr. Fischer wurde Chirurg am neuen Krankenhaus in Erbach. Ich bekam einen Job im Büro, Operationsberichte und Arztbriefe schreiben. Es wäre ziemlich langweilig gewesen, aber ich hatte interessante Kolleginnen. Mit der Ersten fing ich an zu arbeiten, noch bevor die Klinik komplett fertig war. Wir wollten mal sehen, ob die Küche schon was zu bieten hatte, und fuhren mit dem Aufzug nach unten. Als wir einen der riesigen Kühlschränke öffneten, rollte uns statt Essen, eine zum Skelett abgemagerte weibliche Leiche entgegen. Igitt! Wir waren auch einmal bei zwei Operationen in grünen sterilen Outfits und Masken anwesend. Das erste war eine Appendektomie. Oh, ich hatte einen Blinddarmdurchbruch, als ich im Internat auf Wangerooge war. Das ist gefährlich! Ja. Ich wurde mit dem Fahrrad zum Krankenhaus gebracht. Autsch!

Also, wie war die Operation? Sie dauerte nur ¼ Stunde. Die Nächste noch weniger. Ich kannte den älteren Mann aus meiner Nachbarschaft. Als sie den Bauch geöffnet hatten, spritzte sein Blut in alle Richtungen. Seine Eingeweide waren wie mit Dutzenden winziger Blumenkohlröschen bedeckt. Sie haben den Bauch gleich wieder zugenäht, und der Mann starb drei Monate später.

Ähm, könnten wir bitte das Thema wechseln?

Willst du lieber was über deine Lunge hören? Was meinst du? Meine nächste Kollegin Frau Diez-Michel war in der Pathologie in Heilbronn tätig. Sie sagte, sie hätte eine Lunge von einem stark rauchenden 18-jährgen Italiener gesehen. Sie war schwarz wie die Nacht. Und? Unsere sieht vielleicht genauso aus. Aha! Mach dir keine Sorgen, wenn wir mit dem Rauchen aufhören, ist die Lunge nach 7 Jahren wieder wie neu. Warum? Sie regeneriert sich. Was hast du noch so gemacht? Wenn es uns langweilig war, durften wir auch EKGs machen. Wir hatten das Büro neben dem einzigen Augenarzt des Kreises. Ich verdanke ihm diesen kleinen Kommentar in meinem Führerschein. Ich kramte den grauen Lappen hervor und gab ihn CP. Du siehst ja ganz anders auf dem Foto aus. Ja, *17 Jahr, blondes Haar*, sang ich den Refrain des Udo Jürgens Songs. Peter drehte das Dokument und sagte: Du trägst also Kontaktlinsen.

Ich müsste Gläser so dick wie beim Teleskop tragen. Aber was hat dieser Augenarzt damit zu tun? Dr. Libal ist ein rüder kleiner Mann. Einmal wurde er laut mit einer Patientin. Er schrie so hemmungslos, dass ich die Verbindungstür aufmachte. Als ich die verstörte alte Frau mit so einem Altweiberknoten da in Tränen stehen sah, hab ich gekocht. Ich hab direkt in Libals Augen geschaut und leise gesagt, so behandelt man keine Patienten, das ist menschenunwürdig. Ihnen fehlt die Konkurrenz. Natürlich war das nicht diplomatisch. Dr. Libal hatte nichts gesagt. Aber er nahm Rache, sagte Claus-Peter. Ja, ich hab offizielle Post bekommen. Ich sollte meinen Führerschein zurückgeben. Denn nach einem Gesetz aus dem Jahr 1956 dürfen Menschen mit Brillengläsern von 8 und mehr Dioptrien kein Auto fahren. Aber das war nicht das Schlimmste in der Zeit. So?

Ja, mein damaliger Freund konnte nicht akzeptieren, dass ich keine gemeinsame Zukunft mehr mit ihm planen wollte. Er war Friseur und jeden Montag kam er und wollte mich abholen. Ich hab mein Auto immer weit weg geparkt, und meine Kollegen sagten, ich sei schon weg. Sonntags hatte Alfred manchmal Glück beim Versuch, mich abzuholen. Er sagte, wenn du keinen anderen Freund hast, kannst du doch auch mit mir ausgehen. Es war eine schwierige Zeit, Alfred nahm mir die Luft. Ich hatte echte Atemprobleme, konnte nicht durchatmen, und mich plagte die Angst, ich hätte TB oder Lungenkrebs. Ich ging zu verschiedenen Ärzten. Die Röntgenaufnahmen waren ohne Befund.

Im Karneval 1969 gab Alfred schließlich auf, als er sah, dass ich mich, während Adreano Celentano sein Azzuro schmetterte, in den Kellner des Restaurants verliebte. Der charmante österreichische Baron Freiherr war gerade von der Hotelfachschule Salzburg nach Michelstadt gekommen. Und ich hatte keine Atemprobleme mehr. Armer Alfred, sagte Peter. Ja, Lieben bedeutet Leiden. Wenn ich Stress hab, ist immer mein Magen betroffen. Im Krankenhaus hatte ich ein guten Arzt. Er sagte mir, Herr Meyer, ich kann ihnen nicht sagen, was sie essen oder trinken sollen. Das müssen sie selbst herausfinden. Wir sind alle verschieden. Den meisten Menschen hilft Hafersuppe, einige schwören auf Reis, andere auf Bananen. Ja, guter Doc! Ich mag Puffreis. Und mir hilft Cola am besten. Was haben sie im Krankenhaus mit dir gemacht? Nicht viel. Sie dachten, ich brauchte nur Ruhe. Guter Ansatz! Es half nicht viel. Nach drei Tagen hatte ich eine Ahnung, verließ die Klinik, ging nach Hause und fand meine Frau mit einem anderen Mann. Ach! Da geht der Spruch meiner Oma „*Jung gefreit hat noch nie gereut"* den Bach runter. Ein weiches Gefühl für diesen Mann berührte mein Herz. Natürlich muss man immer beide Seiten hören.

Und was ist mit deinem Adeligen? Hast du ihn bekommen? Wir waren eineinhalb Jahre zusammen. Mit Günther lebte ich drei Jahre in wilder Ehe. Vielleicht schaffe ich nächstes Mal 6 Jahre, dann 12, wenn das so weitergeht ...

kennst du die Schachgeschichte? Du meinst, als der König dem Gewinner einen Wunsch gewährte und er ein Korn auf dem ersten Feld, 2 auf dem Zweiten, 4, 8, 16 und so weiter haben wollte und der König arm dabei wurde? Ich nickte. Du hast mir immer noch nichts über deinen Kellner Baron gesagt. Wir waren anfangs sehr verliebt, später hat er mich öfters betrogen. Ein echter Frauenheld. Da die meisten Mitglieder seiner Familie Maler sind, fragte ich ihn, ob er sich nicht auch mal mit der Kunst versuchen wolle. Ich ging mit ihm zur Kunstakademie. Der Professor, der übrigens wie Sigmund Freud aussah, mochte seine Arbeit und kurz danach begann Edi sein Studium. Das war auch das Ende unserer Beziehung. Que sera. Ja! Er betrog mich mit einem Mädchen, das ich kannte. Sie hatten einen Unfall; Edi fuhr angetrunken, Corinna brach ihren Arm. Er beteuerte, sie habe ihn erpresst, nichts der Polizei zu sagen, wenn er sie heiratete. Keine Ahnung ob das stimmt.

Und? Nur eine Woche nachdem er mich für Corinna verlassen hatte, rief mich Günter von seiner Kneipe aus an. Einer seiner Gäste suchte ein Model für seine neue Zeitung *Odenwälder Nachrichten*. Sein Gast hieß auch Günther, schon wieder ein Riese, sogar noch drei cm größer und sehr gut aussehend. Okay warf Peter ein, ich verstehe, du magst große Männer. Ich bin nur 1,87. Ja, mein Vater ist sehr klein. Als Kind hab ich mich geschämt. Die Kinder haben mich gehänselt. Meine Mutter ist 8 cm größer 168. Und wie groß bist du? Im Pass steht 165.

Und wie ging es weiter? Neben einem neuen Mann hatte ich einen unbezahlten Zweitjob als Reporter und Akquisiteur. In nicht einmal zwei Wochen wurde aus dem verlassenen weinenden Mädchen eine selbstbewusste verliebte junge Frau. Und was war mit Günther? Seine Zeitung schaffte fünf Ausgaben, er ging zurück nach Frankfurt und nahm mich mit. Ich ging dann zur Bank. Warum habt ihr euch getrennt? Keine Ahnung. Wie? Vielleicht hat ihm mein Studium nicht gepasst. Er schlug vor, dass wir getrennte

Wohnungen haben. Wir lebten fünf Fußminuten auseinander und trafen uns noch gelegentlich. Und warum die Bank? Warum hast du nicht als Arzthelferin gearbeitet? Mir hat der dunkle Arbeitsplatz im Krankenhaus nicht gefallen. An dem Tag wurde noch eine Stelle angeboten. Ah! Direktor Dr. Hoog von der Ausbildungsabteilung der Deutschen Bank hatte eine Sekretärin gesucht. Der Lehrer in mir war angesprochen. Der Chef schien mich zu mögen. Ich war schlagfertig und hatte einen hübschen Hut passend zum Mantel auf. Und ein hübsches Gesicht fügte Peter hinzu und erntete mein bezauberndstes Lächeln. Zwar war ich noch nie Sekretärin, hab mir den Job aber zugetraut. Gut!

Ja, aber Dr. Hoog hat sich für die 32-jährige Frau Zia entschieden, und ich bekam eine Stelle in der Bibliothek. Ich begann mit der Katalogisierung der Bücher, schrieb Berichte und fertigte Zeichnungen für die Seminare an. Vor allem hab ich den herrlichen 180° Blick aus dem 18. Stock des Selmi-Hochhauses genossen. Ein paar Monate später wurde die Sekretärin eines anderen Direktors krank, und ich arbeitete von da an als Sekretärin für Dr. Beine. Er kam am späten Vormittag von einer Taunusgemeinde, sodass ich viel Zeit zum Lesen hatte. Am Abend und am Wochenende hatte ich noch einen zweiten Job. Warum das? Ich hatte Möbel auf Kredit gekauft und wollte meine Schulden schneller loswerden. Da hab ich noch als Schreibkraft für 10 Mark pro Stunde bei der *Schutzgemeinschaft der Kraftfahrer* gearbeitet. Ich glaub, ich hab davon gehört. Was genau machen die denn? Hatten gemacht. Der Gründer Julius Székely bot Mitgliedern ein Expressgutachten von mit ihm kooperierenden Gutachtern, wenn sie sich von ihren Werkstätten bei Reparaturen übers Ohr gehauen fühlten. Klingt gut. Hab gehört, sie hätten auch eine schwarze Liste von unzuverlässigen Werkstätten.

Tja! War eine gute Sache, gutes Geld auch. Ich schrieb die Briefe für Gutachter, doch leider hat sich der smarte Ungar mit den Jahresbeiträgen nach Südamerika abgesetzt. Er sah aus wie eine Mischung aus Patachon und Braver Soldat Schwejk. Er schuldet mir 80 Mark. Wieso? Ich hätte es voraussehen und das Geld fordern müssen. Wie das? Ich kam in sein Büro, es war wie im Film. Er guckte, wie auf frischer Tat ertappt. Mit beiden Armen strich er einen Haufen fremder Banknoten in seine Schreibtischschublade. Zwei Tage später sah ich sein Foto in der Zeitung. Peter sagte: Es ist schade, ich sollte den Verein weiterführen. Da kann ich bei dir jobben.

Wie hast du denn dein Studium finanziert? Ich hab mehr als 5 Jahre nach meiner Ausbildung gearbeitet. Da hab ich volles BAföG bekommen. Die Eltern müssen nur eine Ausbildung finanzieren. Die 613 Mark waren nicht genug, um meine 360 Mark teure Wohnung zu halten. Also hab ich einen großen hellen Raum mit Parkblick gemietet, leider mit Ofenheizung. Ich hatte nicht an den Winter gedacht. Ich deutete ein Zittern vor Kälte an. Peter sagte: Ach, ich hab dir noch gar nicht gesagt, dass ich nächsten Mittwoch mit Freunden aus Wilhelmshaven 10 Tage auf die Kanaren fliege. Oh! Wenn du willst, kannst du so lange hier wohnen. Denk drüber nach. Du kannst am Dienstag den Schlüssel abholen. Hey! Ich lachte zaghaft und fühlte mich fast wie eine verarmte Prinzessin, der ein Königreich zu Füßen gelegt wird.

Bisher hatte die Sonne jeden Tag geschienen und mein Zimmer erwärmt, sodass ich den Ofen noch nie verwendet hatte. Ich saß mit einer Decke am Schreibtisch. Doch 10 Tage den Winter zentralbeheizt zu verkürzen fand ich toll.

Am Dienstag begrüßte mich Peter mit einem sanften Lächeln. Ich war nicht sicher, ob du kommst. Seine Augen tauchten tief in meine ein, als er flüsterte, ich bin froh, dass du da bist. Wo ist Ecki? In Wilhelmshaven. Er will auch dort bleiben. Übrigens magst du Fisch? Ich mag fast alles Essbare. Warum? Bebóo kocht für uns heute Abend. Annie hat ihren freien Tag. Er ist ein guter Koch. Ich kann nur Schmalz mit Zwiebeln und Äpfel oder Spiegeleier machen. Klingt auch lecker. Und mach dir nichts draus, wenn sie einen ihrer Kämpfe starten. Bebóo ist aus Kroatien, Annie aus Serbien. Einiges Geschirr ist schon zerbrochen.

Das Studio roch nach Fisch. Bebóo hatte Kartoffeln, Karotten, rote und grüne Paprika und den Fisch in einem riesigen Topf gekocht. Er streute Petersilie drüber, schüttete die Hälfte des Inhalts in eine große Suppenschüssel, hielt sie mir unter die Nase und sagte: Wie riecht es? Prima! Peter sagte: Hoffentlich sind keine Gräten drin. Du wirst schon nicht ersticken, sagte Bebóo, Marianne ist doch bestimmt eine Meisterin des Heimlichmanövers, oder? Mit einer meiner Katzen hat's funktioniert. Wir kamen durch den Abend mit viel Gelächter und keinen fliegenden Messern. Beim Gehen sagte ich, nächstes Mal koche ich euch ein türkisches Abendessen. Meine Mutter brachte eine Mischung von ihrer Reise in die Türkei mit. Da schmeckt alles wie türkische Küche. Bebóo fragte: ein Gewürz? Es sieht aus wie grob gemahlener Mais, da ist ein ganz spezielles Gewürz drin. Peter sagte: Das könntest du am Donnerstag für uns alle machen. Na, ich dachte, es wäre am Mittwoch. Nein, ich hab die Tickets überprüft, wir fliegen am Freitagmorgen. Gut!

Warum holst du nicht einige deiner Sachen? Von hier ist es doch viel näher zur Nordweststadt als von Bockenheim. Okay? Das hörte ich gern, und nach 9 Monaten des Singledaseins dachte ich an eine neue feste Beziehung. HP's dritte Freundin zu bleiben war keinesfalls mein Lieblingstraum. Natürlich hatte ich nie etwas anderes von HP verlangt. Monogamie war absolut démodé in den frühen 70ern, aber es war genau das, was ich wollte. Ich fühlte mich in unverbindlichen Beziehungen nie erfüllt. Doch auch in meinen eheähnlichen Beziehungen dauerte es viele Wochen, bis ich so locker war, um Befriedigung zu erlangen.

Ich brauchte nur etwa 10 cm Raum in Peters Kleiderschrank. Als seine Freunde aus Wilhelmshaven kamen, waren die türkischen Köfte gebraten und das gemischte Gemüse gedünstet. Es dauerte etwas länger als geplant, da sie eine Schauspielerin aus Hamburg abgeholt hatten. Das blonde Mädchen saß am Küchentisch in ihrer hellblauen Schaflederjacke. Wahrscheinlich ein brandneues Geschenk von Bolko. George, ein Bistroeigentümer, sagte: Kannst du mir das Rezept geben? Das wird schwierig. Wieso? Ich will es meinem Menü zufügen. Aber ich passe nie auf, welche Gewürze ich nehme. Ich glaub auch kaum, dass du das Gewürz überall kaufen kannst. Meine Mutter hat es von einem kleinen Dorf nahe Izmir.

Nach nur zwei Drinks war die Truppe k.o.; das Ergebnis von 8 Stunden auf der Straße. Wir kümmerten uns um ihre Betten und verließen die Wohnung, um in Bebóos Studio zu schlafen. Wir hatten noch ein paar Drinks, während Peter uns über seine Gäste aufklärte: Bolko kam im selben Kreißsaal zur Welt. Er kam 20 Minuten vor mir. Annie fragte: Hast du was von Ecki gehört? Ja, er wird in zwei Wochen operiert. Sie schneiden die Milz heraus (heute zum Glück nicht mehr). Warum? Ich sagte: Damit sie keine weißen Blutkörperchen produziert, um genau zu sein: Lymphozyten. Bebóo sagte: Wie wäre es mit ein paar Stunden Schlaf? Gute Idee. Wir ließen uns auf dem breiten Schlafsofa nieder. Ich schlief wie tot, wachte aber früh auf und hörte unsere Gastgeber leicht schnarchen.

Tief unten braut sich was an. Ich spüre eine wachsende Flamme, schlechtes Timing, aber die spanische Never-come-back Fluglinie könnte mit meinem neuen Liebsten in den Atlantik fallen. Vom Restalkohol benommen, hat die Denkmaschine Aussetzer. Mit wohlig warmer Wahrnehmung gleite ich auf Peters Körper, dem eine wollüstige Moschusbrise entströmt. Begrüßt von einem ad lib reagierenden Phallus, bin ich verblüfft über meinen Mangel an Zurückhaltung. Es ist wie in Doris' Lied „Move over, Darling": "has me waving my conscience bye-bye?" Ich fühle eine Intimität, als wären wir seit Äonen zusammen!

In der folgenden Nacht hatte ich einen Traum, in dem Peter in einem Rennauto auf dem Ring seine Runden drehte. Ich wartete mit seinen Freunden, Helmut und Marianne, die ich gerade erst kennengelernt hatte. Plötzlich fehlte Peters Wagen und mir sank das Herz. Als ich aufwachte, war das Gefühl der Leere überwältigend, so als ob mein Leben verloren wäre. Zum Glück (noch) kein Wahrtraum aber ein deutlicher Hinweis: Das ist dein Mann fürs Leben!

Endlich in Goa

Ja, ich denke, Ecki wird die Weste mögen. Er lebt schon sieben Jahre länger als sein Arzt es ihm voraussagte. Die neue lange weiße Baumwollbluse und -hose umschmeichelte meinen Körper. So leicht, sanft und heiter, wie ich mich fühlte, könnte ich länger als geplant in dieser ehemaligen portugiesischen Enklave leben.

Beim Frühstück fragte Peter: Wie wäre es, wenn wir heute mal die Halbinsel erkunden? Wenig später bestiegen wir einen verbeulten Bus. Ein Mann sagte, alle Busse halten am lokalen Markt. Einige bunt gekleidete Frauen mit Hühnern und Vögeln saßen bereits. Die Hühner flatterten unruhig in ihren Käfigen. Nach fünf Minuten stiegen immer noch Leute zu. Mein Gefährte wurde nervös und stieg aus dem Bus. Ich beobachtete die Tiere und versuchte herauszubekommen, was die Frauen redeten. Peter kam in einer besseren Stimmung zurück, obwohl sich nichts geändert hatte. Ich hab kein Schild gesehen. Vielleicht geht es gleich los. Nach weiteren fünf Minuten war der Bus bis zum letzten Platz gefüllt. Kurz danach kam der Busfahrer. Ich sagte, jetzt wissen wir, warum es kein Schild gibt: es gibt keinen Zeitplan. Der Bus fährt, wenn er voll ist. Zwei Reihen vor uns waren zwei blonde Männer als Letzte eingestiegen. Sie gingen ganz locker mit den Einheimischen um. An den Haltestellen kamen Orangenverkäufer und Bettler an die Freiluftfenster. Sie lächelten nur, schüttelten den Kopf und sagten: nein, danke, kein Bedarf. Sie fühlten sich kein bisschen gestört. Bei uns waren die Einheimischen hartnäckiger. An der nächsten Haltestelle ging ich nach vorne und fragte: Hallo Jungs, wo kommt ihr her? Das Duo antwortete: vom schönen San Francisco. Ah! Da will ich auch mal hin. Ja, mach das, du wirst es mögen. Wart ihr schon in Ländern wie Indien? Ja, wir sind in Malaysia und Marokko gewesen. Aha! Ich sagte zu Peter: Wenn alle Kalifornier so sind wie die beiden, würde ich gern für immer da leben.

Wir stiegen aus dem Bus. Mir gefiel der Markt und ich stellte mich in der Rolle einer Marktfrau vor. Die Leute waren freundlich und machten einen zufriedenen Eindruck. Peter kaufte ein paar Bananen und eine Packung Chips. Er sagte bewundernd: Hast du gesehen, wie easy die Jungs mit den entnervenden Verkäufern umgegangen sind? Ja, die haben halt schon Praxis.

Jedenfalls gibt es nicht so viele Bettler in Goa wie im Rest von Indien. Den Spruch hätte ich besser bleiben lassen. Peter schälte eine Banane. Nach dem ersten Bissen warf er sie weg. Plötzlich berührte ihn ein hässlicher Aussätziger mit seinen korrodierten Fingern. Peter schrie aus Angst vor Ansteckung „No" und trat zurück, riss drei Bananen von der Staude und reichte sie dem Mann. Der schüttelte den Kopf.

Ich rief, sie sind grün! Peter hielt ihm die

Chipstüte hin. Die nahm er. Aber gleich danach streckte er Peter wieder seine aussätzige Hand hin. Mein total gestresster Ehemann trat dem armen Kerl auf die Sandale.

Peeeter! Es war doch nicht fest, ich hab ihm nicht wehgetan. Er ist weg, siehst du, er hat gelernt. Er ist nicht hungrig. Nur ein weiteres Beispiel des Bettlergewerbes. Aber er ist doch krank. Diese Kaste besteht aus einer großen Organisation. Ich hab gelesen, sie stehlen, Kinder, bringen sie in weit entfernte Städte, amputieren eine Hand oder einen Fuß, sodass sie in herzerweichender Weise betteln können. Maya sagte vor einer Woche, dass ein Junge aus einer reichen Familie entführt und verstümmelt wurde. Eine schreckliche Art, gegen die Regeln des Kastensystems zu verstoßen.

Unser Goa Strandhotel war nicht mehr als ein einfaches Gebäude, in dem wir unsere Mahlzeiten einnahmen und auf dem Gelände verteilte kleine 1-Schlafzimmer-Häuser. Jeden Tag gingen wir am Strand entlang zu dem einzigen mehrstöckigen Hotel am anderen Ende. Es gab nur noch ein paar Hütten dazwischen und tagsüber kaum Touristen in Sicht. Einmal lief ein junger Italiener nackt und wild schreiend zum Strand. Uns wurde gesagt, dass er Stechapfel in seinem Drink hatte. Ein Inder mit Turban und nicht ganz sauberer Kleidung kam mit langen Wattestäbchen an und fragte, kann ich dir die Ohren reinigen. Nein danke! Er: Ihr westlichen Menschen seid überhaupt nicht hygienisch.

Abends gingen wir zu einer runden Bambushütte mit Palmblattdach, die als Bar diente. Mit einem *Sundowner Cocktail* schlenderten wir zurück zum Strand. Das war die einzige Zeit des Tages, wo sich die Menschen zusammenfanden. Fasziniert sahen wir zu, wie unser Energie spendender Fixstern dunkelrot hinter den zerrissenen Wolken versank. Die orange und pfirsichfarben glänzenden Strahlen flammten wie Feuer über dem blaugrünen Indischen Ozean. Ich nahm Peter bei der Hand und sagte: Hier würde ich gern mit dir alt werden. Peter drückte meine Hand und blickte mich an, wie ein Kind unterm Christbaum. Während ich neben meinem schönen Mann stand und das Schauspiel am Himmel beobachtete, dachte ich über ein Leben in dem kleinen Strandhaus nach. Ich würde ein paar Bilder malen, Bücher schreiben und gesunde Gerichte aus selbst gezüchtetem Gemüse kochen. Lass uns gehen, sagte Peter ruhig, noch vom Spektakel der Schöpfung beeindruckt. Als ich nicht sofort reagierte, berührte er sanft meinen Arm, sein liebevoller Blick drang bis zum Grund meiner Seele. Auf unserem Weg zurück verblasste der Feuerzauber. Das Himmelszelt verwandelte sich in ein zartes dunkelviolett.

In Goa hatten wir schon rund 20 Starts und Landungen überlebt und mir reichten die Turbo-Prop-Flüge. Es gab zwar keine Probleme, aber seit dem Besuch von Bebóos Eltern in Kroatien, flog ich nicht mehr gern. Denn die Tupolev 154 schleuderte in einem schweren Gewitter hin und her. Bei unserem letzten Rückflug von den Kanaren setzte das Flugzeug plötzlich zu einem Sturzflug auf den Kölner Dom an. Gern hätte ich die Tour in Goa beendet. Ich hatte das Gefühl, als ob ich einen Punkt erreicht hätte: alles getan, Lektion gelernt. Tief im Inneren wusste ich, was ich vom Leben wollte. Haben die Männer aus Frisco meinen Wunsch, Kalifornien zu besuchen, implantiert?

Handeln, Heilen, Spielen, Träumen

Nach den gescheiterten kalifornischen Autohandelsbemühungen flog Peter mit seinem Freund Uli Degenhardt in die USA. Der Schrotthändler lebte wie ein Gesundheitsapostel vor Angst, Krebs zu bekommen. Er kaufte *mein* Rotholzhaus in Tiburon. Doch es war Ulis letzte Reise. Im Alter von 48 starb er an Darmkrebs. Meine Vermutung war, dass er ihn sich durch das Benzinabsaugen der Schrottautos eingehandelt hatte. Zwar hat er es nie geschluckt, aber über die Mundschleimhaut geht das Gift sofort ins Blut. Der viele frische Knoblauch, den Uli aß, wird wohl kaum geholfen haben. Eher hat seine Angst vor Krebs die Entartung der Zellen beschleunigt, frei nach Hiob, was ich gefürchtet habe, ist über mich gekommen. Er hatte Peter stets gedrängt, mit dem Rauchen aufzuhören und weniger Kaffee zu trinken. Erahnen wir unsere Zukunft oder ziehen wir die Dinge durch unsere ängstlichen Gedanken an? Ich zumindest hatte einen diesbezüglichen prophetischen Traum und riet Uli zu einem Arztbesuch. Er sagte, ich hab mich vor einem halben Jahr an der Mayo Clinic durchchecken lassen.

Und noch eine Synchronizität fürs Koinzidenzalbum: Ich ging mit Ulis Frau im Krankenhaus zur Cafeteria. Sie sagte, ich hatte auch Vorahnungen. Ich hab ja selbst auch Krebs gehabt. Ich hatte auch einen Check-up beim Gynäkologen, der ohne Befund war. Aber ein halbes Jahr später hatte ich Krebs. Nach dem Entfernen der Gebärmutter empfahlen mir die Ärzte zusätzliche Kobaltbestrahlungen. Und? Ich hab gesagt, auf keinen Fall, ich muss mich um meine zwei kleinen Mädchen kümmern. Und wie ging es dir? Ich hatte keine Probleme mehr.

Zu der Zeit war mir Dr. Hamers Krebstheorie, bei der ein Schock einer Krebserkrankung vorausgeht, unbekannt. Doch seit ich über den umstrittenen Arzt gelesen habe, frage ich Krebskranke nach drastischen körperlichen oder seelischen Erfahrungen. Bis dato hat sich die Theorie immer bestätigt. Hans-Jürgen K. fiel aus einem 3-stöckigen Rohbau. Er starb danach an Krebs. Waltraud B's Sohn erlag einem Motorradunfall. Sie bekam Krebs. Auch Oma Maria bestätigt die Theorie. Zum Glück erkranken nicht alle Menschen, die schwere Unfälle oder andere Schocksituationen erleben, an Krebs.

Dieser fünfwöchige Aufenthalt Peters in den USA war eine gute Gelegenheit für mich, unsere Wohnung zu renovieren. Ich genoss es, für mich zu sein. Aber eines Abends erschreckten mich die TV-Nachrichten. Ein abgestürztes Flugzeug in den USA! Da Peter und Uli New York, Florida u. a. Staaten anflogen, war ich alarmiert. Diese Katastrophe brachte mich zum Nachdenken. Was wäre, wenn er nicht zurückkäme? Könnte ich die Wohnung halten? Ich wollte es herausfinden. Ich rief die Frankfurter Rundschau an und platzierte eine Annonce: *Kaufe Mercedes gegen bar*. Mit der Telefonnummer war es ein Einzeiler und kostete nur 11 Mark. Keine riskante Investition.

Am Samstagmorgen war ich am Streichen der Schlafzimmerwand, als das Telefon klingelte. Ein netter Herr bot einen roten 280 S an. Äh, ich weiß nicht. Der 280 SE ist das gesuchte Auto, weil es weniger Benzin verbraucht. Aber, wenn sie mir ihre Adresse geben, werde ich mir den Wagen gleich mal ansehen. Wenn er makellos ist, kann ich ihn trotzdem nehmen. Ich wohne eine Stunde von Frankfurt, sagte der Mann. Am Montag werde ich im Büro in der Innenstadt sein. Sie können ihn dort sehen. Er gab mir die Adresse und wir vereinbarten eine Zeit. Das rote Auto mit weißen Polstern sah wie neu aus. Nach der Probefahrt kaufte ich das Auto und zeigte es einem Händler auf der Mainzer-Land-Str., dessen Tochter auch Sozialpädagogik studierte. Maurice kaufte es mir sofort ab. Ich war mir fast sicher, dass es auch ohne Peter ginge.

Am folgenden Freitag fuhr ich nach Michelstadt und weiter mit meinen Eltern zum Geo-Hydro-Institut in Igelsbach. Johann Tikale, der Nachbar von Tante Anneliese hatte ein System erfunden, die Wirbelsäule durch die Reinigung der Lymphe über bestimmte Frequenzen und eine Art Chiropraktik zu regenerieren. Wir gehörten dem Verein an und arbeiteten an der Erforschung dieses Gesundheitssystems mit.

Anneliese erledigte für Johann Tikale ehrenamtlich den Papierkram und fungierte als seine Fürsprecherin. Dank dieses Systems wurde Ma von ihrem steifen Rücken durch einen Unfall komplett geheilt. Ich bin meinen Heuschnupfen losgeworden, zumindest bis Tschernobyl.

Im Auto sagte Ma: In der vergangenen Woche ist Heinz geröntgt worden. Und? Sein Bandscheibenvorfall ist verschwunden. Was hat der

Arzt gesagt? Er hat seine Arzthelferin gerufen, es sei die falsche Aufnahme, er wolle die von Herrn Walz. Ja, hat sie gesagt, das ist die von Heinz Walz. Der Arzt konnte es kaum glauben. Was hat Onkel Heinz gesagt? Nichts. Es war feige von ihm, nicht zu sagen, das ist die Arbeit des Igelsbacher Scharlatans. So wurde Johann Tikale in und um Eberbach und Heidelberg genannt. Er wurde als Betrüger betrachtet, doch von Auswärtigen akkreditiert. Der selbstlose Mann hat nie Geld gefordert. Mitglieder des Vereins zahlten lediglich 48 Mark im Jahr pro Familie. Tikale war nur an seiner Forschung und an der Heilung seiner Mitmenschen interessiert. Viele Ärzte bangten um ihr Geschäft, wenn ihre Patienten vom Rückgang ihrer chronischen Krankheiten sprachen. Durch diese Interessenkonflikte hagelte es viele Klagen gegen Tikale, und das Finanzamt war hinter ihm her. Die im Umgang mit Menschen geschickte Anneliese konnte ihn aus jeder Misere retten und ihm sogar eine Nacht im Gefängnis ersparen. Tikale war nie unter Anklage gestellt worden, aber der sensible Mann, der so viel Gutes für so viele Menschen getan hatte, litt enorm unter den Gerichtsverfahren. Annelieses ehemaliger Arzt Dr. Hartmann bedauerte die fehlende Förderung dieses Genies. Es waren anfänglich Forschungsgelder der Regierung in Aussicht gestellt worden, aber bekanntlich hat die Pharmaindustrie eine starke Lobby.

Ich habe Johann Tikales Arbeit in meinem Buch *Wunderwesen Wasser* vorgestellt. Der ehemalige ganzheitliche Zahnarzt Willi Melischko arbeitet in Haßmersheim noch mit den Geräten des Forschungskreises. Seine eigene erstaunliche Arbeit habe ich in meinem Buch *Wasser-Code geknackt* dargestellt.

Auf meinem Weg zurück nach Frankfurt bot ein Afrikaner an einer Ampel die neueste Ausgabe der Frankfurter Rundschau feil. Es war das einzige Mal, dass ich das Papier kaufte, in der Zeit als Peter weg war. Zu Hause durchsuchte ich die DB-Spalte und fand einen 220er zu einem vernünftigen Preis. Ich rief den Besitzer an. Er arbeitete in Mainnähe. Nach dem Erfragen des Zubehörs und der Laufleistung fragte ich: Kann ich das Auto jetzt sehen? Nein, ich hab alle Interessenten für Montag bestellt. Ich hatte keinesfalls im Sinn, an einer Auktion teilzunehmen und fragte: Haben Sie es dabei? Ja, aber ... Ich muss sowieso zum Main fahren. Wegen des Sturms müsste ich nach unserem Boot schauen. Das war mir gerade in den Sinn kam, weil wir wirklich ein Boot hatten. Der Mann gab schließlich nach. Doch es dauerte mehr als eine Stunde, den Vertrag zu schreiben.

Wieder zu Hause rief ich Helmut, Peters Freund und Kollegen, an. Was würdest du für einen gelben 220er geben? Ich weiß, das Auto ist in der Rundschau, aber vergiss es, der will alle Besitzer am Montag bestellen. Ja, aber ich hab's gekauft. Stille am anderen Ende der Leitung und nach einem Moment: Ja, dann, herzlichen Glückwunsch. Wie hast du das gemacht? Am Ende meiner Geschichte sagte Helmut: Ja, Anfänger haben den besseren Biss.

In diesen Wochen hatte ich den anderen Händlern ein paar Rosinen unter der Nase weggeschnappt, obwohl ich die Wohnung kaum verlassen hatte. In der dritten Woche war ich dabei, den Küchentisch abzuschleifen, als das Telefon klingelte. Es war Klaus Zimmerlein, ein anderer Autohändler: Ich hab gehört, du suchst Autos. Ich hab einen schönen 280 SE von einer privaten Frau. Wenn du interessiert bist, hol ich dich in 20 Minuten ab. Ich hüpfte in meine Stiefel, warf den Mantel über und fuhr mit Klaus zu der Frau. Wir saßen eine Weile im Wohnzimmer, bis wir das Auto sehen konnten. Das machte mich stutzig. Bei der Probefahrt warf ich vom Rücksitz aus einen Blick auf die Ölanzeige und sagte: Das Öl baut sich nicht richtig auf. Nein, das ist okay. Was? Der Zeiger hätte sofort bis 3 hochspringen müssen, aber er geht nur bis 1,7. Das ist noch gut genug, sagte Klaus hastig. Zu dieser Zeit hatte ich noch nicht erlebt, dass sich Kollegen untereinander betrügen.

Ich dachte, zumindest, den Preis ein wenig nach unten drücken zu können. Natürlich wäre dann seine Kommission minimiert worden.

Ich nahm das Auto dennoch und erfuhr später, dass es nur mit Starthilfe geht. Wie auch immer, dies war ein gesuchtes Modell für den Export. Ich verbrachte Stunden mit der Reinigung von innen und außen sowie des Motorraums. Als ich am Sonntag zum Automarkt fuhr, frotzelten die Händler, glänzt ja wie ein Judenei. Es war so schrecklich kalt, dass ich den Motor wegen der Heizung laufen ließ, bis zwei dunkelhäutige Männer kamen und das Auto für mehr als ich bezahlt hatte, kauften. Ich beruhigte mein Gewissen, indem ich mir sagte, sie müssen immer noch ein Geschäft gemacht haben, da keiner sich beschweren kam. Das einzig Bedauerliche war, dass ich Peter das ganze Geld gab, das ich an den vier Autos verdient hatte. Ich arbeitete, sanierte die Wohnung, verkaufte die Autos, während er einen schönen Urlaub genoss. Wieso hab ich ihm meine Einnahmen gegeben? Heute würde ich das keinesfalls mehr machen. Er hatte sowieso schon meine ganzen Ersparnisse für das Geschäft. Ich hab immer noch den Vertrag: 20.000 DM für 10 % Zinsen. Die hab ich nie gesehen, und das ganze Geld ist weg. Peter sagte, wenn das Geld von Joáo kommt, bekomme ich es. Jedenfalls verwalte ich meine Finanzen seit ein paar Jahren selbst.

Die geldpolitische Kehrtwende hatte den Dollar in schwindelnde Höhen katapultiert. Wir verkauften nun viele Autos in die USA mithilfe eines blutjungen Amerikaners, der aus dem Libanon stammte. Wir hatten viel Spaß mit unserem Ersatzsohn und seinen Freundinnen. Wir verkauften auch Neuwagen an US-Bürger mit Überpreis. Mehrwertsteuerpflichtige Freunde bestellten überwiegend DB 500er für uns. Wir zahlten ihnen einen Überpreis und verlangten einen noch höheren Preis von den US-Amerikanern. Wir verdienten gut und konnten uns Frau Webers großes Haus in Bergen-Enkheim mieten. Mein Traum: Haus mit Garten, von einer Mauer umgeben, sogar mit kleinem Pool. Es hatte eine schöne Aussicht auf Enkheim und Frankfurt-Ost. Die raumhohen Fenster und Türen zur Terrasse verliefen im Bogen vom Kamin im Wohnzimmer bis zum Essbereich. Wir dachten wenig über die Heizkosten nach. Die Miete war mit DM 1.760 angemessen, weil die Besitzerin in der kleinen Einliegerwohnung lebte. Viele Menschen mögen das für bedrohlich nah finden, wir sahen es als Chance. Wenn wir verreisten, versorgte Frau Weber unsere Katzen und Pflanzen. Unsere Beziehung zu der eleganten Witwe bestand aus Besuchen über die runde Kellertreppe. Einmal sagte sie, es gibt da eine kleine Sache auf der Stufe. Der 6 Monate alte Foxi strich um ihr Bein. Ich sagte, hast *du* das gemacht, Foxi? Der Kater sah mich empört an. Er sprang in sein überdachtes Katzenklo, das auf der breitesten Stufe stand, und schaute keck aus der Öffnung. Frau Weber übersetzte seine Gedanken: *Schau Mama, ich bin fein, hier mach ich mein Geschäft hinein.*

Während des Hitlerkriegs wären sie und ihr Bruder fast in ein Vernichtungslager gekommen. Ihr jüdischer Vater hatte gehofft, durch seine beiden Kinder mit einer arischen Frau seinem Schicksal entkommen zu können. Dies war der Beginn des Leidensweges ihrer Mutter. Sie musste dreimal nach Berlin fahren, um ihre Kinder zu retten. Es gibt immer noch Leute, die den Holocaust leugnen, während der Rest immer mal wieder über das Unfassbare brütet.

Meine Mutter kam, um mir beim Nähen der Vorhänge zu helfen. Da wir noch keinen Herd hatten, fuhren wir ins Hessencenter, um im chinesischen Restaurant Mittag zu essen. Es gab keine freien Tische mehr. Wir fragten eine elegant gekleidete Frau mittleren Alters und setzten uns ihr gegenüber. Wir erzählten uns unsere neuesten prophetischen Träume. Die dunkelhaarige Dame versteifte sich. Ich sagte fröhlich, sie denken wohl, wir wären verrückt. Mit gelockerten Schultern sagte sie: überhaupt nicht. Ich wollte nie wieder darüber sprechen. Ich hatte auch ein außergewöhnliches Erlebnis. Es fällt mir schwer, darüber zu sprechen, da meine Tante mich nicht ernst genommen hat. Ich war im Krankenhaus und klinisch tot. Meine Tante war dabei. Später erzählte ich ihr, was ich erlebt hatte, aber sie lächelte nur und behandelte mich wie eine Verrückte. Ich hatte ein wunderbares Gefühl von Leichtigkeit, aber die Zurückweisung meiner Tante machte mich unglücklich. Ich fühlte mich missverstanden. Ja, sagte meine Mutter, das Gefühl von Leichtigkeit kenne ich.

Ja? Ja, ich war auch im Krankenhaus mit einer Blutvergiftung und schwebte ungefähr 1½ Meter überm Bett. Meine Mutter hat mich gerufen. Es gibt viele Leute, die sich schwertun, etwas zu akzeptieren, was sie nicht selbst erlebt haben. Die Frau sagte: Um diese Zeit hatte ich auch eine Vision des Lebens, wie es in 200 Jahren sein wird. Wow! Es ist nicht gerade wünschenswert. Wieso? Die Menschen leben unter der Erde. Sie tragen enge Anzügen wie in Science-Fiction-Filmen. Ich sagte: Einige Filmemacher sind wohl auch Propheten.

Auf der Fahrt zurück zur *Villa Hügel*, lag der Berg wie mit einer Zuckerkruste überzogen vor uns. Euphorisch lokalisierte ich unser neues Domizil; endlich ein Haus, wenn auch kein eigenes. Ich genoss die Woche, bevor der Ofen stand. Vielleicht ziehen Amerikaner so oft um, weil sie diesen Limbostatus fern vom Alltag lieben. Apropos Amerikaner: Greg Farhat kam jetzt jeden Tag ins Haus. Unser bester Kunde von Boston bestellte mehrere Autos. Peter sagte, ich muss mit dem Zug nach Hannover ein Auto abholen. Da ist noch ein BMW in Bayern, an dem Paul interessiert ist. Nimm Greg mit und kauf das Auto. Es gibt nur ein Problem: Es kostet 13.000 Mark, und ich hab nur noch 11.000. Aber du findest bestimmt was, um ihn herunterzuhandeln. Dein Wort in Gottes Ohr.

200 Meilen weiter südlich öffnete der Junior einer Textilfirma die Garage. Es gab nicht einen einzigen Kratzer auf dem glänzenden Lack der grünen Limousine. Makellos von innen und außen. Ich bekam kalte Füße. Mann ist das kalt hier, ich hätte Socken anziehen sollen. Können sie bitte mal die Haube öffnen? Zum Glück gab es etwas, das ich nicht beurteilen konnte.

Er scheint einen Unfall gehabt zu haben. Da, das sieht wie angesetzt aus. Wie viele Besitzer hat der Wagen? Ich bin der Dritte. Aha! Die Testfahrt war okay. Mein Problem war nun, den Preis zu drücken. Das ist ein Auto für den Export. Die Amerikaner zahlen gut, aber nur wenn sie unfallfrei sind. Es ist wirklich kalt, ich hätte es im Süden wärmer erwartet. Wir können rein gehen, sagte der ältere Mann, ich könnte ihnen ein paar Socken holen. Oh, das würde helfen, vielen Dank. Die weißen Baumwollsocken passten keinesfalls zu meinem Outfit, waren aber eine Erleichterung. Wollen sie auch noch eine Jacke? Nein, danke, sagte ich und dachte, wenn die wüssten, dass meine kalten Füße vom Stress herrühren, weil in meinem Portemonnaies ganze 2.000 Mark fehlten. Also sprechen wir jetzt mal über den Preis. Wie viel können sie nachlassen? 12.500 sollte das Auto bringen. Ich seufzte. Wenn es keinen Unfall hätte, sofort. Aber wenn mein amerikanischer Kunde es nicht nimmt, sitze ich womöglich monatelang auf dem Wagen. Eine nervenaufreibende halbe Stunde später waren wir bei 12.000.

Bedauernd, die Strickjacke abgelehnt zu haben, wollte ich gerade aufgeben, als plötzlich ein tückischer Troll mich auf eine andere Spur trieb. Reflexartig sagte ich: Ich will nicht unsere Zeit verschwenden, hier ist mein ultimativer Vorschlag: Ich gebe ihnen genau 11.000 in bar, und sie können die Rechnung so niedrig schreiben, wie sie wollen. Die Erleichterung stand in den Gesichtern der Verkäufer geschrieben.

Draußen flüsterte Greg: Das war grandios, absolut super. Stolz, aber mit gemischten Gefühlen, fuhren wir zur nächsten Tankstelle.

Wir luden unsere Freunde von Delhi in unser Haus ein. Maya sagte: Wir werden nicht kommen können. Satish hatte einen schweren Unfall. Ein Lastwagen ist über ihn gefahren. Er hat mehr als 50 Knochenbrüche. Ich weiß nicht mal, ob er es schaffen wird. Wenige Tage danach wachte ich nach einem lebhaften Traum auf. Wow, Peter, ich hab geträumt, dass Satish uns besucht hat. Er kam auf Krücken und hatte einen Turnschuh an. Er ging ganz langsam. Und eins war sehr seltsam. Er hat mit seiner Zigarette ein hässliches Loch in den Sitz von unserem Mercedes gebrannt. Aber der Velours war nicht dunkelbraun, sondern hellgrau. Da hat man das Loch ganz deutlich gesehen.

Monate später kamen Satish auf Krücken, Maya und die 17 Jahre alte Situ zu Besuch. Bei Tisch fragte Maya: Was habt ihr so erlebt seit wir uns in Delhi gesehen haben? Warum habt ihr eure Autoplätze aufgegeben? Auf der Friedberger könnt ihr Big Macs essen. Und der Sachsenhäuser Platz ist auch verkauft worden. Da steht jetzt ein Haus. Und dann sind wir mit dem Ferrari in eine Kontrolle gekommen und für RAF-Terroristen gehalten worden. Wie aufregend. Tja, und dann sind wir in einer Vollmondnacht an übereifrige Bullen geraten und Peter landete im Knast und wurde verprügelt. Wieso das denn? Er hatte sich erlaubt, auf der Rückbank einzuschlafen, während ein Bekannter uns zu unserem Autoplatz fuhr, wo dessen Wagen stand. Wir hatten gemeinsam einen anderen Bekannten besucht. Am Platz angekommen hielt ein Streifenwagen hinter uns. Der unangenehme Bulle mit dem geschorenen Kopf fragte nach den Papieren. Als er Peter hinten sah, fragte er, was ist denn mit dem? Der schläft. Ich hab seine Papiere im Handschuhkasten. Statt Peter in Ruhe zu lassen, zerrte er an seinem Ärmel. Peter wurde wach und wollte nun im Wohnmobil auf dem Autoplatz weiterschlafen. Ich sagte mehrfach laut, lassen sie ihn doch schlafen, ich hab doch seine Papiere. Aber als Peter das Tor öffnen wollte, hielt der, für den Feingefühl ein Fremdwort zu sein schien, ihn fest und Peter trat, Nazischwein murmelnd um sich. Es kam mehr Polizei, und Peter landete in der Zelle. Ja, und da haben sie mich zusammengeschlagen, warf Peter ein. Als der Richter ihm eine Geldbuße von 1.000 Mark an bedürftige Polizeiwitwen verhängte, wäre der Bulle fast ausgerastet. Der nette der beiden Polizisten sagte zu mir, in Vollmondnächten haben wir immer viel zu tun. Ich sagte, das hier hätten sie sich ersparen können. Oder werden sie gern grundlos geweckt?

Oh mein Gott, sagte Maya neckend, ihr führt ja ein ziemlich aufregendes Leben. Ihr ja auch, erwiderte ich mit einem Blick auf Satishs Fuß. Ja, fahren in Indien wird immer gefährlicher. Ich hatte keine Chance, ich hab nichts falsch gemacht. Der riesige Lkw hat mich einfach zerschmettert. Er hat die Hälfte meiner Knochen gebrochen. Ich hab Glück, dass ich noch lebe. Es tut mir leid, Maya, ich hätte dich gleich nach meinem Traum anrufen sollen. Ich hätte dich beruhigen können. Ich erzähle die Träume fast immer nur Peter, vor allem wenn sie mit Autos zu tun haben. Gestern hab ich wieder so einen gehabt. Hab ihn notiert, obwohl ich bezweifle, dass es ein Wahrtraum ist. Wieso? Weil wir beide in einem roten Jaguar E-Type Roadster gefahren sind und ich mich in meinem plötzlich drehte. Diese Autos sind so selten, also wahrscheinlich kein prophetischer Traum.

Am nächsten Morgen erwachte ich schon wieder mit einem Autotraum. Oh, Mann, Peter, hoffentlich war das nicht wieder ein Wahrtraum. Warum? Es war peinlich. Ich bin in einem roten SL gefahren. Es war Rushhour, Stoßstange an Stoßstange. Ich hab direkt auf der Straßenbahnschiene gehalten, wo die Eckenheimer im Bogen zur Homburger geht. Als der Verkehr wieder in Gang kam, bewegte sich der SL keinen Millimeter mehr. Hinter mir ein Bus, vor mir die Straßenbahn. Es war so peinlich. Später am Frühstückstisch erzählte ich auch unseren Freunden den Traum. Ich sagte, wenn das wieder eine Prophezeiung war, werden wir bald einen roten SL kaufen.

Als ich später ein Foto von Situ in ihrer lila Hose machte, schien diese überglücklich. Du bist jetzt eine kleine Dame. Vor drei Jahren in Delhi warst du noch ein Mädchen in grau-roter

Schuluniform und hast über die langen Schultage geklagt. Ja, aber jetzt ist es noch schwieriger, ich muss noch viel mehr lernen. Du Arme! Ja!

Und was ist mit deinem Musiklehrer? Hat er auch aufgegeben, wie damals mein Klavierlehrer? Hast du nicht aufgehört, weil du nichts mehr sehen konntest? Ja, mein Katarakt. Wow! Super Gedächtnis, aber ich war sowieso nicht ambitioniert. Kannst du Noten lesen? Nicht sehr gut. Wie ich. Aber wenn ich ein Lied höre, kann ich es meist sofort mitsingen. Man könnte denken, ich bin eine Blattsängerin. Was ist mit dir, hast du ein Instrument gelernt? Nö! Zumindest kann ich die Töne jetzt halten. Situ begann, ein liebliches Lied zu singen. Gut gemacht! Yep, mein Lehrer hat einen tollen Job gemacht.

Bei Tisch fragte Maya: Gibt es eigentlich deinen Spielerfreund noch? Ja, Hugo hatte uns doch sogar damals vorm Römer mit seiner Frau überrascht. Wir kamen aus dem Standesamt und da standen sie mit einem Strauß rosa Rosen.

Wirklich sehr nett. Eine gespaltene Persönlichkeit. Ja, sagte Peter, er hat mich auch mal versucht, zu erpressen. Hat der nicht alles verloren? Ja, aber seine neue Frau hat darauf bestanden, dass er sich sperren ließ. Er kommt gar nicht mehr in die Casinos rein. Er ist jetzt im Blumengeschäft. Heiner, ein anderer Spieler erzählte uns vor Kurzem, was er mit Hugo in einer Spielbank erlebt hat. Als Hugo alles verloren hatte, entdeckte er eine ältere Dame am Roulettetisch. Sie hatte mehrere Chip-Türme vor sich sitzen. Hugo sagte: Gestatten, Professor Dr. Orloff. Mit einer Verbeugung nahm er neben ihr Platz und begann ihre Chips auszulegen. Während er die Türme abarbeitete, wurde die Dame immer erregter. Die Croupiers konnten ihr Lachen kaum unterdrücken. Als alle Chips eingestrichen waren, sagte sie: Monsieur, wie gedenken sie, dieses kleine Problem zu lösen? Der große beleibte Mann stand auf, verbeugte sich und sagte jovial mit einem Handkuss: Madame, habe die Ehre, Professor Dr. Orloff, mein Wissen, ihr Geld, heute hat es leider nicht geklappt. Hugo drehte sich auf dem Absatz herum und verließ, seine Belustigung unterdrückend, das Casino. Natürlich keuchte die Frau nach Luft. Peter warf ein, den Croupiers wird es ganz schön schwer gefallen sein, ihr Grinsen zu unterdrücken. Glaubt ihr nicht, die Spielbank hätte ihr das Geld zurückerstatten müssen? Fragte Maya. Haben sie wohl auch.

Aber der bessere Teil kommt noch. Als Heiner mit Hugo im 6.3er heimfahren wollte, war die Benzinanzeige schon fast auf null gesunken. Beide hatten kein Geld. Am nächsten Rastplatz auf der Autobahn, sagte Hugo, bieg mal rechts ab. Etwas weiter weg vom Restaurant, sahen sie einen verbeulten Opel. Hugo sagte, gib mal einen Schraubenzieher. Er nahm seinen Homburg Hut und beugte sich nieder. Nachdem er

ein Loch in den rostigen Benzintank gehauen hatte, hielt er den Hut drunter und befüllte den Tank der großen Mercedes Limousine mehrmals. Als Heiner losfuhr, sagte Hugo: Halt, roll noch mal zurück. Die armen Leute werden nichts für diese Schrottlaube mehr bekommen. Ein neuer Tank lohnt sich nicht. Gib mir mal ein Streichholz. Hugo riss es an und warf es untern Tank. Als die Flammen aus dem Motorraum schlugen, glitt die Limousine langsam von der Raststätte. Hugo sagte, das ist die beste Lösung für den Besitzer. So wird er etwas Geld von der Versicherung bekommen.

Hugo erinnert mich an eine Balzac Figur.
Satish sagte: Ich hab noch nie ein Casino von innen gesehen. Das kann direkt geändert werden, sagte Peter. Ich sagte, wir gehen besser morgen Abend, wir haben alle schon etwas Wein getrunken. Peter sagte, ihr habt die Wahl: Wiesbaden oder Bad Homburg. Ich mag Bad Homburg lieber. Ich kann mich noch genau an mein erstes Mal in einem Casino erinnern. Erinnert ihr euch noch an Willi Caspari, der Jäger aus dem ersten Stock? Klar sagte Situ, die Tochter seiner Lebensgefährtin war in meiner Klasse. War sie nicht auch im Blumengeschäft? Fragte Maya. Ja, das war Elfi, aber nicht so erfolgreich. Ihre Philosophie ähnelte der von Willi: sie beide lebten das finanzielle Äquivalent des Bibelzitats *Die Lilien auf dem Felde*. Der Gerichtsvollzieher kam jeden Monat. Peter sagte, das ganze Gebiet rund um *Haus Tanja* hatte Willi gehört. Er hat ein riesiges Vermögen von seinem Großvater geerbt. Da er Willis Vorliebe für Glücksspiel, schicke Autos und schöne Frauen kannte, durfte er vor seinem 35. Geburtstag nicht dran. Aber er hat nur drei oder vier Jahre gebraucht, um alles loszuwerden. Tzzz!

Als wir mal sonntags abends von den Kanaren zurückkamen und nichts im Kühlschrank war, hat er uns montags zum Brunch eingeladen. Er machte Lammleber mit viel Knoblauch. Wir waren gerade am schmausen, als der Gerichtsvollzieher klingelte. Sie haben ihn zum essen eingeladen, aber er hat nur eine Tasse Kaffee angenommen. Es war lustig und unterhaltsam. Nachdem Willi erklärte, nichts zu haben, sagte der Amtmann, der nächste, bitte! Ja, sagte Peter, einmal zeigte er mir ein schickes Extra auf seinem Porsche Carrera: der Kuckuck direkt neben dem Auspuffrohr. Maya fragte, also, Marianne, wie war dein erstes Mal im Casino? Na ja, Willi, Heiner Thoma und Gerd Grünewald, der die Tankstelle auf der Homburger Landstraße hat, waren im Casino in Bad Homburg. Willi hat uns um 21.30 Uhr angerufen. Wir haben gerade so einen guten Lauf, kannst du so sofort kommen und so viel Geld mitbringen wie möglich. Peter fragte, willst du gehen? Ich bleib ja gern zu Haus. Aber ich war noch nie im Casino. Also lass uns gehen. Als wir ankamen, hatte Willi fast eine hängende Zunge und erinnerte mich an einen hechelnden Hund: Wie viel Geld hast du?

Peter sagte: Ich kann jedem 500 Mark geben, brauche es aber bis morgen Abend zurück. Ich muss zwei Autos zahlen. Sie näherten sich sofort unterschiedlichen Spieltischen. Ich folgte Heiner, und als er die Chips auslegte, sagte ich laut: 27. Niemand legte etwas auf 27. Der Ball rollte, *rien ne va plus*. Und was kam? Die 27. Das nächste Mal sagte ich: 11. Heiner legte viele Chips auf die 11 und einige andere Spieler folgten ihm. Der Ball rollte, *rien ne va plus*. Und was kam? Die 11. Heiner hatte etwa 2000 Mark gewonnen. 10 Minuten später waren alle drei Spieler wieder blank.

Willi, immer noch voller Witz, sagte: Ich bin hungrig, lasst uns zum Restaurant gehen. Das ist, warum ich so gern hierher komme, das Essen ist viel besser als in Wiesbaden. Peter sagte, aber du hast doch auch mein letztes Geld genommen! Das ist kein Problem, sagte Willi und setzte sich. Werft mal einen Blick ins Menü und startet am besten von hinten mit den teuren Sachen. Wir haben es uns verdient. Ich hatte leckeren Lachs. Als die Kellnerin mit der Rechnung kam, sagte Willi, warum, sie haben doch schon unser ganzes Geld. Das war's dann. Die Frau schien Willi gekannt zu haben. Sie zuckte die Achseln und wandte sich ab.

Satish sagte, lass uns morgen gehen. Maya sagte: Wir gehen besser einkaufen und lassen euch Glücksspieler allein gehen. Wie aus einem Mund sagten beide: Nein, wir genießen nur das Ambiente!

Zwei Tage später entdeckte Peter das Loch im Beifahrersitz. Satish bestritt, etwas damit zu tun zu haben, aber dieses Mal erinnerte sich sogar mein Mann an meinen prophetischen Traum. Inzwischen hatten wir unseren braunen Mercedes 500 E für einen blauen mit grauem Velours getauscht. Peter hatte auch einen roten SL von Trier gekauft. Diesen durfte ich fahren, da die Carolis mit meinem Golf GTI unterwegs waren.

Auf dem Heimweg kam der Verkehr genau an der geträumten Stelle zum Stillstand. Alle 4 Räder des SL standen auf den Straßenbahnschienen. Das Auto bewegte sich nicht mehr. Ich stieg aus, zuckte mit den Schultern und machte die Handflächen-gen-Himmel-Geste. Der Busfahrer kam und setzte seine 100-Plus-Kilos hinters Steuer. Er war auch nicht in der Lage, den SL in Gang zu bringen. Vier Männer schoben mich auf den nächsten Parkplatz. Per Anhalter fuhr ich nach Hause. Die gute Sache: Ich hatte jetzt mehrere Personen als Zeugen für meinen prophetischen Traum. Doch es gab einen Unterschied zwischen Realität und Traum: Ich war absolut cool, nicht das geringste Schamgefühl.

Peter fuhr mich zum SL. Er startete den Wagen und setzte zurück. Nichts falsch sagte er, es ist ein Automatikauto. Du hättest nur auf neutral oder Parken schalten müssen. Und warum hast du mir das nicht gesagt, als ich dir den Traum erzählt hab? Nächstes Mal gehe ich den Dingen hartnäckiger auf den Grund. Das hätte ich vermeiden können. Wer sendet all diese Nachrichten? Ich frage mich, ob unsere Lieben auf der anderen Seite auch mal aufgeben bei all unserer Ignoranz und Unaufmerksamkeit. Ich dachte an Oma Maria und unsere langen Märschen nach Schönnen. Falls sie der verantwortlich Geist war, kann ich mit unendlicher Geduld rechnen. Sie war einfach die beste Getreue, die man sich vorstellen kann. Bei dem herzergreifenden Song von Doris, *Make someone happy*, denk ich stets an Maria. Sie hatte den Wunsch, mich glücklich zu machen. Sie wusste: *L O V E is the answer, someone to love is the answer...*

Odenwälder Familienleben der 50er Jahre

Oma, wann hast du Opa geheiratet? Ach, Schatz, das war vor mehr als 30 Jahren. Da waren du und dein Papa noch gar nicht da. Wo ist Opa jetzt? Hab ich dir das nicht gesagt?

Doch, im Himmel, aber war er nicht in dieser grauen Badewanne mit dem Deckel? Sicher, Schatz. Ist er da weg? Nein, sein Körper ist immer noch im Sarg, aber seine Seele, sein wahres aber unsichtbares Wesen, ist im Himmel. Was macht er da? Er passt auf dich auf. Du kannst ihm alles erzählen, was du willst und ihn um Hilfe bitten. Hmm! Er ist dein Schutzengel. An der Schule in Erbach vorbeikommend, fragte Oma: Wie wäre es mit einem Stück Kuchen? Oh ja! Kurz vor der Konditorei & Bäckerei gegenüber dem Krankenhaus, hüpfte ich vor Freude. An der Glasvitrine wies ich auf das mit Schokolade überzogene, konisch geformte Produkt und buchstabierte: G r a n a t s p l i t t e r.

Oma, warum heißt das Granatsplitter? Wahrscheinlich ein Überbleibsel aus dem Krieg. Kann ich einen haben? Aber natürlich, wie könnte ich dir einen Wunsch abschlagen? Eine Minute später war die süße Spitze verschwunden. Mmh, lecker! Warum ist das so gut, wie wird das gemacht? Ich weiß nicht, ob du das wissen willst. Hä? Er ist von allen Torten und Kuchenresten gemacht, die die Konditorei nicht verkaufen konnte. Sie mischen alles zusammen, machen Rum dran und überziehen es mit Schokolade. Mmh! Mir war das total egal.

Nach 1½ Stunden Fußmarsch erreichten wir unser Ziel. Von der Straße aus schien das Bahnwärterhaus wie weggezaubert. Den Sommer über wird es von Büschen und Bäumen bedeckt. Oma schloss die Wellblechbude neben

dem Buntsandsteinhaus auf und öffnete das Fenster. Der vertraute Geruch von Motoröl hing in der Luft. Oma machte sich bereit für ihren Schrankenwärterdienst. Ich ließ ihr den unteren dickeren Teil meines Granatsplitters über und leckte die klebrige Schokolade von meinen Fingern. Ich war satt und zufrieden. War es der Alkohol oder die Schokolade? Wunderbare Kombination! In diesen Tagen wussten wenige Menschen, dass solche kulinarischen Genüsse zu Entzündungen führen. Ärzte lernen in ihrer Ausbildung kaum etwas über gesunde Ernährung. Daher wurden Mandeln und Blinddarmanhängsel, wichtige Organe des Immunsystems, en gros entfernt, wie nutzlose Wichte, als ob sie im Körper keine Funktion hätten.

Ich liebte Omas einfühlsame und warmherzige Stimme beim Lesen. Obwohl ich selbst schon lesen konnte, hörte ich ihr lieber zu. Ich war oft dabei wenn Heini seine Hausaufgaben machte, aber gelernt hab ich das Lesen von Oma. Wenn sie die Zeitung las, zeigte ich auf den ersten Buchstaben eines Wortes und bat sie, ihn auszusprechen. Einen nach dem anderen verband ich die Zeichen. Oma besorgte mir Kinderbücher aus der Bibliothek. Ein blauer Papagei namens Globi war mein fröhlicher Freund, der alles anders machte und manchmal seltsame Wege einschlug. Der gelbe Schnabel dieses klugen Kerls war fast so groß wie sein Kopf unter der Baskenmütze. Ich brüllte vor Lachen über Globis Possen. Oma schaute auf die Uhr. Ich muss nach draußen gehen, der 9er wird gleich kommen. Sie packte den Griff der Handkurbel und drehte die Bahnschranke nach unten. Es dauerte noch eine Weile, bis das Klappern der Räder gegen die Schienen lauter wurde und die rot verzierte schwarze Lokomotive laut schnaufend zwischen grünen Büschen unterm grauen Himmel in Sicht kam. Der Dampf folgte den Waggons wie ein schmutziger Brautschleier. Ich wäre immer gern selbst im Inneren des Zuges gewesen. Ich liebte den Rhythmus, das Schaukeln und Schwingen.

Als die Waggons durchgerattert waren, sagte ich, schade, er war fast leer. Ja, Herzchen, die meisten Leute, die in Eberbach oder Heidelberg arbeiten, haben einen früheren Zug genommen. Aber guck mal, wer da kommt! Erst als Herr Walter näherkam, erkannte ich den Streckenläufer. Der große, dürre Mann im groben schwarzen Baumwollanzug sah unheimlich aus, wie der schwarze Mann eben. Mit gesenktem Kopf kam er auf uns zu, eine Bahnschwelle nach der anderen nehmend. Er hängte seine Mütze an den freien Stuhl, setzte sich an den Tisch und öffnete die Lederschlaufe seiner abgenutzten Aktentasche. Ich stierte auf den schwarzen Schnurrbart und die knochigen Hände, mit denen er eine Thermoskanne, ein Holzbrett und einen ovalen Metallkasten herausfischte. Daraus nahm Herr Walter ein gekochtes Ei, einen Eierbecher und ein zusammengelegtes Butterbrot. Er holte ein Klappmesser aus seiner Jackentasche und schnitt das Brot bedächtig in kleine Streifen, so groß wie die Brausestangen, die mir meist eine wunde Zunge machten.

Das Essen ging genauso feierlich vonstatten wie die Vorbereitung. Ich hielt es vor Spannung kaum aus. Als er das Brot ins Eigelb tauchte, spürte ich selbst schon den Dotter durch den Rachen rinnen. Dreimal tupfte er mit jedem Streifen Brot etwas Eigelb und biss mit seinen langen gelblichen Zähnen ein Stück ab. Mein Mund wurde wässerig. Schon beim letzten Mal war ich von seinen rituellen Essgewohnheiten fasziniert. Mit spitzen Fingern hatte er eine geräucherte Makrele vom Skelett befreit und die Fitzelchen langsam aufgegessen. Kein einziger Ton mischte sich mit den Gräten. Es dauerte so lange, dass ich an Hunger gestorben wäre.

In unserer Familie wurden Fischmahlzeiten durch Spucktöne begleitet. Mit Herrn Walter als Vater hätte ich wohl nie unter Verdauungsstörungen gelitten, weil gut gekaut halb verdaut ist. Vielleicht hätte es auch keinen Grund für mich gegeben, Gesundheitsbücher zu schreiben. Die Vorsehung hatte es anders angelegt, und nichts geschieht grundlos. Wir waren es gewohnt, schnell zu essen. Wenn ich fertig war, rief ich, Kaiser! Die hinuntergeschlungene Nahrung rottete dann tagelang im Darm vor sich hin. Hätte ich gelernt, jeden Bissen 30 bis 40 Mal zu kauen, wären mir viele Beschwerden aufgrund von Verstopfung erspart geblieben. Letzteres war auch ein Ergebnis meiner mehrfachen Einnahme von Antibiotika ohne folgende Darmsanierung.

Die Zeit war wie im Flug vergangen. Als wir gehen wollten, trübte sich der nördliche Himmel ein. Ich sagte: Hoffentlich ist morgen gutes Wetter für unsere Aufführung. Ja, lass uns für gutes Wetter bitten. Oma schaute aus dem Fenster. Gut, dass wir einen Regenschirm dabei haben. Von der Wiese erhob sich der Duft von frischem Heu. Der Weg zur Bundesstraße wurde fast nur von Landwirten und Jägern benutzt oder von Menschen, die im Wald Holz oder Pilze sammelten. Wie durch eine Staubwand löste sich das schmelzende Gold der Abendsonne auf. Ein paar Insekten tanzten im letzten Lichtreflex. Wir bogen nach rechts auf die B 45.

Beim Passieren der Papierfabrik sagte Oma, dein Vater hat in seiner Jugend hier als Elektriker gearbeitet. War das, als Krieg war? Mhm. Erzähl mir noch mal, wie Papa auf den Panzer gehüpft ist und wie du seine Uniform verbrannt hast. Ich wollte sie verbrennen. Aber deine Mama wollte noch was aus dem guten Stoff nähen. Ich hab sie versteckt. Dein Papa war auf Hochzeitsurlaub, damit er nicht an die Front geschickt wird. War er nicht im Krieg? Nein, er kam zum Glück nie dazu. Nach seiner Grundausbildung im Herbst 1944 hat er Diphtherie gehabt. Dann musste er die Grundausbildung in Thüringen wiederholen. Dort hat er Kontakt mit einer apostolischen Familie gehabt. Sie haben im ausländischen Sender gehört, dass der Krieg bald zu Ende ist. Im Februar 1945 hat er zur Fahrschule in Hanau gehen müssen. Die Alwine hat ihn dort besucht. Ludi hat ihr vorge-

schlagen, zu heiraten, da das der einzige Weg war, um einen Urlaub zu bekommen. Sie haben gehofft, dass der Krieg dann bis zum Ende ihrer Flitterwochen vorbei wäre. War er auch, gell? Ja, Jannche, am 24. März war die Hochzeit, ein paar Tage später kamen die GIs.

Aufgeregt hüpfend sagte ich: Erzähl mir davon! Ähm, wir dachten zuerst, es wäre ein Erdbeben. Es war noch dunkel. Wir sind von so einem knirschenden, vibrierenden Geräusch aufgewacht. Ein Panzer der US-Armee hat die Schranke durchbrochen, das Holz ist weggesplittert, das Haus hat gezittert. Warum ist Papa auf den Panzer hochgehüpft? Er war halt froh, dass der Krieg vorbei war. Er hat den GIs die Hand geschüttelt und fröhlich drauflosgeplappert. Wir waren noch voller Angst. Warum? Unten am Bach haben sich Soldaten im Geröll versteckt. Ludi ging hinunter und machte den Amerikanern Zeichen. Die Männer sind mit erhobenen Händen in Gefangenschaft geschickt worden. Warum hat Papa sie denn verraten? Er hat Angst gehabt, um sich und auch um sie. Es sind immer noch viele Deserteure auf der Stelle erschossen worden. Es war das Beste. Da war auch ein versteckter Soldat in Zivil in unserem Hühnerstall, der war aber verschwunden. Keiner von uns hat gewusst, wie die Alliierten auf versteckte Soldaten reagierten. Kurz zuvor war noch ein versteckter Jude eine tödliche Gefahr für die ganze Familie. Und die Kampfpiloten haben ihre Bomben abgeworfen und auf alles geschossen, was sich bewegt hat. Deine Mama und ihre Schwestern wären fast umgekommen. Wir waren verunsichert und schockiert. Wir haben ja nicht gewusst, was auf uns zukommt.

Als sie 33 die Bücher verbrannten, haben wir gedacht, na, diese Deppen können sich ja nicht allzu lang halten. Die meisten haben gelernt, vor den Nazis zu kuschen und zu denken, es geht vorbei. Da hat doch keiner geahnt, dass der Krieg über 6 Jahre dauern könnte. Ich bin nur 5! Ja, hoffentlich musst du das nie erleben.

Der Himmel hing tief in lichtlosem Grau. Als wir an der schönen Eichenallee ankamen, öffnete Oma den Schirm. Der Marsch machte mich müde. Zwischen Lauerbach und Erbach hielt ein Auto. Ein Mann kurbelte das Fenster herunter und fragte, Frau Holschuh, kann ich sie mitnehmen? Oh, das ist aber lieb von ihnen, da danke ich ihnen aber sehr. Sie kommen wie gerufen. Gern geschehen! Zehn Minuten später, an der Ecke der Bogenstraße, stiegen wir aus. Nochmals vielen Dank, jetzt haben wir ja nur noch ein paar Meter. Oh, wir wollten doch noch zu Onkel Otto! Ja, aber das machen wir besser ein andermal. Ich hatte nichts dagegen. Denn trotz der Fahrt mit dem netten Mann war ich todmüde. Meine Eltern waren im Begriff, sich für die Singstunde anzuziehen. Beide gehörten dem großen Chor von rund 130 Sängerinnen und Sängern an. Mama bürstete kräftig durch ihre dunklen Locken, um die Wirbel zu dressieren. Sie war des Dirigenten gefragteste Sängerin. Bei Chorveranstaltungen fing Herr von Hamm nicht an, bevor Mama da war.

In der Regel nahmen sie den Volkswagen, das einzige Auto in unserer Straße. Ma klagte über Kopfschmerzen und sagte, die Frischluft wird mir gut tun. Ich glaub eher, sie hat gedacht, Pa bewegt sich nie, und es würde ihm noch besser tun. Obwohl ich müde war, spürte ich den Drang, das etwa 80 cm hohe Bücherregal unter den Wohnzimmerfenstern zu besteigen und den Eltern nachzuschauen. Papas kurioses zuckendes Nicken schien seinem steifen Hut den korrekten Sitz zu befehlen. Er drehte seine langen Arme, sodass die Handflächen zu sehen waren, fast so, als ob er paddelte. In seinem Popelinemantel ging er auf dem Bürgersteig und Mama unten auf der Straße. So waren sie gleich groß. Ich fühlte Scham und gleichzeitig Schuld dafür, dass ich mich schämte.

Wir gingen gleich nach dem Essen ins Schlafzimmer. Oma verwöhnte mich noch mit den abendlichen einhundert Bürstenstrichen. Ich fühlte mich wie eine Prinzessin aus einem Grimms Märchen. Oma war die beste Zofe und Vorleserin. Ihr Ehebett nahm nur ein Viertel des rechtwinkligen geräumigen Zimmers ein, das ich mit ihr teilte. Ich schlief in Opa Ludwigs Bett. Heute, da ich älter als Maria damals war, verstehe ich, wie schwierig es für die warmherzige Frau gewesen sein musste, ihren Mann auf diese Weise zu verlieren. Sie hatte immer ein offenes Haus und ein offenes Ohr für die Probleme der Leute, die zu ihr kamen. Ludwig Senior war ein Eisenbahner und Vorsteher der apostolischen Kirchengemeinde. Er war bekannt für seine vollkehligen Predigten und Gesänge. Ende der 30er Jahre war er beim Rangieren von einem Zug erfasst und mehrere Hundert Meter mitgeschleift worden. Er verlor seinen Vorfuß und hatte seitdem Anfälle. Danach übernahm das Ehepaar den Posten 19 in Schönnen und arbeitete im Schichtdienst als Schrankenwärter. Der sonst so sanfte Mann konnte durch seine Anfälle unberechenbar werden. Einmal nahm er eine Axt aus dem Schuppen und sagte:

Ich geh jetzt rein und schlag alles kurz und klein. Nach dem ersten Schock lachte sich seine tapfere Maria die Angst aus den Augen, klatschte in die Hände und rief: Ach ja Ludwig, das machst du mal! Nach dieser unerwarteten Antwort hellte sein Gesicht auf. Mit einem forcierten Lächeln pfiff er die Peinlichkeit weg, sodass sich die Lage entspannte. Natürlich war das keine günstige Umgebung für eine junge Familie mit einem kleinen Kind. Vor allem gab es auch noch Marias schwierige Mutter Mina im Haushalt. Nach langen Monaten der Anfragen im Gemeindehaus in Michelstadt mit Dutzenden von Eiern und anderen Überzeugungsgaben konnte Alwine endlich eine kleine Wohnung für die Familie in Michelstadt im Zeppelinhaus der Familie Walther ergattern. Später wurden Opa Ludwigs Anfälle schlimmer. Er kam in Goddelau in psychiatrische Behandlung. Nach einer Elektroschocktherapie erhängte er sich.

An Omas warmen Körper geschmiegt, hörte ich ihrer sanften Stimme zu. Nach Ansicht von Mama war es nicht gut für mich, mit Oma zu schlafen. Sie kam aber nie mit einer Alternative über. Meine Gedanken wanderten zu Heini, der in seinem eigenen Zimmer neben uns in Karl Mays Fantasiewelt abgetaucht war. Ursprünglich war dies die Küche der Pahlers. An der Stelle, an der ihre Spüle war, hatte Heini eine mintgrün lackierte Kommode. Von dort aus hüpften wir gern in sein Bett. Im Schlafzimmer unserer Eltern hatten wir noch mehr Spaß und sprangen vom Schrank auf Mamas Bett. Später ließ sie sich einen Schrank aus Erle einbauen, der zu den anderen hellen Schlafzimmermöbeln passte. Dies machte es schwierig, zu springen.

Als ob Oma meine Geistesabwesenheit gespürt hätte, legte sie das Buch auf den Nachttisch und sagte: Es ist jetzt Zeit zum Schlafen, Jannche, hab süße Träume. Ihr gütiges Lächeln und ihre liebevoll blickenden Augen wärmten meine Seele. Gut Nacht, Oma. Ich wandte mich zum Fenster, von wo aus Heini oft seine Stunts a la Armin Dahl vollführte. Das Motto seines Idols war: lieber zehn Minuten Angst als einen Monat Arbeit. Obwohl Kirk Douglas viele der Stunts selbst ausführte, ließ er sich zu Zeiten gern von Armin helfen. Heini kletterte von unserem Fenster in seines und von unserem Badezimmerfenster im Giebeldach zum Badezimmerfenster der Eltern. Am liebsten wäre er auf einem Seil zu Poländers Fenster im Nachbarhaus balanciert. Zwar wollte er sich mit einem Bauchseil absichern, doch Mama hatte ihm das mit aller gebotenen Schärfe verboten.

Ich hatte eine Schnur zu Fischers im ersten und zu Gipperts im 2. Stock gespannt. Wir benutzten sie, um Dinge von einer Wohnung zur anderen zu bugsieren und füllten Dosen mit Kies, um uns aufzuwecken. Archäologische Ausgrabungen und Schatzsuchen waren ungemein angesagt. Auch bemühten wir uns, mit Detektivarbeit, den Schrecken der Unterwelt zu unterstützen. Für den nächsten besonderen Tag war aber nicht Nick Knatterton auf dem Programm, sondern die Vorbereitung der geplanten Freiluftveranstaltung.

Nach dem Mampfen unserer dicken Suppe, quer durch Mamas Gemüsegarten mit Apfelküchlein, sagte Heini: Hey, komm schon, wir gehen wieder nach unten. Vielleicht können wir noch was helfen. Ich folgte gern seinem Befehl, weil das auch in meinem Sinne war. Mir gefiel es, von ihm angenommen zu werden.

Wir gingen zur Dottelwiese, auf der Heini oft Fußball spielte. Nun war es der perfekte Ort für die Freilichtbühne. Die Proben waren in vollem Gange. Ein Haufen Kleidungsstücke lag auf dem Boden. Der Arzt überredete seinen vermeintlichen Patienten, geduldig zu sein und das Hemd auszuziehen. Ein Nachbarjunge kam mit zwei Lampions auf uns zu: Mist, ich hab die Streichhölzer vergessen. Ich sagte: Ich kann welche holen. Oh gut. Froh, einen Job zu haben, drehte ich auf dem Absatz um und rannte nach Hause.

Meine seltsame Affinität zu Feuer konnte ich nicht erklären. Nach den acht kühlen Steinstufen hopste ich die sechs knarrenden Holztreppen hoch. Oma, wir brauchen Streichhölzer. Wofür? Für die Laternen. Ja, hier, aber seid vorsichtig und steckt nichts an. Kommt in einer Stunde zurück, heute badet ihr früher. Ja, ja, wir sind gleich wieder da. Mama rief: Wart, komm mal für einen Moment her. Du kannst mal dein Kleid anprobieren. Ich will es bis morgen fertig haben. Schlupf mal rein. Ich fasse den hellblauen kleinkarierten Schlauch mit spitzen Fingern an. Au! Vorsicht, die Nadeln! Mama nahm mir das zarte Gewebe wieder ab und zog es mir vorsichtig über. Abgesehen von den unvermeidlichen Nadelstichen liebte ich die Anproben: ihre Hände auf mir, den Naphthalingeruch der

Kreide, wenn sie die Naht markierte, das Anreichen der Nadeln. Sie nahm sie in den Mund, wenn ich zu schnell war. Ich muss nur noch die Tasche aufnähen. Aber es ist doch zu lang! Nein, da kommt doch noch der elastische Bund in die Taille, dann wird es viel kürzer. Hä? Guck mal, Mama zeigte einen Abstand von 5 cm mit Daumen und Zeigefinger an, so breit nähe ich ein paar Reihen mit Gummifäden. Das ist dann wie ein Gürtel. Komm schon, raus. Autsch! Eine Nadel stach wie üblich zu. Dann rannte ich wie der Blitz die Treppen hinunter und lieferte die Streichhölzer ab. Ich sagte:

Heini? Hä? Können wir unser Zirkusding machen? Er stierte mit abwesendem Blick in die Luft. Wo du mich am Pferdeschwanz in der Luft schweben lässt. Wie eine Sphinx starrend, weigerte sich mein Bruder, Stellung zu nehmen. Oder das, wo du mich in einen Karton packst. Aha. Heini war so distanziert und unnahbar, als ob er gerade auf einem anderen Planeten weilte. Oma rief: Heini, Marianne, kohommt! Ihre Stimme war wenig ambitioniert, sodass wir sie erst mal überhörten. Wir stellten Stühle und Bänke auf das sonnenverbrannte Gras und sahen uns dabei die Proben auf der Bühne an. Ein hypnotisierter Junge sprang wie ein Löwe durch einen Ring aus Feuer.

Um 19:00 Uhr sollte die Show beginnen. Axel Bär, der verantwortliche ältere Junge aus unserer Straße organisierte auch Veranstaltungen, um uns kleinere Kinder zu unterhalten. Einmal hatte er ein Seifenkistenrennen initiiert, wo ich hinter Annie Fohr Zweite wurde. Aber mein Preis war mir lieber als die Schachtel mit Plätzchen, die Annie gewann. Ich bekam einen großen Schreibblock geschmückt mit einem Lorbeerstrauß! Konnte Axel auch in die Zukunft blicken oder mit der Geisterwelt kommunizieren?

Heini, Marianne kommt jetzt, ich ruf nicht noch mal. Durch Mamas scharfen Ton gerieten wir gleich in Fahrt. Wir wollten nicht das gute Klima des Tages gefährden. Oma war schon bei der Badepräparation. Sie hatte Scheitholz aus der Schublade unterm Backofen ins Badezimmer geschleppt. Mit einem scharfen Messer säbelte sie Holzschliffern ab und ordnete sie über krumpeligem Zeitungspapier kreuz und quer in dem kleinen Ofen unterm Boiler an. Die dicken Scheite brannten bereits eine halbe Stunde und es knisterte heimelig, als wir Nackedeis ankamen. Heinis Körper sah aus wie eine moderne Malerei. Wo hast du die blauen Flecken her? ...! Tut es weh? Naa! In einem gewissen Abstand von der Gusseisentür des Ofens sah ich das Wasser einfließen. Ich hatte mir mal eine massive braune Brandblase auf meiner Wade geholt.

Als wir in der Sitzbadewanne nebeneinandersaßen, stoppte Oma unsere Zeiten beim wechselseitigen Eintauchen unserer Köpfe. Mama betätigte immer noch das Pedal ihrer schönen schwarzen Singer-Nähmaschine mit den goldenen Verzierungen. Seppel beschwerte sich bei seinem Spiegelbild, dass die Dame des Hauses seinen Stammplatz besetzte.

Eine Minute 10 Sekunden, sagte Oma, als ich auftauchte. Als Heini eintauchte, gab sie mir die Stoppuhr und sagte: Nimm du mal Heinis Zeit. Sie ging durch den Flur zur Küchentür und sagte Alwine, du musst mal kommen. Was ist? Heinis Körper ist voll mit blauen Flecken. Sofort folgte sie ihrer Schwiegermutter, die sie manchmal gern auf den Mond geschossen hätte, um mal mit ihrer Familie allein zu sein. Ihre graugrünen Augen eilten über die schon vielfarbigen Blutergüsse und wanderten über das Pokerface ihres Sohnes, als ob sie darauf landen wollte. Scheinbar ruhig fragte sie: Was ist da passiert? Keine Antwort. Unter pochender Stirn starrten Mamas aufmerksame Augen auf die linke Seite von Heinis athletischem Körper. An Oberschenkel, Becken, Gesäß, Hüfte und Rippen prangten die Blessuren in allen Farben. Tut's weh? Naa!

Bist du gefallen? Starrendes Schweigen. Mamas Blick reflektierte Versagen und Resignation. Sie ließ Heinis Schweigen ungeschoren in der Luft hängen. Es hätte ohnehin nichts genutzt, weiter in ihn einzudringen. Ihr Steinbock konnte so stur sein. Er nahm nach dem Abtrocknen Zuflucht in sein Zimmer. Als ich eintrat, bastelte er an einer Erfindung. Was ist das? Ein Spielautomat. Eine echte? Klar, wie willst du sonst ans Geld andrer Leute kommen. Aber Opa darfst du da nicht spielen lassen. Das weiß ich, der hat ja auch in allen Gaststätten Glücksspielautomatenverbot. Der hat sie immer leer geräumt, gell? Mhm!

Es klingelte stürmisch und Papa rief, Schätzchen, mach mal auf! In bester Freizeitlaune, mit 2 Taschen beladen, stand er da, stellte die Tüten auf den Boden und hob seine schöne Frau hoch. Ihr Gelächter war aus einer Mischung Freude, Entrüstung und Scham gebraut. Mit einem gereizten Seufzer landete sie wieder auf dem Boden. Ludi küsste seine Alwine und zerzauste ihre dunklen Locken. Eine Tasche fiel, zwei Orangen rollten heraus. Mit knurrigem Kehllaut und abruptem Hüftschwung beugte sie sich nach unten, um die auf die Treppe gerollte Orange zu packen. Der Samstag war Papas Hauptarbeitstag, da die meisten Leute zu Hause waren. Er war in bester Laune. Sein Orderbuch brauchte sich nicht zu schämen. Er hatte zwei Kühlschränke und einen Staubsauger verkauft. In der Küche adressierte er die dünne Luft und verlangte ein Messer und die große Schüssel für den Obstsalat. Bei allen Arbeiten rief er um Hilfe, ob es ums Verschnüren eines Paketes ging oder um elektrische Arbeit. Papa brauchte für alles einen Lehrling. An Samstagen gab es immer seinen berühmten Obstsalat. Da gab es auch nur leere Teller und keinen salzigen Regen. Meine Tränen fielen nur mittwochs auf den Zuckerrüben-Kartoffelbrei mit Haschee und freitags auf die Spinatmassen, die wie Lava über Kartoffeln und Eier oder Fisch krochen und das ganze Essen ungenießbar machten.

Alwine sagte, Heinis Körper ist voller Blutergüsse, aber er sagt nicht, woher er sie hat. Auf ihrem Weg zurück zur Nähmaschine, warf sie einen fragenden Blick auf ihr nasshaariges Mädchen auf der Chaiselongue: Weißt du was? Naa! Vielleicht hat er sie vom Fußball spielen. Er ist Torwart. Aber sie sind auch auf der Rückseite seiner Oberschenkel. Das Thema wechselnd, fragte ich: Kann Uschi auch Obstsalat haben? Sicher, es ist genug da. Meine beste Freundin von nebenan war auch von Papas Samstagabendessen angetan. Sie war ein Jahr jünger als ich, aber genauso groß.

Ihr Vater war ja auch größer als meiner, aber weniger sympathisch. Er hatte seine Frau und vier Kinder verlassen. Mein Vater dagegen war gern mit uns zusammen und spielte mit uns.

Papa ließ sich beim Schneiden der Orangen nicht hetzen. Dabei klemmte seine Unterlippe zwischen den Zähnen. Manchmal hing die Zungenspitze aus dem linken Mundwinkel. Wie bei einem Kind, das etwas Anstrengendes arbeitet, atmete er von Zeit zu Zeit geräuschvoll aus. Die Bananen schnitt er schneller, schließlich die Äpfel. Er rührte sie gleich unter, um braune Flecken durch den Sauerstoff zu vermeiden.

Normalerweise machte Mama lustige Bemerkungen über seine Herangehensweise. Aber sie hatte gerade andere Dinge im Kopf. Am Ende reicherte Papa die bunte Vitaminmischung mit Nüssen, Rosinen und Kondensmilch an. Viel später lernte ich, dass süße Früchte mit Milch oder Zucker (Eis) Fuselalkohol bildet und Ursache für eine schlechte Leberfunktion ist.

Während Oma und Mama die Brotscheiben mit Butter beschmierten, rannte ich wie ein geölter Blitz zum Nachbarhaus, nahm zwei Stufen auf einmal und kam mit Uschi zurück. Ich plumpste neben Heini auf die Chaiselongue, Uschi setzte sich neben mich. Pa saß zu meiner Rechten an der Stirnseite, die Frauen des Hauses gegenüber von uns. Omas falsche Zähne machten ihr übliches Klickgeräusch. Sie sagte mit einem Seufzer, meine Prothese sitzt immer noch nicht richtig. Ich war beim Zahnarzt, aber er konnte den Fehler nicht beheben.

Nach dem frühen Abendessen gab uns Oma einige Pfennige Wechselgeld. Wir eilten nach unten und dann gen Süden. Der Duft der Rosen und Nelken in den Gärten mischte sich mit dem von Bratkartoffeln, der Wenzels oder Goldmanns Küchenfenster entströmte. Da wo die Georg-Glenz-Straße auf die Hieronymusstraße trifft, gingen wir nach Westen in Richtung Bühne. Die Stühle standen im Halbkreis. Alle Helfer und Akteure sammelten die Eintrittspreise ein: 4 Pfennig für Kinder, 6 für Erwachsene.

Allmählich füllten sich die Reihen. Es kamen mehr Besucher, als wir dachten. Freilich, in den fünfziger Jahren gab es weit weniger Unterhaltung als heute: Karneval bei Willi Gröner und im Schmerkers Garten und die zwei Jahrmärkte Bienenmarkt und Wiesenmarkt. Hin und wieder gab es mal einen Ball und Musikveranstaltungen bei Schmerkers gegenüber unserer Schule, wo heute 5 hübsche Einfamilienhäuser stehen. Auf ihrer Bühne trat auch Mama manchmal im Rahmen des Zitterklubs auf. Für einige Leute war es der Höhepunkt der Woche, wenn sie ihren glockenhellen Sopran klingen ließ. Neben zeitweiligen Kinobesuchen hatten wir gelegentliche andere Zelluloidaktivitäten. Zwei Jungs in

den benachbarten Beamtenwohnblocks hatten einen Filmprojektor, und wir durften uns für ein paar Pfennige Eintritt 8 mm Filme anschauen. Wegen der Vorbereitung war das noch spannender als Kino. Es dauerte Äonen, bis die Filmrolle im Projektor klapperte und der Vater der Jungen auf Vorderlauf schaltete. Aber das enervierende Verfahren erhöhte noch die Spannung. Voller Erwartung stierten wir auf das Flimmern der vorbeirauschenden geometrischen Figuren, Risse, Löcher, weiße Blitze, schwarze Zacken, schmutzig-gelbe Klumpen, bis endlich das Bild auf der groben Leinwand erschien.

Wir sahen Laurel und Hardy, Buster Keaton und andere Filmkomödianten. Hätte mir jemand gesagt, du kannst Buster Keatons Sohn bei deinen künftigen Freunden Herta & Wayne Haedrick oder einen der Three Stooches im *Motion Picture Hospital* treffen, wäre meiner raschen Zunge sicher entschlüpft: klar! Den Kaiser von China auch. Oma sagte zwar, wegen meiner Zahnlücke würde ich fremde Kontinente bereisen, doch Mamas Spötteln säte Zweifel.

Während der Aufführung wanderten Mamas Augen mehrmals über die sitzenden Menschen. In der Pause sah ich sie bei Heinis Klassenkamerad stehen. Ob Rolf zu früh mit dem Fußball angefangen hatte oder seine O-Beine rachitisch bedingt sind, er könnte einen Steilpass durch seine Beine annehmen. Der Arme war seit einem Jahr Halbwaise. Obwohl seine Mutter jung gestorben war, sah sie mit dem dunklen Kleid, der Schürze und dem Altweiberknoten eher wie Oma aus als wie Mama. Ein Mann, wohl Rolfs Vater, zog ihre Leiche in einem offenen Handwagen zum Friedhof. Aber ich hatte nur Augen für die arme Frau. Ich war überaus betroffen von dieser betrüblichen Affäre. Warum fühlte *ich* mich gedemütigt, dass diese vergrämte Frau auf diese Weise zum Friedhof befördert wurde? Dass es mit einem früheren Leben zu tun haben könnte, wurde mir erst 30 Jahre später klar. Auch kann ich die Qual gespürt haben, die ihren frühen Tod verursacht hatte. Viele Menschen sterben ja, um einer unbefriedigenden Beziehungen zu entkommen. Es fehlt in der Regel der Mut wegzugehen, vor allem wegen finanzieller bzw. emotionaler Abhängigkeit vom Partner. Enttäuschende Umstände und fehlendes Geld sind oft der Grund. Auch deshalb plädiere ich für das bedingungslose Grundeinkommen der Bürger, zumindest für jene, die zehn Stunden frei gewählte Arbeit für die Gemeinschaft verrichten. Dies würde den Binnenmarkt stärken, Schwarzarbeit abbauen und bessere Bildung, befriedigendere Arbeitsplätze, mehr Steuereinnahmen, weniger Kriminalität, Depressionen und andere Krankheiten garantieren. Oft arbeiten Menschen in unangenehmen Jobs entgegen ihren Fähigkeiten und Hobbys, da sie nur mit höher bezahlten Stellen über die Runden kommen. Ein globales Grundeinkommen würde glücklichere Menschen machen und weniger würden flüchten. Wenn weniger von dem hart erarbeiteten Geld der Steuerzahler für unsinnige Projekte und Subventionen ausgegeben würde, könnte mehr für alle Bürger bleiben. Es ist wirtschaftlich stets besser, wenn Maßnahmen allen nutzen und nicht nur wenigen staatlich geförderten Firmen oder Gruppen. Mit einem Grundeinkommen könnte eine vernachlässigte oder verprügelte Frau aus einer unglücklichen Beziehung entkommen. Da Frauen immer noch 20 % weniger verdienen, als ihre männlichen Kollegen im gleichen Job, würde das Grundeinkommen für alle diese Ungerechtigkeit etwas ausgleichen.

Mama kam zu uns zurück. Harsch sagte sie:
Das ist doch allerhand! Der werde ich was erzählen! Damit kommt sie nicht durch.
Hey, Darling! Wieso bist du so in Rage?
Dieses Pfeiffer Biest war das. Sie hat Heini getreten. Aber warum, rief ich aufgebracht. Sie war wütend auf ihn. Hä? Sie schleppte ihn hinaus und hat ihn mehrmals getreten. Davon ist er die Treppe hinunter gefallen. Das Treppenhaus mit dem glänzenden Eichengeländer tauchte vor meinem geistigen Augen auf. Ich liebte es, das Geländer runterzurutschen oder über das glatte Holz zu streichen. Ich kannte auch Heinis Klassenzimmer. Wir trafen uns dort jeden Sonntag mit unserer Kirchengemeinde, einer Splittergruppe der Neuapostolischen Kirche. Ähnlich wie bei amerikanischen Religionsgemeinschaften sprachen die Prediger, zu denen auch Papa gehörte, über philosophische, literarische, metaphysische und sozialpolitische Themen. Mahatma Gandhi, Albert Schweitzer und Friedrich Nietzsche waren die am meisten genannten Namen nach Jesus natürlich. Immerhin hieß die Sekte *Christen unserer Zeit*. An Wochentagen ging es weniger christlich zu.

Am Dienstag nach dem Open-Air-Theater gab sich Mama besondere Mühe beim Flechten meiner durch die Sonne blond gesträhnte Zöpfe. Wie wäre es, wollen wir heute zur Schule gehen? Oh ja, rief ich vor Freude hüpfend. Zu diesem Zeitpunkt war ich noch von der Schule fasziniert, voller Erwartung. Als Mama verlangte, dass ich meine dunkelblaue Trainingshose zu einer handgestrickten braun-bunten Jacke anziehen sollte, protestierte ich. Vor Aufregung war meine Stimme in eine höhere Tonlage gesprungen: Das passt nicht! Entnervt gab Mama mir meine blaue Lieblingsstrickjacke. Sie sah weniger handgefertigt aus. Wir gönnten uns noch einen Blick auf unser ansehnliches Spiegelbild im mannshohen Schlafzimmerspiegel.

Ich war stolz auf Mamas Aussehen. Ihr selbst geschneidertes Etuikleid akzentuierte ihre Taille und ihren hübschen Hintern. Ein Kopf voller dunkler Locken umrahmte ihr schönes Gesicht. Ihre graugrünen Augen passten zum Meergrün des Kleides. Nachdem wir eine halbe Stunde durch den feuchten Morgen gelaufen waren, stiegen wir die breite Treppe hinauf, und Mama klopfte forsch an die massive dunkle Eichentür. Sofort kam von innen ein ebenso forsches Herein als Antwort. Offenbar hatte die Lehrerin den Rektor erwartet. Denn beim Eintreten blickten wir in das verdutzte Gesicht, und wir hätten eine Nadel fallen hören können. Eine Sekunde später mutierte die Stille in ein anschwellendes Flüstern und Kichern. Ohne Zweifel wusste die ganze Klasse, warum wir gekommen waren. Ich spürte eine Verschwörung und wähnte alle Schüler auf unserer Seite. Mit um einige Hertz abgesackter Stimme sagte Mama: Kann ich mit ihnen allein sprechen, Frau Pfeiffer? Die Lehrerin ging langsam auf uns zu. Ihr verwackeltes Lächeln verwandelte sich in ein Teflongesicht. Ihre Augen verfingen sich in denen von Mama. Rund 50 Seelen witterten ihre ängstliche Unruhe. Die Luft knisterte vor Spannung. Ja selbstverständlich, Frau Holschuh, lassen Sie uns nach draußen gehen. Die Worte schienen nicht richtig in ihrem Mund zu sitzen.

Mama sagte mit sanfter Stimme, Marianne, am besten du bleibst solange hier. Mit Stolz geschwellter Brust stand ich vor den Drittklässlern, die mir schon ziemlich erwachsen vorkamen. Dies war die Geburtsstunde meiner pädagogischen Arbeit. Später zu Hause richtete ich ein Klassenbuch ein. Heini half mir mit den Namen seiner Klassenkameraden, ihren Fähigkeiten und Qualitäten. Zwei Jungen in der Nähe erkannte ich als den Grimassen schneidenden Rainer aus dem 1. Stock unseres Hauses und einer von Frau Ensingers vier Jungs, der Lehrerin, die ich später hatte. Mama sagte mal: Ich könnte nie etwas über diese bewundernswerte Frau sagen. Vier Buben zu erziehen ohne einen Mann an der Seite, das ist schon eine Aufgabe.

Frau Pfeiffer kam zurück. Mama wartete auf mich an der Tür. Marianne komm wir gehen. Ihre entspannte Stimme gab mir ein behagliches Gefühl. Doch ich wäre gern länger geblieben. Als wir den Schulhof verließen, war die Sonne im Begriff, durch die Wolken zu brechen. Ich scannte das Gesicht meiner schweigenden Mutter. Was hat sie gesagt? Mama absorbierte meine Spannung und sagte lächelnd:

Ich hab gesagt: Warum haben sie meinen Sohn getreten? Und? Sie hat es einfach bestritten. Oh, und was hast du gesagt? Ich hab gesagt, sie können es nicht leugnen, ich weiß es von ihren Schülern. Sie brauchen jetzt auch gar nichts mehr zu sagen. Ich sag ihnen nur eins: Wenn ich noch einmal so was höre, ob das meinem Sohn passiert oder einem anderen Kind, werde ich nicht mehr zu ihnen kommen. Ich werde direkt zu ihrem Rektor gehen.

Was hat sie gesagt? Nichts. Weißt du, Heini kann ja auch ziemlich stur sein, und es ist nichts aus ihm herauszubekommen. Er sagt nie, was er denkt oder fühlt so wie du. Aber ihn so zu treten ... er könnte tot sein! In Schönbrunn, da war auch so ein strenger Lehrer. Der Ries hat einen 12-jährigen Nachbarsjungen umgebracht. Wie? Warum? Der Fiesling hat ihm in die Nieren getreten. Das Begräbnis des Jungen war am Tag von Tante Hildes Unfall mit der Häckselmaschine. Äh! Mama hatte oft erzählt, wie ihrer damals 14-jährigen Schwester die Kopfhaut mit den Zöpfen weggerissen wurde. Auch jetzt ließ mich die Erwähnung wieder schaudern.

Heini und ich waren total verschiedene Kids. Kamen wir zusammen, um voneinander zu lernen? Der hartnäckige Steinbock von meinem unverblümten Schützennaturell, dass es nicht schadet, sich zu öffnen, weil man dann von den anderen auch mehr kennenlernt. Ich kann von schnell aufbrausenden Personen besser lernen, auch meine Zunge im Zaum zu halten, sodass sie nicht meilenweit dem Hirn vorauseilt. Und Heini könnte Frau Pfeiffer auch etwas beigebracht haben: zu akzeptieren, dass Divergenzen Chancen sind, zu lernen und zu wachsen. Vielleicht hatte sie aufgehört, die Passivität und

Unabhängigkeit eines Kindes weniger persönlich zu nehmen und rechtswidrige Handlungen zu vermeiden. Wenigstens haben wir nichts über andere verletzte Kinder gehört. Doch quälte sie das Pflegepersonal. Uschi, die im Pflegeheim arbeitete, beschrieb sie als ein Biest.

Gut gelaunt und sich selbst auf die Schulter klopfend, sagte meine Mutter, mein lieber Mann, hab ich mich geändert. Wenn ich da an unseren Lehrer Kohler denke. Der könnte mich heut auch nicht mehr fertigmachen.

In der Braunstraße hielt Mama beim Läppe-Lui an. Während wir die Steintreppe des Textil- und Kurzwarengeschäfts hochgingen, sagte sie: Wir haben immer unsere Kleider bei den Juden gekauft, auch dann, wenn es gefährlich war. Warum? Weil es billiger war und wir uns nicht leisten konnten, woanders zu kaufen. Nein, ich meine, warum es gefährlich war. Es war nicht erlaubt, in ihren Geschäften zu kaufen. Warum? Die Nazis wollten sie aus dem Land haben. Sie dachten, wenn niemand bei Juden kauft, würden sie gehen. Aber warum? Warum was? Warum wollten sie sie nicht haben? Sie sagten, sie seien Profiteure und würden andere übervorteilen. Hä? Ach, die Nazis waren nur neidisch. Wir schlichen uns immer durch die Hintertür in den Laden. Wenn sie uns erwischt hätten, wären wir weggekommen. Ich wusste, was das bedeutete: Konzentrationslager. Mama und Oma hätten diese Erfahrung beinahe machen müssen. Sag mir das noch mal das mit den Holzschuhen. Wie alt warst du da? 19. Ich hab mich geweigert zu arbeiten, weil meine Schuhe kaputt waren. Ich war zwangsverpflichtet, bei BBC zu arbeiten. Was ist das? Das war gefährlich, weil die für den Krieg produziert haben! Solche Betriebe wurden bombardiert. Ich hatte einen Bezugsschein für Schuhe, aber ich bekam keine. Ich sagte, ohne Schuhe kann ich nicht zur Arbeit kommen. Nachdem ich drei Tage weggeblieben war, kam mein Kollege, Herr Dewald. Er sagte, Mädel, komm morgen, die haben was mit dir vor. Also hab ich Opas Holzschuhe aus dem Stall geholt und ging zur Arbeit. Was haben die gesagt? Die haben ganz schön gejohlt.

Beim Betreten des Geschäfts klingelte die Türglocke. Warum hat Oma fast ins KZ gemusst? Sie hat 14 Freunde und Verwandte von ausgebombten Städten im Bahnwärterhaus in Schönnen ernähren müssen. Es war aber nur erlaubt, zweimal im Jahr zu schlachten. Sie hat dann aber ein Schwein schwarzgeschlachtet, und ein Nazi hat Wind davon bekommen. Ein Nachbar hat ihn überredet, sie nicht zu melden. Wäre Oma umgebracht worden? Ich glaub nicht. Aber im KZ war es gefährlich, schwere Arbeit, wenig essen, Krankheiten. Äh!

Geh, mach die Tür noch mal auf und zu.

Nach dem zweiten Klingeln kam der gebeugte Mann mit ein paar weiß-gelblichen Haarsträhnen von hinten und fragte nach unseren Wünschen. Diese junge Dame braucht neue Trainingshosen passend zu einer braunen Jacke. Er zeigte uns eine braune Hose zu 6 Mark. Der Preis für Trainingshosen hat sich weniger verändert als der für Autos. Das liegt daran, dass die meisten Textilien in Ländern der Dritten Welt von ausgebeuteten Näherinnen hergestellt werden. In der Zwischenzeit waren Miniaturzüge von Märklin & Co. über den Ladentisch in der Braunstraße gegangen. Die Modelleisenbahnbauer aus Göppingen produzieren immer noch ihre hochwertigen Modellokomotiven. Doch viele der weniger qualitativen Züge rollen von China nach Nordamerika. Scheißgeschäft!

Gut 30 Jahre später verkauften sich andere Spielzeuge, vorzugsweise klassische Autos, wie warme Semmeln. Wir waren damit beschäftigt, solch seltenes Blech auf Rädern zu suchen.

Sind wir die Schöpfer von Katastrophen?

An einem der letzten Tage des Aufenthalts meiner Mutter kam sie von ihrem Weg zum Strand ganz aufgeregt zurück. Es ist kaum zu glauben, draußen steht eine antike Kommode neben den Mülltonnen. Geh mal raus und guck, ob du sie haben willst. Ich helfe dir, sie reinzubringen. Ich rannte nach draußen und nahm gleich zwei Schubladen mit. Es sind abschließbare Schubladen. Die neueren Kommoden sind meist nicht mehr abschließbar. Aber die Schlüssel fehlen.

Apropos Fehlen, mir wird Kalifornien fehlen. Die Zeit ist ja rasend schnell vergangen.

Wenn wir ein Haus haben, hoffe ich, dass du länger bleiben wirst. Wenn die Konfirmation von Andreas nicht wäre, würde ich länger bleiben. Und wenn ich 10 Jahre jünger wäre, würde ich auch nach Kalifornien ziehen. Ich sagte: Ich muss meinen Rückflug bestätigen. In einem Endgültigkeitston sagte Mama, mein Koffer ist gepackt. Ich packe heute Abend. Du hast Nerven! Okay, jetzt will ich mich bei euch für die Reise nach San Francisco bedanken. Darf ich euch zum Abendessen einladen? Peter sagte: Oh gut, da können wir zum Red Onion in Redondo Beach gehen. Ich sagte: Wir alle mögen doch Fisch. Können wir nicht in das Seafood-Restaurant gehen, wo man die Lätzchen bekommt? Die gibt es nur, wenn du Krabben isst. Ich dachte, die hätten wir alle bekommen. Aber die Hälfte der Pier ist doch nach dem Sturm weg. Du übertreibst. Lass uns gehen und nachsehen. Wir müssen zuerst anrufen. Okay mach! Musst du immer das letzte Wort haben? Wieso? Dein Freund Bolko sagt doch immer, wer die Idee hat, soll es machen.

Der Schaden war sichtbar, aber die Promenade war okay. Peter war schlecht gelaunt, weil er nun für zwei Wochen ohne mich auskommen musste. Wenn Veränderungen anstehen, sinkt auch sein Stimmungsbarometer. Er brummte: Wir hätten den Jaguar noch abholen müssen.

Warum hast du das gestern nicht gesagt? Warum musst du denn überhaupt fliegen? Wir hatten darüber ausführlich gesprochen. Aber wir haben im Augenblick viel zu tun. Beruhigend sagte ich, es ist doch nur für zwei Wochen. Nach dem Abendessen herrschte wieder Frieden. Offenbar war Peters Blutzucker dramatisch abgesunken. Darüber hinaus kommt die Spannung vor jedem Flug, egal wer von uns fliegt. Aber Angst vorm Fliegen weist er rundheraus ab. Doch er ist extrem abgelenkt kurz vorher. Mitunter muss man ihn wie einen Erstklässler beobachten. Er lässt seine Aktentasche am Flughafen liegen oder vergisst seinen Pass. Einmal durfte er nach Deutschland mit seiner Sportbootlizenz fliegen, da er als Vielflieger den Lufthansaleuten bekannt war. Natürlich musste ich seinen Pass nach Deutschland schicken. Die Amerikaner hätten ihn nicht reingelassen. Als wir nach Hause kamen, begann ich zu packen. Peter hatte sich in sein Schicksal gefügt. Er scherzte sogar beim Bearbeiten seiner Post, die er mir mit nach Deutschland geben wollte.

Mitten in der Nacht wachte ich schweißgebadet auf. Ich hatte immer noch das letzte Bild vor meinem geistigen Auge: Ein Jet in weißen Rauch getaucht! Ich tapste ins Bad. Peter gähnte. Was ist passiert? Unser Flugzeug wird einen Unfall haben. Komm schon, das war sicher ein Angsttraum. Den kalten Schweiß abwaschend, sagte ich, ich hoffe, du hast recht. Aber am Morgen erwachte ich mit der Erinnerung eines Folgetraums, in dem ich Peter bat, meinen Flug zu stornieren. Er tat es sofort. Als ich Ma über die Träume informierte, wollte sie es mir nicht glauben und versteckte ihre Enttäuschung hinter ihrer scharfen Zunge. Ich kann nicht glauben, dass du dich von Peter ... Nein, es ist wahr, ich hab das Flugzeug rauchen sehen. Ich wünschte, du würdest auch nicht fliegen.

Auf keinen Fall! Ich werde fliegen! Ich will die Konfirmation meines einzigen Enkels nicht verpassen. Ihre Windjacke schnappend stürmte sie aus der Tür, genau wie in den alten Tagen, wenn sie Streit mit ihrer Schwiegermutter oder mit meinem Vater hatte. Als Kind wusste ich nicht, dass sie nur die körperliche Anstrengung brauchte, um sich zu beruhigen. Ich hatte immer Angst, sie würde nicht wiederkommen.

Als Ma vom Strand zurückkam, hatte sie ihr Mütchen gekühlt. Ich wiederholte meine Sorge über ihren Flug. Entschlossen antwortete sie:

Das kommt nicht infrage. Ich fliege. *Ich* hab nichts Schreckliches geträumt. Es hatte keinen Sinn, noch ein Wort zu verlieren. Ich hoffte, dass auch das Warnsystem meiner hellsichtigen Mutter funktionierte. Es war das erste Mal, dass wir im Flughafen warteten, um die Boeing 747 am Horizont verschwinden zu sehen.

In der folgenden Stunde saß ich bedrückt auf dem Beifahrersitz. Peter sagte: Jetzt wird sie an Las Vegas vorbei sein. Innerlich unruhig und gespalten sagte ich: wer weiß, wo sie ist. Unser Nachmittagsprogramm hielt mich vom Grübeln ab. Unser letzter Termin war mit einem schwulen Paar in El Segundo. Sie hatten einen 280 SL angeboten. Peter fragte: Warum verkaufen sie das Auto? Wir ziehen in die Bacha. Oh, warum? Ist es nicht schön hier? Fragte ich. Ja, aber zu teuer. Hier könnten wir uns kein Strandhaus leisten. Dort sind wir fast mit einem fertig. Jedes Mal, wenn wir runter fahren, nehmen wir etwas Holz in unserem Pick-up Truck mit. Wir brauchen kein anderes Auto mehr.

Peter sagte: Es tut mir leid, aber für den Preis hab ich ein schöneres Auto erwartet. Für diesen würde ich 9.000, höchstens 9.500 zahlen. Wenn sie ihre Meinung ändern, rufen Sie mich an. Peter reichte ihm seine Visitenkarte. Wir gingen direkt um die Ecke und genossen die Happy Hour bei *Orville & Wilbur* und den Sonnenuntergang mit heißer Livemusik.

Ich mochte die kostenlosen Snacks, die es gab, wenn man einen Drink bestellte, lieber als die Jumbogarnelen für 60 Cents und die Austern für $1, die Peter zusätzlich aß. Es gab rohes Gemüse mit Dip, gefüllte Eier und Thunfischpizza. Das ersparte mir das Abendessen.

Zurück in der Wohnung braute ich uns einen Kräutertee. Plötzlich erwachte das Telefon zum Leben. Peter rief verschreckt: Alwine! Was? Was ist? Schrie ich Peter an. Er ignorierte mich. Unmöglich! Was ist mit meiner Mutter? Ungeduldig zog ich am Bündchen von Peters Pullover. Manchmal glaube ich immer noch, dass er zwei Dinge auf einmal schafft. Okay! Wir kommen vorbei. Auflegend sagte Peter: Es war genauso, wie du es geträumt hast. Mach dich fertig, wir fahren nach Westchester. Alle Passagiere sind im Amfac Hotel in der Nähe vom Airport untergebracht. 15 Minuten später wurde ich von meiner Mutter im überfüllten Konferenzsaal des Hotels begrüßt. Du Hexe, du hattest recht, sagte sie fröhlich, und ich wollte es nicht glauben. Setzt euch neben mich, ich hab die Plätze freigehalten. Einige Passagiere waren über meine jüngste Prophezeiung im Bilde. Ich war fast wie ein Popstar begrüßt worden.

Also, was ist passiert? Jesus! Ungefähr eine Dreiviertelstunde nach dem Abflug gab es ganz plötzlich einen Ruck. Weißt du, was komisch war? Was? Um mich herum waren ganz viele junge Leute, aber keiner hat einen einzigen Muckser gemacht, anders als in den Filmen. Ich hab nur runter auf die schneebedeckten Berge geguckt und gedacht, hier werden sie uns kaum finden. Wir hörten den Geschichten der Fluggäste neben uns zu. Die Kellnerin fragte: Was kann ich ihnen bringen? Nur Mineralwasser ohne Eis und einen Caesars Salat, bitte. Damals wusste ich nicht, dass abends gegessene Frischkost, außer einigen Ausnahmen, wie z.B. Papaya und Avocado, Säuren bildet und die Verdauung behindert. Früher habe ich mich über meinen aufgeblähten Bauch gewundert.

Der Jet war nicht zu reparieren. Die Reisenden flogen am nächsten Tag mit einem Jumbo der Air New Zealand. Was wäre gewesen, wenn ich Ma begleitet hätte? Immerhin hatte ich während meiner durch Kaffee-Entzug verursachten Depression gedacht und gesagt, am liebsten würde ich mit meiner Mutter abstürzen. Ich hatte das auch in Briefen an Freunde erwähnt. Nach dieser Erfahrung war mir kristallklar:

Wenn wir aufgewühlt sind oder dem Körper Nährstoffe fehlen, hat es Auswirkung aufs Ganze. Wir schaffen unsere Wirklichkeit durch Denken, Sprechen und Schreiben. Wir verursachen die Katastrophen in der Welt, und deshalb übernehmen wir Verantwortung für alles Leben auf der ganzen Welt. Daher sollte es unser größter Wunsch sein, in einer Gesellschaft mit glücklichen Menschen zu leben. Meine Erfahrung zeigt deutlich, wie wir miteinander verbunden sind. Wir sitzen alle im selben Boot.

Oder Flieger. Die reichsten und mächtigsten Menschen hängen von dem ab, was selbst die Ärmsten denken und fühlen. Zunehmende Katastrophen und Burn-outs deuten auf eine Menge negativer Reize hin. Depression kann Zerstörung verursachen. Deshalb sollten wir daran interessiert sein, andere Menschen glücklich zu machen! Ist das nicht der wahre Sinn des Lebens? Seit dieser Erfahrung sehe ich mich vor, dass ich keine unreflektierte Bitte mehr in den Äther schicke. Sie könnte erhört werden.

Wenn die Zunge schneller reagiert als das Gehirn, ist besondere Vorsicht geboten. Dann ist es besser, ganz zu schweigen. Denn: *Loose lips sink ships* und bringen Flugzeuge zum Absturz.

Noch mehr Flüge und Lisas finaler Abflug

Obwohl ich meine Mutter vermisste, genoss ich auch wieder das Alleinsein mit Peter. Zeit zum Lesen und Schreiben. Beim Öffnen meines vernachlässigten roten Notizbuches überraschte mich mein letzter Eintrag: mein Geist Erlebnis!

Wow! Es war in Carmel, als Ma mich an meinen Urgroßvater erinnerte! In genau der Gegend, in der er gelebt hatte: Victor wie Sieg! Dieser Name wäre auch auf meiner Favoritenliste, würde ich mir einen anderen Namen zulegen. Schnell schrieb ich ein Drehbuch und eine Zusammenfassung. Auf unserer nächsten Reise zur Monterey-Oldtimerauktion schrieb ich die Adressen der fünf in der Umgebung von Carmel lebenden Victors heraus und sandte ihnen die Synopse mit einem Brief. Keine Reaktion.

Peter sagte, Ray fand mir einen schönen roten 280 SL in Phoenix. Übrigens hat er mir dringend geraten, zumindest den Flügeltürer und den Ferrari nach Yuma zu bringen, wegen des vorhergesagten Erdbebens. Carole hat das auch gesagt. Wer ist Carole? Seine Mutter. Sie sagte, Nostradamus hätte ein großes Beben in L. A. vorhergesagt. Und? Sie haben Garagen für ihre Rennwagen. Unsere zwei Autos würden da auch reinpassen.

Eine Woche später kam Carole Madrid, die deutschstämmige, hellhäutige Frau mit Sommersprossen und dunkelblonden Locken mit ihrem Sohn, um uns zu helfen, die Autos nach Yuma zu bringen. Ich sagte, du kommst mir bekannt vor. Carole antwortete mit einem verschmitzten Lächeln, so als ob sie mehr wüsste, als sie sagen wollte. Ich rutschte auf den Beifahrersitz ihres BMW. Wir folgten den roten Sportwagen. Mit einem Seitenblick auf meine Hand sagte Carole: Das ist ein schöner Ring, gib ihn mir mal. Ein wenig widerwillig reichte ich ihr den Ring. Sie hielt ihn in der Hand und sagte: Ich sehe eine ältere Dame mit grauem lockigen Haar, blauen Augen, etwa 167 cm, 70 kg, *große Busen*. Dass sie das weibliche Attribut in Deutsch aussprach, schien mich mehr zu erstaunen, als dass sie genau die Person beschrieb, die mir den Ring schenkte, nämlich meine Schwiegermutter Lisa. Ja, meine Großmutter ist Deutsche. Sie hat mich ein paar Worte gelehrt.

Carole, du hast gerade Peters Mutter exakt beschrieben. Meine Gedanken drifteten zum Anfang vom Ende von Lisa Meyers fleischlichem Leben. Sie ließ mich ihre geistige Anwesenheit überdeutlich fühlen und bestätigte damit meine neue Sichtweise des ewigen Lebens:

Es klingelte an der Tür. Hatte Peter etwas vergessen? Sekunden später blickte ich in Walters freundliches rundes Gesicht. Hast du einen Moment Zeit? Klar. Ich hab einen SL gekauft, aber ich hab ein Problem mit dem Verdeck. Ich weiß nicht, wie man es runter macht. Lass mich mal sehen. Happy, helfen zu können, trat ich in die Waschküche, genannt *marine layer*, die küstennahe Grenzschicht. Das hatte ich kaum im Kopf, als ich es mich in die unmittelbare Nähe des Pazifiks zog. Wie geht es dir heute Morgen?

Fragte Walter. Etwas grüblerisch. Wieso? Ich hatte einen nicht so schönen Traum, in dem Peters Mutter gestorben war. Oh mein Gott! Ich hoffe, dass es nicht bald sein wird. Ich auch. Unser 2. Manager schien übermäßig berührt.

Ich kann kaum ertragen, ans Sterben meiner Mutter zu denken. Es erschreckt mich sehr. Glaubst du, es war ein prophetischer Traum? Ach, du weißt auch, was das ist. Klar! Warum nicht? In Deutschland ist es schwer, über so was zu sprechen. Warum? Was sagen sie denn, wenn du darüber sprichst? Oft sagen sie nichts, aber sie sehen mich überheblich grinsend an.

Wahre Träume sind häufig. Ich denke, die Leute haben einfach kein Vertrauen in Deutschland, deshalb unterdrücken sie alles, was ein wenig aus dem Rahmen fällt. Hast du schon mal einen Traum gehabt, in dem du eine andere Person warst? Nein, nicht dass ich wüsste.

Hast du? Erst vor Kurzem. In diesem Apartment hab ich schon mehr Metaphysisches erlebt als in den letzten zehn Jahren. Ich war wohl ein Schäferjunge im letzten Leben. Warum denkst du das? In den letzten beiden Wochen hab ich zuerst den Traum gehabt, wo ich als Hirtenjunge getötet wurde, dann war ich eine Frau mit einer Quäkerhaube wie auf der 2-Cent-Briefmarke; mein Mann ist im Bürgerkrieg gefallen, dann ein meuchelnder Gladiator, ein jüdisches Mädchen im Getto, ein englisch sprechender und im Hotel lebender Schauspieler, eine sehr schöne blonde Frau, die auf einen Leiterwagen geschubst wurde und ein schweres Leben hatte, ein fetter Polynesier, der gefedert und geteert wurde. Wow! Wenig schöne Leben. Ich denke, in meinem letzten Leben war ich der Hirte. Warum? Weil mein letzter Traum der gleiche war, wie der Erste, als mir in den Rücken geschossen wurde. Boah, nicht wirklich gute Leben. Da solltest du diesmal ein besseres haben.

Ja, es sieht so aus. Wir erreichten Walters überdachten Parkplatz. Also hier ist es. Oh! Schöner Pagode! Walter öffnete die Fahrertür. Wo sind die Hebel für das Verdeck? Unser 2. Manager sah mich verwirrt an. Kein Wunder, dass ich es nicht bewegen konnte. Ich fand sie in der Türtasche und reichte Walter einen davon. Ich legte das Werkzeug in die Schlitzöffnung auf der Beifahrerseite und sagte, jetzt mach das Gleiche auf deiner Seite und dreh ihn zur Seite. Das Verdeck klickte und sprang nach oben. So, das ist es. Ah! Danke. Mit belegter Stimme sagte Walter: Ich hoffe, Peter wird seine Mutter noch nicht verlieren. Ich auch. Wir werden sie bald sehen. Geht ihr wieder nach Deutschland? Nur für ein paar Wochen. Peter und sein Bruder wollen ihre Immobilien verkaufen.

Okay, dann habt eine gute Reise. Ich danke dir. Ich wäre gern schon wieder hier.

Auf dem Rückweg hörte ich den Klang einer Schreibmaschine und stellte mich als Schriftstellerin vor, in einem Haus von üppigem Grün und alten Bäumen umgeben. An meinen Büchern arbeitend und geliebt von meinen Lesern, wie Joan Wilder in dem Film *Auf der Jagd nach dem grünen Diamanten*. Ich hatte diesen Film gerade erst gesehen. Er beginnt damit, dass die Autorin, von Kathleen Turner gespielt, einen Teller an die Wand wirft, und beschloss, ihrer Schwester im Dschungel zu helfen. Denn seit Jahren schrieb sie Abenteuerbücher, ohne jemals selbst etwas Waghalsiges erlebt zu haben. Ich hätte gern ihre Wohnung samt Katze übernommen. Ich war ja schon genug gereist und sehnte mich nach der Ruhe zum Schreiben. Dieser Film machte immer mal wieder auf sich aufmerksam. Ich konnte sogar Michaels weißen Leinenanzug im Secondhandshop *A Star Is Worn* auf der Melrose Avenue berühren. In einem Anfall von geistiger Umnachtung kaufte ich das weiße dreiteilige Abendoutfit eines deutschen Models. Meine Freundin Ingrid riet mir, das Kleid zu kaufen. Ich hatte es aber nie getragen. Die Korsage des glänzenden Gewands im Westernstil benötigt mehr Masse. Ich bin ziemlich sicher, das Mädchen auf dem Foto mit langen glatten blonden Haaren war Heidi Klum, auch wenn ich mich nur noch an einen kurzen Vor- und Nachnamen erinnere. Denn damals war Heidi noch wenig bekannt. Ein paar Jahre später sahen wir im *marokkanischen Himalaja* im Filmstudio in Quarzazate das Pappmaché-Flugzeug aus dem Film. Und im spanischen Javea zeigte uns der Cousin meines Vaters Michael Douglas' rosa Palast, ein paar Hundert Meter von seinem Haus entfernt.

Unser Flug wurde von einem Abendessen mit Turbulenzen, zwei Kinofilmen und einem Frühstück mit mehr Turbulenzen unterbrochen.

Machen sie auch Ferien in Kalifornien? Fragte ein enorm guter Freund von Lebensmitteln einen knappen Meter entfernt von Peter, während der Lärm der beweglichen Klappen eine beachtliche Portion Adrenalin ausschüttete und meine Extremitäten verkrampften. Nein, antwortete Peter mit vor Stolz geschwellter Brust. Wir leben hier. Und wo, wenn ich fragen darf?

In Hermosa Beach, nicht weit vom Airport. Ich handle mit antiken Autos. Oh, ich denke, der Sonnenstaat ist ein Eldorado für rostfreie Automobile. Da haben sie recht, so manches Blech auf Rädern wartet nur darauf, aus Hinterhöfen geschoben oder gefahren zu werden.

Gut für sie! Bedauernd fuhr der Mann, der seinen gegenüberliegenden Gangplatz bis zum letzten Millimeter ausfüllte, fort: Am 12. Oktober muss ich wieder arbeiten. Schade.

Mehr als 10 Stunden später fragte der Doppelkinnriese, wie kamen Sie auf die Idee mit den Oldtimern? Das hatte wirtschaftliche Gründe. Vorher verkauften wir Graumarktautos, meistens der Marke Mercedes. Wegen des etwas verwirrten Gesichtsausdrucks seines Gegenübers sagte Peter, das mag halbseiden klingen, ist aber ganz legal. Durch den hohen Dollarkurs kauften viele US-Amerikaner ihre exklusiven *toys* direkt in Europa. Wir boten Leuten eine Provision, wenn sie die Neuwagen bestellten und verkauften sie mit Gewinn an US-Bürger. Wo, auf einem Autoplatz? Nein, wir hatten ein Haus in Frankfurt-Bergen. Da wir gerade über die Gegend flogen, zog die letzte Landung an meinem geistigen Auge vorbei.

Peter sagt im Ton des Kapitäns, und jetzt sehen wir die Hanauer Landstraße und unser Haus. Mit dem Zeigefinger deutend, fügt er spöttisch hinzu, guck mal, Frau Weber winkt. Haha, Spaß fakend, sehne ich mich nach dem Wolfsheulen der Schubumkehr. Doch noch heulen die Turbinen. Peter fragt: Was machen wir mit den Katzen? Wir lassen sie bei meinen Eltern. Wir können ihnen die Hektik der Haushaltsauflösung nicht zumuten. Ja, da hast du recht, solange wir kein Haus haben, sind sie bei Alwine und Ludwig besser aufgehoben.

Meine Erinnerung an unsere letzte sichere Landung hatte zwar etwas Zeit totgeschlagen, aber keinesfalls meine Angst. Der Jet ging langsam nach unten, legte sich scharf nach links, ich nach rechts ausgleichend. Wiesen, Felder und Wälder kamen näher. Der Schwarzlockige fragte, und was war mit den Graumarktautos? Als der Dollar drastisch sank, blieben wir auf 2 neuen SL sitzen und mussten einen Weg finden, um weiter über die Runden zu kommen.

Ja, warf der Mann philosophisch ein: Nichts bleibt, wie es ist. Wie kamen sie auf die Idee, es mit klassischen Autos zu probieren? Als wir Anfang bis Mitte der 80er in Kalifornien waren, haben wir die rostfreien Oldtimer gesehen. Später flog ich nach L.A. und suchte gute Autos. Als wir gerade auf der Mainzer Landstraße in Frankfurt am Ausladen dieser ersten Fuhre waren, verliebte sich ein junger Mann sofort in einen makellosen silbernen XKE 12-Zylinder-Jaguar. Seine reiche Freundin von einer der besten Familien Deutschlands kaufte das edle Stück für ihn. Ich betrachtete das als ein gutes Omen. Ich tat dies ein paar Mal. Irgendwann war ich das Hin- und Herfliegen leid. Daher emigrierten wir nach L.A. und wechselten vom Import zum Export. Wo lagern sie ihre Autos? Fragte Peters Nachbar, während wegen geheimnisvoller Dissonanzen meine eiskalten Finger die Enden der Armlehnen zerquetschten.

Oben: Gullwing Convention Besuch des Korbel Champagne Kellers in Guerneville, California. Mitte re.: Dan Barton und ich als Trauzeugen von Hilde & John Hudson. Unten rechts: Peter, Bernd, Petra und ich umkreisten die romantische Tahiti-Insel Bora Bora in nur 3½ Stunden per Drahtesel.

Mitte li.: Ma auf dem Klassikerfestival 2009 in Bad König. Situ & Madhu auf einem meiner vielen selbstgezimmerten und handgenähten Sitzgelegenheiten.

Peter antwortete gönnerhaft: In einer riesigen Lagerhalle am Century Boulevard neben dem Hilton. Da können unsere Kunden vom Flughafen aus hinlaufen. Wir haben einen guten *deal* mit dem Spediteur. Er vermietet uns etwas von seinem Platz günstig, und natürlich bekommt er auch die Fracht unserer Kunden. Das ist wirklich praktisch, sagte der Riese, während er nach unten auf das Grün schaute. Peter kündigte an: Die Landeklappen sind schon ausgefahren. Hab's gehört, endlich. Auf meinem Sitz fixiert zog ich den Sicherheitsgurt enger und wartete auf das geliebte Heulen des bremsenden Jets. Endlich landete der Jumbo reibungslos. Freudestrahlende Passagiere, einige leicht angetrunken, aber froh, noch am Leben zu sein, sprangen von ihren Sitzen.

Wir hatten einen milden, rot-goldenen Herbst erwartet. Jener hatte es aber abgelehnt, das Klischee zu bedienen. Väterchen Frost hatte bereits seinen morbiden Mantel ausgebreitet. Die feuchte Kälte fraß sich schon durch sämtliche Ritze. Dieses kalte Schmuddelwetter bestätigte, dass unser Entschluss zur Auswanderung richtig war. Helmut fuhr uns zu unserem 280 SL, der immer noch keinen neuen Besitzer gefunden hatte. Wir hatten das Cabrio bei einem befreundeten Autovermieter stehen. Peter nutzte die Gelegenheit, auf der Autobahn das Gaspedal zum Bodenblech durchzutreten. Mir ist der ruhig rollende Verkehr in L. A, lieber, wenn er rollt: 105 km/h, etwas über den zulässigen 88.

Als wir ins Wohnzimmer meiner Eltern traten, wurden wir von der ganzen Familie begrüßt. Sogar die Tante meines Vaters war zu Besuch. Ihre Blicke hingen an einem mir ewig in Erinnerung bleibendem Bild der Tagesschau. Uwe Barschel, der christdemokratische Ministerpräsident von Schleswig-Holstein in einem hellen Trenchcoat starrte derangiert in die Kamera. Er ging ein paar Schritte auf einer menschenleeren Straße mit kahlen Bäumen. Ein paar letzte Blätter segelten im Wind, als ich plötzlich sagte: Oh mein Gott, der lebt nicht mehr lang. Was? Pa fragte perplex, wie kommst du darauf? Weiß nicht. Ist mir nur in den Sinn gekommen. Er sieht so verzweifelt aus. War es Telepathie? Hatte ich seine Gedanken gelesen? Hatte er Gedanken an Suizid oder Angst, ermordet zu werden? Drei Tage nach meiner Vorahnung wurde Uwe Barschel in der Badewanne eines Schweizer Hotels mit einem tödlichen Medikamentenmix intus tot aufgefunden. Bis heute gibt es die wildesten Spekulationen. Hatte man ihm in Sachen *Waterkantgate* nicht mehr geglaubt? Es gibt andere Theorien über die Stasi, die CIA, einen iranischen Waffenhändler oder die CDU, um noch mehr Schaden an der Partei zu vermeiden. Oder wusste Barschel zu viel über den U-Boot-Deal mit Südafrika? Es gibt auch **Verdachtsmomente gegen den israelischen Geheimdienst Mossad. Denn** der ehemalige Mossadagent Victor Ostrovsky beschrieb in einem Buch exakt den in Barschel gefundenen chemischen Cocktail.

Nachdem Tante Sophie gegangen war und wir mit den Familienneuigkeiten durch waren, ging Ma wie gewohnt früh zu Bett. Pa zog sich eine Stunde später in sein Schlafzimmer zurück, wahrscheinlich auf der Suche nach einem seiner geliebten Western in der Flimmerkiste. Glaubst du, dass wir auch mal getrennte Schlafzimmer haben? Peter schien weit entfernt. In einem tranceartigen Zustand sagte er aus dem Blauen heraus, ich hatte nur einmal einen Traum, in dem ich ein anderer Mensch war, da war ich 16 und hab im amerikanischen Bürgerkrieg für die Konföderierten gekämpft.

Alle meine Signalleuchten schalteten auf Rot. Wieso denkst du gerade jetzt an diesen Traum? Wie? Peter erwachte aus dem Trancezustand.

Welche Filme haben wir im Flieger gesehen? War einer mit metaphysischem Inhalt? Ishtar mit Warren Beatty und Dustin Hoffman und die Komödie mit Bette Midler. Meine grauen Zellen arbeiteten in Sonderschichten.

Hatte Peter sich an meine Träume von früheren Leben erinnert? Der Traum, in dem ich eine

Frau mit einem bis zum Hals geschlossenen Kleid und einer weißen Spitzenkappe war, würde genau übereinstimmen. Ein Leben mit Kindern, ein Junge und ein Mädchen in einem kleinen Haus nur mit einem Schlafzimmer und der Küche mit winzigen Fenstern. Wir hatten ein Dienstmädchen, das auf der Küchenbank schlafen musste. Meinen blau uniformierten Ehemann sah ich nur gelegentlich. Ich beobachtete ihn im Traum, wie er zusammen mit anderen Uniformierten Übungen an einer Art Reck machte. Am Ende des Traums stand ich mit meinen Kindern und meinem Schwiegervater auf der Dorfwiese. Ein Mann mit einem Megafon gab die Namen der Gefallenen bekannt. Mein Mann war auch auf der Liste der Toten. Könnten wir schon mal ein Leben vor rund 150 Jahren gehabt haben? Dies würde erklären, warum mir Peters Augen so vertraut waren und er mir sofort seine Wohnung anvertraute. Auch würde dies erklären, warum wir beide große Räume mit großen Fenstern und Glastüren lieben. In unseren gemeinsamen Domizilen haben wir uns nie von hohen Heizkosten abschrecken lassen. Wenn das winzige Haus im Traum mal unsere Bleibe war, ist es klar, dass wir solch beengte Räumlichkeiten in einem anderen Leben meiden würden. Auch wenn nach einem Leben der häufigen Trennungen der Sensenmann viel zu früh unsere Ehe beendete hätte, würde das erklären warum wir diesmal keine gemeinsamen Kinder haben. Ab dem Alter von 27 hab ich keine Geburtenkontrolle mehr praktiziert. Auch beantwortete ich die Frage meiner Mutter, ob ich keine Kinder vermisse, zweifelsfrei mit Nö. Sie sagte: Tja, was du nicht kennst vermisst du nicht. Wer weiß? Wenn wir ein vergangenes gemeinsames Leben hatten, würde das erklären, warum ich keine Eingewöhnungszeit brauchte, um zum Höhepunkt zu gelangen. Als ob wir weiter gemacht hätten, wo wir 1½ Jahrhunderte zuvor aufgehört hatten, da wir uns auf der Seelenebene kannten und vertrauten.

In Wilhelmshaven besuchten wir Peters Mutter in ihrem eleganten Apartment. Peters Bruder und seine Lebensgefährtin kamen mit ihrer kleinen Tochter Anna. Lisa sprach viel über den Tod. Entschieden befahl sie uns, kein Aufheben zu machen. Ich will keine Zeremonie, hört ihr? Die Urne soll verbuddelt werden und weiter nichts. Peter schien sich äußerst unwohl in seiner Haut zu fühlen. Weil seine 76-jährige Mutter über keine gesundheitlichen Probleme klagte, sagte er: Ach Muttchen, denk doch nicht ans Sterben, du wirst uns noch alle überleben. Peter beruhigte sich mehr als seine Mutter, die unerschütterlich fortfuhr, Peter bekommt die Anrichte, Joachim das Auto. Ich hatte meine Schwiegermutter noch nie so bestimmt im Ausdruck erlebt. Zuvor hatte sie auch schon mal über ihren Tod gesprochen. Auf Omi Kösters Beerdigung sagte sie in einer pathetischen Art, ich werde die nächste sein. Diesmal klang es anders. Hatte es mit unserem Aufenthalt in Kalifornien zu tun? Sie muss sich einsam gefühlt haben. Jochen war auch im Begriff, mit seiner Familie in die Karibik zu segeln. Das Boot, das er selbst gebaut hatte, war fast startklar.

In der zweiten Woche unseres Aufenthalts in der kalten Heimat wollte ich noch eine einsame Seele sehen, Jochens Namensvetter. Peter, der den verschrobenen Maler aus Forstel noch nicht kannte, fragte: Müssen wir da wirklich hin? Ich hab das Gefühl, dass ich keine weitere Chance bekomme. Seine Frau ist gestorben. Ich bin sehr dankbar für das, was der alte Kauz mal für mich gemacht hat. Ich hab mich da immer zu Hause gefühlt. Aha! Du wirst ihn mögen. Was hat er für dich getan? Er hat mich beim Federballspiel beobachtet, da war ich 15 und musste die dicke Starbrille tragen. Der ist ganz schön mit meinem Vater ins Gericht gegangen. Wieso? Er weiß, wie es ist, anders zu sein. Der Hitlerkrieg hat ihm ein Bein gekostet. Für mich war dieses hässliche Nasenfahrrad zu tragen auch nicht einfach. Jochen sagte, die Gläser sind so dick, da würde ein Dumdumgeschoss glatt abprallen. Es ist nicht gut für die Entwicklung der

Psyche, die Welt mit Kuhaugen zu betrachten. Ich hab die Brille eh nur in der Schule und zu Hause getragen. Ich hatte sie in einer Tasche oder im Jackenärmel versteckt und sah die Welt als surrealistisches Gemälde. Ich hab kaum jemanden gegrüßt und galt wohl als arrogant.

Peter blies einen Kubikmeter Luft gegen das Fenster. Ich hoffe, es dauert nicht lang.

Ach, komm, es wird dir gefallen. Jochen ist sehr lustig, wie du, wenn du getrunken hast. Er ist wie ein Kind, alle Gedanken sprudeln aus ihm heraus und er schert sich nicht darum, wie es ankommt. Dann ist er ja mehr wie du, sagte Peter lästernd. Ich weiß. Wir müssen immer an den Dingen arbeiten, die einem am anderen auffallen. Was sagt die Bibel dazu? **Du siehst den Splitter im Auge deines Bruders, doch den Balken in deinem Auge siehst du nicht. Hubby** antwortete: Ich kenne nur das: ER ist der Herr.

Ja, sicher, wenn du das machst, was ich sage.

Als wir an dem gemütlichen Haus ankamen, stand Jochen schon am elektrischen Tor. Ich sagte: Die hatten vorher keinen Zaun. Im Alter wird man wohl ängstlicher. Der Künstler begann sofort mit der Prüfung des Neuen. Ich denke, er ist ganz in Ordnung. Auf dem Bild, das du mir geschickt hast, sah er wie ein Arsch mit Ohren aus. Ich dachte, was hat sie sich denn da für einen alten Primaten ausgesucht. Obwohl Jochen Peter völlig ignorierte, schien er sich recht wohlzufühlen. Ich sagte: Peters Onkel Adolf ist auch ein Maler. Aber seine Frau, die Bildhauerin Hanna Koschinski, ist besser bekannt. Jochen ignorierte den Kommentar, was bedeutete, ich konnte weiter reden. Peter hat Erfahrung mit der Boheme. Sein Rotaryvater war ein Förderer der Künste. Er wollte Schauspieler werden, warf Peter ein. Er hat oft vorm Spiegel rezitiert. Jochen lächelte gönnerhaft. Ich sagte: Sein Vater war mit Heinrich George bekannt. Jochen sagte eilfertig: Ist er nicht im Konzentrationslager Sachsenhausen krepiert? Ich glaub ja. Er wandte seinen Blick Peter zu. Was ist mit ihm? Peters künstlerische Seite? Jochens brüskes Nicken ließ mich fortfahren. Er ist nicht wie Edi, nicht einmal wie Günther, obwohl sein Großvater Kapellmeister oder Geiger im Kieler Orchester war und sein Onkel Adolf aus Gauting Maler. Peter betrachtete eines der grafisch präzisen Gemälde meines Freundes.

Ich folgte seinem Blick auf das etwas morbide traumhafte Kunstwerk. Aber er könnte schauspielern. Ich würde sagen, Komödie. Doch lass uns jetzt mal über dich reden. Wie geht es dir so ganz alleine? Niemand lässt sich blicken. Es ist, als ob ich schon die Radieschen von unten betrachte. Ja, Norma war dein Kabel zur Außenwelt. Ich wandte mich an Peter, Norma hatte immer Freunde oder Kollegen von ihrer Schule zu Besuch. Okay? Apropos, hast du Sie mal im Traum oder auch so gesehen? Lauernd sagte Jochen: Was meinst du mit oder so? Sein Zynismus konnte die Neugierde nicht kaschieren. Eine Freundin von mir hatte ihren Mann mehrmals neben ihrem Bett gesehen. Er hatte auch zu ihr gesprochen. Jochen räusperte sich und sagte: Einmal hab ich Nora gesehen, aber ich glaub, das war nur Wunschdenken, wahrscheinlich der Alkohol. Nein, nein, sagte ich sanft, ich lese viel über diese Dinge. Das kommt öfter vor. Jochen stand auf, mein Sohn hat eine Dissertation über so eine okkulte Sache geschrieben. Er reichte mir ein hellblaues Buch. Ich las laut: Johann Joachim Gestering: *German Pessimism & Indian Philosophy. A hermeneutic reading.* Klingt spannend. Jochen zuckte mit den Schultern, ich hab Probleme, daran zu glauben. Ich sagte: Dabei könntest du CG Jungs Zwillingsbruder sein. Für mich geht es nicht um Glauben, ich weiß, dass diese Dinge real sind. Denk nur an unseren gemeinsamen Bekannten von Steinbach, der sich wegen der Trauer um seinen Sohn erhängt hat. Ja, er starb bei einem Motorradunfall. Genau, aber das hatte ich schon zwei bis drei Monate vorher geträumt. Vielleicht hatte mir das der Vater meines Vaters telepathisch mitgeteilt, der hat sich nämlich auch aufgehängt.

Jochen warf kichernd ein: Und dann leben deine Leute auf dem Galgenberg! Jochens Gedanken ans Sterben wahrnehmend, sagte ich:

Wenn wir nur alle wüssten, dass es sich ohne die Last des leidigen Leibes leichter lebt, würden die Menschen weniger Angst haben, ihre fleischliche Hülle zu verlassen. Wie kannst du so sicher sein? Ich hatte außerkörperliche Erfahrungen. Nach meinem Autounfall war ich bei meiner Oma in unseren alten Wohnung. Ich lag in Heinis Bett und war plötzlich auf einer ganz anderen Ebene des Seins, in einem Kreis von vollkommen Vertrauten. Ich wusste alles von ihnen. Überhaupt war mir alles bewusst. Das intensive Gefühl des Einsseins, den unendlichen Ozean bedingungsloser Liebe empfand ich tausendmal beglückender als alles, was ich bisher erlebt hatte. Daher fühlte ich Trauer und Leere, als ich mich wieder in meinem Körper befand. Ich fragte mich, würde ich je diese Art von Liebe in der physischen Welt erfahren können? Ich hing meiner Erinnerung nach. Jochen sagte: Und die anderen Male?

Völlig anders. Einmal war ich als Kleinkind außer mir, weil ein Nachbarmädchen meinen schönen Ball klaute. Ein anderes Mal hatte ich meine Eltern besucht und war im Bett gelegen, als ich plötzlich zur Tür schwebte und mich von über der Tür aus im Bett liegen sah. Das war ohne jegliche emotionale Erfahrung. Ich schaute mir nur Weile zu und kam dann wieder zurück in meinen Körper.

Jochen unterließ weitere verbale Spitzen, und ich hatte das Gefühl, den alten Freund etwas aufgemuntert zu haben. Dieses Mal unterließ Peter seine spöttischen Bemerkungen über mein geliebtes Thema. Und Jochen ließ seine Norma nicht mehr lange warten.

Kurz vor unserem Rückflug nach Kalifornien rief Peters Bruder an. Lisa lag im Krankenhaus. Sie war die Treppe hinunter gefallen und hatte sich den Oberschenkelhalsknochen gebrochen. Dies war ihr zweiter Beinbruch. Da ihr Zustand stabil war und sie sich gut fühlte, waren wir nicht übermäßig besorgt. Zwei Wochen später rief Joachim aus Wilhelmshaven an. Lisa, die an Schlaftabletten gewohnt war, hatte Entzugserscheinungen. Sie wurde auf die Intensivstation verlegt. In dem kühlen Raum zog sie sich eine Lungenentzündung zu.

Am 11. November, kurz vor 11.00 Uhr, ging ich in den Fitnessraum unserer Wohnanlage. Das 911 Girl war auf dem Laufband. Hattest du letzte Nacht Dienst? Oh mein Gott, was für ein Mittwoch! Ich hatte keine ruhige Minute. Es war nicht einmal meine Schicht. Ich bin für eine Kollegin eingesprungen. Kannst du jetzt nicht schlafen? Nein, ich hab noch einen Job in einem Restaurant in Redondo Beach. Ich muss mich beeilen. Kannst du bitte den Schlüssel zurückbringen, bitte? Klar.

Einen Augenblick später wurde ich unruhig und war gar nicht mehr in der Stimmung für die Maschinen. Ich warf den Schlüssel in Sandis Briefkasten. Vor unserer Wohnungstür traf ich Peter. Gehst du? Ich repariere meinen *Firebird*.

Drinnen zeigte die Wanduhr aus Jerry Garage 11:10 Uhr. Zusammen mit einem Toaster, Popcornmaker, Pfannen, Schalen und Tellern fand sie bei uns eine sinnvollere Existenz.

Als ich an unserem neuen Bett vorbeigehe, bin ich wie aus heiterem Himmel gelähmt! Meine Arme und Beine fühlen sich an, als ob sie mit Blei gefüllt sind. Ich lasse mich aufs Bett fallen. Bin ich krank? Doch schon in der nächsten Sekunde frage ich, einer Ahnung folgend, zaghaft in die dünne Luft hinein, Lisa, bist du das? Auf der Stelle ist der Spuk vorbei, und ich kann mich normal bewegen.

War es Vorsehung, dass ich gerade Olga Worralls Buch *Mystic with the Healing Hands* gelesen hatte? Darin lernte ich, dass, wenn wir dereinst unwiderruflich unsere materielle Hülle verlassen, es vorkommen kann, dass uns das gar nicht bewusst ist. Dies kann bei einem plötzlichen Tod durch Unfall oder Herzinfarkt bzw. durch Alkohol oder Drogen geschehen. Solche Verstorbenen sind verwirrt, weil sie ihren Gewohnheiten nachgehen wollen, aber von ihren Freunden oder Kollegen nicht wahrgenommen werden. So können Spukphänomene auftreten.

Ich fühlte mich seltsam, mit dem Geist meiner Schwiegermutter zu sprechen: *Du hast jetzt deinen Körper im Krankenhaus verlassen und kannst gedankenschnell reisen.* Eine Stunde später klingelte das Telefon. Jochen bestätigte Lisas Heimgang. Ich sagte, es war vor einer Stunde. Jochen sagte, ich weiß es nicht. Sie haben gerade erst aus dem Krankenhaus angerufen. Es war genau 11 Minuten nach 11 unserer Zeit, ich hab es gespürt. Ich rief meine Mutter an und erzählte ihr von Lisas Besuch. Ist es nicht toll, dass sie dieses Datum gewählt hat? Mhm. Sie wusste, dass Peter sich keine Daten merken kann. Den Beginn des Karnevals wird er wohl kaum vergessen. Ich war wie gelähmt, aber nur für 2 bis 3 Sekunden. Ma sagte:

Bei Mamme hab ich das auch gehabt. Ich weiß. Aber ich war 20 Minuten unbeweglich, wie auf dem Stuhl festgeklebt. Meine Kollegen in der Tuchfabrik haben nicht gewusst, was sie machen sollten. Vielleicht hat Oma dich besetzt, weil du metaphysisch am meisten merkst. Ich weiß nicht. Die belegte Stimme meiner Mutter klang verloren. Ich war immer ihr Puffer und musste am meisten arbeiten. Im Alter von 14 hab ich mein Pflichtjahr bei dem derben Bauer Reimuth gemacht. Das war Schwerstarbeit von Tagesanbruch, bis es dunkel wurde, wenig zu essen und ekelhafte Essgewohnheiten. Ich hab in einer schäbigen Dachkammer geschlafen. Das tut mir leid. Das war noch nicht alles. Einmal, während des Schlafs hat mir eine Dachratte ins Ohr gebissen. Äh! Das hat man richtig gesehen! Ich hab meine Sachen gepackt und bin heimgelaufen. Wie weit? 12 bis14 km. Ich hab Mamme den Biss gezeigt, aber sie hat keine Gnade gekannt. Sie hat mich gleich wieder zurückgeschickt. Das ist hart, wie konnte sie nur? So waren halt die Zeiten.

Nach dem Telefonat dachte ich an unsere lebensgefährliche Zeit vor über 30 Jahren:

Lydias Abgang und Mariannes Ankunft

Ludi, es klingelt. Wer kann denn das sein? Es ist Sonntagabend! Keine Ahnung. Es ist nach 8! Unsere Aufregung wuchs mit jeder Treppe, die Lydia Augspurger uns keuchend näherkam. Als sie an der Vorletzten außer Atem ankam, fragte ihre Tochter fast ebenso atemlos: Mamme, wie bist du denn hierher gekommen? Mit dem Zug. Ihr Schwiegersohn fragte: Wieso? Was ist passiert? Nix, ich wollte euch nur besuchen. Sämtliche schizoaffektiven Eskapaden ihrer Erzeugerin sausten durch Alwines graue Zellen. Lydia war ihr ganzes Leben lang mondsüchtig. Und nach ihrer Hysterektomie, vier Jahre zuvor, hatten sich massive psychische Probleme entwickelt. Wahrscheinlich hatte eine Erkrankung der Schilddrüse ihre Hormone durcheinandergebracht. Innere Stimmen hätten ihr befohlen, sich zu töten. Wieder gefasst erklärte Mama pragmatisch: Heute fährt kein Zug mehr nach Eberbach. Du kannst in Heinis Bett schlafen, und morgen sehen wir weiter. Die Erwachsenen erörterten die Lage. Mama sagte: Ich nehme mir morgen frei und dann können wir zu Schönmehl fahren. Mamme, du hast ihn doch selbst schon mal als Homöopath gehabt.

Nachdem die Aufregung ihren Tribut gefordert hatte, herrschte wieder verhaltenes Vertrauen, und die Augenlider wurden schwer. Während unsere große traurige Oma versuchte, Ruhe in ihres Enkels Bett zu finden, warf Heini sich von einer Seite auf die andere auf der altrosa gemusterten Chaiselongue. Mitten in der Nacht hörte er Geräusche. Jemand schlich in die Küche und fummelte am Herd. Plötzlich war mein 11-jähriger Bruder hellwach! Er stand auf, lief zum Schlafzimmer der Eltern und schrie: Mama, Mama, Oma hat das Gas angedreht! Sofort stürzte Mama in die Küche, drehte das Gas ab, führte Oma zurück in Heinis Zimmer und schloss die Tür ab. Ich drehte mich auf den Bauch und sackte zurück in die Tiefe des Schlafs. Am nächsten Tag fuhren unsere Eltern mit Oma Lydia zum Heilpraktiker. Er sagte: Ich kann dafür keine Verantwortung übernehmen. Ich rate ihnen dringend, geben ihre Verwandte in psychiatrische Behandlung. Wenn sie wollen, rufe ich die Klinik in Heidelberg für sie an. Mama sagte: Wenn sie meinen, aber ich kann das nicht allein entscheiden. Ich will erst mal mit meinen Schwestern reden.

Nachdem sie Oma Lydia nach Hause gebracht hatten, entschied der Familienrat, dem Rat des Homöopathen zu folgen. Am folgenden Dienstagmorgen saß ich mit Papa am Küchentisch. Er gähnte hinter seinem *Spiegel* so ausgiebig, dass sein ganzer Körper zitterte. Mit seiner selbst auferlegten Lesepflicht könnte es in dieser Woche schlecht bestellt sein. Am Donnerstag erscheint schon wieder der *Stern*, die andere obligatorische Lektüre. Ganz schön stressig, immer gut informiert zu sein. Meine Mutter hatte wieder den Tag frei und erschien fein zurechtgemacht. Ludi, du könntest ja auch mal den Tisch decken! Sie nahm ein neues Stück Butter aus dem Kühlschrank. Der Adressierte sagte lächelnd: Das Brot ist doch schon auf dem Tisch. Ja, antwortete sie auf dem Weg zum Küchenschrank, wo sie einen kleinen Teller holte, weil deine Mutter schon die Schulbrote geschnitten hat. Mama? Was? Seufz! Sie stellte den Teller auf den Tisch, kratzte die Butter vom Pergamentpapier, warf einen Blick auf die Keramikwanduhr und schaute fragend wieder zu mir. Ist es nicht Zeit für dich? Was ist denn los?

Mir geht es gar nicht gut. Hast du Fieber? Meine Stirn berührend, sagte sie: Ich glaub nicht. Mein Hals tut weh, wenn ich schlucke. Hast du was Wichtiges in der Schule? Nö! Dann bleib heut zu Haus und wir sehen, wie es dir morgen geht. Hm! Oder willst du mit uns kommen? Wir holen die Oma und fahren mit ihr nach Heidelberg. Oh, ja! Mein Gesicht erhellte sich. Das war genau, was ich wollte. Wer braucht schon die Schule? Glücklich, nicht gehen zu müssen, strich ich eine dicke Schicht hausgemachte Pflaumenmarmelade auf das pikante Roggenbrot und wunderte mich, warum sie Latwerge heißt. Papa stand auf und tänzelte wie ein liebeskranker Ziegenbock um Mama herum, die das Papier in den Abfalleimer warf und dann am Waschbecken ihre Hände wusch. Papa hob sie plötzlich hoch. Sie kicherte und versuchte, loszukommen. Ich hatte Angst, Mama könnte auf den Herd fallen. Ich schrie: Lass Mama runter! Die über dem kleinen Mann zappelnde große Frau war peinlich. Papa wollte sie wohl nur etwas aufmuntern. Gut, dass es niemand gesehen hatte. Als sie schließlich auf dem Stragula landete, klopfte Papa auf ihren Po und fragte: Schatz, haben wir noch etwas Dickmilch übrig? Angewidert rief ich: bäh! Wie kann man so was essen? Eklig! Papa erwiderte: mmh! Das ist das Beste, was es gibt. Bäh! Mama reichte Papa den Milchtopf. Er schüttete sich die saure Milch in einen Suppenteller und bröckelte Brot hinein. Oma kam in die Küche. Da beide Wohnungstüren nur angelehnt waren, hatte sie offenbar gehört, dass ihr Anteil Dickmilch in Gefahr war. Sie liebte die gestockte Milch genauso wie ihr Sohn. Sonst hatten sie keine anderen Konkurrenten in der Familie. Es gab noch genug, und ihr Sohn goss den Rest in Marias Suppenteller. Dieses Mal störten mich die Klickgeräusche von Omas Gebiss gar nicht. Ich war so glücklich über meinen freien Schultag.

In der Regel fühlte ich mich durch alle möglichen Geräusche gestört. Wohl wegen der vielen Antibiotikatherapie ohne nachherige Sanierung des Darms mit guten Bakterien. Daher knabberten Pilze und andere invasiven Parasiten ständig an meinen Nerven und juckten an Augen, Ohren, Bauchnabel und allen anderen warmen Stellen. Oma sagte, an Heinis Anorak ist der Reißverschluss kaputt. Ich hab mir nicht anders zu helfen gewusst als mit einer Sicherheitsnadel. Mama murrte: Typisch Holschuhs Marie! Oma stemmte ihren Blick gegen Mamas. Was hätte ich denn machen sollen? Heini war schon spät dran. Ja, ja! Natürlich hättest du mit deiner Nähmaschine einen neuen Reißverschluss rein nähen können. Aber weil du jeden Morgen so früh aufstehen musst, wollte ich dich mal ausschlafen lassen. Versöhnlich sagte Mama: Ich kann es heute Abend machen. Aber Heini hat noch andere Sachen zum Anziehen. Er wollte nichts anderes. Musst du immer das letzte Wort haben? Papa achtete nicht auf das Geplänkel. Wenn zwei Älteste in der Geschwisterreihe der Herkunftsfamilie zusammenleben, ist das wohl üblich. Mit dem Essen fertig, versank Papa leidenschaftlich in seiner Zeitschrift.

Zwei Stunden später, in Heidelberg, wartete ich mit ihm im Auto vorm Krankenhaus. Er tauchte schon wieder in diesen langweiligen *Spiegel* ein, der nicht mal farbige Bilder hat. Viele Jahre später, als die Berliner Mauer fiel, spendete er seine 50-Jahres-Sammlung der Gemeinde Rudolstadt in Thüringen, damit die Menschen dort durch die westdeutsche Geschichte blättern können. Ich stieg aus dem Wagen, ging in das Gebäude und hüpfte die Treppe hinauf. Ich öffnete die Tür am Ende eines trostlosen Flurs, in dem es nach altem Urin roch. Als ich eintrat, sah Mama mich verblüfft an. Wie hast du denn hier hergefunden? Achselzuckend sagte ich: Ich wollte nur Oma noch mal sehen. Lydia lief in ihrer rastlosen Aufregung immer wieder von einer Wand zur anderen. Sie schien ihre Seele auf diesem einsamen Weg endloser Verzweiflung verloren zu haben. Der Gürtel ihres flatternden Morgenmantels hing lose herunter. Viel später sagte mir Ma, sie habe den Drang gespürt, ihr ihn wegzunehmen. Wir hatten offenbar beide Vorahnungen.

Ich dachte immer noch über Mas Anruf nach. Hatte ich Schuldgefühle, Trauer oder Beleidigtsein in der Stimme meiner Mutter wahrgenommen? Sie war nicht sofort für die Psychiatrie. Aber was wäre die Alternative gewesen? Erst viel später haben meine Mutter und ich von Janet Frame erfahren, dass das Stigma und die Angst vor der Schocktherapie viele Patienten noch weiter in den Wahnsinn treiben. Die Autorin zweier autobiografischer Romane erhielt mehr als 200 unabgeschwächte Elektroschockbehandlungen, "von denen jede nach dem Grad der Angst einer Hinrichtung gleichkam, weshalb mein Gedächtnis zersplittert und in mancher Hinsicht für immer geschwächt oder zerstört ist..." (*Ein Engel an meiner Tafel*, S. 296). Sie bezeichnet die Schocktherapie als eine "Behandlung, die einem alles entreißt und einen allein und blind im Nichts zurücklässt, und man sucht tastend wie ein Tier die Stelle, die einem den ersten Trost spendet; dann erwacht man, klein und verängstigt, und die Tränen fließen unaufhörlich und in namenlosem Leid."

Als wir von der 101 nach Osten auf den Interstate Highway abbogen, fragte Carole: Was ist mit Lisa? Huch? Wo warst du denn? Immer noch in der Vergangenheit wandelnd? Ich hab gerade gedacht, wie alles anfing, meine Kindheit. Ich lebe wohl zu sehr in der Vergangenheit. Das stimmt. Ja, okay, Lisa. Sie hatte einen Oberschenkelhalsbruch und starb im Krankenhaus an einer Lungenentzündung. Das kommt oft vor. Du solltest besser den Kliniken fern bleiben. Meine Mutter wusste das auch. Ich hatte eine Lungenentzündung im Alter von sechs Wochen. Wohl die Nachwirkungen meiner Geburt. Sie behielt mich zu Hause und wachte bei jedem irregulären Atemzug auf. Ich hätte wie ein Kätzchen geatmet.

Auch jetzt drifteten meine Gedanken zurück zu meiner Geburt. Ich war viel zu spät dran, sollte so um den 6. November gekommen sein. Aber es war schon Ende des Monats, und Alwine schob noch immer ihren großen Bauch durch die Gemeinde. Sie ging für die Geburt zu ihrem Elternhaus nach Eberbach. Aber ihre Mutter hatte keine Erfahrung mit einem Baby, das seine Verwandten derart auf die Folter spannt. Sie seufzte: Es ist längst überfällig. Wir müssen was machen. Alwine stöhnte.

Ich glaub kaum, dass es bei dem miesen Wetter kommt. Genau vor 3 Jahren und 11 Monaten kam Heini ganz pünktlich. Diese Schwangerschaft ist so anders. Heini hatte weniger gekickt. Deshalb hoffe ich, dass es jetzt ein

Mädchen ist. Alwine wollte immer schon lieber ein Mädchen. Deshalb hatte Heini in den ersten fünf Jahren lange Haare. Als Maria, ohne zu fragen, seine Lockenmähne abschneiden ließ, war Alwine wütend. Sie wuchs mit zwei jüngeren Schwestern auf, in den ersten Jahren auf einem Schiff. Wilhelm Augspurger war ein Binnenschiffer, bis seine zweite Tochter Hilde zu krabbeln begann. Später nahmen ihre Eltern noch zwei kleine Halbwaisenpflegekinder auf. Im kalten Winter des Jahres 1940 nähte Alwine, im Alter von 16 Jahren, einen Mantel für Anneliese, einen Anzug für den 5-jährigen Willi und ein Mäntelchen für die zweijährige Gretel. Sie stellte sich schon vor, für ihr eigenes Mädchen hübsche Kleider zu nähen. Lydia sagte, schau nur, wie es wieder kämpft! Warum findet es den Ausgang nicht? Alwine stöhnte. Was ist, die Wehen? Nee, der Lärm macht mich verrückt, ich bin das gar nicht mehr gewöhnt.

Seit 1940 nach einer langen Zeit der Arbeitslosigkeit wurde Wilhelm als Pferdeknecht beschäftigt. Seitdem hatte die Familie kaum noch eine ruhige Stunde. Das schrille Schleifen des Sandsteins im Steinmetzbetrieb Gütschow war neun Jahre die ohrenbetäubende Realität der Familie. Gott sei Dank ist übermorgen Sonntag, dann ist es ruhig. Am Samstag begann Wilhelms Arbeitstag wie immer um 6:00 Uhr mit dem Gang ums Haus zum angegliederten Stall. Die Reinigung des Kots dauerte etwas länger als üblich. Können Pferde auf menschliche Geburtsprobleme reagieren? Beim Auffüllen der Futterkrippe mit Heu dachte er über die Geburt seiner Ältesten nach. Er war ziemlich nervös am 6. Juni 1924. Und vor einem halben Jahr als Hildes erste Tochter kam, war er sehr ängstlich. Es sah aus, als ob der Winzling es kaum schaffen würde. Heide hatte noch nicht mal drei Pfund Gewicht auf die Waage gebracht, und Hilde legte sie in einen Schuhkarton mit Watte. Als Wilhelm das 8-Monats-Kind zum ersten Mal sah, sagte er: Sie ist ja nur ein Gabelfrühstück. Wie geht das, wo Heinz doch so groß ist? Obwohl er selbst gern einen Sohn gehabt hätte, wünschte er sich jetzt für seine Älteste als zweites Kind ein Mädchen. Wie sehr hatte er sich nach Hilde einen Jungen gewünscht. Allerdings hat Anneliese mindestens so viel Mut wie ein Mann. In der Zeit des Naziterrorregimes hatte sie im Schutz der Nacht die Grenze überquert, um ihren Max in Thüringen zu besuchen. Besonders schlimm für Wilhelm war, dass ein Jahr später ein verlorener Fötus männlich war. Andererseits tröstete er sich damit, dass Mädchen nicht in einem weiteren sinnlosen Krieg als Kanonenfutter verheizt werden.

Während Wilhelm dem Kauen und Malmen seiner Unpaarhufer zusah, dachte er an seine schrecklichen Kriegserfahrungen im Alter von 21 Jahren. **Durch die** Offensive bei Verdun mit schwerer Artillerie hatte General Falkenhayn gehofft, Frankreich *weißzubluten*. Doch Blut floss auf beiden Seiten. Wilhelms einzige Hoffnung war, bald wieder nach Hause zu kommen. Weg von den Gräben voller Blut, stinkendem Schlamm, aufgerissenen Därmen und Genitalien. Er hatte an seine Mutter gedacht. Der Heroismus ihres Sohnes war gewiss kein Trost für sie. Die wachsende Zahl der Todesopfer minimierte die Opferbereitschaft. Die Perspektive, zu sterben und täglich darauf vorbereitet zu sein wurde immer seltener von der Hoffnung abgelöst, den Granatenkratern und dem Wahnsinn zu entkommen. Doch Monat um Monat überlebte er als Soldat der 5. Armee, unter seinem Namensvetter Kronprinz Wilhelm, die Hölle von Verdun. Als einer der wenigen Überlebenden der verlorenen Schlacht im Herbst 1916 maßlos erschüttert nach Hause kommend, hätte Wilhelm nie gedacht, noch einmal kämpfen zu müssen. Diesmal hielt er nicht bis zum Ende durch. Hitlers Schergen kannten keine Gnade. Nach einem Nervenzusammenbruch kastrierten sie ihn kurzerhand. Sie sahen keine Notwendigkeit zur Erzeugung *unwürdigen Lebens*. Er war genauso wenig groß, blond und blauäugig wie Hitler, Goebbels und Himmler. Wilhelm dachte an seine neun Jahre als unabhängiger Schiffer.

Wäre es für ihn und seine Familie besser gewesen, wenn er auf den Flüssen geblieben wäre und seine Frau und Kinder nur jedes zweite Wochenende gesehen hätte? Er hatte damals eine Menge Gulden nach Hause gebracht. Aber er wollte seine Kinder heranwachsen sehen.

Im Jahre 1918 hatte Wilhelm sogar so viel verdient, dass er sein Elternhaus modernisierte. Er hatte im ganzen Haus elektrisches Licht installieren lassen. Doch am Ende hatte er gar nichts von seinem Edelmut. Der älteste, der *Krumme Heinrich*, erbte das Haus in den frühen 30er Jahren. Und dieser hatte seines Bruders Großmut vergessen, als die schlimme Zeit der Arbeitslosigkeit kam und die Augspurger Mädchen trockenes Brot aßen. Wenn sie fragten, was es auf dem Brot gibt, sagte Lydia, wenn ihr was haben wollt, legt eure Finger drauf.

Der bedürftige Bruder musste mit seiner Familie nach Schönbrunn in ein abbruchreifes Gemeindehaus ziehen. Auf einer Seite war ein Feuerwehrauto untergebracht. Im großen Zimmer konnte man durch ein Loch in den Keller schauen. Einmal informierte Lydia Hitlers Schwester Paula über den Zustand des **Lochhauses**. Sie hatte offenbar ein offenes Ohr für die Armen und schickte eine Kommission nach Schönbrunn. Aber der gemeine Bürgermeister zeigte ihnen ein besseres Haus in Oberschönbrunn. Statt noch mal zu schreiben, gab Lydia auf. Wilhelm dachte darüber nach, dass er besser mit all seinen Gulden seiner Cousine nach Amerika gefolgt wäre. Sie hatte das Richtige getan. Während er Maxens schwarze Mähne striegelte, stellte er sie sich vor, weit weg von den Kriegen mit all den Ängsten und Schrecken. Sie brauchte keinen Befehlen zu gehorchen oder die sinnlosen Verordnungen und strenge Disziplin eines totalitären Systems über sich ergehen zu lassen. Auch blieben ihr Deklassierung und Hunger erspart.

Wilhelm zog die Zügel über Maxens Kopf, den Lederriemen zwischen die Vorderbeine und quer über die Stirn. Als Cäsar an der Reihe war, fing der übliche Tanz mit dem hartnäckigen Hengst wieder an. Als Wilhelm versuchte, ihm das Gebiss einzusetzen trat der tobende Caesar um sich, als ob er zur Schlachtbank geführt würde. Nachdem die Gebissstange saß, kam der gefährlichste Teil, das Geschirr. Als es auf seinem kastanienbraunen Rücken klirrte, stieg und buckelte Caesar wie ein junges Pferd. Alles Leben in seiner Umgebung war in Gefahr. Plötzlich brach der Böse los und preschte davon, bevor Wilhelm ihn am Rollwagen befestigen konnte. Himmel Herrgott, immer Probleme mit dem verflixten Caesar. Aber ein guter Pferdeknecht kennt seine Pferde. Und dieses macht alles für einen Apfel. Wilhelm ging in den Keller, nahm einen Apfel, sprang auf Maxens Rücken und folgte dem fliehenden Pferd. Es dauerte fast eine halbe Stunde, um Caesar zurückzubringen und beide Pferde anzuspannen. Lydia kam heraus: Warum brauchst du so lang?

Ich hab Caesar einfangen müssen. Wie hast du es gemacht? Wilhelm lächelte stolz, mit einem Lasso natürlich! Hä? Nee, ein Apfel hat funktioniert. Mehr Futter ist immer gut. Genau so ist es mit Kindern. Dem bösen Kind gibt man zwei Stück Brot statt einem. Gut, dass Max so einen guten Charakter hat. Ja, schön ruhig wie Annelieses Max.

Ist Alwine wach? Nee, sie hatte eine schlechte Nacht. Wir holen besser morgen die Hebamme. Wenn es ruhig ist, wird das Baby hoffentlich kommen. Jetzt mach los, sie werden sich schon fragen, warum du nicht kommst. Das Ziehen des leeren Rollwagens hinauf zum Steinbruch war der Pferde tägliche Routine. War der Wagen mit den Steinblöcken gefüllt, gingen sie auf den Schienen nach unten, obenauf der Bremser. Heute sind die meisten der 43 Steinbrüche in der Umgebung von Eberbach stillgelegt. Von den 32 Steinmetzbetrieben hat nur die Firma Schmelzer überdauert.

Die Zangengeburt fand an dem trostlos grauen Regensonntag, dem 27. November 1949 um 17:15 Uhr statt. Nachdem die Hebamme mich mit diesem Metallding herausgezogen hatte, rief sie, es ist ein Mädchen, aber sie ist ganz blau. Was haben die nach meinen suboptimalen pränatalen Erfahrungen erwartet? Zuerst die erfolglose Geburtenkontrolle, dann die erschreckend massive Motorik, um mich nach draußen zu bewegen und zehn Monate später erwarten sie, dass die *Patentex-Marianne* als perfektes Baby herausflutscht! Okay, meine Mutter war am Ende doch froh, ein kleines Mädchen zu haben. Doch Großmutter Lydia war von der Geburt so geschafft, dass sie ihren schweren Körper auf dem nächstbesten Kissen ausruhte. Glücklicherweise funktionierte der mütterliche Instinkt perfekt. Bevor ich mein drei Stunden altes Leben auf der physischen Ebene durch Ersticken beendete, rettete mich das schöne Mädchen aus dem Kissen.

Im Alter von 6 Wochen litt ich an einer Lungenentzündung. Als ich schlief, schnurrte ich wie eine Katze, von gelegentlichem Würgen unterbrochen. Der Arzt verschrieb Penicillin und riet, mich ins Krankenhaus einzuweisen. Aber meine fürsorgliche Mutter sagte, kommt nicht infrage. Die Krankenschwestern wären weniger aufmerksam. Alwine schulte ihre Ohren 24 Stunden lang. Durch die geringste Veränderung in der Atmung wachte sie auf. Alle Florence Nightingales in der Welt wären beeindruckt gewesen. Ich war es auch und lernte in diesem frühen Alter: Krankheit zieht eine Menge Aufmerksamkeit auf sich. Allerdings hätte ich auch gut und gern auf die fiebrigen Krämpfe verzichten können. Vor allem auf die an- und abschwellenden Töne, die wie das Blasen eines Widderhorns klangen. Auch die mit den Geräuschen verbundenen quälenden Visionen von Feuerwalzen apokalyptischen Ausmaßes sind in meinem Gehirn wie eingemeißelt.

Carole holte mich in die Gegenwart zurück:

Schau mal, die Sandwüste von Yuma, hier machen sie viele Filme. Ich warf einen Blick aus dem Seitenfenster, aber die Sonne blendete so sehr, dass meine Augen schmerzten. Das ist, wo Martin seine Buggys verleiht. Wie? Kennst du die Budweiser Werbung? Japp! Das sind seine Buggys. Er ist auch Deutscher. Ein netter Kerl. Er baut sein eigenes Gemüse an.

Die Nostradamusvorhersage hatte auch etwas Positives: Die Freeways in L. A. waren nomen est omen wirklich frei. Der Verkehr war wie in den 50er Jahren. Nur damals waren die Autos eine Augenweide. Zwei Wochen später holten wir die Sportwagen wieder ab. Als ich Herta von unserer Sauertour berichtete, lachte sie. Da kann ich auch mithalten: Als ich noch Stewardess war, hat es auch eine Erdbebenprophezeiung in L. A. gegeben. Ich hab meinen Flugplan geändert und bin nach Tokio geflogen. Dort hab ich im Hotelzimmer eines Hochhauses hoch oben ein heftiges Gerüttel ausgesessen. Das Gebäude schwankte hin und her. Das war ein komisches Gefühl! Es hat mich fast seekrank gemacht. In L. A. hat es kein Beben gegeben.

Natürlich versprachen wir uns, nichts mehr auf fremde Orakelsprüche zu geben. Doch auch auf meine eigenen Vorsehungen reagiere ich

kaum. Vor Kurzem träumte ich, eine schwarze Luxuslimousine zu steuern. Darin saßen Peter und zwei bajuwarische Freunde, die mehr oder weniger die gleichen Aktien halten. Ich schrammte die Seite des Autos an einer Wand und berichtete den Männern von meiner nächtlichen Vision. Doch niemand verkaufte eine einzelne Aktie. Als der Aktienmarkt abstürzte, sagte ich: Wenn auf die Botschaften kein Handeln folgt, werden die Infos bald ausbleiben.

Entwicklung psychischer Fähigkeiten

Nicole rief an. Kann ich sofort mal kommen? Klar, ist was passiert? Nein, ich muss dir was sagen. Okay? 25 Minuten lang rätselte ich, was Hans-Jürgens französische Frau in petto hatte. Wir haben ähnliche Vorlieben wie Bücher, Schreiben, spirituelle Ambitionen und feiern unseren Geburtstag am selben Tag.

Ich bereitete Tee und Snacks. Als Nicole kam, sagte sie, lass uns draußen sitzen. Ich stellte alles auf ein Tablett und dann auf einen der Tische neben dem Pool. Nach dem Austausch der neuesten Familiennachrichten fragte Nicole:

Wie war TM? Okay! Wie ging das vor sich? Du erhältst ein Mantra und ... wo war es? In Manhattan Beach. Würdest du es weiterempfehlen? Hmmm. Ich weiß nicht. Ist es das Geld wert? Ohne den Studentenrabatt hätte ich es nicht gemacht. Wenn du noch kein Reiki hättest, würde ich sagen, bekomme erst die Einweihungen. Da hab ich echt eine Veränderung gespürt. Wo hast du deine Einweihungen bekommen? Am Ventura Blvd. in Encino, in dem kleinen Einkaufszentrum mit der Holzverkleidung. Joyce Morris führt das Reikizentrum gemeinsam mit ihrem Sohn. Wie war es für dich? Ein komisches Gefühl, als ob ein eiskalter Wind einige meiner Haare nach oben ziehen würde. Nein, ich meine, hat es dein Leben irgendwie verändert? Ja, schon. Ich hab mich wie im siebten Himmel gefühlt, hab 5 Pfund abgenommen und hab mich mehr im Einklang mit der Welt gefühlt. Hast du das Gefühl von Leichtigkeit gehabt? Ja, als ob ich auf Wolken gehe. Ich hab so ein inneres Leuchten und eine tiefe Verbindung mit der Schöpfung gespürt, vor allem mit Tieren. Ich geh oft zum Pier, um die Möwen zu füttern. Nach den Einweihungen haben sie mich mit einer Kakofonie begrüßt und sind um mich herum gesegelt. Die Vögel haben das alte Brot aus meiner Hand gepickt und mich begleitet, wenn ich am Strand lief. Es war wie eine Welle des Glücks, die über mich hereinbrach.

Hat Peter den Unterschied bemerkt? Hmmm! Ich denk schon, aber er ist so mit Geld verdienen beschäftigt, aber Fremde haben mich auf meine Hochstimmung angesprochen. Einmal, während der Vogelfütterung, hat sich mir ein junger japanischer Tourist genähert. Sie sehen so glücklich aus! Ich lachte achselzuckend. Er deutete auf seine Kamera und sagte: Haben sie was dagegen, wenn ich versuche, das Strahlen ihrer schönen blauen Augen einfangen?

Nicoles Stimme wurde eine Nuance tiefer: Hast du noch deine psychischen Kräfte? Na ja, haben wir die nicht alle mehr oder weniger? Ja, ich weiß, aber ich hab nicht alles, was du erlebt hast. Ich hab was wirklich Interessantes gefunden, ein 3-Monate-Blockseminar. Was hältst du davon, die psychischen Fähigkeiten zu entwickeln? Ich will da hingehen. Ja mach das. Nein, ich würde es nur machen, wenn du mitkommst. Wie viel kostet es? 340 oder 360. Oh Mann! Das ist eine ganze Menge, um herauszufinden, was ich schon weiß. Ja, ich weiß, du hast diese prophetischen Träume, aber du kannst da auch lernen, Personen in ihrem momentanen Umfeld wahrzunehmen und etwas über jemanden durch das Berühren eines persönlichen Gegenstands zu erfahren. Ich warf ein: Psychometrie. Und willst du? Okay, ich mach es. Gut!

Am nächsten Morgen, nach dem wir ein paar Bälle übers Netz gedroschen hatten, gingen wir zum Strand, um im *Good Stuff* zu frühstücken. Mit all den Endorphinen, durch das Bewegen unserer Körper, waren wir sehr happy und lachten viel. Peter sagte: Meine Mutter sagte immer, Vögel, die früh singen, holt abends die Katze. Das war Peters etwas alltäglichere Art der Prophezeiung. Denn unsere heile Welt wurde in der folgenden Nacht tatsächlich von einer Katze gestört. In einem lebhaften Traum sah ich unseren rot-gestromten Armin Dahl der Katzenwelt in einem kellerartigen Raum eingesperrt. Foxi sprang an einer grauen, grob gezimmerten Tür hoch und miaute verzweifelt. Den ganzen Tag war ich aufgeregt und konnte mich auf keine Arbeit konzentrieren. Immer wieder dachte ich an unseren kleinen Heißsporn. Ich sah ihn in dem dunklen Gelass, nur durch einen alten Kühlschrank und eine Waschmaschine aufgehellt. Am frühen Abend rief ich in Deutschland an. Mein Neffe antwortete. Ach, wieso bist du denn dran? Oma und Opa sind auf Ibiza und ich füttere gerade die Katzen. Ist alles in Ordnung mit ihnen? Foxi ist schon zweimal nicht zum Füttern gekommen. Oh je, ich hab geträumt, er sitzt in einem Keller fest. Geh doch mal zu den Nachbarn. Zwei Tage später rief Andy an. Foxi ist wieder da. Ich hab den Wassernapf dreimal nachfüllen müssen. Er hat nichts gefressen. Tja, Tiere leben instinktiv nach dem Gesetz der Natur und wissen, dass das Essen nach dem langen Fasten ihnen schlecht bekommt. Sie nehmen nur Wasser und etwas Gras zu sich und erst am nächsten Tag wieder feste Nahrung. War mein Traum eine Gedankenübertragung? Hatte Foxi mir telepathisch seine verzweifelte Lage übermittelt? Oder war meine Seele mal rasch in unsere kalte Heimat entfleucht und hat die kümmerliche Lage des zweijährigen Katers erfasst?

Taryn Krivé, die mit funkelnden Augen in wöchentlichen TV Shows ihre hellseherischen Fähigkeiten unter Beweis stellt, begrüßte die 16 Personen unserer Gruppe in ihrer großen Wohnung. Fünf entzückende Perserkatzen rundeten das erlesene Ambiente ab. Die zierliche Hellseherin wirkte wie ein 12-jähriges Mädchen. Sie sagte, wenn jemand eine will, Susi wird in fünf Wochen wieder werfen. Bevor wir anfangen, weise ich darauf hin, dass sie vor den Sitzungen kein rotes Fleisch essen oder Alkoholisches trinken. Am besten wäre, diese Lebensmittel und Getränke ganz wegzulassen. Taryn nahm ein Schraubglas aus dem Kühlschrank und öffnete es. Dieses Algenpulver namens Spirulina ist eine Multivitaminnahrung. Es enthält 65 % pflanzliches Eiweiß, dreimal mehr als Fleisch. Ich nehme jeden Tag 1 bis 2 Teelöffel Pulver in Apfelsaft oder Apfelmus. Es war das erste Mal, dass ich von der Nahrungsergänzung erfuhr, die ich Jahre später durch meine Dissertation und die Bücher im deutschsprachigen Europa und Russland bekannt machen durfte.

Lassen sie uns nun mit Psychometrie beginnen. Wir werden erst eine Meditation durchführen, dann arbeiten sie in drei Gruppen. Jede Gruppe bekommt einen Hut. Sie geben da irgendetwas persönliches von sich hinein: einen Ring, eine Uhr oder eine Kette. Dann nehmen sie sich etwas heraus und versuchen, Informationen über die Person zu bekommen und verbalisieren, was ihnen in den Sinn kommt. Bevor wir anfangen, sage ich ihnen etwas über dieses Phänomen: Wir leben und entwickeln uns in Energiefeldern. Ein Objekt hat auch ein Energiefeld, das Wissen über die Geschichte des Objekts übermittelt. Wir strahlen auch eine gewisse Energie aus, die sich oft auf häufig mitgeführte Objekte überträgt. Durch das Hineinfühlen in ein solches Objekt können wir etwas über den Charakter oder die Lebenserfahrung einer Person herausfinden. Dies kann die Vergangenheit, Gegenwart oder Zukunft betreffen, da spirituelle Dimensionen sich im immerwährenden Zustand befinden. Irgendwelche Fragen?

Keine? *Okay setzen sie sich jetzt bequem hin und nehmen sie einen tiefen Atemzug. Nun denken sie, sie seien ein Baum. Ihre Äste strecken sich den Sonnenstrahlen entgegen, die Blätter nehmen Feuchtigkeit aus der Luft auf. Ihre Wurzeln wachsen tief in die Erde hinein und nehmen die essenziellen Nährstoffe auf. Anstelle des Baums können sie sich in einem riesigen Rohr vorstellen, das in der Erde befestigt ist und weit in den Himmel reicht. Fühlen sie wie ein helles Licht von oben kommt, baden in ihm.*

Irgendwelche Fragen? Hm? Nein?

Dann gehen sie vor, nehmen sie etwas aus dem Hut. Ich bekam einen Ring zu fassen. Sofort fühlte ich Wärme, Kälte und wieder Wärme. Aus dem Stegreif sagte ich, der Besitzer des Rings könnte ein Problem mit dem Magen haben. Eine dunkelhaarige Frau Anfang 40 gab sich als Besitzerin zu erkennen. Ich hatte das Gefühl, es sei etwas Ernstes und sagte, ich empfehle ihnen, schnell einen Arzt aufzusuchen. Sie sagte, ich hab bereits einen Termin wegen eines Magenproblems. Die Frau kam nie wieder zum Seminar.

Den nächsten Test unserer übersinnlichen Fähigkeiten führten wir in Zweiergruppen durch. Taryn brachte mich mit Tom zusammen, einem Amerikaner mit multinationalen Wurzeln. Sie hielt uns für die medial begabtesten Studenten dieser Klasse. Sie sagte: Denken sie an eine bestimmte Person, die sie sehr gut kennen. Sagen sie ihrem Partner den Vornamen. Schreiben sie alles auf, was ihr Partner verbalisiert. Dann tauschen sie die Plätze.

Tom sagte, sein Name ist Hal, die Kurzform für Harold. Vor meinem inneren Auge sah ich einen blassen blonden Mann in einer hellblau karierten Windjacke, meinem Vater ähnlich. Ich sagte: Er sieht deutsch aus. Ohne Feedback zu geben, fragte Tom, wie alt ist Hal? Ich sagte, um die 50. Mein Partner machte sich Notizen, gab mir aber keine Rückmeldung. Dann berührte ich eine Stelle am Kopf und fragte: Was ist das? Plötzlich war es mit der Ruhe meines Partners vorbei: Wow, mir war das gar nicht mehr bewusst, dass Hal einen Unfall hatte. An dieser Stelle wachsen die Haare nicht mehr. Du musst ihn von oben gesehen haben. Wenn du vor ihm stehst, siehst du das nicht. Okay? Wie sieht Hals Haus aus? Ich sagte: Hoch. Entweder es hat mindestens drei Stockwerke oder es steht auf einem Hügel. Tom sagte, beides ist korrekt. Das ist seltsam! Was? Brüder Grimms *Frau Holle* fällt mir ein. Tom grinste: Jeden Morgen schüttelt Hals Frau ihre Federbetten aus. Wow! Kannst du die Farbe des Hauses sehen? Ich sehe blau, aber auch grün, türkis vielleicht? Blau ist richtig, an den Wänden wächst Efeu.

Wow! Schon ein erstaunliches Ergebnis!

Hal ist in der Tat ein 53 Jahre alter deutscher Professor und die Narbe auf dem Kopf ... unglaublich. Jetzt du. Ich stellte mir meine grauhaarige Mutter vor und sagte, ihr Name ist Alwine. Tom sagte: Ich sehe eine hübsche Frau mit großen dunklen Locken, aber ihr ursprüngliches Haar ist glatt. Sie trägt ein selbst geschneidertes elegantes Kostüm, aber seltsam, sie trägt altmodische Schuhe. Sie hat eine scharfe Zunge und einen glockenhellen Sopran. Sie liebt ihren Garten und macht gern Dinge mit ihren Händen. Ihr Favorit ist das Töpfern. Das ist es. Wow! Gut gemacht! Alles ist richtig, bis auf die Töpferei. Sie bemalt Steine und Stoffe und macht alle möglichen Handarbeiten, aber ich hab meine Mutter noch nie mit Ton arbeiten sehen. Tom rief entsetzt: Mutter? Ja! Ich dachte, sie ist deine Freundin. Sie sah aus wie 33. Ja, in dem Alter war sie genau, wie du sie beschrieben hast. Tom war immer noch enttäuscht. Einsteins Erkenntnis, dass die Zeit nicht linear abläuft, kam mir in den Sinn. Es gibt weder Vergangenheit noch Zukunft. Auf der immateriellen Ebene spielt alles im Hier und Jetzt. Etwa ein Jahr später teilte mir meine Mutter mit, dass sie das Töpferhandwerk gelernt und begonnen hatte, Vasen, Blumentöpfe, Geschirr und Vogeltränken herzustellen.

Da wir immer noch Zeit hatten, sagte Tom, mach noch mal einen anderen. Okay versuchen wir es mit Peter. Ich stellte mir meinen Mann mit grauem fliehenden Haar vor. Tom sagte: Ich sehe einen hübschen jungen Mann mit vollen braunen Haaren. Unterm Overall trägt er einen handgestrickten Pullover mit Hirschen hier. Er strich über seinen oberen Brustbereich. Seine Hände sind mit Öl beschmiert. Okay? Taryn sagte: Es ist Zeit, zum Ende zu kommen. Ich sagte: Es ist das gleiche wie zuvor. Du hast meinen Mann während einer Lehre in einem Autohaus gesehen. Seine Mutter hat ihm solche Pullover gestrickt. Auf dem Heimweg dachte ich über das gerade erlebte Phänomen nach. Oma Lydia starb, als meine Mutter 32, Peters Vater, als sein Ältester 27 war. Er war wenig erfreut, Peter an Autos schraubend zu sehen, statt zu studieren, um in seiner eigenen Firma zu arbeiten. Haben Ernst-Peter Meyer und Lydia Augspurger Tom telepathisch diese Bilder aus dem Äther auf die materielle Ebene übermittelt?

Unsere verstorbenen Angehörigen scheinen noch mit uns durch ihre telepathischen Anstrengungen zu kommunizieren. Aber wie reagieren die meisten von uns? Mit Ignoranz.

Die *Para Research Inc.* bot eine Astralforschung für alle, die ihre Geburtsstunde kannten. Ich hoffte, etwas über mich selbst herauszufinden und bestellte mein Astralporträt. Ich warf einen Blick über die erste Seite:

„Sonne in Schütze ... Mond in Fische. Ihre astrologische Kombination verleiht ihnen die Gaben der Sanftheit und Fantasie. Auf Seite 6 der 35-seitigen Broschüre las ich: *...Sie sind ein intellektueller Arbeiter mit einer scharfen und klugen Disposition für die wissenschaftliche Forschung.* Ich dachte an meine unvollendete Dissertation in Gerontologie über das *Altersselbstbild erwerbstätiger und nicht erwerbstätiger Frauen.* Da ich die Arbeit nicht zu Ende führte, kann ich nur vermuten, dass Frauen mit einem Job ein positiveres Bild vom Alter haben als erwerbslose Frauen.

Uranus symbolisiert Originalität, Freiheit und das Auseinanderbrechen kristallisierter Muster und Konzepte. Die Manifestation der Energie dieses Planeten ist unorthodox und unkonventionell, sein oberstes Ziel ist die Zerstörung von konventionellen Haltungen, um Platz für die Entwicklung der neuen Ordnung zu machen. Ihre Einstellung zum Leben ist einzigartig, und sie betrachten es als ganz ihr eigenes. Freiheit des Selbstausdrucks und die Notwendigkeit von Veränderungen sind sehr wichtig. Sie mögen keine Routine und alles, was keinen freien, spontanen Fluss des Ausdrucks zulässt. In dieser Hinsicht neigen sie dazu, die Gesellschaft und den Status quo wegen der ihnen übergestülpten Einschränkungen abzulehnen.

WOW! Da hat die Astrologie aber echt recht!

Ihre Beziehungen sind oft so unberechenbar wie ihre Persönlichkeit. Sie fühlen sich zu ungewöhnlichen und spannenden Menschen hingezogen und bleiben selten an einem Ort oder bei einer einzelnen Person ... Solange ihre Umgebung ein gewisses Maß an Veränderung bietet und nicht statisch wird, sind Sie zufrieden.

Aha! Das ist der Grund, warum ich immer noch bei Peter bin. Er ermöglicht mir in der Tat eine Menge Veränderung.

Sie haben eine natürliche Fähigkeit, Wissenschaft zu verstehen ... Sie haben es wahrscheinlich schwierig gefunden, mit Autoritätspersonen umzugehen, da sie ihre eigene Art haben, Dinge zu tun ... Arbeit, die ursprüngliches Denken erfordert und es ihnen ermöglicht, ihr kreatives Potenzial zum Ausdruck zu bringen, würde ihnen den größten Erfolg im Leben bringen.

Ich warte immer noch auf die Anerkennung meiner Wasserkristallfoto-Dokumentation, die ich im Buch *So verbindet Wasser unsere Welten* veröffentlicht habe (siehe letzte Seite).

Seite 9 sagt mir auch nichts Neues:

Das Erinnerungsvermögen ist stark und von bildlicher Natur; sie erinnern sich an viele Details des Lebens, vor allem wenn sie sich auf Emotionen beziehen.

Absolut korrekt. Einmal fragte ich meine Mutter: Erinnerst du dich noch daran, als du mich nachts in meinem Kinderbett sitzend erwischt hast? Nee. Ich hab mit meinen Sachen in der Dunkelheit gespielt. Plötzlich öffnete sich die Tür. Ich sah deinen in Richtung Lichtschalter ausgestreckten Arm. Im Bruchteil einer Sekunde von dunkel zu hell, dachte ich, wie wirst du mein Sitzen im Bett aufnehmen? Was könnte ich tun? Ich hab gewusst, dass ich hätte schlafen sollen. Aber hinlegen, ohne dass du es gemerkt hättest, war unmöglich. Als du meinen Blick aufgefangen hast, bin ich in lautes Lachen ausgebrochen. Du hast mitgelacht, und mir fiel ein Stein vom Herzen. Du hast dann mit einer beruhigenden Stimme gesagt, aber leg dich jetzt hin und schlaf!

Nee, ich kann mich gar nicht erinnern.

Ich hab sogar in deiner Stimme Stolz auf dein positives kleines Mädchen gespürt. Das mag der Beginn meines sonnigen Gemüts gewesen sein. Ich hab früh im Leben eine wichtige Lektion gelernt: Lachen tötet Angst.

Ich glaub, ich hab einiges falsch gemacht.

Warum? Hmm! Du hast doch keine Schule besucht, die lehrt, wie man eine perfekte Mutter wird, wenn es überhaupt perfekte Mütter geben kann. Aber kannst du dich wenigstens an die Zeit erinnern? Schon. Ich sehe es noch genau: Mein Gitterbett hinter der Tür, den Arm, dann hast du den Schrank neben der Tür geöffnet ...

Das kann doch nicht sein, rief Ma. Unmöglich! Warum? Die Einrichtung ... das war noch im Zeppelinhaus. Als wir da weggezogen sind, warst du 9 Monate alt! Da kannst du mal sehen, dass Eltern mit Babys besser aufpassen, was sie sagen und tun.

Peter betrat die Wohnung und holte mich aus der Vergangenheit. Rat mal, wer uns besucht? Wer? Willi hat vom Huntley Hotel angerufen. Er fliegt jetzt diese Strecke oft. Marita und Bianca sind mitgeflogen. Oh gut! Wann sehen wir sie? Morgen wollen sie das Paul-Getty-Museum besuchen. Wenn du sie begleiten willst, holen sie dich um 2 Uhr ab. Na, super! Schöne Abwechslung. Da werde *ich* mal chauffiert. Ach, fast hätte ich vergessen, dich zu grüßen. Er sagte mir zweimal, dass ich es nicht vergessen soll. Wer? Toshin. Das Bild eines bärtigen Holländers, auf dem Pomona-Oldtimer-Markt, tauchte vor meinem geistigen Auge auf. Beide hatten wir Interesse an einem roten MGB-Cabrio, aber der Besitzer war nicht da. Ich bot Peter an, am Auto zu warten. Er sagte, nein, komm, wir sehen es uns später an. Toshins Frau Urga hatte die gleiche Idee und es geschafft, das Auto zu kaufen. Da wir einen Kunden hatten, kauften wir ihnen den MGB für ein paar Hundert Dollar mehr ab.

Die Rohdes holten mich in einem Ami-Schlachtschiff ab. Wow! Ist das dein Oldsmobile? Klar, ich brauch doch was zum Herumkutschieren, wenn ich nach L. A. fliege. Tja, und ein Jumbo-Jet Flugingenieur setzt sich nicht in einen Kleinwagen. Wir schifften entlang, unsere Augen auf der Straße, die unter der heißen Sonne vibrierte. Habt ihr interessante Autos zu verkaufen? Wir haben gerade Yul Brynners Flügeltüren bekommen. Wirklich? Yeah! Er ist silber mit grünem Leder. Guter Zustand. Wie viel? 80 Riesen. Habt ihr nicht etwas in meiner Preisklasse? Wie wäre es mit Grace Kellys 190 SL? Du machst Witze! Ich weiß, es klingt fantastisch, aber es ist wahr, den haben wir auch. Übrigens was kostet der Eintritt? Wofür? Für das Museum. Nichts sagte Marita lächelnd. Willi sagte, du musst nur vorher anrufen, wenn du mit dem Auto kommst. Der Parkplatz ist begrenzt. (Mittlerweile im neuen großen Paul Getty Museum in Brentwood hinterm *Holiday Inn* am Freeway 405 ist das Parken kein Problem mehr, aber es kostet.) Wie finanziert es sich? Paul Getty war ein Ölmultimillionär. Er hat es gestiftet. In seinem Vermächtnis von 1,2 Milliarden Dollars muss das Museum jedes Jahr für mehrere Millionen Dollars Kunstwerke zu erwerben. Das Gebäude ist eine Nachbildung der Villa in Pompeji, die durch Lava zerstört wurde. Wirklich? Ich hab die verbleibenden Fragmente auf meiner Reise mit der Aquille Lauro in den frühen 80ern gesehen. Ach wirklich? Yep! Wow! Getty hat sogar den Kräutergarten kopiert. Innen ankommend sagte Willi, oh, es gibt etwas Neues.

Warst du schon mal hier? Ja, wir von der Lufthansa gehen da oft hin. Ich schau mir immer gern die neuen Antiquitäten an. Du kannst hier eine Menge lernen, aber nicht alles ist richtig aufgeführt. Kennst du den angrenzenden Park? Ja, schön! Sehr entspannend. Gandhis Asche ist da. Nicht nur dort. Oh, guck mal, was ich gerade gesagt hab. Es heißt, der Sekretär sei aus dem 18. Jahrhundert, das ist falsch. An den Scharnieren kannst du sehen, dass er Anfang des 19. Jahrhunderts gebaut wurde.

Am nächsten Tag gingen wir alle auf den Santa-Ana-Flohmarkt. Nachdem wir Bernd und Petra abgeholt hatten, machten wir eine Bootsfahrt und gingen zu einer Oldtimermesse in Newport Beach. Die Scheinwerfer und der Chrom der Autos funkelten im Sonnenschein. Peter sagte, der Jaguar könnte ein gutes Geschäft sein.

Ich sagte, mein Renault Floride Cabrio war auch weiß mit rotem Verdeck. Peter kaufte den E-Type-Roadster, aber weniger aus Sentimentalität. Ein paar Meter weiter entdeckte ich mechanisches Kunststoffei, die einzige Tür mit integriertem Armaturenbrett und Lenkrad weit offen. Oh, meine Mutter hat genauso eine orangefarbene Isetta gefahren. Peter sagte: Vergiss es! Zu gefährlich, sagte Marita und wandte sich ab. Ich würde nie so was fahren. Ich auch nicht. Aber bis zum Alter von 37 hatte meine Mutter nur einen Führerschein für Motorräder. Da durfte sie nur Isettas und Gogos fahren.

Am nächsten Tag mieteten Marita und ich Fahrräder und fuhren auf dem Strandwalk nach Manhatten Beach und El Segundo. Auf dem Rückweg hatten wir die Möglichkeit, ein Filmteam an einem Strandhaus arbeiten zu sehen. Ich sagte: Das letzte Mal, als ich im Venice-Beach-Pulk unterwegs war, gab mir ein Typ eine Telefonnummer von einer Filmagentur. Vielleicht ist das der Film, in dem ich als Extra hätte arbeiten können. Hast du nicht angerufen?

Nein. Hab ich dir nicht gesagt, dass ich mal in einem Traum ein männlicher Darsteller war. Das war in der Zeit, wo ich noch von anderen vergangenen Leben geträumt hatte. Wieso sollte ich das noch mal machen? Es wäre aber eine andere Erfahrung. Ich hab ja eh keine Arbeitserlaubnis. Außerdem hab ich so viel zu tun. Immer auf der Suche nach Autos. Peter will, dass ich mitkomme. Falls er ein Auto findet, können wir es immer gleich mitnehmen. Übrigens, im nächsten Monat mieten wir ein Haus.

Ich wusste nicht, dass ihr ein Haus sucht.

Unser Mitarbeiter Volker hat's uns gesagt. Er hat das Haus direkt gegenüber besessen. Oh, könnte Bianca in ihren Herbstferien zu euch kommen? Claro. Da hab ich mal ne Pause vom Geschäft. Bianca weiß nicht, was sie machen soll. Sie langweilt sich in Eichen. Kein Wunder, ihr lebt ja auch in der Mitte von nirgendwo! Das liegt daran, dass so große Häuser in den Städten zu teuer sind und kleine Häuser nichts für Männer sind, die Jumbojets fliegen. Wenn er im Cockpit den ganzen Tag so verkrampft sitzt, will er sich zu Hause ausbreiten können.

Ein paar Wochen später holte ich Bianca in einem schwarzen 190 SL vom Flughafen ab. Ich hatte ihn zum Fahren, da Peter meinen Toyota brauchte. Bianca sagte: wow! Schwarz mit rotem Leder! Ist das der von Grace Kelly? Nein, den haben wir längst verkauft. Du, da hat grad so ein Typ gewunken, kennst du den? Hab ihn nicht gesehen. Er war süß. Wir bekommen eine Menge Aufmerksamkeit mit den Oldtimern, aber ich bevorzuge meinen Toyota, er lässt sich leichter handhaben. So, wir sind fast da. Dies ist das Bel Air North Gate, die Enklave der Stinkreichen, hier beginnt Sherman Oaks. Jetzt müssen wir die Scadlock Lane ein Stück runter fahren. Wir leben Luftlinie weniger als eine Meile von Shirley MacLaines Anwesen in Encino. Oh, cool! Wenn du in L. A. wohnst, bist du von Stars umgeben. Wir haben hier mehr Verkehr, aber eine spektakuläre Aussicht. Huch! Ich hab vergessen, die Reifen gegen den Bordstein zu platzieren. Das ist ein Muss, wenn du abschüssig in einem Erdbebengebiet parkst. Im Poolbereich kicherte Bianca: wie lustig, ein Poolbüro. Ja, wir haben den Schreibtisch nicht durch die Tür bekommen, da haben wir ihn auf der überdachten Terrasse gelassen. Niedlich!

Ich glaub, wir sind im falschen Geschäft. Warum? Unser Vermieter hat eine viel gesündere Art, Geld zu verdienen. Er sammelt Häuser. Wie? Er joggt durch die Straßen, und immer, wenn er ein Verkaufszeichen sieht, hält er an, um zu handeln. Verkauft er auch Häuser? Keine Ahnung. Es war nur ein For-Rent-Schild dran. Er wird sie wohl verkaufen, wenn die Immobilienpreise explodieren. So kann er den Gewinn nutzen, um mehr Häuser zu kaufen, wenn die Wirtschaft wieder bergab geht, und die Hauspreise fallen. Wie Monopoly. Genau! War das

Okay für dich, dass Mama mich hierher geschickt hat? Klar. Das ist für mich wie Urlaub. Peter lässt mich dann öfter zu Hause bleiben. Wir können Spaß haben. Wie wäre es mit einem Tennismatch morgen? Ja, gern! Wir können hinterher zur Hermosa Pier gehen und shoppen. Es gibt einen $5 Store, da hab ich zwei schöne Bikinis gefunden. Du wirst den Laden mögen. Ich halt mich noch gern in Hermosa Beach auf.

Am nächsten Tag nach dem Frühstück verließen wir in Tennisoutfits, Sonnenschilden und großen Sonnenbrillen das Haus. Wir droschen eine Stunde lang auf die gelben Bälle ein. Danach parkten wir den SL direkt neben dem Klamottenladen und aßen erst mal eine Avocado-Gemüse-Pita in einem Strandrestaurant. Auf dem Weg zurück zum Auto sichtete ich den unterm Scheibenwischer befestigten Flyer. Leider keine Werbung. Shit, mein erstes Parkticket in den USA! Ich hab vergessen, die Parkuhr nachzufüttern. So ein schöner Tag und ein so lästiges Ende. Bianca fragte:

Wo kann ich eine Flasche Champagner kaufen? Nirgends, weil du erst 16 bist. Ja, aber du kannst es für mich kaufen. Klar! Meine Mutter hat es mir zweimal gesagt, es nicht zu vergessen. Ich muss sowieso zu Trader Joe's. Wer ist das? Das ist ein Feinkostladen mit viel Reformkost. Es gehört einem der Albrecht Brüder. Meinst du Aldi? Ja. Ein Mitarbeiter sagte mir mal, dass Herr Albrecht einmal jährlich zur Inspektion erscheint. Er kommt immer mit drei gleich angezogenen Männern, sie tragen alle Trenchcoats und Hut. Warum? Ein Bruder wurde mal in den 70er Jahren entführt. Sie mussten sieben Millionen Mark Lösegeld zahlen. Boah! Das ist der Preis für extremen Reichtum.

Durch die Obst- und Gemüseabteilung schlendernd, packte ich jede Menge Frischkost in den Wagen. Damals verwöhnte ich alle meine Gäste morgens mit einem Teller frischem Obst, in ständig wechselnden Mandalas angeordnet. Ich nahm einige Joghurts, Sprossenbrot, Käse, geräucherten Lachs und eine Flasche Rotwein mit. Die Frau an der Kasse blickte auf die zwei Flaschen und sagte: ihre ID, bitte!

Sie machen wohl Witze! Die Eva straffte sich in ihrem grauen T-Shirt und sagte gebieterisch: Identifizieren sie sich bitte. Ich kicherte und nahm meine Sonnenbrille ab. Ich bin 38. Sie blickte unerbittlich. Sie meinen es ernst? Erheitert kramte ich in der Tasche: Sie retten meinen Tag. Ich war gerade so über meinen Strafzettel verärgert. Aber das macht den Ärger wett. Hier ist die ID. Zum Glück hatte ich sie dabei!

Perfekte Prophezeiung: Hilde begegnet John

An Weihnachten waren wir bei Hans-Jürgen und Nicole in Brentwood eingeladen. Peter hatte den Anwalt zusammen mit Uli nach einem Unfall kontaktiert. Letzterer benötigte Rechtsberatung. Ein Taxi war in Ulis Auto gecrasht, aber er hatte keinen Cent bekommen. Denn der Taxifahrer war nicht versichert! Als wir noch in Deutschland lebten, waren wir zweimal bei HJ im Urlaub. Er hatte auch oft andere Gäste. Wie das für Nicole und die drei Kinder war, habe ich erst erfahren, als wir selbst in L.A. angesiedelt hatten. Denn auch bei uns riss der Gästestrom kaum ab. Wieder Auge um Auge ...?

Als wir in der Bluegrass Lane ankamen, saß schon eine zierliche ältere Dame am Kamin. HJ stellte sie vor: Das ist *lovely little* Hilde aus Bel Air. Diese setzte ein klägliches Lächeln auf. Während ich ihr die Hand gab, sagte er stolz, Hildes Mann war ein Raketenbauingenieur. Er kam mit Wernher von Braun rüber. Abwechselnd auf uns blickend, fügte er hinzu: Ihr seid wie Schwestern. Da könnt ihr euch gleich duzen. Ich spürte auch eine Vertrautheit mit dieser Frau und fragte: Wie kommst du denn darauf?

HJ zuckte mit den Schultern, war so ein Gefühl. Ist das Okay mit dem du? Klar, das ist ja das Schöne wenn man hier lebt, dass man da nie ins Fettnäpfchen treten muss. Warum hältst du deine Wange? Sie ist geschwollen, ich hab ganz schreckliche Zahnschmerzen. Warst du beim Zahnarzt? Ja, es ist ein Abszess an einem Backenzahn. Hat der Zahnarzt nichts gemacht? Er hat gesagt, dass die Schwellung erst abklingen muss, dann kann er den Zahn ziehen. Wenn du willst, können wir Reiki versuchen. Was ist das? Es ist die Übertragung kosmischer Heilenergie. Hilde sah mich verwundert an. Und? Es harmonisiert und balanciert. Okay dann mach mal, wird ja nicht schaden. Du bist mein erstes Versuchskaninchen. Na schön! Versuchen wir es. Ich hielt meine Hände im Abstand von 1 bis 2 cm über Hildes Wange und vermied es, in ihre seidigen blonden Locken zu geraten. Plötzlich fühlte ich ein starkes Kribbeln.

Hallo! Was ist denn das? Mein Herz raste im Galopp. Kichernd sagte ich, ich weiß nicht, ob ich das noch lange aushalten kann, spürst du das nicht? Nein, ich spüre nur Hitze. Ein starkes elektromagnetisches Energiefeld hatte sich zwischen Hand und Wange aufgebaut. Ich wusste, dass ich die Position halten musste, bis die Vibration nachlässt. Was ist mit deinem Mann passiert? HJ sagte mir, dass Heinz Alzheimer hatte, und du dich um ihn gekümmert hast. Hilde lächelte, ihr Blick war ins Nirvana gerichtet: Heinz ist vor drei Jahren gestorben, nach acht langen Jahren, in der sich seine Persönlichkeit langsam veränderte. Es tut mir leid, das war sicher schwer für dich gewesen.

Ich hatte mich daran gewöhnt. Ich konnte nirgendwo hingehen ohne ihn. Keine Freunde besuchen, keine Einkäufe allein. Ich musste ihn wie ein Kind immer mitnehmen. Aber du konntest ihn nicht in einen Einkaufswagen setzen. Nein, lachte Hilde, ich hab ihn im Auto gelassen. Zum Glück hat er nie herausgefunden, wie er sich aus dem Sicherheitsgurt befreien kann. Zu Hause war es schwieriger. Einmal kam er abgekämpft, aber glücklich lächelnd zu mir in den Garten. Er sagte: Na, das war eine schwere Arbeit. Zufrieden über sein fertiges Projekt führte er mich ins Schlafzimmer. Dort hab ich sein vollbrachtes Werk gesehen. Der Spiegel und all meine Parfümflaschen auf dem Frisiertisch waren zerbrochen. Die Scherben lagen überall im Schlafzimmer verstreut.

Ach du Schreck! Vielleicht hat er gedacht, du hättest da zu viel Zeit verbracht. Na ja! Vor drei Jahren ist er gestorben. Auch wenn ich mich an die Situation gewöhnt hatte, war sein Tod doch eine Erleichterung. Mein Blutdruck ist manchmal immer noch hoch.

Eine Woche später rief Hilde an. Ich fragte: Was macht dein Zahn? Du wirst es nicht glauben, am Morgen nach der Party waren meine Schmerzen verschwunden. Ich ging noch zum Zahnarzt. Er war erstaunt und sagte, da ist nichts mehr, wir können den Zahn retten. Aber das ist nicht, warum ich anrufe. Ach?

Kennst du eine gute Wahrsagerin? Warum? Ich denk dran, zurück nach Deutschland zu gehen. Oh nein! Warum? Wenn du älter bist, ist es in Deutschland besser. Was ist besser? Die Infrastruktur zum einen. Das stimmt. Da brauche ich kein Auto mehr. Hier ist es immer nervenaufreibend zum DMV zu gehen, um die Tests zu machen. Jedes Mal steigt mein Blutdruck. Was ist, wenn meine Augen schlechter werden und ich nicht mehr fahren kann? Ich wäre in Bel Air begraben. Kennst du eine Hellseherin? Ich hab noch nie eine konsultiert, aber ich hab mal an einer **Gruppenséance im** *Every Woman's Village* teilgenommen. Wir wurden angewiesen, Bilder von verstorbenen Personen und etwas von ihnen mitzubringen. Ich hab ihr das Foto meiner Schwiegermutter und den Diamantring von ihr gegeben. Marilyn Baxter hat beides in die Hand genommen. Mit einem Blick auf das Foto sagte sie: wow! Sie werden eine riesige Menge Geld bekommen, bald schon, im Oktober. Viel, viel Geld. Hoffentlich werden sie es auch klug investieren.

Hast du das Geld bekommen? Ja, Peter, es war ein noch ausstehendes Immobiliengeschäft. Lass uns also zu ihr gehen. Okay, ich werde Marilyn sofort anrufen. Ich hab immer noch ihren Flyer. Ein paar Tage später fuhren wir nach Nord Hollywood. Hilde sagte: Ich kenne eine deutsche Bäckerei in der Gegend. Sie haben die besten Brezeln und einen Metzger, der für sein zartes Fleisch in Aspik bekannt ist. Okay!

Als wir an der Tür von Marilyns winziger Wohnung ankamen, begrüßte uns die blonde Frau: Hallo, ihr seid Schwestern, nicht wahr?

Ich schluckte die beleidigte Leberwurst und die Frage, sehe ich so alt aus, hinunter. Unsere Mutter hätte eine 30-jährige Geburtspause gehabt. Ich fragte: Wie kamen sie auf diese Idee?

Marilyn zuckte die Schultern. Das war mein erster Gedanke. Wir setzten uns an einen kleinen runden Tisch. Marilyn saß uns gegenüber. Wollen sie was Bestimmtes wissen?

Ja, ich würde gern wieder nach Deutschland gehen. Ich hab Freunde in Düsseldorf und Frankfurt, und alle meine Verwandten leben in Potsdam. Ich würde gern wissen, wo ich besser aufgehoben wäre. Marilyn gab Hilde die Karten. Bitte mische die Karten. Während sie die Karten öffnete, sagte sie, ich sehe nicht, dass sie nach Deutschland gehen. Jedenfalls nicht in den nächsten zehn Jahren. Da ist ein Herz Bube. Ein Liebhaber ist auf dem Bild, ein Lebensgefährte. Wir kicherten. Marilyn fuhr fort, ohne ihre Fassung zu verlieren. Sie kennen den Mann von früher, sie waren in ihn verliebt. Ich höre Hochzeitsglocken. Hilde machte Tzzz!

Ruhig fuhr Marilyn fort, ja, es passiert innerhalb von drei Monaten. Ihr Schicksal wird sich wenden. Ich sehe auch alle ihre Verwandten im Gefängnis. Aber keine Sorge, sie werden bald frei sein. Hilde wirkte amüsiert und ein wenig verärgert. Ich sagte: Wo ich schon mal hier bin, können sie mir auch mal die Karten lesen?

Sicher. Darf ich den Rekorder benutzen? Klar machen sie nur. Marilyn reichte mir das Deck. Geistesabwesend sagte sie, sie haben etwas mit einem König zu tun, ich versteh das nicht. Ach lassen wir es. Nachdem die Karten gemischt waren und in drei Stapeln dalagen, sagte Marilyn. Sind sie Jüdin? Nicht in diesem Leben, aber wer weiß das schon ganz sicher (eine US-Freundin, die erst im Rentenalter Ahnenforschung betrieb, fand heraus, dass all ihre Großeltern jüdischen Glaubens waren). Ihre Mutter ist sehr zufrieden mit dem, was sie tun. Wie? Meine Mutter lebt noch! Marilyn blieb fest: Kein Zweifel, es ist die Mutterfigur. Sie hatte Gebärmutterkrebs. Oh, sie haben Kontakt mit meiner Großmutter Maria. Sie hatte eine Hysterektomie und war auch meine Patin (*godmother*). Wie heißt ihr Großvater? Ludwig. Ähm, nein, das ist er nicht. Ich hatte vergessen, Marilyn den Namen meines Großvaters Wilhelm zu geben, und sie fragte nicht nach einem anderen. Sie sind mit Doris Day verwandt. Hä? Ganz sicher. Ha ha! Wie denn? Von der Seite ihrer Mutter. Oh, da gibt es etwas mit ihrem Bruder, eine Art rechtliche Sache, sehr seltsam, aber keine Sorge, die Angelegenheit hat keinerlei Rechtsfolgen. Jahre später erzählte mir meine Mutter die groteske Anekdote meines bezechten Bruders. Als wir die Wohnung verlassen hatten, sagte Hilde mehr amüsiert als empört, wir hätten unsere 25 Dollars besser gespart. Ich kenne weder einen Mann, mit dem ich eine Liebesbeziehung beginnen könnte noch irgendwelche Gefangene. Diese Wahrsagerei ist eine Farce.

Da hast du recht, ich mit Doris Day verwandt, ha ha. Ich hätte das wohl genauer untersuchen sollen. Aber damals war das Surfen im Internet wenig verbreitet. Ob ihr Stammbaum zu der Zeit schon im Netz war, ist zweifelhaft.

Ein paar Wochen später rief Hilde an:

Ich will euch zum Entenessen einladen. Könnt ihr am nächsten Samstag kommen? Hans-Jürgen und Nicole kommen auch. Oh, toll, natürlich kommen wir. Da wir nicht wussten, wo Hilde wohnte, fuhren wir erst nach Brentwood und kamen zusammen mit den Altenburgs am 418 Cascada Way an. HJ klingelte und sagte, ihr werdet begeistert sein, Hilde macht die knuspigsten Enten westlich des Mississippis.

Eine Sekunde nach dem zweiten Klingeln öffnete eine strahlende Frau mit rosa getönten Wangen. Ich war total baff und sagte: Hilde!?! Bist du verliebt? Auf ihr beschwingtes Lachen sah HJ mit den scharfen Augen eines Terriers auf ihren geröteten Porzellanteint und sagte, wirklich, das könnte man denken. Hilde ignorierte unsere freimütigen Äußerungen. Liebenswürdig lächelnd sagte sie: Kommt rein, ich muss zurück in die Küche. Die Enten sind fast fertig. Marianne würdest du bitte mit mir kommen? Du könntest die Sahne für das Sorbet schlagen. Was ist es denn für Eins? Ein Orangensorbet, aber nicht die wässrige Sorte. Ich mache es mit viel Sahne. Mmh! Hört sich lecker an! Hilde reichte mir den Handmixer und eine Schüssel. Prompt spritzten ein paar Tropfen auf Hildes Wollrock. Ich wischte sie so schnell weg, wie sie dort hingekommen waren.

Das macht doch nichts, sagte Hilde. Obwohl wir uns erst zum dritten Mal sahen, fühlte ich mich in ihrer altmodischen Küche wie zu Hause. Ich stellte den Rotkohl, den Kartoffelbrei und die Cranberrysoße auf den Esszimmertisch. Als ich zurückkam sagte ich, das Speisezimmer sieht aus wie in einem Schloss. Und dabei ist es eine Nachbildung. Unser ursprüngliches Mobiliar ist in Berlin ausgebombt worden. Alles, was wir besaßen, war weg. Wie schrecklich.

Das war nicht das Schlimmste. Ich hatte mich drei Tage lang hinter einem Ofen im Keller versteckt. Warum? Weil wir wussten, dass die Russen alle Frauen vergewaltigten, die sie zu fassen bekamen. Bist du ... wo war denn Heinz? Er ist von den Amerikanern entführt worden, aber zu der Zeit hab ich nichts über ihn gewusst. Und, was ist dann passiert? Hilde zuckte mit den Schultern und sagte mit einer Was-sollte-ich-machen-Grimasse, nach drei Tagen war ich ziemlich hungrig.

Zwei Tage nach dem Entenessen rief Hilde an. Du hattest recht. Ich bin wirklich verliebt. Was? Wie das? Es war auf dem Parkplatz des Bel Air Supermarkts. Mein Einkaufswagen war einer jener hartnäckigen Sorte, der schon auf der Geraden Probleme macht. Als ich mich abmühte, den störrischen Drahtesel den Berg hinauf zu schieben, kam mir ein großer attraktiver Herr zu Hilfe. Er sah mich an und fragte erstaunt: Hilde bist du das? Ich rief: Wow, wer war das? Der Schauspieler John Hudson, den ich vor etwa dreißig Jahren heimlich bewunderte. Da hat Marilyn ja doch recht gehabt! In welchen Filmen spielt er? John war einer der Seifenopernärzte in *General Hospital*, aber am erfolgreichsten war er in *The Racers*. Da spielte er neben Kirk Douglas. Sie waren Konkurrenzrennfahrer. John erhielt sogar eine Oscarnominierung. Wow! Aber für den großen Erfolg hat ihm der Synagogenschlüssel gefehlt.

Ich glaub, ich hab ihn noch nicht gesehen.

Warum kommst du nicht am nächsten Samstag mit Peter? Ich mach meinen berühmten Haselnusskuchen. Dann könnt ihr euch gegenseitig kennen lernen. Ihr habt viel gemeinsam. Wow! Marilyn hatte nicht nur recht mit der neuen alten Liebe. Nach dem Fall der Mauer waren auch alle Verwandten von Hilde frei!

1,75, schlank mit vollem blondem Haar, begrüßte mich Hildes gut aussehender Geliebter mit einem Kompliment, du siehst aus wie Jane Fonda. Wirklich? Ja wirklich!

Die blauen Augen und die Wangen. Ja, von meinem Vater. Jane hat ihre Augen auch von ihrem Vater. Hilde sagte, du hast etwas mit Peter gemein. Er war ein Rennfahrer. John sagte, oh, aber ich nur im Film. Ich kenne Phil Hill. Ein sehr netter Kerl. Ich hab ihn kontaktiert, um mich auf meine Rolle vorzubereiten.

Auf dem Couchtisch thronte die 12 cm hohe Torte mit der in Whisky und Zitrone getränkten Zuckerkruste. Sie war mit einem Schokoladengitter verziert. Wow! Ein Kunstwerk! Hilde sagte beschwingt, nimm ein großes Stück. Ja gern! Er ist sehr lecker, warf John ein, auch ich esse ihn, obwohl ich keinen Alkohol trinke.

Wieso? Ich kann einfach nicht damit umgehen. Zu viele bizarre Erfahrungen. Eine war mit meinem Kumpel Jack Palance. Hast du ihn beim Film kennengelernt? Nein, wir waren beide Piloten im Zweiten Weltkrieg in Italien. Und was habt ihr erlebt? Wir feierten in meinem

71er-Cadillac. Wir tranken mehr als die Hälfte einer Gallone Wodka. Als wir am nächsten Morgen aufwachten, hatten wir nicht die leiseste Ahnung, wo wir waren. Peter lachte laut auf.

Meinen ersten Bissen kauend, sagte ich: Mmh, so mag ich Whisky! Boah, ist das lecker! Meine Mutter hat einen ähnlichen Kuchen in unserem Caférestaurant gemacht: 10 Eier, 6 Esslöffel Zucker, 350 g zerkleinerte Haselnüsse, 2 EL Mehl, das Eiweiß geschlagen. Sie hatte aber nur Zitrone im Zuckerguss. Übrigens, ich dachte, Alkohol macht Haarausfall, aber du hast volles Haar. Ich hab früher jeden Tag einen Kopfstand gemacht. Ja, das kann helfen, aber es könnte auch eine psychische Sache sein. Zu viel Stress. Meditieren wäre toll. Peter sagte eifrig: Mir hilft der Alkohol, besser zu entspannen.

Später, als wir uns etwa eine Stunde im Wohnzimmer unterhalten hatten, wandte sich John an mich und sagte: Du musst unbedingt Marlons Schwester treffen. Warum? Du scheinst auf der gleichen Wellenlänge mit Jocelyn zu schwingen. Sie ist eine großartige Therapeutin. Wo wohnt sie? In Santa Monica Canyon. Sie hat ihre Garage in einen Seminarbereich umgewandelt. Sie hilft Autoren mit Schreibblockaden.

Ich ruf sie gleich mal an. John verschwand im Gästezimmer. Wenige Minuten später rief er mich zu sich, und ich hörte Jocelyns intensive Stimme. Kannst du am nächsten Freitag, den 26. kommen? Ich denk schon. Es haben sich erst acht Personen angemeldet. Mit bis zu 10 funktioniert die Seminararbeit gut. Es geht von Freitag, 13:00 Uhr bis Sonntag Nachmittag.

Okay, ich freue mich.

Zurück im Wohnzimmer, fragte ich: Wie hast du Jocelyn kennengelernt? Wir haben zusammen gespielt. In einem Film? Nein, auf der Bühne, in New York, am Broadway. Hast du noch Kontakt? Ja, ich helfe ihr manchmal. Sie hatte Pech mit ihren Männern. Sie wurde oft geschlagen. Ich hab sie zum Arzt gebracht. Warum bleibt man bei schlagenden Ehegatten? Ich bin schon als Kind immer weggelaufen, wenn ich dachte, es könnte Hiebe geben. Oma und Pa hatten nie eine Hand gegen uns erhoben, aber einmal schien es nah dran zu sein. Ich hatte ein Thermometer entgegengesetzt geschüttelt, um ein falsches Fieber zu erzeugen. Ich wollte, dass Heini bei mir zu Hause bleibt, statt in die Schule zu gehen. Das Thermometer fiel herunter und zerbrach, als Papa hereinkam. Er lief rot an. Meine Flucht ersparte uns die Auseinandersetzung. Hatte Jocelyn im früheren Leben als Mann seine Frau geschlagen und muss in diesem spüren, wie sich das anfühlt? Auf unserer Fahrt zurück nach Hause, drifteten meine Gedanken mal wieder in die Vergangenheit:

Sermone und Fahrten zum Neckar

Jesses, der Winter zieht sich, sagte Oma in die dünne Luft, viel zu nass. Wach auf, Schatz, ich hab's Feuer schon gemacht. Aha! Ein wenig später: komm schon, Liebes! Der Gottesdienst beginnt bald. Ach bitte, Oma, lass mich noch ein bisschen schlafen, ich hab grad geträumt, die Eberbacher Oma war im Krankenhaus.

Nun, du weißt doch, dass der Gottesdienst ...

Warum kann ich nicht mal daheimbleiben? Warum muss ich jeden Sonntag mitgehen? Ich kann auch im Bett beten. Ich weiß, ich sag auch immer, wir brauchen nicht in die Kirche zu gehen, um gute Christen zu sein. Solange wir abends unsere Köpfe aufs Kissen legen können, ohne was wir im Lauf des Tages gesagt oder getan haben, bereuen zu müssen, können wir als gute Christen ruhig schlafen.

Und warum nützt mir das jetzt gar nichts? Jeden Sonntag, dieselbe Leier. Jannche steh jetzt auf, sie sitzen schon alle am Tisch. Oma bürstete mir die Haare. Gönnerhaft sagte sie:

Onkel Heiner kommt. Na, zumindest würde die Zeit schneller vergehen. Heinrich Roths Predigten waren zwar nicht kürzer, aber irgendwie unterhaltsamer. Wir zählten nämlich seine verschiedenen Wortwiederholungen. Jedem 2. oder 3. Satz, fügte Heinis Pate hinzu: *nicht wahr? Gellt?* Oder: *und dergleichen mehr.* Wir hatten gehofft, er würde mal 100 erreichen. Die höchste Zählung jemals ergab 79.

Ich plumpste auf die Chaiselongue und starrte auf den gedeckten Tisch. Pa fragte: Hattest du schöne Träume, Zwiebelchen? Papaaa! Diese halb gesungene Warnung, es nicht zu übertreiben kam mit einer gekräuselten Nase und rollenden Augen. Sehr witzig! Wenn ich länger schlafen dürfte, könnte ich auch austräumen.

Papa mahlte den Kaffee in der quietschenden Mühle und warf die volle Schublade in den Filter auf der Kaffeekanne. Ich zog meine frierenden Füße unter meinen Hintern und warf einen Blick auf Omas Hand. Auf der Arbeitsplatte des Küchenschranks rührte sie Kaba in die Milch und stellte mir die Tasse hin. Ihr ausgestreckter Arm erzeugte einen Ausdruck von Abscheu auf Mamas Gesicht. Willst du mit dem Pullover in den Gottesdienst gehen? Warum? Die Ärmel sehen wie poliert aus! Belanglos blickend hob die Adressierte die Schultern. Das ist, weil du nie Topflappen benutzt. Maria quittierte die Bemerkung ihrer Schwiegertochter mit einer Wo-ist-das-Problem-Geste. Ich kann sie doch umschlagen. Mama erwiderte sarkastisch. Typisch Holschuhs Marie. Mit meinem erwachenden Mitgefühl wischte ich die Müdigkeit aus den Augen und sagte: Oma, du hast doch noch den schönen neuen weinroten Pullover, der passt gut zu schwarz. Das ist dunkelblau Schätzchen, korrigierte Papa. Ich dachte, deine Mama ist die Farbenblinde in unserer Familie. Oma strich leicht über ihren Trägerrock, den Mama ihr erst vor kurzem genäht hatte. Sie hatte den schönen Wollstoff von der Textilfabrik gekauft, in der sie als Garnspinnerin arbeitete. An den Verkaufstagen für die Arbeiter konnte sie so manches feine Tuch ergattern und ihre Begabung zum Schneidern unter Beweis stellen.

Ich war stolz auf Mamas Aussehen und hatte Mitleid mit Oma, die mehr aus sich hätte machen können. In ihrem großen Schrank hingen ganz lose 2 Kleider, 2 Kittelschürzen, 2 Röcke, 3 Blusen, eine Jacke, 2 Strickjacken und ein Wintermantel. In den Regalfächern lagen ein paar Pullover, etwas Unterwäsche und Nachthemden, ein paar Taschentücher mit umhäkelten Nähten und zwei Handtaschen. Mama, die besser die Hälfte ihrer gequetschten Kleidung bei Oma ausgelagert hätte, kommentierte diese armselige Auswahl: Meine Schwiegermutter lebt in höheren Regionen. Sie kümmert sich nicht um Äußerlichkeiten. Der Kessel pfiff. Blaue Feuerzungen zischten hervor. In ihrer energetischen Art stand Mama ruckartig auf. Mit ihrem Stuhl glitt sie über das frisch gewachste neue marmorierte Linoleum und landete mit quietschenden Stuhlbeinen auf den Fliesen. Iiih! Mit beiden Mittelfingern schloss ich meine Ohren. Heini sagte, die Mädchen in unserer Klasse schreien auf die gleiche Weise, wenn der Lehrer mit der Kreide an der Tafel schabt. Das Gas abschaltend, nahm Mama den Wasserkessel und goss sorgfältig Wasser auf den duftenden Kaffee. Sie öffnete den Backofen. Darin hatte ich mir noch am Vortag meine eisigen Füße gewärmt. Nun erfüllte ein köstlicher Bratenduft die Wohnung. Mama sagte: Er ist fast fertig.

Scppel schimpfte mit seinem Spiegelbild. Die Sonntage waren keine Sonnentage für den Wellensittich, weil er meist im Käfig bleiben musste. Papa goss wenig Wasser in den Filter und sagte, wenn du ihn gleich bis zum Rand voll machst, verteilt sich der Kaffee überall im Filter und das Aroma leidet. Ich weiß, Papa, das hast du mir schon mal gesagt. Ich schabte mit dem Daumen an meinen Nabel herum. Juckt's schon wieder? Oma sagte, die halbe Nacht hat sie versucht, ihre winzigen Ziegenköttel abzusetzen. Wir müssten einen Einlauf machen.

Im Wohnzimmer war der Couchtisch bereits zur Esstischposition angehoben und ausgezogen. Auf dem weißen Leinen glänzte das feinste weiße Porzellan mit Goldrand. Mit Gästen aßen wir immer im Wohnzimmer. Während der Sonntagsbraten zu Ende schmorte, putzte Oma Mamas selbst gezüchteten Rosenkohl und schälte Kartoffeln. Der gewaschene und getrocknete Salat wartete im Kühlschrank. Papa sagte: Heiner kommt in seinem Leukoplastbomber. Lloyd LP 600, kommentierte Heini trocken. Nach dem Essen vertiefte Papa sich in seinen geliebten *Spiegel*. Hey! Das müsst ihr hören. Sein lebhafter Gesichtsausdruck war in ein faustisches Grinsen übergegangen: Heimkehrer Schörner, der laute Kamerad. Wer ist das? Fragte ich, wenig interessiert. Ah, die Bolschewisten haben den Trottel begnadigt. Der blutige Ferdinand, der Schlächter von Riga, ein verrückter Kerl, fanatischer Hitleranbeter, nicht zu stoppen. Jetzt wird er wahrscheinlich die Bolschewisten ausspionieren. Ha ha, da kann der Komiker die Volkspolizei disziplinieren.

Hm ... hm ... ta ... ta... plötzlich platzte ein herzhafter Lacher aus Papa heraus, sein Gesicht wurde rot und sein Körper zitterte. Als ihm die Tränen über die Wangen liefen, konnten wir uns auch nicht mehr halten. Dieser verrückte Kerl brannte alles nieder, auch aus Versehen den Koffer des kommandierenden Generals, ha ha. Nach einigen weiteren Zeilen, sagte Papa, halb erstickt vor Lachen, einer der drei Radarstationen einer Panzerdivision war defekt und sollte nach Libau in Kurland gebracht werden.

Auf seinem Weg stoppte Schörner den Radarmann und forderte den Marschbefehl. "Nach Libau wollen sie, steht hier. Quatsch, türmen wollen sie." Hm ... hm ... ta ... ta ... "Herr Generaloberst, ich habe den Auftrag, nach Libau zu fahren." Schörner: „Wer hat den Marschbefehl überhaupt unterschrieben?"... "Der erste Generalstabsoffizier"... "Dann bestellen Sie dem Ersten Generalstabsoffizier, dass die Verkehrsdisziplin seiner Division schon lange zu wünschen übrig lässt." ... "Danach dreht Schörner sich zu seinem zweiten Feldgendarmen um und befiehlt: "Sprit!" Der Gendarm schleppt einen Benzinkanister mit zwanzig Litern heran. Schörner übergießt den Funkwagen eigenhändig und zündet ihn an. Die Panzerdivision verfügt fortan bis zum Kriegsende nur noch über zwei Funkstellen." Ha, ha, ha. Wir lachten mehr über Papas drolliges Verhalten als über den hirnrissigen Nazi. Sein wackelnder Bauch und das nach Luft ringende Lachen waren urkomisch. Oma sagte, während sie die Butter wieder in den Kühlschrank stellte, das ist unglaublich. Mama sagte, mit einem spöttischen Blick: Mit solchen Dummköpfen wollten sie den Krieg gewinnen. Oh, jetzt wird es widerlich. Schörner war auf groteske Weise geräuschempfindlich. „Im Felde ließ er bellende Hunde erschießen. Posten, die vor seinem Fenster husteten, wurden bestraft. Hm ... hm ... ta... ta ... „Vollends als medizinischer Fall zeigt sich Schörner, als er auf der Eismeerstraße einem erschossenen Muli das Maul aufreißt und nach der Zunge sucht. Sie fehlt. Schörner lässt die Hauptfeldwebel aller in der Ortschaft liegenden Einheiten zusammenrufen und veranstaltet nach der fehlenden Zunge eine Fahndungsaktion..." Ich fragte: Warum hat dem Tier die Zunge gefehlt? Warum! Ha, ha! Es gab viele hungrige Mäuler. Das zarte Stück Fleisch, sagte Oma amüsiert, natürlich, war das schon im Bauch eines Soldaten. Papa keuchte wie ein Asthmatiker, und Tränen liefen über sein krebsrotes Gesicht. Ich bückte mich und betrachtete den seltsamen Uniformierten mit der Brille auf der Titelseite. Heini sagte, mit dem Militärmonster könnte man einen lustigen Film machen. Mama sagte: Ja, aber jetzt ist es genug, wir müssen gehen. Spöttisch lächelnd fügte sie hinzu, das ist ja nicht gerade die richtige Vorbereitung für den Gottesdienst.

Mein Vater begann die Predigt mit Ereignissen der vergangenen Woche und fügte hinzu: Wir sollten alle Aggressionen stoppen und Jesus' Rat befolgen, die andere Wange hinzuhalten. Mahatma Gandhi sagte: "Auge um Auge und die ganze Welt wird blind sein." Er zeigte uns, wie wir uns aus dem Wahnsinn heraushalten können. Durch seinen gewaltlosen Protest und sein berühmtes Fasten für Freiheit provozierte Gandhi das Britische Empire, die Gesetze zu ändern. Durch Leidenschaft und Mitgefühl hatte er Indien in die Unabhängigkeit geführt.

Und das ist, was wir besser alle in unserem Alltag anwenden; gemäß der Worte der *Großen Seele*: „In der Geschichte hat der Weg der Liebe und Wahrheit immer gesiegt". Das mag provokativ klingen, weil wir das oft anders erleben. Doch dem universalen Gesetz kann niemand entrinnen. Und wir werden erst dann das Himmelreich erringen, wenn wir unsere Nächsten lieben und ihnen verzeihend die andere Wange hinhalten. Lasst uns die Hymne *Die Macht der Liebe* singen.

Papas Lieblingslied war auch Mamas.

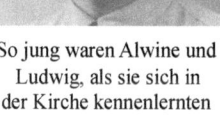

So jung waren Alwine und Ludwig, als sie sich in der Kirche kennenlernten

Mit ihrem glockenhellen Sopran führte sie die kleine Gemeinde zu höheren Sphären. Oma Lydia war die treibende Kraft in der Familie Augspurger beim Konvertieren vom Evangelismus. Früher hatte die neuapostolische Kirchengemeinde einen Chor. Dabei waren sich die Teenager Alwine und Ludwig nähergekommen. Sie sang, er spielte Harmonium. Etwa ein Jahr, bevor sie sich zum ersten Mal trafen, hatte Alwine in einem Fotoalbum Ludwig als Knaben gesehen. Sie hatte das seltsame Gefühl, dass dieser Junge eine wichtige Rolle in ihrem Leben spielen würde.

So, und nun wollen wir unseren lieber Bruder Heinrich Roth von der schönen Bergstraße begrüßen. Der Angesprochene schritt, den Kopf mit dem silbrig durchwirkten dunklen Haar leicht zur Seite gesenkt, zum Pult. Ich liebte seine warme sonore Stimme. Sie war so anheimelnd, dass ich eingeschlafen wäre, wenn mich die Zählpflicht nicht abgehalten hätte.

Liebe Brüder und Schwestern, heute haben wir uns in dieser schönen antiken Schule im Namen Christi zusammengefunden ... meine Gedanken wanderten zu Heini Klassenkameraden. Statt der heutigen 26 Mitglieder der *Christen unserer Zeit* hielt sich an den Werktagen hier die doppelte Menge an Schülern auf.

... das Reich Gottes, seine Einflusssphäre ist in euch, liebe Brüder und Schwestern. Was ist in mir? Flüsterte ich. Oma flüsterte zurück: Gott ist in dir. Hä? Jetzt grad? Ja, die meiste Zeit. Nur wenn du ungezogen bist, ist der Teufel in dir ...

... und wer hat diese innere psychische Kraft entdeckt? Der älteste Sohn eines sterblichen Zimmermanns: Jesus von Nazareth, nicht wahr, gellt? Aber wie, liebe Geschwister, offenbart sich diese schöpferische Kraft? In ihrer höchsten Entfaltung zeigt sie sich als Liebe. Doch statt der Liebe wurde das Fürwahrhalten, das viele fälschlicherweise als Glauben bezeichnen, zur wichtigsten Sache. Der Rahmen ist wichtiger als das Bild, nicht wahr? Gellt?

Die komischen Geräusche ganz hinten in meiner Nase waren ansteckend. Um mich herum vermehrten sich die Töne, die klangen, als ob jemand mit dem Daumen Wasser in einem Schlauch aufhalten wollte ...

..Und so bringen wir besser unseren Einfluss zur Geltung, meine lieben Glaubensbrüder und -schwestern. Machen wir die Gläubigen zu Liebenden. So können wir die Menschen glücklich machen und ihr geistiges Niveau erhöhen. Diese Gedanken, meine lieben Brüder und Schwestern wollen wir vom heutigen Gottesdienst mit nach Hause nehmen.

Die 59 Wiederholungen waren ein unterdurchschnittliches Ergebnis. Eine ähnliche Enttäuschung war der blaue Lloyd. Die winzige Kiste mit dem elfenbeinfarbenen Dach sah eher wie ein Hustenbonbon aus. Auf die gebogene Motorhaube unseres grauen Käfers gestützt, betrachtete ich mitleidig, wie Oma, den Kopf einziehend, sich in den Lloyd reinzwängte. Auf dem Weg nach Hause sagte Mama, hast du gewusst, dass du deinen zweiten Namen von Onkel Heinrichs Tochter Erika bekommen hast? Nö, aber ich weiß, dass ich meinen Vornamen von Heini hab, vom Lied "Mariandl, Jandel Jandel, du hast mein Herz am Bandl Bandl ..." Ja, er hat mich überstimmt, ich wollte eine Barbara. Warum Barbara? Weil du Rhabarber gern isst? Nein, mir hat der Name gefallen. Ich hatte Mitleid mit Mama, weil sie ihren Willen nicht bekommen hatte. Mir wären kurze Namen, wie Lea, Mara, Lara oder Clara lieber gewesen.

Während Maria Heinrich eine weitere Scheibe Braten andiente, sagte er: Was für ein köstliches Mahl, Alwine. Du könntest ein Restaurant führen. Mama antwortete halb beschämt, halb stolz abwehrend: Das würde mir grad noch fehlen! Apropos, was fehlt? Wie wäre es mit einem Schnaps zur Verdauung? Oma drehte sich zur eingebauten Bar des Buffets und sagte, der Steinhäger ist noch von vorletzter Weihnacht. Das macht gar nichts aus, da kommt er nur noch besser raus. Schöner Reim. Papa nahm einen Schluck. Seine Augen weiteten sich, als hätte er einen Geist gesehen. Seine scharf rasierten Wangen glühten wie Suppenknochen.

Apropos Poesie Maria, sagte Heiner, dein Gedicht *Geist der Wahrheit* hat mich tief berührt, vor allem die erste Strophe. Wirklich? Ja! Wirklich! Ich kann es sogar auswendig rezitieren:

Geist der Wahrheit, Licht und Klarheit
Trägst du in das weite Land,
dass verschwinde Nacht und Sünde
Und der Vater wird erkannt.

Höchster Geist, erfülle nun die Herzen,
Tau des Himmels, heile alle Schmerzen.
Der große Tag des Herrn ist nicht mehr fern.

Maria errötete bis zu den Ohren, und das kleine Glas Wein zauberte zwei rote Flecken auf ihre Wangen, sodass sie glatt als Zirkusclown durchgegangen wäre. Papa sagte, mit seinem Zeigefinger in Richtung Buffettür deutend: Liebling, kannst du mal die Zigarren bringen? Bäh! Ich näherte mich der dunklen Holztür mit der Elfenbeinverzierung. Obwohl Papa nicht rauchte, machte er stets eine Ausnahme an Sonntagen, wenn externe Prediger uns die Ehre gaben. Ich öffnete die Schachtel und hielt sie unter Papas Nase. Er nahm zwei der stinkenden Stumpen heraus und schnitt aus jedem Ende ein v-förmiges Stück aus. Ich nahm die Streichholzschachtel. Mit einem schelmischen Lächeln leierte ich das allseits bekannte Sprichwort herunter: Messer, Gabel, Schere, Licht sind für kleine Kinder nicht. Ich strich den Zündkopf gegen die Reibefläche und gab den Männern Feuer. Saugend, spuckend und schnaufend saßen sie nebeneinander auf dem gelben Sofa mit den hellgrauen Noppen. Dichter Rauch wanderte um ihre Köpfe. Papas feines blondes Haar hätte mal wieder einer Anti-Schuppen-Behandlung bedurft. In diesen Tagen wussten nur wenige Menschen, dass zu viel Eiweiß bzw. Tierfett die Schuppenbildung erhöht. Aber selbst wenn er es gewusst hätte, Papa hätte nie auf seine geliebten fetten Würste verzichtet.

Also, wie fährt dein Lloyd? Fragte Papa.

Ich hätte nie gedacht, dass ich ein fast neues Auto kaufen würde. Ich hab es nur genommen, weil es nur 8000 km gelaufen hatte, quasi ein Vorführauto, sehr günstig, mit Radio, für 2.800 Mark. Mein offenes Schützennaturell herauskehrend, fragte ich: Ist es nicht etwas klein für einen so großen Mann wie dich? Lächelnd sagte er: Hab ich zuerst auch gedacht, aber ich passe ganz bequem hinein. Was sagst du, Maria?

Das stimmt, sagte die im Sessel sitzende und wie gewohnt abwechselnd ihre Füße kreisende Angesprochene. Ich hab auch bequem gesessen.

Papa wollte die Gefühle seines Glaubensbruders nicht verletzen. Nachdem er gegangen war, sagte er, wer den Tod nicht scheut, fährt Lloyd. Ich würde lieber einen 2 Jahre alten Wagen fürs gleiche Geld kaufen. Ich fahre lieber was Robustes. Heini sagte selbstgefällig, Borgward baut doch allgemein gute Autos. Papa sagte:

Wie auch immer, mir wäre dieser Rasenmäher für lange Strecken nicht bequem genug. Er hat auch keine richtige Knautschzone.

Alwine fragte die Geschirr spülende Maria:

Kommst du mit nach Eberbach? Du hast deine Schwester schon lange nicht gesehen.

Ach ich weiß es nicht. Es gibt keine Überschwemmungen mehr. Ich bin mir sicher, Mina würde sich freuen, dich mal wieder zu sehen.

Ach nein, lass mich die Küche fertigmachen, wo du schon die meiste Arbeit beim Kochen hattest. Dann könnt ihr früher wegfahren. Ich kann ja nächsten Sonntag mitfahren.

Wie du willst … ja, es ist besser, ich muss auch noch Hedi schreiben, dass ich nicht nach Glückstadt komme. Sollen wir Mina was ausrichten? Oder können wir den Schlickenrieders was mitbringen? Oh ja, ihr könnt Edeltraud die bestickten Taschentücher und die Diabetes-Plätzchen mitbringen. Omas mollige Nichte hatte einen Schock durch eine Kriegserfahrung im Alter von 13 erlitten und musste sich seitdem Insulin spritzen. Ich hab nie eine klare Antwort erhalten, als ich fragte, was speziell den Schock ausgelöst hatte.

Wir hatten nichts dagegen, allein zu fahren. Oma hatten wir ja jeden Tag, und sie wollte auch mal allein sein und Zeit zum Lesen und Schreiben haben. Dass sie immer noch unter dem Tod Opas gelitten hatte, kam mir nicht in den Sinn. Durch Seppels Zirpen merkten wir, dass es geklingelt hatte. Ich drückte die ballförmige Taste des Türöffners, beugte meinen Oberkörper übers Podestgeländer und erkannte Uschis braunen Haarschopf. Ich kann jetzt nicht mit dir spielen, wir fahren nach Eberbach. Wart mal, ich frag, ob du mitkommen kannst. Eine Minute später rutschte Uschi das Geländer hinunter und rannte zum Nachbarhaus. Wie meistens erlaubte ihre Mutter, mit uns zu fahren.

Im Käfer reagierte Mama auf Papas Monza-artigen Start mit einem kehligen Unmutslaut. Großspurig sagte er, Heiner hätte nicht die geringste Chance, uns zu folgen. Im Ton auf ernsthaft besorgt umschwingend fragte er, weißt du, warum Mutti nicht nach Glückstadt will? Mama sagte: Sie fühlt sich nicht wohl. So etwas verdaut man nicht so leicht. Du weißt doch selbst, wie es ist. Und sie waren ja noch länger zusammen. Ich fragte: Was ist mit Oma? Du weißt doch, dass Opa gestorben ist. Jetzt ist sie mehr als ein Jahr ohne ihn. Aber Oma hat doch uns. Du weißt noch nicht, wie es ist, jemanden so Nahes zu verlieren. Guck mal da unten, in der Papierfabrik hat dein Papa als Elektriker gearbeitet. Ich weiß, das war, bevor ihr geheiratet habt. Stimmt. Kommt das Papier, das wir dem Lumpensammler geben, auch dahin? Das nehme ich doch stark an, antwortete Papa. Heini stimmte den passenden Singsang dieses Mannes an: Lumpeeee. Alt Eiseee, Papiiier! Einige Meter weiter schaute das robuste Bahnwärterhaus auf uns herab. Vor dem dunklen Mischwald glänzte der Buntsandsteinbau im Sonnenschein. Endlich Sonne nach der langen Sturmperiode. Es glitzerte auf den frostig angehauchten kahlen Ästen der flankierenden Bäume. Die welligen Wiesen schwitzten die Regenfälle der vergangenen Wochen aus. Als das hübsche alte Gebäude des Gasthauses *Zur Marbach* vor uns auftauchte, brach Papas Begeisterung wieder hervor: Aus dem Haus ließe sich was Tolles machen. Eine Menge Arbeit, sagte Mama, und alles würde an mir hängen bleiben.

Ah, das Himbächel-Viadukt! Schön!

Wer wohnt in diesem kleinen Schloss?

Das war Hitlers Ferienhaus. Übrigens, wisst ihr, dass ohne Oma das Himbächel-Viadukt gar nicht mehr da wäre? Ich schaute aus dem geteilten Rückfenster auf die große Buntsandsteinbrücke aus dem 19. Jahrhundert. Ein echter Hingucker! Auch in der kalten Jahreszeit gibt sie ihrer Umgebung einen gewissen Glanz. Warum Papa? Als gegen Ende des Krieges eine Horde von Soldaten über die Schwellen der Geleise trampelten, kam eure Oma ihnen entgegen gelaufen und rief, na was wollt ihr denn hier?

Der Kommandant sagte, wir wollen das Viadukt sprengen, damit die Amis nicht weiterkommen. Großer Gott, schrie Oma, seid ihr denn verrückt? Wisst ihr, wie lang die Italiener gebraucht haben, um es zu bauen? Die Amerikaner kommen doch nicht mit dem Zug! Aber wir haben den Befehl, die Brücke zu sprengen. Nach langem Hin und Her hatte sie die Soldaten überredet, die kleine Brücke in Ebersberg zu sprengen. Heini sagte: Oma sollte eine Medaille kriegen. Das stimmt, sagte ich stolz. Uschi fügte eins von Omas Sprichwörtern hinzu: Undank ist der Welt Lohn.

In Hochstimmung fuhren wir bergauf nach Beerfelden. Papa stimmte das Lied *Wenn wir erklimmen schwindelnde Höhen* an, und singend stiegen wir alle zusammen *dem Gipfelkreuz zu*. Die höheren Lagen waren immer noch mit einer spinnwebenfeinen Eiskruste bedeckt. In Gammelsbach wiederholte sich das Ritual unserer roten Häuser zum x-ten Mal. Heini zeigte nach draußen, das rote Haus, wir sind fast da. Neiiin, das ist nicht rot, es ist rot-braun. Uschi, welche Farbe hat es? Es sieht braun aus.

Klar, das richtig Rote kommt später. Es dauerte noch eine Weile bis wir das Malibu des Odenwaldes durchfahren hatten. Kurz vor der zum Neckar führenden Bahnunterführung sagte Mama: Da ist dein rotes Haus, Marianne! Ich rief:

Ja, das ist es! *Haus* war eine Untertreibung. Die Gelatinefabrik mit ihren neuen Gebäuden entlang des Flusses ist heute die größte der Welt. Jede vierte Tonne tierisches Eiweiß weltweit stammt von diesem Familienunternehmen. War es die Übersinnlichkeit meiner Mutter, als sie es mein rotes Haus nannte? Zwar hat es nichts mit mir persönlich zu tun, doch die Urenkelin des Fabrikgründers Heinrich Koepff ist meine schöne Schwiegertochter. Wie die Verwandten meiner Mutter leben auch ihre Verwandten in Eberbach. Übrigens feiert sie ihren Geburtstag am selben Tag wie Doris Day!

Der braun schillernde Fluss strömte langsam zwischen der Uferstraße und den verhangenen bewaldeten Hügeln. Vom fein aufsteigenden Nebel spann die Sonne seidiges Engelshaar, das sich zwischen Büschen und Baumstümpfen ablagerte. Ich hatte das Neckartal immer geliebt und fragte zum x-ten Mal: Warum wohnen wir nicht in Eberbach? Tante Hilde und Tante Anneliese wohnen hier und Papa hat keine Geschwister in Michelstadt. Mama sagte nicht ohne Bedauern: Oma hat ihre Arbeit in Schönnen. Michelstadt ist weniger weit weg als Eberbach. Schade! Die Gegend war immer noch etwas überschwemmt. Aber nur wenig Wasser erreichte die Uferstraße. Bis auf ein paar davongetragene Holzstückchen störte nichts unsere Fahrt auf dem üblichen Weg.

Wir bogen links ab, da der Käfer Futter benötigte. Wir tankten gern an dieser Tankstelle, da der freundliche Tankwart uns immer kleine Geschenke machte. Diesmal bekamen wir zum Kaugummi ein blaues Männeken aus Hartgummi. Entzückt verbogen wir seine überlangen Arme und Beine in alle Richtungen. Ich freute mich, dass Uschi mit durfte. Sie war unterhaltsamer als Heini und freute sich so sehr über die Abwechslung. Für einen halben Tag war sie von familiären Pflichten und vom Lärm ihres kleinen Bruders und vom Streit befreit. Zwar wurde in unserer Familie auch oft gestritten. Doch wenn wir unseren Standpunkt klar gemacht hatten, kamen wir immer schnell wieder runter und die Familie stand fest zusammen.

Als ich laut nieste, sagte Uschi: Warte, ich hab was für dich. Sie produzierte stolz eine Neuheit aus ihrer Jackentasche, brach sie entzwei und reichte mir die Hälfte. Ich liebte es, wie meine beste Freundin sich über klein Dinge freuen konnte. Diesmal über die Tempobrechpackung. Zwar hatten wir das erste Auto, den ersten Fernseher und das erste Telefon in der Nachbarschaft, doch wir benutzten immer noch grobe Stofftaschentücher. Außerdem waren unsere Hintern weniger verwöhnt als die unserer Nachbarn. Denn die Erwachsenen waren eifrige Zeitungsleser. So wurden die alten Ausgaben in handliche Stücke geschnitten, durchbohrt und mit einer Schnur an einen Nagel neben die Toilette gehängt. Solange, bis die Tochter von Omas Cousine Louise aus Kassel zu Besuch kam. Marika machte uns mit dem flauschigen Po-Reinigungsmaterial bekannt. Als die Toilette verstopft war, sagte sie, das würde mit dem richtigen WC-Papier nicht passieren. Sie kaufte zwei Rollen vom nahe gelegenen Lebensmittelgeschäft, eine für jedes Bad, sodass alle unsere Hinterteile sich an den Luxus gewöhnen konnten. Natürlich wollte keiner in der Familie mehr zurück zur Zeitung.

Apropos Louise und ihre Tochter Marika; es gibt noch einen *Zufall* fürs Koinzidenzalbum: Der Name von Peters dritter Enkelin ist Marika. Sie wurde am Geburtstag meines Vaters geboren. Ihre zwei älteren Schwestern hätten ihr lieber den Namen Louise gegeben! War das nur ein kosmischer Witz oder prüft ihr auf der anderen Seite, ob wir aufpassen?

Auf dem Weg zur Neckarstraße waren wir gespannt, ob wir diesmal direkt zur Haustür fahren konnten. Am Sonntag zuvor war die Straße passabel, aber das Haus, in dem unsere

Verwandten wohnten, stand in einer Senke, die sich in einen See verwandelt hatte. Onkel Heinz hatte den Gondoliere mit einer großen Speispfanne gespielt und uns nach und nach vor der Tür abgesetzt. Ein Brett führte zur Treppe. Heini nahm ein Bad. War es ein Unfall oder Abenteuerlust? Der 9-Jährige verriet es nicht. Tante Hilde streifte ihm ein flauschiges Flanellhemd von Onkel Heinz über, in dem er fast verschwunden war.

Diesmal konnte Papa bis zum Eingang fahren. Unser kleiner Cousin kurvte mit seinem roten Cabrio herum. Ein solches Auto wäre auch mein Lieblingsweihnachtsgeschenk gewesen. Nach Kuchen und Kakao ließ uns Jürgen ein paar Runden drehen. Karin konnte die Pedale noch nicht erreichen und war mehr besorgt um ihre *Kuh* in Form ihres Puppenwagens und darunter stehender, mit Wasser gefüllter Sprühflasche. Jeden Tag kümmerte sie sich ums Melken ihrer Kuh und brachte ihr täglich frisches Gras.

Voller Hochgefühl brauste ich durch den Hof wie Huschke von Hanstein im roten Porsche

Jocelyn Brandos Schreibblockaden-Workshop

Die prächtigen Platanen meiner Lieblingsallee formten eine frische grüne Schutzabdeckung über den Köpfen der Jogger. Wenn ihre Blüten rotes Leuchten in die Luft sprudelten, musste ich im Verkehr achtgeben, dass ich mich nicht ablenken ließ. Nach rechts zum Santa-Monica-Canyon abbiegend, kam ich gerade rechtzeitig in der 338 E. Rustic Rd an. Nach einer Begrüßungsumarmung begleitete Jocelyn mich zu den anderen. Einige hatten es sich vorm Kamin bequem gemacht, andere hielten sich in der Nähe des Buffets auf. Ich nahm mir heißes Wasser von einem schönen Messingsamowar und konzentrierte mich auf den aus dem Beutel blutenden Tee. Ich gönnte mir ein paar Trauben und setzte mich an den Kamin. Wir plauderten, bis es Zeit war, um unsere mentalen Übungen in der umgebauten Garage zu beginnen.

Der einzige männliche Teilnehmer war ein 28-jähriger Afroamerikaner. Er schien sich in unserer Autorenfrauenrunde mittleren Alters wohlzufühlen. Einige waren Schauspielerinnen mit autobiografischen literarischen Interessen. Die anmutige Linda Ridgeway saß zu meiner Linken und sprach mit Celeste Bonham, einer Ex-Managerin von MGM. Ich hörte sie sagen, dass sie das Studio nach acht Jahren verlassen hatte. Die ernste Frau mit den langen schwarzen Haaren erinnerte mich an Oma Lydia. Ich fragte: Was hast du denn bei MGM gemacht?

Skripts gelesen. Oh, gut, ich hätte nichts dagegen, mein Geld mit Lesen zu verdienen.

Linda sagte, Rock hat gerade ein Buch geschrieben. Celeste fragte: Worüber? Yuls Leben.

Yul Brynner? Fragte ich. Ja, Rocks Vater.

Wir haben Yuls silbernen Flügeltürer besessen. Was!?! Linda sprang von ihrem Sitz.

Wow! Na, das ist eine Reaktion! Meinst du wirklich das Auto, das mit den Türen so? Linda hob die Arme über den Kopf. Ja, wir handeln mit klassischen Automobilen, und wir kauften den Gullwing aus einer Garage. Wirklich? Ja! Er hatte immer noch französische Kennzeichen.

Spyder. Meine Adern vibrierten unter der Haut. Mit stolzgeschwellter Brust fühlte ich mich fantastisch frei. Seitdem war ein Cabriolet auf meiner Wunschliste für die Zukunft. Zweimal hatte ich auch vom Fahren in einem offenen Auto durch Michelstadt geträumt. Immer, wenn ich am Frühstückstisch freudestrahlend von meinen Träumen erzählte, versprach Papa, mir zum 18. Geburtstag ein Cabrio zu schenken.

Als die Zeit gekommen war, ging es um ganz andere Themen. Papa war gerade dabei, das Bahnwärterhaus in Schönnen zu erwerben. Doch ich hatte Geld gespart und kaufte mir eine gebrauchte Renault Floride, wie ich später herausfand, mit neuer Farbe über altem Rost. Ein echter Blickfang, weiß mit rotem Leder und rotem Faltdach. Mein Kindheitstraum, durch die Altstadt herumzukreuzen, hatte sich bewahrheitet. Ob er prophetischer Natur war, ist kaum nachprüfbar.

Rund 20 Jahre später in L.A, brauste ich mit meinem schwarzen 450SL auf dem San Vincente Boulevard zu Jocelyn Brando, um am Seminar gegen Schreibblockaden teilzunehmen.

Stimmt. Yul hatte Probleme mit der IRS.

Wer hat die nicht? Schaltete sich die neben Celeste sitzende Suzanne ein. Die Schauspielerin verdient als Steuerberaterin ihren Unterhalt an solchen Problemen. Jocelyn forderte unsere Aufmerksamkeit. Ihre langen blonden Haare hatte sie zu einem hängenden Pferdeschwanz gebunden. In ihrem rosa Pullover über bequemen grauen Jogginghosen kam sie leger zwanglos rüber. Doch in ihrer Funktion als Seminarleiterin war sie auf den Punkt: Für die Neuankömmlinge, dieser dreitägige Workshop beabsichtigt, Blockaden im Schreibfluss durch die Beseitigung jeglicher innerer Hindernisse und Verkrampfungen zu lockern. Beginnen wir mit einer kleinen Übung. Schreibt alles auf, was ihr loswerden wollt. Das ist einfach, sagte ich. Ja, aber es geht dabei nur um unsere eigene Veränderung. Es ist nicht unsere Sache zu sagen, ich will, dass mein Mann aufhört zu rauchen. Aber du kannst sagen, ich will keine Menschen um mich herum haben, die meine Gesundheit gefährden. Kann ich auch sagen, ich wünschte, ich hätte einen Nichtraucher-Ehepartner? Ja, aber, das tun wir, wenn wir am Dialog Dimensionen oder an den imaginären Erweiterungen arbeiten. Also, was denkt ihr, ist das Wichtigste, das ihr loswerden wollt? Meine Angst, nicht mehr geliebt zu werden oder nicht genug lieben zu können. Und was glaubst du, was du dagegen tun kannst? Mein inneres Kind verwöhnen und einen Hund besorgen. Damit hättest du ja schon eine Lösung gefunden.

Bevor wir tiefer in die Zwielichtimagination und innere Weisheit eingehen, machen wir eine Meditation, wo wir unser Inneres von den Zehen bis zur Kopfhaut visualisieren. Setzt euch bitte aufrecht, mit den Füßen am Boden, Augen schließen, nehmt ein paar tiefe Atemzüge, visualisiert, wie das Blut durch die Zehen fließt, fühlt die Wärme, entspannt eure Zehen, visualisiert jetzt euren Vorderfuß, das Gefühl der Wärme. Beim Erreichen der Milz und der Lockerung der Bauchspeicheldrüse löste sich eine Träne vom Augenlid und rollte über meine Wange. Ich dachte an meine Großmutter Maria, an ihre bedingungslose Liebe. Ich vermisste sie.

In dem neuen Haus hatte ich sie nicht mehr gespürt. Keine Quersumme 11 und zu viel Arbeit beim Renovieren des Hauses Raum für Raum. Als Erstes was ich loswerden wollte, schrieb ich den Namen unseres Dauerbesuchers auf, der mich an Henry Millers Freund Moricand erinnerte. Gerd nervte mich mit monatelangen Aufenthalten, wobei er Peter um Hilfe für seine Immobiliengeschäfte bat. Ich bin mir auch sicher, dass er Peters Pass zweimal gestohlen hat. Es hatte uns jedes mal Tausende von Dollars gekostet, unser Handelsvisum wieder zu bekommen. Ich werde seinen Namen nicht aufschreiben, da ich es nicht beweisen kann. Einmal, als wir noch im Haus in Bergen-Enkheim wohnten, war ich allein mit meiner Mutter, die uns besucht hatte, als es an der Tür läutete. Zwei Kripobeamte fragten, ob ich weiß, wer C.-P. Meyer ist. Das ist mein Ehemann. Was ist mit ihm? Nichts, wir müssen ihn nur etwas fragen, ist er da? Nein, er ist auf Autosuche. Wann und wo ist er geboren? Als ich ihnen Peters Geburtsdatum gegeben hatte, sagten sie ja, das ist er. Können sie mir ein Bild von Ihrem Mann zeigen? Es betrachtend, schüttelten sie den Kopf. Hätten sie mir das Foto gezeigt, wäre Peter wohl der zweite Passklau und mir Gerds Besuche in Kalifornien erspart geblieben. Von einem anderen Bekannten haben wir später gehört, dass Gerd mit 5 verschiedenen Pässen reiste. Immer, wenn er hier mit Petra war, hatte ich keine Zeit für mich. Ich hatte Probleme beim Atmen. Mein Darm verweigerte seine Funktion. Das innere Kind wurde vernachlässigt und gequält.

In der Pause ging ich mit Linda, Suzanne und Celeste durch die Nachbarschaft, um frische Luft zu schnappen. Linda sagte lachend, du musst gedacht haben, ich bin verrückt, aber Yul Brynner war mein Schwiegervater. Deshalb war ich so aus dem Häuschen. Ich muss unbedingt

Rock anrufen. Vielleicht will er das Originalauto für den Film verwenden.

Oh, das tut mir leid, wir haben es nicht mehr. Wir haben es an einen Karosseriebauer in Frankfurt verkauft. Mit Blick auf Celeste, fragte ich, was schreibst du überhaupt? Über meine Arbeit als Geschäftsführerin der Akquisition, wie es endete, wie ich wieder auf Kurs kam. Das ist der Titel. Wieder auf Kurs? Ja. Back on Track. Klingt gut. Danke! Übrigens, da du Deutsche bist, kennst du Udo Lindenberg? Ja, fast alle Deutschen wissen, wer Udo ist. Wieso? Ich musste ihm mal die Universal Studios zeigen. Oh ja? Jep! Er wurde von seinem Arzt und Fritz Rau begleitet. Er war ziemlich schlecht drauf. Wirklich? Ja, ich war erstaunt. Er schien so cool in seinem schwarzen Outfit. Er war sauer, weil er von keinem erkannt wurde. Wieso? Denkt Udo denn, dass er auch hier bekannt ist? Es war ganz lustig. Nachdem sich eine junge Frau als Fan näherte, änderte sich seine Stimmung schlagartig. Das Stimmungsbarometer schnellte richtig hoch. Ich hätte das nicht von jemandem erwartet, der vorgibt, so cool zu sein.

Auf der Heimfahrt dachte ich darüber nach, warum Udos Verhalten Celeste so sehr aufgefallen war. Ist es nicht genau das, woran wir selbst arbeiten sollten, was wir an anderen bemängeln? Ich sage nur Splitter & Balken. Celeste trägt schwarz, und wie ich später feststellte, kann sie wirklich ziemlich übellaunig sein.

Der *Pfad der Tränen* - Geschichte wie gehabt

Ich hatte drei neue Freundinnen. Eines Morgens beim Wandern durch die Santa Monica Mountains, fragte Linda, was hast du gemacht, um deine potenziellen Verwandten zu finden? Nicht viel. Wieso nimmst du nicht Kontakt mit deiner Großmutter auf und fragst sie, was du machen kannst? Hab ich gemacht. Und? Sie meinte, dass ich nichts zu machen brauche. Also lass es sein. Yeah, I let it be. Mit Blick auf die Woodland Hills Wolkenkratzer parodierte ich die Beetles.

Wow! Sagte Linda. Wie das hier wohl vor 50 Jahren war. Nur Ackerland ... du solltest wirklich spielen. Du bist die Art von Schauspielerin, die es schaffen könnte. Blond, blaue Augen mit dem gewissen Glanz und der tollen Stimme. Ja, als ich mit meinen Eltern in Vegas war, wurde ich zweimal um ein Autogramm gebeten. Einmal, in einem Traum war ich ein englisch sprechender männlicher Darsteller. Ich kann immer noch diese Schauspieleraura haben. Ja, du solltest es versuchen. Warum? Du hast es in dir. Du bist so natürlich. Aber es macht doch keinen Sinn die gleiche Sache zweimal zu machen. Hm! Wenn ich ein männlicher Schauspieler

war. Jetzt bist du weiblich. Ich glaub kaum, dass ich im Rampenlicht stehen will. Bist du da nicht Sklave von Filmbossen und Fans? Da magst du recht haben. Ja, es wäre eine enorme Veränderung nach dem Leben eines Hirten. Linda sagte, eigentlich hab ich, bis ich von meiner Freundin träumte, nie wirklich an ein Leben nach dem Tod geglaubt. Was für ein Traum? Äh, also, ich hatte eine unheimliche Erfahrung mit meiner verstorbenen Freundin. Seitdem denke ich, alles ist möglich. Willst du darüber reden? Sicher. Ich war sehr traurig über ihren frühen Tod. Eines Nachts träumte ich von ihr. Sie sagte, sei nicht traurig, ich bin nicht tot. Nur mein Körper ist im Grab, aber ich bin immer noch da. Ich hatte immer noch daran gezweifelt. Was hat deine Meinung geändert? Fragte ich, während meine naseweise Nase an einem Busch schnupperte. Ich wünschte, alle Namen der Pflanzen und ihre Verwendung zu kennen.

In einem anderen Traum vertraute mir meine Freundin ein Familiengeheimnis an und bat mich, ihre Mutter anrufen, um es zu überprüfen. Als diese staunend das Geheimnis bestätigte, war ich davon überzeugt, dass unser Leben keinesfalls nach dem Tod endet.

Wow! Hast du schon mal Kontakt mit deiner Urgroßmutter gehabt? Ja, als ich am *Pfad der Tränen* arbeitete, hatte ich oft das Gefühl, automatisch zu schreiben, ich schrieb, ohne nachzudenken. Ja, ich kenne das Gefühl, warf ich ein, während ich eine winzige Muschel aus dem Hang kratzte und murmelte, wie kommt die denn hierher? Ich hab auch mal ein Bild vor meinem inneren Auge gehabt, wo sie mit einem Huhn im Arm gelaufen war. Du weißt, dass sie ihre Tiere als Nahrung mitgenommen haben. Ich hab die Kinder, die Kranken, die Schwachen und Erfrorenen gesehen. Sie haben sie einfach am Straßenrand liegen gelassen.

Oh, schrecklich, ich hab in Marlons Biografie auch gelesen, was sie mit den Indianern machten. Was denkst du, wie viele sie auf den Todespfad geschickt haben? Fast 20.000, schätze ich. 1/3 hat es nicht nach Oklahoma geschafft.

Deine Urgroßmutter muss es ja geschafft haben. Wie alt war sie denn? 14. Ihre Zehen waren erfroren. Grausam! Was denkst du über das Auge um Auge, Zahn um Zahn? Was meinst du? Ich frag mich, ob diejenigen, die die brutale Vertreibung veranlasst haben, erfrorene Zehen auf dem Russland-Feldzug bekommen haben. Linda seufzte: Was ist der Sinn des ganzen Leidens? Ein Mangel an Liebe oder Gier. Du hast recht. Sie hatten eine Goldader auf dem Cherokeeterritorium gefunden. Wo war das? In Georgia, in den südöstlichen Teilen der USA. Marlon wollte einen monumentalen Film darüber machen. Es geht immer nur ums Geld. Ja, und sie negieren diesen Holocaust, indem sie immer mehr Nazifilme drehen, weißt du warum?

Warum? Die meisten Produzenten sind Juden. Tja, das ist eine Tatsache. Ja. Die deutsche Filmgesellschaft finanziert US-Filme als eine Art Wiedergutmachung. Dabei hab ich den Eindruck, die Befreier haben meine Eltern und Großeltern nicht nur vom Naziregime befreit, sie befreien auch Kinder und Kindeskinder von ihrer Kohle und ihrem Selbstvertrauen.

Was meinst du damit? Sind nicht in allen Filmen die Deutschen die Bösen? Stimmt. Wir haben die Schuld geerbt und ich denke, das machen sie uns immer wieder bewusst, um von ihren eigenen Untaten abzulenken. Denn wir sind alle gleich: Mörder und Heilige. Ich denke, dass wir nicht nur als Individuen, sondern auch als Gruppen wiedergeboren werden. Wir waren schon Mörder und Retter und an Völkermorden in der einen oder anderen Lebenszeit beteiligt.

Hm! Wir könnten mit dem Angriff der semitischen Nomaden auf die Sumerer in Westasien vor 3000 oder 4000 Jahren anfangen. Wir waren da vielleicht auch dabei. Linda zuckte mit den Schultern: So was findest du selten in Büchern oder Lexika. Stimmt. Aber Marlon hat in seiner Biografie über das Sand Creek Massaker 1864 geschrieben, wo Hunderte von Frauen, Kinder und alte Männer in schrecklichster Weise verstümmelt wurden. Einige Reiter prahlten über ihre ungeheuerlichen Trophäen. Kannst du dir vorstellen, sie machten Tabakbeutel aus Brüsten von Squaws und Sättel aus ihren Vaginen. Auf Lindas entsetzten Blick sagte ich, krank, oder? Ich könnte kotzen. So ging es mir nach der Lektüre von Peter Weiss. Warum? Es ist ein Bericht über den Prozess gegen die ehemaligen Auschwitzwachen. Diese armen Juden haben den Holocaust nur überlebt, weil sie ihre eigenen Leute von allem Nutzbaren strippten, wie Zahngold oder Haare und sie in die Gaskammern führten. Sie mussten ihr restliches irdisches Dasein damit leben, die Nazibefehle zum industrialisierten Mord befolgt zu haben.

Schrecklich! Ja, wir haben das alles in uns. Also, warum ist kein Filmproduzent daran interessiert, einen Film über die Millionen von abgeschlachteten Indianern zu machen? Ist das fair? Natürlich nicht. Ja, aber das kosmische Gesetz, Gleiches erzeugt Gleiches, ist fair. Wir müssen für alles zahlen. Tja, das wäre gerecht.

Ich bückte mich nach einem Stein. Oh, ein Herz, wie schön. Das hebe ich für Peters Geburtstag auf. Weißt du, warum Marlon sich für angeblich antisemitische Aussagen entschuldigte? Nope! Vielleicht weil er denkt, dass die CIA-Leute in der Vietnamoperation Phoenix nicht anders waren als Heydrich oder Himmler. Keine Ahnung. Auf der anderen Seite erkannte er die Leistungen der 18 Millionen Juden im Vergleich zu den 99 % des Rests der Menschen, ihren Erfolg in der Wissenschaft, Musik und Politik, von der Filmbranche und Wirtschaft ganz zu schweigen. Einstein, Freud, Marx, drei der einflussreichsten Juden. Übrigens, Marx berichtet in seinem Kapital, dass die Neuenglandstaaten für jeden Rothautskalp £40 Kopfgeld zahlten. In der Massachusettsbucht gab es sogar £105. Ja, von diesem Völkermord hören wir kaum was. Tja, und das Auge um Auge ... wird weiter und weiter gehen, wenn wir nicht bereit sind, die andere Wange hinzuhalten. Wie? Wir vergeben besser uns und anderen; sonst geht es weiter, bis unser Planet durch zerstörerische Waffen und Ausbeutung ruiniert ist. Oder besser gesagt, bis der Planet uns zerstört hat. Denn die Erde braucht uns nicht. Wollen wir aber den Himmel auf Erden, arbeiten wir besser alles Vergangene auf, erkennen unser Einssein und vergeben uns und unseren Nächsten.

Wie sieht denn dein Himmel auf Erden aus?

Ich schaute in Lindas hübsches Gesicht. Jedes Wesen sollte ohne Sorgen und Nöte in Sicherheit, Harmonie und Würde leben können. Hört sich gut an. Aber wie? Alle Menschen bekommen ein an die Lebenshaltungskosten des jeweiligen Landes angepasstes Grundeinkommen für die Grundbedürfnisse wie Unterkunft, Kleidung und Essen, evtl. mit 10 Stunden wöchentlicher gemeinnütziger Arbeit. Alle respektieren die Individualität anderer und lernen aus den Unterschieden. Wir hören auf, den Splitter im Auge des Bruders zu sehen, indem wir unseren eigenen Balken beseitigen. Linda sagte: Dein Himmel auf Erden braucht eine andere Gesellschaft. Ja, alle, die mehrere Millionen im Jahr verdienen, behalten nur drei und geben den Rest an die Gesellschaft zurück. Sie können ihre Kohle ohne die Gesellschaft ja auch gar nicht machen, ohne dass andere für sie arbeiten oder sie bewundern.

Was soll denn mit all dem Zaster passieren? Von dem Geldpool bekäme jede Person eine Summe für die dringendsten Bedürfnisse, hier wäre das etwa 1.000 Dollar, in Bangladesch höchstens 100. Der Rest sollte für Bildung und Innovation ausgegeben werden. Was haben die Reichen davon? Mehr Sicherheit, Anerkennung, Liebe! Ist das nicht, was wir alle wollen? Aber wie soll das gehen? Jedes Jahr könnten auf einem globalen Event die Philanthropen wie Popstars gefeiert werden.

Ein hochgewachsener Mann näherte sich. Oh hallo. Wie geht's? Ganz gut. Arbeitest du wieder? Mehr oder weniger. Beim Weitergehen fragte ich. Wer ist das denn? Ein Schauspieler, den ich kenne. Kommt mir bekannt vor. Ich glaub, ich hab ihn in einem Werbespot gesehen. Kann sein. Michael Green wandert oft hier.

Übrigens, wie heißt der Bronson Film, in dem du spielst? *The Mechanic* (*Kalter Hauch*). Ich hab Jan-Michael Vincents Freundin gespielt. Hab mir meine Pulsader aufgeschlitzt, ein peinigender Akt. Hat auch meine Karriere gekillt.

Als wir bei Lindas Wohnwagen ankamen, sagte sie: Mir gefällt deine Idee eines Grundeinkommens. Mit einer Handbewegung zu ihrem alten 53er *Pick-up*-Laster sagte sie, ich würde den restaurieren und den Wohnwagen für ein nettes kleines Haus tauschen.

Sharon Chattens Schauspielklasse

Linda machte mich mit ihrem Dramenkurs in Hollywood bekannt. Suzanne nahm mich mit zu Sharon Chatten, die in Brentwood und Santa

Monica Schauspieler ausbildet. Ich entschied mich für Sharon. Das Treffen der Klasse fand wegen Renovierungsarbeiten vorübergehend in einer alten Kirche statt. Draußen auf Sharon wartend, studierte ich die Gesichter der Kollegen. Die große Blonde mit den hohen breiten Wangenknochen kam mir bekannt vor. Sie wirkte weniger souverän, als es von ihrer sportlichen Physis her zu erwarten wäre. Als Sharon aufschloss, betraten wir die dunkle Halle. Eine andere Frau, die mich auch an jemanden erinnerte, ging zum Klavier. Sie fing an, zu spielen und zu singen. Hatte ich dieses kindliche Gesicht mit der Lockenmähne in *Pink Cadillac* mit Clint Eastwood gesehen? Sharon sagte: Eure erste Improvisation ist ein Klassentreffen. Sie teilte uns in Zweiergruppen ein. Wie ist dein Name? Marianne. Okay, du und Mariel, Chris und Berry ...

Am Ende des Tages bekam ich Wes als Partner. Wir sollten uns für ein Stück namens *The Porch* vorbereiten. Ich mochte meine Rolle als Frau, die als Editor in New York arbeitet. Allerdings hatte ich die Anweisungen falsch verstanden und lernte meine Rolle auswendig. Mein armer Partner in der Rolle als mein ehemaliger Geliebter, wusste nicht, was er sagen soll. Sharon sagte: Das ist nicht, was ich will. Es geht nur darum, die Rolle zu verinnerlichen.

Auf der Fahrt nach Hause fühlte ich mich als diese Frau, die gerade von New York in ihre Heimatstadt kam. Ich stellte mich auf der Veranda vor meinem Elternhaus sitzend vor. Meine Mutter war bereits gestorben. Mein Vater lag im Krankenhaus. Der Ausgang der bevorstehenden Operation ist zweifelhaft. Beim nächsten Klassentreffen legte Sharon mehr Wert auf die Grimassen von Lee Strasbergs *Method Acting*. Wir saßen in einem Halbkreis vor unserer Lehrerin. Sie sagte: Am Ende werde ich eure Entspannung überprüfen. Nach einer Minute fing Sharon meinen Blick auf und sagte, aus dir könnte eine klasse Schauspielerin werden, aber du kommst nicht genug aus dir heraus. In der Tat, meine Gesichtsgestik, das Schreien, Boxen, Treten oder Schlagen der Luft waren fast null. Ich hatte Jocelyns Entspannungsanweisungen befolgt und alle Körperteile von den Zehen bis zum Kopf relaxed. Nach ca. 5 Minuten kam Sharon zu den Stühlen neben mir und hob die Arme meiner Nachbarn. Als sie versuchte, meine schlaffen Arme hochzuheben, sagte sie zwar nichts, aber ihr verdutzter Blick signalisierte Lob für meine Entspannung. Doch beim Warten auf einen tatsächlichen Bühnen-Auftritt könnte ich viel zu angespannt sein, und das körperliche Training würde eher beruhigend wirken.

Als ich dieses mal unsere Improvisation begann, ging ich an den Gartenstühlen entlang, die in einer L-Form angeordnet waren. Ich klopfte dabei nervös gegen die Rückenlehnen und setzte mich schließlich auf einen Stuhl, die Füße auf dem nächsten in fötaler Position, die Arme um die Beine geschlungen. Ich sah meinen Partner auf mich zukommen, beantwortete seinen Gruß, bewegte mich aber nicht. Wir redeten eine Weile rund um den heißen Brei herum. Ich bewunderte seinen Kopf voller Haare und fragte, ob er regelmäßig Kopfstände mache oder oft Bohnen esse. Aber kaum etwas deutete darauf hin, dass wir einmal verliebt waren. Auf einmal fragte mein Partner: Was haben sie in der Klinik gesagt? Ich hielt tief atmend inne, senkte meine Stimme um eine Oktave und sagte: Es kann so oder so ausgehen.

Sharon sprang von ihrem Sitz hoch. *Great, great, it didn't look like acting!* Huch? Sharon hatte noch nie die etablierten Mimen so gelobt. Das einzige, was du beim nächsten Mal versuchen solltest, stell dir die Liebe deines realen Lebens vor, um mehr Intimität zu schaffen. Lass es für dich arbeiten. Natürlich, es ist nicht so einfach mit bestimmten Partnern. In Gedanken gab ich ihr recht. Wes war keinesfalls mein Typ. Mit Chris, wäre es leichter gewesen. Übrigens, sein Vater Peter Lawford spielte 20 Jahre zuvor eine Rolle als Doris' Liebhaber in *The Doris Day Show*. Jedenfalls hatte ich meinem

Partner keine Gelegenheit gegeben, seine in der Vorwoche zu sehr mit Effekten befrachtete Mimik, Gestik und Stimme erneut aufzulegen. Das war es dann für mich. Ich sparte die 140 Dollars für den folgenden Monat und verließ die Truppe. Ich wollte ja nur mein Talent unter Beweis stellen, das wie ich annahm, in mir stecken müsste, wenn ich diesen Beruf schon mal ein Leben lang ausgeübt hätte. Vielleicht wäre, um den Verkauf meiner Bücher zu forcieren, wenigstens einen Film zu machen besser gewesen. Nun ist's zu spät oder ich wäre die älteste Newcomerin im Guinnessbuch.

Party-George und Immobiliensuche

Ich liebe die Art, wie Hausbesitzer in den USA ihre Eigenheime anbieten. Jedes Wochenende durchstreiften wir die Gegenden, in denen wir gern wohnen würden und suchten nach offenen Häusern. Oft winkten Luftballons an den Briefkästen oder an den Schildern der Immobilienfirmen. Wir fragten auch einige dieser Unternehmen nach für uns angemessenen Anwesen. Aber nach dem 3. uns angebotenen Haus hatten wir bereits genug und wollten keine Zeit mehr verschwenden. Das erste Haus in Burbank war mit Büchern vollgestopft. Die Dame hatte auch eine Menge anderer Dinge gesammelt, leider keine Autos. Sie hatte sogar die Garage in eine weitere Bibliothek umgewandelt. Das zweite, von einer indischen Familie bewohnte Haus war dunkel und hatte auch zu wenig Platz für Autos. Das dritte Haus in den Hollywood Hills gefiel uns, doch mit $585.000 war es mehr, als wir ausgeben wollten. Wir machten ein Gegenangebot von $540.000. Aber als wir wieder anriefen, war das Haus schon verkauft. Da wir keine Zeit mehr verschwenden wollten, sagten wir den Immobilienmaklern, erst wieder anzurufen, wenn sie genau das anbieten können, was wir haben wollen: ein 2-3-Schlafzimmer-Haus mit Blick, 2 Bädern, mindestens Platz für 5 Autos für bis zu $500.000. Wir waren im Haus in der Scadlock Lane ganz happy und liebten es, früh um 6:30 Uhr die Rehe vor unserem Schlafzimmer vorbeiflanieren zu sehen. Sonntags überquerten sie die Straße erst um 8:30 Uhr.

Peter saß am Außenschreibtisch. Er blätterte in der Hemmings Motor News auf der Suche nach Teilen für einen Adenauer Mercedes. Ich ging ins Bad, um meine Haare zu waschen. Als ich gerade ein Handtuch zum Turban wickelte, hörte ich Peter am Telefon, auf wen soll der Scheck ... Witchgram, wie die Hexe mit dem Besen? Mit einem "y" und ohne das "t"? Wychgram, okay. Was? Rief ich und rannte nach draußen. Frag ihn, ob sein Vorname Roger ist. Er könnte Uschis Ex-Hubby, Renées Vater sein! Ist Ihr Vorname Roger? Meine Frau fragt ... Ja!?! Ich griff nach dem Hörer. Hi, Rog hier ist Marianne, Uschis Freundin aus Michelstadt.

Wie? Was machst du denn hier? Ich wohne hier. Ich tauschte das miese deutsche Wetter für den kalifornischen Sonnenschein. Ich komme auch bald. Für immer? Nein, da ist eine Autoshow in Beverly Hills nächste Woche. Ich will mit Wendy hin. Ja, ich hab von Wendy gehört. Uschi hat gesagt, sie sei zu gut für dich. Ist sie nicht auch Krankenschwester? Ja, ich bin sicher, du wirst sie mögen. Ihr könnt bei uns wohnen. Als die beiden ankamen, fragte Roger: Hast du Tylenol? Was? Painkiller. Nein, wir nehmen keine Pillen. Aber ich kann dir welche mitbringen, muss eh einkaufen. Ich nahm die kleinste Packung. Als ich sie Roger reichte, schaute er mich bass erstaunt an. Was ist das? Tylenol! In einer Art, als ob ich ihn beleidigt hätte, sagte er, die werden nicht lange halten.

Äh, also, du willst doch nur 3 Tage bleiben, nicht wahr? Ja, und? Ich dachte, du würdest 3 oder 4 pro Tag nehmen und ich hätte noch welche für den nächsten Gast mit Schmerzen. Kein Wunder, dass Uschi mit Renée Aberdeen nach 2 ½ Jahren verlassen hatte. Wie? Es ist nicht leicht, dem Ehemann zuzusehen, wie er seinen Körper ruiniert. Roger spülte sechs Pillen mit etwas Wasser hinunter. Hast du es mal nur mit

Wasser versucht? Das hilft manchmal. Meinen Rat ignorierend, sagte er: Was für ein tolles Haus für Partys. Ja, warf Peter ein, und die tolle Aussicht auf die Budweiser-Fabrik. Nur schade, dass es für den Pool zu kalt ist. Lass uns trotzdem eine Party machen. Wir kennen nur wenige Leute, die kurzfristig kommen könnten. Ich kann Don Briten anrufen, du kennst ihn vielleicht. Klar, der Texaner, wir haben einige Geschäfte miteinander getätigt. Sie hatten ein riesiges Haus. Ich war zweimal dort. Dons Frau Lynne ist sehr nett. Dann kennst du sie besser als wir. Wir könnten Mosy fragen. Kennst du George Moseman? Ist er nicht ein Musiker aus Michigan? Ja Detroit. Netter Kerl. Kleine Welt.

Ich machte das Party Catering selbst. Wozu Geld für etwas ausgeben, das meist weniger gut schmeckt als hausgemacht? Für jeden Geschmack kochte ich etwas: Huhn, Fisch, Hamburger, Kartoffelsalat, gefüllte Eier, Krautsalat, in Scheiben geschnittenes Gemüse mit Dip und anderes Fingerfood. Ich bin es gewohnt, viel Essen zu machen. Einiges davon können die Gäste mit nach Hause nehmen, und einiges essen wir an den folgenden Tagen.

George kam allein, aber mit Blumen und einer Flasche deutschen Weißwein! Ich war von seinem Witz und Charme beeindruckt und nahm mir vor, nie mehr ohne George zu feiern.

Du könntest ein Restaurant eröffnen. Niemals! Ich hab genug von den 4 Jahren, als meine Eltern eins hatten. Wo hast du kochen gelernt? Ab meinem 14. Lebensjahr hat mich meine Mutter jeden 2. Sonntag kochen lassen. Hast du Schwestern? Nein, nur einen Bruder, traditionelle Erziehung: Ich putzte die Schuhe der Familie, trocknete das Geschirr und staubte ab. Mein Bruder gab einen Teil seines Gehalts ab.

Petra und Bernd waren wieder gen Newport Beach unterwegs, als ich mit Lynne über meine metaphysischen Erfahrungen sprach. Sie sagte: Das Problem mit der Erscheinungswelt ist, dass es nicht nur gute Geister gibt. Es gibt auch solche, die sich über dich lustig machen. Denkst du, die beiden, die in meinem Schlafzimmer erschienen sind, waren keine Vorfahren meines Vaters? Nein, ich meine nur, einige kanalisierte Ideen können von bösen Quelle kommen.

Aber es gibt doch immer noch mein Bewusstsein. Richtig. Wie sahen sie aus? Ganz normal, sie trug eine weiße Hose und eine weiße Bluse, er eine dunkelgraue Hose und ein hellblaues Hemd, beide langärmelig, seine waren hochgekrempelt. Sie war etwa in meinem Alter, rundes Gesicht mit mittelblonden Locken. Sie sah aus wie meine Freundin Carole, die ich aber erst nach dieser Erfahrung kennengelernt hab. Er hatte ein längliches Gesicht und noch weitgehend dunkles Haar mit Koteletten. Er war mager, sie ein kleines bisschen pummelig, wie Carole. Meinst du, sie könnte ... wie wird das genannt, wenn wir uns entmaterialisieren und woanders erscheinen? Teleportation. Ich weiß, dass die Verwendung von Subraum-Konvertierung möglich ist. Es ist anders als eine außerkörperliche Erfahrung, nicht wahr? Ja, das ist die Seelenbewegung. Wie erklärst du die Seele?

Als Bewusstsein, an das Magnetkraftfeld des Körpers gekoppelte elektromagnetische Strahlung. Shirley MacLaine erwähnte eine Silberschnur, die angeschlossen ist, und wenn sie bricht, sterben wir. Die Seele löst sich aus dem Körper. Manche Menschen sehen zum Zeitpunkt des Todes die elektromagnetische Strahlung aus dem Körper emittieren. Ja, so hab ich das auch gehört. Hatten die Geister einen Heiligenschein? Ob ich ihre Aura gesehen hab? Ja.

Nein. Hast du überhaupt mal eine Aura gesehen? Nur meine Eigene um meine Hand, vor allem, wenn ich ein Bad nehme. Willst du mal eine sehen? Wie? Ja! Hast du ein Zimmer, wo ich vor einer weißen Wand sitzen kann? Ja, lass uns ins Schlafzimmer gehen. Wir brauchen mattes Licht. Ich knipste die Nachttischlampe an, setzte mich auf den Boden und lehnte mich ans Bett. Lynne saß mit ihrem langen dunklen Haar an der gegenüberliegenden Wand. Nun atme tief ein, entspann dich und schau mich mit halb geöffneten Lidern an, als ob du schläfrig bist. Ich sehe sie! Wow! Sie ist golden wie in den Heiligenbildern, aber sie ist kein Ring, sie geht von Ohr zu Ohr. Wie machst du das? Ich hab Seminare gegeben, aber jetzt hab ich nichts mehr mit diesen spirituellen Dingen am Hut.

Einer der Partyteilnehmer weiß seit dem 24. 5. 2012 wieder mehr von dieser immateriellen Welt. Dennoch lebte Roger länger als von den Menschen erwartet, die seinen körperlichen Raubau kannten. Dass er seiner 4. oder 5. Ehefrau alles, seinem einziges Kind und dem einzigen Enkelkind aber keinen einzigen Cent von seinen Häusern, Autos und Bargeld vererbte, wäre nach deutschen Gesetzen kaum möglich.

Am frühen Abend, drei Wochen nach der Party, einem ungewöhnlich warmen Frühlingstag, klingelte das Telefon. Maurice, der Makler wartete mit einer guten Nachricht auf:

Ich hab ihr Haus: auf 2.000 m² 3 Schlafzimmer, 2 ½ Bäder und ein Gästetrakt. Es hat eine große Garage für zwei Autos und ein Motorrad. Vorm Haus ist Platz für 5 oder 6 Autos, uneinsehbar von der Straße. Klingt gut! Wo ist es?

Encino, zwischen White Oak und Lindley, an der Grenze zu Tarzana. Super! Wie viel?

465.000. Hört sich gut an.

Aber es ist renovierungsbedürftig. Braucht ein wenig Make-up. Es hat eine schöne Aussicht übers Tal. Sie können Woodland Hills, Northridge und die Sierra Nevada sehen. Aber wir müssen uns beeilen. Es gibt einen anderen Käufer, einen jüdischen Geschäftsmann. Haben sie jetzt Zeit? Ich kann es ihnen sofort zeigen.

Ja, natürlich, klingt wie unser Haus.

Ich hole Sie in 10 Minuten ab. Wie ich sagte, ein weiterer Interessent will es für seinen Sohn.

20 Minuten später bogen wir am Karen Drive links ab in eine asphaltierte Zufahrt und landeten mitten in einer Wildnis. Ein betörender Duft von Eukalyptus, Zitrusfrüchte und Oleander stieg uns in die Nase. Eine Schar zirpender Zikaden versuchte, den Vortrag des Grundstücksmaklers zu übertönen.

Sie müssen ihre Phantasie spielen lassen. Es hat viel Potenzial. Sie könnten einen Felsenwasserfall zum Pool machen. Was ist das? Fragte ich und deutete auf einen hässlichen Holzverschlag. Dahinter ist das Poolequipment. Igitt! Das werde ich sofort ersetzen. Maurice sagte, erst sollten sie den Hang mit tief wurzelnden Pflanzen decken. Es ist voll von Wühlmauslöchern. Ansonsten können sie einfach einziehen, alles etwas aufmöbeln und für 150.000 mehr verkaufen. Ich würde es lieber für mich machen, als für jemand anderen. Was ist mit dem armen Baum neben der Garage? Sieht aus wie eine große Vogelscheuche. Er hat mehr Wirtsorganismen als Blätter. Tja, das ist ein mit Unkraut überwachsenes Gelände. Der Besitzer ist ein Mann mit seinem Sohn. Seine Lebensgefährtin hat ihn verlassen. Dennoch hoffte ich, dass wir es bekommen. Mit der Yuccagruppierung und dem nierenförmigen Pool wirkte das Anwesen wie eine Insel. Wir gingen auf einem Natursteinplattenweg vorbei an blau blühenden Sträuchern, einem Jasminbusch, kleinen Fächerpalmen und einem Bananenbäumchen. Ich mochte die Natursteinmauer am Eingang mit der Kassettendoppeltür aus Holz.

Sie schneiden besser den Eukalyptusbaum. Er braucht viel Wasser, da können die Avocados nicht genug bekommen. Okay, sagte ich. Es ist noch besser für uns, als das Haus in den Hollywood Hills weil es einfacher zu finden ist.

Also gefällt es Ihnen so weit? Ich weiß, es braucht … Peter, schnitt Maurice das Wort ab, es ist perfekt für uns. Lassen sie uns einen Blick ins Innere werfen. Helles Linoleum auf dem Boden im Eingangsbereich und in der Küche. Ich werde hier Fliesen legen. Es war überall sehr hell, die meisten Zimmer mit Glaswänden. Maurice wies auf den Metallüberhang hin. Aber ich hatte nur Augen für den Pfefferbaum, den Mönchspfeffer des Nachbarn und die schneebedeckten Berge.

Sie können trocken rund ums Haus gehen.

Ich dachte, es regnet kaum in Kalifornien.

Mann hatte ich mich getäuscht! Einmal, von einem himmelweiten himmlischen Rohrbruch, schwemmten massive Wassermassen über L. A. Das Haus wurde zweimal überflutet. Meine uns besuchenden Eltern halfen uns, mit Eimern das Wasser aus dem Haus zu schaffen. Dabei erfand ich eine Maßnahme zur Rettung des Teppichbodens. Ich hob ihn hoch, legte jede paar Meter Hohlblocksteine, kaufte 20 Säcke Katzenstreu mit Aufheller, verbreitete die Hälfte davon unter den Teppichboden, die andere Hälfte obendrauf. Nachdem wieder alles abgetrocknet war, hatte ich für fast ein Jahr Katzenstreu und der Teppichboden war noch nie so sauber. Das war das einzig Positive dieser Flut im Februar 1992. Das schrecklich Negative werden wir nie vergessen: die furchtbare Fernsehübertragung eines ertrinkenden Nachbarjungen. Das angsterfüllte Gesicht des um sein Leben ringenden 15-jährigen Adams aus Woodland Hills ist in meiner Erinnerung eingemeißelt. In den reißenden Fluten des Los Angeles Flusses verlor Adam Bischoff seinen Kampf trotz mehrerer Versuche, ihn abzufangen. Wir waren schockiert, dass die Stadt nicht mit Haltevorrichtungen an Brücken auf solche Gefahren vorbereitet war. Nach dieser Tragödie waren sie es. Zu spät für Adam.

Unsere Schritte hallten im leeren Flur. Wir versanken im grauweißen Teppichboden des Fernseh- und Kaminzimmers. Mental richtete ich das Haus schon mal ein. Als wir die dem Schlafzimmer angrenzenden Bäder betraten, stieß ich den von der mütterlichen Linie geerbten kehligen Unmutslaut aus. Teppiche im Bad! Die ekligen Urintropfen um die Toilette und die schäbigen Fliesen inspirierten meine Abbruchkreativität. Das große Schlafzimmer versöhnte mich. Genügend Platz für Tanzaerobic vorm Wandspiegel. Indes ist es aufgrund reflektierender geopathischer und anderer Strahlung vom Standpunkt des Radiästheten weniger gesund, in Spiegelnähe zu schlafen.

Der Besitzer konnte sich nicht entscheiden, wem er das Haus geben sollte und wollte jede Partei sprechen. Am Tag nach der Sitzung rief Maurice an. Sie bekommen das Haus. Peter fragte: wieso? Marianne sagte doch dem Besitzer, dass ihr das Haus in Hollywood verpasst habt. Er sagte, diesmal sollt ihr die Ersten sein.

Mit Ausnahme der Gartenmöbel hatten wir nur wenige Möbelstücke zu bewegen. Dank Sam Shoen konnten wir für nur $29.95 einen von Tausenden in den USA laufenden U-Haul-Lkws mieten und den Umzug selbst machen.

Ich kaufte ein paar Bodendecker und begann, wo der Efeu abgestorben war, die kahlen Stellen auszufüllen. Die Sukkulenten, die mit den fleischigen Blättchen und den kleinen roten Blüten verbreiteten sich rasant.

Dr. Fett und unsere neuen Freunde

Suzanne rief an: Kann ich dich am Wochenende besuchen? Wir könnten ein bisschen in den Bergen wandern. Zwei Tage später gingen wir den Karen Drive hinunter. Suzanne sagte, der Grund meines Besuchs ist nicht nur, um deinen Kuchen zu essen und deinen Kaffee zu trinken. So? Ich will dich um einen Gefallen bitten. Okay? Oh, schau mal, das Eckhaus. Ist das nicht ein wunderschöner Garten? Ja, toll, die blühenden Blumen überall. Und hast du den Tennisplatz auf der oberen Ebene gesehen? Ich hätte auch gern einen. Ich hätte gern etwas anderes. Suzanne zeigte auf die Augen. Siehst du meine Schlupflider und Tränensäcke? Hm! Am kommenden Freitag hab ich einen Termin beim Arzt, um sie korrigieren zu lassen. Hast du den Mann deiner Träume getroffen? Nein, mit den dunklen Ringen um die Augen sehe ich so müde und entmutigt aus. Ich kann damit nur einige Rollen spielen. Also, was kann ich für dich tun? Ich brauche dich, um mich in die Arztpraxis zu fahren und wieder zurück, da bekomme ich eine Vollnarkose. Okay, kein Problem. Es wird höchstens drei Stunden dauern. Ich mache meine berühmte hausgemachte Lasagne, die können wir hinterher essen. Eine Stunde später wieder an der Ecke von Boris und Karen Drive, sagte ich: Ich wünschte, wir wären mit diesen Leuten befreundet. Ich liebe es, Tennis zu spielen. Ich werde es auf meine Wunschliste setzen.

In der Arztpraxis wurden wir herzlich begrüßt. So, sie haben meine Patientin gebracht, sagte Dr. Fett herzlich und schüttelte meine Hand. Das ist sehr nett von ihnen. Was für ein sanftmütiger Mann! Ich hatte einige Jahre lang in USA keine Krankenversicherung und ging nur einmal in den 10 Jahren zu einem Zahnarzt. Hätte ich einen Arzt gebraucht, hätte ich Dr. Fett um Rat gefragt. Machen sie es sich bequem. Er begleitete mich in den Warteraum. Noch nie war mir ein so freundlicher und herzlicher Arzt begegnet. Und dann hatte er auch noch jede Menge *Architectural Digest* im Angebot. Eine Außensitzgruppe mit angebauten Beistelltischen und eine über alle Sitze gehende schmälere Ablage oberhalb der Lehne weckten meine Aufmerksamkeit. Da Hans-Jürgen die Couch für eine seiner Töchter zurückhaben wollte, frischte ich meine kreative Ader auf. Ich ließ mir Papier und Stift geben und zeichnete den Plan einer 4er und einer 2er-Sitzgruppe. Ich plante, dicke Spanplatten nach meinen Messungen zuschneiden zu lassen. Mir schwebten silbergraue Fliesen für die Außenseiten, den Würfel und die Rückenablage vor. Für die Sitze Schaumstoff-Polsterung. Die hellgrauen Velourkissen beabsichtigte ich, mit der Hand zu nähen. Beim Fernsehen bin ich in der Regel sowieso mit Nähen, Stricken, Malen oder Basteln beschäftigt. Die Zeit war wie im Flug vergangen. Die Arzthelferin sagte: Sie können jetzt kommen. Ich ging in die Chirurgie. Suzanne sah immer noch ein wenig benommen aus. Dr. Fett sagte: In drei Tagen werden sie die blauen Flecken kaum noch sehen. Nur dieser Satz löste wieder ein Behagen bei mir aus, und ich sagte mit einem großen Fragezeichen: *next, please?*

Sie brauchen das noch nicht. Da hängt noch nichts. Sie haben kein Sichtproblem. Vielleicht in zehn Jahren, sofern ich noch praktiziere.

In ihrer Wohnung nahm Suzanne zwei kühle Kompressen aus dem Kühlfach und wärmte die Lasagne im Ofen auf. Verwendest du auch keine Mikrowelle? *Nuke it? No way! It's killing!* Ich weiß. Ist es nicht langweilig, sich um die Steuerangelegenheiten der Leute zu kümmern? Es ist okay. Was würdest du tun, wenn Geld keine Rolle spielen würde? Ich würde nur als Schauspielerin arbeiten. Ist das alles, was du dir wünschst? Vielleicht noch ein Segelboot. Und du? Ich denke, ich würde nur lesen, schreiben, malen, einige Tiere aus dem Tierheim holen, mein eigenes Gemüse anbauen. Ich wäre mit einer kleinen Farm glücklich.

Und was gibt es bei Euch Neues? Peter hat eine elektrische Sprinkleranlage mit allen möglichen Systemen der Wasserversorgung installiert. Vorgestern hab ich versehentlich einen Schlauch mit Wassernebeldüsen durchtrennt. Peter kam mit seinem Reparaturset und hat den Schaden gleich wieder behoben. Jetzt heißt er bei mir nur noch Dr. Sprinkler.

Die Bodendecker verbreiteten sich so schnell, dass ich ein paar Wochen später mit Eimern voller Stecklinge an unserem Hang saß und noch mehr vertrockneten Efeu mit den fleischigen Pflanzen ersetzte. Ich war fast fertig, als eine große blonde Dame mit zwei ebenfalls blonden Hunden sich unserem Haus näherte. Bevor sie vorbeiging, sagte ich: Hallo, wie wäre es mit einigen Stecklingen? Ich bin fast fertig und hab noch einen ganzen Eimer voller Pflanzen. Die Frau sah mich verdutzt an. Na ja, ja! Sie schlang beide Leinen um ihre Handgelenke, um die Hunde zu sichern. Nun, es ist Mittwoch, ja also, meine Gärtner sind heute da. Die mit den kleinen roten Blumen sind wirklich hübsch, die hab ich noch nicht. Die Großen in Rosa hab ich auch, aber ich könnte noch ein paar brauchen, vielen Dank. Ich wohne in dem Haus an der Ecke. Wirklich? Das mit dem Tennisplatz? Genau. Oh, ich spiele gern Tennis. Es ist nur Paddle-Tennis. Aber wir könnten in einer Stunde eine Partie spielen. Oh, toll. Ich bringe die Stecklinge mit. Leanne begrüßte mich in ihrem stilvollen Haus. Mein Blick fing sich an einer großen rechteckigen Platte mit Stilllebenmalereien. Gehen wir in die Küche. Die Hunde lagen auf dem Parkett. Darf ich vorstellen, du hast sie ja nur aus der Ferne gesehen. Dies ist der 6-jährige Rocky. Er könnte ein Boxermix sein. Und Honey ist etwa 3 Jahre alt. Sie sieht aus wie ein Fuchsmix. Ja, tatsächlich, sie ist so scheu wie ein Fuchs. Oh, schöne Küche. Ich wollte schon immer eine Weiße. Ich warf einen Blick auf einige bemalte Porzellangefäße. Ich bemale Porzellan. Sehr schön, so zart! Meine indische Freundin Maya bemalt auch Porzellan. Du hast wirklich Talent. Es liegt in der Familie. Mein Großvater mütterlicherseits war ein Nachfahre von Sir Thomas Lawrence. Du kennst vielleicht sein berühmtes Gemälde Pinkie. Hm! Wir gingen entlang des nierenförmigen Pools. Die Hunde liefen vor uns die Treppe zum Tennisplatz. Das grüne Netz rundherum war hoch genug für verschlagene Bälle. Als ich aufschlug, sagte ich: Oh, es ist anders. Tennis ist nicht so laut und irgendwie elastischer. Die beiden großen Nachbarhunde stimmten mir hinsichtlich der lästigen Klatschgeräusche zu. Nach einer Weile ging mir aber ihr ständiges Bellen noch mehr auf die Nerven. Ich rief: Aus! Weißt du, mit wessen Hunden du gerade gesprochen hast? Nope. Sie gehören zur Cassidy Familie. Welche Cassidys? Oh, kennst du nicht David Cassidy, den Sänger? Ja!?! Ich schätze, er ist der bekannteste Schauspieler und Sänger der Familie. *I think I love you.* Was? Das ist einer seiner bekanntesten Songs. Übrigens gehst du jeden Tag mit dem Hund? Ja, warum? Wenn du willst, kann ich mit Honey gehen. Ich laufe gern, aber allein macht es weniger Spaß.

Na, toll! Honey wird es gefallen. Sie ist easy. Sie wird keine Probleme machen. Ja, ich liebe dieses kleine Mädchen mit dem eingezogen Schwanz. Ja, sie hatte wahrscheinlich schlechte Erfahrungen. Meine Tochter Laura brachte sie nach Hause. Rocky ist auch ein Streuner. Die Art und Weise wie er sich verhält er ... er ... nicht lachen, er handelt ... ich denke, er ist von der Seele meines Vaters besetzt. Ah, es ist schön, in einem Land leben, wo Menschen über solche Dinge offen sprechen. In Deutschland generierst du damit oft hysterisches Gelächter. Ja, aber ich hab meine eigenen Erfahrungen. Ich hab einen Geist gesehen, als Laura ein Baby war. Wirklich? Wie sah er denn aus? Ich sah ihn um ihr Bett schweben, ein großes weißes Etwas, das sich wie Rauch bewegte, wie eine dünne Wolke oder ein feiner Windelstoff; es änderte ständig seine Form. Dein Malerookel? Ja könnte sein, Laura ist auch musisch begabt.

Reiki in Venice und Metaphysik in Mexiko

Peter erwartete mich. Wo bist du gewesen? Bei meiner neuen Freundin im Haus an der Ecke.

Hab vergessen, dir was zu sagen. Toshin hat uns eingeladen. Er gibt eine Party. Wann? Jetzt. Was? Ich wette, er uns eingeladen, als du mich zweimal von ihm gegrüßt hast. Normal bin ich kein Partymensch, aber an diesem schönen Tag war ich schnell wie ein Blitz umgezogen. Als wir in Venice ankamen, begrüßte uns Urga. Toshin war in ein Gespräch mit einem anderen bärtigen Mann verwickelt. Peter fand einen Kollegen und begann den üblichen Autotalk. Ich sprach mit Urga über meine Reikierlebnisse und übernatürliche Erfahrungen. Mein Sohn hat außergewöhnliche psychische Kräfte. Er war erst 18, als er Botschaften aus dem Äther vor großen Gruppen kanalisierte. Wow! Ein offenbar vor Schmerzen leicht gekrümmter graumelierter Lockenkopf ging ins Hinterzimmer. Ich folgte ihm. Hallo, ich bin Marianne. Schön, dich kennenzulernen. Ebenso, Lars. Was ist mit dir? Ich hab meinen Rücken beim Heben von einer Spüle verletzt. Oh, tut es weh? Ziemlich. Tja, diese Arbeit kenne ich auch. Hab vor Kurzem einen dieser schweren modernen Toiletten mit integriertem Wassercontainer auf den klebrigen Dichtungsring gehoben. Ich hatte Glück, mir ist nichts passiert.

Jahre später hatte ich etwa zwei Jahre lang Schmerzen, mehrere Stunden nach dem Heben von 10-Liter-Kanistern. Ich nahm Schüßler Salze # 1, 2, 3, 7 und 11, um das Bindegewebe zu stärken. Auch kann der Hüpfball (S. 183) geholfen haben. Ich dachte zuerst, es war eine Blasensenkung, da Oma Maria dieses Problem hatte.

Lars sagte, wenn du diese Art der Arbeit jeden Tag machst, bist du auch mal weniger aufmerksam, als du solltest. Wie auch immer, hast du keine Männer um dich herum? Ich mache diese Dinge, nur wenn ich allein bin. Peter hasst meine Projekte am Haus. Also arbeite ich, wenn er reist. Boy! Übrigens, ich bin ein Reikineuling. Wenn du willst, kann ich es bei dir mal anwenden. Oh gut, ja! Ich kenne Reiki. So? Ich hab es schon ein paar Mal bekommen. Es entspannt wirklich sehr. Wo genau tut es weh? Lars zeigte auf den Lendenbereich. Ich legte meine Hände darüber. Ah! Das wird ja ganz warm.

Kurz darauf kam Urga und sagte, Ingrid wird später kommen. Sie gibt auch Reiki. Die konzentrierte Energie könnte ein Versuch wert sein. Nach einer Weile sagte Lars: Es ist schon viel besser. Ich ging zurück zur Tanzfläche. Ein paar Leute bewegten ihre Körper zu *Strawberry Fields*. Eine Midfünfzigerin in einem teilweise transparenten Chiffonoutfit mit spitzen Enden tanzte sich ins Zentrum meiner Aufmerksamkeit. Ihre flach an der Kopfhaut anliegenden Locken wirkten auf ihrem barocken Haupt wie eingemeißelt. Sie sah wie eine griechische Göttin aus. Ich trage selten Kleider, aber in diesem würde ich mich auch frei bewegen können.

Als die Muse die Tanzfläche verließ, ging ich gelangweilt zurück zu Lars. Urga kam und sagte: Ich hab Ingrid gesehen. Ich sag ihr, dass ihr hier seid. Die Göttin der Tanzkunst erschien.

Hallo, ich bin Ingrid, bist du der Mann mit den Schmerzen? Ja, aber es ist schon viel besser. So? Nun, die konzentrierte Energie wird nicht schaden. Also, warum legst du dich nicht hin? Lars streckte seinen Körper auf dem Boden aus. Ingrid setzte sich und nahm seine Füße in die Hände. Du kannst am Kopf starten, und wir treffen uns in der Mitte. Nachdem wir unsere Hände von seinem Bauch gehoben hatten, ahmte ich Ingrids Namaste-Geste des Dankes für die Energie nach und wir verließen den schlafenden Lars. Ingrid sagte: Ich hab dich noch nie hier gesehen. Bist du auch Sannyasin?

Nein, ich war nie in Poona auf der Suche nach Erleuchtung, bin mein eigener Meister. Aber in Goa war ich schon. Toshin verkaufte uns ein Auto. Es ist unsere erste Party mit den Rolls-Royce-Bhagwan-Leuten. Ingrid lächelte mit einem neckischen Zwinkern. Sein Name ist Shree Rajneesh, aber wir nennen ihn jetzt Osho.

Ich hab gar nicht mal gewusst, dass Toshin und Urga Sannyasin sind. Ich weiß alles über euch aus dem *Stern* oder war es der *Spiegel*?

Beide können es sein, sagte Ingrid, ich war mal im *Spiegel*. Wirklich? Ja, sie zeigten mich in meinem orangefarbenen Outfit. Ich hab als Kunsthistorikerin die erste kunstwissenschaftliche Dokumentation mithilfe eines Computers in der Landesregierung von Nordrhein-Westfalen gemacht. Und was machst du hier? Normalerweise lebe ich auf meinem Land auf Big Island. Aber Hawaii ist nicht gut zum Geldverdienen. Daher verlasse ich manchmal die Insel und arbeite als Haushälterin in L. A. Im Moment brauche ich $17.000 für meine Zähne. So viel? Ich musste für meine Keramikbücke mit vier Kronen nur $1,050 zahlen. Der rumänische Zahnarzt hatte ein Angebot zum halben Preis.

Na, du bist mutig! Mein Zahnarzt ist bekannt. Viele Prominente gehen dorthin. Ist das der Beweis für Qualität? Ingrid sah mich verwirrt an. Da kannst du recht haben. Ich hab viele Probleme. Kommt mir bekannt vor. Meine Freundin Marita geht auch zu einem Promizahnarzt im Rhein-Main-Gebiet. Sie beschwert sich ständig über ihre Zähne. Warum arbeitest du nicht in deinem Beruf? Ich will frei sein, für eine Weile arbeiten und dann nach Indien oder Bali reisen.

Ja, bei mir ist das ähnlich. Ich könnte bei dem Leben mit Peter keinen Job halten. Er braucht

138

mich im Geschäft und wir sind es auch gewohnt, spontan zu reisen.

Wo wohnt ihr? In Encino, im Karen Drive.

Wirklich? Ja. Meine Freundin Anda wohnt im Karen Dr. Sie ist auch Sannyasin. Okay?

Ich muss jetzt los. Mein Chef will heute Abend mit seiner Freundin zu Hause essen. Ich bekomme dafür $50 extra. Normalerweise koche ich nicht. Ich putze und wasche nur und kaufe Lebensmittel ein. Darf ich fragen, wie viel du verdienst? 400. Im Monat? Nein, pro Woche. Wow! Ich koche, mache sauber, helfe im Geschäft und hab sogar Peter mein Geld gegeben, damit wir mehr Autos kaufen können. Und was bekomme ich? Ich sollte das auch machen. Ja, weiße Haushälterinnen sind gesucht. Du musst nur zu einer Agentur gehen und durch die Bücher blättern. Sie haben Alben mit Fotos, und du kannst deinen Arbeitgeber nach deinen Interessen wählen. Eine der Sannyasin ist Robert Redfords Haushälterin. Wow! Wen hast du denn ausgesucht? Er ist ein Anwalt aus Tuluca Lake, der Sohn meines ehemaligen Chefs Mr. Green. Am Samstag ist mein freier Tag. Warum kommst du nicht zu mir? Tja, warum nicht? Trage etwas Bequemes, wir können zum Thai Chi in den Hollywood-Park gehen. Gib mir nur einen Anruf. Urga hat meine Nummer. Ich muss mich beeilen.

Am sonnigen Sonnabendmorgen kam ich an dem großen zweistöckigen Haus an. Von außen imposant, innen *nomen est ome*n: grün, altmodisch. Ich traf Ingrid und ihren Chef in der Küche an. Sie knabberte an einer Karotte von einem Teller mit rohem Gemüse und sagte, oh, ich mag deinen Pferdeschwanz. Ihr attraktiver Chef, groß und schlank, bereitete sich gerade ein Müsli zu. War das ein flirtender Blick, der über mich streifte? Für den Bruchteil einer Sekunde visualisierte ich mich in dem Haus. Nö!

Ingrid sagte: Wir nehmen besser beide Autos. Ich treffe noch zwei Freunde. Ich weiß nicht, wie lange das dauern wird. Du kannst dich uns gern anschließen. Bo ist ein Schauspieler aus Schweden, Tobi ein Texter. Du wirst sie mögen. Ich folgte Ingrid zum Park und wäre ihr fast hinten aufgefahren, da sie auf der Autobahnzufahrt plötzlich stoppte, obwohl kein einziges Auto auf der äußersten Spur war. Wir schlossen uns rund 30 sportlich gekleideten Leuten auf dem saftig grünen Rasen an. Ich ahmte die langsamen Bewegungen des Lehrers nach. Es war, als ob ich ganz langsam einen imaginären großen Ball bewegte und, wie ein Astronaut im All, leichtfüßig mit den Beinen folgte.

Zum Café in Studio City schlendernd, sagte ich: Ingrid, warum stoppst du plötzlich ohne Grund? Es hat nicht jeder so eine gute Reaktion wie ich. Es tut mir leid. Ich weiß, mein Fahren könnte besser sein. Es ist ja gut gegangen. Ich will dir keine Vorhaltung machen. Aber ich will doch meine neue Freundin so lange wie möglich behalten. Wenn ein Lkw in dich reinfährt, bist du platt.

Der Pecan Pie war köstlich. Die Unterhaltung bestand aus meist privaten Angelegenheiten: Bos Frau, Tobis Arbeit, Ingrids Zähne, mein Urgroßvater. Nach dem Austauschen von Visitenkarten sagte Ingrid: Warum gehen wir übernächsten Mittwoch nicht alle zur AIDS-Hilfe-Gruppe in West Hollywood. Ihr werdet es mögen. Es ist ein extrem emotionales Ereignis. Es ist jeden Mittwoch, aber Louise Hay kommt nur einmal im Monat. Sie ist sehr charismatisch. Ich hab von ihr gehört. Sie schreibt viel, nicht wahr? Ja, Marianne, ich werde dich bei Louise einführen, du wirst sie mögen.

Auf meinem Weg zurück nach Encino fühlte ich mich leicht wie ein Schmetterling. Der SL fuhr wie von selbst hinter einem langsamen Pick-up-Truck her. Ich schaute auf den Geschwindigkeitsmesser: 35 mi/h und wunderte mich, dass es mir gar nichts ausmachte. Gewöhnlich halte ich den Langsamfahrern Vorträge. Aber an diesem sonnigen Nachmittag hatte ich alle Zeit in der Welt und markierte ein Bit in meinem Großhirn: künftig mehr Thai Chi.

Peter erwartete mich mit einer Frage:

Wie wäre es, mit Rays Mutter nach Mexiko zu fliegen? Just for fun? Wir suchen natürlich nach klassischen Autos. Sie nimmt einen Übersetzer mit. Okay? Ich hatte das Gefühl, wir würden nichts finden, aber was soll's. Wann geht's los. Am Dienstag. Wie lange? 4-5 Tage. Gut, ich hab übernächsten Mittwoch einen Termin.

Drei Tage später saßen wir im Flugzeug nach Guadalajara. Wir verbrachten in dieser schönen, europäisch wirkenden Stadt mit dem schönen Kopfsteinpflaster nur einen Tag. Am nächsten Morgen mieteten wir uns ein Auto und fuhren in Richtung Mexiko-Stadt. Wie ich schon ahnte, fanden wir keine Autos, aber ich hätte gern ein paar Welpen von ihren Verkäufern gerettet. In der großflächigen Millionenstadt mieteten wir einen Taxifahrer für einen Tag. Fernando fuhr uns zu den lokalen Autohändlern. Carole und ich blieben im Wagen.

Ich fragte: Kommen sie oft an die berühmten spirituellen Plätze in Mexiko? Klar. Viele Touristen kommen nur hierher, um sie zu sehen. Haben sie je etwas Metaphysisches da erlebt?

Da nicht, aber ich meditiere seit 11 Jahren. Seit 5 Jahren habe ich ständig außerkörperliche Erfahrungen. Wow! Ja. Es ist unbeschreiblich, wenn der Energiekörper sich in die Luft erhebt. Ja, ich weiß, ich hab das auch schon dreimal gehabt, aber nicht beim Meditieren, und ich fliege immer in meinen Träumen. Das ist was anderes. Ich kann überall hingehen. Meistens besuche ich meine Mutter und rufe sie später an. Wow! Ja, sie ist jedes Mal fassungslos, wenn ich beschreibe, was sie getan oder gesprochen hatte. Oh! Da kannst du ja überall Mäuschen spielen. Wenn wir alle in der Lage wären, das zu tun, würden wir ein besseres Leben führen, da wir immer mit unsichtbaren Besuchern rechnen müssten. Wir haben ja ständig überall Geister um uns herum, sagte Carole. Ja, aber meist nur solche, die ihre Körper für immer verlassen haben. Würden wir immer herumspionieren, könnten wir uns besser kennenlernen. Der Lauscher an der Wand hört seine eigene Schand. Ich mach das nur, weil ich mich hinterher euphorisch fühle, und alles was ich mache, funktioniert besser. Aber in letzter Zeit hab ich nicht viel meditiert, weil ich in Panik geriet. Wieso? Zweimal hatte ich Probleme, in meinen Körper zurückzukommen. Übrigens, wechselte Fernando das Thema und erklärte mit einem stolzen Gesichtsausdruck, ein Bruder von mir lebt in Kalifornien. Ach ja? Ja, er ist Anwalt. Wir haben alle in unserer Familie gespart, um ihn studieren zu lassen. Wo wohnt er?

In Hermosa Beach! Was! Da haben wir auch gewohnt! Die Männer kamen zurück. Wir haben gerade Alberto Lenz in seinem Herrenhaus besucht. Sie leben wie in einem Gefängnis eingezäunt. Das ist der Preis für Reichtum, wenn es den meisten Leuten schlecht geht.

Herr Lenz hatte gefragt: Wo kommen sie her? Sie haben einen leichten Akzent. Ich sagte, von Deutschland. Er sagte: Das hätte ich am wenigsten erwartet. Dann können wir auch deutsch reden. Wir sprechen alle Deutsch in unserer Familie. Es ist Tradition für die Kinder, dass sie in Deutschland studieren und Deutsche heiraten.

Später, im Hilton, hatten wir wieder mal das übliche Streitthema: ein eigener Job für mich.

Ich hab dir mein Geld gegeben, du hast mir nie die vereinbarten Zinsen gezahlt. Das wären etwa $200 pro Monat. Ich hab die Gartenarbeit, ich koche jeden Tag, ich renoviere das Haus ... Hab ich gesagt, dass du das machen sollst? Denkst du, ich lebe in einem Haus mit verseuchten Teppichen und vergilbten Fliesen? Das einzige, was ich arbeiten würde, wäre als Haushälterin. Ingrid verfügt über mehr freie Zeit als ich und wird gut bezahlt. Dann bin ich weg, und du kannst sehen, wie du klarkommst. Du hast ja keine Arbeitserlaubnis. Und? Warum machst du kein Pfandhaus auf? Das hab ich dir schon mal gesagt, das ist viel zu riskant. Da musst du dich genauestens mit Schmuck, Uhren und dem ganzen Firlefanz auskennen. Denk doch nur an dein silbernes Messer! Zwei glühende Augen schossen imaginäre Giftpfeile auf mich. Ich dachte an die 70er Jahre, als ich gerade ins Haus Tanja gezogen war. Ich war im Begriff, eine Kopie von Spitzwegs armem Poeten an die Wand zu hängen und fand keinen Hammer. Auf der Suche nach etwas Brauchbarem im Besteckkasten griff ich nach dem alten dunklen Messer. Das Silber war fast schwarz angelaufen, sodass ich die Claus-Peter-Gravur nicht sah. Peter hatte seinerzeit kein großes Aufheben wegen der Delle gemacht. Aber Junge, einmal oder zweimal im Jahr kommt das Thema auf den Tisch! Nun hatte ich die Chance, es gegen ihn zu verwenden.

Wiener in Beverly Hills, Hay in W. Hollywood

Am Mittwochnachmittag rief Hilde an: Wollt ihr uns zum Wiener-Ball begleiten? Ich muss die Karten so schnell wie möglich bestellen. Wenn Peter will ... ich würde gern kommen. Boah, das war eine Woche, wir sind gerade erst aus Mexiko gekommen. Übrigens, heute Abend werde ich Louise Hay kennenlernen.

Hilde, die wahrscheinlich noch nie etwas von Louise gehört hatte, ignorierte meine Bemerkung und sagte, der Bürgermeister von Wien wird kommen und seine Frau Dagmar Koller wird singen. Oh, gut, ich war noch nie auf einem Wiener-Ball. Meine Mutter würde den Ball noch mehr schätzen. Sie tanzt so gern. Wann ist es? In drei Wochen, am 3. Februar.

Oh, dann können wir in Peters Geburtstag rein feiern. Aber ich hab nichts anzuziehen für so eine Veranstaltung. Ich will kein Geld nur für einen Anlass ausgeben. Ich werde es auf meine Wunschliste setzen. Welche Wunschliste?

Ich hab es in Shakti Gawains Buch gelesen. Du kannst um etwas bitten. Du visualisierst, was du in deinem Leben haben willst, und solange du es noch nicht hast, steht es weiter auf deiner Liste und du unterstützt mit Affirmationen. Positives Denken zieht alles, was du willst, wie ein Magnet an.

Was sind Affirmationen? Das sind Sätze zur Selbstvergewisserung bzw. zur Programmierung. Du könntest sagen, mir geht es von Tag zu Tag in jeder Hinsicht immer besser und besser. Wenn wir das jeden Tag ein paar Mal sagen, sollen wir entspannen und unseren Kopf von den üblichen Sorgen und Ängsten freikriegen.

Und was ist mit der Wunschliste?

Du schreibst 10 Dinge auf, die du dir wünschst. Und zwar in allen Details. Wenn du einen Mann in deinem Leben ... ich hab doch einen ...

Dann halt eine Freundin, charakterisiere sie und stell dir vor, wie sie aussieht, welche Gewohnheiten und Hobbys sie hat. Immer, wenn ein Wunsch erfüllt ist, schreibst du wieder einen auf, damit es zehn sind. Ich wollte Leanne als Freundin und schwuppdiwupp war sie es. Nun füge ich ein schönes Kleid hinzu und streiche einen weniger wichtigen Wunsch. Es scheint wirklich zu funktionieren. Nach dem Telefonat schrieb ich: Ich finde ein blaues Kleid, passend zu meinen Augen, lang, Größe 5. Es akzentuiert meine Figur und kostet unter $20.

Um 18:30 Uhr fuhr ich nach West Hollywood und parkte in der Nähe des Glaspalasts des *Pacific Design Centers*. Gegenüber dem *Blauen Wal* wartete Ingrid neben dem Eingang am 647 North San Vincente Blvd. Wir gingen in den großen dunklen Flur des Theaters und suchten nach zwei freien Plätzen zwischen den ca. 300 Personen, überwiegend junge Männer.

Nach der Gruppenmeditation wurden die Stühle an die Seite gestellt. Auf einer langen Reihe von Verbindungstischen in der Mitte der Halle boten Verkäufer große Behälter mit Spirulina und andere immunstimulierende Nahrungsergänzungsmittel an. Es war das zweite Mal, dass ich mit Informationen über den blaugrünen spiralförmigen Mikroorganismus konfrontiert wurde. Das Schild wies darauf hin, dass Spirulina die weißen Blutkörperchen, vor allem die Helferlymphozyten und die Laktobazillen, also die nützlichen Darmbakterien, erhöht. Einige *HIV*-positive **Männer nahmen Spirulina, um ihr Immunsystem zu stärken und AIDS zu verhindern.**

Ingrid sagte etwas zu Louise und winkte mir zu. Als ich näherkam, fühlte ich mich von dieser charismatischen Frau geradezu angezogen. In ihrem eleganten roten Kleid mit Blumendruck wirkte sie sehr feminin. Also das ist die Frau, die Millionen Bücher verkauft und unzähligen Lesern hilft, gesund zu werden! Dabei dachte ich im Moment nur an das Buch, in dem ich las, wie Louise als Kleinkind sexuell missbraucht wurde. Sie lernte es, den Monstern ihrer Kindheit zu entrinnen und zeigt uns, wie das geht. Louise, darf ich dir meine Freundin Marianne vorstellen. Sie gibt auch Reiki. Das ist wunderbar. Nachdem Louise sich von uns abwandte und auf ihrem Stuhl oben auf einem Tisch in der Mitte Platz nahm, sagte ich: Sie ist wirklich der lebende Beweis für ihren Bestsellertitel: *Du kannst dein Leben heilen*. Jeder konnte Louise sehen, während sie zu uns sprach. Ingrid bat mich, ihr auf die Bühne zu folgen, wo rund 20 Reikipraktizierende und andere Energiearbeiter an mehreren Massageliegen behandelten. Mit einem geflüsterten Gruß nahm Ingrid die Füße in ihre Hände, und ich hielt meine Hände über das Kronenchakra des jungen Mannes. So hatten wir es immer gehalten, wenn wir die universelle Lebensenergie zusammen kanalisierten.

Unser dramatischstes Erlebnis hatten wir auf einem Indienfestival in Yorba Linda mit einer jungen Frau. Karunas Verwandlung war ergreifend. Die an Kinderlähmung Leidende hatte starke Schmerzen. Es war ein seltsames Gefühl, vor der Menschenmenge zu behandeln und dann zu Fuß mit dem Mädchen zu der Aufführung der Bauchtänzerinnen zu gehen. Ingrid sagte, denkst du auch an Jesus? Als er die Lahmen heilte? Yep. Hat sich das nicht toll angefühlt? Mit einem breiten Grinsen sah ich sie an. Was? Ich sag's lieber nicht. Komm, raus damit. Was amüsiert dich so? Ich deutete in Karunas Richtung und fragte: Ist es das, was du im Sinn hattest, als du sagtest, dass dir dein Ego immer noch im Weg ist? Versteh ich nicht. Dann lass es, dann war es das wohl nicht. Was? Ach lass, nicht so wichtig.

Nachdem einige junge Männer über ihre Erfahrungen gesprochen hatten und das Rahmenprogramm beendet war, verließen wir die Bühne mit den Massageliegen und gingen hinunter zu den anderen. Wir setzten uns alle in großen Kreisen auf den Boden. Ingrid und ich saßen im äußersten Kreis. Jemand reichte mir einen gelben Flyer mit dem Text von Jai Josefs Song
I love myself the way I am:

www.youtube.com/watch?v=TWATvSCXLeQ

Nach einigen Bodenspielen wurde es etwas emotionaler, als wir bei dimmendem Licht den üblichen Kanon zusammen sangen:

Doors closing, doors opening, doors closing, doors are opening. I am safe it's only change, I am safe it's only change, doors closing...

Ich genoss die harmonische Atmosphäre oft. Später übertrug Louise die Leitung an Stuart, einem jüngeren Psychologen, der in Rebirthing spezialisiert ist. Da ich immer meine Kombucha-Baby-Pilze verschenkte, damit alle den immunstärkenden Kombucha-Tee trinken konnten, war ich als Mushroom-Marianne bekannt.

Am Freitag suchten wir nach einer Abendgarderobe für den Wiener-Ball. Zuerst fuhren wir zu *Designer Labels for Less*. Peter fand einen perfekt passenden Smoking für einen guten Preis, ließ ihn sich aber erst mal zurücklegen.

Sie kommen sicher wieder, sagte der ungarische Verkäufer. Bei *Ross* probierte Peter mehrere *tuxedos* bekannter Marken. Ich sagte: Sie alle haben hinten einen Schlitz. Es sieht aus, als ob dein Hintern abhauen wollte. No shit!

Zwei Schlitze wären okay, aber in der Mitte, nein! Und keiner steht dir so gut wie der von DLL. Haben sie etwas gefunden? Nope. Doch ich hab hier eine Jeans. Wenn du sie nicht willst, nehme ich sie für Andy mit. So ein schönes sattes Grün, da konnte ich nicht widerstehen. Oh, ich hab vergessen, dir zu sagen, Gerd kommt übermorgen. Himmel! Allein? Nein, mit Petra. Oh, Mann. Sie wird hoffentlich nicht wieder ihre Socken an unseren Bürostühlen trocknen. Warum? Frag sie doch selbst. Hrrrrh! Ich kann diesen honigsüßen Heuchler nicht ab. Er wetzt immer sein Messer. Sein schlaffer Händedruck sagt doch schon alles. Was? Wir eröffnen besser ein Hotel, dann würde ich zumindest etwas Geld verdienen. Relax! Du sagst doch immer, ich soll mir einen Job suchen, dann drückst du mir all diese zusätzliche Arbeit auf. Wie könnte ich jemals einer regelmäßigen Arbeit nachgehen, wenn du mich dauernd brauchst? Wieso? Ja, wieso? Jeden Morgen, Zeitungen durchsehen. Du weißt doch, dass du die Preise besser kennst als ich. Ja, ja, ich weiß vieles besser als du ... *Annie, Get Your Gun* ... das heißt aber nicht, dass du mir alles aufhalsen kannst! Ich brauch Zeit für mich. Wenn du so weitermachst, mach ich es wie Ingrid. Sie hat zwei freie Tage in der Woche und kocht nicht mal. Wann hab ich einen vollen freien Tag? Im Urlaub. Frei? Wie frei? Frei, mir deine Litanei anzuhören? Ich sag nur Mexiko. Am nächsten Tag fuhr ich mit ein paar abgelegten Anzügen und Krimskrams zu *Goodwill* auf dem Ventura Blvd. in Tarzana. Es war das erste Mal, dass ich dort etwas spendete. Normalerweise ging ich nur hin, um nach Büchern, Antiquitäten und Bildern zu stöbern, vor allem nach dem Seminar in *Everywoman's Village*. Eine Walküre mit einem großen Haus voller Antiquitäten in Simi Valley begutachtete alles, was wir mitbrachten. Sie behauptete, mit einem Krupp-Sohn verheiratet gewesen zu sein. Sie unterrichtete uns über Antiquitäten und erzählte uns von ihrer Scheidung von dem reichen Deutschen. Ihre Schwiegermutter hätte ihr geraten, zu bleiben und ihn rauszuwerfen.

Dieses Mal suchte ich keine Antiquitäten, sondern ein Abendkleid. Auf einem runden Gestell bemerkte ich ein glänzendes blaues Kleid in einer Trockenreinigungsverpackung. OMG! Das war es. Wie neu! Ich suchte nach der Größe: nil, da maßgeschneidert. Doch das Preisschild sagte alles: Größe 5, von 19,95 reduziert.

In Front besagter „Lockheed"-Sessel

Am Vorabend des 3. Februar fuhren wir mit unserem schwarzen Cadillac Eldorado Cabriolet nach Bel Air. In Hildes Wohnzimmer setzte ich mich auf einen der breiten weißen Sessel.

Das ist der, auf dem Franz Josef Strauss vor Jahren gesessen hatte, als Heinz noch bei Lockheed´gearbeitet hat. Ah, dann weißt du vielleicht, ob unser ehemaliger Verteidigungsminister bestochen wurde. Glaub ich nicht. Ich hab nichts gesehen. Klar, dass keiner ein Bündel Dollars vor deiner Nase ausgepackt hat. Strauss war ein smarter mächtiger Mann. Einmal sagte er vor dem Wahltag: *Es ist mir egal, wer unter mir Bundeskanzler wird*. Er hat sich immer als **Stimme der Partei betrachtet.**

Wir ließen den Cadillac beim Parkservice verweilen und betraten das Beverly Wilshire Foyer.

Um in die große Halle zu kommen, wo der Wiener Ball stattfand, mussten wir eine über die ganze Vorhalle verlaufende Stufe nach unten schreiten. Durch die deckenhohe Glaswand sahen wir die Menschenmenge. Auf dem dunkel gemusterten Teppichboden war das Podest kaum wahrnehmbar. Hilde und John gingen

Hand in Hand vor uns, als sie plötzlich von der Bildfläche verschwanden. Hilde war gerutscht und hatte John mitgeschleift. Blitzschnell, wie in einem schnell laufenden Stummfilm, kamen sie wieder hoch. Das sah so brillant komisch aus, dass ich mir das Kichern kaum verkneifen konnte. Auch Hilde lachte, aber mit gequältem Gesichtsausdruck. Es gibt nichts zu lachen. Ich glaub, ich hab mir den Knöchel verstaucht. Es tut mir so leid! Aber ... willst du, dass ich es mit Reiki versuche? Vielleicht später.

Der Bürgermeister von Wien sprach, seine Frau Dagmar sang einige ihrer Lieblingssongs. Ich tanzte mit Peter. Der Fotograf schoss ein Bild von uns vier. Die Veranstaltung endete um 1:00 Uhr mit der Vergeltung für mein wenig sensitives Verhalten. Kurz nach meinem Lieblings-Feinkostmarkt *Trader Joe's*, direkt unter der Autobahnbrücke über der White Oak Avenue hatten wir einen platten Reifen. Also musste Peter in der 1. Stunde seines Geburtstags im Smoking den Reifen wechseln. Er holte den Wagenheber aus dem Kofferraum und sagte: Marianne, du musst die Bremse so lange treten, bis ich fertig bin. Es ist einfach zu gefährlich. Die Reifen sind riesig, und ich weiß nicht, ob der Wagenheber fest steht. Es ist eine wackelige Sache. 20 Minuten später schmerzte mein Fuß.

Als wir die verbleibende halbe Meile nach Hause fuhren, sagte ich, ich hätte das Lachen über Hildes Panne besser bleiben lassen, aber es war so eine coole Clownerie! Jetzt tut mein rechter Fuß auch weh. Kleine Sünden werden sofort bestraft. Soll das wirklich ein Zufall sein, dass ich diese Stelle ausgerechnet am Tag des Formel-I-Rennens in Mexiko übersetzt habe? Da ich an keine Zufälle glaube - Doris übrigens auch - werde ich das hier erwähnen, damit alle meine Leser künftig besser aufpassen, was sie in die dünne Luft loslassen:

Vettel ließ im Interview der Piloten der ersten drei Startplätze vor dem Rennen verlauten, wenn Hamilton und Rosberg sich gegenseitig ausschalten, könne er als Dritter profitieren. Als ich das hörte, dachte ich, den Spruch wird er schwer bereuen. Das wird heute nichts. Das kostet ihn die Chance auf den 2. Platz in der Meisterschaft. Da denken sich jetzt irgendwelche Geister einen kosmischen Witz aus, ihm eine Lehre zu erteilen. Und so war es dann auch. Ein Tag zum Vergessen, sagte Vettel. Besser ein Tag zum Lernen, Seb! Viele Menschen merken die Zusammenhänge, von dem was sie sagen oder tun und dem was dann passiert, gar nicht; zumindest nicht in jungen Jahren. Wenn wir aber achtgeben, erkennen wir sie.

Ich hatte in diesem Sommer wenig Kontakt mit Hilde; da ich bei der jungen Liebe kein störendes Element sein wollte. Auch standen eine Menge Renovierungsarbeiten am Haus an, da Peter mal wieder in die kalte Heimat reiste. Da er immer meckerte, wenn ich neue Projekte startete, verschob ich sie bis zu seiner Abwesenheit. Um die Fliesen in der Küche und der Diele anbringen zu können, riss ich das Linoleum heraus und begann, den Boden mit einer Betonmasse zu nivellieren. Zum Hang hin war das Haus etwa 5 cm abgesackt, sodass ich eine ganze Menge Material verarbeiten musste. Nach zwei Tagen merkte ich, dass ich es in der geplanten Zeit nicht schaffen würde. Auch hatte ich die Arbeit im Entree unterschätzt. Ich musste den durch Erdbeben deformierten Boden mit einem Presslufthammer bearbeiten. Deshalb nahm ich in der Nähe von Home Depot, wo die Tagelöhner stehen, einen kleinen Mexikaner mit. Drei Tage lang half mir der junge Mann, der jeden Abend seine Mutter anrief, den Küchen- und Flurboden zu begradigen.

Am Flughafen staunte ich über eine weiße Kartontasche mit goldenen Streifen und Griffen. Während Peter mich küsste, hielt er sie seltsam weit von seinem Körper weg. Soll ich dir deine Reisetasche abnehmen? Nein, nimm nur die Aktentasche. Was ist da drin? Fragte ich spöttisch. Kaum zu glauben, dass du mal was andres mitbringst als die Schmutzwäsche. Peter schmunzelte. Reinigung braucht das auch, das ist sicher. Ich werde es dir im Auto zeigen. Wir gingen ins Parkhaus. Lass mich fahren. Peter stellte die Kiste auf dem Rücksitz. Miau! Foxi! Lass ihn drin! Er sitzt in seiner Scheiße. Ach, der Arme! Ich drückte ihm einen Kuss auf die orangefarbenen Streifen zwischen den Ohren. Äh, jetzt riech ich es. Mir haben die Flugbegleiter leidgetan. Die Stewardess hat mich gebeten, Foxi ihnen zu überlassen. Armer Kerl. Die haben ihm wohl Milch gegeben; er ist das ja nicht gewohnt. Warum hast du Carlo nicht auch mitgenommen? Foxi war von einem Baum gefallen. Er hinkt immer noch. Ich hatte Mitleid mit ihm und wollte dich überraschen. Armer Carlo.

Nach einem warmen Schaumbad flanierte Foxi durch die hellen Hallen mit vom Boden bis zur Decke reichenden Fenstern. Er merkte kaum, dass er sich innerhalb eines Hauses befand. Ein anerkennendes Grinsen aufsetzend, vergaß er ganz, sein Bein nachzuziehen. Während der Spontanheilung des einen Katers litt der andere unter einer Grollagonie. Der zurückgelassene Carlo ließ sich zwar auf keine Nahrungsverweigerung herab, blies aber mit dicken Backen jegliche Kommunikation mit meiner Mutter ab. Drei Wochen lang sprach er kein Sterbenswörtchen mit ihr. Sie hatte nämlich Foxi zu Peters Auto getragen.

Ein paar Monate später hatte Carlo seinen großen Auftritt am LAX Flughafen als Caruso imitierende *Curio Fat Cat*. Der Dog Carrier mit dem Kater war unauffindbar. Die Suche endete, als der grau-schwarz-beige Tiger mit markerschütterndem Organ das tragischste Geheul seiner berühmten Opera-seria-Präsentation bis in die letzten Reihen hinaus schickte. Ma sagte, alle herbeieilenden Stewardessen, Angestellte und Passagiere haben gesagt, dass sie noch nie eine so beleibte gewöhnliche Hauskatze gesehen haben. Ich war schockiert, als Carlo dem auf dem Küchenboden abgestellten Container für mittelgroße Hunde entstieg. Er machte erst mal alle erreichbaren Schubladen und Türen auf und fragte: Wo ist denn in diesem Laden das Futter? Was habt ihr bloß mit ihm gemacht? Ma zuckte mit den Schultern und lud die Schuld auf Pa ab: Ludi hat immer mehr Wurst gekauft. Er konnte Carlos herzergreifendes Betteln nicht ertragen. Jeden zweiten Bissen teilte er mit ihm. Wie konntest du! Er wog 6 Kilo, du fast 80! So? Jeder zehnte Bissen wäre genug gewesen. Er ist halt ein guter Esser. Das ist er. Das hat er in seiner Jugend gelernt. Carlo war ein Streuner und hatte nur gelegentlich Futter. Immer wenn jemand eine Schüssel für ihn gefüllt hat, hat er sie auf der Stelle leergeputzt und gleich wieder den nächsten Schüsselfüller gesucht. Er hat nie die Sicherheit von regelmäßigen Mahlzeiten gehabt. Und das steckt immer noch in ihm. Meine Kommilitonin fand ihn in der Nähe vom Preungesheimer Frauengefängnis. Ich weiß, Kinder haben ihm seine Schnurrhaare ausgerissen. Ja.

Da hat er wohl auch sein durchdringendes Organ entwickelt. Als die mitfühlenden Knackis ihre Leckerbissen aus den vergitterten Fenstern geworfen hatten, fing bestimmt seine Stimmbildung an. Er wird sein markerschütterndes Miauen immer mehr gesteigert haben, um mehr Leckerlis zu bekommen. Ich weiß nicht, ob du auch gemerkt hast, dass Carlo ein Genie im Gedankenlesen ist. Immer, wenn ich dachte, ach das könnte ich für Carlo aufheben, erschien er prompt ein paar Sekunden später und sagte, spare dir die Mühe, das bisschen kann ich auch gleich verdrücken. Genau. Das hat er mit mir auch gemacht. Ich frag mich, wieso der Container noch sauber ist nach all den Stunden.

Ja, Mannomann, 17 von Tür zu Tür.

Als Hilde Carlo zum ersten Mal sah, sagte sie: beim Jupiter! Ist der gut übern Winter gekommen. Ja, er ist wirklich gut im Strumpf.

Ein halbes Jahr später, an *Thanksgiving*, luden wir Hilde und John ein. Meine Freundin war durch Carlos Veränderung bass erstaunt. Er war wieder ein ansehnlicher Kater. Sein asthmatisches Keuchen und sein Schnarchen waren verschwunden. Wie hast du das gemacht? Der Trick war, wenn er Leckerlis verlangte, hab ich sie ihm vor die Tür gelegt. Wenn er noch eins wollte, musste er ums ganze Haus laufen und durch die Katzenklappe wieder hereinkommen.

Als der Truthahn und das Gemüse auf dem Tisch standen, kam Carlo ins Speisezimmer und starrte den Schauspieler wie hypnotisiert an.

Er scheint dich zu bewundern. So? Carlos Schwanz peitschte, und der Auftritt wurde langsam peinlich. Unter Carlos Bann stehend, schnitt John ein Stück vom Truthahn ab. Ich sagte, lass nur und legte dem Kater ein Stück Fleisch vor die Tür. Zwei Minuten später erschien Carlo mit einer ausgewachsenen Wühlmaus zwischen den Zähnen wie ein apportierender Hund. Er starrte John an. Ich fragte: Wie bist du so schnell an das Tier gekommen? John, er bewundert dich wirklich! Findest du? Ja! Vielleicht will er zeigen, dass er kein totes Fleisch braucht. Tja! Aber das hat er noch nie gemacht! Es muss was mit dir zu tun haben.

Ein paar Monate später war meine Mutter genauso erstaunt, Carlo wieder wohlauf und wohlgeformt zu sehen. Hast du ihn auf Diät gesetzt? Nicht wirklich. Ich erklärte ihr die Taktik. Gute Idee! Das müsste ich mit Ludi auch mal machen. Regelmäßige Bewegung scheint wirklich überschüssiges Fett zu schmelzen.

Dan Barton, Kommandeur der Hochzeit

Nach der Gullwing Group Convention in Dana Point, wo wir unseren 300 SL Flügeltürer ausgestellt hatten, rief Hilde an.

Wir werden am 5. Oktober 1990 heiraten.

Oh, schön! Herzlichen Glückwunsch! Wow, das ist der Tag, an dem meine Lieblingsoma vor 88 Jahren geboren wurde. Ein weiterer *Zufall!*

Seid ihr da? Ja. Kannst du meine Trauzeugin sein? Klar, es ist mir eine Ehre. Johns Trauzeuge ist Dan Barton von *Days of our Lives*. Die Hochzeit wird im Bel Air Hotel gefeiert. Wir haben Father Ara für die Zeremonie.

Wen? Er hat gerade Hugh Hefner getraut, den Playboy Editor. Ja, den kenne ich. Dean Martin und Syd Charisse kommen, Finny Getty, der ehemalige Bürgermeister von Beverly Hills, wir sind insgesamt 43 Personen. Schön! Ich denke besser nicht an unseren besonderen Tag, die unromantischste Veranstaltung, die du dir vorstellen kannst. Wir gingen mit unseren wenigen Gästen vom Mariott Hotel aus in eine Studentenkneipe. Abends aßen wir in einem Restaurant in unsrer Ecke und der betrunkene Peter warf sein zähes Steak an die Wand. Für das Geld, das wir ausgegeben hatten, hätten wir mit allen Freunden und Verwandten feiern können.

Nachdem Hilde aufgehängt hatte, dachte ich, wow, eine weitere Synchronizität! Der 5.10. 1990 (Quersumme 7) wäre der 88. Geburtstag der Tochter meines in die USA emigrierten Urgroßvaters. War das eine Erinnerung, etwas zu tun? Aber was? Jocelyn riet mir, auf Ellis Island alle Namen der dort gelisteten Immigranten zu prüfen. Aber wie sollte ich jemanden finden, wenn ich keinen Namen hatte? Gewiss hatte mein Urgroßvater seinen Namen erst später geändert. Auf der Passagierliste der Schiffe stand er sicher mit seinem im Pass angegebenen Namen. Ich bezweifle, dass er mit gefälschten Papieren reiste. Da ich nicht wusste, was zu tun ist, versuchte ich mehrere Male, Kontakt mit Oma Marie zu bekommen. Aber jedes Mal bekam ich die Antwort, nichts tun zu müssen.

Marita hatte Willi auf seinem Flug nach L. A. begleitet, weil es einer seiner Letzten war. Die Computer machten die Bordingenieure überflüssig. Die neue Technik zwang Willi zurück auf die Schulbank, um Pilot zu werden. Als Alternative bot die LH nur den Ruhestand an. Marita verlängerte ihren Aufenthalt und besuchte uns ein paar Tage. Als sie unser Anwesen betrat, sagte sie: Lasst uns feiern! Ich hab eine Flasche Champagner mitgebracht. Peter öffnete die Garage, um die Abkürzung zum Gästezimmer zu benutzen. Als Marita den extra langen Mercedes 600 mit der Innenausstattung aus weißem Leder erblickte, pfiff sie anerkennend. *What a Black Beauty!* Peter nahm ihr die Flasche aus der Hand und sagte: Ich werde den

Champagner am besten im Auto servieren. Aber im Smoking und mit weißer Serviette, bitte.

Wieder schwebte bei Maritas Ankunft eine entspannte Fröhlichkeit durchs Haus. Mit ihr die Erwartung eines weiteren kulturellen Höhepunkts. Die meisten Musikveranstaltungen unternahmen wir mit unserer quirligen Freundin.

Besonders anregend war unser gemeinsamer Besuch der *First Lady of Song* in der Frankfurter Alten Oper Anfang der 80er. Wir waren vor allem vom Stimmumfang, der Phrasierung und der Reinheit des Tones der 64-jährigen Ella Fitzgerald beeindruckt. Damals sagte ich, die Stimme meiner Mutter klingt ähnlich. nur heller.

Zu der Zeit wussten wir nichts von der Verwandtschaft meiner Mutter zu Doris Day. Letztere hatte sich das Singen beigebracht, indem sie Ellas Schallplatten hörte. Wenn ich mir beide Sänger anhöre, bringt mich Doris' Intonation www.youtube.com/watch?v=vjHkPF1OQJM in eine ausgelassenere Stimmung als die von Ella: www.youtube.com/watch?v=bFZEUT34tOY

Jedenfalls lässt sich erkennen, dass das Lernen von ihrem Idol Do-Do wirklich geholfen hat, ihre Singstimme zu entwickeln. Und jetzt lerne ich durch das Zuhören meiner berühmten Verwandten. Obwohl ich etwa genauso alt bin, wie damals Ella in der Alten Oper, ist meine Stimme in den letzten drei Jahren besser geworden.

Was gibt es Neues in L. A.? Spielen irgendwelche neuen Musicals? Am Freitag sind wir zu Hildes Hochzeit eingeladen. Ist das die kleine Dame, mit der wir in *Les Miserables* gewesen waren? Yep! Wen heiratet sie?

Den Schauspieler John Hudson. Marita Augen weiteten sich: Doris Days ... ist er nicht ...?

Nein, John Hudson. Er spielte oft in Western und war ein Arzt in der Seifenoper *General Hospital*. Er war nicht so erfolgreich wie Rock. Ich hab ihn kürzlich mit Larry Hagman und seinem Flaschengeist Barbara Gordon gesehen. Apropos Geist, ich hab noch nichts über die Familie meines Urgroßvaters herausgefunden.

Marita seufzte: Warum willst du bloß deine bucklige Verwandtschaft finden? Ich glaub, du verschwendest deine Energie. Und ich glaub, dass es wichtig ist zu wissen, dass das Leben auf einer anderen Ebene der Existenz weiter geht. Wenn ich die Victor-Verwandten finde, wäre das ein Beweis. Glaubst du wirklich, die Menschen ändern sich, wenn Sie wissen, dass Geister existieren? Vielleicht, wenn die Katastrophen durch unsere ruinösen Aktivitäten die apokalyptischen Ängste erhöhen. Das bezweifle ich. Übrigens, ich will Hilde und John mit unserem dekorierten Mercedes 300 Adenauer überraschen. Oh gut, da helfe ich dir.

Ich rief Hilde an, um die genaue Zeit zu erfahren, um sie abzuholen. Sie sagte, vier Gäste haben abgesagt. Du kannst also deine Freundin mitbringen. Ich muss sowieso die $39 pro Teller bezahlen. Oh, gut, Marita wird es genießen. Der grüne Mercedes Oldtimer mit dem cremefarbenen Dach sah mit dem gleichfarbigen Blumenarrangement wunderschön aus. Als wir Hildes private Zufahrt hochfuhren, stoppte uns eine sechsköpfige Rehfamilie. Wir hatten sie noch nie am Tag gesehen. Die Rehe, die regelmäßig auf unserem Grundstück erschienen, warteten auch immer den Einbruch der Dunkelheit ab. Ob sie Hildes Aufregung spürten?

Hast du jemals Rehe mit so großen Ohren gesehen? Ja, nun bewegt euch doch mal! Peter hupte. Doch erst als er wieder langsam den Wagen in Gang setzte, bewegten sie gemächlich ihre großen braunen Körper.

Vater Ara hielt die Zeremonie erfrischend entspannt. Hilde hatte ihm gesagt, religiöse Vorträge zu vermeiden, da viele Juden eingeladen waren: Produzenten, Schauspieler und Agenten. Als wir alle im Speisesaal Platz genommen hatten, ließ Johns *Best Man* den Löffel am Glas klingen. Dan Bartons lange Rede entmutigte mich. Eine Mischung aus Schüchternheit, Lampenfieber und das gerade servierte Essen ließ mich meine vorbereitete Minirede unter den Perserteppich kicken. Doch nachdem eine dicke Frau aufstand und sprach, bedauerte ich meine Befangenheit. Meine Worte über die ausgezeichnete Köchin und private Krankenschwester, die nun ihre alte Liebe verwöhnen darf und mein Wunsch, dass nur Hildes Gaumenkünste getestet werden, wäre witziger gewesen. Doch nach 18 Monaten im Glück verpasste ihr das Schicksal wieder die Last eines Pflege-Jobs.

Ich saß neben einem netten Herrn um die 70. Hal Gefsky zeigte großes Interesse an meinem Diamantring. Ich streckte ihm die Hand vor die Nase. Der ist von meiner Schwiegermutter. Was für eine schöne Fassung mit der Perle. Wie verdienen sie ihren Lebensunterhalt? Wir handeln mit Oldtimern. Und sie? Ich bin ein Agent. Oh, wirklich? Ich hatte Schauspielunterricht bei Sharon Chatten. Als sie mich mehr lobte als die Profis, hab ich die Klasse wieder verlassen.

Wollen sie nicht im Filmgeschäft arbeiten?

Nicht wirklich. Warum haben sie die Klasse besucht? Es war keine bewusste Sache. Alles kam einfach so: John stellte mich Jocelyn Brando vor. Zwei Schauspielerinnen in ihrem Workshop gegen Schreibblockaden nahmen mich zu ihren Klassen mit. Oh, ich kenne Jocelyn. Aber ich wusste nicht, dass sie eine Therapeutin ist. Sie ist eine sehr talentierte Schauspielerin. Sie hat mindestens so viel Talent wie Marlon. Aber ihr fehlte das Glück bei der Auswahl ihrer Rollen. Schade. Ja. Es ist sehr schade! Ich erinnere mich nur an ihre letzte Rolle als Gouvernante in *Mummy, Dearest*, eine kleine, aber passable Rolle. Auf jeden Fall ist Schauspielern nicht alles. Der Lachs ist sehr gut, nicht wahr? Ja, das Lamm auch. Wissen sie, welche Art von Fleisch das Steak ist? Kalbfleisch schätze ich. Nach dem **Frucht-Soufflé** näherte sich Marita unserem Tisch.

Du musst mal mit mir kommen. Ich sitze bei einem interessanten Paar. Dr. Patrick J. Frawley ist der Mitbegründer des *Schick Shadel Hospitals* in Santa Barbara. Seine Frau hat ihm 9 Kinder geboren. Boah! Ja, aber man sieht es ihr nicht an. Mr. Frawley hat mir gezeigt, warum Menschen rauchen und wie man es sich abgewöhnen kann. Okay. Ich komme. Mit einem Blick auf Herrn Gefsky, sagte ich: Entschuldigen sie mich. Sicher, nur zu.

Maritas Tisch erreichend, sagte ich, ich hab vielversprechende Dinge gehört. Mein Mann Peter hat das Rauchen ein Jahr lang aufgegeben, nachdem seine Mutter gestorben war, aber jetzt raucht er wieder. Der Arzt war ganz in seinem Element. Er kam an unseren Tisch und erklärte uns, wie Gewohnheiten sich gleichzeitig formen: Das Gehirn hat zwei unabhängige Mechanismen. Die unterbewusste Erinnerung funktioniert wie ein Recorder und der denkende Verstand wie ein Taschenrechner. Der Tastsinn ist der stärkste Sinn. Viele positive Eindrücke wurden über die Art und Weise registriert, wie wir das Lenkrad und die Pedale berühren. Jetzt handeln wir automatisch, auch in schnellem Verkehr. Dasselbe gilt für Zigaretten. **Dr. Frawley hob den Arm, als ob er einen Sargnagel zwischen seinem Zeige- und Mittelfinger halten würde, betrachtete ihn, roch den imaginären Rauch und sagte: Eine suchterzeugende Substanz muss immer wieder konsumiert werden, damit es sich im Unterbewusstsein einprägt. Reden führt zu keiner Abhängigkeit. Daher kann das gute Zureden auch keine Angewohnheit brechen, die durch Körperreaktionen programmiert wurde.** Ich fragte: Also, was könnte die Gewohnheit brechen? Der Arzt sagte:

Das Unterbewusstsein muss die Substanz, Alkohol oder Tabak, durch Geruch, Geschmack oder Aussehen identifizieren und dabei eine negative Reaktion erleben, um die mit der Gewohnheit assoziierten Emotionen zu ändern. Ich fragte: Soll ich also Peter immer eine kleben, wenn er nach einer Zigarette greift?

Alle Gäste am Tisch brachen in ein herzhaftes Gelächter aus. Ja, genau. Aber wir arbeiten subtiler. Wir können die Methode mit der Ausbildung eines Hundes vergleichen: Macht ein Hund auf den Boden und wird am nassen Fleck durch leichte Schläge mit einer Zeitung getadelt, wird sein Gehirn das Unbehagen mit dem nassen Fleck aufnehmen. Okay? Wenn die Schläge nicht am nassen Fleck verabreicht werden, kann der Hund keinen Zusammenhang registrieren und das Tadeln wird nicht wirksam sein. Das *Schick Smoking Control Center* verwendet die Impulstherapie genannt das Morse-Code-Kribbeln. Der leichte lästige Impuls entfernt das mit der Gewohnheit verbundene Vergnügen. Ich sagte: Ja, das ist logisch. Dr. Frawley sagte: Geben sie mir ihre Adresse, ich werde ihnen unsere Broschüre zusenden.

John Grishams Buch *Das Urteil* kann einem auch das Rauchen verleiden.

Den Tisch der frisch Vermählten erreichend, sagte ich: John, ich vermisse deinen Freund Jack. Oh, er ist gerade an einem Drehort einen Film machen. Einige Monate später gewann Jack Palance den Oscar als bester Nebendarsteller in der Rolle des harten Cowboys *Curley* in *City Slickers*. Bei den Academy-Awards, beobachteten Hunderte Millionen von Menschen ihn dabei, wie er eine Reihe von einarmigen Liegestützen machte. Jack wollte damit zeigen, dass er noch andere außer Oparollen spielen kann.

In der Folgewoche veranstaltete Jocelyn einen weiteren Workshop. Suzanne rief an: Gehst du?

Ich hab zwar keinen Bedarf, aber Lust zu gehen hab ich doch. Ich brauch eine Pause von Peter. Also, was gibt's Neues? Nicht viel. Hubby hat es mit der Prominenz in letzter Zeit. So? Er hatte auf seinem Weg zurück aus Deutschland Steffi Graf getroffen. Wirklich? Wo? Am Flughafen in Newark. Und? Er sagte: Hi Steffi, where are you heading? Was hat sie gesagt? Miami. Was sonst noch? Gestern hat Peter im *Spago* am Nachbartisch von Rod Stewart gesessen, und ich war bei einem Gruppen-Channeling mit Michael Jeau. Es war lustig, als Maria durchkam und er mit einer Frauenstimme sprach. Und was hast du herauskommen?

Wie die anderen hab ich nach meinem Glücksstein gefragt. Es soll ein Aventurin sein. Ich hab auch gefragt, wie mein großes Buch über alternatives Heilen ankommen wird. Er sagte das Gleiche wie Marilyn: Ich sehe kein großes Buch, aber 10 kleine. Gehst du mit mir morgen in die Kirche? Was? Marianne Williamson macht ihren Kurs in Wundern. Ach so, ja, warum nicht? Ich mag ihre Bücher.

Als wir in der alten Kirche ankamen, begrüßte Marianne uns in einem schon merklich ausgefüllten dunkelblauen Umstandskleid mit winzigen, weißen Blüten. Sie sagte: Vor zehn Jahren war ich schon mal schwanger. Mein Partner hat die Stadt verlassen, und ich hatte eine Abtreibung. Oh! Ja, aber vor einem Jahr kam er zurück. Jetzt bin ich wieder schwanger. Vielleicht hat sich dieselbe Seele bei mir wieder eingenistet, die mir damit sagt, dass sie diese Erfahrung will. Ich sagte: Bei mir war das ähnlich. Ich weiß nicht, wie viele Male ich es versucht hab, aber am Ende kam ich, um bei meiner Mutter als *Patentex-Marianne* zu bleiben.

Eine Woche später nahm ich die Hochzeitsfotos mit zu Jocelyn, da ich dachte, sie könnte daran interessiert sein. Suzanne war schon da. Ich bemerkte, dass die dunklen Schatten der Resignation aus ihren Augen verschwunden waren. Du siehst super aus. Ich zeigte Jocelyn die Bilder. Ein bittersüß-raues Lachen drängte aus ihrer Kehle. Was für ein Kriecher! Er hat mir mit keiner Silbe erwähnt, dass er heiraten wolle. Diese Männer haben einfach keinen Mut sich mitzuteilen. Warum? Hätte ich die Fotos besser daheim gelassen? Nein, überhaupt nicht, es ist nur, wir waren zusammen, und er hatte nicht einmal erwähnt, dass er jemand anderes sieht. Hmm! Vielleicht wollte er dich nicht verlieren. Es ist zu traurig. *Life is just a bowl of cherries ... so live and let a-a-alone.* Arme Jocelyn, sie hatte kein Glück mit ihren Männern. Die S*chlechten* schlugen sie, die *Guten* gingen.

Knisternder Frühling folgt Kriegswinter 1991

Eine infame Affäre des Sommers 1990 war die Kriegsvorbereitung im Fernsehen. Saddam Hussein marschierte in Kuwait ein, und seine Regierung behielt Tausende westliche Touristen als Geiseln, um militärische Operationen gegen den Irak zu verhindern. Als Hussein sich im Hotel mit den Geiseln zeigte und er einem Kind über den Kopf streichelte, kam mir die Galle hoch. Am 6.12. entließ er zwar 3.000 Geiseln, da er aber von Kuwait nicht lassen wollte, begannen die Koalitionsstreitkräfte am 17. Januar 1991 den Angriff auf Irak mit einer Flächenbombardierung. Mit rund 100.000 Flügen fielen über 88.000 Tonnen Bomben.

Die Berichterstattung vom Golfkrieg im TV war für viele ein Telenovela-Ersatz: das Heulen der Fliegeralarmsirenen und das Zünden der Flugabwehrraketen begleitete den Bericht des CNN-Reporters Peter Arnett. Ich erinnere mich an eine äußerst angespannte Szene mit Arnett und den CNN-Journalisten John Holliman und Bernard Shaw im Al Rasheed Hotel in Baghdad. Explosionen rissen die Leute vom Fenster zurück. Holliman schien zwischen dem Wunsch dort zu sein, wo die Action war und dem der Mehrheit der CNN-Mannschaft in den Schutzraum zu folgen zu schwanken. Er ging dorthin, kam aber zurück und forderte damit die irakischen Wachen im Schutzraum heraus. Ich werde nie vergessen, wie Bernie Shaw, während Marschflugkörper an seinem Fenster vorbeischossen, unter seinem Schreibtisch Deckung einnahm und er die Situation beschrieb, als habe er sich mitten in der Hölle befunden.

Eine Woche nach den ersten Luftangriffen schaute ich aus dem Küchenfenster und sah, dass der rote Mailboxzeiger nach unten zeigte. Am Vorabend hatte ich mehrere Briefe mit Schecks in den Briefkasten gelegt und den Zeiger nach oben gestellt. Auf dem Weg zum Briefkasten lobte ich mental die US-Post. Der US-Kunde ist in vielerlei Hinsicht mehr König, als der deutsche. Ich öffnete einen Brief aus Deutschland. Dieses Mal war es Pas Handschrift. Ich brachte Peters Briefe in sein Büro und überflog meinen. Oh, Pas Nieren zwicken. Er denkt, dass das sein letzter Brief ist. Ach, das wird Ludi nicht töten, sagte Peter. Er hat schon wieder einen Katzenwandteller für mich ersanden. Wenn Heini und Andreas kommen, bringen sie ihn mit. Wenn sie kommen. Doch, doch, die kommen schon. Ich hab von ihnen geträumt. Warum denkt Pa, dass ich Teller sammle? Ich finde die Kätzchen ja niedlich, und die Farben passen zur Küche. Peter sagte, sag es ihm, nicht mir! Leanne liebt Porzellan, aber ich kann sie ja schlecht verschenken, wenn Pa uns besucht, sucht er sie. Ich mag lieber alles Unzerbrechliche, vor allem Bücher. Boah! Die Umlagen für die Ibiza Wohnung sind 1000 Mark höher. Wieso denn das? Sie haben die Fassade neu verputzt. Er hofft, genug Buchungen zur Deckung der Kosten zu bekommen. Wir sollten sie verkaufen. Er nennt den Golfkrieg den Inbegriff der menschlichen Ignoranz und meint, dass er die Olympischen Spiele in Barcelona beeinflussen könnte. Dieser Krieg wird uns Jahre zurückwerfen, und sie würden besser an die vielen armen Kinder in der Welt denken. Denkst *du*, aber die denken doch nur ans Öl. Na ja, immerhin denkt Pa an seine kleinen Patentöchter in Afrika.

Nach 3 Wochen Luftangriffe endete Husseins Mutter aller Schlachten mit der Verbrennung von Milliarden von Rohöl: Ich konnte es kaum fassen, dass er 5 bis 6 Millionen Barrel Rohöl und 70 bis 100 Millionen Kubikmeter Erdgas pro Tag vergeudete. Vor allem hätte ich nie gedacht, dass das Monate lang so weitergehen würde! Rauchschwaden mit gefährlichen gasförmigen Emissionen erstreckten sich über hunderte von Meilen. Der Rauch enthielt hohe Konzentrationen von Feinstaub, der für die Atemwegssymptome bzw. für das Golfkrieg-Syndrom der Kuwaitis und Golfkriegssoldaten verantwortlich war. Haben sich all die zivilen Opfer gelohnt? Hat es sich gelohnt, dass eine halbe Million Kinder nach Kriegsende aufgrund der Sanktionen verhungerten? Für US-Außenministerin Albright ja. Warum wiederholt sich Geschichte ständig? Die gleichen Kräfte, die, um Hitler zu stoppen, Hunderttausende von Zivilisten durch Brand- und Phosphorbomben töteten. War das die Antwort auf von der Luftwaffe zerstörte britische Flugplätze und Kriegsindustrien? Dem *Blitz* mit 71 Angriffen auf 16 Städte waren kaum mehr Menschen zum Opfer gefallen als den Harrisbomben auf Hamburg. https://de.wikipedia.org/wiki/Operation_Gomorrha

Knapp ein Dreivierteljahrhundert nach der nationalsozialistischen und sowjetischen Invasion von Polen und der Teilung des Landes zwischen ihnen, gab es keine Aggression gegen ein benachbartes EU-Land mehr. Das brachte Europa 2012 den Friedensnobelpreis ein. War das ein Fehler? Global befanden sich 2014 von 194 Staaten 28 im Krieg, das ist mehr als 14 %. Wieso erfahren friedliebende Menschen so viel entsetzliches Leid durch ihre irrenden Führer?

Anfang März sah ich eine weitere Brutalität im Fernsehen. Peter komm mal her. Ich glaub, die bringen gerade einen um. Wer die? Die Bullen. Polizei? Ja, sieht wirklich schlimm aus. Warum? Keine Ahnung, wohl weil er schwarz ist. Sieben LAPD-Beamte umgeben den Afroamerikaner, einige schlagen immer wieder auf ihn ein. Obwohl Peter an seinem Schreibtisch sitzen blieb, hatte er noch oft Gelegenheit, die Polizeigewalt gegen Rodney King zu sehen. Denn das Videomaterial der Verfolgungsjagd nach einer Geschwindigkeitsübertretung wurde Dutzende Male gezeigt.

Wochenlang gab es kein anderes Thema dank eines Anwohners, der die 50 brutalen Schläge und 6 Tritte auf den schwarzen Taxifahrer und Bauarbeiter auf Video gebannt hatte. Die Stimmung heizte sich auf. Eine viel umstrittene Frage war, ob Rodney King Widerstand gegen die Polizei leistete, statt sich ihr zu unterwerfen. Das Filmmaterial wurde rund um die Welt ausgestrahlt. Rassenspannungen entflammten. Das Video erhöhte die öffentliche Sensibilität und Wut über die Brutalität der Polizei, Rassismus und andere soziale Ungleichheit in den USA.

Mitte April sagte Peter: Warum hab ich nicht auf einen steigenden Dow Jones Index gesetzt? Heute hat er zum ersten Mal mit über 3000 geschlossen. Nachdem ich einen weiteren Brief aus Deutschland überflogen hatte, sagte ich, sie wollen, dass du ihnen zwei blaue Zahnpastas mitbringst, die mit Fenchel, Propolis und Myrrhe. Sie mögen die deutschen Marken nicht mehr und wünschen sich einen *Trader Joe's* in Michelstadt. Was ist Propolis? Ein Nebenprodukt der Bienenhaltung. Aha. Aber ich weiß gar nicht, ob ich am Pfingstsonntag fliege. Dann müssen sie bis zum Sommer warten. Heini und Andreas können sie mitnehmen. Wenn sie kommen, Sie kommen. Ich hab sie doch im Traum hier gesehen. Du und deine Träume. Oh, meine Lehrerin wird am 30. April 80, ich frag mich, wieso Pa sie in seinem Kalender hat. Sie wird sich über eine Glückwunschkarte aus USA freuen. Hast du nicht die Schule gehasst? Luise Walti war okay. Ich hatte keine Probleme in Deutsch und Bio. Sie hatte uns autogenes Training beigebracht, das war ne tolle Show.

Ende April brach die Krawallhölle los, nachdem ein Gerichtsverfahren zum Freispruch der vier LAPD-Schläger-Beamten geführt hatte. Nach diesem unsensiblen schicksalhaften Urteil gingen viele Häuser im sogenannten Schwarzwald von Watts und anderen benachteiligten Stadtteilen in Flammen auf. Am 3. Tag der Rassenunruhen mit Plünderungen, Überfällen und Morden waren wir mit Bill und Leanne bei unserem Lieblingsmexikaner am Ventura Blvd. in

Studio City verabredet. Die brutzelnden Fajitas sind dort besonders lecker.

Als wir in der lauen Abendluft den Karen Drive hinuntergingen, überkam mich ein prickelndes Gefühl von Vitalität. Wir kamen im Haus unserer Freunde an. Bill begrüßte uns mit einem Augenzwinkern und einer Pistole in der Hand. Brauchst du das? Mit einem breiten Grinsen öffnete das große Kind neben mir den Reißverschluss seiner Gürteltasche und zeigte seinen eigenen Ballermann. Okay, sagte Bill zustimmend. Ich glaub kaum, dass wir im Valley Probleme haben. Aber, warf Leanne ein, *better safe than sorry.* In Bills weißen BMW einsteigend, fragte ich, wer, denkt ihr, wird gewinnen?

Bush natürlich, antwortete Bill forsch.

Das glaub ich kaum. Guck dir mal all die leeren Läden am Ventura Boulevard an, die Menschen haben Angst, sie wollen eine Veränderung. Also wird Bill gewinnen. Und, äffte ich Bush nach, lest es von meinen Lippen ab, er wird sogar ein zweites Mal gewählt. Du bist wohl von Sinnen. Da würde ich eher noch Ross Perot haben wollen. Clinton wird den Job nicht machen. Du wirst deine Meinung ändern. Versöhnlich sagte Leanne: Nun, wir werden sehen.

Ein paar Tage später fuhr ich im Olds zum Flughafen LAX, um Ingrid abzuholen. Auf dem Rückweg sagte ich, du hast die Action verpasst.

Danke, kein Bedarf. Also, wie war Bali?

Absolut fantastisch! Solch eine wunderschöne Insel. Ich hab noch nirgendwo mehr ästhetische und sinnliche Menschen gesehen. Sie strahlen Güte und Frieden aus. Hier war es weniger friedlich. Gestern wurden Nationalgarde und US-Marines angefordert, um die Unruhen zu beenden. Es wurden etwa 2000 Menschen verletzt. Gab es Tote? Mehr als 50. Oh mein Gott, wo sind wir? Vor lauter Gequatsche hab ich jetzt die Auffahrt verpasst. Sieht ziemlich wild hier aus. Ah, da ist eine Tankstelle, ich werde mal fragen. Etwa 15 Meter entfernt schlenderte ein schlaksiger Schwarzer mittleren Alters. Ich rief: S i i i r ! Der Mann schreckte auf und schaute verwirrt in unsere Richtung. Wie kommen wir zum F r e e w a y ? Der Afroamerikaner wackelte überrascht mit dem Kopf und zeigte nach rechts. Thanks! Eine halbe Minute später waren wir wieder auf Kurs.

Als meine Verwandten kamen, sagte ich: Hey, Andreas, ich erinnere mich an diese papageiengrüne Hose. Sie sieht wie neu aus. Trägst du sie nur, um mir zu gefallen? Mein Neffe antwortete mit einem schlingernden naaah, das ist mein Lieblingshose. Wenn du lügst, bist du ein Experte darin. Lachend sagte der 18-Jährige, nein wirklich, ich trag sie die ganze Zeit.

Dann ist es eine perfekte Qualitätsjeans, wie neu. So, jetzt könnt ihr in den Pool springen. Oder seid ihr hungrig? Nein, sagte Heini, wir haben gerade im Flugzeug gegessen. Ich zeig euch euer Zimmer. Ich hab den ganzen Gästetrakt neu gefliest und das Bad erneuert. Liegt wohl in der Familie. Mit Ausnahme von Pa, der hat zwei linke Hände. Wieso, sagte Peter, den toten Baum hat er doch ordentlich abgeschnitten. Ich konnte gar nicht zusehen, wie er seinen Kamikazestunt vollführte. Oh, komm schon, er ist daran gewöhnt. Er war Elektriker und musste diese Arbeit oft machen.

Hey, sieht gut aus, wie ein Marmorzimmer. Ich hab alles grau-beige-weiß marmoriert, damit Schreibtisch und Nachttische gleich aussehen. Schönes Stück! Hab ich für 25 Dollar auf einem Flohmarkt erstanden.

Am nächsten Morgen kam Andreas in die Küche. Ich zeigte auf die Katzenfutterschalen. Rat mal, wer da war? Wer? Die Waschbären! Wieso? Man sieht, wenn sie da waren, wenn die Wasserschale leer ist und sich darin Brösel vom verputzten Trockenfutter befinden. Warum? Sie waschen nach dem Fressen ihre Pfoten. Cool!

Er nahm mehrere Stücke und sagte: Wow, ich würde viel mehr Obst essen, wenn es immer so serviert würde. Peter sagte, was für ein Charmeur. Das stimmt, deshalb nimmt Opa dich auch so gern auf seinen Bus-Touren mit. Ich hab gehört, du hältst die Mitreisenden immer bei guter Laune. Hast Du diese Qualität von mir geerbt? Ähm, ich bin nur nett. Aber das ungehemmte Lachen hast du von mir, leider auch den Heuschnupfen. Niemand sonst in der Familie hat Allergien.

Wie wäre es mit einem Tennismatch? Es ist nur zwei Häuser weiter an der Ecke. Okay?

Heini und Andreas hauten die Bälle übers Netz, als ob sie nie etwas anderes gemacht hätten. Heini war in der Nähe vom Netz, als Andreas den Ball weit hinaus schlug. Heini rannte pfeilschnell, hatte aber keine Zeit, sich umzudrehen. Er schlug den Ball übern Kopf, ohne zu sehen, wo er hinging. Wow, er ist im Feld! Andy konterte, indem er ihn durch seine Beine schlug. Unglaublich! Selbst die Cassidy-Hunde schienen überwältigt zu sein; jedenfalls nervten sie nicht mit Gebell. Ihr seid ja wahre Ballkünstler. Wo habt ihr denn das gelernt? Das ist halt Ballgefühl, sagte Andy.

Als wir zurückkamen, sagte Peter: Wie wär's mit ner Fahrt nach San Francisco? Warum? Ich hab einen 300 SL von einem Deutschen aus San José gekauft. Von dort aus ist es nicht weit. Da kannst du deinen Leute die schöne San Francisco Bucht zeigen. Das wird mindestens zwei Tage in Anspruch nehmen! Ich dachte an den *deal*, dass Ma die Flüge bezahlte, damit Heini uns ein Dach über Heizung und Klimaanlage auf dem Flachdach zimmert. Ich wollte dafür den beiden eine 2-tägige Reise nach Las Vegas, zum Grand Canyon und eintägige Besuche in Disney World, Sea World und Universal Studios spendieren. Aber eine weitere 2-Tages-Reise war außerplanmäßig und würde die Arbeitstage verringern. Heini hatte meine Gedanken gelesen: Wir bleiben 3½ Wochen, und wir werden nur etwa 5 volle Tage für das Dach benötigen. Du wolltest doch nur die Rohre abdecken, gell? Ja! Also, für das Montieren der Balken und Pressspanplatten brauchen wir zwei Tage, allerhöchstens drei. Der Rest ist nur das Annageln der Asphaltschindeln. Das kannst du auch machen. Peter sagte: Fürs Sightseeing brauchen wir eineinhalb Tage, und am nächsten Tag auf dem Rückweg nehmen wir das Auto mit.

Zwei Nachmittage später fuhren wir im Olds einen Hügel hinauf und erreichten ein robustes zweistöckigen Haus. Das ist kein so ein Papp-Haus wie die meisten hier, sagte Heini. Es ist aus echten Steinen. Ja, aber in einem solchen Haus ist es in einem Erdbebengebiet zu gefährlich. Als wir ins Wohnzimmer traten, ging Heini nach rechts zur Wand und zeigte auf einen blauen Porzellanteller, der das berühmte Michelstädter Rathaus zeigte. In der nächsten halben Stunde staunte ich über das ungewöhnliche Verhalten meines Bruders. Als hätten wir beide einen Charaktertausch vorgenommen. Ich war sprachlos und Heini redete mit dem deutschen Ehepaar, bis Peter sagte: Wir müssen uns beeilen. Ich will auf der Autobahn sein, bevor es dunkel wird. Wir gingen nach draußen.

Heini, Andreas und ich standen schon am Olds, als Peter noch mal zurückging, um seinen Schlüssel zu holen. Heini sagte mit einem seltsam abwesenden Blick: Das wird jetzt noch viel länger dauern. Was meinst du? Ich weiß nicht, aber irgendwas passiert noch. Peter kam zurück. Der Schlüssel ist nirgendwo. Er muss in meiner Aktentasche sein. Wo hast du die? Im Kofferraum. Oh toll! Peter probierte mehrmals, dann drehte er sich um. Ich hole einem Schraubenzieher. Wir müssen vom Rücksitz aus zum Kofferraum kommen. Eine halbe Stunde später folgten wir Peter und Andy im roten Cabrio und kamen noch in der Dämmerung zum Freeway.

Zurück zu Hause erwartete uns ein Anruf von Karl-Dieter. Er fragte, ob Kai und Ollie zwei Wochen kommen könnten. Ich stöhnte, wie soll ich das machen, drei Mahlzeiten für sechs Personen, mehr Einkäufe, die Reisen und Heini beim Dachdecken helfen. Auf der anderen Seite wird es für Andreas gut sein, mit zwei Gleichaltrigen was zu unternehmen. Ist es für euch okay, wenn ihr in mein Büro umzieht? Klar. Gut, dann können sie kommen.

Eine Woche später, während Heini und ich die

Schindeln annagelten, holte Peter und Andy die Jugendlichen vom Flughafen ab. Heini sagte: Ich hätte dir schon lange vorher sagen können, dass wir auf jeden Fall kommen. Ich auch. Wieso du? Ich hatte einen Traum, wo Andreas und ich mit dir und Peter einen Deutschen besucht haben, der das Michelstädter Rathaus an der Wand hat. Ich hab gar nicht gewusst, dass du auch Wahrträume hast. Seit meinem 6. Lebensjahr. Warum hast du das nie gesagt? Die Mama hat es gewusst. Ich denk, ohne meine Operationen und die vielen Medikamente hätte ich das auch durchgängig und noch früher gehabt.

Hast du auch schon spontane Visionen am Tag gehabt? Was meinst du jetzt genau? Na ja, ich war mit Hubs und einigen anderen Handballern in Paris. Wir sind ein bisschen umhergefahren, haben hier mal ein Bier getrunken und dort mal eine Kleinigkeit gegessen und nicht auf den Weg geachtet. Plötzlich sagte Hubs, ich hab keine Ahnung, wo unser Hotel ist. Auf einmal hab ich so einen dreidimensionalen Stadtplan vor meinem inneren Auge gesehen. Da hab ich Parks, Brücken, Kirchen und sogar Straßenschilder plastisch sehen. Boah! Ich hab gesagt, wir fahren besser ganz anders als wir gekommen sind. An der nächsten Ecke kommt ein Kindergarten, da geht's rechts ab, dann vor der Brücke links usw. Die haben gedacht, ich wollte sie foppen. Du hättest mal ihre Gesichter sehen sollen, als wir direkt vorm Hotel angehalten haben. Boah! Ne Erscheinung. Wie geht das? Keine Ahnung.

Am nächsten Morgen im Gästetrakt leierte ich Kai und Ollie unser Programm für zwei Wochen runter. Wenn ihr auch nach San Francisco wollt, müsst ihr selbst hinfahren. Warum? Wir sind gerade erst da gewesen.

Drei Tage später fuhren wir im Olds auf dem 210er-Freeway in Richtung I-15, der nach Las Vegas führenden Autobahn. Nach der Überquerung der San Gabriel Berge, in der Nähe von San Bernardino, führte die Autobahn durch die Mojawe Wüste mit Dünen, Felsformationen und verkrusteten Salzseen. In der Nähe von Barstow, sagte Andy: Hey, guck mal auf den Berg! Da steht C a l i c o. Ja, das ist eine Geisterstadt, eine wiederhergestellte Silberminenstadt. Es ist interessant, wir fahren dorthin. Es ist nur ein paar Meilen vor der 15. Ich war dort schon zweimal, mit Peter und mit den Eltern. In einem der Läden gab es die Süßigkeiten von damals. Ma hatte sich besonders über die Himbeerlin und Brombeerlin gefreut und ihre kleinen Jugendsünden wachgerufen. Da werde ich die Augspurger Mädels mal, Ende der 20er beginnend, in einem Buch verewigen.

Beim Verlassen des Parkplatzes gegenüber dem malerischen Ort, in dem im 19. Jahrhundert ca. 1.200 Leute lebten, wurden wir von einem seltsam aussehenden bärtigen Mann in einem altmodischen schwarzen Anzug begrüßt. Als er seinen Zylinder zückte, sagte Kai: Marianne, warum hast du mit dem Schluss gemacht? Na ja, ich konnte den Bart nicht mehr ertragen, er ist wie ein Reibeisen. Ha, ha.

Die Fortsetzung der Reise war ein bisschen eintönig, überwiegend flach, wenig Abwechslung. Um die Zeit totzuschlagen, schätzten wir die Länge der Geraden bis zur nächsten Kurve. Am frühen Abend erreichten wir den ultimativen Spielplatz für Erwachsene. Heini fragte:

Wo schlafen wir? Ich denke, dass wir das beste Angebot im *Sands* bekommen. Es war eines der ersten Hotels am Strip. Es ist weniger spritzig, dafür hat es aber Geschichte. In den 60ern gehörte es Howard Hughes. JFK war gelegentlich Gast von Frank Sinatra. Und ich war dort vom Glück begünstigt mit Ma und Pa. Wie das? Ich hab für uns drei für 2 Übernachtungen mit Frühstück, ein $5-Chip für den Roulettetisch, 4 Vierteldollarmünzen für die Spielautomaten, eine Show und ein Abendessen nur $189 bezahlt. Am Roulettetisch hab ich den Chip mit demonstrativ weggedrehtem Kopf ausgelegt. Die Kugel rollte, und was kam? Die 19. Ich drehte den Kopf und wo lag mein Chip? Auf der 19! Genau. Die Croupiers haben mich immer begrüßt, wenn ich an ihrem Tisch vorbeikam. Am Spielautomaten gewann ich weitere $ 25. Also machte ich ein paar Dollar mehr, als mich das Sonderangebot gekostet hat. Kein gutes Geschäft für das *Sands*.

Als ich vom Check-in Schalter zurückkam, sagte ich, kaum zu glauben. Wir haben 2 Suiten mit Jacuzzi für nur je 38 Dollar, und ich hab Tickets für *Splash* im Riviera. Doch wir hatten keine Zeit für Jacuzzis, weil wir zu müde waren und am nächsten Morgen ganz früh unsere Gran-Canyon-Tour antreten wollten.

Nach 25 Meilen auf der I-515 und weiter auf dem Highway 93 über Boulder City, erreichten wir Lake Mead, einer von zwei durch gestautes Colorado-River-Wasser entstandenen Seen. Die Jugendlichen waren vom gewaltigen Hoover Dam beeindruckt. Nach 75 weiteren Meilen erreichten wir Arizonas historische Stadt Kingman. Andy, der die Karte studierte, sagte, da ist die Route 66. Ich warf einen Blick darauf und sagte: haha, Andy Divine Ave. Ein gutes Omen! Nach einer Menge Meilen auf der nostalgischen Route 66 wussten wir nicht mehr, wo wir waren, da unsere Karte keine kleinen Straßen anzeigten. Wir nahmen Antares Rd. Hwy 149. Nach Meilen und Meilen ohne eine einzige Seele in Sicht, ein Hoffnungsschimmer: Antares Rd. hieß nun Antares Punkt, was einen Aussichtspunkt signalisierte. Nach mehr Meilen und keinerlei Lebenszeichen wurden wir nervös. Ich weiß nicht, was in mich geritten hat, aber als ich Tanny Ranch Rd. las, sagte ich, mal sehen, ob wir dort Wasser bekommen, wir haben nur 2 Flaschen. Doch die Ranch war nur ein leerer Schuppen. Meilen um Meilen nichts. Kai sagte, was ist, wenn wir einen Reifen verlieren? Es ist so heiß draußen. Mach dir keine Sorgen, wir werden okay sein. Ich hatte gerade erst einen Traum, in dem wir in der Sea World von einem Wal nass gespritzt wurden. Wir sind in dem Traum auch über die Brücke gefahren, wo deine Schwester letztes Jahr vor lauter Höhenangst unter eine Decke geschlüpft war.

Es war ein Fehler, nicht auf der Antares Rd geblieben zu sein, aber einer, den wir alle nie vergessen würden und nicht zu bereuen hatten. Nach einigen mehr Meilen auf einem Feldweg kamen wir plötzlich am Gran Canyon an und hatten den Eindruck, als ob kein Mensch jemals hier gewesen wäre. Es war absolut still. Kein Vogel, kein Insekt, nichts. Totenflaute. Huh! Es sieht hier so aus wie da wo Selma und Louise ihren Abflug hatten. Wow! Was für ein Ausblick! Ein völlig unbelebter Ort. Besser als Kirche. Hatte ich mich je lebendiger gefühlt? Nach einer Weile sagte Heini, mit ergriffener Stimme: Ich denke, wir müssen jetzt zurückfahren. Kai sagte, es ist so friedlich! Ich könnte länger bleiben. Ja, ich auch. Aber es ist schon 14:00 Uhr. Ihr wollt doch noch die London Bridge in Lake Havasu sehen. Wir kamen spät am Nachmittag an, und es war immer noch wie im Backofen. Wir lauschten der kräftigen Stimme einer großen schwarzen Soulsängerin an der Brücke, die 1831 über die Themse gebaut und Mitte der 1960er Jahre Stein für Stein abgebaut und von London nach hier verschifft wurde.

Als wir spät am Abend nach Hause kamen, staunten wir über Peters branchenfremdes Modedesignprojekt. Wir werden diese Sommerwochen mit viel Arbeit und einer Menge Spaß wohl alle nicht vergessen. Als Kai sich verabschiedete, sagte sie: Ihr habt wirklich ein schönes Familienleben. Ihr wart immer für uns da. Ich wünschte, ich hätte das zu Hause auch.

Feuerlauf mit Michael Big Bear

Im Februar 1992 lud Ingrid meine Eltern und mich zu einem Nachmittagstee in Roy Orbisons Strandhaus in Malibu ein. Ihr Anwalt von Toluca Lake hatte Heiratspläne geäußert, und Ingrid musste sich einen neuen Job suchen. Wegen des ökonomischen Absturzes musste sie mit einem geringer bezahlten Job bei Barbara Orbison vorliebnehmen. Die Witwe des Countrysängers, eine gebürtige Deutsche, war mit ihren beiden fast erwachsenen Söhnen übers Wochenende verreist. Ingrid begrüßte uns aufgeregt. Ihr habt Glück! Heut hab ich zum ersten Mal Wale gesehen. Auf der Terrasse filmte mein Vater mit seiner Videokamera sechs oder sieben große Grauwale. Sie schienen uns eine Show bieten zu wollen, sprangen aus dem Wasser und machten lustige Geräusche. Je mehr wir uns freudig lachend amüsierten, desto intensiver begingen sie ihre Hochzeitszeremonie. Nach etwa 15 Minuten beendete mein Vater seine Bemühungen, die Säugetiere auf Zelluloid zu zähmen.

Ingrid sagte: Michael Big Bear veranstaltet wieder einen Feuerlauf. Oh, my God! Einen Kubikmeter Luft ausstoßend, sagte ich: So gierig bin ich da nicht mehr drauf. Das versteh ich. Zu meinen Eltern gewandt sagte ich: Wir haben schon mal mit der Vorbereitung vor ein paar Monaten begonnen. Doch Michael hatte vergessen, die Nachbarn zu informieren. Zehn Minuten, nachdem wir den Holzstapel angezündet hatten, hörten wir auch schon die Sirene der anrückenden Feuerwehr. Die genehmigte heilige Zeremonie im Oshocenter wurde von drei jungen Männern in gelben Gummimänteln und schwarzen Schläuchen beendet. Der Kommandant, der den Feuerlauf genehmigt hatte, war im Urlaub und hatte es verpasst, seine Kollegen zu informieren. Ingrid sagte:

Ich weiß nicht, ob ich laufen werde, aber ich will es mir ansehen. Okay, ich werde auch mal hingehen. In die unglücklichen Gesichter meiner Eltern schauend, fügte ich hinzu: Ich bin ziemlich sicher, dass ich nicht laufen werde. Später gingen wir am Strand entlang und schauten uns die Häuser der Reichen und Berühmten an. Wäre uns damals Mas Verwandtschaft mit Doris Day schon bewusst gewesen, hätten wir uns ihr Haus genauer angesehen. Es ist fast, als ob Ingrid ihr gefolgt war. Erst arbeitete sie in Toluca Lake in einem Haus, das in Doris' Biografie genauso beschrieben war. Ich würde mich nicht wundern, wenn in Mr. Greens Haus einst Doris oder ihr Gemahl Marty Melcher gewohnt hätte. Dann lebte und arbeitete Ingrid in einem Haus in der Nähe von Do-Do's Malibu Strandhaus. Und zweieinhalb Wochen nachdem sie die physische Welt genau zwischen dem Geburtstag meines Vaters und dem meiner Mutter am 5. 6. 2009 verlassen hatte, erfuhr ich von meiner familiären Beziehung zu Doris!

Ein paar Tage später, um etwa 13:00 Uhr, steuerte ich den Olds in Richtung Freeway 101 und schloss mich der flimmernden Blechkolonne an. Die vibrierende Luft und das wiegende Dahingleiten in dem bequemen Straßenkreuzer machten mich dösig. Am Lincoln Blvd vitalisierte mich das Hummerzeichen. Kurz drauf bog ich in den Venice Blvd, li. in die Centinela Ave und die 3. li. in die Victoria Ave ein. Wie Victor, ein weiterer *Zufall*? Den ganzen Nachmittag drückten wir bestimmte Meridianpunkte auf der Suche nach persönlichen schmerzhaften Blockaden. Mögliche Prägungen von Schmerzen aus der frühen Kindheit oder vergangenen Leben sollten wir durch Schreien freisetzen. Ich muss Entsetzliches in einem früheren Leben erfahren haben, denn keiner der Teilnehmer überbot mein schreckliches Schreien. In einer Rückführungsvision hatte ich als schöne Frau in einem frühen Jahrhundert ein schweres Leben, das damit endete, dass ich auf einen Leiterwagen geschubst wurde. Danach brauchte ich einige Tage, um das traurige Gefühl abzuschütteln. Ein Vierteljahrhundert später, während der traditionellen mittelalterlichen Prozession im portugiesischen Castro Marim fühlte ich wieder die unsägliche Traurigkeit. Mehrere Trommelgruppen paradierten vorüber. Als rund 30 Musikanten in braun-beigefarbenen Outfits trommelnd vorbeigingen, kam eine plötzliche Trauer über mich. Genauso wenig wie ich die Schreie bei der Feuerlaufvorbereitung unterdrücken konnte, rollten Tränen unkontrolliert über meine Wangen. Waren es diese Schwingungen des Trommelwirbels, die bereits einige Jahrhunderte zuvor durch meine Venen hallten, als ich im Leiterwagen zu meiner Hinrichtung fuhr?

Nach einer leichten Gemüsesuppe in einem Restaurant in Venice begann wieder das quälende Verfahren: Das etwa 10m lange und 1m breite Bett für die glühenden Kohlen war bereits gegraben und die Holzscheite waren kreisförmig aufgetürmt. Nach der Trockenübung und Reinigung unseres Körpers mit brennendem Salbei saßen wir alle um den Holzstoß, 3 Mitglieder mit Schläuchen versuchten, den Funkenflug mit ihren Wassernetzen zu fangen. 36 Augen starrten in die Glut. Bits mit bangen Fragen schwirrten durch unsere grauen Zellen: laufen oder nicht laufen? Unsere Füße waren in Gefahr. Der multinationale Leiter vom Typ Steven Segal sagte: Einmal kam ein Kollege aus dem Trancezustand. Er verbrannte nicht nur sein Fleisch, sogar die Knochen waren betroffen ... Ich legte mein Hörorgan vorübergehend still. Wenn er mit seinen Horrorgeschichten von ehemaligen Unfällen weitermacht, wird keiner laufen. Gelegentliche gutturale Gaumenlaute und schrilles Lachen konnten kaum über unsere massiven Ängste hinwegtäuschen. Nun informiert mich über eure spezifische Ängste. Michael zeigte auf seine Freundin, fang du an. Ich fürchte mich vor unerträglichen Schmerzen. Ich sagte: Ich hab Angst, ein Krüppel zu sein, übrigens, ich hab keine Krankenversicherung. Ich auch nicht, sagten einige andere Teilnehmer.

Gefühlte zwei Stunden später war das Holz niedergebrannt. Big Bears Helfer schaufelte die glühenden Kohlen in den Graben und wartete hinter der großen Plastikschüssel voll Wasser am Ende. Da wir beim Laufen angehalten waren, nach oben zu schauen, mussten wir einen Fänger zu unserer Sicherheit wählen. Das Wasser war dazu da, eventuell zwischen den Zehen stecken gebliebene Kohlechips zu neutralisieren. Michael Big Bear begann zu laufen und blieb in der Mitte stehen. Wir hielten den Atem an, als er sogar ein paar Schritte nach hinten machte, einige riefen: Oh Gott! OMIGOD!

Nachdem Michaels Helfer auch gelaufen war, machte er Fotos von allen laufenden Teilnehmern. Ingrid, in ihrem weißen Kleid, trat in einem euphorischen Zustand nach vorn zum Startpunkt. Ich fühlte mich im Zugzwang. Was, wenn alle außer mir laufen? Meine Sorge wurde konkret, als nur noch drei ängstliche Seelen übrig waren. Zögernd trat ich zum Ausgangspunkt, die Angst kroch mir in alle Knochen.

Warum hab ich solche Angst? Ich folgte dem gelernten Zeremoniell und sagte: Ich will meine Ängste und Zweifel verbrennen und will mein künftiges Leben mit mehr Akzeptanz und Liebe füllen. Wie bereits trocken praktiziert, hob ich die Arme und sagte dreimal, ich gebe meinem Körper, was er braucht, um sicher über das Feuer zu gehen. Dann schaute ich dem ¼ Cherokee in die Augen, damit er meinen Trancezustand beurteilen konnte und sagte: Ich nehme die Hand Gottes, ich geh mit Gott, ich bin Gott.

Big Bears Grinsen zeigte mir, dass ich schon, schneller als alle anderen, in Trance war. Von den Zehen bis zu den Hüften spürte ich eine starke Vibration, offensichtlich der Wechsel zu einer höheren Frequenz. Wie betäubt, zweifelte ich, in der Lage zu sein, meine Beine zu heben. Die Wiederholung der Worte, ich nehme die Hand Gottes ... waren nichts anderes als das unartikulierte Lallen eines Volltrunkenen. Als Michael mit dem Antippen meines Oberschenkels das Startzeichen gab, preschte ich los. Zu meinem größten Erstaunen fühlte sich die Glut nur lauwarm an, als ob ich sie mit meinen Worten neutralisiert hätte. Die an beiden Seiten stehenden Teilnehmer riefen:

Gottes Liebe, Gottes Liebe. Als ich in Ingrid Armen landete, spürte ich keinen Wechsel von Feuer zu Wasser. Doch mein ekstatischer Glücksschrei könnte einige Nachbarn von der Horizontalen hochgeschreckt haben. Die weichende Angst und Anspannung machten einem gewaltigen Glücksgefühl Platz. Im Freudentaumel meiner überwundenen Angst fiel ich noch einigen anderen Läufern um den Hals. Als ich später unsere Fotos sah, sagte ich, wir sehen ja wie bescheuert aus. Ingrid sagte, das waren wir in dem Moment wohl auch.

Etwas Seltsames passierte: 10 Minuten nach dem Einfügen von Ingrids Feuerlauffoto war es weg. Ein paarmal probierte ich es noch, weil es ein Besseres ist. Es zeigt den Graben in seiner vollen Länge. Es soll wohl nicht sein. Ich füge dafür dieses Bild ein. Okay, Ingrid?

Weit nach Mitternacht schwebte ich unterm Sternenmeer zum Olds. Beschwingt setzte ich mich hinters Lenkrad. Könnten die ausgeschütteten Endorphine mein Fahren beeinflussen? Unglaublich, dieses Lichtermeer der aneinandergereihten Städte. Das farbige Funkeln hatte etwas Ätherisches. Wie Pegasus flog der hellgraue Amischlitten, den wir von Willi erworben hatten, über den 405er-Freeway am Rundbau des Hollywood Inns vorbei. Als das San Fernando Valley glitzernder denn je aus dem dunkel auftauchte, fühlte ich wieder die Euphorie und hoffte, nicht angehalten zu werden. Wer weiß, was der Körper so alles produzierte, um das gerade erlebte Wunder zu überstehen. Vielleicht ein kosmisches Narkotikum? In meiner irren Verfassung hereinplatzend, zierte Peter sich zunächst, seine Schmollecke zu verlassen. Er saß stur weiter vorm PC und jagte Moorhühner. Aber es war ihm nicht gelungen, seine Erleichterung zu verbergen. Hast du Angst gehabt? Nö! Wer's glaubt, wird selig. Ich hörte die Tür im Gästetrakt aufgehen und ging meinen Eltern entgegen. Sie hörten sich erleichtert meinen Bericht der *Highlights* an. Papa sagte, ich hatte schon befürchtet, dass du mit dick umwickelten Füßen im Krankenhaus liegst. Ma sagte, Pa war dreimal draußen, um nachzusehen, ob dein Auto da war. Ich gab beiden einen Gutenacht-Kuss. Nun schlaft schön. Ich mach noch schnell die *5 Tibeter* und den Airobic-Tanz. Auch das noch, sagte meine Mutter müde. Nach einem dicken Kuss auf Peters weiche Lippen hatte sich auch die Mimose wieder in eine Rose verwandelt.

Am nächsten Tag hielt die Weltumarmungsstimmung an. Ich schwebte auf Feenwolken und wünschte, dieser Zustand möge nie enden. In Nullkommanix schrieb ich meine Erfahrungen nieder und übersandte sie Michael Big Bear. Ich entschuldigte mich, keine Übersetzung mitgeliefert zu haben, mit meinem Gefühl, in seiner Nähe sei eine am Thema interessierte Person, die ihm gern behilflich wäre. Ein paar Tage später rief Michael aus Sedona an. Er sagte: Hallo ist dort die Frau mit den visionären Kräften? Wie? Ich werde dir gleich mal die Funktionstüchtigkeit deines medialen Kanals vorführen. Ich verlasse jetzt mit dem drahtlosen Telefon meine Wohnung und klingle an der Tür meiner Nachbarin. Du kannst gleich mit Erika sprechen. Sie ist eine 73-jährige Landsmännin von dir aus dem Schwarzwald. Ich klönte eine Weile mit der netten Nachbarin, die als Esotera-Abonnentin natürlich auch an meinem Artikel über den Feuerlauf interessiert war und ihn für Michael übersetzte. Beim Abschied sagte Letzterer noch, du wirst während des Schreibens geistige Hilfe von der anderen Seite haben.

Neue Karriere am Horizont

Das Telefon erwachte zum Leben. Ach, et Ingridsche, wat jibt et denn? Wieder ein Abenteuer? Nein, ich hab dir was Interessantes zu erzählen. Ich dir auch, wir waren gestern im Granita. Wirklich? Ja. Da musst du Barbara gesehen haben. Sie hatte ihren grünen Hut getragen. Ja, der war ja nicht zu übersehen. Heinz und Peter haben ihren Spaß damit gehabt. Welcher Heinz? Na, der Malibu-Heinz, dessen Haus abgebrannt ist. Wo ich zu Peter gesagt habt, der Arme, erst läuft ihm die Frau weg, dann verliert er den Führerschein und jetzt hat er noch den Porsche-Prozess mit Arnie am Hals. Arnie who? Schwarzenegger. Ich hab gesagt, fehlt nur noch, dass ihm das Haus überm Kopf abbrennt. Wenige Wochen später war es so weit. Da konnte Heinz sein Leben mit nichts weiter als einer Unterhose am Leib retten. Sein Reihenhaus in Malibu brannte völlig aus, ohne dass die angrenzenden Gebäude betroffen waren. Er selbst hatte auch schon längere Zeit eine Vorahnung gehabt. Denn er dachte ein paarmal daran, eine Hausratversicherung abzuschließen. Doch sein Versicherungsagent war gar nicht auf ihn eingegangen. Ich hoffe für diesen nicht, dass auch er eine Ahnung hatte und wegen eventueller Punktabzüge im Schadensfall schwieg. Denn damit würde er Karma auf sich laden. Ja, da wären wir mal wieder beim Thema, sagte Ingrid. Du weißt doch, dass ich einen anderen Job suche. Barbaras viele Partys sind mir zu anstrengend. Braucht sie überhaupt eine ständige Haushaltshilfe? Als sie von der Hochzeit in Texas kam und uns Tee machte, schien sie so selbstständig. Hmm! Sie wäre besser dran mit gelegentlichen Partyhelfern und einer Putze einmal pro Woche. Wie auch immer, wie war das Interview, wirst du jetzt bei Mrs. Disney arbeiten? Nein, sie will ihrer ehemaligen Haushälterin noch eine Chance geben. Egal. Ich hab gerade gelesen, ein Arbeiter in der Dominikanischen Republik, der Mickey Mouse T-Shirts macht, muss sein ganzes Leben lang arbeiten, um so viel zu verdienen wie der Präsident von Disney an einem halben Tag. Okay? Nun hör mal. Ich hab zwei von Barbaras Büchern gelesen. Das eine geht um Jungs verleugnetes Selbst, das andere handelt von der Kraft des Gebets. Das Letztere hat mich an die Möglichkeit erinnert, für einen leichteren Job zu bitten. Und? Unter anderem kontaktierte ich den Geist von meinem ersten Chef, Mr. Green, du kennst ja seinen Sohn. Ja, der Anwalt von Toluca Lake. Er rief mich letzte Woche an und fragte, ob ich für seine zukünftige Schwiegermutter in Glendale arbeiten könnte. Betty ist eine Kunstmalerin um die 80, eine sehr nette Frau. Ich werde mehr Geld für weniger Arbeit bekommen, und werde wieder ein Auto haben. Schön! Wir brauchen nur unsere Bedürfnisse zu äußern, und der Kosmos erfüllt uns unsere Wünsche. Denk an mein blaues Kleid. Übrigens, gestern bekam ich einen Brief vom *Holistic College of Nutrition*. Ich hab mich beworben. Gut für dich. Ja, jetzt kann ich Bücher über gesunde Ernährung und Lebensweise ohne Peters Kommentare über meine Zeitverschwendung lesen. Da ich keine Arbeitserlaubnis habe, kann ich meine eigene Praxis als Ernährungsexperte eröffnen.

Fünfzehn Monate und ca. dreißig ausgelegte Bücher später rief ich Ingrid an, die inzwischen wieder auf Big Island residierte. Hast du etwas Zeit für mich? Ja, warum? Ich komme! Das glaub ich nicht. Kommst du allein? Nein, wir fliegen mit Bill und Leanne. Sie wollen ihr zehn Jahre altes Ehegelübde erneuern. Ich wusste, dass du nicht allein kommst! Wie lange bleibt ihr? Fast eine Woche. Wo wohnt ihr? Im *Mauna Lani*. Das ist nicht an der Konaküste. Ja, aber es ist auf Big Island. Wir werden ein Auto mieten. Das wird unser kürzester und teuerster Urlaub überhaupt sein. Dreimal mehr als wir für die jährlichen Fahrten mit der Gullwing-Gruppe ausgeben. Eine Runde Golf mit E-Caddy kostet fast 300 Dollar. Warst Du bei Hasya? Noch nicht. Du solltest wirklich gehen, es wird dir gefallen. Sag Anda, dass sie mit dir geht. Okay. Also hast du Zeit? Ja! Ich arbeite als private Krankenschwester und hab einen tollen Job gefunden. Den Besten, den ich bisher auf der Insel hatte. In einem Haus der *Rich and Famous*. Von Freitagabend bis Montagmorgen bekomme ich $600. Wow! Ja, die Leute sind sehr nett, aber ich bin Tag und Nacht auf Abruf. Das ist sehr anstrengend.

Wieder auf einer polynesischen Insel zu landen war diesmal weniger emotional als Jahre zuvor in Papeete. Auf der Hauptinsel von Tahiti hatte ich mich wie zu Hause gefühlt. Als Peter und unsere Freunde in der Halle auf den Weiterflug nach Bora Bora gewartet hatten, war ich spontan aus dem Gebäude gegangen, um mit einem Taxifahrer über seine Familie zu sprechen. Ich hatte das Gefühl, hier schon mal gelebt zu haben und wäre lieber hier geblieben als weiter nach Bora Bora zu fliegen. Hat es mit meinem früheren Leben als beleibter Polynesier zu tun oder mit meiner Angst vorm Fliegen? Immerhin war der gerade überlebte Flug einer meiner Schlimmsten. Wegen des Sturms hatte es eine Stunde gedauert, bis wir von LAX starten konnten. Das Rütteln war erschreckend, noch mehr das Schlackern der ausgedehnten Lücken zwischen den Einzelteilen der Decke.

Zwar fühlte ich mich auf Hawaii weniger heimisch als auf Tahiti. Dennoch würde ich heute lieber auf Big Island leben. Die Sprache wäre kein Problem, und auf der üppig grünen Konaküste wächst eine der besten Spirulinaalgen.

Unsere Hotelanlage lag mitten in der Wüste. Die luxuriöse Oase mit dem verführerischen Duft ozeanischer Blumen war von einem extrem gepflegten Golfplatz umgeben. Wir residierten in der obersten Etage mit privatem Speisezimmer. Wir nutzten es, aber nur fürs Frühstück und abends für die Vorspeise und den Aperitif. Denn die Dodges wollten die Restaurants der Insel erkunden. In einem aßen wir sogar Sauerkraut, Bratwurst und Schwarzwälder Kirschtorte und tranken selbst gebrautes Bier. Ich betrachtete diesen romantischen Urlaub als Ersatz für unsere unromantische Hochzeit.

Die Zeremonie unserer lieben Freunde am Strand war ergreifend. An einem Tag, während Bill, Leanne und Peter einen Helikopterflug über den Vulkan und die Kona-Küste genossen, besichtigte ich Ingrids schönes Land und *meine Bäume*. An ihrem Geburtstag schickte ich Ingrid in der Regel Geld für junge Bäume. Nach dem Helikopterflug besuchte der Orchideenliebhaber Bill mit Leanne eine Orchideenzucht, während wir mit Ingrid im Millionärspool schwammen. Das fußballfeldgroße Felsbecken gehörte einst einem Millionär. Heute kann jeder kostenlos im vom Lavastein erwärmten Wasser schwimmen. Ein reiner Genuss. Peters Lieblingsplatz war der Golfplatz, mit Ausnahme der kleinen Insel, wo er genau treffen musste, um auf dem Grün zu landen. Am Mittag fuhren wir mit den Golfmobilen vorm Hotel vor. Wie Stepptänzer klackerten wir ins Lokal.

Ein paar Wochen später rief Ingrid an. Ich hab dir doch mal von Halima erzählt, die sich selbst mit Spirulina, Aloe vera, grüner Papaya und Grassaft von Krebs geheilt hat? Ja? Sie wird dich wegen ihrem Buch anrufen. Sie will es übersetzt haben. Das wäre eine gute Übung für dich, da du deine Dissertation auch in englischer Sprache schreiben musst. Was ist das für ein Buch? Der Titel ist *Stop der Azidose, Allergien und Haarausfall*. Klingt spannend.

Als ich die Gesundheitsexpertin vom LAX Flughafen abholte, fühlte ich eine seltsame Vertrautheit mit dieser hageren Frau. Halima sagte: Du siehst aus wie die Krankenschwester, die mir das Leben gerettet hat. Wirklich? Lustig, ihr Name ist auch Marianne. Wo war das? In L. A., nachdem ich meinen kleinen Sohn verloren hatte. Das tut mir leid. Wie alt war er? 2. Ich kam mit $60.000. Sie benutzten mich als Versuchskaninchen, versuchten Chemo und Kobalt. Oh je! Marianne und ihr Mann, er war einer der Ärzte in der Klinik, sie verringerten langsam das Morphium. Diese wunderbaren Leute zahlten sogar für mein Ticket nach Hawaii und schickten mich zum Papayaarzt Dr. Kurt Koesel. Halima holte eine Flasche aus ihrem Rucksack und legte einige grüne Pillen auf ihre Handfläche. Ich schaute neugierig. Willst du mal eine probieren? Lax sagte ich: Okay? Sie reichte mir eine und schob den Rest in den Mund. Während sie genüsslich saugte, beförderte ich die Algenpille rasch in die Tiefe des Schlundes. Ich hab nichts im Flugzeug gegessen, nur 2 Äpfel. Wieso? Sie servierten nur Müll. Du hättest Vegetarischen bestellen können. Hab ich. Sie brachten weißen Nudelbrei.

Es sah aus wie Gummi. Halima mixte mir einen köstlichen Shake. Sie mischte eine Banane, ein paar Datteln, einen Apfel, einen Esslöffel Spirulinapulver und eine Tasse Wasser im Blender.

In der folgenden Woche trank ich jeden Morgen ein großes Glas des grünen Schleims. Wo immer ich mich mit Halima zeigte, bei Freunden, in der *Bodhi Tree* Buchhandlung oder bei *Mrs. Gooch's*, wurden wir als Schwestern wahrgenommen. Halima wusste von Ingrids anderer Freundin in der selben Straße! Wir riefen Anda an, und während wir den Hügel hinaufgingen, machte ich Halima mit Andas Erlebnissen bekannt: Sie überlebte den Holocaust im Keller eines polnischen Getreidelagers. Da muss Anda sehr jung gewesen sein. Ja, sie war 10. Mit 12 Jahren wurde sie gerettet. Ich rege sie immer wieder an, darüber zu schreiben. Da drüben kannst du Fidel Play kennenlernen. Er ist 27 Jahre alt. Wie alt können Pferde werden? In seltenen Fällen 50. Ponys haben die besten Chancen. Sein Vater war das berühmte Rennpferd Foul Play. Ich darf reiten, du auch. Peter ist zu schwer. Ah, hier ist mein Freund Yogi, die Deutsche Dogge mit der Schoßhundseele. Hallo, Anda, darf ich dir meine neue Chefin vorstellen. Ich werde Halimas Buch übersetzen. Kann ich eine Kopie kaufen? Ja, klar. Ich hab noch ein paar Exemplare bei mir. Aber sie sind in Deutsch. Macht nichts. Ich hab meinen Magister in München gemacht. Ich kann noch etwas Deutsch. Wir vereinbarten, zum nächsten Satsang mit Robert Adams zu kommen.

Sri Bhagavan Robert Maharshi kam zweimal pro Woche in Andas Haus. Für eineinhalb Jahre hatte ich einen Guru in der Nachbarschaft. Nach Halimas Intro zu Spirulina versorgte ich ihn jeden zweiten Monat mit dem Pulver für seine Parkinson-Erkrankung. Anda machte ihm davon köstliche Fruchtshakes, die er *green slime* nannte. Ich war keine Anhängerin. Dennoch ging ich ein paarmal den Berg hinauf und bekam einen Eindruck von einer Meister-Adept-Beziehung. Ich hab nie einen Meister haben wollen. Nach Einschätzung der amerikanischen Ureinwohner verwenden November/Dezember-Geborene ihren eigenen Draht zum Großen Manitu. Als Robert nach Sedona übersiedelte, erhielt ich folgenden Brief von ihm. Für Personen, die unter Schmerzen leiden, mag der letzte Satz unfassbar sein. Aber wir können real unser Los verändern, indem wir unsere Gewohnheiten ändern, die zu Übel und Krankheit führen. Unser Körper verfügt über die Fähigkeit zu heilen, wenn wir ein natürliches einfaches Leben leben und unsere innere Weisheit führen lassen. Es steht auch in unserer Macht, unsere Aktionen zu ändern. Da wir alle aus der gleichen Quelle stammen, lassen wir besser Liebe, Mitgefühl und Frieden in unseren Beziehungen walten.

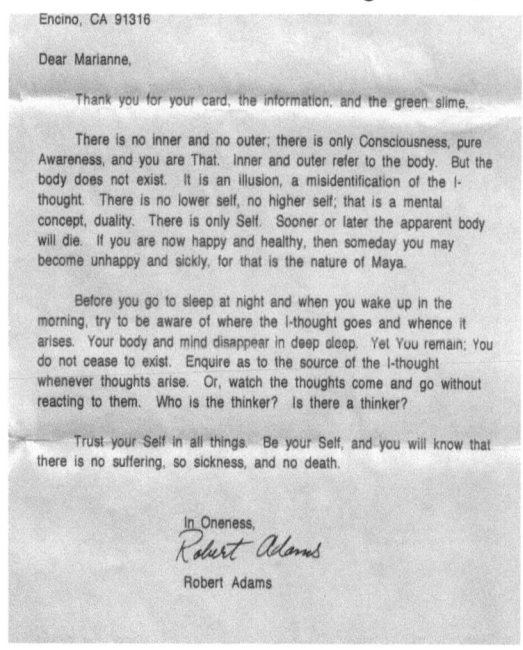

Gertrud und die chancenlose Chemo

Am Silvesterabend 1993 wurden wir zu HJ und Nicole eingeladen. Ich hatte vor, einige Vorspeisen aus dem nahe gelegenen Gelson's zu besorgen. Aber anstatt nach links abzubiegen, fuhr ich impulsiv nach rechts zu Trader Joe's. Mir fiel ein Paar am Kühlregal auf. Einer

Ahnung folgend, fragte ich auf Deutsch: Wo kommen sie denn her? Von Frankfurt. Hab ich mir gedacht. Wirklich? Ja, ich hab auch in Frankfurt gewohnt. Aber ich bin vor 4 Monaten ganz nach Kalifornien gekommen. Mein Mann ist von hier. Wir wohnen schon ein paar Jahre hier. Vielleicht haben wir gemeinsame Bekannte. Wo haben sie denn gearbeitet? Bei der Deutschen Bank. Ich auch! Was für ein Zufall! Ich glaube nicht an Zufälle. Ich hab für Dr. Beine in der Ausbildungsabteilung gearbeitet, aber das war vor 20 Jahren. Oh, ja, ich kenne eine Menge Leute, ich war im Betriebsrat. Ich mag Herrn Gans. Ja, er ist ein Schatz. Ich hab auch mit Frau Schultheis Tennis gespielt. Im Ernst? Ich auch! Wir waren beide Singles zu der Zeit. Wo wohnen sie? In Woodland Hills. Da sind wir ja fast Nachbarn. Ich lebe in Encino, an der Grenze zu Tarzana. Schön! Ich hab die Bank vorzeitig verlassen. Bin in Frührente. Ja, es lebt sich hier besser als in Frankfurt. Ich muss mich beeilen. Geben sie mir ihre Telefonnummer. Wir können uns nächste Woche mal treffen.

Da Gertrud keine Fahrerlaubnis hatte, besuchte ich sie. In der Nähe des Pools inmitten von blühenden Sträuchern sitzend, fragte ich, wie habt ihr euch kennengelernt? In Venedig. Ach, wie romantisch. Nachdem mein Mann drei Jahren mit mir in Frankfurt gelebt hat, hatten wir beide genug. Es ist viel schöner hier. Genau. Warst du schon mal verheiratet? Nein, aber mein Mann. Seine Frau ist an Krebs gestorben. Wie traurig. Nach dem Klatsch über die ehemaligen Kollegen gab ich Gertrud ein Foto von mir, neben unserem Pool sitzend, da sie geplant hatte, im Frühjahr nach Deutschland zu reisen.

Nach ihrer Rückkehr fuhren Peter und ich mit den Fahrrädern, die wir von meinen Eltern zu Weihnachten bekommen hatten, zu ihrem Haus. Gertrud sagte: Herr Gans war begeistert. Er erinnert sich noch gut an Fräulein Holschuh. Ja, er hat mich mehrmals auf dem Automarkt gesehen. Willst du einen Kaffee? Ja, gern!

Einen Schluck nehmend, sagte ich: Boah, ich war für meinen starken Kaffee bekannt, aber bei dem muss ich leider passen. Ich hab mich jetzt an das amerikanische Gebräu gewöhnt. Ihre Stimme senkend, sagte Gertrud, jetzt hab ich euch noch was Unangenehmes zu sagen. Was ist los? Äh, also, ich hab Magenkrebs. Nein! Leider doch! Warum? Hast du zu viele Steaks essen? Warum? Ich hab grad das Buch von Dirk Benedict *Mein Leben als Kamikaze-Cowboy* gelesen. Das ist der Mann, der den *Face* im A-Team spielt. Er beschreibt, wie er sich selbst mit makrobiotischer Kost und ohne tierische Fette von seinem Prostatakrebs geheilt hat. Er hat seine 3-Fleisch-Mahlzeiten-Kost für seinen Krebs verantwortlich gemacht. Wie das? Morgens Eier mit Speck, mittags einen Hamburger und abends ein Steak. Das ist eine stark Säure bildende Ernährung.

In meinem Fall ist es Wurst, sagte Gertrud. Ich liebe alle Arten von Wurst. Und wie viel trinkst du von diesem Kaffee? 4 - 5 Tassen pro Tag. Wenn du diese Goodies mal weglässt, wird sich dein Tumor wieder verziehen. Ich bring dir das Buch morgen. Das wird dich motivieren. Unser Körper ist ein perfektes Instrument. Wir müssen es nur richtig stimmen. Na ja.

Denkst du nicht, sie haben sich geirrt? Du siehst aus wie das blühende Leben. Nein, es gibt schon Metastasen. Gertrud berührte eine Stelle über dem Brustbein, hier irgendwo. Hast du Schmerzen? Überhaupt keine.

Lass dich nicht runterziehen, was kommt, geht auch wieder. Wichtig ist, dass du deinen inneren Heiler, das Immunsystem stärkst. Ich bring dir auch das Krebsbuch von Michio Kushi. Meine Freundin Ingrid hat es mir erst vor Kurzem gegeben. Doch Gertrud ließ sich von den Mainstreammedizinern, ihrem Mann und ihren Bekannten beeinflussen, die sie vom Kamikazetrip abbrachten. Nach der ersten Chemotherapie magerte Gertrud bis auf die Knochen ab und verlor ihr Haar. Ich fühle, dass ich mit der Chemo nicht fortfahren sollte, aber alle ermutigen mich dazu. Ich nicht. Ich weiß. Ich hab

Angst. Was sagt denn deine innere Stimme? Ich hab noch Hoffnung. Ich hab im Traum den Tumor kleiner werden sehen. Gut. Vertrau darauf! Ich hätte auf dich hören sollen. Wenn ich das alles vorhergesehen hätte, mir ist ständig übel. Mein Hals ist wie roh, du kannst dir nicht vorstellen, wie weh das Essen tut. Ich kann auch nicht mehr duschen, das tut noch mehr weh.

Gertrud verließ ihren schmerzenden Körper am 20. Juni 1994. Ich lernte von ihrem qualvollen Erleben, dass wir besser auf unsere innere Stimme hören und verhindern, dass Außenstehende für uns Verantwortung übernehmen. Wir wissen selbst intuitiv, was gut für uns ist. Die Wissenschaft krankt eh am Interessenkonflikt. Z. B. besagt das Merck-Manual, dass die Ernährung keine Rolle bei der Entstehung von Magenkrebs spielt. Doch die *American Cancer Society* listet Wurstwaren zu den Lebensmitteln mit Krebsrisiko und die WHO meldete vor kurzem: Wurst und Schinken sind krebserregend.

Dr. Bernd Winter von der *Gesellschaft für Biologische Krebsabwehr* sagte mir in einem Telefongespräch, dass die Erfolgsquote der zelltötenden Therapie nur bei 5 bis 7% liegt. Es sei ein häufiger Fehler in der medizinischen Praxis, Chemotherapie in Fällen von Lungen-, Magen- oder Darmkrebs durchzuführen. Diese Therapie wurde für Tumore der Geschlechtsorgane entwickelt, wo die Erfolgsrate bei 25 bis 30 % liegt. Daher besteht kein Erfordernis, Patienten mit anderen Krebsarten mit Giften zu belasten.

Wir vertrauen besser auf unsere Gefühle. Wenn wir unser intuitives Wissen unterdrücken und der inneren Weisheit misstrauen, geben wir unsere Wertschätzung und Einflussnahme preis. Dies kann zu Gefühlen der Hilflosigkeit, Leere bzw. Verbitterung führen, und, wenn diese Gefühle unterdrückt werden, zu Depression und Tod.

Easy Eye und Malibu Inferno

Celeste erfand ein Gerät, das vor Überanstrengung der Augen schützt. Sie hatte bei MGM in einem Großraumbüro ohne Fenster gearbeitet. Das Gerät mit austauschbaren Bildern macht das gleiche fürs Auge wie der Blickwechsel auf kurze und weite Distanzen. Ich investierte mein Durchbrenngeld in ihre Firma, obwohl ich am Return meines Geldes zweifelte. Weniger an der Wirksamkeit, die ein Augenarzt bestätigte, als an der Massenproduktion. Doch zu dieser Zeit waren $1.200 wenig Geld für mich und meiner Freundin sollte es helfen, ihr Gerät zu produzieren. Nur, als sie mehr Geld brauchte, wohl für ihren neuen Cherokee Jeep, war ich dagegen, dass Peter und Michael Lipke ihr $5.000 gaben. Mike erhielt seine 2.500 zurück. Wir hätten es auch zurückhaben können, denn in ihrer Geschäftskategorie war es Deutschen gar nicht erlaubt zu investieren. Hinterher ärgerte ich mich, dass ich, statt zu investieren, ihr nicht das blaue Aquarell von Henry Miller abgekauft hab. Celeste war ein halbes Jahr seine Gesellschafterin. Sie durfte sich beim Abschied eines seiner Gemälde aussuchen. Celeste wollte den Clown. Er sagte, alles, außer dem Clown.

Immer, wenn ich sie in dem rustikalen kleinen Topanga Haus besuchte, fiel mein erster Blick auf das blaue Abstraktaquarell. Zu der Zeit las ich *Big Sur und die Orangen von Hieronymus Bosch* und erzählte Celeste von meinem Gefühl, dass Henry Miller mich an meinen Bruder erinnert. Sie kannte Heini von seinem Besuch in L.A. Über eine Stunde lang erzählte sie mir eine bewegende Geschichte von der Zeit, als Miller in Pacific Palisades lebte. Ich kritzelte zwei Seiten voll. Aber am Ende bat mich meine Freundin, nichts davon in meinen künftigen Büchern zu schreiben. Sorry, Lesefreunde!

Ich hatte nichts mehr von Celeste gehört, seit wir zusammen nach Mexiko gefahren waren. Sie hatte gehofft, einen Produzenten für ihr Gerät zu finden, und ich wollte die Earthrise Farm besuchen, um die Spirulinaalgen wachsen zu sehen. So zumindest hatte ich eine Fahrt mit dem von unserem Geld gekauften neuen Auto. Wir waren durch die trockene flimmernde Hitze der südkalifornischen Wüste gefahren, bis uns der Algengeruch zu den lang gestreckten Becken führte. Beim Betrachten der dunkelblaugrün schillernden Oberfläche fühlte ich mich ergriffener als beim Besuch einer Kirche.

Statt die Madonna zu bestaunen, bewunderten wir das Wachstum der Vorfahren jener Cyanobakterien, die vor rund 4½ Billionen Jahren die Sauerstoffatmosphäre geschaffen haben. „Diese erste fotosynthetische Lebensform spaltete mithilfe des Sonnenlichts Wassermoleküle. Dadurch erzeugten sie ihre eigene Nahrung aus den umgebenden Gasen. Sie nutzten CO_2 als Kohlenstoffquelle und stellten Kohlenhydrate her; aus Stickstoff produzierten sie Aminosäuren und Proteine. Dabei setzten sie Sauerstoff frei. Während der folgenden drei Milliarden Jahre verwandelten die Cyanobakterien die Erde in ein lebensfreundliches System und schufen die Voraussetzungen für die Entstehung mehrzelliger Organismen." (Spirulina für Kinder S. 19 f.). Waren sie auch das Manna der durch die *Wüste* geführten Israelis? Waren die *Auserwählten* Opfer eines ET-Experiments? Die Dauer von 40 Jahren sowie die intakte Kleidung und Sandalen würden genauso für diese Theorie sprechen wie das gestohlene Gold: das Hebeopfer dem Herrn.

Wie auch immer, in Zukunft müssen wir eventuell auf dieses kompakte Lebensmittel zurückgreifen, das CO^2 braucht und Sauerstoff freisetzt. Weltweit könnten die Menschen in den armen Ländern Teiche bauen und Spirulina mit ihren eigenen Fäkalien produzieren. NASA-Astronauten im Weltraum machen das im kleinen Maßstab, um immer frisches Eiweiß, Vitamine und Mineralstoffe zur Verfügung zu haben. Einige afrikanische Länder beteiligen sich an Spirulinaprojekten, um Algen fast ohne Energieverbrauch zu züchten. Nur 1 g des Algenpulvers im üblichen Hirsebrei ist ausreichend, um Nährstoffmangel zu vermeiden. Das *Grüne Gold* regeneriert die Zellen und ergänzt die nachlassende Nährstoffdichte unserer Lebensmittel perfekt. Denn wir könnten diesen Mikroorganismus die Muttersubstanz von Flora und Fauna nennen. Es enthält alles, was wir brauchen. Sollte eine einzelne Substanz im Körper fehlen, könnten Symptome auftreten, die kein Arzt je zu diagnostizieren vermag. Deshalb spare ich mir den Weg zur Praxis, trinke reines Wasser, bewege mich an der frischen Luft und erhöhe meine Tagesdosis Spirulina.

Wir blickten beide durch Dr. Belays Mikroskop und staunten über die eng gewickelten Mikroalgen. Sie ähnelten grünen Schrauben, aber mit beidseits verjüngten Enden, denn es war extrem heiß an diesem Tag. Bei Kälte sehen sie wie Würmer aus. Wir reagieren umgekehrt; wir strecken uns bei Hitze und kuscheln bei Kälte.

Später teilten wir uns ein Zimmer in Mexiko. Celeste hatte schlechte Laune und ich keine Ahnung warum. Als ich sie zum ersten Mal auf Jocelyns Couch sitzend traf, fühlte ich eine Vertrautheit. Sie erinnerte mich an meine Großmutter Lydia. Während unserer Freundschaft erfuhr ich, dass ihre Erfahrungen in der Kindheit ähnlich waren wie die von Lydia, beide außergewöhnlich intelligent, vergleichbare Charaktere und Lebensweisen. Die Reise hatte unsere Beziehung fühlbar abgekühlt.

Während ich mich immer noch fragte, was ich falsch gemacht haben könnte, rasselten starke Santa Ana Winde an den Fenstern. Ich war im Begriff, Celestes Freundin Pia anzurufen, um sie über einen möglichen Grund zu fragen. Ich hatte das dänische Model mehrmals bei Celeste getroffen. Sie hatte auch den Kontakt zu Uschi Obermeier, der Schmuck fertigenden Mutter aller Supermodels, hergestellt (Zugvögel auf Rädern II, S. 5 f.). Ich saß mit Bügeleisen und Bügelmatte auf dem Boden. Meine Mutter pflegte zu sagen, deine letzte Inkarnation als Schafhirte kannst du kaum verleugnen. Du hast sieben oder acht Tische und Schreibtische im Haus und machst fast alles auf dem Boden. Am 3. 11. 1994 um 11:30 Uhr staunte ich über eine wunderschöne rosa Wolke, als mir ganz plötzlich klar wurde, es ist Vormittag! Es sollte keine rosa Wolke sein! Ich wechselte zum lokalen NBC-Kanal 4: Ein Flammenmeer hat sich von Calabasas in Richtung Topanga Canyon verbreitet. Sofort wählte ich Celestes Nummer und fragte: Bist du schon am Packen?

Warum, antwortete sie schroff. Ich schaue gerade meine Lieblingsseifenoper. Wechsle mal besser zum Kanal 4. In deiner Nähe brennt es. Du kannst hier schlafen. Unser Freund Beboo aus Deutschland ist mit seiner Tochter zu Besuch, aber du kannst in meinem Büro schlafen.

Hilde rief an: Weißt du was über das Feuer?

Ja, ich hab gerade meine Freundin in Topanga angerufen. Sie hat gar nichts gemerkt. Ja, stell dir vor, das Feuer hat in der Nähe vom *Motion Picture Hospital* angefangen. John und die anderen Patienten wären fast umgesiedelt worden. Sie standen in ihren Rollstühlen schon draußen. Zum Glück hat der Wind gedreht.

Drei Stunden später kam Celeste. Ich fragte: Hast du Henry Millers Aquarell dabei? Sie sah mich an, als hätte sie nicht mehr alle: Ich hab nur das Notwendigste ins Auto gepackt.

Georges UFO, Anzas ET & eine Prophezeiung

Anfang Januar 1996 klingelte das Telefon.
Peter antwortete. Ja, wir werden hier sein.
Rate mal, wer gleich kommt. Wer? Mosy hat im Valley Golf gespielt und will uns besuchen.

Am Nachmittag saßen wir mit George draußen am weißen Schmiedeeisentisch, den ich mit 4 hübschen Stühlen von einem Garagenverkauf in der Nachbarschaft gekauft hatte. Für alles zahlte ich einen Bruchteil dessen, was wir für unsere anderen Gartenmöbel gezahlt hatten. Es war das einzige Mal, dass Peter sich mal was teures fürs Haus leistete. Er hatte die erlesenen Wippensessel bei Clemens Martin in den Hollywood Hills gesehen. Das einzig Dumme, er hatte 4 Liegen und 4 Sessel bestellt statt 2 Liegen und 6 Sessel. Aber Peter hört ja nie auf mich.

Nach der allgemeinen Unterhaltung, bei Kaffee und Obstkuchen, schien George über etwas zu sinnieren. Ich muss euch was sagen ... es ist ein bisschen ... aufgewühlt schnappte er seine Aktentasche. Mit belegter Stimme sagte er: Im vergangenen Monat hab ich mit meinen Söhnen und einem Freund in der Anza-Borrego-Wüste in der Nähe von Salton See kampiert.

Oh, ja, wir kennen die Gegend. Ich hab dort die Spirulinafarm besichtigt. George sagte, jetzt gefasst: Es war der 28. Dezember um etwa 19:20 Uhr. Wir wanderten mit dem Hund zu einem nahe gelegenen Hügel. Die Nacht war klar, mit einem ¾ Vollmond. Mit abgesenkter belegter Stimme sagte George: Aus der dunklen Wüste blitzten plötzlich Lichter auf, die sich in unsere Richtung bewegten. Da gibt es ein Militärgebiet, und wir dachten an eine Hubschrauberstaffel. Aber, als die Lichter näherkamen, merkten wir, es war ein viel größeres Flugobjekt, rund ... riesig ... es flog von Osten nach Westen etwa 5000 Meter hoch. Ich sagte:

Eine fliegende Untertasse?

Nein, es war ein Mutterschiff, etwa 300 Meter im Durchmesser. Ihr könnt euch nicht vorstellen, wie groß! Wie ein Wolkenkratzer in der Horizontale ... als ob die Erde bebt ... wie in der Disco, wenn die Bässe alles durchdringen. Nicolas, mein jüngster Sohn, war erstaunt, dass so etwas Großes so langsam fliegen kann. Max war ganz durcheinander und unser Deutscher Schäferhund schaute wie hypnotisiert mit herunterhängendem Unterkiefer nach oben. Das Ding blieb 5 Minuten in unserem Blickfeld. Um die Erfahrung zu bewältigen, hab ich die Jungs malen lassen. George kramte in seiner Aktentasche, holte einige Zeichnungen heraus und reichte uns die Kinder-UFO-Kunst.

Was hast du gemacht? Am nächsten Tag hab ich die Rangerstation angerufen und nach möglichen militärischen Testflügen gefragt. Die Rangerfrau sagte, na, sagen sie mir einfach, was sie gesehen haben. Kaum zu glauben, aber zufällig ist ihr Schwiegersohn ein Astronom. Er hatte dieses Ding vor einem Jahr in der Nähe von Lancaster gesehen. Und noch ein *Zufall*.

Als ich anrief, war gerade die Frau des Pastors von Borrego Springs, Marie Wright, im Nebenzimmer. Zwei Tage später rief sie mich an und erzählte mir von ihrer Erfahrung mit genau solch einem UFO, das ihr über 20 Meilen gefolgt war, als sie von Salton City nach Hause fuhr. Einmal hat sie angehalten und das Teil stoppte auch über ihr. Als sie die Lichter ihres Ortes sah, drehte das UFO ab und war innerhalb von Sekunden in der Dunkelheit verschwunden. Frau Wright war auch so beeindruckt von der Größe. Dann fragte sie mich: Was denken sie, wann das war? Und?

Es war 1978. Was? Zu der Zeit hab ich in Frankfurt mal nachmittags was Schwebendes vorm Taunus gesehen. Ich hab mit einer Frau am Tisch gesessen, deren Mann Karosseriearbeiten für uns gemacht hat. Ich sagte: Guck mal Erika, was ist das? Sieht aus wie eine Minisonne. Wir haben das Ding im Glanz des Sonnenuntergangs etwa eine Stunde lang bestaunt. In der Hessenschau wurde das UFO mit einem Satz erwähnt. Am nächsten Tag fand ich absolut nichts in der Zeitung oder in den Nachrichten. Ist es nicht an der Zeit, die Geheimniskrämerei zu beenden? www.rense.com/ufo/socal.htm

Am nächsten Tag besprach ich Georges Erlebnis mit Leanne auf unserem Morgenspaziergang. Sie reagierte perplex: Das kann nicht wahr sein. Warum? Was für ein Zufall! Gestern erzählte mir meine Masseurin etwas über ein abgestürztes UFO in Roswell. In der ersten Nachrichtensendung hatten Militärs die Entdeckung der Überreste aus einer fliegenden Untertasse bestätigt. Am nächsten Tag haben sie es wieder dementiert. Meine Masseurin sagte, es gab Überlebende. 4 Indianer hatten das Gebiet gereinigt und haben ihre 8 Söhne darüber informiert. 6 von ihnen starben auf mysteriöse Weise. Laut einem der noch lebenden Söhne waren die Überlebenden des UFOs Reptilien gewesen.

Ähm, ich hab gelesen, es waren kleine Graue.

Angeblich sollen sie gerettet und zurück zum Mutterschiff gebracht worden sein. Bis heute wird der Crash des UFOs offiziell vehement bestritten. Kein Wunder! George hat mit einem Sensitiven über seine Erfahrungen gesprochen. Er hat eine außerkörperliche Erfahrung bewirkt und das Innere des Mutterschiffs gesehen. Die Mannschaft soll außerhalb dessen gewesen sein, was normale Menschen ertragen können. Mit Blick auf die grünen Kreaturen drückte er seine Gefühle mit den Worten aus: *It scared the shit out of me.* Trotz der Angst war er davon überzeugt, dass die Mannschaft keine bösen Absichten hatte! Also, von wegen Science-Fiction!

Kurz darauf fuhr ich zum Supermarkt. Auf dem Heimweg bemerkte ich ein schwarzes Auto mit dem persönlichen Nummernschild DICTOR. Voller Erwartung dachte ich an Dieter Victors Nachkommen. Nach all den sogenannten Zufällen wäre es doch auch möglich, dass meines Urgroßvaters Nachkommen in der Nachbarschaft wohnten. Der Mann hielt seinen Wagen gegenüber Andas Haus. Nachdem ich den netten Mann über meine Vermutung aufgeklärt hatte, sagte er, mein Name ist Dictor, aber wir teilen dennoch etwas. Meine schwangere Großmutter wurde auch sitzen gelassen.

In Andas Haus wartete eine weitere spannende Kommunikation auf mich. Meine Freundin hatte einen Besucher mit dunklen Locken. Er sagte: Ich gehöre zu einer UFO-Einheit. Von da weiß ich, dass John Lear ein riesiges zehntausend Jahre altes metallisches Objekt, Hunderte von Metern unter der Erde, entdeckt hatte.

Der Learjeterfinder? Nein, sein Sohn. Er hatte Millionen ausgegeben. Offenbar stammte das Metallteil von einer fremden Zivilisation und wurde verwendet, um unterirdische Tunnel zu bohren. Aliens? Na, ja! Der Ehemann meiner Freundin, Heinz Richter, hatte für Bill Lear gearbeitet. Hilde erzählte mir, dass er nur seinen Job aufgab, weil er Bill in seiner freien Zeit herumfliegen musste, während dieser Hilde Avancen machte. Oha! sagte Anda.

Ich hab auch etwas Seltsames erlebt. Vor ein paar Jahren, in heißen Sommernächten, hab ich draußen geschlafen. Einmal wachte ich auf, als sich ein riesiger Mann in Schwarz über mich beugte und mich hochhob. Nach dem ersten Schrecken fühlte ich wohlige Wärme und positive Energie. Ich verlor das Bewusstsein. Auf einem Tisch liegend, in helles Licht getaucht, wachte ich auf und verlor gleich wieder das Bewusstsein. Später fühlte ich mich besser. Also denke ich, dass dieser Kontakt eine Heilung war. Könntest du halluziniert haben? Als Physikerin dachte ich an nichts anderes als eine Traumaktivität, zumindest auf den ersten Blick. Aber dann hab ich mit einem UCLA-Professor in Parapsychologie über meine Erfahrungen gesprochen. Da er die Möglichkeit einer Begegnung der vierten Art nicht ausschloss, bin ich überzeugt, dass es ein ET-Kontakt war.

Drei Wochen später erwachte das Telefon zum Leben. Peter reichte es mir. George will mit dir reden. Was ist los? Du wirst es nicht glauben, wir waren wieder in der Gegend von Salton See. Und? Auf dem Highway 371 hielt ich an einem kleinen Laden in Anza. Da war dieser junge blonde Mitarbeiter, der wie ein Nordeuropäer aussah. Ich sagte: Du hast dir eine schöne Gegend zum Leben ausgesucht. Er antwortete spontan: Verquere Gegend würde es eher treffen. Äh...! Nachdem wir genügend Proviant hatten, sagte der junge Mann, ich weiß ja nicht, was ihr über UFOs denkt, aber hier gibt es genug davon zu sehen. Ich wette, jede der hier lebenden Personen hat mindestens ein Foto eines UFO im Fotoalbum. Anda war begeistert von diesen Neuigkeiten: Anza ist mein richtiger Name! Lass uns dorthin gehen! Ja, wir können mein Auto nehmen. Ich hab auch ein Zelt. Oh ja, ich würde gern mal wieder zelten. Ich auch!

Am nächsten Morgen rief Leanne wie gewohnt an. Ich bin auf dem Weg. Okay, ich komme gleich runter. Am Ende unserer Einfahrt wartete meine Freundin mit Honey und Misty, ihrem Rocky ersetzenden Golden Retriever.

Hast du von dem Flugzeugabsturz gehört? Ja, der TWA-Flug 800 vor Long Island. Schaurig, sagte Leanne aufgeregt, der Flieger ist einfach explodiert. Ja, schrecklich vielleicht wieder ein Terrorakt. Wie kommst du darauf? Warum sollte ein Flugzeug sonst explodieren? Na ja... es waren mehr als 200 Menschen, viele Schüler, die Eltern tun mir so leid. Patty hatte Glück. Ihr Sohn wäre fast im Flieger gewesen. Sein Vater hatte eine Vorahnung. Welche Patty? Eskander? Nein, Patricia Klous, die Chefstewardess Judy Mc Coy vom *Love Boat*. Kenn ich nicht. Doch, du kennst sie. Was? Du hast mir gesagt, dass ihr Hund oft zu euch kommt. Ach, ja, der graue Wuschel, der gräbt sich oft unterm Zaun ins Freie. Ich hab ihn ein paarmal heimgebracht. Nur hab ich nicht gewusst, dass sie eine Schauspielerin ist. Ich erkenne nie Prominente. Ich hatte nicht mal Mariel Hemingway erkannt, als ich vor unserem ersten Klassentreffen mindestens 5 Minuten von Angesicht zu Angesicht mit ihr stand. Das Gleiche erlebte ich mit Maria Schell und ihrem Bruder Maximilian.

Maximilian! Wirklich? Wo war das?

Im Marriott Hotel in Wien.

Meine Gedanken drifteten zurück zu einer anderen seltsamen Synchronizität:

Attaché fährt Zug, ohne zu wissen, warum

Beim Besuch unserer kalten Heimat holte uns Willi vom Flughafen in Frankfurt ab. Wir hielten am Bahnhof in Hanau, um uns Tickets zu kaufen, da wir mit Jerry und seiner Familie drei Tage später in Wien verabredet waren.

Danach fuhr uns der ehemalige jüngste LH-Bordingenieur zu seinem prächtigen Herrenhaus in der Wetterau, wo die ganze Familie auf der Terrasse wartete. Kaum saß ich, stupste Jacky mich mit seinem Ball im Maul an. Als ehemalige Handballerin warf ich dem Münsterländer-Mix den Ball weit hinaus ins parkartige Gelände. Dann folgte das Drama. Schwerfällig und bei jedem Schritt einknickend, schleppte sich der arme Kerl vorwärts. Der süße Hund, den Marita aus dem Tierheim geholt hatte, tat mir von Herzen leid. In meiner Reisetasche kramte ich nach den Spirulinatabletten. Jacky leckte sie mir lustvoll aus der Hand, als ob er von der entzündungshemmenden Wirkung der Alge felsenfest überzeugt sei. Ich sagte, es sieht so aus, als ob Jacky eine ausgewachsene Arthritis hat. Er hat wohl zu viele Sahnetörtchen verputzt. Marita sagte mit einem Was-kann-ich-tun-Augenrollen: Ja, die Omas lassen öfter mal ein Stück Kuchen untern Tisch fallen. Am Abend gab ich Jacky drei weitere 1-g-Tabletten und am nächsten Tag 9 g über den Tag verteilt.

Am Morgen unserer Abreise waren wir happy über den positiven Effekt. Jacky ging es viel besser. Marita war verblüfft über sein glänzendes Fell. Zwei Wochen später erhielten wir die frohe Nachricht: Jackys Gelenkentzündung war völlig weg! Seitdem konsumiert die ganze Familie Spirulina täglich, um gesund zu bleiben.

An einem Fenster sitzend, genoss ich das satte Grün der vorbei sausenden Landschaft. Peter hatte das Raucherabteil aufgesucht. Nach ein paar Minuten tasteten meine Finger in der Reisetasche umher. Immer hektischer wühlte ich nach den drei Büchern, die ich für die lange Zugfahrt gekauft hatte. Aber es gab absolut nichts, das sich auch nur annähernd wie ein Buch anfühlte. Mist. Ich hatte Marita die Bücher gezeigt und muss sie im Haus gelassen haben. Ich stand auf und ging zum Speisewagen. Es gab keinen freien Tisch. Ich fragte eine junge Frau: Hätten sie etwas dagegen, wenn ich mich neben sie setze? Setzen sie sich nur, der Platz ist ja frei. Zu dem gegenübersitzenden Mann sagte ich, ich hab alle meine Bücher bei einer Freundin vergessen. Jetzt brauche ich Entertainment. Der Mann stellte sich lächelnd vor:

Ahmed Ashy. Was sind das denn für Bücher? Ich bin Ernährungswissenschaftlerin und hab mir die neuesten Gesundheitsbücher gekauft. Herr Ashy öffnete seine Aktentasche und zauberte einige Bücher hervor. Hey! Das sind genau die Bücher, die ich vergessen hab! Wie geht das denn? Ich bin hier der saudische Kulturattaché in Bonn, aber in meiner Heimat war ich Professor in Biochemie, also bin ich interessiert an diesen Werken. Und was machen sie in Österreich, wenn ich fragen darf? Ich hab eine Österreicherin geheiratet. Plötzlich entdeckte ich Peter ein paar Tische weiter vorn. Oh, da ist ja mein Mann. Mr. Ashy sah in Peters Richtung und sagte verwundert: der Mann mit dem Pferdeschwanz? Ja. Den hab ich mindestens schon zweimal gesehen. Wie das? Fliegt Ihr Mann manchmal nach Österreich? Normalerweise fliege ich nämlich nach Graz. Ja, im letzten Jahr hat er zweimal seinen Freund in Calpe besucht. Aber warum nehmen sie heute den Zug? Das weiß ich selbst nicht so recht. Ich glaub ja nicht an Zufälle. Vielleicht haben wir uns etwas zu sagen. Ich lebe in den Staaten. Shoot! Mein Sohn will in den USA studieren! Da könnte ich ihnen die Adresse einer Familie geben, die vielleicht an Austauschstudenten interessiert sind. Wäre das nahe am Meer? Etwa zwei Meilen entfernt. Mein Sohn hat Probleme mit seinen Atemwegen. Hallo! Da hab grad in Carl Pfeifers Buch gelesen, dass man mit hohem Histaminspiegel im Blut oder mit Allergien und Asthma 500 mg Kalziumgluconat, 10 - 30 mg Zink, 5·50 mg Mangan und 500 mg Methionin nimmt, um Histamin auszuscheiden. Ich hab es mir gemerkt, weil ich es selbst probieren will. Ich schreib's ihnen auf. Spirulina hilft auch, weil es all diese Salze und vieles mehr enthält. Auch wichtig: viel reines Wasser trinken! Das wissen sie ja selbst, wenn der Körper zu wenig bekommt, werden Histamin produzierende Zellen unverhältnismäßig angeregt. Reines Wasser ist also ein natürliches Antihistaminikum.

Ein paar Tage später warteten wir in der Lobby vom Marriott Hotel in Wien eine ganze Zeit lang auf den Aufzug. Während ich mit der Familie Spellman sprach, musterte ich einen großen, gut aussehenden Mann mit einer langen Pfeffer-und-Salz-Mähne. Er wurde von einer kleinen reizenden Dame begleitet. Der Adonis hatte ein paar Blätter in der Hand und blickte immer mal wieder auf den Text und dann in die

Luft, um das Gelesene auswendig zu lernen oder die himmlischen Heerscharen anzurufen. Während ich den Opernplan überflog, zog sein aufgesetzt wirkendes Gehabe immer wieder meine Aufmerksamkeit auf sich. Es war Freitag und unsere letzte Chance, die Staatsoper zu besuchen. Aber ich hatte nicht die geringste Ahnung von der Vorstellung. Schließlich kam der Aufzug. Einem Gefühl folgend, dass die sanfte Frau, die jetzt von Angesicht zu Angesicht mir gegenüberstand, sich mit Opern auskannte, fragte ich: Entschuldigen sie, was denken sie über die *Andrea Chenier* von Giorano?

Oh, das ist eine sehr schöne Oper, aber natürlich kenne ich ihren Geschmack nicht.

Wow! Diese melodische Stimme passend zu den himmlischsten Blauaugen. Plötzlich wusste ich, dass ich mit einer echten Musenexpertin gesprochen hatte. Der Fahrstuhl hielt eine Ebene unter unserer. Die Dame mit ihrer Begleitung verließ uns. Nun tauchten die Plakate an jeder 2. Straßenlaterne vor meinem geistigen Auge auf. Maximilian Schell gastierte mit *My Fair Lady*. Und, nach meinem Geschmack, hätte er besser seine Haare weiterhin lang getragen.

Hildes Karma auf der Spur

Ich hatte immer gern meine Familie zu Besuch. Diesmal durfte Tante Hilde meine Mutter zu ihrem üblichen Winterurlaub im sonnigen Kalifornien begleiten. Während ich ein Avocadodressing zubereitete, hielt ich aus dem Küchenfenster nach Hildes neuem Oldsmobile Ausschau. Sie hatte es sich nach Johns Schlaganfall gekauft. Als Ehefrau hätte sie für seine Kosten aufkommen müssen. Doch laut Gesetz durfte sie ihr Haus und $68.000 behalten. Zu der Zeit besaß sie etwa $86.000. Deshalb kaufte sie sich ein paar Dinge. 4 Jahre lang versprühte John seinen Charme im *Motion Picture Hospital*.

Hilde besuchte ihn dreimal pro Woche. Ich kam auch einige Male in die gemütliche Gesundheitseinrichtung und wurde nicht nur von John erwartet. Joe, einer der 3 Stooches und Judy Garlands Agent, Al Rosen, unterhielten sich auch gern mit mir. Zweimal hatte letzterer Methusalem mich gefragt, ob er mich in seinem Büro gesehen hatte. Ich sagte: Nicht dass ich mich erinnere, aber wer weiß? Jedenfalls sprach ich mit einer von Doris' Freundin nahestehenden Person, wie schon mit Lawford & Co.

Weil Encino zwischen Bel Air und Woodland Hills liegt, hielt Hilde bei uns ein- oder zweimal pro Woche. Im Sommer kam sie öfter zum Schwimmen. Aber jetzt wollte sie meine Tante Hilde kennenlernen. Ich hatte ihr ja schon gesagt, dass meine Verwandte neben ihrem Vornamen noch einiges mit ihr gemein hat; z. B. einen Ehemann namens Heinz. Dass Tante Hilde ihren Heinz auch bis zu seinem Tod pflegen musste, wusste sie damals noch nicht. Der ehemalige Fußballspieler verlor seinen Fuß durch Diabetes wie seine Schwester Ruth Jahre zuvor und verbrachte seine letzten Jahre in einem Rollstuhl. Beide Hildes tragen bzw. trugen Perücken. Hilde hatte extrem feines Haar, Tante Hilde ist kahl. Ich hatte geplant, dass wir alle John besuchen und Gemüse auf dem Calabasas Markt einkaufen. Auch wollten wir das lebendige Museum im ältesten Privathaus im L. A. County gegenüber der Klinik besuchen. Miguel Leonis ließ das Lehmhaus 1844 erbauen, und es wird noch so bewirtschaftet wie ehedem. Mit etwas Glück kann man den Geist des ehemaligen Schafhirten aus dem Baskenland, der in Kalifornien als reicher Viehzüchter starb, sehen.

www.wikipedia.org/wiki/Leonis_Adobe

Während wir die Gemüsepita aßen, fragte Ma, was können wir John mitbringen? Grinsend sagte ich, er hätte bestimmt gern eine Flasche Wodka. Aber er hat doch aufgehört, Alkohol zu trinken. Tja, das war vielleicht das Problem, da er immer noch ein paar Zigaretten rauchte. Nikotin verengt die Gefäße, Alkohol weitet sie. Daher ist es besser, auf beides zu verzichten. Er hat ja auch mit dem Kopfstand aufgehört. Hilde sah die fehlenden Finger meiner Tante. Hat es

Sie in irgendeiner Weise behindert? Nicht wirklich! Mein ganzes Leben lang gab es immer nur Arbeit, Arbeit, Arbeit.

Wie ist es passiert? Ich hatte gerade die Schule beendet und mein Pflichtjahr beim Bauern Helm begonnen. Sie hatten eine Mühle. Jeden Tag musste ich die Häckselmaschine reinigen. Sie lief mit Wasser. Wenn ich sie abschaltete, musste ich mich bücken. Einer meiner Zöpfe kam dran und drehte sich um die herausstehende Eisenwelle. Ich hab versucht, ihn loszukriegen. Oh je! Ma sagte, das war, weil sie immer ihre Zöpfe nach vorne getragen hat, nicht wie Anneliese und ich am Rücken. Hilde zuckte mit den Schultern in einer Was-kann-man-machen-Art. Er hat sich um meine Finger gewickelt und dann hat's sie abgedreht und meine Kopfhaut war abgerissen. Oh, schrecklich! Wie war das? Ich bin zu Boden gesunken. Als ich wieder aufgewacht bin und meine Finger gesehen hab, hab ich geschrien. Die Bäuerin kam raus. Ich hab sie weggestoßen und bin zum großen Spiegel gerannt. Als ich mich gesehen hab, bin ich umgedreht und hab geschrien. Ich wollte heimlaufen. Sie haben mich erwischt. Willi, der älteste Sohn des Bauern hat das Gütschow-Büro angerufen. Sie haben die Mamme informiert. Ma warf in: Das war der schwärzeste Tag im Leben unserer Familie. Anneliese und ich haben die Finger eingesammelt und in einer Streichholzschachtel begraben.

Mamme hat mich nur mit dem Verband gesehen. Aber die Bauersfrau stand richtig unter Schock. Die Professoren in Heidelberg wussten nicht, was sie machen sollten. Sie hatten noch nie so einen Fall. Sie haben nicht geglaubt, dass ich es überleben würde. Kichernd warf meine Mutter ein, weißt du, was sie am nächsten Morgen gesagt hat, als alle Ärzte zur Visite kamen und fragten, wie es ihr geht? Was? Gut. Ha ha.

Mamme ist bei mir im Krankenhaus geblieben. In der Nacht hab ich mich wegen dem Äther übergeben. Wenn sie mir nicht geholfen hätte, wäre ich erstickt. Ma sagte, sie hat Blut direkt von einer Frau bekommen. Hilde hat AB, eine seltene Blutgruppe.

Das war Ende Oktober 1940, sagte Hilde. Ich war in der Klinik bis Ostern 41, ein halbes Jahr. Dann war ich in einem Erholungsheim in Heidelberg-Schlierbach. Da hab ich meine dreijährige Ausbildung zur Schneiderin gemacht und hab mit der besten Note abgeschlossen.

Da hast du ja eine Menge schlechtes Karma abgearbeitet! Vielleicht hast du in einem früheren Leben einen Indianer skalpiert. Haha!

Bel Air Hilde fragte: Was zum Kuckuck ist Karma? Alle meine Freunde reden darüber und ich krieg immer irgendwie raus, was sie meinen, aber ich bin zu schüchtern zu fragen.

Karma hat mit der kosmischen Gerechtigkeit zu tun, dem Konzept von Ursache und Wirkung. Wir sind verantwortlich für unser Handeln, für unsere eigene Realität. Was wir verursachen, Gutes oder Schlechtes, wird eine Wirkung auf uns haben. Wie? Nimm mal an, Hilde, dass du in einem früheren Leben ständig bettlägerig warst und andere haben dich das ganze Leben lang gepflegt. Du weißt doch, dass Menschen mit Nahtoderfahrungen ihr Leben wie ein Film abspulen sehen. Nach so einem speziellen Leben, wo du dich nur kränklich im Bett liegen siehst und du gepflegt wurdest, würdest du im nächsten Leben die Rollen tauschen wollen, um auch das Pflegen zu lernen. Die Seele reinkarniert, um alle Facetten des Lebens zu erfahren. So könntest du zwei Männer geheiratet haben, die dir den Krankenpflegejob ermöglichen.

Aha! Hilde strahlte mich mit blauen Augen und rosigen Wangen an. Heinz und John waren nicht meine einzigen Patienten. So? Als ich noch mit Heinz in einer Wohnung lebte, hab ich mich 7 Jahre lang um meine Freundin im Nachbarhaus gekümmert. Und Linda braucht ja auch Pflege. Ich kaufe für sie ein und mache sauber. Ich sagte, Hildes Freundin begann als Ballerina. Dann war sie Innendekorateurin und am Ende ihrer Karriere Krankenschwester.

Also das ist Karma? Ja, du lernst jetzt, eine Pflegerin zu sein, das bedeutet, du arbeitest an deinem Karma. Wer dich in deinem vorigen Leben gepflegt hat, braucht im nächsten Leben keinen Pflegejob. Ma sagte: Ich dann wohl auch nicht. Du warst ein ziemlicher Job: Lungenentzündung, Rippenfellentzündung, Mumps, Ohrinfektionen, Katarakt. Ja, also, da hab ich noch gar nicht dran gedacht. Jedenfalls, wenn uns etwas belastet und uns runter zieht, können wir sagen, was vor uns liegt, dient meiner spirituellen Reifung. Und alles ist sowieso nur vorübergehend, nichts bleibt, wie es ist, mit Ausnahme unseres wesentlichen ätherischen Teils, der Seele. Du redest wie ein Prediger. Bin ja auch die Tochter eines Predigers. Pa beerdigt doch immer noch nicht religiös organisierte Menschen.

Bei der Ankunft im Krankenhaus sagte ich, die Westernstadt sehen wir später. Hier schau mal an der Wand all die Filmstars! Weiter hinten passierten wir die Demenzabteilung. Einige Senioren saßen ruhig in einer Reihe auf Stühlen wie in einer Arztpraxis. Einige beobachteten uns beim Vorbeigehen. Zwei Damen hatten Schleifen im Haar. Ich sagte: How pretty, und zu meinen Leuten: Ihr werdet Johns Zimmer mögen, er hat Blick auf eine parkähnliche Anlage mit einem kleinen Bach und Enten. John war noch im Bett. Hallo John, wie geht es dir? Mir geht es gut. Wie geht es dir? Fein. Darf ich vorstellen, das ist meine Mutter Alwine und hier ist meine Tante Hilde. Seine Augen wanderten von einer zur anderen. Nach einem weiteren Blick auf meine Mutter zeigte seine Mimik Erstaunen, als ob er sie von irgendwoher kannte. Ich schaute aus der Glaswand und sagte: Wo sind sie? Wer? Die Enten. Oh, sie sind an der Bar, sie brauchten einen Drink. Haha! Immer noch der gleiche lustige Kerl!

Du ... du ... siehst aus wie Doris ... Doris Day. Ich lachte: Doris ist blond mit blauen Augen.

Ja, aber die Nase, die Haare, die Gesichtszüge, die Haut. Ich hatte die Wahrsagerei längst vergessen. Während des Schreibens kam sie mir in Erinnerung. Daraufhin hatte ich das Tonband noch einmal abgehört.

Nach dem Verlassen des Gebäudes gingen wir über die Straße und betraten das älteste Haus von L. A. Die Besucher können sich die alten Räume und Arbeitswerkzeuge ansehen und die Tiere der Farm streicheln und füttern. Manchmal gibt es auch Obst und Gemüse zu kaufen. Wir kauften eine große Tüte voll Quitten. Tante Hilde machte Gelee davon.

Buddhismus & Reiki – Verbindung von Vergangenheit und Gegenwart

Carole rief an: Hallo, wie läuft es so bei euch? Bestens, Peter ist in Deutschland und ich genieße das Alleinsein. Gut für dich. Was hat er im Ausland zu tun? Er investierte fast all unser Geld in Portugal und jetzt versucht er, etwas von der Kohle wieder zu bekommen. Na, dann viel Glück. Der Grund, warum ich anrufe, ich will am Mittwoch nach L. A. kommen. Oh, schön! Am Donnerstag treffe ich mich mit Hilde. Sie will mit mir zu einem Anwalt in Beverly Hills gehen, aber sonst bin ich frei.

Nun, das ist ja superb. Ich will da auch hingehen und ein paar Dinge von meiner Mutter bei Sotheby's versteigern. Oh, ja, da war ich vor Kurzem mit einem, wie ich hoffte, echten Modigliani. Leider war es eine Fälschung. Schade. Ja, aber die gute Sache ist, ich besitze die rothaarige Frau noch. Wenn das Bild echt gewesen wäre, könnte ich ihren Anblick nicht mehr genießen. Entweder hätte ich es verkauft oder würde ängstlich die ganze Zeit denken, jemand könnte es stehlen. Carole lachte. Ich mag deine optimistische Art, die Dinge zu betrachten.

Am Donnerstagnachmittag fuhren wir Richtung Südwest. Wir werden die Scadlock Lane nehmen, da kannst du das Haus sehen, das wir gemietet hatten. Da ist es: 3710, Quersumme 11.

Schöne Aussicht! Die Luft vibrierte. Die Bierbrauerei in der Ferne, die Häuser und Bäume verschwammen zu einem surrealistischen Gemälde. Auf unserem Weg nach oben fragte Carole, was ist das für ein riesiges Gebäude? Die *University of Judaism*. Gerade hatte ich da ein Seminar bei meiner Nachbarin Sandi Steinberg. Sie hilft Autoren bei der Drehbuchgestaltung. Warum warst du dort? Es ist die Sache mit meinem Urgroßvater. Ich dachte, wenn ich ein gutes Drehbuch schreibe, finde ich vielleicht meine Verwandten in Carmel. Und wie ist es gegangen? Na ja, als ich einen Teil davon vorgelesen hab, hat eine Regisseurin gesagt, es sei tolles Material für einen Ingmar-Bergman-Film. Was hast du mit dem Skript gemacht? Ich war nicht sehr ehrgeizig. Ich hab es nur in einer Broschüre von Clemens Martin veröffentlicht. Ich bin nicht sicher, ob die überhaupt je ein Filmemacher zu Gesicht bekommt.

Wer ist dieser Martin? Er ist dieser OPM-Typ, dem Peter unser gutes Geld für Filmgeschäfte gab. Er schuldet uns noch eine Menge. Er lebt ganz gut mit dem Geld andrer Leute, Polo spielen ist nicht billig. Hier sind wir, das ist Hildes Auffahrt. Vielleicht sehen wir einige Rehe. Sie knabbern am liebsten Hildes Rosen- und Lilienknospen. Zwar waren keine Wiederkäuer zu sehen, doch auf mich wartete etwas zum *Wiederkäuen* auf dem Kaminsims. Hilde führte uns in ihr geräumiges Haus. Wollt ihr Kaffee oder Tee? Carole sagte: Ich hab aufgehört, Kaffee zu trinken. Dann nehmen wir beide Tee, sagte ich. Während Hilde in die Küche ging, kamen wir langsam durchs Kaminzimmer hinterher. Entschlossen ging Carole zum Kaminsims, ergriff die hölzerne Madonna und legte sie in meinen Arm. Sag mir, was Du fühlst! Ich schluckte. Meine Augen füllten sich mit Tränen. Ich gab Carole die kleine Statue zurück und ging zum TV-Zimmer. Während meine Freundin die Madonna zurück auf ihren Platz stellte, sagte Hilde: Das Northridge-Beben hat sie vom Kaminsims geschleudert, aber sie hat keinen einzigen Kratzer bekommen. Traurig und verstört sank ich auf die gemütliche Couch und knabberte an meinem Schokoladeneclair. Carole ließ mich in Ruhe essen. Aber, als wir beim Hinausgehen wieder am Kamin vorbeikamen, legte sie das ca. 25 cm hohe Schnitzwerk in meinen Arm. Salzige Rinnsale liefen über meine Wangen.

Sag mir, was du fühlst. Trauer ... Leid ... tiefe Traurigkeit. Carole sagte leise: Dies war das Einzige, was die Besitzerin ihrer lieben Verwandten hinterlassen hatte. Die Umstände waren untröstlich.

Zurück in Encino, holte Carole ihre Massageliege aus dem Auto und stellte sie in unserem Wohnzimmer auf. Ich gebe dir eine Meister-Reiki-Behandlung. Sie nahm ein paar Steine aus einem Beutel und legte sie auf bestimmte Energiepunkte. In ihrer Funktion als Reikimeisterin und Hypnosetherapeutin gab sie mir eine von drei 3. Grad-Einweihungen. In der folgenden Nacht hatte ich einen Traum, in dem ich wieder im Körper der schönen Blondine war, die bei der vormaligen nächtlichen Vision auf einen Leiterwagen geschubst worden war. Damals drückte mich noch tagelang das traurige Gefühl dieses Erlebnisses nieder. Dieses Mal fühlte ich mich unbelastet und frei.

Am Morgen belegte ich einen Teller mit Früchten als mein tägliches Mandala. Als ich den äußeren Ring mit Apfelschnitzen abgeschlossen hatte, kam Carole vom Gästetrakt.

Du verwöhnst mich ja! So? Ein Kunstwerk.

Auf mein schüchternes Lächeln fragte sie: Was ist los? Ich hatte einen Traum. Ich kümmerte mich um meine Schwester, die für immer ans Bett gefesselt war. Sie lag in Schichten von weißen Federkissen und Bettdecken in einem riesigen Himmelbett. Ich kümmerte mich um sie rund um die Uhr und vermied alle Blicke meiner vielen Bewunderer. Ich hatte die Madonna aus der Kirche gestohlen. Warum?

Ich dachte, wenn meine Schwester nicht ins Gotteshaus gehen kann, um zur Madonna zu beten, hab ich sie ihr mit nach Hause gebracht. Ich wollte ihr so helfen, gesund zu werden. Der Traum endete, dass ich von Offiziellen weggebracht wurde. Aber es hatte nichts mit dem Diebstahl zu tun. Ich war eine Augenweide für die Männer weniger attraktiver Frauen.

Ja, ungewöhnliche Schönheit kann ein Handicap sein, sagte Carole. Neid, Eifersucht und falsche Anschuldigungen waren der Fluch anmutiger Frauen. Ich wundere mich, dass ich nichts von der Hinrichtung wie in meinen früheren Leben geträumt hab. Als Schäferjunge hatte ich ein erhebendes Gefühl, nachdem ich in den Rücken geschossen worden war. Oder als Polynesier das Gefühl der Erleichterung von den unerträglichen Schmerzen, die der Teer auf meiner Haut verursacht hatte.

Was denkst du, war mit dir geschehen?

Ich glaub, dass ich verbrannt wurde. Meine Angst vorm Feuerlauf war größer als bei den anderen. Als Kind liebte ich es, in der Weihnachtszeit Tannenzweige im Aschenbecher aufeinanderzuschichten und abzubrennen. So? Ja, aber möglicherweise wurde ich vorher gepfählt. Wie kommst du darauf? Da bin ich durch die Vorbereitung zum Feuerlauf drauf gekommen. Wir waren angehalten, bestimmte Meridianpunkte zu drücken, um nach schmerzvollen Blockaden zu suchen. Dies etwaig gespeicherte Leid aus früher Kindheit oder vergangenen Leben sollte durch Schreien freigesetzt werden. Ich glaub, ich wurde gepfählt und hab diese erinnerten Schmerzen wieder erlebt. Warum hätte ich sonst so schrecklich geschrien? Übrigens, morgen ist eine buddhistische Veranstaltung nicht weit von hier. Okay? Willst du gehen?

Warst du schon mal dort?

Einmal. Hat es für dich funktioniert?

Ähm ..., ich weiß nicht, das Chanten von NAM-MYOHO-RENGE-KYO soll Glück bringen ... na ja ... du bist zu mir gekommen, hast mir 3. Grad Reiki und Privatunterricht gegeben. Hab ich kein Glück? Wenn du es sagst.

Ich hab auch andere Leute gebeten, es auszuprobieren. Ja? Erst vor Kurzem kam Armida, die Haushälterin unserer Nachbarn, mit ihrem Erfolgsbericht. Sie ist eine Avonberaterin und musste ihre Kunden immer besuchen. Nie zuvor ist sie angerufen worden wegen einer neuen Order. Aber eine Woche nach dem täglichen Chanten rief die erste Kundin an und bestellte etwas. Seitdem hatte sie vier weitere Anrufe. In Millers *Liebesbriefe an Hoki Tokuda* hab ich gelesen, dass er auch mehr Glück hatte, wenn er es 50 Mal pro Tag sagt.

Das Telefon klingelte gerade, als wir uns auf den Weg zu Leanne machen wollten. Es war Ines. Da ich wusste, dass Carole kam, hatte ich ihr unsere konzentrierte Reikienergie für ihre Dermatitis angeboten. Spirulina hat bereits geholfen, dass sie nachgelassen hatte und weniger juckte, aber ganz verschwunden war sie nicht. Okay, wir sehen uns morgen Abend um 18:00 Uhr. Heute Abend gehen wir zu einem buddhistischen Treffen in Tarzana, nur zwei Blocks von uns entfernt. Bist du interessiert? Nicht wirklich. Ich hab keine Zeit. Das ist dein Problem. Du brauchst mehr Zeit für dich selbst. Das Nam-Myoho-Renge-Kyo kann dir helfen. Ich kann es ja ausprobieren, wie wird es geschrieben? Ich schreib es dir auf. Wenn du deine Meinung änderst, wir treffen uns um 19:00 Uhr beim Friseur auf dem Ventura Blvd. zwischen Lindley und Havenhurst, nicht weit von unserem Lieblingsfrühstücksrestaurant auf derselben Seite. Warum da? Die Friseurin, bei der ich immer die Dauerwellflüssigkeit ohne Chemie hole, hat mich auf die Treffen aufmerksam gemacht. Wir folgen dann ihrem Auto.

Chemie gab es auch keine zwischen Carole und der guatemaltekischen Friseurin, aber wir wurden alle sehr herzlich von rund 20 Personen empfangen. Die Frau, in deren Haus das Treffen stattfand, sprach gerade über ihre eigenen Erfahrungen mit 26 Tumoren in der Brust:

Als mein Arzt einen Termin für eine Operation festlegen wollte, sagte ich, okay, sie können die Tumore herausschneiden, aber geben sie mir 4 Wochen Zeit. Ich hab ihm nicht erklärt, warum. Ich wollte nur dem Nam-Myoho-Renge-Kyo die Chance geben, mich zu heilen. Jeden Morgen und jeden Abend chantete ich nur 5 Minuten lang. Beim Check-up konnte mein Chirurg keine Wucherungen mehr finden. Aber ihr werdet es kaum glauben. Er reagierte reichlich rüde. Eine große Frau um die 50 sagte: Ja, der Arzt verdient durchs Schneiden, nicht durchs Beten. Ich chantete für meine 80-jährige Mutter. Mein Vater starb vor 5 Jahren. Seitdem ist sie allein. Ich stellte mir einen wünschenswerten Partner für sie vor und - kaum zu überbieten - sie hat gerade einen gut aussehenden 84-jährigen Millionär geheiratet.

Als Wolfgang und Ines am nächsten Abend ankamen, stand der Massagetisch bereits bereit. Carole fragte: Hast du ein Buch, wo ich den Kindern die Chakren zeigen kann? Wie wäre es mit *Hands of Light*? Ja, toll, ich kenne Barbara. In B. Brennans großem blauen Buch blätternd, fand ich ein doppelseitiges Bild, das die Auraenergie im Kreis um die 7 Chakren fließend zeigt. Das ist gut. Mit Blick auf das junge Paar sagte Carole: Es ist nur um euch zu zeigen, was ihr fühlt, wenn wir jetzt auf dem Tisch arbeiten. So Ines, dann hüpfe mal hoch. Wolfgang, du hältst Ines' Füße. Ich ging zum Kopf und hielt meine Hände um ihn herum ohne ihn zu berühren. Während Carole am Körper arbeitete, blickte ich in Wolfgangs blasses Gesicht. Ich spürte die starken Wirbel in meinen Handflächen, wie wenn sich die Luft von einem riesigen Ballon auf einmal entleert. Plötzlich sprangen Wolfgangs Augäpfel heraus. Ich lächelte ihn an: na? Wow! Du fühlst es auch? Mhm! Jetzt weißt du, dass diese Energie kein Quatsch ist. Carole sagte: Du wirst in Ordnung sein. Der Hautausschlag wird abnehmen. Ich kann ein kleines Mädchen sehen und später werdet ihr noch eins haben. Es wird euch in jeder Hinsicht gut gehen. Ich fragte: Bist du schwanger? Nö. Carole sagte: Du wirst es bald sein.

Als die jungen Leute weg waren, sagte ich: Wow, Carole, das ist das zweite Mal in diesem Jahr, dass ich die universelle Energie so stark fühlte. Wann war das andere Mal? Kennst du Lanoo? Ist das nicht der Guru, der immer im Fernsehen auftritt? Ja, er ist ein bekannter deutscher Sänger. Okay? Jeden Tag von 19-21 Uhr meditiert er in seiner *Book of Light Academy* am San Vincente Blvd. Du weißt doch, ich hab Hilde geholfen, die Wohnung ihrer Freundin auszuräumen. Abends bin ich da immer vorbeigefahren. Letzten Karfreitag hab ich Christian Anders in seiner weißen Kleidung zu Fuß in seine Suite 101 gehen sehen. Ich parkte den Wagen und schloss mich der Gruppe an. Außer Lanoo waren nur vier Personen in dem mit Kissen ausgestatteten Raum. Die Atmosphäre war vertraulich. Lanoo ging von einem zum anderen und spreizte seine Finger über unserem Kronenchakra, um es zum Rotieren zu bringen. Bei mir hat es so stark gewirbelt, dass ich dachte, mein Kopf dreht sich mit. Nach dem Singen und Meditieren diskutierten wir. Ich redete die meiste Zeit mit Lanoo. Übrigens, du kannst die gesamte Meditation hören. Lanoo hat mir das Band und eine Broschüre mitgegeben. Als die anderen gegangen waren, sprachen wir auf Deutsch weiter. Er hat mir einen Energieschub gegeben, indem er seine Hand über meinem Gesicht bewegte. Ich hab noch nie erlebt, dass meine Augenlider so flattern.

Hasya und Hollywoods Osho-Gemeinschaft

Ingrid rief von Hawaii an. Ich hab mir noch einen Avocadobaum von deinem Geld gekauft.

Oh, gut, ich mag Avocados. Zum x-ten Mal fragte Ingrid: Warst du bei Hasya? Noch nicht.

Du solltest wirklich mit Anda gehen. OK! Du wirst es mögen. Sie hat einen großen grauen Natursteinpool mitten in ihrem Wohnzimmer. Obwohl sich meine Begierde, anderer Leute Pools zu besichtigen, in Grenzen hielt, sagte ich, okay, ich werde Anda fragen. Mach es! Im Glauben, dass alles aus einem Grund geschieht, könnte es ja sein, dass etwas in dem Haus des berühmten Filmproduzenten auf mich wartet. Außerdem, als Freundin der Schwester des Paten kann ich mich ja auch mit der Frau des Filmproduzenten anfreunden. Vielleicht könnte Francoise Ruddy mir helfen, über mein Skript meine Verwandten zu finden.

Am 11. September 1996 rief Anda an. Wow, gerade wollte ich dich auch anrufen. Ingrid fragte mich schon wieder, ob ich mit dir endlich bei Hasya war. Äh ...! Was ist los bei dir?

Kennst du jemanden, der Interesse an einem weißen Löwen haben könnte? Ein echter? Nein. Ausgestopft? Nur am Kopf. Er kann als Teppich verwendet werden. Wie bei *Dinner for One*? Ich weiß nicht. Es ist ein sehr seltenes Stück. Du könntest Glück haben. Warum?

Hilde hat eine Verabredung zum Mittagessen mit Finny Getty. Sie ist Paul Gettys Witwe. Das Museum muss ständig neue interessante Sachen kaufen. Ich werde Hilde gleich anrufen. Sie kann ihre Freundin fragen. Warum schreibst du nicht über deine Erfahrungen? Das könnte dir mehr Geld bringen. Und es ist wie Therapie. Meine Söhne sagen mir das auch. Tja, wenn man bedenkt, wie viele Male Anne Franks Buch über den Ladentisch ging und noch geht. Dabei hatte sie ein besseres Leben auf dem Dachboden. Aber sie starb? Anda wendete, wie üblich, das Ende ihres Satzes zu einem Fragezeichen. Stimmt, aber trotzdem. Ich verstehe, warum meine Söhne mich zum Schreiben drängen. Aber warum willst du es? Es wird gut für dich sein. Und vielleicht werde ich mich in deiner Story finden. Wie das? Als wir uns das erste Mal trafen, fühlte ich mich dir seltsam nahe. Wir könnten in einem früheren Leben verwandt gewesen sein. Hm! Reinkarnation, ist es nicht Wunschdenken? Für mich nicht. Ich würde gern glauben, dass Deutsche in jüdischen Familien reinkarnieren und umgekehrt, um zu lernen, einander zu lieben. Das würde mir gefallen. Ich denke, dass das geschieht. Ich hatte einmal einen Traum, in dem ich zu einem improvisierten Laden ging. Ich hielt ein jüngeres Mädchen an der Hand, die blonde Zöpfe wie ich hatte, nicht typisch ... ich hab blonde Jungs mit blauen Augen? Ich weiß. Wie auch immer, ich kannte den Verkäufer, aber er reagierte nicht, als ich ihn anlächelte. Ich sagte, erkennst du mich nicht? Ich bin Miriam aus dem Getto. Du hast ja auch in einem polnischen Getto gelebt, bis dich dein Vater im Getreidekeller versteckte. Das würde auch meine Verbundenheit mit den Angehörigen jüdischen Glaubens erklären. Ich kann kaum glauben, dass es nur 18 Millionen sein sollen. Ich kenne so viele. Die meisten meiner Professoren waren Juden. Ich hab freiwillig mit Senioren und als Familienberaterin in der Jüdischen Gemeinde in Frankfurt gearbeitet. Unsere Wirtin Frau Weber war Halbjüdin, der Bruder von Peters Freund Uli wurde von den Nazis ermordet. Wir leben jetzt im *Little Tel Aviv des Valleys*. Am Morgen bin ich beim Wandern in den Bergen mit Sandi, Bette und Estelle, alle ... Oh mein Gott, ich muss eilen ... das Fotoshooting. Ich komm gleich wieder. Brauchst du einen Pass? Nein, ich hatte doch das Interview über Garcinia mit Reportern vom größten japanischen Frauenmagazin. Was ist das? Du kennst die Frucht vielleicht besser als Tamarinde. Soll das Gewicht reduzieren. Ah, ja, ich erinnere mich. Sauer. Genau! Ich würde es verwenden, wenn es funktioniert. Wenn ich Gewicht verlieren will, esse ich einen Tag pro Woche Obst und Gemüse ohne Fett, Eiweiß und Stärke, so lange bis ich mein Idealgewicht erreicht habe. Hast du doch. Aber nicht immer.

Eine Stunde später war ich wieder bei Anda. Sie reichte mir eine handgeschriebene Seite. Das ist ein Gedicht über meine Erduldung. Und willst du das Buch schreiben? Yesss! Anda hob freudestrahlend die Arme. Ihr alle habt mich überzeugt. Ja, toll! Ich umarmte meine Freundin. Kannst du es mir mal vorlesen? Während Anda las, füllten sich meine Augen mit Tränen. Du solltest es Hasya zeigen. Vielleicht drängt mich Ingrid deshalb immer, mit dir zu gehen. Also gehen wir. Ja, lass es uns tun, sagte Anda mit einem verschwörerischen Funkeln ihrer schönen Augen. Hast du Hasyas Telefonnummer? Nope. Dann ruf ich im Osho-Zentrum in Venice an. Dort gab mir Eric Hasyas Nummer. Nach einer kurzen Erklärung lud sie uns ein, diesen Mittwochabend zu kommen.

Ein paar Stunden später betraten wir das prachtvolle Gebäude. Im Umkleideraum rechts neben dem Eingang befreite ich mich von meinem engen Hosen und wählte ein komfortables langes weißes Kleid. Der arrivierte Schieferstein-Pool in der Wohnhalle mit einem riesigen angrenzenden Kamin war beeindruckend. Aber interessanter war für mich das vom Boden bis zur Decke reichende Art Deco Bücherregal an der Rückseite hinter der Sitzecke. Ich machte eine mentale Notiz, dicke Bambusrohre zu suchen, um sie halbiert vorn an die Bretter meines Bücherregals anzukleben.

Zwei Frauen kannten mich von irgendwoher. Meine aufgeschlossene Art hatte vielleicht bei einem *Let Go* ihre Aufmerksamkeit erregt. Wir waren 7 Frauen und 4 Männer. Das Bit "wieder eine Doppelelf" flatterte durch mein Großhirn: es war der 9.11.! 1996 = Quersumme 9. Die 9 ist meine Nummer, weil ich am 27. (2 + 7 = 9) geboren wurde. Anscheinend ein für mich perfekt gewähltes Datum. Doch nichts Ungewöhnliches passierte. Mit Ausnahme von Hasyas eigenartigem Verhalten. In den Nachmittagsstunden versuchte Francoise Ruddy mich mit ihren anmutigen dunklen Augen zu durchleuchten. Als sie mich beim Abschied umarmte, ließ sie gefühlte 2 Minuten nicht mehr von mir ab. Die längste je erlebte Umarmung machte mich schwindelig.

Aufgrund des Zustands mit dem aussichtslosen Steuerproblem hatte ich keine Chance, zu einer Folgeveranstaltung zu gehen. Jahre später las ich Peter Biskinds Buch *Easy Rider Raging Bull*. Darin fand ich einen möglichen Grund für Hasyas merkwürdiges Verhalten. Der Autor erwähnt, dass Melissa Mathison im Alter von 12 Jahren als Coppolas Babysitter zu arbeiten begann. Angeblich war sie einmal Francis' Geliebte gewesen. Die Frau, die später eine Oscarnominierung für das ET-Skript erworben und Harrison Ford geheiratet hatte, wurde in dem Buch beschrieben, als wäre ich es. Auch der intimere Teil des Wesens und dass beim Lachen jede Menge Zahnfleisch zu sehen ist, stimmt. Dann noch die gleichen Initialen ... vielleicht dachte

Hasya, ich könnte mit ihrem Pate-Produzenten-Gatten auch eine Beziehung haben und wollte mich als ihre Rivalin testen.

Am nächsten Morgen holte ich Leanne zum Wandern ab. Sieht aus, als ob es heute sehr schön wird. Darauf kannst du wetten. Kommen die anderen Girls auch mit? Bette bestimmt. Oh, sie hat immer noch meine Saftpresse. Ja, sie sagte, du kannst sie nach der Wanderung mitnehmen. Wie war deine Pressekonferenz?

Ziemlich gut, zum Glück. Siehst du, ich hab dir gesagt, du brauchst dir keine Sorgen zu machen. Ja, es gab nur 8 Reporter, das war okay. Ich mag nur keine Massen an Zuhörer. Ich liebte Leannes beruhigende und hilfsbereite Art. Sie besitzt einen Bachelor in Trophologie und las meine Dissertation Korrektur.

Als wir klingelten, war Bette noch nicht bereit. Sie ließ uns eintreten. Al und Bette lebten nur im Schlafzimmer, wegen ihres nie enden wollenden Sanierungsprojekts. Wir stiegen über herausgerissene Fliesen. Ich fragte: Wieso wohnt ihr nicht in eurem großen Wohnmobil? Der Rotschopf in Shorts zuckte mit den Schultern. Irgendwie sah sie an diesem Morgen jünger aus. Hatte Al, ihr Art-Director-Ehemann diesmal ein Non-fiction-Wunder *In the Heat of the Night* vollbracht? Bette sagte: Sandi und Estelle wollen sich uns anschließen. Wir betraten Sandis bildhübsch restauriertes Haus, wohl die Spiegelung ihres Erfolges im *Script Surgeon* Geschäft. Estelle, die als Immobilienmaklerin arbeitet, kam gerade die Treppe herunter.

Den Boris Drive hinauf gehend, unterhielten wir uns über die kommenden Wahlen. Ich sagte: Nach der Wiederwahl will ich Bill mein Ölgemälde mit dem berühmten Rathaus und der Kirche schenken, die genauso alt ist wie die Entdeckung Amerikas. Wieso denkst du, dass er wieder gewinnen wird? Ich wusste es beim ersten Mal auch. Weißt du noch, Leanne, wie wir zu Carlos & Pepe in eurem BMW gefahren sind? Ich sagte: Clinton wird gewinnen und er wird sogar eine zweite Amtszeit regieren. Ja, aber warum willst du Clinton dein Gemälde geben? Während ich auf das riesige graue Haus des Hirnchirurgen herab schaute, dessen Kartäusermix Sebastian unser frisch renoviertes Haus markiert hatte, sagte ich: Bill hat uns einen Scheck über $8.000 für die Erdbebenschäden geschickt. Da dachte, es wäre eine schöne Idee, da die Kirche im Jahre 1492 gebaut wurde. Sandi sagte: Wenn du Bill Clinton treffen willst, könnte ich das für dich arrangieren. Wieso? Henry Waxman ist mit mir verschwägert. Wirklich? Ja, es wäre kein Problem. Hat er nicht mit Gesundheit und Umwelt zu tun? Ich hab einen Brief über diese Themen an Hillary geschrieben. Wie auch immer, danke für dein Angebot. Ich würde Bill zwar gern kennenlernen. Wenn ich ihn im Fernsehen sehe, fühle ich, als ob er zur Familie gehört. Aber ich würde mir das Treffen mit ihm lieber selbst verdienen. Sandi sagte: Er könnte das Bild sowieso nicht behalten. Wieso? Was die Präsidenten während ihrer Amtszeit bekommen, müssen sie zurückgeben.

Dann werde ich warten.

In Zweier-Chat-Gruppen erreichten wir die Spitze. Unter uns funkelte das San Fernando Valley in der Morgensonne. Ich fragte Bette: Hast du mal jemand in Zungen reden hören? Ja. Wieso? Wir waren neuapostolisch. Meine Mutter sagte, es gab Frauen, die ganz plötzlich in einer anderen Sprache zu sprechen begannen. Das ist bei den Siebenten-Tags-Adventisten auch bekannt. Da haben wir ja eine ähnliche Erziehung. Als wir an einem rot blühenden Hibiskusbusch vorbeikamen, sagte ich: Die kannst du essen, sind gut fürs Immunsystem. Bette blieb abrupt stehen. Huch! Was ist? Ähm ... Bettes Augen starrten mich an. Sie sagte: Du wirst eine Botschaft für uns haben, in 10 oder 12 Jahren? Mit weit aufgerissenen Augen und Gänsehaut am ganzen Körper fragte ich: was für eine Botschaft? Hatte Bette eine Vision? Redete *sie* jetzt in Zungen? Ähm ... etwas mit Kris ... warte ... Meinst du Christ? Ja, vielleicht. Ich weiß nicht ... Cranberries!?! Nein warte, es hat mit Wasser zu tun. Wie Wasser? Ich weiß nicht.

Wieder am Boris Drive ankommen, lungerten die großen Cassidyhunde auf der Straße herum. An unser Padel-Tennis denkend, murmelte ich, hoffentlich sind sie nicht nachtragend und rief: Was habt ihr hier zu suchen? Geht zurück, wo ihr hingehört! Meinen linken Arm in Richtung Cassidyhaus streckend, zeigte ich den Hunden ihren Weg. Einer bewegte sich ein paar Meter, der andere keinen Zentimeter. Beide schauten mich mit einem Gesichtsausdruck an, der zu sagen schien, bleib cool, Herzblatt!

Ende 1996 verließen wir Kalifornien. Wir wollten nicht gehen, aber Finanzbeamte dachten, wir müssten einige Millionen Steuern zahlen. Unser Steuerberater war gestorben. Herr Hoppe junior, der das Büro seines Vaters übernahm, konnte zwei unserer Jahresordner nicht finden. Von allen Geldern, die in diesen zwei Jahren aus Europa auf unserem Konto eingegangen waren, wollte die IRS über 30 % Steuern. Wenn z. B. ein Kunde $100.000 für einen 300 SL Roadster schickte, wollte das Finanzamt rund $30.000, obwohl wir nur $10.000 an dem Wagen verdient hatten. Auf der Grundlage dieser falschen Voraussetzungen forderte die Finanzbehörde eine enorme Steuersumme. Dank Peters oben genannter Anlagen sowie rund $130,000 für Clemens Martins Filmgeschäfte und die $270,000 für das von João Gomes initiierte Julio-Iglesias-Pleite-Konzert hatten wir wenig Geld übrig, um uns zu wehren. Der Anwalt, den Peter konsultierte, sagte: Kein Problem, gib mir nur einen Vorschuss von $10.000, meine Stunde ist $580. Daher verließen wir, nachdem wir der Forderung schriftlich widersprochen hatten, das Sonnenparadies.

Alles Folgende schien orchestriert: Sobald wir in einer Wohnung im Vordertaunus angesiedelt hatten, rief Barbara Simonsohn an. Die Reiki Meisterlehrerin und Bestsellerautorin vieler Bücher über Reiki und natürliche Nahrungsergänzungen hatte über meine Arbeit für Halima gehört und bat mich, ihr Papayabuch zu übersetzen. Nebenbei erwähnte ich meine Dissertation über Spirulina und das Immunsystem. Sie sprach mit Monika Jünemann, der Chefin des Windpferd-Verlags. Diese bat mich um einige Testkapitel. Kurz, nachdem ich sie ihr zusandte, rief sie an, war total begeistert und sagte, natürlich, brauchen Sie nichts zu übersetzen. Ein paar Tage später unterschrieb ich einen Vertrag für drei Bücher, zwei über Spirulina und eins über weitere Maßnahmen, um das Immunsystem zu stärken. Ich wurde eingeladen, am Messestand des Verlages auf der Frankfurter Buchmesse meine Bücher vorzustellen und Spirulinagetränke und Leckereien anzubieten. In dieser Zeit hatte mein Vater seine körperliche Hülle verlassen. Die Beerdigung war am Tag meiner Präsentation. Nach dem Motto *The Show Must Go On*, fuhr Peter mich nach der Zeremonie und dem Leichenschmaus nach Frankfurt. Und, wie die Nadel im Heuhaufen, sah mich meine Mutter in der Hessenschau in einem der Gänge auf der Suche nach dem Windpferdstand. Alles war wie von selbst geschehen. Mein Hobby wurde zum Beruf. Es begann mit Ingrid, die mich mit Halima bekannt machte, die wiederum Barbara kannte. Später, nicht lange nach meinem Auftritt in der ARD-Wunschbox als Spirulinaexpertin, rief mich meine Mutter an.

Ich hab grad Halima im Fernsehen gesehen. Und? Es war ganz eigenartig: als ob ich sie gekannt hätte. Ja, das Gefühl hatte ich auch, als ich sie zum ersten Mal gesehen hab.

Das Universum bietet uns alles, was wir brauchen. Ich hatte einen Job, um meine Fähigkeiten für eine Doktorarbeit zu trainieren. Mein Honorar war ein paar Hundert Dollar mehr als die Collegekosten. Manchmal bekommen wir von Freunden bzw. Raumfreunden auch geheime Wünsche erfüllt. Anda wusste, dass ich eine Hundeliebhaberin war und hatte einen idealen Vierbeiner für uns. Eines Abends saßen Peter und ich an Andas Küchentisch. Darunter hatte es sich der 8 Monate alte Cocker Spaniel auf Peters Füßen bequem gemacht. Anda sagte:

Er weiß, wen er überzeugen muss. Charlie war der Hund ihres verheirateten Sohnes. Er brannte ständig durch, da dessen Haus nicht eingezäunt war. Wir einigten uns auf eine Testzeit. Der herzige Hund glänzte mit schwarzen Locken und Klugheit. Peter nahm ihn beim Radfahren an der Leine mit. Charley agierte dabei, als ob er sein Leben lang neben dem Rad hergelaufen wäre. Doch jedes Mal wenn sie zurückkamen, gab es extremen Stress. Max und Mickey benahmen sich unerträglich. Wild hissend sprangen sie die Luftschlitzfenster hoch und krallten sich fauchend jeder in einer Ecke fest. Ich saß bzw. lag zu dieser Zeit meist mit Max auf meinem Bauch und Mickey neben meinem Kopf auf dem selbst gebauten spartanischen Schlafsofa und arbeite an Halimas Buch. Sobald Charlie erschien, begann der Terror. Bauch bzw. Kopfhaut bekamen neue Kratzer. Acht Tage lang bemühten wir uns, die Kater an Charlie zu gewöhnen. Als sie in den Hungerstreik gingen, gaben wir entnervt auf. Die Einführung unserer marokkanischen Hündin klappte besser. Die Kater waren so froh, dass wir wieder nach Hause gekommen waren, dass sie die 5 Monate alte Sandy in Kauf nahmen. Wie waren wir in Marokko auf den Hund gekommen? Am Weihnachtstag 1998 zu Fuß entlang einer Schlucht am Agadir Strand laufend, bellte mich ein vor einem Loch sitzendes Wollknäuel an. Beim Näherkommen hob ich das schwarz-weiße Bündel freudestrahlend hoch und blickte in die Höhle. Die drei anderen Welpen und ihre Mutter schlummerten friedlich vor sich hin. Ich sagte, du scheinst ein perfekter Wachhund zu sein. Die Umstände waren günstig, Peter zu überzeugen, Sandy mitzunehmen. Ein paar Tage zuvor waren wir auf einer Raststätte in Südfrankreich während des Schlafens ausgeraubt worden. In Ouarzazate, im marokkanischen Himalaja, sagte eine Frau, euer Welpe sieht aus wie die Welpen vom Bananendorf. Bingo, sie ist von da. Ich hab gesehen, wie sie geboren wurden.

Im Ernst? Ja, am 27. November. Du machst Witze! Nein, warum? Das ist mein Geburtstag! Ich weiß es deshalb, weil meine Tochter am 26.11. Geburtstag hatte und am nächsten Tag die Welpen zur Welt kamen. Zufall? Jocelyn verließ ihren Körper an meinem Geburtstag, Ingrid zwischen dem Geburtstag meines Vaters und dem meiner Mutter, Marita eine Stunde, bevor die WTC-Türme einstürzten. Es war kein Vergnügen, den Wahrtraum vom Terror in New York und Maritas Unfall ein halbes Jahr vorher gehabt zu haben. Und noch eine Synchronität fürs Koinzidenzalbum mit Peter, Jocelyn und John: Im Mai 2001, während Peter durch die *Grüne Hölle* raste, sah ich das 24-Stunden-Rennen im TV. In der Werbepause wechselte ich zu Kabel 1: eine Nahaufnahme von John Hudson als Cowboy, kniend mit gezücktem Colt! Der folgende Western: Jocelyn Brando und Montgomery Clift in den Hauptrollen! Ich rief sofort Jocelyn an, damit sie ihre Honorare prüfen kann. Sie sagte: Für solch alte Filme gibt es nur ein paar Cent. Was machst du so? Anmutig altern. Nein, ich meine gerade jetzt. Ich entrümpele. Was meinst du? Ich werfe eine Menge Dinge weg. Ich will nicht so viele Sachen hinterlassen wie meine Schwester. Bitte bleib uns noch viele Jahre erhalten! Und heb besser die Briefe auf. Ohne sie wäre Marlons Biografie weniger lebhaft gewesen. Wie auch immer, ich wollte dir nur von der Synchronizität berichten, am selben Tag im TV. Das ist nett.

Wer orchestriert all diese Dinge?

Du kannst es herausfinden. Was außer dem Ausräumen willst du sonst noch tun? Nun, eine Sache, die ich immer noch auf meiner Agenda habe, ist noch mal eine Zugfahrt an die Ostküste. Oh, das würde ich auch gern machen. Seit du von deiner letzten Reise mit dem Doppeldecker Amtrak Superliner erzählt hast, ist das mein Traum. Aber dann mussten wir wegen der IRS-Probleme so schnell verschwinden. Ich war traurig, euch alle zu verlassen. Wir könnten es gemeinsam tun. Planst du zu kommen? Ich würde gerne ... du solltest das nicht verpassen.

Zurück zu Sandy, die uns mit einem Kurs in Hundeliebe glücklich machte, bis sie in Bursins nahe Genf überfahren wurde: ca. 200 Meter von Sir Peter Ustinovs letzter Ruhestätte entfernt. Hatte sie von ihrem bevorstehenden Tod geahnt? Als wir das Haus verließen, rieb sie den Kopf an die Wange meiner Mutter und legte ihn danach zwischen ihre Schenkel. 1½ Jahre zuvor hatte ich geträumt, dass mir ein französischer Polizist ihr rotes Halsband gab. Damals sagte ich zu Ma, binde dich emotional nicht zu sehr an Sandy. Sie wird wohl nicht viel älter als zwei Jahre. Leider war dies wieder ein prophetischer Traum: Unser geliebte Hündin verließ ihren Körper nach 2 Jahren und 24 Tagen.

Wassercode geknackt?

11 Jahre nachdem Bette bei einer Wanderung durch die Santa Monika Berge die Prophezeiung machte, hatte ich, wieder in Deutschland, ein paar Selbsthilfebücher über Spirulina und das Immunsystem geschrieben. Eine meiner eigenen Studien mit den blaugrünen Algen machte ich mit Jürgen Görke. Der Heilpraktiker diagnostiziert mithilfe der Kirlianfotografie. Als elektrische Wesen senden wir messbare und fotografierbare Energie aus. Je mehr Silizium, Germanium, Selen und Kupfer der Körper enthält, desto stärker ist die Ausstrahlung und desto ausgedehnter die Aura. Spirulina enthält alle diese Halbleitersubstanzen. Herr Görke machte eine Kirlianfotografie der Energiefelder meiner Fingerspitzen und Zehen. Danach nahm ich 7 Spirulinatabletten mit einem Glas Wasser. 7 Minuten später stellte der Heilpraktiker eine zweite Kirlianfotografie her. Er starrte sie an, dann schnappte er sich die Erste wieder. Frau Dr. Meyer, wie ist denn das möglich ... so schnell? Die Entzündungpunkte ... die meisten sind weg! Daher war also die Arthritis des Hundes von unseren Freunden so schnell geheilt.

Jürgen Görke gehörte auch zu meinem Supportteam bei der *Tour der Hoffnung*. Jedes Jahr radeln Radprofis und Prominente von Stadt zu Stadt und sammeln Geld für Kinder mit Krebs. Nach einer ca. 20 km hügeligen Teilstrecke war die letzte Station zum Spenden vorm Schloss in Erbach. Ich sprach mit Costa Cordalis über Spirulina, der die Alge auch verwendet. Der bekannte griechische Sänger drehte mich um und kritzelte seinen Namen auf die Rückseite meines selbst bedruckten T-Shirts, direkt über meine Schrift *SPIRULINA HEILT NATÜRLICH*. Costa trat dann auf die Bühne, um gemeinsam mit anderen Prominenten um Spenden zu bitten. Als der Conférencier diesen Auftritt als die letzte Gelegenheit bezeichnete, einen Beitrag für krebskranke Kinder zu leisten, spürte ich einen merkwürdigen Drang, mich zu bewegen. Wie in Trance bewegte ich meine Beine in Richtung Bühne. Meine Finger beförderten eine Werbepostkarte für meinen Spirulinabestseller und einem Kuli aus meiner Hosentasche und schrieben *GUTSCHEIN für 10 große Flaschen Spirulina*. Costa bedankte sich mit einer herzlichen Umarmung. Ich ging auf den **Ansager** zu, nahm sein Mikrofon und ohne eine Spur von Lampenfieber sagte ich, hey, ich bin außer Atem, aber glücklich, an dieser Tour teilzunehmen. Viele Studien beweisen, dass die Nahrungsergänzung, die ich spende, Krebs vorbeugt und heilt.

Meine Mutter und die Reporterin in ihrer Gesellschaft im Publikum wunderten sich über meinen mutigen Auftritt. Ich selbst wunderte mich auch. Hatte mein Vater, der große Spender und Redner mal rasch meinen Körper übernommen? Oder hatten die Erschöpfung und die freigesetzten Endorphine mich so cool handeln lassen? Ich schickte mein Buch an zwei Onkologen und bat um ein Interview. Ich hatte im Sinn, dass alle Kinder mit Krebs in den geförderten Kliniken Spirulina als Nahrungsergänzung erhielten. Denn der Hersteller, von dem ich die Gläser bestellte, fand die Idee so gut, dass er Spirulina in unbegrenzter Menge spenden wollte. Einer der Professoren versetzte mich. Der andere lud mich ein. Aber was er mir sagte, ließ selbst den Himmel weinen. Es regnete den ganzen Weg zurück nach Hause. In dem 45-minütigen Gespräch, das in meinem Gehirn eingemeißelt ist, beschuldigte mich der Prof. zuerst finanzieller Interessen. Als ich ihm sagte, dass Spirulina nur mein Studienobjekt sei und ich nichts mit dem Verkauf zu tun habe, spottete er über meinen Idealismus. Ich zeigte ihm die Fotos von einem 4½-jährigen Jungen aus meinem neueren Spirulinabuch. Die Mutter des Jungen hatte eine berufsbedingte Kadmiumkontamination. Sein Haar war zwei Monate nach der Einnahme von Spirulina zum ersten Mal in seinem Leben gewachsen.

Da der Prof. keine Stellung bezog, sagte ich: Die Alge kann auch bei Interkontinentalflügen eingesetzt werden, da sie gegen Strahlenschäden vorbeugt und Jetlagprobleme reduziert. Anderenfalls ist die Lebenserwartung der Crew nur so um die 65. Deshalb bin ich ja kein Pilot geworden, antwortete der Arzt schnippisch.

Ich antwortete: Na, die Lebensdauer von Ärzten lässt auch zu wünschen übrig. Um die Sache abzukürzen: Die Spirulinaspende für die Onkologische Kinderabteilung lehnte er ab, ebenso mein Vorschlag, die Spende den Eltern zu geben. Der Onkologe meinte, ich solle doch erst mal beweisen, dass das Zeug hilft. Ich sagte, im Buch finden sie 7 Seiten Literaturhinweise von Wissenschaftlern auf der ganzen Welt, die Spirulinas vorbeugende und heilende Wirkung bei Krebs beweisen. Dazu fiel dem Onkologen nur ein, dass er nichts von Vorbeugung halte, wir bräuchten doch den Krebs wegen der Überbevölkerung. Huch? Hatte ich richtig gehört? Zwar nehme ich an, dass er ältere und nicht seine kleinen Patienten gemeint hatte, aber ich gab auf und verzichtete auf den Kontakt mit den anderen begünstigten Professoren. Auf der Fahrt nach Hause fühlte ich mich geschlagen. Während der Regen gegen die Windschutzscheibe schlug, dachte ich, wie gut, dass ich mir Ärzte grundsätzlich vom Leib halte. Wenn gewisse Mediziner auf ihren Eid pfeifen, nehmen wir besser die Verantwortung für unseren Körper in die eigenen Hände.

Masaru Emotos wunderschöne Wasserkristallfotos zogen mich aus dem emotionalen Sumpf. Sie gaben mir Auftrieb, über meine eigene Erfahrung mit Wasser zu schreiben. In meinem Buch *Wunderwesen Wasser* beschreibe ich auch Johann Tikales Arbeit, bei der via bestimmter Frequenzen der Körper durch die Reinigung der Lymphe entgiftet.

2007 wurde mein Buch *Cranberry Powerfrucht* gedruckt, rund zehn Jahre nach Bette Lou Rohms Prophezeiung. Ich fand heraus, dass die ältesten Hundertjährigen in Ländern leben, in denen Cranberries konsumiert werden. Die sauren Früchte scheinen die Arterien auszudehnen und die Uhr zurückzudrehen. Ein paar Monate später erhielt ich eine E-Mail von Peter Groß, dem Erfinder des preisgekrönten GIE-Wasser-Aktivators, der heute unter dem Namen Aqua-Lyros vertrieben wird. Er hängte zwei nach Masaru Emotos Methode erstellte Wasserkristallfotos (WKF) an mit dem Zusatz: Die mit normalem Leitungswasser generierten Kristalle sehen schlammig aus. Die Fotos vom gleichen, aber durch den Aktivator geführten Wasser zeigen klare Kristalle. Ich rief Peter Groß an und bat um die Telefonnummer des Kunstfotografen. Nach dem einstündigen Gespräch bot mir Ernst F. Braun an, einige *Seelensterne* für mich zu generieren bzw. zu fotografieren. Er sagte, schreiben sie nur ihren Namen auf ein kleines Stück Papier und schicken Sie es mir in einem Umschlag, ohne irgendetwas anderes. Okay!

Ich werde eine winzige Flasche destilliertes Wasser einen Tag lang drauflegen, dann mit einer Pipette 22 Tropfen des informierten Wassers in 22 Glasschalen geben und diese 3-4 Stunden bei -30°C einfrieren. Ich werde sie dann eins nach dem anderen herausnehmen und mit einer Mikroskopkamera bei -5°C fotografieren. Ich hab dazu je ca. 45 Sekunden Zeit.

Ein paar Tage später erhielt ich eine E-Mail mit 15 WKF! E. Braun fand diese Zahl höchst ungewöhnlich. Er erhält in der Regel 8 WKF, mitunter nur 4. Zuerst fand ich sie einfach nur wunderschön. Später entdeckte ich ganz Persönliches. Die meisten *Seelensterne* spiegeln meine Eigenschaften, Vorlieben, Erfahrungen und Marksteine. Was will uns das Wunderwerk sagen? Wer kreierte es? Aufgrund sehr persönlicher Nachrichten und wegen meiner früheren außersinnlichen Wahrnehmungen von verstorbenen Verwandten und Freunden dämmerte mir, wer das Wasser informiert: unsere Toten! Geister! Seelen! H^2O scheint ein Medium für die Seelen zu sein, um mit uns zu kommunizieren. Auf einer höheren Schwingungsebene existierend, sehen die meisten Menschen sie nicht, obwohl viele sich um uns herum aufhalten. Meine

Großmutter hatte mir also kein Märchen erzählt, als sie sagte, dein Opa im Himmel sieht alles, was du machst. Ich hätte das wahrscheinlich weniger rasch verstanden, wenn ich nicht Friedrich Jürgensons Buch gelesen hätte: *Sprechfunk mit Verstorbenen*. Denn im Buch machte der Maler und Opernsänger die Verbindung mit dem Jenseits deutlich. Beim Abhören von auf Tonband aufgenommenen Vogelstimmen hatte er die Stimme seiner verstorbenen Mutter gehört, die ihn mit seinem Spitznamen adressiert hatte: *Friedel kannst du mich hören? Hier ist Mammi.*

http://www.tonbandstimmen.de/index.htm

Könnten bei unerklärlichen Phänomenen am PC auch Geister am Werk sein? Insbesondere dann, wenn offensichtlich unerwünschter Text auf unbegreifliche Weise verschwindet, sogar zusätzlich auf dem USB-Stick, als ich die dort gesicherte Datei öffnen wollte. Als ich den Text später locker vom Hocker weit besser schrieb, dachte ich an Michael Big Bear und seine prophezeite geistige Hilfe beim Schreiben.

Meine angenehme Erlebnisse reflektierenden WKF zeigen schöne Kristalle. Krisen im Leben, wie zwei unnötige Operationen, erscheinen dunkel und kaum geformt. E. Braun druckte das WKF, das eine betende Frau auf Knien zeigte, auf eine Karte und nannte es Hohepriesterin (p.

204). Unsere Fast-Trennung zeigt einen geteilten Kristall mit einem gebrochenen Herzen und Peters Profil. Unsere Freundin Csöpi sagte zu einem, ist das euer Hochzeitsfoto? Ich sagte, wenn diese Wassertropfen von Seelen informiert werden, sollten sie wissen, dass wir keinesfalls fast gleich groß sind. Oh, Moment mal ... wow, ich steh ja auf meinem Moonhopper. Huh? Das ist die Szene, wo Peter mir geholfen hat, auf den Hüpfball zu steigen! Darauf bin ich fast so groß wie er. Der Ball mit dem Plastikrand, der wie der Saturn aussieht, hat meine Rückenmuskulatur gestärkt. Unser Gospelchor-Dirigent lässt uns die ganze Zeit stehen. Ich hatte oft Rückenschmerzen. Aber nach ein paar Wochen Hüpfen kann ich nun stundenlang ohne Beschwerden stehen. Oh, guck mal das. Unser Sternzeichen! Ja, sieht aus wie ein Bogenschütze. Ach hier ... ist das nicht ein himmlisches Bild? Ein Hund, die Ohren wie Sandys und Bäume! Ja! Ich liebe Hunde! Ich weiß. Und Bäume mal ich am liebsten. (Die WKF sind im Buch - S.206- zu sehen.)

Später, als meine Schwägerin anrief, sagte ich ihr alles über die WKF und meine Pläne, ein Buch darüber zu schreiben. Renate sagte: Bist du sicher, dass du das tun willst? Klar. Ist dir das nicht peinlich? Die Sache ist zu wichtig, es steht zu viel auf dem Spiel, da kann ich keine Rücksicht auf persönliche Gefühle nehmen.

Renate kicherte: tja, eben Hohepriesterin.

Ist nicht alles, was von Naturforschern neu entdeckt wurde, als absurd beschimpft worden?

Einige Wochen später wurde Maddie MacCann entführt. Da ich einige von Ernst Brauns persönliche WKF korrekt interpretierte, wollte ich helfen, das kleine Mädchen zu finden. Ernst war auf einem seiner üblichen 2000-km-Wanderungen. Also führte ich den Test mit seiner Tochter Sarah Steinmann durch, die auch die Kunst der Mikroskopfotografie von gefrorenen Wassertropfen beherrscht. Sie informierte das neutrale Wasser mit dem Bild des kleinen Mädchens und schrieb die Worte: Wo ist Maddie Mac Cann? Ein paar Tage später mailte Sarah mir 8 Fotos. Das erste WKF sah aus wie ein Motiv: Schlittschuh mit Phallussymbol und gehörntem Tier mit Bumerang. Skaten auf dünnem Eis? Hatte der Betrogene Maddie als Kompensation genommen? Ich hoffe, das Mädchen ist keinem elitären Kreis von Pädophilen zum Opfer gefallen. Wie auch immer, die WKF zeigen, dass der Entführer sehr reich sein muss. Auf einem ist ein Anwesen mit nierenförmigem Pool zu erkennen, ebenso drei Personen weiblichen Geschlechts. Eine schien den Landsitz mit erleuchteter Landebahn per schwerer Waffe zu schützen. Ein weiteres WKF sieht aus wie das Innenteil eines Flugzeugs. Auf einer Art Satelliten-WKF könnten die Zahlen 2, 3 und 5 Hausnummern bedeuten, ein Golfplatz könnte angrenzen. An einem Tisch sitzen zwei Männer und eine Frau, links steht ein kleines Mädchen neben der Frau. Der eine Mann im schwarzen T-Shirt und beigefarbener kurzer Hose hat helle, wenige Haare und ist im Gespräch mit einem kräftigen jüngeren Mann in schwarzen Hosen, weißem Hemd und vollem schwarzem Haar. Auf einem weiteren Foto, das wie aus 5.000 m Höhe fotografiert schien, ist eine durch Felder gehende Straße, die zu einem großen Anwesen und ein paar kleineren Gebäuden führt. Die meisten WKF malte ich in Acryl, da E. Braun keine Publicity in dieser Richtung wollte. Ich sprach darüber mit Herrn Thielke, einem Kriminalermittler aus Frankfurt. Er riet mir, eine E-Mail an k45@pp-ffm03.de zu senden. Ich tat es, habe aber nichts mehr von der Kripo gehört. Sie mögen es für Unsinn gehalten haben. Ich informierte per E-mail auch eine eine Polizeistelle in UK, die ich im Netz fand und schrieb an Oprah Winfrey und Prinz Charles. Vom *Clarence House*, der Resistenz des Prinzen, erhielt ich das einzige Feedback per Post, aber auch da weiß ich nicht, ob die Sache weiter verfolgt wurde.

Erst zwei Jahre nach dem Erscheinen meines Buches *Wasser - Code geknackt?*, ging mir ein Licht auf, warum ich mehr Seelensterne generierte als üblich. Zwei Männer spielen eine wichtige Rolle in meinem Leben: mein Ex Geliebter Edmond Dembinski und mein väterlicher Freund Jochen Gestering. Beide waren begnadete Maler! Herr Brauns andere Klienten haben offenbar weniger Künstler auf der anderen Seite, Edis Mutter Wanda von Dembinski, Peters Onkel Adolf Meyer aus Gauting und ein weiterer väterlicher Freund, der Kunstlehrer Hellmut Hoffmann, könnten noch gestalterisch mitgemischt haben.

Die 7 Experimente mit Ernst F. Braun machten mir bewusst, dass es noch mehr Arten der Interaktion von Seelen mit ihren Lieben im Fleisch gibt. Der Kontakt mit meinem Vater machte mich besonders happy. Ich hatte meinen Namen und eine Frage für ihn geschrieben und gehofft, auf diese Weise, seine Schriften zu finden. Als ich mit Peter zum Postamt ging, um die handgeschriebenen Fragen an E. Braun zu senden, bat ich Pa mental, mir ein offensichtliches Zeichen zu geben.

Auf unserem Weg zurück, fiel mein Blick auf ein Werbeposter, das ausgefallene Arten von Würsten zeigte. Da ich um die meisten Tierprodukte eincn großen Bogen mache, war es seltsam, dass ich das russische Geschäft, in dem ich sonst nur sibirische Kranbeeren kaufte, mit anderen Absichten betrat. Einem merkwürdigen Drang folgend, zeigte ich auf eine Geflügelsalami und zwei weitere Wurstwaren. Mit einem vollen Plastikbeutel verließ ich, in Begleitung meines erstaunt-entzückt blickenden Mannes, den Laden. Nachdem wir auf Schusters Rappen den steilen Kisselberg erklommen hatten, setzten wir uns auf die Kante eines der vielen Michelstädter Brunnen. Plötzlich fühlte ich ein tierisches Verlangen nach Tierischem: Lass uns die Salami versuchen. Alle hygienischen Bedenken über Bord werfend, hackte Peter mit seinem Schlüssel in die Salami. Kichernd sagte ich: Hoffentlich kommt jetzt keiner meiner Leser vorbei und denke an den einen, den ich schon öfters auf diesem Weg getroffen hatte.

Ein paar Sekunden später huschte der Besagte vorbei. Ich stotterte: Was ist heute nur los? Dann, in einem ruhigen Moment fiel es mir wie Schuppen von den Augen: Habe ich Pa nicht um ein klares Zeichen gebeten? Ich meinte allerdings einen Hinweis in Bezug auf die Wasserkristallfotos. Hatte er es arrangiert? Mir seine immense Lust auf Wurst übertragen und den gesundheitsbewussten Leser vorbeigeschickt? Wenn ja, danke Pa für deine fantasievolle Arbeit! Zweimal waren wir den Kisselberg hinunter gelaufen und Ma vom Galgenberg, und wir haben uns in der Stadt getroffen. Jedes mal sagte meine Mutter, sie habe einen plötzlichen Drang gespürt, loszumarschieren. Sie dachte auch, dass Pa das arrangiert hatte.

Nach dem üblichen Verfahren erhielt ich ein paar Tage später eine PDF-Datei von Herrn Braun. Ein Wasserkristall von herrlicher Ausstrahlung wirkte wie die Illumination der reinsten Seele. Ich fühlte wieder eine ähnliche Freude wie damals, als mein gerade hinübergegangener Vater mich als Medium benutzt hatte.

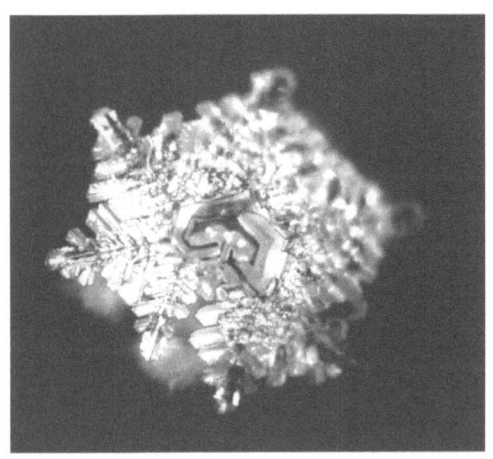

Noch im Fleisch weilend, hatte er immer Zweifel an einem Leben nach dem Leben gehabt. Ich pflegte zu sagen, du wirst es auch noch erfahren. Gib mir dann aber bitte ein Zeichen. Und welch wunderbares Zeichen seiner Existenz er mir gegeben hatte! Er plante seine ganze Trauerfeier mit Chorälen und Bibelzitaten, in dem er sie in mir klingen ließ. "Ich bete an die Macht der Liebe" und "Siehe ich bin bei euch alle Tage ..." Jeden Morgen wachte ich mit einem anderen Vers und Choral auf. Ich war besonders empfänglich am ersten Tag. Am Vorabend des Übergangs meines Vaters wusste ich nichts über die genaue Ursache seines Todes. Am Morgen erwachte ich mit dem klaren Hellhören der Internationale. Meine Mutter hatte sofort eine Erklärung: Am Ende der Wahlnacht singen die Parteifreunde der Sozialdemokraten: Völker, hört die Signale! Das schwache Herz meines Vaters war überladen mit Freude, da nach 16 Jahren Kohl-Regierung nun wieder ein SPD-Kanzler regieren konnte. Er sang wohl laut mit und verschluckte versehentlich seine Teilprothese, denn wir fanden sie nirgends. Das Innere dieses prächtigen Kristalls ähnelt dem Dachboden eines Hauses. Ein *Auge* auf der linken Dachseite blickt auf ein rechteckiges Objekt neben dem Schlupfwinkel.

Meine Mutter ging mit mir auf den Dachboden. Ich ging gebeugt weit hinaus in Richtung eines Regals. Ja, rief meine Mutter aufgeregt, dort hat er seine schriftlichen Sachen. In einer Datei fand ich Manuskripte aus dem Jahre 1951. Mein Vater hatte sie zu einer Agentur geschickt. Er erhielt ein Angebot: für 12 Mark schicken sie 50 Kopien an verschiedene Verlage. Seinen Roman von den 40er Jahren las ich später. Momentan war ich an einer seiner Kurzgeschichten interessiert. In Deutschland hat sich die Lage für Autoren nur insofern verbessert, als sie ihre Werke nun über BoD selbst veröffentlichen können. Allerdings geht das bei vielen nur als Nebenjob. Deshalb plädiere ich für das viel diskutierte Bürgergeld, um die Geldsorgen Kulturkreativer zu lindern. Und noch ein Verbesserungsvorschlag: *Alle* müssten in die Sozialsysteme einzahlen, so wie das z. B. in USA und Österreich der Fall ist. Denn, wieso soll ich von den ca. 30 Cents, die mir von jedem Buch an Steuern abgezogen werden, einen Anwalt finanzieren, der durch Betrug oder Suff seinen Beruf an den Nagel hängen musste. Alle Selbstständigen, auch Multimillionäre, können verarmen und von Stütze leben müssen.

Jetzt aber zur Kurzgeschichte:

Wie ich Schriftsteller wurde

Er war nicht wirklich geschickt im Umgang mit dem Bohrer. Nur arge Not mochte ihn bewogen haben, sich für den Job zu bewerben. Tag für Tag legte er das dünne Metallblech in die Schablone. Und Tag für Tag kam er zu mir, damit ich ihm den abgebrochenen Bohrer wieder schärfe oder ersetze. So lernten wir einander kennen. Da er nie das verlangte Soll erreichte, wurde mir klar, dass er an eine andere Art von Arbeit gewöhnt war. Eines Tages sprach ich ihn an:

"Sagen Sie, Herr Kollege, auf diese Weise Geld zu verdienen, sagt ihnen doch auch nicht besonders zu, nicht wahr? Was ist denn ihr eigentlicher Beruf?"

Selbstbewusst, mit schwellender Brust, erklärte er: "Ich bin Schriftsteller!"

Ich hatte eine Vorstellung von diesem Beruf, weshalb mein innerer Mensch sofort zwei Köpfe kleiner wurde. Voller Empathie fragte ich:

"Aber warum müssen sie ihren Lebensunterhalt als Arbeiter verdienen?"

"Nun, in Deutschland war der Dichter und Denker nie sehr geschätzt. Hier kann das Genie verhungern!"

Wenn wir Skat spielten, pflegte mein Vater zu sagen: Wer schreibt, der bleibt. Jetzt Pa, wirst auch du bleiben.

In den 2 Wochen, nach seinem Übergang war ich voller Liebe. Als Marianne und Helmut zum Canasta oder Rommé spielen kamen, hatte ich nie zuvor so zu Herzen gehende Gefühle für sie empfunden. Ich fühlte die Anwesenheit meines Vaters. Kein Wunder, er liebte es, zu spielen.

Die Idee der interaktiven Seelen mag manchem bizarre erscheinen. Aber denken wir nur an die sogenannten Wunderkinder. Der Mozart von heute, Jay Greenberg, verlangte als Kleinkind ein Cello. In einem Musikgeschäft erhielt er ein Miniaturcello und begann sofort zu spielen. Bis zum Alter von 12 komponierte er 5 Symphonien. *The Storm* komponierte er in ein paar Stunden. Er spricht von multiplen Kanälen und dass die Musik unwillkürlich kommt. Sie fülle einfach seinen Kopf.

http://www.wimp.com/musicprodigy

Der auf folgendem Video gezeigte mediale Maler ist ein weiteres Beispiel für die Kanalisierung von der anderen Seite:

www.youtube.com/watch?v=URM8KGpjztE

Als Shirley MacLaine Luiz Antonio Gasparetto in seinem Haus im kalifornischen Orange beobachtete, kam Henri de Toulouse-Lautrec durch und sprach über ihr früheres Leben als Kurtisane in Paris. Kein Wunder, dass *Irma la Douce* ihr eine Oscarnominierung einbrachte.

Ingrid hatte früher für Antonio in Brasilien übersetzt. Niemand braucht an die Existenz der Seele oder an ein Leben nach dem Tod zu glauben, um von diesem Film begeistert zu sein. Luiz malt in Trance alte Meister, mit Buntstiften und Farbtuben. Die Geistkünstler verwenden ihn als einen Kanal, um uns zu sagen: Seht her, wir existieren noch!

Auch können die Seelen von Dr. Barnard, Dr. Sauerbruch und anderen berühmten Chirurgen durch Geistheiler arbeiten wie bei Oprah Winfrey gezeigt:

www.youtube.com/watch?v=PNIbvItdjws

Wer weiß, an wie vielen verschiedenen Projekten die Geisterwelt noch mit uns arbeitet?

Gasparetto malt rapide, ohne auf sein Werk zu blicken. Nach 2 oder 3 Minuten ist ein Modigliani, Renoir oder van Gogh fertig. Antonio ist in Kontakt mit den Malern und verleiht ihnen sozusagen seine Hände und Füße. Wir können ihn besuchen und sehen, wie er arbeitet. Wasser-Kristall-Fotos sind ähnlich überraschend. Wir können unsere eigene Unterschrift oder die eines geliebten Menschen bzw. ein Foto zu Ernst Braun senden (www.wasserkristall.ch oder ernst_braun@bluewin.ch). Kurz darauf können wir die Seelensterne analysieren.

Es wäre für uns alle am besten, wenn die Wissenschaft aufhören würde, blind gegen die Tatsache zu sein, dass die andere Welt existiert! Solange sie es noch sind, können wir selbst forschen und herausfinden, was uns die geistige Welt mitteilen will. Ich denke, dass das, was wir aus Erfahrung lernen, für uns die wahre Wissenschaft ausmacht. Durch die Anerkennung der Macht der Liebe brauchen wir weder Schrecken, noch Tod zu fürchten. Wenn wir wissen, wer wir wirklich sind, sind wir frei.

Endlich wieder zu Hause in Berlin

Nachdem Hilde 55 Jahre in USA gelebt hatte, verkaufte sie ihr Haus in Bel Air und zog zurück nach Berlin. Das Leben in Kalifornien war sowieso nicht ihre Wahl gewesen. Nach dem 2. Weltkrieg leistete ihr Mann zehn Jahre lang Zwangsarbeit in der kalifornischen Wüste. Sie folgte ihm. Es kommt oft vor, dass Menschen im Alter wieder nach Hause wollen. Als wir ihre Freundin Linda im Krankenhaus besuchten, fragte ich, wie es ihr geht, und streichelte ihren Kopf. Sie sagte: Ich bin wieder in Berlin, ja? Ebenfalls wieder im Ausland lebend, hörte ich den Song *Heimweh* von Isabell Schmidt, http://www.the-voice-of-germany.de/video/215-isabell-schmidt-heimweh-clip und dachte, dass ich eines Tages auch wieder nach Michelstadt ziehe. Oder in das Bahnwärterhaus, das mir meine Mutter vererben wollte. Da sie mich im Traum an einer großen Mülltonne wühlend gesehen hatte, dachte sie, dass ich es nötig haben würde. Allerdings gehe ich derzeit täglich mit dem Hund und unserem Abfall zum 100 m entfernten Müllcontainer. Da meine Nachbarn verschwenderisch ihre nur halb vollen schwarzen Plastiktüten dort platzieren, leere ich meinen Müll dazu. Das kann so aussehen, als ob ich darin wühle. Meine Mutter hatte gedacht, ein Haus sei eine sichere Sache. Doch heute weiß niemand, was mit Eigentum passiert. Wenn der Staat pleite ist und wieder mal Zwangshypotheken einführt, kann man es leicht verlieren. Das kann auch passieren, wenn man seinen Verwandten vertraut. Letzteres musste Hilde erleben. Ihre Nichte hatte eine Wohnung für sie gemietet. Später hatte sie angeblich ein großes Haus in Aussicht, wo Hilde eine Wohnung haben sollte. Sie gab ihrer Nichte ein paar Hunderttausend als Anzahlung für das Haus. Die Nichte behielt aber das Geld, sodass Hilde weniger zum Leben hatte und sich eine weniger teure Wohnung suchen musste. Unterdessen hatte sich Hilde in einen jüngeren geschiedenen Architekten verliebt, den sie in einem Kaffeehaus getroffen hatte. Er verhalf ihr zu einer schönen Wohnung im Grunewald.

Wir hatten oft telefonischen Kontakt, uns aber lange nicht gesehen. Doch einmal überraschte ich sie am Telefon: Wenn du mich haben willst, kann ich dich nächste Woche besuchen. Na, großartig! Wirst du allein gekommen? Ja, ich hab zwei Interviews im Raum Hannover für ein Buch und würde dann mit dem Zug nach Berlin kommen. Was für Interviews? Es ist für ein Buch über alternativ arbeitende Deynique-Kosmetikerinnen. Was meinst du mit alternativ?

Viele sind Heilpraktikerinnen. Der Kosmetikkonzern veranstaltet Seminare, wo die Damen alternative Heilpraktiken erlernen, z. B. bei Dr. Robert Schleip. Zu einer kam mal eine verkrüppelte Frau, deren Wirbelsäule völlig verbogen war. Sie war eine Gefahr im Straßenverkehr, da sie kaum mehr als den Boden sehen konnte. Die Kosmetikerin hat sie wieder zu 90% aufgerichtet. Wie hat sie das gemacht? Es ist eine Mischung aus der AlexanderTechnik, Rolfing, Feldenkrais und der Hakomi Methode. Nie gehört. Du weißt doch, dass Stress, Hektik oder schockierende Erlebnisse Reflexkrämpfe und Lähmungen verursachen. Okay? Die Muskeln versagen und das Gehirn verliert die Kontrolle über das neuromuskuläre System. Das kannst du mir ja dann sagen. Kannst du übers Wochenende bleiben? Ja, ich will am Montag zurückfahren. Oh gut. Am Wochenende fährt mich Thomas immer herum. Wir können den Wannsee und Potsdam sehen.

Eine Woche später nahm ich ein Taxi vom Bahnhof Grunewald zur Wangenheimstraße 14. Als ich in Richtung des hübsch renovierten gelben Wohnsitzes ging, entdeckte ich eine Gedenktafel mit einem berühmten Namen. Wow! Kichernd umarmte ich Hilde: Du hast mir gar nicht gesagt, dass du in Dietrich Bonhoeffers Haus lebst. Wessen Haus? Na der Theologe, der im Widerstand gegen die Nazis von der Gestapo verhaftet und gehängt wurde. Das ist schon das zweite Haus Prominenter, in dem ich schlafe. Es ist noch nicht lange her, da schlief ich unterm Dach in Nicki Laudas selbst gezimmertem und von einem Siebenschläfer angeknabbertem Bett am Fuschlsee. Kennst du den Rennfahrer? Nein, Bob Hartmann hat Nickis Haus gekauft.

Am nächsten Morgen, während Hilde ihr umfangreiches Make-up erledigte, fragte ich, wie war das, als du mit Heinz in Berlin gelebt hast? Es war Krieg. Ähm! So? Wir haben uns nicht viel gesehen. Heinz arbeitete an dieser Wunderwaffe. Okay? Eine sehr gefährliche Aufgabe dieses Raketenflugzeug. Warum? Irgendetwas stimmte nicht. Sie hatten schon eine Menge davon verloren. Viele Piloten sind umgekommen. Also musste Heinz das Flugzeug selbst fliegen, um den Fehler zu finden. Ein Sekundenbruchteil, bevor es explodierte, erkannte er den Fehler. Heinz konnte sich im allerletzten Augenblick mit dem Schleudersitz retten. Gut!

Ja, aber er war verletzt und musste ins Krankenhaus. Hilde kicherte, alle Nazigrößen kamen zu Besuch und gratulierten ihm. Das ist ja witzig! Was? Dein Mann arbeitete für die Nazis, und du wohnst im Haus eines Mannes, der von den Nazis umgebracht wurde, weil er gegen sie gearbeitet hat. Ich wusste nicht, dass wir auch unbewusst Karma aufarbeiten.

Nach dem Mittagessen sagte Hilde: Ich muss jetzt das Schinkenbrot für Thomas machen. Er kommt jeden Tag um Punkt 2. Um 14:00 Uhr klingelte es an der Tür, gefolgt vom Geräusch des sich drehenden Schlüssels. Thomas' Art Hilde zu grüßen machte es einfach für mich zu glauben, dass er sie wirklich liebt. Seine Stimme hatte eine ganz andere Klangfarbe, wenn er mit ihr sprach. Während er sein Brot aß, sprachen wir über das Buch, das ich Hilde als Geschenk mitgebracht hatte sowie über unsere Pläne für das Wochenende. Später, als er zurück zur Arbeit fuhr, setzte er uns vor dem Kaufhaus KDW ab. Hilde kaufte 5 Tafeln Mokkaschokolade. Ich erstand weißen Hering, Kartoffelpuffer und einen Salat, der mich an *Coleslaw* erinnerte. Ich kaufte auch einige andere frische Lebensmittel aus einem nahe gelegenen Lebensmittelgeschäft, denn, ein Blick in Hildes Kühlschrank hätte eine Maus zum Weinen gebracht.

Am nächsten Nachmittag stiegen wir in Thomas großen Mercedes, neuestes Modell. Meine letzten Zweifel an seiner Ernsthaftigkeit waren geschmolzen. Außerdem macht das Vermissen seiner Eltern seit der Jugend die Suche nach einem Mutterersatz begreiflich. Vorbei an zwei großen Villen sagte Thomas, das weiße Haus gehört Joop, das moderne terrakottaerdfarbene dem Jauch. Das von Jauch könnte Ayn Rands

Roark in Fountainhead konzipiert haben: Gerade und schlicht. Ayn Rand? Ich meine, von ihr gehört zu haben.

Ja, sie ist eine US-Romanautorin, deine Altersgruppe. Republikaner lieben ihren modernen Konservatismus. Einige sagen, sie müsse Reagans Mutter sein. (Dabei war er ursprünglich Demokrat, wie ich in Doris' Biografie gelesen habe: Sie, die mit Ronny ausging, erkannte als eine der Ersten sein Potenzial als Politiker)

Nach einem Spaziergang und Obstkuchen in einem Kaffeehaus endete der Ausflug damit, dass wir noch einige Erinnerungsfotos vorm Haus schossen. Ich hatte das Gefühl, dass Hildchen in guten Händen ist. Etwa ein Jahr später, nach einem leichten Schlaganfall, übersiedelte Thomas sie ein weiteres Mal: in ein prestigeträchtiges Pflegeheim. Hilde machte ihren Übergang fast am gleichen Wintertag wie meine geliebte Großmutter dreißig Jahre zuvor. Und ich hatte immer noch nicht ihre Verwandten in Kalifornien gefunden.

Was steht auf der Wunschliste?

Da wir Probleme hatten, Doris zu finden, fühlte ich mich verpflichtet, es auf unserem Weg von Palo Alto zurück noch mal zu versuchen. Meine Verwandten aus Neckarhäuserhof erwarteten, dass ich unsere Fotos persönlich überreiche.

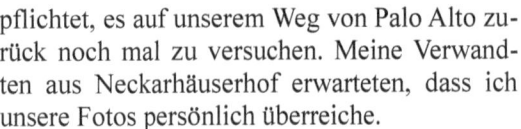

Am Sonntag, nach einem weiteren opulenten Frühstück, verließen wir Familie Matta. Gegen 13:30 Uhr saßen wir an Rudys Bar. Ich hatte wieder Caesars Salat und war ganz erstaunt über die Gratisauflage: gegrillte Hähnchenstreifen. Wollte Rudy testen, ob ich auch so einen gesegneten Appetit habe wie Doris? Den Test konnte ich locker bestehen. Ich hab mal ein Kartoffelpufferwettessen gewonnen.

Im noblen Carmel Valley herumfahrend, waren wir völlig verloren. Ich sah einen Gandhi-Lookalike im Garten werkeln. Halt mal. Lass mich den alten Knaben mal fragen. Ines hielt am Straßenrand. Ich stieg aus und ging in Richtung des Knienden. Ich sprach den Schild einer weißen Baseballkappe an. Sir, entschuldigen sie, wissen sie, wo ich Doris Days Anwesen finden kann? Sicher. Der lächelnde Graubart zeigte geradeaus. Es ist etwa eine Meile von hier. Sie nehmen die nächste Straße rechts, dann biegen sie links ab und folgen immer auf der Carmel Valley Road. Vielen Dank!

Als wir das wie eine Festung wirkende Torhaus erreichten, hielten wir ca. 20 Meter entfernt auf dem grenzenden Parkplatz. Ich öffnete den Kofferraum und kramte in meinem Koffer. Aber alles Stöbern und Suchen brachte weder Fotos noch die Sommerkappe, die ich für Doris gehäkelt hatte, zum Vorschein. Ines sagte:

Beeil dich, der Torwächter kommt schon raus. Kommt er hierher? Noch nicht. Er trägt den Mülleimer raus. Ach! Ich muss alles bei Situ vergessen haben. Eine Minute später kam der Pförtner den halben Weg in Richtung Auto und rief, was machen sie hier? Ich ging in seine Richtung und sagte: Ich bin eine entfernte Verwandte von Doris. Ich wollte ihr Fotos von ihren Neckarverwandten geben. Einen Satz hab ich schon im Cypress an der Rezeption abgegeben, wo wir vor ein paar Tagen übernachteten. Äh! Ines fragte: Ist Doris da? Seine Nickbewegung war fast so uneindeutig wie die der Inder. Ist es möglich ... warum schreiben sie nicht eine Notiz, sagte der Mann in einer Weise, die keinen Widerspruch erlaubte. Ich werde sie Doris zukommen lassen. Lassen sie eine Nummer und ihre Adresse da. Nicht klar denkend, eilte ich zurück zum Auto, nahm eine Buchwerbekarte, kritzelte etwas drauf und reichte sie ihm.

Er sah sie an. Und ihre Adresse? Ich nahm die Karte zurück und notierte Peters Postfachnummer von Castro Marim, obwohl ich sonst die von Tavira verwende. Plötzlich erstarrte der Mann, deutete mit weit aufgerissenen Augen auf das Wort Castro und brüllte, was ist das?

Verwundert sagte ich, Castro Marim ist eine Stadt. Etwas entspannter sagte der Latino: Das ist auch mein Name. Wahrscheinlich dachte er, wir hätten eine Bombe im Beamer.

Zurück im Auto fragte Ines: Bist du jetzt enttäuscht? Na ja, ich hätte Doris wirklich gern getroffen. Das war ziemlich weit oben auf meiner Liste, sie im realen Leben zu sehen: ob sie mich an meine Mutter erinnert wie in ihren Filmen. Aber ich gehe ja nicht leer aus. Die Reise war trotzdem toll. Nur für meine Neckarverwandten wird es enttäuschend sein. Vielleicht kann ich Doris ein anderes Mal sehen.

Da hast du nicht mehr viel Zeit, antwortete Ines trocken. Wie alt ist Doris? 87. Siehst du. Menschen mit Haustieren zu leben länger. Clara könnte leicht 100 plus werden. Clara? Sie mag diesen Namen lieber als ihren. Billy de Wolfe sagte ihr bei Dreharbeiten, sie sähe nicht aus wie eine Doris Day, eher wie eine Clara Bixby.

Also, was ist sonst noch auf deiner Urlaubswunschliste? Ich wollte mich mit Carole, Brian und Imara treffen, vielleicht noch mit Herta und Wayne. Ich will auch ein Foto von Doris' Handabdruck. Das ist einfach. Wir können die Mädchen mitnehmen. Nur am 17. Juni ich bin nicht frei. Da ist Giulias Abschlussfeier. Du wirst es mögen. Ja, das ist etwas Neues. Äh ...! Was?

In den zehn Jahren in Kalifornien wird das meine erste Abschlussfeier sein. Ines sagte:

An der Waldorfschule ist es aber etwas anders.

Meine Gedanken drifteten zurück zu Doris' Anwesen. Wenn Herr Castro seinem einschüchternden kubanischen Namensvetter nur weniger Ehren gemacht oder ich mir mehr Mühe gegeben hätte. Auf unserem Weg zurück wurde mir wieder bewusst, warum mein Urgroßvater sich diese Gegend ausgesucht hatte. Im Sonnenuntergang schienen die Berge wie in unendliches Licht aus emittierenden Funken getaucht. Die Bäume und Sträucher in den Canyons waren gestochen scharf umrissen, doch diffus die Tiefe des Raums zwischen Stängel, Blätter und Nadeln. Im Dunst des Ozeans wirkten die eingemeißelt anmutenden Felsformationen wie riesige Kreaturen. Tränen rollten über meine Wangen. Was ist? Kein Wunder, dass meine Verwandten sich in diese schöne Landschaft verguckt hatten. Ja, es ist hier wunderschön. Ich ärgere mich, dass ich vergessen hab, Doris in ihrem Zweitbüro zu suchen. Wo ist das? So nennt ihr Freund Clint Eastwood den Supermarkt Safeway, wo sie immer für ihre Babys einkauft.

Später, über hundert Meilen südlich, im übergroßen Bett im Seacliff Hotel liegend, bedauerte ich, dass wir nicht noch einen Tag mehr hatten! Am frühen Morgen fotografierte ich aus dem Fenster und absorbierte das herrliche Panorama in dem märchenhaften Nebel. Ob das mein letztes Mal in Kalifornien war? Auf unserem Weg zurück, nahe Santa Barbara deutete ich auf die Wohnmobile am PCH und sagte: Das ist unsere Lilien-auf-dem-Felde-Art zu leben, mit Solarenergie. Aber ich denke, sie zahlen. Ja, oh, guck mal, da ist
ein Kasten für die Kohle.

Ich will auch mal in einem Wohnmobil mit Peter in Nordkalifornien reisen und Pas Familie finden. Danach würde ich die Reise wiederholen, die wir in Jerrys Pagode Ende 1986 unternommen haben. Ich dachte, ihr hättet da nur gearbeitet. Peter hatte die Idee, das Geschäftliche mit dem Angenehmen zu verbinden. Jerry wollte, dass wir sein Cabrio zu einer Werkstatt in Miami bringen. Bevor wir abfuhren, hat mich Jerrys Mitbewohnerin Wanda gewarnt. Wie? Sie ist ein gutes Medium. Wanda sagte: Achte darauf, wenn du selbst fährst, dass das Fenster immer einen Spalt offen ist. In Dallas haben wir einen dunkelroten E-Type Roadster von einem Paar, gekauft, das in einem 1.000-m^2-Haus mit Innenpool residierte! Wir haben das Auto angezahlt und vereinbart, dass wir es auf dem Weg zurück nach L.A. abholen.

Unsere nächste Station war New Orleans.

Kennst du das French Quarter? Yep! Das unbeschwerte Leben, der Rhythmus und das würzige Cajun-Stil-Essen hat uns 4 Tage begeistert. Und schon wieder mal war ein Schiff, auf dem ich mich befand, in Schwierigkeiten. Wie das? Es war nicht so ernst wie mit der Aquille Lauro. Der Mississippidampfer hatte nur ein Motorproblem und verlor seinen Dampf. Hast du auch die *Hot Fudge* Jungs gesehen? Die ziehen eine echte Show ab, um ihre berühmten Süßigkeiten herzustellen? Nö! Wie eure italienischen Pizzabäcker werfen sie den süßen Karamellteig in die Luft. Die Louisianaseele hat uns wirklich berührt. Vielleicht hatten wir mal ein gemeinsames Leben hier oder in Memphis, Tennessee. Wir waren auch im *Graceland.* Ich dachte an den prächtigen Park, wo wir in einer Symphonie in der Sonne leuchtender Spätherbstblätter in roten, gelben und braunen Tönen badeten. Wie hat's dir da gefallen? Na ja, es ist ein riesiges Herrenhaus, imposantes Exterieur, großer parkähnlicher Garten. Ich hab Peter neben Elvis' rosa Cadillac und einer Flotte von anderen Autos fotografiert. Mir gefielen die großen hohen Räume. Aber das Interieur hat mich weniger beeindruckt. Ich erinnere mich nur an eine große braune Ledercouch.

Und, wie war es sonst dort? Oh, gut, aber merkwürdig. Wie? In der Innenstadt von Memphis haben wir plötzlich erfahren, wie es ist, einer Minderheit anzugehören. Wieso? Wir liefen in der Fußgängerzone, und rundherum nur Schwarze. Wir waren die einzigen Weißen weit und breit. Alle Gesichter, in die wir schauten, waren rabenschwarz. Und? Na ja, Angst hatten wir, aber mehr vor den aggressiven Eichhörnchen. Sie näherten sich uns mit ihren scharfen Zähnen und belästigten uns wie die Bettler in Indien. Die haben sonst niemanden attackiert. Dachte an die Hitchcockvögel. Jedenfalls haben uns die offensiven Nager in den sicheren Hafen des Peabody Hotels flüchten lassen. Es war wie das Landen auf dem Planeten der Auserwählten. Wie? Die riesige Lobby war nur mit hellen Gesichtern gefüllt, nicht mal ein einziger Mulatte in Sicht, als gäbe es noch Rassentrennung.

Ines' Handy erwachte zum Leben. Während sie mit Engelsgeduld einem ihrer Angestellten etwas erklärte, spulten die Bilder der Urlaubsreise vor meinem inneren Auge ab:

Inmitten einer raunenden Menge aßen wir Apfelkuchen zum Tee und bewunderten den exquisit geschmückten, ausladenden Weihnachtsbaum, die blitzenden Kronleuchter und *the grand piano*. Gerade als wir den Schock mit den hämischen Hörnchen verdaut hatten, ging es mit den Vögeln los. Um 17:00 waren alle Augen auf den zum Brunnen schreitenden Entenmeister Pembroke gerichtet. Der ehemalige Zirkustiertrainer begann die traditionelle Parade der Stockenten. Ich sagte: Glaubst du, die Vögel genießen ihr Leben in diesem Marmorbecken in der Mitte einer Hotelhalle? Ich wette, statt auf einem roten Teppich hinter diesem Herrn in Frack herzuwatscheln würden sie lieber in natürlichen Gewässern tauchen und in den wilden blauen Raum fliegen. Peter sagte: Die haben sich wohl ans faule Leben gewöhnt.

Das erinnert mich an Herrn Gans, den netten Leiter der Ausbildungsabteilung der Deutschen Bank. Wieso? Wegen seines nomen est omen Namen gebenden Watschelganges. Er war vielleicht ein domestiziertes Geflügel in seinem vergangenen Leben. Ich frage mich, was passiert wäre, wenn ich Dr. Beines Sekretärin geblieben wäre. Ob wir uns trotzdem getroffen hätten? Ich hab vergessen, was hast du in der Bank gemacht? Bücher gelistet, Seminare für Manager vorbereitet, Briefe getippt, Ablage … die Kollegen waren sehr nett. Gegenüber von meinem Zimmer war das Büro von zwei Frauen. Ich hab den Namen der Psychologin vergessen, weil sie sich kaum öffnete. Aber Frau Linke, die Pädagogin, sehe ich noch vor mir. Sie hatte, kurz, nachdem ich zum Team kam, geheiratet. Und? Ich frag mich, ob sie ihren Mann immer noch hat. Warum? Sie war entsetzt, als sie zum ersten Mal seine Haare im Waschbecken sah und wie sie sich daran gewöhnt hatte, diese kleinen Dinge mit einem Papiertuch rasch wegzuwischen, dass es nur eine weitere Routine war. Aber ist das nicht auch eine Form von Sklaverei? Wäre es nicht schön, wenn die Partner es zu ihrer eigenen Routine machen könnten? Während der Zeit der Verliebtheit hätten wir die besten Chancen, euch die Aufräumeroutine des eigenen Durcheinanders anzutrainieren. Ich hab es auch vermasselt. Ach wirklich? Klar! Wie auch immer, Beziehungen würden länger halten, wenn die vielen kleinen Dinge geteilt würden. Denn später, wenn die Liebe zur Routine wird, könnte die Frau mehr das machen wollen, was sie liebt. Je weniger Zeit ihr dafür bleibt, desto schwieriger ist es, die Mängel des Mannes zu tolerieren. Insbesondere dann, wenn andere zeitraubende kleine Dinge, wie Kinder, zur 40-Stunden-Woche im Büro und der Hausarbeit hinzukommen. Dies ist der Grund, warum in letzter Zeit stressbedingte Erkrankungen wie Herzinfarkt und Schlaganfall bei Frauen so rapide zunehmen. Und? Wenn Männer nicht genug Geld verdienen, um eine Haushaltshilfe einzustellen, sollten sie gefälligst mit anpacken, sonst fühlen sich Frauen ausgenutzt und könnten auf die Idee kommen, die Beziehung zu beenden. Das hast du nicht gemacht. Tja, das ist wohl eine karmische Sache. Die Enten sind weg, sagte Peter. Lass uns auch gehen.

Zurück im Arbeitsleben kauften wir eine Lokalzeitung und einen Recycler. Darin fanden wir ein weiteres rotes 12-Zylinder Jaguar Cabrio in Lafayette und kauften es am nächsten Morgen einer Witwe ab. Wir verabredeten, es später abzuholen. Am Donnerstag Abend erreichten wir eine kleine Stadt namens Marianna. Peter stöhnte, hier werden wir bleiben. Oh, wie lustig, an meinem Geburtstag schlafen wir in Marianna. Peter lenkte den SL in den Hof des Marianna Inns. Oh komm schon, hast du dich in einen Romantiker verwandelt?

Ich hab das nicht arrangiert. Also wer dann? Peters lächelte unergründlich. Am nächsten Tag *on the road again*, wies er auf ein Zeichen, ah, Panama-Stadt, hier lebt Alois Pfeffer. Wer? Der Mann aus Aschaffenburg, der uns den Rolls-Royce mit der goldenen Emily verkauft hat. Kenny Rogers PR Auto. Hast du von ihm was in letzter Zeit gehört? Von Sef? Nö, ich denke, er hat immer noch mit dieser König- von-Atlantissache zu tun. War er nicht mit Sunny im Fernsehen? Ja, mit König Roland von Helgoland. So wie Sef lebt und sich verhält, könnte *er* in einem früheren Leben ein König gewesen sein. Ach, lass mich mit deinen früheren Leben in Ruhe. Benimm dich, es ist mein Geburtstag!

In Miami lieferten wir Jerrys SL ab und mieteten ein Auto. Peter bat um das Kleinste. Die Dame fragte: Sind sie sicher, dass sie da reinpassen? Yesss! Peter flüsterte in mein Ohr, die kleinen Autos sind meist sowieso vermietet.

Wie ein Honigkuchenpferd grinsend bewegte er sich auf den silbernen 4-türigen Mittelklassewagen zu. In der Nähe von St. Petersburg riefen wir Bob Bilovesick an, der dort mit seiner deutschen Frau Annegret lebte. Er hatte in Frankfurt ein Auto von uns gekauft. Peter sagte: Hallo, Bob, wir sind in der Stadt. Wie wäre es mit einem Abendessen zusammen irgendwo? Und kannst du ein schönes Motel in der Nähe empfehlen? Auf keinen Fall geht ihr ins Hotel, ihr könnt bei uns bleiben. Ein Hotel ist so unpersönlich. Wir sagten ihm, wo wir waren. Ach, da seid ihr ziemlich nah an der Shoppingmeile, wo unser Kartengeschäft ist. Ich werde euch in 15 Minuten abholen. Fast alle Nachbarhäuser sahen wie riesige Vogelkäfige aus, da sie durch schwarze Drahtgehege gegen Moskitos geschützt waren. In der Halle begrüßte uns ein 5 Monate alter freundlicher Deutscher Schäferhund. Wegen meiner Hundeliebe bat uns Annegret, ein paar Tage länger zu bleiben, damit ihr Liebling tagsüber weniger lang allein war. Nach 4 Tagen ihrer noblen Gastfreundschaft und leckerem Abendessen mit Truthahn und Fisch wurde Peter nervös: Das Geschäft sollte dem Vergnügen nicht hinterherhinken. Doch ich konnte noch einen weiteren Tag herausschlagen:

Warum waschen wir nicht einige unserer Sachen und morgen können wir unsere Gastgeber in ihr Lieblingsfrühstücksrestaurant einladen. Also werden wir früh auf dem Weg nach Key West sein. Alle, auch Peter, stimmten zu.

Die Kugelschreiberflecken in Peters gelbem Sweatshirt blieben auch nach wiederholtem Waschgang mit Fleckenentferner und stärkerem Reinigungsmittel noch sichtbar. Mit unserer deutschen Waschmaschine hatte ich nie Probleme mit diesen Flecken. Peter wiederholte eines seiner Lieblingsmantras: Vergiss Deutschland, du bist jetzt in Amerika. Später, als ich mich mit den weniger perfekten Dingen ausgesöhnt und die vielen besseren zu schätzen gelernt hatte, sagte meine Mutter nach ihrer ersten Wascherfahrung in Kalifornien: was für ein unnützes Teil! Wie sollen sich Flecken lösen, wenn gleich heißes Wasser einläuft? In unserer Waschmaschine erwärmt sich das Wasser langsam. Das was ihr da habt, ist doch eine Verschwendung von Zeit und Energie.

In Miami richteten wir uns auf dem Weg gen Süden nach der zur Rechten versinkenden Sonne. Schließlich gelangten wir zur Autobahn, dem *Highway That Goes to Sea*. Etwa 150 Meilen weiter hatten wir mehr als 40 weit gespannte Brücken passiert und eine ständig wechselnde Landschaft aus Wasser und Inseln genossen. Hinterm Steuer vollführte Peter den Ententanz und sagte frohgemut: Wir kreuzen mit dem Auto durch den Golf von Mexiko.

Oh, guck mal, ein Delfin! In Key Largo zeigte ich auf zwei bunte Papageien. Peter sagte: Wir sollten sie fangen. Und dann? Verkaufen. Boah, so ein widerliches Geschäft! Glaubst du nicht, die Vögel bleiben lieber hier, als in einer eintönigen Wohnung zu sitzen? *Was du nicht willst, das man dir tu, das füg auch keinem andern zu.* Amen. Könnten wir auf unserem Rückweg bei Key Largo stoppen? Es ist ein toller Ort zum Tauchen. Ach komm! Wir könnten wenigstens ein paar Stunden schnorcheln. Es ist das einzige lebende Korallenriff in den USA.

Der Spiegel in unserem nächsten Hotel brachte mich zum Lächeln. Meine Krähenfüße sind weg! Das ist der Vorteil von Luftfeuchtigkeit.

Das Earnest-Hemingway-Haus kam mir vertraut vor. Wegen meiner Gedanken, wie es wäre, hier zu leben und mich um die Katzen zu kümmern, hatte ich der Fremdenführerin nicht zugehört. Warum hat Hemingways Frau den Cent in den Zement gelegt? Sie hatte den Pool gebaut, als er Journalist im Spanischen Bürgerkrieg war. Er hat sich über die Kosten aufgeregt, ein Centstück hingeworfen und gesagt, *hier hast du auch noch meinen letzten Penny!* Papa Hemingway war wohl so wie du in puncto Ausgaben für die Hausverschönerung.

Mann, keine einzige Katze ist interessiert an Small Talk. Auf der Southfork Ranch war nur eine da und die ließ sich sogar hochnehmen. Sieh dich lieber nach Oldtimern um. Wir brauchen keine Katzen. Und ich brauche keine Leute, die mir sagen, was ich tun oder lassen soll.

Ein Mann näherte sich uns und winkte mit einem Flyer. Wie wäre es mit einem kostenlosen Hummerabendessen bei Kerzenlicht und einer Fahrt mit dem Glasbodenboot? Ein Wert von je 38 Dollars. Keine Ahnung. Ganz ohne Bedingungen! Peter scannte das Schreiben und sagte, aber ich weiß, dass ich nichts kaufen werde.

Sie müssen nichts machen, nur kommen und es sich ansehen. Na ja, warum nicht? Wie wäre es morgen um 14:00 Uhr. In Ordnung! Nachdem uns der junge Mann beschrieben hatte, wo das Boot startet, sagte ich: Das ist nichts für uns. Ich hab aber nichts gegen den Hummer.

Ich mach mir nichts daraus. Hummer liegt mir schwer im Magen. Vielleicht kannst du auch deinen geliebten Lachs bekommen.

Die Bootsfahrt dauerte eine halbe Stunde. Ich erinnere mich nicht, einen Fisch durch den Glasboden gesehen zu haben, aber der Hai in dem Gebäude hinterließ einen bleibenden Eindruck. Wir hielten vor einem Apartmentkomplex, der mit graublau gestrichenem Holz verkleidet war. Es bestand aus zwei großen neuen Bauwerken. Mit anderen potenziellen Käufern betraten wir eine helle Wohnung mit glänzenden cremefarbenen Möbeln und indianischen Tagesdecken. Der Blick aufs Meer aus der 6. Etage war herrlich. Danach bat uns ein Angestellter, einen Fragebogen auszufüllen, wo wir u. a. unser Einkommen, die Hobbys und Urlaubspläne angeben sollten. Während wir uns eine große Luxuswohnung anschauten, kam ein weiterer Mitarbeiter, um unseren Fragebogen zu lesen. Er erwartete uns ein paar Minuten später und fragte: Können sie sich vorstellen, für eine oder zwei Wochen in einer dieser Wohnungen ihren Urlaub zu verbringen?

Na klar, wer könnte es nicht? Wie viel würden sie dafür ausgeben wollen? Gar nichts. Wir haben die Gegend ja jetzt gesehen. Im nächsten Urlaub wollen wir andere Orte sehen. Wohin würden sie denn reisen wollen? Peter sagte: Südafrika, Südamerika, Australien. Wir sind in Cancun. Wie hört sich das an? Gut. In dem Gespräch lernten wir, wie *Timesharing* funktioniert. Du kaufst eine Wohnung für 1 oder 2 Wochen im Jahr und kannst sie mit rund 30 anderen Eigentümern teilen. Wenn du in einem Jahr woanders hin willst, kannst du mit andcren Wohnungseigentümern in anderen Gegenden tauschen. Ich sagte: Wir planen ungern lange im Voraus. Wir entscheiden uns gern dann, wenn es sich gerade ergibt. Wie meinen sie das?

Na ja, z.B. sagte ich, an einem Wintermorgen im Jahr 1976 sag ... ja, schnitt Peter mir das Wort ab, ich sagte, lass uns morgen in die Wärme fahren. Wir luden unseren Opel Diplomat, fuhren nach Algeciras in Spanien, nahmen eine Fähre zu den Kanarischen Inseln und nach zwei Monaten verließen wir Gran Canaria wieder.

Der Mann probiere noch einige seiner einstudierten Überzeugungsfloskeln, aber 10 Minuten später gab er auf und rief um Hilfe. Ein Geselle im Seeräuberdesign erschien: lange Haare von silberdurchwirktem Braun und buschigen Augenbrauen. Dekoriert war er mit schwerem Schatzsuchergold. Ich bin am Ende meiner Weisheit, sagte der entnervte Verkäufer. Wo ist das Problem? Ich starrte auf die schwere Goldkette, mit der ich wie eine alte Frau mit Osteoporose gehen würde. Der Gewichthebertyp hob seine breite Goldarmbandhand und zwirbelte seinen Schnauzbart. Dabei zeigte er Bizeps, die seine Ärmelnähte dehnten. Das weiße bis zum Bauchnabel aufgeknöpfte Hemd legte eine stark behaarte Brust frei. Sein Haifischzahngrinsen unterm Gesichtspilz versprach kaum, uns einfach so gehen zu lassen. Peter sagte: Ihr Verkäufer hat einen tollen Job gemacht, aber wir sind ganz anders als die typischen **Amerikaner.**

Einen tollen Job sagen sie? Er grinste höhnisch. Ich hab ihn aus der Gosse gezogen, und wenn er nicht in der Lage ist, ihnen ein Appartement zu verkaufen, kicke ich ihn genau dort wieder hin. Ach ja, sagte ich, den Verkaufstrick durchschauend. Ich hatte über solch subliminale Handelsmethoden in einem unserer sozioökonomischen Seminare an der Fachhochschule für Sozialpädagogik gelernt. Da sein kräftiger Druck auf die Mitleidsdrüse keine Wirkung bei uns zeigte, sagte er: Wollen sie mit den Adlern fliegen oder mit den Hühnern kratzen? Netter Versuch! Mit einem hinterhältigen Grinsen fragte er: Wo wohnen sie hier? Wollte er uns Angst einflößen? Da wir offen über unser Hotel sprachen, bot der Seebär uns sein breitestes Lächeln. Da alle seine subtilen Manöver bei uns nicht funktionierten, schien er eher beeindruckt, als verärgert und sagte, *enjoy your dinner.* In der Gaststätte sagte Peter: 3 Stunden Arbeit für ein Abendessen. Wenn wir die Annoncen gecheckt und ein Auto gefunden hätten, könnten wir uns viele Abendessen leisten. Aber es hat sich dennoch gelohnt, mal was Neues zu lernen.

Wir flogen von Miami nach Dallas und besuchten wieder andere Freunde, die mal ein Auto von uns gekauft hatten. Jim und Saskia Hadsell. In den frühen 80ern hatten sie uns zu ihrer Hochzeit eingeladen. Diesmal zeigten sie uns die weltweit größte Kneipe: Bei Billy Bobs in Forth Worth spielen mehrere Bands. Sie haben sogar ein Indoorrodeo.

In einem Vorort von Dallas holen wir den Jaguar ab und fuhren zurück zu unserem zweiten roten Roadster. Wegen der Automatikschaltung wählte ich es. Nach einer halben Stunde Fahrt hatte Peter einen platten Reifen. Zwei Stunden später hatte auch ich einen. Peter sagte: Die Straße ist so holprig; wir versuchen besser, die Löcher zu meiden. Nach weiteren zwei Fahrstunden im Dunkeln vernahm ich die Sirene einer Highway Patrol hinter mir. Die Lichter blitzten. Ich hielt am Straßenrand. Eine tiefe Männerstimme dröhnte über den Lautsprecher. Ich konnte nichts sehen. Steigen sie aus dem Auto, brüllte einer der beiden Gesetzeshüter. Sie fuhren in Wellenlinien. Ja, brüllte ich zurück. Die Straße ist so schlecht, wir haben schon ein paar Reifen verloren. Die beiden kamen näher, als sie sahen, dass von mir keine Gefahr drohte. Wo wollen sie denn hin? Kalifornien. Dann noch viel Glück.

Nach 10 Stunden Fahrt, immer hinter Peter her, hatte ich genug und gab ihm Lichtsignale. Er hielt an und ging zu mir zurück. Ich sagte: Ich bin todmüde. Ich kann nicht mehr fahren. Peter sagte in aufmunternder Weise:

Lass uns wenigstens noch eine Stunde lang fahren, sonst werden wir einen Tag mehr benötigen. Etwa zehn Minuten, nachdem wir San Antonio passiert hatten, blickte ich hinunter auf die funkelnden Lichter der Stadt. Wenig später verlor ich plötzlich die Kontrolle über das Auto. Ich drehte mich mehrmals, rutschte irgendwo über die Wiese und landete in einer abfallenden Böschung. Als ich aus dem Auto stieg, war ich bass erstaunt. Es war eiskalt! Als ich in Lafayette ins Auto stieg, waren es 24° C. Wer britische Oldtimer kennt, weiß, wie heiß es im Fußraum wird. Da hätte ich doch nie erwartet, auf einer vereisten Brücke einen unfreiwilligen Donut zu drehen. Ich sagte: Das kommt, weil du nie auf mich hörst. Ich hätte besser den mit dem Schaltgetriebe gefahren. Wenn ich ein paar Meter früher gerutscht wäre, wäre der Jaguar Kernschrott gewesen und ich …? Im Motelzimmer sagte Peter, zum Glück ist nur die Haube kaputt. Wir werden immer noch Geld verdienen.

In einer ruhigen Minute dämmerte es mir: Ich hatte vor ein paar Jahren diese Unfallszene geträumt. Wanda hatte mich auch gewarnt, ein bisschen das Fenster offen zu lassen.

Ines riss mich aus meinen Gedanken: So, hier sind wir in eurer alten Gegend. Wo muss ich raus? Du kannst die White Oak nehmen. Leanne wohnt in der Odessa. Kann ich sie mal kurz anrufen? Es wäre schön, mal Hallo zu sagen. Du kennst sie doch auch? Mhm! Minuten später umarmte ich Leanne, Laura, Lea und den Rest der großen Familie. Sie halfen Leanne beim Umziehen. Da Bill seinen vom Rauchen zerstörten Körper verlassen hatte, kaufte Leanne ein Haus für ihre Tochter mit einem großen Gästehaus, in das sie jetzt im Begriff war einzuziehen. Im Moment waren wir beide nicht wirklich frei, das zu tun, was uns stets so sehr gefallen hatte: mit den Hunden Gassi gehen und klönen!

Zwei Tage später fuhr Ines Giulia, Chiara und mich im AMG zum überfüllten Hollywood Blvd. Ich sagte: Fährt schön, das schwarze Geschoss. Peter hat die Dinger ja als Test-Fahrer gefahren. Übrigens, warum habt ihr nicht Arnds Baby? Huh? Den Flügeltürer, Peters Jüngster hat den doch entwickelt. Sie nennen ihn den Chassisguru. Ich weiß nicht, da musst du Wolfgang fragen. Was ist sein anderer Sohn? Er ist bei der Lufthansa, hätte Chef der Fracht in L.A. werden können, aber er ist happy in Frankfurt.

Hier sind wir. Es hat sich sehr verändert, gell?

Nicht so sehr wie Vegas. Wenn ich mir neue Filme ansehe, erkenne ich kaum noch was. Das unterirdische Parkhaus verschluckte den Daimler und, nachdem wir drei Rolltreppen nach oben katapultiert wurden, schluckte uns die Menschenmasse. Mit geneigtem Kopf bewegten wir uns auf dem *Walk of Fame,* um wenig eifrig die Messingsterne nach bekannten Namen abzusuchen. Immerhin fotografierte ich Muhamed Alis Stern an der Wand. Hatte schon immer eine Schwäche für Menschen im Kampf gegen Ungerechtigkeit. Auf der Suche nach Doris' Abdrücken fanden die Mädchen sie inmitten der 200 Betonplatten. Ich legte meine linke Hand in Doris' Abdruck. Ines nahm ein Foto. Passt perfekt.

Guck mal, die meisten Frauen hatten *High Heels* an, damit die Füße kleiner wirken. Das Bild der armen chinesischen Frauen mit gebundenen Füßen passierte mein inneres Auge. Warum erlauben wir es den Männern, uns körperlich und geistig zu verstümmeln? Sie würden sich besser klar machen, dass es beim nächsten Mal ihre Erfahrung sein wird!

Sicher? *Du* hast doch deine Mädchen auf der Waldorfschule. Ich bin mir ziemlich sicher, es war Steiner, der gesagt hat, dass wir abwechselnd als Mann und Frau wiedergeboren werden. Ich denke, dass das auch der Grund für die vielen Schwulen und Lesben ist. Ich bin überwiegend mit Geld beteiligt. Du kannst über diese Dinge mit den anderen Eltern sprechen, wenn wir sie nach der Rose Zeremonie treffen. Wie? Es gibt eine Party am Abend auf dem Gelände der Eltern eines Klassenkameraden.

Mit dem Bild im Kasten war ich schon mal happy. Nun stand noch ein Fanartikel mit Doris' Bild auf meiner Tagesordnung. In einem kleinen Souvenirshop fragte ich: Haben sie etwas von Doris Day? Wie? Doris Day! Wer zum Teufel ist Doris Day? Ein großer Latino mit schwarzer Pomadenmähne kam näher. Etwas linkisch zog er ein Buch zu Rate und fragte, wie heißt sie noch mal? Ines, sagte: DAY! Die dralle Blondine und der Latino fragen wie aus einem Mund: Wie buchstabiert man das? Der Gedanke kam mir, dass die Geschäftsinhaber wohl Subventionen bekommen, wenn sie Behinderte einstellen. Sanft lächelnd sagte ich leise: Day wie in Sunday, aber ohne die Sonne. Der riesige Zeigefinger zischte die Reihen der Stars hinunter. José zuckte mit den Schultern. Nein! Sie ist nicht dabei. Ich kann es nicht glauben, D o r i s D a y, die e r f o l g r e i c h s t e Schauspielerin aller Zeiten ist unbekannt in Hollywood? Das ist *holy smoke weird*! Achselzuckend schloss der junge Mann das Buch. Mit einem hilflosen Lächeln drehte er sich um und ging in den hintersten Bereich des Ladens. Ich sagte zu der Frau, im Internet finden sie Doris zigmillionenfach. Ines schüttelte den Kopf in einer Was-kann-man-machen-Mine und drehte sich Richtung Ausgang. Oh, guck mal da oben, James Dean auf einer Dollarnote. Ich versuchte, den eingerahmten Fanartikel zu erreichen. Sieht besser aus als der erste Präsident. Aber schwer zu greifen. Ines sagte: Komm mal Chiara. Ines hob ihre kleine Tochter hoch, die sich das Souvenir schnappte. Die Blondine kassierte 15 Dollar. Ihr aufgesetztes Lächeln wirkte wie gebügelt. Keine schlechte Gewinnmarge. Dennoch scheinen sie kaum am Verkauf ihrer Waren interessiert zu sein. James Dean auf dem obersten Regal! Zumindest ist er da. Doris hat 39 Filme gedreht und rund 600 Songs gesungen!

Draußen hatte sich ein Menschencluster um einen Michael-Jackson-Doppelgänger gebildet. Fans warteten, um sich mit dem Pseudopopstar fotografieren zu lassen. Wir traten in einen größeren Laden. Viele Postkarten, Plakate und T-Shirts von Stars in flippigen Farben, aber keine Doris. Ich suchte von oben bis unten in einem Hochregal mit CDs: keine Doris. Wir scannten Stifte, Becher und Dosen: keine Doris. Nicht ein einziges Element mit einem Foto meiner entfernten Verwandten. Nach der Suche in einigen weiteren Andenkenläden gaben wir auf. Im *Cypress Inn* hätte ich wohl mehr Glück gehabt.

Auf dem Weg zurück nach Pasadena, sagte ich, vielleicht werde ich etwas bei Goodwill finden. Viel Glück! Na ja, das ist ja alles nicht so wichtig. Aber dass ich für den Artikel, den Michael Lipschitz schreiben will, so wenig beitragen kann, tut mir leid. Er hatte sich so viel Mühe gegeben. Wer ist das?

Er hat uns auch über unsere Verwandtschaft mit Doris im *Grünen Baum* in Neckarhäuserhof informiert. Die Wirtin ist auch mit uns verwandt. Noch eine Familienwiederholung: Doris'

Mutter arbeitete in der Taverne ihres Bruders. Meine Mutter arbeitete 4 Jahre im eigenen Restaurant und später im Frühstückshotel. Doris kaufte ebenfalls ein *Bed & Breakfast* Hotel.

Was passiert jetzt? Herr Lipschitz will nach meiner Rückkehr einen 2-seitigen Bericht in der Heidelberger Zeitung bringen. Nun gibt es nicht viel von meiner Seite zu berichten.

Und was willst du jetzt machen?

Was ich wirklich gern machen würde, ist zu kostspielig. Warum? Wenn ich das Geld hätte, würde ich einen Regisseur anheuern und einen Film auf der Basis der Biografie produzieren, die Doris mit Aaron E. Hotchner geschrieben hat und Teile aus meinem Buch. Na dann!

Doris' Lebensgeschichte ist so packend, wir würden eine athletische Schauspielerin benötigen. Warum? Als Teenager gewann sie einen Wettbewerb für den längsten Handstand.

Wirklich? Ja, Doris konnte sich sogar auf ihren Händen Treppen hoch und runter bewegen. Wow! Ihre angestrebte Karriere als Tänzerin endete im Alter von 14, als eine Lokomotive das Auto, in dem sie saß, erfasste. Doris erlitt komplizierte Beinfrakturen. Mir tat Jerry Doherty leid. Wer ist das? Das war ihr Tanzpartner. Der Junge verlor seine vielversprechende Karriere und wurde Milchmann. Während der langen anderthalb Jahre von Doris' Genesung finanzierte ihre Mutter Alma den Gesangsunterricht ihrer Tochter. Do-do sang dann in Big Bands und heiratete einen eifersüchtigen Psycho, der ihr fast in ihren 8 Monate schwangeren Bauch geschossen hätte. Oh nein! Ja, Doris' Lebensgeschichte wäre Material für mehr als einen Film. Aber da besteht kaum Interesse, das Buch ist ja noch nicht mal ins Deutsche übersetzt worden. Warum? Die meisten Leute im Filmgeschäft sind jüdischen Glaubens. Und deutsche Verleger fürchten, wie üblich, in die rechte Ecke gestellt zu werden. Warum? Doris' Geschichte ist ähnlich wie unsere. Wie? Na ja, was Doris und ihr Mann und Peter und ich durchmachen mussten, könnte anti-semitische Klischees bedienen. Huh? Wir beide verloren unser Geld, sie dank Rosenthal, wir dank der Rosenbrüder, nur mit 2 Nullen weniger. Wie das? Die Rosen Brüder hatten eine Software entwickelt. Aber ein Kunde war schon abgesprungen. Statt sein Geld abzuschreiben, hat Peter, aus Angst, alles zu verlieren, noch einen Riesenbatzen überwiesen. Später erfuhr ich von Anda, dass sie Land gekauft hätten! Peter hätte besser selbst unser Geld in Land investiert. In dem Film würde ich aber weniger darauf eingehen, höchstens im Hinblick auf Auge um Auge ... Wie? Ich glaub fest daran, dass wir verdienen, was wir bekommen, dass wir unsere Missetaten aus früheren Leben am eigenen Leib spüren.

Was willst du mit dem Film erreichen? Dass wir besser kein Fehlverhalten dulden, da es zurückkommt. Die andere Wange hinzuhalten ist der erste Schritt weg vom karmischen Pay-back-Rad. Und ich will meine Leute finden. Na ja.

Meine Mutter war die Hausfrau und Mutter, die Doris lieber hätte sein wollen als ein Filmstar. Ihre Herkunftsfamilie war nicht glücklich. Ihre Eltern ließen sich scheiden als Doris 12 Jahre alt war. Meine Mutter hatte auch auf der Bühne gesungen, wurde aber nie wie Doris unterstützt. Beide sind nur 2 Monate auseinander und sehen sich ähnlich. Als ich mit meiner Mutter Doris' Biografie durchblätterte, kamen wir zu einem Foto, das sie mit Frank Sinatra auf einer Couch sitzend zeigt. Meine Mutter tippte darauf und sagte perplex: Huch! Das bin ja ich!

Okay? Und wer würde spielen?

Ich würde Jessica Schwarz aus Michelstadt haben wollen. Übrigens, mein Vater war wahrscheinlich ihr erster Arbeitgeber. Wirklich? Ja, als sie 12 war, gab er ihr Werbeflugblätter von lokalen Unternehmen, um sie an alle Haushalte zu liefern. Was hat Jessica gespielt? Sie war großartig in Manns Buddenbrooks und sie bekam einen Bambi für ihre Rolle als Romy Schneider. Das war das einzige Highlight an meinem runden Geburtstag. Ich war am Packen für Portugal. Kennst du das Parfüm? Japp! Sie hat die Prostituierte gespielt. Mit meiner intensiven Scham von Kindheit an hätte ich so eine Rolle nie gespielt. Doch die Zeiten haben sich geändert, und einige der besten Schauspielerinnen zeigen alles. Ich weiß.

Immer wenn ich Jessica in Interviews sehe, fühle ich eine gewisse Vertrautheit. Meine Mutter war auch eine schöne Frau in den 50ern. Sie war auch jemand, aber nur in Michelstadt. Sie wurde als Sängerin und Stadtverordnete bekannt. Aber in der Öffentlichkeit reden war mehr was für meinen Vater. Er war Parteivorsitzender der Selbstständigen Hessen Süd. Einmal saßen wir mit dem Ex-Bürgermeister bei einer Feier. Er sagte: Alwine hat nie viel gesprochen, aber wenn sie was sagte, hatte es immer Hand und Fuß. Das Gefühl der Vertrautheit mit Jessica könnte auch an unserer gleichen Geburtsnummer 7 und der Namensnummer 3 herrühren. Was hat das mit den Zahlen auf sich?

Numerologie! Das ist in vielen Kulturen akzeptiert. Menschen mit gleichen Zahlen haben ähnliche Fähigkeiten und Eigenschaften und müssen entsprechende Dinge lernen.

Wie kommst du zur Namensnummer? Du schreibst eine Querreihe von 1 bis 9 und darunter die Buchstaben von A bis Z. Dann addierst du einfach die Zahlen der Buchstaben und nimmst die Quersumme:

```
1 2 3 4 5 6 7 8 9
A B C D E F G H I
J K L M N O P Q R
S T U V W X Y Z
```

Wir erreichten das geruhsame Pasadena mit seinen breiten, von knorrigen alten Platanen gesäumten Straßen und an Schornsteinen hochkletternden oder aus schmiedeeisernen Körben quellenden Bougainvilleabüschen.

Hier sind wir. Lass uns etwas Pikantes kochen, ich hab Hunger. Chiara und Giulia eilten zu ihren Zimmern. Ines holte Lachs und Gemüse aus dem großen Kühlschrank in ihrer modernen Küche. Der Teenager kam mit ein paar zerzausten Outfits. Ines sagte: Ich kann es nicht glauben. Was? Heute Morgen war es das fünfte Mal in zwei Tagen, dass du die Waschmaschine benutzt hast. Und jetzt ...

Ich brauch das für morgen. Du armes Ding! Hast du nur drei Outfits? Nichts was ich mag, ist sauber. Ach komm schon. Du verschwendest zu viel Wasser. Lass es hier, ich schau später nach, ob ich was hab. Giulia verließ uns nölend.

Ich hab vergessen, Eva anzurufen. Wer ist Eva? Ingrids Freundin, eine Krankenschwester aus Santa Monica. Ja, mach nur.

Hallo, Eva, hier ist Marianne. Weißt du das von Ingrid? Ja, schade. Sigrid, ihre Schwägerin, sagte, sie hätte ihre Krankheit souverän gehandhabt und es für ihre Freunde leicht gemacht.

Na ja ...! Bist du hier? Ja, ich wollte Doris Day sehen. Warum? Ich bin mit ihr über meine Mutter verwandt. Was für ein Zufall! Wie? Kennst du Eveline Popp? Nein. Sie ist meine Freundin, sie hat Doris' Garderobe für die Filme gemacht. Ach komm. Ja, Edith Head hatte sie engagiert, sie hatte 8 Jahre für die *Ice Follies* gearbeitet.

Kann ich sie kennenlernen? Sicher! Lass uns eine Party machen. Ich ruf sie gleich an. Eveline macht jetzt Puppen, sie hat den Shrek und eine Michael-Jackson-Puppe gemacht. Ich ruf euch wieder an. Kleine Welt! Ich ruf Imara & Brian an, sie wohnen ganz in der Nähe der Hill Street, vielleicht kommen sie auch.

Ines sagte: Dave wohnt in Hermosa Beach, er kann dich in Santa Monica absetzen. Oh gut, danke. Ich hol dich dann später ab.

Was ist mit Doris? Huh? Welche Nummer?

Sie ist eine 3 und eine 5: 3 steht für kreativ, beliebt, zuversichtlich, redegewandt und musikalisch. Klingt, wie du. Ja, die Namen addieren sich auch zu Zahlen. Marianne ist auch eine 3. Ich hab vergessen, wie bist du mit Doris verwandt? Ich denke, ihre Urgroßmutter und meine Urgroßmutter waren Schwestern. Aber Herr Lipschitz denkt, es sei anders. Doch da nicht alle Namen der Kinder auf dem Standesamt aufgeführt sind, denke ich, dass ich recht habe. Zum Beispiel hatte meine Mutter 2 Schwestern, aber Hilde, die mittlere, ist gar nicht erwähnt, und meine Mutter wird als Alberine statt Alwine geführt. So kann man diesen Anzeigen nicht trauen. Woher weißt du all dieses Zahlenzeug? Ich wollte mal ein Buch über Numerologie schreiben. Wenn ich jemanden treffe, lasse ich mir Geburtstag geben und versuche, herauszufinden, ob die gegebenen Attribute passen. Es ist faszinierend, Prominente mit gleichen Zahlen zu überprüfen. Wenn man ihre Biografien liest, kann man ihre Eigenschaften mit den eigenen oder denen von Freunden bzw. Verwandten vergleichen. Ich hab versucht, eine mollige Frau für mein Buch SO BEKOMMEN SIE IHR FETT WEG zu finden. Daher hab ich die Biografien von Marianne Sägebrecht gelesen. Dabei hab ich herausgefunden, dass wir eine Menge gemeinsam haben, Name, Geburtstag 27. Ihrer 27.8.1945 = 36 = 3 + 6 = 9. Sie ist eine Doppel-9, ich eine 9 und eine 7: 27.11.1949 = 34 = 3 + 4 = 7. Ich bin ein Schütze, sie ein Aszendent Schütze. Wir schreiben beide Bücher mit Rezepten, waren Arzthelferinnen und hatten mit AIDS-Patienten zu tun. Wir erhielten beide einen Brief des AIDS-Dissidenten Dr. Stefan Lanka. Huh? Er ist Molekularbiologe wie Prof. Peter Duesberg von Berkeley, der jedes Mal, wenn ich ein Buch neu auflege, so freundlich ist, mir seine neuesten Arbeiten zu mailen. Was für Arbeiten? Übers Aufdecken des AIDS-Mythos. Ich such dir mal einen interessanten Link: virusmyth.com/aids/hiv/tbcure.htm

Marianne Sägebrecht hat auch ein großes Erdbeben in Kalifornien erlebt, als sie am *Rosenkrieg* gearbeitet hat. Sie hat die Haushälterin von Kathleen Turner und Michael Douglas gespielt. Und das Ergebnis mit Roses war so bitter wie bei uns mit Rosens. Wir beide verloren unsere Stellung. Hast du sie für das Buch bekommen? Nein! Warum nicht? Ich hätte es voraussehen sollen. Warum? Weder für *Sugar Baby* noch für *Bagdad Café* oder *Rosalie Goes Shopping* hat sie auch nur ein einziges Pfund abgenommen. Und dann ihre Rezepte! Die triefen vor Fett. Ich erinnere mich an eine andere Synchronizität. Okay? Während der Arbeit am Set hat sich Johns Freund, Jack Palance in sie verliebt. Ich hatte auch das Gefühl, dass John ein Auge auf mich hatte. Also, zwei ältere US-Schauspieler und Veteranenfreunde waren in uns verliebt. Wen hast du noch gefragt?

Heide Keller, die Chefstewardess auf dem deutschen *Love Boat*. Sie rief mich zurück, aber Abnehmen stand auch nicht auf ihrer Agenda. Ich hab sogar Wolfgang Rademacher ein Skript für eine Traumschiffsequenz mit mir als Ernährungsberaterin geschickt. Er hat mich angerufen, um Einzelheiten zu erfragen. Er hat einen lustigen Berliner Slang. Aber er schien nicht wirklich interessiert. Heide sagte, ihr Leute denkt, das Schauspielern sei so einfach. Ich hatte ihr nichts über meine Erfahrungen in der Schauspielklasse gesagt. Doris ist da anders. Sie sagt, wenn ich es kann, könnt ihr es auch. Sie weiß, wir sind alle eins. Okay?

Kennst du Hella von Sinnen?

Ja, die Komikerin. Sie schrieb mir eine nette Weihnachtskarte und schlug vor, Cleo Kretschmer zu fragen. Aber wir waren bereits im Prozess des Umzugs. Zuvor hatte ich Angela Merkel und Oprah Winfrey angeschrieben. Wirklich? Ja. Denn mit einer Prominenten an Bord hätte ich vom Verlag vollen Werbesupport fürs Buch erhalten. Wie auch immer, *SO BEKOMMEN SIE IHR FETT WEG* wurde in mehreren Gesundheitsmagazinen vorgestellt. Ich kann die Zwiebeln. Mit meinen Kontaktlinsen brauch ich nicht zu weinen. Klar, wenn du willst. Ines ist auch eine 3. Wow! Stimmt! Du bist ein schneller Lerner. Ich denke, das ist auch ein Attribut der Schicksalszahl 5. Die Quersumme von Doris' Geburtstag ist auch eine 5: 3.4.1924. Welche Art von Film hast du im Sinn? Musikbiopic. Jessica hat auch eine tolle Singstimme. Sie könnte mich als junge Frau, die junge Doris bzw. meine junge Mutter spielen. Do-do könnte meine 80-jährige Mutter spielen. Denkst du, sie würde wieder arbeiten? Nicht wirklich. Also? Aber man weiß ja nie, wenn es fürs globale Wohl ist. Aber ich bezweifle, sie würde den Handstand bei den *Academy-Awards* machen, wie an ihrem 70. Geburtstag. Hat sie? Ja, ich hab's im Netz gesehen. Sie hatte ein blaues Sweatshirt und ne graue Hose an, aber ich find's nicht mehr.

An einem meiner letzten Tage ging ich mit Ines, Wolfgang und den Kindern zu einem *Prime-Rib*-Dinner, die erste Hochrippe nach 16 Jahren. Ich esse so gut wie nie rotes Fleisch, aber manchmal in Gesellschaft genieße ich es richtig, mehr oder weniger reumütig.

Probiere mal das Brot, es ist köstlich!

Ich ess doch kein Brot mehr, sagte Wolfgang. Ich hatte hohe Cholesterinwerte. Wie das? Ich war oft extrem müde und hatte direkt nach einer Mahlzeit Schmerzen. Was hast du gemacht? Ich hab mich für $3.000 durchchecken lassen. Sie haben nur die hohen Cholesterinwerte gefunden. Als ich die negativen Nebenwirkungen des Medikaments gelesen hab, dachte ich, auf keinen Fall! Good Boy! Die meisten meiner Familienmitglieder sind um die 60 gestorben. Durch Lipobay? Keine Ahnung, aber ich will mein Leben länger genießen. Und was hast du gemacht? Ich war bei einer Homöopathin. Sie hat kinesiologisch herausgefunden, dass ich eine Glutenallergie hab. Aha! Seit ich auf Gluten verzichte, fühle ich mich super. Ich hab abgenommen und fast normale Cholesterinwerte. Toll. Da kann ich wieder was schreiben für meinen Weblog.

Am Ende doch die kleine Farm

Bei meiner Rückkehr von der ersten Kalifornienreise nach 15 Jahren überraschte Peter mich mit guten Nachrichten: Anna gibt das Haus auf. Wir können einziehen. Wirklich? Warum? Ihre Mieter sind aus ihrer Wohnung gezogen. Sie ziehen jetzt selbst ein.

Ich hatte schon immer das gemütliche kleine Haus gemocht. Im offenen Wohnraum mit Küche dominiert der Kaminofen den Raum. Die Wandsteinplatten rund um den eingebauten Küchenbereich und die Tonfliesen geben ihm eine rustikale Atmosphäre. Ein Zimmer hat hohe *French Windows* vom Boden bis zur Decke mit einer Tür zur Terrasse. Mein erstes Projekt war der Bau einer Bar gegenüber der Arbeitsplatte für mehr Platz zum Arbeiten. Die kleine Farm ist eine ideale Künstlerbleibe mit hohen Balkendecken. Der kleinste Raum hat einen eingebauten Schreibtisch vorm Fenster. Darin baute ich ein Hochbett für mehr Stauraum. Peter sagte, er brauche nur das Wohnmobil, aber von Tag zu Tag schlägt er mehr Wurzeln. Er sägt und hackt Holz, das er rund ums Haus sammelt. Wir experimentieren mit Pflanzen. Heuer ist Peters ganzer Stolz seine Strelitzie, der er schon fünf Blüten entlocken konnte. Majestätisch wie Paradiesvögel recken sie ihre Köpfe in den blauen Himmel. Teil des Deals mit Anna war, ihre Hunde zu übernehmen. Ein Traum wurde wahr.

Draußen gibt es drei Sitzbereiche für jeden Sonnenstand. Bei einem hab ich den Boden mit dem Rest der Tonziegeln gefliest. Da es nicht genug waren, kombinierte ich sie mit quadratischen Teilen aus Flusssteinen.

Die Sommer sind heiß, aber die dicken Mauern des Hauses halten das Innere kühl. Die Miete ist gering. Auf dem benachbarten Feld kann ich Gemüse anbauen. Erbsen und Saubohnen waren meine ersten Versuche. Wir hoffen, solange bleiben zu können, bis wir unser Haus in der Golfanlage *Quinta do Vale* beziehen können. Die Wahrsagerin hatte gesagt: Es wird sehr lange dauern, bis sich ihre Investition amortisiert. Ich hätte nie gedacht, dass es so lang sein würde. Immerhin können wir kostenlos Golf spielen und auf die unfertigen Häuser blicken, von denen aus wir einen Blick auf die Fairways und den Grenzfluss mit Brücke haben werden: das wird dann wieder eine familiäre Übereinstimmung sein: Doris kann von ihrem Anwesen aus zu den Quail Lodge Golf Fairways schauen.

Der Wunsch, einen Film zu machen ist immer noch ganz oben auf meiner Liste. Heute lernen Menschen mehr durch Bilder als durch Bücher. Warum war *Ghost* mit Demi Moore, Patrick Swayze und Whoopi Goldberg so ein Erfolg? Weil wir tief im Inneren wissen, wer wir wirklich sind. Liebe ist die Antwort. Es ist elementar in unserem Leben, dass wir uns selbst, unsere Nächsten und unsere Arbeit lieben. Ich denke an das erhebende Ereignis der Waldorfschul-Abschlussfeier. In den USA wissen die Leute zu feiern. Als ich die Schule verließ, fühlte ich mich wie ein befreiter Sklave und hatte noch jahrelang Albträume von Testsituationen.

Meine Lieblingsfächer waren Kunst, Musik, Handarbeit, Maschinenschreiben und Sport. Mein am meisten gehasstes Fach war Algebra. Doris' Biografie beginnt mit dem Que-sera-sera-Text. In der zweiten Strophe fragt das Mädchen die Lehrerin, werde ich Bilder malen, werde ich Lieder singen? Ich hatte die besten Noten in Kunst und Musik. Aber wir waren es damals nicht gewohnt, Berufe nach unseren Vorlieben zu wählen. Um Talente zu entwickeln, braucht es Unterstützung und Anerkennung wie die, die ich ein wenig zu spät erhalten habe:

Als ich mit meiner Mutter eine Fußminute von unserer Wohnung in Michelstadt das Grab des berühmten Bal Schem passierte, sagte ich: Willst du mal meine Version des Gospels hören, den wir im Igelsbacher Chor gelernt haben? …? *Soon I will be done with the trouble in the world.* Als ich endete, sagte Ma erstaunt: Ich hab nicht gewusst, dass du so eine gute Stimme hast.

Während der Zeremonie an der Waldorfschule dachte ich über meine nie gefeierten Erfolge nach; z. B. meine beiden Diplome bzw. der Doktortitel. Abgehandelt, abgehakt, nächstes Projekt. Das Abschlussfeierprogramm der Waldorfschule in der Hand haltend, dachte ich an die Kinder vor der Scripps Halle: Wir hörten ihrem Gesang zu: *Over the Rainbow.* Ich sagte Ines, weißt du, dass das auch Doris gesungen hat? Sie antwortete mit einer Gegenfrage: Weißt du, was es bedeutet? Ich denke ja. Bestanden, Abschluss, das Erreichen der Reife. Haben wir das überhaupt? Mit dem Gedicht von *The Little Prince* (Antoine de Saint-Exupéry) auf der Rückseite des Programms der Pasadena Waldorfschule beende ich auch mein Buch:

"Auf Wiedersehen", sagte der Fuchs.
"Hier mein Geheimnis. Es ist ganz einfach:
Man sieht nur mit dem Herzen gut.
Das Wesentliche ist für die Augen unsichtbar."

Es ist ziemlich schwer, ein Buch zu beenden, wenn die *Zufälle* nur so angerauscht kommen: Ich ging mit Peter und den Hunden. Nach einem 8-minütigen Spaziergang sah ich ein Auto mit deutschem Kennzeichen auf dem Parkplatz des Jagdklubgeländes. Eine Dame mit Hund stieg aus dem Jeep und ging mit uns bergauf. Ich fragte: Leben sie hier? Wir haben ein Haus hier und eins in Deutschland. Mein Mann ist ein Osteopath in München, ich bin Lehrerin. Aber ich arbeite hier freiwillig. Mein Mann macht genug Geld. Ja, ich weiß, was sie meinen. Früher, als wir eine Menge Geld hatten, hab ich auch freiwillig gearbeitet. Ich besuchte Kinder in Krankenhäusern und Senioren in Pflegeheimen und ich gab jahrelang Reiki für AIDS-Patienten. Ich wollte etwas zurückgeben, weil wir so viel Glück mit unserem Geschäft hatten. Deshalb bin ich für ein Grundeinkommen. Damit gäbe es viele weitere ehrenamtliche Helfer. Das ist wahr, man kann nichts für die Gesellschaft machen, wenn es schwer ist, selbst über die Runden zu kommen. Als wir den Hügel erreichten, rannten die Kinder aus dem Hof, um Frau Robert zu begrüßen. Unglaublich, aber wahr: Die Zwergschule ist eine Waldorfschule! Die andere Lehrerin erschien. Als ich ihr von meiner jüngsten Erfahrung in Pasadena erzählte und wie viel Ines und Wolfgang für zwei Kinder an Schulgeld zahlen, sagte sie, das ist etwa der Betrag, den wir von den Eltern für alle 14 Kinder bekommen. Und wir wissen nicht, ob die Schule noch lange überleben kann. Es ist schwer in diesen Tagen. Das tut mir leid. Es wäre schrecklich, wenn wir schließen müssten. Es gibt nur drei Waldorfschulen in Portugal, eine in Lagos, eine in Lissabon und diese kleine hier. Ich sagte, zwar bin ich nicht in der Lage, finanziell zu helfen, aber ich werde versuchen zu helfen, die Schule bekannt zu machen. Vielleicht bekommen sie mehr Kinder mit gut zahlenden Eltern.

Noch ein weiterer Zufall fürs Koinzidenzalbum: Wir hatten acht Tage lang einen amerikanischen Gast. Ken wohnte in der Nähe, in einem Wohncontainer, da sein Haus vermietet war. Dieser war abgebrannt. Da er gerade Gäste hatte, ließen wir ihn in unserem Wohnmobil schlafen. Ich dachte, das ist meine Chance für einen Korrektor zu Hause! Beim Schreiben in einer Fremdsprache ist ein Muttersprachler zum Korrekturlesen erforderlich. Doch Ken ist noch ein größerer Schwätzer als Peter, also absolut kein Lesetyp. Am 3. Tag seines Aufenthalts war er drei Seiten weit gekommen. Ich erzählte ihm von dem Erlebnis mit der *Escola do Malhao*. Er sagte, meine Frau war 20 Jahre lang die Leiterin dieser Schule. Irene Sten starb an Thrombose am Ende ihrer 2. Schwangerschaft. Ihr gemeinsamer Sohn Hans war damals 8 Jahre alt.

Mit Kens Frage wollte schon wieder eine sammelwürdige *Zufälligkeit* ins Koinzidenzalbum und vielleicht sind wir einer geheimen Liebe auf die Spur gekommen: Wie heißt die Schauspielerin mit richtigem Namen? Doris Mary Ann Kappelhoff. Mary Ann? Das ist der Name von James Cagneys Boot! Welches Boot?

43 Fuß Chesapeake Bay bugeye Ketch.

Wow! Sie spielte in drei Filmen mit ihm, *The West Point Story, Starlift* und *Love Me or Leave Me (Tyrannische Liebe).* Cagney sagte vom letzten Film "das perfekte Drehbuch". Okay?

Für Doris war Cagney der „professionellste Schauspieler, den sie je gekannt hatte." Gab es noch mehr zwischen diesen beiden? Ich weiß es nicht. Als sie 1976 ihre Biografie veröffentlichte, waren noch alle Cagneys am Leben. Würde Doris in einer neuen Biografie den Namen des Schauspielers von der Ostküste bekannt geben, mit dem sie eine heimliche Affäre hatte? Zwar hatte sie sonst immer große Männer, aber meine Mutter hatte ja auch einen kleineren Mann, das wäre dann wieder eine familiäre Wiederholung. Hat er gesagt, warum seine Yacht Mary Ann hieß? Ja, er wollte einen einfachen altmodischen Namen. Woher weißt du das? Jimmy jr. war mein bester Freund zu der Zeit. Er war ein adoptiertes Kind, aber ich glaube, er war Cagneys wirklicher Sohn. Er sah aus wie er und benahm sich so. Letzteres kann erworben sein. Richtig, aber trotzdem. Seine Mutter war aus Nevada. Aha! Etwa ein Showgirl, das keine Zeit fürs Baby hatte? Wahrscheinlich. Wie auch immer, wir segelten viel zusammen. Ich war oft auf Marthas Vinyard. Ist das, wo er lebte? Ja, Cagney hatte eine Farm auf der Insel südlich von Cape Cod in Massachusetts.

Hast Du ihn gesehen? Ziemlich oft. Einmal, als er schon alt war, hab ich ihn vom Boot ans Ufer gerudert. Er saß auf dem Rücksitz, versuchte aufzustehen, fiel wieder zurück, versuchte es noch einmal und sagte: "Werde bloß nie alt Junge, es ist verdammt tricky." Wie hast du Cagneys Sohn getroffen? Ich hatte ein Autogeschäft, er hat Importautos von mir gekauft. Wo war das? Newport, Rhode Island. Er war auch im Besitz eines Rennstalls, Cagney RT. Er war wie ein Pups im Wind, hat nie etwas gewonnen. Das Ende der Cagney-Familie hatte das Zeug zu einem Blockbuster. Doris' Geschichte auch. Also, wie hat es geendet?

Das kannst du alles im Internet lesen. Aber Jimmy jr. war bei mir, kurz bevor er starb. Er fühlte sich schlecht, daher ging er für 5 Tage zum Georgetown University Hospital. Sie haben nichts gefunden. Ja, das hörst du öfters!

In der Nacht vor seinem Aneurysmatod war er in meinem Haus in Newport. Er ging auf Reisen, er wollte sich scheiden lassen. Das Mädchen in Virginia, seine polnische Frau Annie, war ein schreckliches Goldgräberluder. Als sie mal Liebe machten, starrte sie an die Decke und sagte, Jimmy, du musst mal diese Risse ausbessern. Wirklich? Wirklich! Der Arme. Er hatte sie bei mir daheim getroffen. Mist! Da war er also bei dir zu Hause, bevor er starb?

Er hat mich von Virginia aus angerufen und gesagt, er käme hoch zu mir. Danach hat er Casey, seine Schwester, angerufen. Als er mit ihr am Telefon sprach, ist er gestorben. Oh! Ja, das Ende der Familie Cagney war eine absolute amerikanische Tragödie. Ist das nicht bei vielen prominenten Familien der Fall? Kann sein. Ich weiß, warum ich nie berühmt werden wollte.

Später, als wir Ken mal wieder in seinem Haus besuchten, zeigte er mir einen Artikel von John West aus 1984 über den Tod von Cagney jr im Alter von 44. Ich überflog ihn ... Cagney war über den plötzlichen Tod seines einzigen Sohnes untröstlich, weil er die lange schmerzliche Fehde zwischen ihnen nicht mehr beilegen konnte. Hier heißt es: A *friend* des Stars sagte: Ich sah Cagney kurz nach dem Tod seines Sohnes - er sah aus wie über Nacht zusammengeschrumpft, und seine Augen waren rot vom Weinen. Er sagte mir: "Ich wusste nicht, dass so etwas passieren könnte - so schnell, so endgültig. Jim war ein guter Mann. Wir hatten unsere Meinungsverschiedenheiten, aber er war im Grunde ein feiner Mensch. Ich wünschte nur, bei Gott, ich wäre nicht so dickköpfig gewesen und hätte die Dinge zwischen uns richtiggestellt, bevor er starb. Ich hoffe, dass mein Sohn mir jetzt vergeben kann. Ich weiß, dass ich mir nicht verzeihen kann."

Ich schreibe dies, weil es oft ein Thema in der Familienberatung ist. Vielleicht können durch diese Erfahrung des Stars einige Leser solche Fehlentscheidungen im Leben vermeiden.

Empfand Doris, die einen Horror vor Liveauftritten hat, mehr für Jim? Aber hören sie selbst ihre Laudatio für James Cagneys AFI Life Achievement Award:
www.youtube.com/watch?v=cCPZ-BkpU0w
Vor allem der letzte Satz und das abrupte Abbrechen der Rede zeigt mir ihre wahren Gefühle für Cagney, der auch Doris Day so sehr bewunderte (Wikipedia). Dort fand ich auch, dass zwischen 1961 und 1986 Cagney wenige öffentliche Auftritte hatte und im Winter lieber in Los Angeles verbrachte. Sein enger Freund, Ronald Reagan, der die Laudatio auf seiner Beerdigung hielt, war ja auch ein Freund von Doris. Der Präsident liebte es genau wie die Interpretin, sich auf der Tanzfläche zu bewegen.

Die Flammen des großen Feuers waren zweihundert Meter entfernt an uns vorbeigezüngelt. Doch auch wir bekamen die Auswirkungen zu spüren. Das Feuer hatte einige Flüchtlinge auf Samtpfoten zu uns getrieben. Als sie bei uns auftauchten, sagte ich: Wie soll ich all die hungrigen Mäuler stopfen? Die Antwort kam, nachdem ich die erste Tüte Katzenfutter geleert hatte: Renate, die verhaltensauffällige Jugendliche unterrichtet, informierte mich über einen Diplompädagogenjob. Obwohl ein Minijob, reicht er für die Tiernahrung und ist eine Gelegenheit, Erfahrungen zu sammeln. Obwohl ich den groben Schnitzer machte, meinen Beruf nicht meinen Talenten gemäß zu wählen, kann ich meine künstlerischen Gaben noch im Job einbringen. Kinder studieren besser in einer Domäne, in der sie sich sicher fühlen bzw. ihrem Herzenswunsch entspricht. Wenn wir etwas gern tun, ist das Geld weniger wichtig. Wer Spaß bei der Arbeit hat, ist der glücklichste Mensch unter der Sonne. Arbeiten wir gemäß unserer Begabung, vermeiden wir Minderwertigkeitsgefühle. Erhielten wir das viel diskutierte Grundeinkommen, würden weniger Bürger das Gefühl haben, nicht gut genug zu sein. Weil sie dann auch einem niedriger bezahlten, aber geliebten Job nachgehen könnten. Das Gefühl von Selbstzweifel, das die Seele oft wie Sandpapier kratzt, geht weg, wenn wir unsere Gaben teilen. Große Mengen Geld zu verdienen ist weniger erfüllend als Anerkennung zu verdienen. Ist unsere Glückseligkeit und das Glücklichmachen anderer Menschen nicht unsere wahre Bestimmung, der Sinn des Lebens?

Beim Schreiben dieser Zeilen erhielt ich, quasi als Nachweis, eine E-Mail von meiner Cousine Heide Bayer. Sie arbeitet auch auf dem Gebiet ihrer Neigung: Tierkommunikation. Sie hatte ein *Gespräch* mit unserem Hund Leo, der plötzlich hinkte. Sie nahm mit Leo Kontakt auf und bekam das Bild übermittelt, wie Leo mit Mia spielte und er rückwärtsging, etwas Rotes vorbei zischte und ihn traf. Unsere immer eilige englische Nachbarin fährt das einzige rote Auto weit und breit. Auf Heides Frage, was ich für Leo tun könnte, sah sie ihn im Wasser baden. Leo liebte in der Tat das Element Wasser ganz besonders. Im Buch *SO VERBINDET WASSER UNSERE WELTEN* befindet sich ein ganzes Kapitel über Tiertelepathie und die Arbeit meiner Cousine. Ihre Arbeit mit Tieren bestätigt das, was Stierlin das familieneigene generationenübergreifende Wertesystem nennt. Doris arbeitet seit fast 40 Jahren mit und für Tiere:

http://www.dorisdayanimalfoundation.org

Der Profit der englischen Ausgabe des Buchs geht an die DDAF. Meine Mutter, die im Alter von 84 Angst vor finanziellem Ruin entwickelte, annullierte ihr Rote-Kreuz-Abonnement und andere, mit Ausnahme des für den Tierschutz: Bestätigung des familieneigenen Wertesystems!

Bevor mir noch mehr Übereinstimmungen und zufällige Ereignisse einfallen, ende ich mit Doris' Interpretation des obigen Gedichts aus *Der kleine Prinz* auf ihrer neuesten CD (siehe Coverrückseite). *My Heart* enthält wirklich herzergreifende Songs. Ich war beeindruckt, wie gut Doris singt. Als ich das Ende des Liedes *Life is just a Bowl of Cherries*, so live and let a-a-alone hörte, erinnerte ich mich, dass Jocelyn einmal genau diese Linie wiedergegeben hatte, wobei ich über diesen Schlenker grübelte, da ich nicht wusste, dass sie ein Lied vorgetragen hatte. Ich mag Do-Dos Stimme am liebsten in dem Softrockstück, das sie in meinem Alter sang:

This is the way I dreamed it.

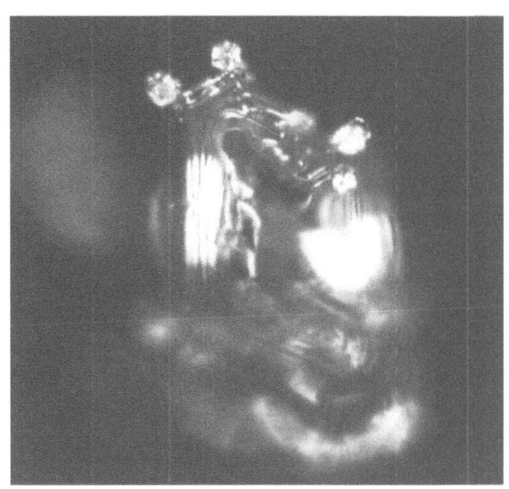

Ich bin immer noch am Träumen und Beten für den Himmel auf Erden und singe mit meinen eaisc.eu Freunden in der Sonne.

Apropos Chor, dieses Zusammentreffen will doch noch ins Koinzidenzalbum:

Vorletzten Sommer kam ein kanadischer Komponist ein einziges Mal zum Chor. Er hat ein Ferienhaus und kommt öfter im Sommer in die Algarve. Hinterher kam ich mit Donald ins Gespräch. Nach einer Weile sagte er, schade, dass meine Frau nicht mitgekommen ist, Sie ticken genau wie sie. Ich sagte, ach, da hab ich was für sie. Zufälligerweise hatte ich die englische Version dieses Buches dabei. Donald sagte, er könne auch eine Koinzidenz beisteuern: Die

Schwester seiner Frau ist ebenfalls mit einem Künstler namens Donald verheiratet, sogar mit einem berühmten: Donald Sutherland! Ein paar Wochen später in Fuseta an der Strandbar brachte ich einen Flyer an. Ich könnte schwören, dass an unserem Nachbartisch Donald Sutherland saß. Warum auch nicht, wenn seine Schwägerin in der Nähe wohnt. Vielleicht hat er ja sogar mein Buch gelesen.

Es wird aber noch seltsamer: Als ich dies Ken Sten berichtete, sagte er, ach, ich kenne Donald Sutherland ganz gut. Er mochte meine Frau Irene auch sehr gern.

Mit der eingangs erwähnten Frau, die Doris Day im kalifornischen Monterey gegenübergestanden hatte, beende ich das Buch. Sigrid kam zu uns, da sie mit ihrem Laptop ein Problem hatte. Ich war gerade am Unkrautzupfen. Sie sagte, nimm doch Roundup, das geht schneller. Bleib mir bloß weg mit dem Monsanto-Dreck. Der Bruder einer Bekannten starb an Knochenkrebs, da er auf einer verseuchten Wiese spielte. Vor uns lebte Anna mit ihrem Baby in dem Haus. Vielleicht wohnt in zwei oder drei Jahren wieder eine Familie mit Kleinkindern hier. Wenn durch mein versprühtes Gift ein Kind an Krebs stirbt, lade ich mir schlechtes Karma auf und werde wiederkommen wollen, um es abzuarbeiten. Denn, das ist uns besser allen bewusst: Der Tod ist keinesfalls das Ende. Und das kosmische Gesetz ist das einzig Gerechte.

Nun wirklich die letzte Koinzidenz fürs Album:

Ende Januar 2016 rief Bolko mich im Traum an. Er hatte vor 4 Jahren beim Gassigehen mit seinem Parson Russell, den ich als Welpe einige Tage in Pflege hatte, seinen Körper verlassen.

Seltsam war, dass ich den Anruf in der alten Wohnung meiner Herkunftsfamilie erhielt. Ich hatte die Tage zuvor schon mehrmals von meinem Vater geträumt, und plötzlich fiel mir ein, wieso Bolko mich kurz vor der Druckfreigabe auf etwas aufmerksam machen wollte, was noch unbedingt ins Buch soll. Ich hatte das Geistsehen meiner Mutter ganz vergessen. Eine Woche vor dem geträumten Anruf hatte ich noch daran gedacht, dann aber doch wieder vergessen, es zu schreiben. Durch Bolkos Vermittlung ist es ein weiterer und nun sogar doppelter Beweis, dass der Tod keinesfalls das Ende ist:

Einige Monate nachdem Pa seiner leiblichen Hülle entfleucht war, besuchte er meine Mutter als sie in der Badewanne saß. Er war am ganzen Körper weiß. Meine Mutter fragte mich, was das bedeuten könne, er habe auch die weißen Fußsohlen gezeigt. Ich sagte, das wird bedeuten, dass Pa gemäß der kosmischen Gesetze keine Sünden begangen hat. Erst kurz nachdem Ma ihren Körper verließ, erfuhr ich von meinem Bruder von einem erweiterten Familiengeheimnis. Dabei wurde mir klar, warum ich mit meiner Deutung offenbar richtig lag und warum Pa seine „reine Weste" zeigen wollte.

Mit einem Zitat von William Sommerset Maugham aus seinem Werk *Auf Messers Schneide* beende ich endlich das Buch:

Ist dir aufgefallen, dass die Seelenwanderung eine unmittelbare Erklärung und Rechtfertigung des Bösen in der Welt bietet? Wenn das Schlechte, unter dem wir leiden, das Ergebnis unserer Sünden ist, die wir in unserem vergangenen Leben begangen haben, so können wir es mit Ergebung und mit Hoffnung ertragen, dass unsere zukünftigen Leben weniger leidvoll sein werden, wenn wir im jetzigen nach Tugend streben.

So werde ich wohl, wie Larry im Roman, dereinst zu meinem Volk zurückkehren, um mein Leben in glückseliger Bescheidenheit zu führen.

Danksagungen

Es braucht ein Dorf, um einen Autor zu erziehen. Es bedarf auch Verlagshäuser, um Kreationen öffentlich zu machen. Ich danke *Books on Demand* für faire Konditionen und Abwicklung.

Herzlichen Dank an meine Gemeinde, Freunde und Familie. Viele sind bereits auf der anderen Seite und helfen mir auf unterschiedliche Weise. Ich zähle immer noch auf euch!

Danke Taryn Krive für einige Korrekturen des Kapitels *Entwicklung psychischer Fähigkeiten.*

Ich werde auch eventuellen Lesern im Voraus danken, wenn sie mir einem Hinweis auf eine Victorfamilie geben können, deren Vorfahre im Jahre 1902 aus dem Rhein-Main-Gebiet nach USA ausgewandert war. Am besten per E-Mail:

DrMarianneEMeyerATmail.com

Das fesselnde Buch besticht durch seine klare Aussage über das Mysterium der Wandelbarkeit und Speicherfähigkeit des Wassers. Auch Inge Schneider, Chefin des Jupiter Verlags, fand in ihrer Buchbesprechung im NET-Journal die Erkenntnis der Autorin, dass das Wasser „Schnittstelle zwischen physischer und metaphysischer Realität" ist, als besonders ansprechend.

Der Leser findet verstörende Fakten über die Qualität handelsüblicher Wässer. Wer glaubt, sein Leitungswasser sei sauber, wird zum Nachdenken angeregt. M. Meyer rät zu adäquater Wasseraktivierung. Denn, wer belebtes, sauerstoffreiches und basisches Nass aus der Leitung erst mal schmecken darf, will kein Sprudelwasser mehr aus Plastikflaschen trinken. Reines Wasser ist nach Ansicht der Autorin für alle Gesundheitsprobleme, vor allem wenn sie das Gehirn betreffen, die optimale Lösung.

Letztlich stellt Dr. Meyer Freie-Energie-Forscher und deren Technologien vor. Sie ruft auf, im Buch Onlinepetitionen zu unterzeichnen, damit Raumenergiestrom uns allen nützen kann. Lösen wir das Energieproblem, brauchen wir keine Ressourcenkriege mehr.

ISBN 978-3735785145   104 S.   € 9,90

Dr. Meyer konnte Spirulina durch ihren rund 80.000-mal verkauften Bestseller *Das blaugrüne Wunder* und einen Auftritt in der ARD im deutschsprachigen Raum bekannt machen. Seither ergänzen immer mehr Menschen ihre Nahrung mit der segensreichen Proteinkost. Und immer mehr Zahnärzte verwenden sie zum Ausleiten von Amalgam und anderen Giften. Sensationelle Studien und Erfahrungsberichte rund um den Globus beweisen: Wir können mit Spirulina unser Immunsystem stärken sowie Schmerzen, Depression, Diabetes, MS, grauer Star, Allergie, Anämie, Arthritis, Leberfibrose, Parkinson, ja sogar AIDS, Krebs und radioaktiven Strahlen Paroli bieten. Wir brauchen die Nervennahrung heute mehr denn je. Denn sie stärkt das Herz, macht fit und schlank, sorgt für gesunde Augen, Haut und Haare, entsäuert und regeneriert alle Organe. Von Spirulina profitieren ganz besonders Kranke, Rekonvaleszenten, Schwerarbeiter, Athleten, gestresste Mütter, hyperaktive Kinder, ältere Menschen und viel beschäftigte Manager. Im illustrierten Buch mit köstlichen neuen Rezepten können Querleser durch stichpunktartige Kapitelzusammenfassung in 30 Minuten ein kompaktes Wissen über die natürliche Nahrungsergänzung Nr. 1 erwerben.

ISBN 978-3735724281   104 S.   € 9,00

Spannend bis zur letzten Seite informiert diese in Romanform gehaltene Lektüre über die Marokkoreisen der Autorin. Das großformatige Buch ist kein Reiseführer im herkömmlichen Sinne, sondern schildert das Leben der Wohnmobilisten, die in Marokko überwintern und Kontakt zu Einheimischen haben. Es macht Hoffnung und motiviert, ein gesundes, erfülltes Leben anzustreben. Doch Gesundheitstipps kommen meist nur von *medizinischen Wundern* auf zwei Beinen. Es gibt nämlich neben Spirulina noch andere Arten, sich von Blut- oder Lungenkrebs zu befreien. Auch ist das Überwintern in einem Land, in dem es weder fette Würste noch billiges Bier gibt, wie ein dreimonatiges Fasten. Da merkst du kaum wie du, von hinten durch die Brust ins Auge, gesundschrumpfst.

Leckere Rezepte finden sich im hinteren Teil, weniger mit Spirulina dafür eher *exotisch-hot*. Wer auf der Seite www.marianne-e-meyer.com aufs Buch klickt, kann bei Amazon schon mal reinlesen. Aber kosmische Pluspunkte gibt es nur, wenn wir das spannende Buch beim Buchhändler bestellen. Sonst könnte es sein, dass es ihn bald nicht mehr gibt.

ISBN 978-3734788857   104 S.   €7,99

Mitte li.: Doris Days Haus; daneben in Neckarhäuserhof ist ihre Großmutter geboren: Darüber feiern ihre Verwandten das jährlich um den 20. Juni stattfindende Fährfest. Re. den Kürbis auf der 2. Couch hat mir Kens Sohn Hans geschenkt. Links mit Heini und Andy auf der Lombard Street in Frisco.

Peter auf dem Autoplatz fotografierend, träumte ich von kalifornischer Sonne, re. genieße ich sie an unserem Pool. Re. Ma mit Hüssi; unten ich mit Freunden; die Augspurger Familie

In der Hoffnung, Verwandte meines Vaters zu finden, hier noch ein Kinderbild von ihm, ebenso unten links noch eins mit. ca. 20 sowie ein Porträt von Oma Maria. Links verabschieden wir unsere indischen Freunde. Ende der 70er Jahre siedelten sie wieder nach Delhi um.

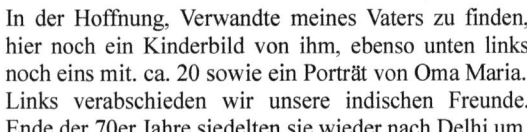